侯 健 ● 著

超越

CHAOYUE

南方日报出版社
NANFANG DAILY PRESS
· 广州 ·

图书在版编目（CIP）数据

超越 / 侯健著. — 广州 ： 南方日报出版社，2017.5（2020.10 重印）
ISBN 978-7-5491-1589-1

Ⅰ. ①超… Ⅱ. ①侯… Ⅲ. ①长篇小说－中国－当代 Ⅳ. ①I247.5

中国版本图书馆 CIP 数据核字(2017)第 051699 号

出 版 人：周山丹
责任编辑：阮清钰　黄敏虹
特约编辑：洪奕宜
责任技编：王　兰
责任校对：王　燕
封面设计：书窗设计工作室

CHAOYUE
超　越

著　　者：侯　健
出版发行：南方日报出版社
地　　址：广州市广州大道中 289 号
经　　销：全国新华书店
印　　刷：广东信源彩色印务有限公司
开　　本：787mm×1092mm　1/16
印　　张：32.75
字　　数：510 千字
版　　次：2017 年 5 月第 1 版
印　　次：2020 年 10 月第 2 次印刷
定　　价：98.00 元

投稿热线：（020）87360640　读者热线：（020）87363865

重印说明

本书出版以来，受到很多读者的支持鼓励和指导帮助，深感受益。谨在此表示衷心感谢！

借第二次印刷之机，对个别字句作了些微补正。

望继续得到读者朋友的批评指导。

作　者

2020年10月1日

前 言

在人类史上，在军事史上，可以称得上“特殊”的军队很多，但是，能在“特殊”之前冠以“最”字的，当是中国人民解放军。且不说中国人民解放军的经历就有数不清的“特殊”，仅其一以贯之、卓有成效的政治工作，便足称千古绝唱，足以万古流芳。

中国人民解放军是中国共产党缔造和绝对领导的人民军队，绝对领导靠强有力的政治工作实现。政治建设是中国人民解放军首要的建设。缘于自身性质和特点，中国人民解放军的政治建设有着独特而系统的内容、机构、队伍和机制。在舰连等基层单位建立党支部，实行党支部统一领导下的军政首长分工负责制，可谓我军政治工作百花园中的奇葩艳朵。由此，这个队伍受到了历史极其丰厚的褒奖。无论我军的体制编制将来如何演进，这都已经是社会学、军事学和领导科学史上的大观、奇观、妙观。从这一认识出发，本作在表现舰艇党支部正确处理自身建设与领导能力的关系，党支部委员个人与集体、分工与合作的关系方面，在探讨学习对于训练、管理、思想、修养、团结、作风等的极端重要性方面，都做了努力。

对于任何军队来说，装备、编制和人，都是战斗力生成和提高的三个基本极。装备和编制都有相对稳定性，而人的素质能力却分分秒秒都在变化，这个变化不停地影响着人与装备和编制的关系。因此，提高战斗力，最经常最大量最重要最关键的是提高人的素质。世纪之交，我军装备进入快速发展期，一个军官，甚至一个士兵，在服役期内处于不同的作战单元、掌握不同武器装备的状况是很常见的，要提高作战能力，就必须始终处于超越状态，不停地扩充新知识，练习新技能，做到精通现装备，懂得新装备，素质等装备，随时都能胜任本职，完成任务。本作尽力表现了一群海军官兵的超越意识和超越实践，同时，展示了他们高尚的大海之恋、岛礁之恋、舰艇之恋、事业之恋、友情之恋和亲情之恋。

步入老年行列，回首往事，常常为我军基层政治工作队伍的强大而激动，为他们的壮丽事业而激动，也为自己曾是他们中的一员而激动。常想以自己的文章赞颂他们，又每每为自己笔拙而愧疚，当此作草成之后，我又为尽了心意而欣慰。

本书力求“述而不作”，意在向读者展示一幅真实的军港画卷，讲一场真实的舰艇故事，让读者感受一番真实的水兵气息。没有跌宕起伏的情节，没有扣人心弦的悬念，通篇只是平铺直叙了海军一个基层单位的方方面面、日日夜夜。醇醪香茗皆不似，白开甜淡味尚真。

一如既往，从起草到修改，都是大女儿每天下班后做完家务，加班帮我打印的。小女儿偶然回来，也帮着打印。老伴儿在常年腿痛的情况下，仍尽可能多地承担家务，并和女儿们一起帮我查找资料，还提出不少好的意见和建议，真是“一个好汉三个帮”啊！

余乃武、陈建勋、林岩生、李宏庆、姚国文、王凯、高军、邹益群、肖少鹏、关大勇、王宝峰、叶飞、王涛等战友先后在百忙之中接受了我的采访或电话咨询，使我受益匪浅，在此一并致谢！

作　者

2015 年 5 月 16 日

目　录

第一章　大队长严格把思路
教导员得助过首关

蓝天白云，碧水无边。时刻向往着祖国大陆的南中国海，不停地将一排排雪白圣洁的心花送到北岸，送到港湾，献给人民，献给海防官兵。

大致东北西南向的海边，有一条与之大体平行的柏油公路，一辆绿色吉普车，由东北向西南奔驰着，流畅，优雅。车内共五个人：司机叫和上，副驾驶员座位上是杨云青副大队长，后排从左至右坐着司令部副参谋长司言贵、政治处副主任常思民和596艇新任教导员江海，前几位是参加海呈水警区安全工作会议后返回的，江海是搭车报到的，他们的目的地是驻在南石湾的猎潜艇导弹护卫艇混编大队。一路上，除了商议传达贯彻水警区安全工作会议精神外，就是大家询问江海个人情况，江海询问大队情况，江海话不多，但听得很认真。不知不觉近两个小时过去了，常副主任用手机拨通了大队政委乔桥的电话，报告说："政委，我们十分钟左右到。"

吉普车进了营区东北角大门后向左拐，在座东朝西的大队办公楼前停了下来，乔政委已在等候。杨副大队长对江海说："这是大队乔政委。"江海急忙敬礼，说："政委好！"乔政委还礼后，先是打量了一下浓眉秀目精神焕发的江海，然后握着他的手，说："欢迎，欢迎！今天是2003年3月3日，天蓝海蓝，好兆头啊！"几个人都笑了。乔政委一边交代公务员把江海的行李放到曲自扬副政委办公室，一边问江海："到大队来过吗？"江海说："在护卫舰上的时候，我们舰经常路过这里，还在港内系过水鼓，但人没上岸。当干事的时候，跟水警区首长来过，那时候还没有这座新办公楼。"乔政委说："老楼成危房了，扒掉了。新办公楼前年建好的，共五层，楼梯在正中间，每层两头的房间占了走廊面积，稍大一点。政治处在一楼，大队领导在三楼，常委会议室在四楼南头，作战指挥室在四楼北头，行政值班室在二楼中间，每层都有公厕和洗漱间。”江海问：“二楼五楼都是司令部的了？”乔政委点点头，说：“四楼大部分也是。”

江海跟着乔政委到了三楼南头政委办公室门口。乔政委朝北指了指，说：“常大队长的办公室在那边头上，他隔壁两间是两个副大队长，我隔壁是副政委，丁参谋长在二楼北头，古主任在一楼北头。大队领导和司令部领导、政治处主任房间都有一张单人床，值班时晚上住办公室。”江海点了点头。

进屋坐下后，公务员给江海送了一杯茶，并给乔政委的茶杯添了水。乔政委问江海：“596 艇目前是全大队最老的猎潜艇，明年就可能报废退役了，上这样的艇，有什么想法？”江海说：“昨天，水警区政治部童主任跟我说了，今天，杨副大队长在车上也跟我说了，开始还真的没有思想准备，不过很快就转过来了，这是组织上的信任，我一定全力以赴做好工作。”乔政委笑了笑，说：“难怪常大队长多次夸奖你，果然敞快。”江海说：“这是起码的，应该的。常大队长在护卫舰上当过我的部门长和副长，工作中从来没有表扬过我，净是批评。”“哈哈！”乔政委笑了，“是啊，咱们大队的同志们常说，大队长不批评，那就是表扬了，也有同志说，没挨过大队长批评，恐怕也没多少出息了。”江海点点头，说：“常大队长的表扬和批评经常是很难分清楚的。”说完，两个人都笑了。乔政委说：“你下午休息一下，理一下工作思路。晚上，我和大队长一起和你谈谈。大队长参谋长主任他们出海训练了三天，五点左右回来。”江海说：“政委，我想今天就住到艇上。”乔政委说：“曲副政委去军校学习了，你在他办公室休息，公务员已经整理了。今天晚了，明天宣布命令后上艇吧。”江海说：“是。”

二人出了政委房间，站在走廊上。乔政委说：“大队领导原定在二楼办公的，后来觉得三楼视野开阔些，看码头方便，才改在三楼的。”江海说：“房子比过去多了些。”乔政委用手指着说：“左边那座两层楼房是岸勤处办公楼。岸勤处办公楼南面的平房和棚子是供应站，各单位购买主副食品，须向他们预订，由他们统一采购，家属们也托他们买东西。再过去一点是俱乐部。俱乐部再过去一点，是正在建的新俱乐部。”

江海朝南指了指，问："供应站和俱乐部之间那两座平房干什么用的？"乔政委说："那是南石湾的'闹市区'，储蓄点、小卖店、理发室、邮政点，等等，都在那儿。"江海说："营区大门外右侧好像有个小餐店。"乔政委说："598 艇艇长家属搞的，能做几个小菜，也做饺子和包子，再就是啤酒饮料之类的。"江海指着营区一排排大王椰树，说："树的数量还可以，种类太单调了。"乔政委点了点头，说："新种了一些榕树和马尾松，将来再种些木棉树和果树，绿化美化实惠化。"江海点点头，说："营区大门两边的柱子上'提高警惕，保卫祖国'八个字，还有修船所东墙外写的'为了反对帝国主义的侵略，我们一定要建设强大的海军'，都很有历史感、厚重感。"乔政委说："还有俱乐部前墙上的'三八'作风，都是毛主席的教导，都是大队组建时就有了，都是咱们大队最重要的文物，都是镇港之宝。"江海说："政委说得太好了。"

乔政委转过身来，说："右边的小院是教练室，只有几个战士，一个参谋管着。再过去一点是警卫通信连，和他们隔一条路，也就是最远的那一块，是修船所。船坞年久失修，不能用了，上个月开始翻建施工，计划一年半完工。徐登所长、钱羽教导员带着几个战士守摊子，配合施工队施工，大部分人员暂时到水警区装备修理所跟班学习去了。"江海问："修船所修船能力怎么样？"乔政委说："原来只能坞修，敲敲打打的，官兵们叫它'舰艇保健所'，翻建后将具备小修猎潜艇导护艇能力，中修大修仍到广州。"江海说："能小修就方便多了。"乔政委"嗯"了一声，说："机关干部宿舍楼、家属楼都在这栋楼的后面。"江海说："我有印象，首长们在北面那栋三层楼。"乔政委说："是的。"

江海向西方望了望，说："一幅军港美景啊！"乔政委点了点头，向前方指了指，说："那是二号码头，靠猎潜艇。左前方是一号码头，靠导弹护卫艇。南石湾东北西三面环山，东面离山远点，有一大片高低不平的土坡地。南面那个小荒岛把出海口分成了东西两个水道，咱们平时都走比较宽的东口。其实，西口虽然窄些，但水更深，狭水道航行训练时常走。这个港湾中间水深有十来米，将来需要的话，完全可以建成护卫舰驱逐舰驻泊点。"杨副大队长从办公室走了出来，说："这个港湾像面镜子。南石湾前有'照'，后有'靠'，风水宝地啊！"江海说："听了两位首长的话，我深深地爱上南石湾了。"乔政委、杨副大队长哈哈大笑。

三个人下了楼梯，边走边聊，来到了位于办公楼左前方的机关食堂餐厅。餐厅共四张饭桌，大队首长就餐在里面左边的那一张。坐下后，三个人开始边吃边聊。乔政委说："大队领导单独一桌，用屏风隔开了，为的是说话方便些，每顿饭都像个小会议似的。"杨副大队长说："岸上共四个伙食单位：司政机关一个，是海灶；警通连一个，岸勤处机关及分队一个，修船所一个，都是陆勤灶。"江海边吃饭边点头。乔政委对江海说："我原来一直在海岛上转，咱们没机会认识，杨副大队长在水警区机关时间长，你们应该熟悉吧？"江海说："是的。不过，您和其他几位首长我也不陌生，在水警区参加会议时都见过。大家说你和大队长是一高一矮，一白一黑：一个典型的文相，雅量高致；一个典型的武相，雷腾云奔。"乔政委哈哈大笑，说："大队领导中，没有特别白的，也没有特别黑的。大队长并不黑，他出海多，皮肤吸收盐分和紫外线多，是标准的老水兵肤色，健而美。"杨副大队长说："大队长也不矮。大队班子中，政委最高，我第二，万副大队长和撒处长稍矮点，其他都差不多。"江海边听边点头。乔政委说："我们班子中，除杨副大队长和曲副政委外，都是平头。"江海说："我的印象，丁参谋长目光炯炯，精明干练，说话办事干脆利落。"杨副大队长说："对，是我们班子里的急先锋。"江海说："古主任给人的感觉是儒雅。"杨副大队长说："我叫他老学究。张嘴就子曰诗云、之乎者也，被我搅和了几次后，改了不少。"江海笑了。乔政委说："江教导员英挺俊气，最抢眼的是上面的两颗门牙，堂堂正正，冰清玉洁。"杨副大队长说："特别是笑的时候，大方、豪爽、漂亮都从那儿透了出来。"江海说："我有被溺爱的感觉了。"乔政委、杨副大队长哈哈大笑。接下来，杨副大队长把江海的个人和家庭情况向乔政委做了介绍，乔政委还介绍江海与机关食堂司务长董小明互相认识，并讲了食堂管理情况。

回到曲副政委办公室，江海急忙打开手机，屏幕上连续跳出两条信息。第一条："NN 好！"第二条："到了吗？"都是妻子海婴发的。江海急忙回复信息："YY 好！到了。通话方便吗？"信息刚刚发出，手机就响了，海婴的声音：“吃过了吗？”“嗯。你吃过了吗？”江海的声音。

“嗯。顺利吗？”

“顺利。上午，大队乔政委谈了话，下午到码头迎接出海训练回来的舰艇，我就正式上艇了。”

“什么艇呀？”

“猎潜艇，全大队最老的一条。”

“哦……有想法吗？”

“我的思想已经上了这条艇了，没问题……”

下午5点，一号码头，乔政委杨副大队长带领机关同志，一列横队，欢迎出海训练舰艇回港，江海也来了，站在排尾。乔政委将岸勤处撒士新处长、鲁柯教导员等介绍给了江海。司副参谋长对江海说：“一号码头，901单靠外侧，903、904并靠内侧。二号码头，596单靠外侧，598、599并靠内侧。”江海问：“艇都在的时候，902靠901外侧，597靠596外侧，是吗？”司副参谋长点点头，说：“是的。”

夕阳晚霞，微波荡漾。朝东口望去，六艘舰艇一路纵队，鱼贯而入。最先靠码头的是指挥艇901艇。常更大队长第一个走下跳板，与乔政委握了手，然后，对迎接的同志们做了个拱手动作，大声说：“谢谢啦！”接着喊了一声“江海”，直接走到了排尾。江海立正敬礼，说：“首长辛苦了，江海向首长报到！”“你小子今天能来接码头，这就对了，不然，老子骂死你。”常大队长像对晚辈一样地说。“受首长熏陶那么多年，这是起码的。”江海说。“接码头，表明了你的责任心，表明了你快速进入角色的思想和愿望，我老人家才不稀罕你接呢！”常大队长说完，大家都笑了。乔政委说：“江教导员，大队长表扬你的方式可是高层次啊！”江海说：“受表扬还不如挨批呢，压力大，挨批了反而轻松、踏实。”“好小子！”常大队长说，“‘轻松、踏实’，好，你把这四个字放好，可别给我弄丢了！”“是！”江海再次敬礼。常大队长这才转过身来，把江海介绍给了一起出海回来的司令部丁力启参谋长、政治处古今主任和上官明副参谋长等。

江海看了看正准备靠码头的596艇，跟着首长们来到了机关食堂餐厅。

坐下后，乔政委说：“上个周末，你们在海上没加菜，我们在家也没加菜，今天补上。其他几桌也一样。”说完，转头喊道：“事务长，上酒！”董小明应声答道：“来喽！”跟着话音，拿了两瓶白酒上来。“‘来喽’个鬼！”常大队长说，“‘小明’，好像很谦虚，小聪明，其实根本不聪明，笨‘圈儿’！”“大队长，”董小明感到委屈，问：“俺怎么又笨‘圈儿’了？”“还好意思问，”常大队长说，“政委交代了，怎么不提前摆好酒，还等政委喊。”董小明眨了眨眼，说：“那，上次出海也是两三天，出发前的晚餐俺准备了酒，怎么被您骂了一顿？”常大队长看都不看董小明一眼，说：“你小子名字就没起好，怎么不叫‘大明’呢？那次出海，很多准备工作不到位，我骂了人，发了火，你不知道？晚上喝一肚酒，死猪似的睡一夜，第二天晕晕乎乎离码头，你成心搞破坏呀？”一场大笑。董小明又多了一句嘴：“好，以后您老人家说上就上，说撤就撤，俺动作麻利点就是了。”“麻利个鬼！”常大队长说，“没脑子还有什么用，把胳膊腿拧下来安到我身上算了！”又一阵大笑。

乔政委说：“出海前，咱们聊了喝酒的事，我和大队长的意见是：以后喝酒，原则是啤酒每人不超过一瓶，红酒用中杯，白酒用小杯，接待特殊客人，白酒可以用中杯，但一律不再用大杯，更不再用碗。”常大队长说：“我跟各艇也提了这样的要求。烟戒不掉，酒要控一控。水警区机关的同志说：‘进了南石湾，个个是酒仙；先杯后换碗，喝到舌头短。’过去，我是当笑话听，没在意，现在看，是要注意一点了，影响到我们的形象了。”杨副大队长说：“还不断添枝加叶呢，说是‘腿软不会站，吊针睡三天’。”丁参谋长说：“别说了，坚决拥护。”古主任说：“如有不同意见，先喝两瓶白酒再发言。”常大队长说：“就这么定了。”

晚餐开始。乔政委讲话：“这次出海训练，除 597 进厂中修，902 到西沙执行战备值班任务外，在家的六条艇都出去了。大队长和参谋长、主任严密组织，严格要求，言传身教，悉心指导，强调基础从严，骨干从严，自上难度，自加压力，效果很好，收获很大。我们在家的同志敬大家一杯！”大家碰杯，一饮而尽。撒处长说：“还是小杯酒香啊！”古主任说：“光闻不喝，更香。”一阵笑声。吃了几口菜，乔政委说：“第二杯，我们欢迎江海同志，祝江海同志在 596 艇工作顺利，不断取得新成绩。”大家挨个和江海碰杯，又是一饮而尽。

董小明端来一盘肉末炖鸡蛋，放到了乔政委正面。乔政委说：“欢迎大队长，应该放到大队长面前。”董小明对着乔政委的耳朵小声说：“那我就找骂了！大队长交代几次了，你是他的班长、大哥，必须这样。”大家都听到了，会心地笑了。常大队长问董小明：“名字谁起的？”“我爸爸。”董小明答后又反问：“大队长啊，您怎么老是把人家的名字往‘小聪明’上扯呢？”“你说怎么理解？”常大队长也反问。董小明一副忍无可忍的样子，大声说：“从小就聪明！”话音一落，立刻引起一片笑声，董小明赶紧溜了出去。

乔政委说：“902 艇在西沙执行任务才一个多月，已经两次受到上级通报表扬，万以勤副大队长一线指挥，战风斗浪，功劳不小啊！今天正好是他的生日，我们在这里共同干一杯，祝他生日快乐，圆满完成任务，好不好？”“好！”大家立即响应，认认真真地喝了一杯。

常大队长动情地说：“我也享受过这样的待遇。同志们，咱们有一个时刻关心关照咱们的好班长、好大哥，福气啊！我们一起敬政委一杯，表示感谢和尊敬。”说完，和乔政委碰了一下杯，一口喝了下去，还赶紧把住乔政委的手，只让他喝了一点点。乔政委趁常大队长放手的机会，喝光了小杯。大家也都喝了下去。常大队长说：“班长这样不行，千万不能再喝了。吃药不忌嘴，大夫跑断腿。痛风病没什么特效药，主要靠饮食控制。”乔政委笑着说：“好的，谢谢！”常大队长说：“不会喝的人可以劝，不想喝的人也可以劝，但不能喝的人不能劝，人家有情况，你非要让人家喝，为什么呢？”杨副大队长说：“有的人身体不行，还非喝不可，实在不应该。”乔政委笑着说：“阎王爷也不好当——不能喝，硬要喝，还嫌寿命短，这不是成心和阎王爷耍赖嘛！”古主任笑着说：“阎王爷是工作量最大的官，应该体谅。”常大队长说：“阎王爷的方法和交警管理汽车一样，实行‘千分制’，醉酒扣分，抽烟扣分，睡眠不足扣分，长期不体检扣分，有病不看扣分……扣完为止。”一阵笑声。

“江海！”已经满脸通红的常大队长突然问道，“你到 596 准备怎么干？”江海说：“我中午没睡着，想了很久……”“想了多久我不管，回答我的话！”常大队长截断了江海的话。江海站起来说：“596 艇已经超期服役几年了，很可能明年就退役了，故障多，安全隐患多，我要牢牢地待在艇上，天天讲安全，事事讲安全，狠抓安全措施的完善和落实，并完成好各项任务，为596艇画个圆满的句号。”讲完，坐了下来。“说完！”常大队长边吃菜边说。“完了。”江海说。“完了？”常大队长放下筷子，问道。“完了，请首长指示。”江海说。“政委，”常大队长急了，说，“他这是要去596当看护员啊，哪里是教导员呀！”“哈哈！”乔政委笑了笑，说，“别太急嘛，人家到大队还不足半天呢。”乔政委用筷子给常大队长夹了一条油煎的小鱼，又对江海说：“部分机关和部队的同志有糊涂想法，对猎潜艇不看重，不珍视，不热心，这很危险。要你到大队来，是大队长提议的，要你到596艇工作，是大队长建议的，大队党委希望你们以最好的素质和最强的班子，把最老的艇建设成最好的艇，唱好596艇的‘夕阳红’，唱好596艇官兵的‘旭日升’。”江海呆呆地听着，不时地点头。

古主任对江海说：“高明教导员转业后596艇一直是‘一长制’，林咏艇长很辛苦。艇上比较明显的问题是机械老旧，故障多些，训练成绩不太好，人心有点散，作风有点疲沓。咱们大队长和政委有个非常一致的思想——任何一个单位的主官，都至少要具备两条：一是明白，二是实干。明白，就是要把使命任务、主客观条件及工作目标和措施等，弄得明明白白的。实干，就是心无旁骛抓落实。大队长说你是既明白，又实干。刚才，你对到596艇工作思路的表述，还没达到首长的要求啊！”江海站起来，端起满满一杯酒，说：“首长的批评很深刻，很重要，很及时，请允许我明天再专门汇报。我敬首长们三杯酒，一是感谢首长们的关怀和教导，二是表示贯彻首长们指示的决心，三是祝首长们身体健康，工作顺利。”说完，连续喝了三杯。大家拍手后，也都喝了一杯。

常大队长问江海：“还记得当年咱们舰长挖苦某人的话吗？”江海想了想，点了点头。常大队长自己答：“‘修养的最高境界是把自己憋死，处关系的最大能耐是把自己气死。’当然也不能走另一个极端——活活撞死。要处理好大胆与谨慎的关系。”江海答：“是。”

常大队长对江海说：“596艇曾经为大队争得过许多荣誉，是一个重要的作战单元，六十多号人，你要当教导员，当书记，不能当‘维持会’会长。”乔政委笑着说：“江海同志一看就不是‘维持会’会长的气度。”

又对江海说："明天上午常委会后，我和大队长、主任再听听你的想法，然后，你正式到596艇报到。""是！"江海大声答道。常大队长又说："这次出海训练，我和古主任专门跟了596一天，情况怎么样，不告诉你。有一点是肯定的，596艇艇况稍差些，但完成年度训练任务是完全可以的。"江海又站起来，说："明白！"

回到曲副政委办公室，江海拨通了海婴的电话，等了一会，才传来了海婴的声音："南南！"江海问："方便吗？"

"方便。刚准备洗澡，耽误了你十秒钟时间。"

"哈哈……"

"以后别再问方便不方便，肯定方便。"

"谢谢！谢谢！"

"错了！"

"啊？哦！不谢了！不谢了！"

"喝酒了吧？怎么有点酒气？"

"你有特异功能啊？喝得还不少呢，恐怕睡不着了。"

"不是说喝了酒好睡觉吗，怎么会睡不着呢？"

"酒中有话呀！首长问我准备怎么干，我说积极带头，狠抓安全，坚决完成各项任务，结果被首长批了一通，说标准太低。我表示认真思考一下，明天上午再汇报。"

"哦……我们学校是新建单位，硬件很好，但许多学生和家长不愿选择，原因是教学队伍还不强，管理也较弱。我觉得，学校也好，舰艇也好，都不过是个舞台，主宰它的是人。爸爸常说，粗糙的磨刀石才好磨大刀。可不可以从人的作用和素质方面多想想？"

"谢谢仙人指路，我受到启发了。哑哑自己睡吧，我今天加班会很晚。"

"不！等你！"

"好好好，快点洗澡吧。"

"嗯。"

放下电话，江海抓紧时间洗了澡，一边翻阅曲副政委桌子上的一些资料，一边回忆首长的话，联系海婴的话，深深地思考起来。

看看手表，10 点多了，江海赶紧给海婴发短信：“YY！”

随即收到海婴的回复：“NN！”

“YY！”

“NN！”

“YY！”

…………

他们俩每天晚上无论通话还是发信息，基本上都是这样结束的，最后一句总是江海的。“哄睡”海婴，江海继续思考明天的汇报。海婴是知道江海还要忙，才“睡着”的。

上午 10 点，公务员来到曲副政委办公室，告诉江海常委会已结束，大队长和政委请他过去。

江海走进常委会议室，乔政委请他坐下后，说：“有什么新的想法，说一说。”“直说，实说。”常大队长补充道。江海从容不迫，单刀直入：“596 艇搞好建设，完成任务，关键是班子建设和官兵素质。要始终把提高官兵素质作为党支部领导的出发点和落脚点。要用提高党员素质的办法提高党支部的领导能力，用提高官兵素质的办法提高 596 艇的战斗能力。加强民主集中制是支部建设的关键。民主不集中，‘嗡嗡’跳死坑，集中不民主，‘呼呼’奔绝路，一定要处理好民主与集中的关系。学习是提高素质的关键环节。做到明白，保持明白，非常重要，非常不易；学习为了明白，学习才能明白；要重视学习，坚持学习，勇于进取，善于进取，化不利因素为有利因素，把冲刺战打到最后一分钟。在我们艇退役的那一天，向她挥手告别的将是一个思想过硬、军事过硬、作风过硬的坚强集体，这个集体的每个成员走到任何单位，都受欢迎，都受尊重，都是优秀分子……”“哈哈！”常大队长没等江海讲完就笑了，说：“你们谈吧，政委，我去司令部喽！”乔政委说：“我和主任也不谈了，咱们都和江教导员握个手，请古主任送他上任吧。”常大队长说：“好，我先握！”说完，使劲握了江海的手。乔政委握着江海的手，说：“坚持一切从实际出发。好政工随时随地都是教材教具和课堂，善教者任何环节都能注入正能量。放开手干，我们相信你。”江海说：“谢谢政委教诲，我决不辜负首长们的期望。”

第二章　江政教盛赞猎潜艇 林艇长倾心另一半

古主任和分管组织干部工作的斯奋干事带着江海走到楼下，已经等了许久的596艇艇长林咏急忙掐灭手中的香烟，迎了上来。596艇文书苗苗在公务员的帮助下，提着江海的行李先走了。古主任介绍林咏和江海认识后，林咏和江海就像共过事的老战友一样，扎扎实实地拥抱了一下。古主任击掌三响后，对江海说："乔政委说，光看小平头理的认真程度，就知道你对就任新职的重视程度了。"江海说："从'头'做起嘛！"说完，大家都笑了。

四个人一起往二号码头走。古主任问："你们两个身高多少？"江海说："我一米七七。"林咏说："我一米七五。"斯奋说："两个主官的平均高度，你们和901差不多，八条艇中数一数二。"林咏说："我们艇干部第一高度是航通长柳风，一米八一，副航通长何其明一米七九，排第二，最低的是机电长辛乐，一米六九，除了航通部门两个头头外，皮肤都不白，除译电员外，都是小平头。"斯奋说："译电员黑点儿，但黑得精神。"

四个人来到596艇，全体官兵已在前甲板列队完毕。林咏走到队列前，叫了"立正"口令后，转身向古主任报告："主任同志，596艇全体人员列队完毕，请指示！——艇长林咏。""按计划进行！"古主任指示。"是！"林咏大声回答后，转身面向部队，高声说："宣布命令大会现在开始，请大队政治处古主任宣布命令并做指示！"

掌声中，古主任走到队伍前中央，宣读了水警区党委关于江海任596艇教导员的命令和大队党委关于江海任596艇党支部委员会委员、书记的通知，然后讲了话。他说："江海同志1990年入伍，在护卫舰上工作一年后，以优异成绩考上军校，学习航海专业。本科毕业后，作为干部学员，在护卫舰航海部门锻炼了一年，又先后任过水警区政治部宣传科干事，导弹技术保障大队二中队指导员、政治部组织科干事和卧云岭观通站教导员，再到军校学习半年舰艇政工专业后，来 596 艇任教导员。江海同志事业心强，注重修养，思想敏锐，经验丰富，作风扎实，一定能够很快地融入 596 艇，很好地发挥自己的作用……”

古主任讲话后，林咏大声说：“欢迎江教导员讲话！”

江海面向古主任敬了礼，大步走到队列前中央，非常庄重地给全体官兵敬了礼。大家掌声致意。江海动情地说：“同志们，战友们，成为 596 艇的一员，我非常高兴。听到来猎潜艇上工作的消息后，我看了一些关于猎潜艇的资料。昨天晚上，我在大队曲副政委办公室看到了咱们常大队长一篇文章的复印件，题目是《浅谈猎潜艇的训练管理与作战使用》，很开眼界，深受启发。海军建设初期，我们处于近岸防卫阶段，重点发展‘空潜快’，即飞机、潜艇和快艇。现在，我们大型舰艇数量多，种类全，已经走进深蓝。在这从‘小’到‘大’的几十年中，猎潜艇处于‘舰’与‘艇’的结合部，起着某种桥梁作用。它不仅可以对敌潜艇进行搜索与攻击，还可以担负巡逻、警戒、护渔、护航、布雷和攻击敌水面舰艇等任务，‘全能性’和‘衔接性’特点，确立了它在我海军装备系列中十分重要而特殊的地位。它和护卫艇、鱼雷艇、扫雷舰等中小型舰艇一样，为祖国立下过赫赫战功。”江海说：“同样的舞台，不同的人可以表演出不同水平的节目；同样的猎潜艇，不同的人可以生成不同水平的战斗力。猎潜艇已经只减不增了，可以说我们是最后一代猎潜艇人，我们有责任把猎潜艇的功能开发到极致，有责任为猎潜艇增光添彩。”一阵掌声后，江海说：“当我们的猎潜艇功成名就，在海军建设舞台上谢幕的时候，我们每个人都将无愧于它，都将成为超越猎潜艇的优秀人才！”最后，江海说：“我是猎潜艇上最新的兵，是 596 艇最新的兵。我将虚心向每个同志学习，请大家多多帮助！”又是一阵掌声。江海和全体人员握手后，又和林咏热情拥抱，掌声达到了高潮。

林咏也做了简短而动情的讲话，最后问大家：“596 艇团结奋斗，争先创优，大家有没有信心？”“有！”声音响亮而整齐。

各部门将人员带回时，虽然只有几步十几步远，但个个昂首挺胸，两腿生风。古主任笑着说："一阵春风过，满目气象新！"林咏连声说："说得好！说得好！"古主任握着江海的手，说"祝你工作顺利！"江海说"谢谢首长！"林咏说："我们的伙食不好，不敢留首长吃饭。"古主任说："不管你是不是激将法，反正我得赶快回去，政委等着呢，一堆事。"江海说"请首长经常指导。"林咏跟着说："请首长放心。"古主任说："不是'首长放心'，而是静候佳音！""哈哈……"四个人都笑了。

古主任、斯干事走后，林咏陪江海从右舷中间来到会议室，与干部们再次见面。林咏将副艇长胡子君、航通部门长柳风、枪水部门长钟伟诚、机电部门长辛乐、军医兼艇务部门长康晓义和译电员周学正一一做了介绍，还说副航通长何其明家里有事，回去休假了。江海微笑着与大家一一握了手。林咏又说："这里是会议室兼手术室和军官餐厅。"江海看了看，靠左舷一边的墙角有一张桌子，从前到右，是一张拐角长沙发，中间是横向的长条手术台兼饭桌，都是固定在甲板上的。

江海跟着林咏到了隔壁的艇长室。林咏说"这是我的办公室兼宿舍。"江海看了看，进门左边是一张桌子，桌子旁边有个小书柜，右边是一张横向床铺，里面是一张纵向床铺，还有一把椅子。林咏说："我睡里面这张床，外面这张做机动。"说完，二人来到江海的住舱。江海的住舱离林咏的住舱不远，面积稍微小点，除了少一张床铺外，其余和林咏的住舱差不多。文书苗苗走进来，提醒艇长教导员午餐时间到了。江海说："先转转吧。"林咏说："好。"他们先到后甲板看了伙房，然后看了前后甲板人员吃饭的情况，一个部门围一个圈，坐着的蹲着的都有。副艇长胡子君走过来，说："三荤两素，五菜一汤。"

三个人到会议室就餐，只有周学正和康晓义在，其他干部都吃完饭走了。江海笑道："都是艇'机关'的了。"大家都笑了，开始边吃边聊。林咏说："明天上午大队召开训练和安全工作会议，干部和班长参加。"然后问道："教导员对本周工作安排有什么想法？"江海想了想，说："如果方便的话，今天下午想分别跟你和副长坐坐，请二位介绍一下艇上的基本情况和工作安排，交流交流思想。"林咏、胡子君同意。周学正和康晓义吃完饭，起身要走。江海说："请译电员把大队近年来下发的文件和我们艇的工作计划、总结之类的资料找一找，晚饭前送给我。"

周学正说："好的。"林咏说："班长上任，是艇上大事，晚上喝点酒欢迎一下。"胡子君马上表示赞成。"大会欢迎过了，"江海说，"这件事听我的，不是客人，不用客气。"江海态度坚决，林咏、胡子君无奈地笑了笑。

江海问艇领导如何值班，林咏说："高远教导员转业之前，我们是三个人轮流，每人每次一天，之后，我们两个人轮流，也是每人每次一天。今天副长值班。部门长轮流担任艇值日，负责日常管理、集合带队，领导武装更、锚更等，协助值班艇领导处理相关事务。每周一、四早上队列操，二、五早上集体跑步，三、六、日早上清洁卫生，都由值班部门长组织。"胡子君插话："炊事员、文书和住舱值日等人员不参加早操。"林咏点了一下头，继续说："开饭时间：早餐7点半，午餐11点半，晚餐5点半。每天上午8点开始，搞半小时小扫除和机械检试。每晚9点全艇点名，一般是谁值班谁讲，副长管的具体事多，讲的次数也多些。另外，每周一上午8点，艇长教导员参加大队周交班。""后天我值班。"江海说。"你要不要缓一缓再值班，多熟悉一下情况？"林咏问。"值班熟悉情况更快，遇事多问多商量就是了。"江海说。"那好吧。"林咏说。

午饭后，江海回到自己住舱，苗苗跟了进来。苗苗高高的个子，白白的皮肤，圆圆的脸盘上堆满了稚气。他一进门就笑嘻嘻地问道："教导员这么多书啊？"江海说："怕艇上不方便，还有些想带没带来的。"苗苗说："我帮你摆起来吧。"江海说："这个活得自己干，要分类，要排序，你不知道我的想法。"苗苗说："好吧，教导员有事吩咐我就行了。"江海说："好的，你休息去吧。"苗苗"嗯"了一声，出去了。江海仔细端详了一下住舱，开始整理起书来。

下午，会议室，林咏向江海介绍艇上情况，主要是党团支部和军人委员会及人员编制、武器装备、年度任务、官兵素质和学习贯彻党的十六大精神情况。林咏一口气讲了近一个小时，江海也一口气记了半本子。江海说："我把年度工作要点核对一下，看看记得准确不准确。"林咏说："好。"江海看着刚做的笔记，说："去年12月下旬，我们已经完成了个人能力为主的基础训练和补差训练，现在，已经开始了港岸操演。”林咏说：“对。”江海说：“5月完成科目训练和考核，并完成副长独操考核。”林咏“嗯”了一声。江海说：“6月上中旬到海南攻潜训练，下旬进行为期十天的跨海区训练，7月初进行连续三昼夜航行训练，七月中下旬参加水警区比武活动，8月以后，可能参加一到两次较大规模的海上演习。”林咏说：“对。”江海问：“如果有台风干扰或者临时性任务，怎么办？”林咏说：“能结合的结合，不能结合的调整。”江海问：“猎潜艇‘独操’考核有哪些特点？”林咏说：“就考核形式和程序来说，和大舰差不多，都是对舰艇副长有效履行岗位职责所应具备的能力和训练水平的考核。”江海问：“‘全训’呢？”林咏说：“也和大舰差不多，是实习艇长、教导员和部门长完成岗位训练内容指标，参加艇全过程整体训练，并组织完成相应部门整体训练后，对其岗位任职能力进行的认证考核。”停了停，林咏又说：“柳风、钟伟诚和辛乐，都是全训部门长了。”江海点点头，说：“咱们艇军事工作骨干很强啊！”林咏笑了笑，说：“就猎潜艇专业来说，还是可以的。”

林咏接着说：“干部队伍情况比较简单：军医和译电员是大专生，其余都是本科生，人人都能完成任务，个个都想进步。军需主任去年转业后没有再配，现由炊事员关士愔代理，大家都习惯叫司务长了。”江海问：“特长特短呢？”林咏说：“副长很敬业，但魄力不够，夹在我和高教导员之间，受了不少气，有些是冤枉气。航通长很稳，很聪明，没有明显的毛病。枪水长直率，业务好，但处理问题粗点。机电长实践经验多，是老先进，但表达能力一般。艇务长是‘万能胶’‘万金油’，工作积极，但组织能力一般。副航通长自身要求严格，积极向上，是个好苗子。译电员想个人事好像多了点。我呢，优点想不起来，缺点一大堆。”江海笑了笑，问：“思想情况怎么样？”林咏说：“艇快报废了，大家都知道，想法多些是难免的，但大问题没有，上午你也看到了，精神状态还是不错的，板起脸来喊一喊，没有不听招呼的。”江海一看表，快到开饭时间了，笑着对林咏说：“子君得另找时间谈了。”

晚饭后，林咏点着一根烟，和江海聊着天，走出了码头引桥。林咏介绍说:“这一片有五个篮球场,机关食堂前面的那个叫中心球场,质量最好,西边有六排水泥台阶,第一个台阶前有一排水泥桌,是‘主席台’‘贵宾席’,首长们坐的。和中心球场连着的是露天会场。”江海问:“露天会场用得多吗?”林咏说:“主要是召开全体军人大会和看电影时用,怕雨又怕晒,用得不多。现在看电视方便,看电影少了。”江海不时地点点头。二人路过一号码头,沿着海堤向东南方向散步。江海用手指了指,说:“这个新俱乐部不错。”林咏说:“我们水警区一个代职副司令员是大机关来的,对工程立项起了很大作用。新俱乐部解决了大队召开军人大会和文化体育活动场所问题,计划年底完工。”“哦,大好事。”江海说。林咏用手指了指,说:“东面这一大片叫体育场,但基本上是一块荒草地,没钱,整不出来。”

江海话题一转,问林咏:“高远同志年龄不大嘛,怎么就转业了?”“人家是名副其实呀——站得‘高’,看得‘远’,不愿为将要淘汰的旧艇殉葬。”林咏说。“是吗?”江海不太相信。“人家账算得精,”林咏说,“他说了,就算发展顺利,干到正团也四十多岁了,转业到地方,准比直接领导大好几岁,且业务生,人不熟,前半生后半生比着苦。”江海无语。林咏说:“他对军队生活,特别是舰艇生活,有点不堪忍受,说享天伦之乐主要靠做梦,忙起来,连梦都做不囫囵。”江海指了指新俱乐部建筑工地,说:“你看那些工人,整天日晒雨淋,住帐篷,工资不怎么高,伙食不怎么好,吃饭坐砖头,衣服一个比一个破。我们年纪轻轻的,每月拿一千多元工资,够了!和家乡的同学们比,我们参了军,还当了干部,够幸运了。我崇尚大海,热爱大海,在海上奋斗,怎么都值,我不会主动离开海的。”林咏说:“讲得好,我也是。”

林咏看了看江海,说:“你对猎潜艇的认识和态度,大家都佩服,受启发。”江海笑了笑,说:“我对猎潜艇的认识刚刚开始,比你差远了。”接着,转了话题,说:“这道海堤散步真不错。”林咏说:“咱们刚才路过的那个宽点的地方,叫‘三棵树’,有三棵大榕树。”江海指着前面不远处的两棵榕树问:“那里叫‘两棵树’喽?”林咏点点头,向前指了指,说:“那里还有‘一棵树’呢,是一般散步走得最远的拐点。”江海说:“好,咱们走到‘一棵树’。”林咏边加快步伐边说:“南石湾主要是三条路线：这一条军人走的多，被叫作‘齐步路’；朝东面果园的一条路家庭式散步的多，被叫作‘便步路’；还有去县城的公路，官兵跑步的多，被叫作‘跑步路’，咱们司务长关士愔、炊事员孙长勇经常练长跑。”

到“一棵树”后，两个人都满身大汗，朝四周望了一会儿，转身往回走。江海指了指“两棵树”附近几拨儿散步的，问：“他们会不会也到‘一棵树’？”林咏说：“不像，一般到‘两棵树’就回去了。前面那个高个子像是岸勤处鲁教导员，他每天都走到‘两棵树’。”江海“哦”了一声。林咏看了看江海，很认真地说：“这两年，和高教导员处得不够好，对于你的到来，我是有压力的，再处不好，就被千夫所指了。和你一接触，我又轻松了很多，我的直觉是咱们能处好。”江海说：“以前的事，主要责任不在你，群众和首长都是这么看的，大队首长说你是大队最优秀的猎潜艇艇长。遇上你，我很幸运啊！”林咏握住江海的手，说：“我们一定会成为好搭档、好兄弟。”江海说：“再加上好战友、好朋友。”林咏说：“对，好战友、好搭档、好朋友、好兄弟！”四只手紧紧相握，久久不放……

走到一号码头篮球场旁边时，突然一个篮球朝二人滚了过来，江海急忙捡起来，扔给了追球的那位同志。林咏说：“高教导员优点长处都很多，但有一点我受不了，开会像有瘾似的，什么事都要研究研究；处理问题太人情化，本来商量好的事情，到了会上，稍微有点不同意见他就变了。”“哈哈，”江海说，“各有各的经历，各有各的思想，难免呀！我觉得开会多少有两条原则：一是从艇上的建设和工作需要出发，二是符合组织规定。” 林咏说：“那是。”江海说：“会议的质量很大程度上取决于准备工作，越是重要的会议，越要充分准备。不认真，不动脑子，图形式，走过场，不是真正的民主集中制，而是对民主集中制的亵渎。”“对，说得好。”林咏称赞道。

回到码头，江海对林咏说：“你休息吧，我钻钻舱室。”林咏说：“我也很久没钻了，一起吧。”接着，林咏边走边介绍：“各艇兵舱住法不尽相同，咱们是前炮、水武、防化、帆缆等部位的士兵住前甲板一号兵舱；航通、副炮等部位的士兵住中部的二号兵舱；机电、后炮、炊事班等部位的士兵住后甲板的三号兵舱。咱们住舱下面有副艇长室、机要员室和两个干部舱，被称为‘四合院’。”江海边听边点头。

钻完舱室，走到艇长室门口时，江海对林咏说：“我想三个兵舱都住住，从一兵舱开始，每舱一个星期，便于认识人，熟悉情况。”林咏愣了一下，说：“不必了吧，艇这么小，住哪儿都挨着兵呢。”江海说：“还是感受感受吧，我进一号兵舱时就有了这个念头，正好也有空床铺。”林咏笑了笑，说：“给我做榜样了，我好多年没住兵舱了。”江海说：“你不一样，起码当兵时住过。”林咏说：“那倒是。”林咏擦了擦汗，说：“今天活动量够了，洗澡吧。”江海说：“好。”

为了陪江海洗澡，康晓义已拿着脸盆和备换裤头背心，在码头上等了一会儿了，林咏、江海出来后，三个人朝一号码头外侧篮球场东面的冲凉房走去。林咏说：“两个码头合用一个洗澡房，大还是够大的，就是远了点。”江海问：“有热水吗？”康晓义说：“没有。”林咏说：“春节前的一天，我洗澡时，那水真叫凉啊，唱歌都不管用，吼了三段京剧才冲完。”江海大笑，问：“唱戏还有这个功效？”林咏笑了。康晓义问林咏：“还记得你唱的台词吗？”林咏说：“冷得两脚直蹦，哪还有工夫想台词啊！”康晓义笑了笑，说：“人家杨子荣的台词是：‘共产党员时刻听从党召唤，专拣重担挑在肩。’艇长的台词是：‘共产党员洗澡不怕水冰凉，越凉越冲越舒畅。’”三个人哈哈大笑。康晓义又说：“艇长洗完澡出来，看了看墙上的‘冲凉房’三个字，一巴掌朝‘凉’字打去，还大声说：‘冲——凉——房，谢谢喽！’”三个人又是哈哈大笑。林咏说：“那一巴掌出去，手腕疼了好几天。”林咏笑了笑，又说：“新俱乐部建好后，大队可能会向上级打报告，要求安装太阳能热水器。”江海说：“那就可以改哼小曲了，不用唱京剧了。”三个人又笑了。江海问林咏：“大家这样穿着裤头背心走来走去，大队同意吗？”“同意，”林咏说，“码头区是男人世界。再说了，洗完澡，穿好衣服，走两三百米回到艇上，又是一身汗。”“哦！”江海点点头。

回到艇上，江海和林咏一起看了柳风和水中天、苗苗出的黑板报。黑板放在前副炮下面，通栏标题是《深入开展向雷锋同志学习活动》，左边是雷锋同志简介，中间是后主炮班战士舒扬谈学雷锋活动认识和体会的文章，右边是两则表扬好人好事的消息。林咏对柳风说：“我给你们提个建议：咱们的黑板小，内容不要贪多，以质量取胜，做计划要算到字数。”江海说：“非常赞成艇长的意见。我也提一条建议：学雷锋，要强调紧密联系本职工作，多宣传学习和训练方面的好人好事。”林咏说：“对，不能总是拾金不昧，捡不到东西就没有好人好事了？”柳风说：“艇长教导员的指示很重要，我们一定认真落实，不断提高黑板报质量。”

晚点名，江海讲话：“明天是毛泽东同志‘向雷锋同志学习’题词发表四十周年。学雷锋活动为什么能长盛不衰呢，因为雷锋是公民的优秀代表，是战士的优秀代表，是精神文明的鲜活榜样；个人进步需要雷锋精神，社会和谐需要雷锋精神，人民幸福需要雷锋精神，国家强大需要雷锋精神。我们军人学雷锋，全国人民学雷锋，外国人也在学雷锋。3 月 5 日被称为‘学雷锋日’，但是，学雷锋不是一天的事，也不是一阵子的事，而是一辈子的事。过‘学雷锋日’的时候，我们应当想一想毛泽东同志的教导，想一想雷锋同志的光辉事迹，想一想雷锋精神，想一想人生意义，想一想自己的差距，想一想如何向雷锋同志学习。”最后，江海说：“在人生的道路上，目标很重要，参照系也很重要，在这一点上，我们都要头脑清醒。总之，我们每一个同志都要像雷锋同志那样对待国家、人民和工作。”

林咏刚要躺下，江海进来了，坐在靠门的床上，问：“你一般几点钟睡？”林咏说：“没准儿，反正都是 10 点半以后。”江海说：“我也是。”“教导员 1973 年出生的吧？”林咏问。“对。你呢？”江海连答带问。“1971 年，”林咏说，“咱们艇干部年龄我第一，你第二，辛乐第三，胡子君第四，柳风、周学正、何其明他们老婆都还没有呢。”“班长结婚的多吗？”江海问。“有好几个呢，”林咏说，“叶崇林和肖志海孩子都老大的了。”“老兄家里人口多吗？”江海问。林咏说：“我是福建人，爷爷、奶奶都健在，父母亲和老婆在同一个药厂工作，姐姐在幼儿园工作。我姐姐、姐夫和孩子都在我们家住。岳父岳母都是工人，我爱人和他们住一起。两家都在一个县城里，相距五六百米。”江海说：“还有一个很重要的人物！”林咏想了想，“哦”了一声，说：“女孩儿，三岁了。”江海笑了，林咏也笑了。

江海说：“我是山东人，家在农村，有个伯父，爷爷奶奶跟我们在一起，父母都是壮劳力。我有个妹妹，是县医院的护士，结婚比我还早，婆家在县城。我今年元旦刚结婚的，老婆家在南业市，是中学教师。”“老弟是新郎官呢！”林咏笑着问，“岳父是部队干部？”“海军学院教授，”江海说，“岳母在地方一个妇幼医院工作。”林咏说：“土洋结合，日子红火。”江海笑着说：“谢谢！”

林咏拨通了妻子的电话，问：“休息了吗？娇娇睡了吗？”又说：“我今天可不是单身汉了，旁边还有一个人。”“老婆真聪明，猜对了，一接触就知道是个好哥儿们，他小两岁，是老弟。你等一下，老弟和你说两句。”说着，把手机递给了江海。江海赶忙把手机放到耳边，说：“嫂子好，我是江海。”“我和林艇长一见如故，肯定是一对好兄弟，请你放心。”“欢迎嫂子带孩子来部队住住。”“好，谢谢嫂子！请稍等。”江海把手机还给了林咏，林咏问妻子：“怎么样，好兄弟吧？”又说：“好的。晚安！”江海笑了笑，拨通了妻子海婴的电话，说：“我住到艇上了，现在和林艇长在一起。艇长是个好大哥，我们相得无间。刚才，艇长让我和嫂子通了话，现在艇长和你说几句。”林咏接住手机，说：“弟妹好，我代表我老婆崔文惠向你问好。”“我和教导员刚认识就黏糊上了，都离不开了。”“你放心，我们会互相关心，互相帮助的。”“谢谢，我一定转达。请等一下。”说完，把手机还给了江海。江海对海婴说：“住舱小，说话影响别人，以后有事，尽量发短信吧。”林咏突然对着江海的手机喊道：“你们讲到天亮才好呢，我可不怕影响！”说完，二人哈哈大笑，那边海婴也笑了。江海对林咏说：“休息吧，不早了。”林咏说：“好，晚安！”

回到住舱，江海看到手机屏幕上出现了海婴的一条信息：“以后不许搞突然袭击！”江海笑了笑，吻了一下屏幕，回复：“不是突然袭击，形势使然。”

“我懂，谁要你一本正经地解释！辛苦了，好好休息。”

“亲你哑哑！”

“南南！”

“哑哑！”

“南南！”

“哑哑！”

…………

海婴“睡着”后，江海到前后甲板转了一圈，然后下一号兵舱休息，为了不影响大家，他动作很轻很轻。

第三章　听看思研全面掌握支部建设第一把火

早上起床时，江海问挨着的床铺上的战士叫什么名字，大家这才发现教导员在他们住舱休息。那位战士回答江海："我是前主炮班战士惠中。"江海说："你说梦话都是定律什么的，睡觉学习两不误啊！"惠中说："不好意思，打扰教导员休息了。"江海说："精神可嘉啊！"

早操共半小时时间，辛乐值班，四路纵队，三个艇领导都站排头，在二号码头正对着的篮球场转圈跑，不时地喊喊口令。其间，有几分钟"便步走"。

上午9点，教练室大教室，大队召开班以上干部训练和安全工作会议。林咏告诉江海，教练室共两个教室，一大一小，大家习惯称大教室和小教室。在台上就座的有常大队长、乔政委、杨副大队长、丁参谋长、古主任和撒处长。所谓"台上"，即是高出地面十多厘米的讲台，因为面积小，六个常委挨得紧紧的。在台下第一排就座的有副参谋长、副主任和教练、业务长们，连走廊都挤得满满的。乔政委主持会议。第一项，杨副大队长传达水警区安全工作会议精神和安全情况通报，并提出贯彻意见，特别强调了训练安全工作。第二项，丁参谋长总结海上训练情况，提出下一步训练的部署和要求，重点讲了存在问题和对训练组织的要求。第三项，常大队长就两项工作讲话，强调两项工作都要领导带头，都要从实际出发，都要发扬民主，打"人民战争"。最后，乔政委就贯彻此次会议精神讲了意见，着重就加强党支部领导和发挥党员先锋模范作用提了要求。

宣布散会后，江海用胳膊肘碰了一下林咏，问："如果万副大队长和曲副政委在家的话，主席台上就挤不下了吧？"林咏想了想，说："大队任务很重，领导都在家的时候非常少，去年全年都没有过，如果都在的话，三个部处领导就坐台下第一排了。”江海“哦”了一声，又说：“两项工作，四个首长讲话，总共用了八十多分钟，利索！”林咏说：“大队长政委都经常强调要开短会，说短话，行短文。”江海说：“万事简为上。做到简单，最不简单。首长们话都不长，但事情说得很清，功夫啊！”林咏说：“是啊。”

回到码头，带队的辛乐问艇领导还有什么指示。林咏说：“各部门和班，都要认真传达会议精神，坚决贯彻落实。”江海想了想，说：“按艇长的要求办，要特别注意查找存在的问题，拿出解决办法。支委同志要联系实际深入思考，为研究部署下一步工作做好准备。”

解散后，林咏、江海来到艇长室。江海说：“得开个支委会吧，好好研究部署一下。”林咏面带笑容，说：“不必了吧，首长们讲得很具体了，支委都参加了，班长也参加了，我看晚点名时咱们两个再讲几句，强调一下就行了。”江海说：“贯彻两级会议精神，又是中心工作和重点工作，还是阶段性工作，分量挺重的，况且，也有利于我融入集体工作。”“哦，”林咏说，“也好，这对你熟悉情况有好处，我建议今天晚上或明天晚上开，白天开会干扰多，对工作对会议都有影响。”“好，”江海说，“我也是这么想的，那就明天晚上开，让大家准备准备。”林咏说：“好。”

“我看了艇党支部的资料，”江海换了话题，“咱们艇三十三个正式党员、三个预备党员，数量可观啊。”林咏说：“是呀。”江海问：“你和子君过小组生活怎么安排的呀？”林咏说：“我在枪水部门小组，副长在艇务部门小组。”江海问：“你觉得我在哪个小组合适？”林咏说：“都一样。”江海又问：“高教导员原来在哪个小组？”林咏说：“航通部门小组。”江海说：“那我在机电部门小组吧，好久没有艇领导在他们那儿过组织生活了。”林咏说：“好。”江海说：“其实，艇领导可以一年一轮换，到不同的部门过组织生活。这样，掌握情况、接受监督，都更方便些，也有利于各方面关系的和谐。”“有道理，”林咏说，“干脆现在就换，我到航通部门小组，副长到枪水部门小组。”江海说：“好，我跟副长说说。另外，这两天我分别和干部们聊聊，一来认识一下，二来了解工作情况。”林咏说：“好，这两天主要是个人做训练准备，方便。”

江海从艇长室出来，先上到海图室看了一下，再上到驾驶台看了一下，接着下到了副长室，胡子君刚好听完司务长关士愔的工作汇报。江海和胡子君谈了艇领导过组织生活分组的想法，胡子君十分赞成，说："我在艇务部门时间太长了，换换好。"胡子君想了想，又说："我正想向教导员汇报一下呢，除副长外，我还扛着党支部委员、团支部书记和军人委员会主任三个头衔，具体事太多，整天忙得团团转，哪项工作也干不好，能否调整一下，发挥骨干的作用，更好地开展各项工作。"江海笑着说："理解，理解。'党团军人委，吃喝拉撒睡'——劳苦功高啊！"胡子君笑道："瞎忙。"江海问："你老家哪里的？""河南安阳。"胡子君答。江海说："中华古都半河南，你们家乡是古都中的古都啊！"胡子君说："我国的文字博物馆将建在安阳。"江海说："将来一定去看看。"说完，接着问道："请你把艇领导以外几个干部的强弱项介绍一下好吗？""当然可以，不过不一定都准确。"胡子君道。"聊天嘛，尽管讲。"江海说。

胡子君说："航通长柳风是江西人，素质比较全面，大度，稳健，爱学习，知识面宽，协调能力强，业务非常好。他们部门在咱们艇是最好的，与大队其他各艇的航通部门比，也是拔尖的。这个同志自身修养很好，缺点弱点一下子还真不好说。枪水长钟伟诚是湖南人，原则性强，开口见心，讲直理，风风火火，热情高，干劲大，粗中有细，业务非常好。这个同志如果再稳重一些，遇事耐心一些，就更好了。机电长辛乐和艇长一样——福建人，外号'老黄牛'，整天一身油垢一身臭汗，为人厚道、谦虚，和大家伙儿处得非常好，业务熟，多次海上抢修主机副机，确保了任务完成，三次荣立三等功，受到过水警区的表彰。这个同志组织领导能力一般，遇事喜欢自己动手。译电员周学正是个新同志，到艇上才一年多，广西人，原则性强，办事认真，性格开朗，喜欢管事，敢于负责，但处理问题缺少点余地，灵活性不够。他曾流露过改行思想，觉得译电工作单调枯燥，专业性太强，不利于个人长远发展。军医康晓义是河北人，艇务部门长，军人委员会副主任兼经济民主组组长，责任心强，大局观念强，任劳任怨，看到什么管什么，大家送给他许多外号：'大好人''第二副艇长''婆婆嘴''不管部部长'等等。这个同志嘴上没说，心里也是觉得在艇上工作专业得不到锻炼提高，影响前途。副航通长何其明是山西人，到艇上两年多了，思想单纯，工作认真，对专业学习抓得很紧，自身要求严格，篮球乒乓球打得都很好。前些时候，他父亲在老家被摩托车撞了，回家休假了。”

江海问：“哪几个班长突出些？”胡子君说：“去年老兵退伍后做了调整，班长队伍总体不错，公认比较优秀的有：内燃机班班长叶崇林，福建人，团支部副书记，不但业务好，还善于管理，是机电长的得力臂膀；前主炮班班长水中天，湖北人，军人委员会骨干，组织能力比较强，吹拉弹唱、写字画画都会一点，才华横溢，是个多面手；炊事班班长肖志海，重庆人，大队唯一的三级厨师，职业道德突出，工作热情，服务周到，多次受到大队表彰。这三个班长都立过三等功。航海班班长萧雨青、报务班班长姬水云、深弹水雷班班长龙长吟和帆缆班班长文刚等，任职时间短，但发展势头挺好。司务长关士愔资历浅，工作认真，为人老实，处事低调，把自己当作一名普通炊事员，和肖志海、孙长勇关系很融洽，在艇上威信比较高。”

江海又问：“战士呢？”胡子君说：“总体情况也是不错的。问题嘛，主要是对将来艇退役后的出路想法多些。帆缆班士官聂文胜是个老兵了，人称‘三多一少’：顶嘴多，‘反论’多，压床板多，干活少。林艇长、高教导员和我都被他顶撞过，晓义就更别说了，群众关系也不够好。无论哪个领导说什么，他马上就有一套相反的理论。他工作不认真，不积极，不想干时就说身体不舒服，蒙头盖脑睡大觉。后来想入党，稍好了些，成为预备党员后，总体有进步，但模范作用不太够，忽冷忽热。”停了停，胡子君说：“他对你的到来好像比较在意。”江海说：“只要把‘锁头’研究透了，‘钥匙’总是有的。比起那些深闭固拒我行我素的同志来，这类同志可能还好办些。”胡子君点了点头。

江海笑了笑，问胡子君：“你家里情况怎么样？”胡子君摇了摇头，说：“两边老人身体都不好，一年到头拉警报，我老婆身累，我心累。”江海说：“只怕你夫人的心也轻松不了。”胡子君点点头，岔开了话题：“能力差，准备和艇一起退了。”江海说：“我们艇是超期服役，该退了；你在副长位置上积淀很厚实，正是上台阶的时候啊！”胡子君说：“老教导员说我无主意，艇长说我无原则，两个人都说我‘和稀泥’，这种看法也影响到大队了。”江海笑了笑，说：“海军政治学院一位教授说，‘处关系要追求光明正大、不言而信、不愧不怍的境界’。我们老家有句话叫‘好汉怕和泥拉钻’，腰酸胳膊疼的，如果不是为了团结，为了大局，谁愿意和稀泥呀！况且，稀泥可以糊裂缝嘛！”胡子君笑着说：“一般人都不这么看。”江海说：“艇长就这么看。”胡子君看着江海，问：“艇长？”江海点点头，说：“艇长很看重你的作用，觉得你受了很多冤枉气，他现在还很愧疚呢。”胡子君说：“虽然你来了才两天，我已经预感到咱们艇要进步了。”江海说：“小平同志讲过，对领导干部来说，坚持原则是第一位的。没有原则，不敢担当，肯定是不合格的领导干部，主官更是这样。你既想做好工作，又关心班子团结，是方法不同，不是不讲原则。”胡子君说：“你们两个都是好领导，我就老老实实跟着学习了。”江海说：“互相学习，共同提高。”胡子君握住江海的手，连连点头。

从下午到晚上，再到第二天上午，江海一口气和柳风、钟伟诚、辛乐、周学正、康晓义及叶崇林、水中天、肖志海、关士愔谈了话，从部队到家庭，从工作到思想，从个人到党团支部建设，轻松融洽，推心置腹。

午休结束后，江海和林咏在艇长室交流思想。江海先讲了自己两天来和干部、班长们谈心的情况，然后就支委会议程提出了想法，林咏都同意。江海说：“我还有个想法，不十分成熟——副长作为艇领导，又担任团支部书记和军人委员会主任，具体事太多了，他自己也觉得弄不过来，可不可以由柳风当团支部书记？”“可以，”林咏说，“我也有过这个想法，既利于副长集中精力抓大事，又给柳风压了担子，有利于他全面锻炼提高。”江海说：“那柳风就由党支部组织委员改任青年委员了。”林咏说：“那当然。”江海问：“组织委员要负责掌握党支部的组织情况，管理发展党员工作，收缴党费，接转党员组织关系，分量很重，可否由子君接任？”“可以，”林咏说，“卸下了团支部书记的担子，军人委员会那边康晓义又积极肯干，他可以集中精力抓成块的事了。”江海又说：“那就钟伟诚仍任宣传委员，辛乐任纪检委员兼保卫委员，康晓义任群众委员。”“可以，”林咏说，“但是，党团支部和军人委员会都是去年底刚改选过的，换团支部书记，不知道大队同意不同意。”江海说：“有利于工作，有利于组织建设，只要说清楚，大队会同意的。”“嗯。”林咏认同。

江海说：“今晚支委会议程很重要，咱们都和大家酝酿酝酿吧。”“好，”林咏点点头，接着问道，“子君有没有谈到对我的意见？”江海说：“没有。从他的言谈话语中，觉得他心里对你很佩服，说你是个好领导。”林咏说：“子君做事，从不考虑自己，总怕对不住别人，美德啊！”江海说：“是啊，增强班子战斗力，很需要这种美德。”林咏说：“我有句话伤他比较重。”江海问：“什么话？”林咏说：“去年国庆节时，两个班长吵架，其中一个骂人，还动了手，我的意见是让他在军人大会上做检讨，高教导员坚持谈谈话算了，理由是都快要退伍了。我问副长什么意见，他说在班务会或部门会上做检讨。我一气之下说：‘你总是死守着‘真理’高地！’意思是说他总是搞折中。在场人很多，子君脸上有点挂不住。”江海说：“你们两个主官意见距离那么大，拿副职说事怎么行啊，况且，副长的话也不无道理。”林咏说：“是啊！”江海笑了笑，说：“你当副职时间太短，体验不深。副职也不好当啊，又要到位，又不能越位，魄力小了不行，魄力太大了，又会惹出麻烦。”林咏笑了笑，问：“你还没当过副职吧？”江海说：“我副连副营都干过，不过都是干事。”江海笑了笑，又说：“我多次跟首长考核过团、营、连班子，看了很多，也听了很多，特别是一些首长的点评，一下就能把你带到明处、高处。”林咏说：“你的经历有优势，羡慕呀！”

江海站起来，刚要出门，被林咏叫住了。林咏说：“问你一个很严肃的问题：你讨厌抽烟人吗？”江海想了想，很认真地说：“我当指导员的时候，班子里多数人抽烟，在观通站的时候，班子里不抽烟的只有我一个。”说完，笑眯眯地看着林咏。林咏说：“没办法，抽的时间太长了，几次戒烟都没成功，这是唯一打败仗的地方，也是唯一服输的地方。”江海说：“戒不掉，就抽着。不过，我觉得你这么在意，戒掉只是个时间问题。”林咏摇了摇头，说：“咱们艇的干部不沾烟的三个：你、子君和柳风；抽烟厉害的三个：我、辛乐和周学正；其他三个是高兴了来一支，不抽也过得去。公长鸣、顾展、叶崇林、周启华等几个班长，抽烟水平都不比我低。”江海说：“常大队长也是想戒戒不掉。”林咏说：“大队长一般不在有人的地方抽烟，涵养啊，我虽然很注意向他学习，但做得不够好。”停了停，林咏又说：“乔政委戒掉了，令人佩服又羡慕。”江海问：“其他首长呢？”林咏说：“杨副大队长、丁参谋长、撒处长不抽，万副大队长抽。听说曲副政委趁上学的机会把烟戒了，古主任知道后也跟着戒了，但没坚持住。”江海笑了笑，出去了。

晚上7点半，艇会议室，支委会开始。林咏说：“今天是江海同志首次参加和主持咱们的支委会，我提议，大家以掌声表示欢迎。”林咏话音未落，掌声已经响起。江海连忙说：“谢谢！谢谢！虽然来艇上才三四天，但是，我已经感觉到咱们这个集体很好融入。说句心里话：我已经爱上了同志们，爱上了596艇。”又一阵掌声。江海说：“我这个人其他方面不行，但自认为有两个方面还可以：一是不懒；二是经得起批评。我一定努力工作，请同志们多多帮助。”大家再次给了掌声。江海说：“今天会议的议程已经通报大家了，就是研究贯彻落实大队训练和安全工作会议精神，调整支委工作分工。首先是训练工作，重点是小结一下前段训练情况，明确下一步的任务和要求。请大家发表意见。”

钟伟诚首先发言：“前一段的出海训练，艇长抓得紧，要求严，逐个对各部门各战位检查点评，整体效果不错。主机副机都发生了故障，老辛他们排除及时，没有误事，应该表扬。存在的问题，我看主要是有的岗位安排不周密，忙的忙，闲的闲，还有到处逛的，聊大天的。特别是我们后炮，有的同志演示动作不逼真，不到位，个别还有嬉笑的。”江海问：“这次海上训练，大队长跟了我们艇一天，有什么指示没有？”林咏说：“我们的准备很充分，情况还可以。他每个住舱都看了，还到战位上提问了多名干部、班长和士兵，都是就事论事地指导，没有批评。”钟伟诚说：“还表扬了我们艇长呢，说艇长是‘司令员兼政委’，抓得不错。”辛乐说：“他看到我们一号主机旁有一团擦拭机器用的棉纱，指了一下，我们就捡起来了，没批评。”康晓义说：“那天中午米饭做少了，我们马上煮了面条，大队长笑嘻嘻地对肖志海说：‘注意总结经验——辣椒做得好，米饭肯定少。’”

接下来林咏发言：“今年的训练，能力评估时我们留足了余地，比较主动。制订计划坚持从实际出发，每个部位都比较细。模拟训练和港岸操演，大队乔政委和机关的同志多次到场检查指导，情况还可以。今年，大队在港岸操演阶段拉到海上搞单艇训练，是个新做法，目的是让大家看清问题和不足，提高港岸操演质量。这次出海，机电部门排除故障及时，重要原因之一是准备工作充分，零配件准备有针对性。另外，发现故障，他们立即‘会诊’，既提高了效率，也练了兵，这种做法值得各部门学习借鉴。存在的问题也不少。比如，大队长问了三个帆缆兵几个问题，结果不是答不出来，就是答错了；航海日志有的地方填写不规范，武装更登记事项不具体；等等。这一周是班组小结和个人理论复习，下一周继续港岸操演。下一步的港岸操演，我觉得应强调三点：一是干部带头，抓紧班长，处处以身作则；二是突出重点、难点和弱点，尤其是这次小结发现的问题，直到难点不难，弱点不弱；三是始终注意文书、口令和动作的规范性，对训练数据的记录一定要全面、准确，为将来的训练质量自评提供充分而可靠的依据。”柳风说：“还是要坚持精训，宁可遍数少，也要质量好。”胡子君说：“班组或个人做得特别好的，可以跨部门观摩，互相学习，互相促进。”江海非常认真地听了大家的发言后，对讨论的要点做了归纳提炼。

研究安全工作时，胡子君首先发言：“大队会议后，我到各部门了解了一下情况，人员、装备和训练，都是安全的。存在问题，我看还是老三条：部分同志工作标准低；被动应付多，主动作为不够；执行条令条例和规章制度不严格，随意性大。目前训练任务重，人员在位率高，天气慢慢热了，应该重视动态中的安全工作和条令条例的再学习，坚持好检查和讲评制度。”

林咏说：“事故往往有周期性，长时间没出事，就某种角度说是可怕的。咱们艇前年发生了战士私自下海游泳差点淹亡的事故，去年又发生了战士回老家探亲，骑摩托车摔伤的事故，今年一个季度还没完，狠抓一下非常必要。”

大家都发言后，江海说：“我看了艇上的安全措施，不错的，很细致，教育制度、检查讲评制度、形势分析制度、行政管理制度、出差探亲汇报制度，应有尽有，对部门的要求也很具体。部门的措施我还没看完，有的很实，像机电部门，具体到了二十四小时，具体到了每个人，具体到了每项工作。也有的部门措施比较空，可操性差。我们在安全工作上的实践成果和认识成果，都要上升为制度成果，使我们的安全工作不断登上新台阶。我建议，艇上的和部门的安全工作措施都重新修改充实一下，与时俱进，做到工作责任化，措施综合化，落实全员化，固本学习化。”大家都表示同意。江海说：“我提一个建议：下周一上午开个全体人员会议，小结前段训练和安全工作，布置下一步训练和安全工作，并对训练和安全工作再动员一下。”林咏说：“好，我主持，教导员做动员。”大家赞同。

研究支委工作分工时，江海说：“我和副书记有个想法，也征求了相关同志的意见，具体是……”江海将和林咏商量的党支部委员分工及团支部书记调整方案说了一遍。大家都很赞成。柳风说：“团支部工作我是门外汉，很担心搞不好，也向书记副书记汇报过想法，既然大家这么定了，我就不说什么了。感谢同志们的信任，我一定努力工作，请大家多多帮助。”胡子君说：“别谦虚了，肯定比我强。”说着，两人握起了手，大家给了掌声。江海问林咏还有什么要讲的，林咏说没有了。江海问大家：“关于今天的议题，同志们还有什么意见？”“没有了！”大家一起答道。江海说：“那好，党支部委员分工调整方案报大队党委备案，团支部书记调整方案报大队团委审批。”

第四章　小组会上普通党员
训练安全认识当先

星期五下午，水兵凉亭，全体党员团员青年会议。在这里开会，是由江海提议的。水兵凉亭在去冲凉房的路上，由一个方形亭子和一条廊亭组成。廊亭东西向，两米多宽，三十多米长，两边是高五十厘米左右的挡墙，挡墙的厚度有四五十厘米。廊亭西头的方亭亭楣上横写着“水兵凉亭”四个字。方亭下坐满后，相连的廊亭两边挡墙上也坐了人。江海问大家：“这里空气好，不晒太阳，也不用带凳子，以后全艇人员开会学习就在这里，好不好呀？”“好！”大家回答。

江海开始讲话：“同志们，按照计划，今天的党日活动由各党小组分别召开会议，听取党员汇报。小组会前，说明两个情况：一是为了更好地向同志们学习，接受同志们的监督，支委会研究决定，从今天起，林咏同志编在航通部门党小组，胡子君同志编在枪水部门党小组，我编在机电部门党小组。今后，我们三个人还要适时轮换。二是团支部的活动计划做了调整。按原计划，今天团日活动是体育比赛，现决定改为团小组会，团员汇报工作学习和思想情况。以后，内容相同的活动，党团尽可能同步进行，这样对工作和党团建设都有利。党员汇报，是重要的组织制度和思想建设措施，也是传统做法。每个党员都应该自觉向组织汇报思想、工作、学习和生活情况，接受组织监督和帮助。今天晚饭后，支委会将听取各党小组和团支部的会议情况汇报。”讲完，江海请林咏讲话。

林咏说：“我在枪水部门党小组三年多了，感谢同志们的支持和帮助，请同志们多提批评意见。”枪水部门的同志鼓掌致意。胡子君也大声说：“感谢艇务部门党小组同志们多年来对我的关心、支持和帮助！”艇务部门的同志也是掌声致意。

江海说：“好，各党团小组自选‘锚位’，开小组会。”

各小组很快选好了会议地点——有的在廊亭，有的在大树下，也有的回艇上了。

机电部门党小组在方亭开会，小组长叶崇林主持。他说："我提议，欢迎教导员参加我们的小组会，并做指示。"大家立刻鼓起掌来。江海说："崇林同志呀，对不起喽，我到咱们小组来，第一句话就要给你提意见喽！"叶崇林虽然不知道自己哪儿错了，但还是连忙说："欢迎教导员批评。"江海笑了笑，说："崇林同志，你的这句话又有错呀！党内称同志，可以欢迎江海同志，不能欢迎'教导员'；是'咱们'小组，不是'我们'小组，不能拿我当外人哟！"同志们都笑了。江海接着说："在小组里，我是普通党员，应服从小组长的主持，可以发言，可以批评，但不能做指示。"叶崇林说："好的，我下次改正。"江海说："其实你也懂，只不过是习惯了。党小组是担任领导职务的党员接受党员群众监督和帮助的重要平台，在咱们小组里，我也是普通一员，如果不'普通'，我就有问题了。同志们说是吗？"大家纷纷点头。江海对叶崇林说："这个话题到此为止了，对不起，打断你的话了。"叶崇林笑了笑，说："感谢书记指教。"江海说："小组会上，也别叫书记了，叫江海同志就行了，感觉亲近些。"叶崇林笑了笑，说："好的，江海同志。"大家都笑了。

电工班班长史明首先发言："我家里没问题，身体也没问题，就说两句话：一是信心增强了。这两天，大家都说新教导员有知识，有能力，很正直，很务实，我也这么认为，搞好工作的信心增强了。二是建议领导组织大家学习导弹护卫艇装备知识。那天大会上，教导员讲得非常好——艇老了，我们没老；艇报废了，我们不能报废。特别是老兵，本职专业都比较熟悉了，学习新知识，有必要，有条件，对搞好本职工作也有好处。"

叶崇林说："这段时间，思想比较清静。海上训练时，主副机都发生了一点故障，但我们没有对付，而是非常认真地进行修理。大家都有一个想法，596 艇退役那一天，动力一定不能是短板，要能雄赳赳气昂昂地驶出南石湾，奔向祖国需要的地方。"江海带头鼓掌，表示赞同。"我还有个想法，不知道违不违反规定——我们的党日团日活动都是每周半天，而且固定在星期五下午，有时硬把一项工作劈成两半，弄得工作不连贯，组织活动也匆匆忙忙，党团支部都有同志议这个问题。能不能从实际情况出发，把党团日活动时间相对集中，科学安排，使工作和组织活动的质量都得到提高。”

辛乐说：“书记编到咱们小组过组织生活，对咱们小组建设和部门工作都非常有利，我非常高兴。我家庭和个人都没什么困难和问题，要说思想的话，就是对机器老旧有些担心，生怕出事，影响艇领导，影响大家。前面两位同志的意见很好，我都赞成。”

江海仔细听着大家的发言，认真地做着笔记。大家都发言完了，江海说：“同志们从不同层面、不同角度看组织，看工作，看生活，都谈得很好。同志们关心组织，心系工作，热爱生活，并拥有良好的精神状态，使我深受鼓舞。同志们提出的许多意见和建议，使我深受启发。我感到来 596 艇工作很幸运，我将珍惜在 596 艇的分分秒秒。我一直认为，基层政工干部如果没有一些军事知识，没有一点军事技能，是很难真正理解和做好政治工作的。我在导弹技术保障单位和观通站工作时，都请过内行同志讲军事课，深感受益。这几天，我琢磨着请十二位老师讲军事课，每课一小时左右，初定请艇长讲猎潜艇作战训练和管理，请副长讲海洋法，请部门领导和部分班长讲各自专业，还请大队航海业务长讲气象与舰艇行动、通信业务长讲国际信号知识，有的已经打了招呼。”江海讲了自己的家庭情况后，说：“我的工作经历，那天大队古主任在大会上都说了。我这个人不会偷懒，也经得起批评，缺点是有时盲目自信，领导曾批评我思想上有骄傲苗头，工作上有理想化倾向，我一直警惕着，也请同志们帮我看着点。作为猎潜艇的新兵、596 艇的新兵，我要求自己尽快掌握情况，进入角色，为艇的建设和任务完成做出应有的贡献。”

大家发言完毕，叶崇林说：“大家今天谈得很好，我将认真向支部领导汇报，哪个同志有新的意见要补充时，随时可以找我。”

星期一早操由康晓义指挥。康晓义的口令清脆洪亮，被认为是全艇干部中最好的。训练科目主要是四列横队齐步走、正步走和跑步走。其间，还一列一列地走了走。

按照惯例，每天上午 8 点，大队首长和机关有关人员在作战指挥室召开值班首长交接班会议，一刻钟左右，大家简称“交班”。每周一的交班时间长点，扩大营级单位主官参加，大家称“周交班”或“大交班”。首次参加大队周交班的江海，不停地悄悄问林咏这个是谁，那个是谁。交班的是杨副大队长，接班的是丁参谋长。听完相关部门气象、作战、训练、军务、政工、岸勤及装备工作的汇报和建议，杨副大队长、乔政委、常大队长先后做了指示。

林咏、江海从作战指挥室出来，古主任叫住了他们，说：“你们艇党支部委员分工调整方案，大队党委同意，团支部书记调整方案，大队团委也已正式批复同意。”说着，把批复文件交给了江海，江海在古主任拿的发文登记本上签了名。古主任走后，林咏说：“我到参谋长办公室去一下，了解一下大队对训练的安排和要求，一刻钟。”江海说：“我到大队长那儿去一下，一刻钟。”

江海喊“报告”后走进常大队长办公室，常大队长问：“有事吗？”江海说：“首长海上训练时到596待了一天，看到不少问题，为什么没有批评呢？”常大队长眯着眼笑了笑，问：“谁说我发现问题了？”江海也笑了笑，说：“训练场嬉笑，住舱物品乱，主机旁乱扔棉纱，炊事班漏饭……”“你小子调查我呀！”没等江海说完，常大队长就指着江海说道。江海说：“哪能呢，我在我们支委会上听到的。”常大队长说：“林咏当爹又当妈，工作很努力。况且，596整体情况还是可以的。”江海问：“596以后再有问题就要挨批喽？”常大队长反问：“你说呢？”两个人都笑了。

江海说：“我们艇这几天的情况及下步打算，我昨天电话给政委汇报了……”“知道了，”没等江海说完，常大队长便说，“政委都跟我说了。”停了停，常大队长又说：“你和林咏见面不到一小时，两次拥抱，反响很大呀！”江海笑了笑，说：“处女抱呀，没经过大脑，也不知道姿势对不对。”常大队长说：“姿势太漂亮了就不贵了。我以前说过，林咏是‘行者’，高远是‘悟（务）空’，都想团结，但步子总踩不到一个点上。两个主官团结很重要，团结的愿望、出发点、目的，都很重要。团结是党性的要求，是部队建设的要求，千万不能把团结当成一般工作方法。你是学过哲学的，团结不能虚热，要把根扎到土里面，适时适量地浇水。”“是，感谢首长教导。”江海说。“想老婆了没有？”常大队长突然转了话题。“想了。”江海答道。“想得厉害吗？”常大队长紧接着问道。“厉害。”江海立即回答。“你小子说话一点不结巴呀！”常大队长逗了一句。江海说：“老天看在我对婚姻非常认真、非常执着的分上，奖给我一个非常健康、非常漂亮、非常聪明、非常文静、非常大气的好姑娘。”常大队长笑眯眯地看着江海，说：“继续‘非’呀！”江海笑了笑，说：“首长，我说的都是实话。不过，我们经常互相鼓励，不但不会耽误工作，还会促进工作。”常大队长说：“你说得很白了，我只说一句话：祝福你们！”说完，走到江海面前，四手紧握。

江海走出门后，又返了回来，对常大队长说：“我们艇有的班长提出集体学习导护艇军事专业的建议，我觉得于大队、于艇、于个人，都是可取的。”常大队长眼睛一亮，说：“好啊，你们研究一下，统一认识后，正式报一下。”江海边敬礼边说：“是！”

从常大队长办公室出来，江海看到林咏已经站在楼前了，急忙跑了下去，和他一起往回走。林咏说：“今天的会议我主持，你主讲，多讲讲。”江海说：“你情况熟，你多讲讲吧。”林咏说：“我要说的话，开训动员时都说了。你的话我爱听，大家也爱听，真的！你主讲。”江海笑着说：“我就不说你了，不然，两个人互相吹捧，老天爷会笑话咱们的。”说着，向天空指了指。林咏笑了。

上午10点，水兵凉亭，596艇全体人员大会。林咏主持，说：“同志们，大队召开训练和安全工作会议后，我们艇党支部委员会立即召开会议，学习会议精神，并研究了贯彻措施。今天会议的目的，就是传达贯彻上级和艇支委会精神，总结经验教训，进一步明确任务要求，为做好下一步的训练和安全工作加油鼓劲。”

林咏简要传达上级指示和支委会精神后，请江海讲话。

江海说：“同志们，这几天，我看了些资料，参加了一次支委会、一次党小组会，和十多个同志聊了天，掌握的情况还很不够。我就训练和安全工作讲点意见，和同志们交流，很可能有不全面、不正确、不准确的地方，很愿意听到同志们纠正的意见、批评的意见和不同的意见。”

江海说：“首先，谈谈关于训练工作的想法和意见。开训以来，按照‘港岸苦练，海上精练’的要求，在林艇长的组织指挥下，各部门严格训练，严格要求，已经为完成年度训练任务打下了很好的基础。上周五晚上，艇党支部委员集体听取了各党小组会和团小组会的情况汇报，我们很感动，大家都在想任务，想工作，有很多感人的事、感人的话，有不少很好的意见和建议。因此，我们对搞好下一步训练很有信心。为了把后面的训练搞得更好，我谈两点意见。一是提高认识，明确目的。认识决定态度，认识提高无止境，无论做什么工作，总要从提高认识开始。我认为，提高对港岸训练的认识，关键是认清其作用和意义，这个作用和意义是客观存在的，不是我们认识它就有，不认识它就无的。港岸训练既是对前段时间个人能力训练和补差训练的检验和巩固，也为下段时间海上训练打下基础。港岸训练搞得好与差，都会对年度训练任务的完成产生很大很直接的影响。我们要明确训练目的，站在全年看阶段，站在全局看自己，把道理想明白，把态度搞端正，努力把今天的‘我’提高到港岸训练后的‘我’……”会场非常安静。江海继续讲：“二是解放思想，勇于创新。解放思想是法宝，解放思想无穷期，对我们这样的老装备部队来说，解放思想有特殊意义。我们要把596艇2003年的训练水平提高为2004年的水平，这就是新水平、新目标。实现新目标，必须有新观念、新思路、新措施、新姿态。虽然我们每年训练的科目是一样的，但是，就像海螺的旋纹一样，每转一圈，就高出一层。如果我们一切都是旧的，那训练水平也只能是旧的，那就是浪费时间，浪费资源，那就是犯罪！那样做的作用和意义就剩一条了——锻炼身体。”一阵笑声。

江海说：“下面，我再就安全工作谈谈想法和意见。我们的安全工作主要是确保舰艇安全、装备安全和人员安全。从了解的情况看，对于安全工作，我们艇上下都是重视的，抓得也是紧的。我认为，所谓安全工作，就是教育工作、训练工作和管理工作，其实质是提高人的素质，安全工作过程是个提高人的素质的过程。任何事故的发生，都是对人的素质尤其是领导干部素质某些缺陷的惩罚。比如，领导能力弱、责任心不强、知识缺乏、规章不熟、技能不精、作风漂浮、粗枝大叶、盲目自信、私心杂念、自律不严，等等，都是素质缺陷的表现，都可能招致事故的发生。俗话说：‘凡夫畏果，菩萨畏因。’没有不结果的‘因’，也没有不联因的‘果’，要什么样的果，就要成什么样的因。在安全工作上，我们都要当‘菩萨’，不能当‘凡夫’，‘凡夫’是不见棺材不落泪，不碰南墙不回头。”

江海说：“关于目前的安全工作，我也说两点意见。一是增强责任心，打好‘人民战争’。安全工作是各个部门和每个同志本职工作的同类项、交汇区，没有责任心，就是思想糊涂，就是风格低下，就是渎职失职。安全工作，百分之一的人不落实，对艇上来说，就是百分之百的不落实；必须百分之百的人抓落实，落实到百分之百的人。从这个意义上说，安全工作是典型的‘人民战争’。安全工作之难，在于其时间和空间上的无限性，必须心系国防，有韧劲，有毅力……”

江海说：“二是学习新知识，不断增强能力。做好安全工作，必须不断地丰富和更新安全工作知识。环境在变化，装备在变化，人也在变化，安全工作必须与时俱进。怎么与时俱进呢？首要的是学习新知识，包括专业知识、社会知识、自然知识、政治知识、法规知识，等等。有了知识，我们才能在实践中增长才干，提高能力。安全工作不能消极防守，要积极进取，注重前瞻，善于发现潜在问题，使发生事故的潜在因素在我们强烈的责任心和足以解决问题的能力面前不断化解……”江海一口气讲了半个多小时。

林咏讲话。他说：“教导员的动员讲话，是一堂很好的政治课、哲学课，听了深受启发，大家要认真回味思考，好好贯彻落实。为了改变往年机械执行训练大纲，训练时间跨度太长的状况，今年训练的安排强调了集中，突出了重点。值更官的强化训练，部分同志的补差训练，教练室模拟训练，都狠抓了传帮带，加强了指导，效果明显好于往年。大队首长说，今年台风可能会多些，海上训练要往前赶，以免被动。所以，后面十来天的港岸操演必须抓紧。训练安全工作要克服侥幸心理和盲目性，深查隐患和苗头，严格落实规章制度。本周，各部门要进行一次细致的摸底排查，艇领导将视情抽查。”

林咏讲完后，江海一句一顿地大声问道：“比训练，比安全，创先争优齐向前。大家有没有信心？”“有！”声浪冲天。

回到艇上，江海问林咏：“今天会议的情况要不要整理整理向大队报一下？”林咏想了想，说：“各艇每周五要书面向大队简报一周要情，我看周报中列入就可以了。”江海说：“哦，那好。”

下午，连续三遍全艇操演后，转入各部门训练。江海对林咏说：“艇操演和部门训练穿插进行，效果挺好的。”林咏说：“是的。不枯燥，发现问题解决问题快。”江海说：“刚才操演时，子君批评副炮班了。”林咏说：“子君是把好手啊，枪水部门出身的，很得力，多亏他了。不当团支书后，抓训练更紧了。”江海说：“你是航海出身，艇军事干部专业结构不错。”林咏说：“你也是航海出身嘛！”江海说：“学完不久就改行了，丢得差不多了。”林咏说：“谦虚了，我看你昨天和航通部门的同志交流得很内行啊。”江海笑了笑，说：“近朱者赤，和你在一起，我兴许还能捡回来一些。”

接着，江海又认真地说：“一些同志提出全艇集体学习导护艇军事专业的建议，我觉得很重要，值得咱们重视。”说完，看着林咏。林咏说：“别听他们瞎喳喳，真让学，他们马上就变调了。”江海说：“咱们的装备在走下坡路，人得走上坡路啊！人要前进，必须有目标，有动力，‘维持会’的差事不好干啊！”林咏想了想，说：“那就限在干部范围。”江海说：“人最关心的，莫过于自己的前途。当下，大家都在想艇退役了怎么办，学习新专业，是最能振奋人心的，形成了学习氛围，艇上的建设就会充满生机和活力。”林咏说：“道理是通的，但兄弟单位会怎么看，大队会不会同意，都得考虑。”江海说：“大队肯定同意，因为符合大队建设的需要。至于兄弟单位怎么看，我相信起码主流是没问题的，因为我们的做法合情又合理。”林咏想了想，说：“抽空开会研究研究吧。”江海说：“研究是肯定的，但首先是你得通，你若不同意，那就先不搞。”林咏笑了笑，说：“我同意，但干就要干好，不能搞形式，更不能半途而废。”江海笑了笑，说：“我知道你会同意的。”林咏问：“为什么？”江海说：“因为咱们的心是相通的。”林咏笑了。

江海走下驾驶台，又下到后机舱，辛乐正在组织部门训练，江海示意他们继续进行，并认真地看着。训练结束，辛乐做了讲评，然后请江海做指示。江海问道：“机舱噪声大，气温高，空气不佳，非常辛苦，同志们身体怎么样啊？睡得好吗？”大家都说习惯了，很适应。江海问：“航行时，机器响声很大，你们舱内沟通交流能力怎么样？”大家说主要靠比画，靠肢体和表情示意，都很默契了。江海又问：“咱们艇主机和另外三艘猎潜艇相比，状况如何？”叶崇林说：“咱们艇服役比 597 还早三年，但状况不比它们差。机电长标准高，要求严，我们的维修保养工作大队首长多次表扬过。”江海说：“人老了，就走不动了；咱们艇老了，还能跑那么快，同志们功劳不小啊！”大家都开心地笑了。

第五章　一师一生气象首课
群众意见伙食居多

晚饭后，江海走进大队行政值班室，航海业务长兰溪已在等他了。两人握手后，兰溪说：“军务参谋值班，我叫他回办公室去了，有事时再叫他，想来想去，这里比较方便。”江海说：“大队首长说你是气象工作内行，是大队气象权威，我拜了十二个军事课老师，你是第一个。马上要出海训练了，仓促了些，抱歉！”兰溪说：“作为政工干部，你如此重视气象工作，我很感动，也很钦佩。”江海说：“水警区张司令员在交班会上说过：‘不懂气象，一日三慌，轻则受罪，重则遭殃。’军政一样啊！”兰溪点点头说：“按照你的要求，我重点谈谈气象影响与舰艇行动，如果还有什么问题，咱们再具体交流。”江海说：“好。”兰溪从一般气象知识，到南海气象特点，从猎潜艇、导护艇的抗风性能，到防台风注意事项，从气象变化的预测，到气象条件的利用，足足讲了五十分钟，江海是听得专注，记得仔细。江海又提了几个具体问题，兰溪都一一做了解答，对于个别问题，兰溪坦言自己也不太清楚。兰溪说：“水警区气象台郑台长是我的同乡、好朋友，是真正的内行。我把他的电话号码告诉你，你有问题时可以直接和他联系。”江海记下郑台长的电话号码，连声说：“谢谢！谢谢！”

兰溪说：“这几天，我们几个业务长到各艇转了转，都觉得你们艇精神状态最好，训练也最刻苦认真。”江海说：“感谢兰业务长鼓励，还望多多指导。”兰溪问：“听说你爱人是研究生？”江海点点头，说：“中学教师，教英语的。嫂子呢？”兰溪说：“原来在老家镇上一个小学当老师，因孩子没人带，现在跟着我，成专职太太了。”江海说：“哦，清贫加清闲了。”兰溪说：“有清贫，没清闲啊！马上孩子要上学了，附近连个像样的村庄都没有，到镇上得跑几十里。老家农村小学教学质量差不说，两地分居，工资还不够铺铁路呢。”江海问：“大队有没有什么打算？”兰溪说：“大队长、两个副大队长，还有副政委，家都在海呈，政委家在广州，参谋长、主任都是湖南人，家属都在老家，岸勤处长是广东人，家属也在老家，八大常委，没一个家在南石湾的，谁有心思想这些。”停了停，兰溪又说：“这里情况太特殊了，也难怪领导。”江海说：“这就是军人的难处啊！”兰溪说：“南石湾十来个孩子呢，家长们天天在交流想法，车到山前再找路吧，实在不行就回老家，再不行就转业喽！”“那可不行，大队很需要你呢！”江海说着，起身告辞，“占用了你这么久的业余时间，谢谢啦！”兰溪说：“不客气，认识你很高兴。”

江海走出大队部，来到二号码头篮球场旁边，掏出手机，给海婴打电话：“哑哑，忙什么呢？”海婴的声音：“陪爸妈体育场转圈圈，刚回来。”

“我刚才在大队部听了我计划内的第一堂军事课，现在在回艇的路上，这里打电话方便。”

“课怎么样啊？”

“内容是气象影响与舰艇行动，航海业务长讲的，挺好的，倒是听他讲了孩子无处读书的情况，心里沉甸甸的。”

听了江海说的情况，海婴脱口说道：“你们办个小学吧，我去当教师。”江海也是脱口说道：“好啊，那我们就天天过‘七夕’了。”海婴关切地问道：“身体怎么样？喝开水方便吗？”

“放心吧，除了见不到你，其他都不是问题。”

“爸爸妈妈经常交代我提醒你注意身体。”

“谢谢爸爸妈妈，我也很想他们，请他们多多保重身体。”

“嗯。”

“时间不早了，我要上艇了。洗完澡给你发信息好吗？”

“嗯。”

睡觉前，江海来到艇长室和林咏聊了一会工作。江海问：“下次党日安排什么内容呢？”林咏说：“前些时候约了大队政治处常思民副主任讲党课，内容是党员如何在军事训练中发挥模范作用。另外，帆缆班战士聂文胜预备党员转正时间到了。”江海说：“你看这样好不好：港岸操演训练之后，出海训练之前，安排一天时间过党日，两个党日合起来过，上午请常副主任讲党课，下午研究预备党员转正，然后开党小组会，后面出海训练就可以连起来了。”林咏说：“好，又求出一个‘是’。”

江海回到自己的住舱，坐在能旋转的椅子上，双脚放在床上，头向后仰靠在椅子上端，闭上眼睛，想安静一会儿，很快，梦幻般地忆起了离开海婴家前一天晚上的情景：客厅里，岳父海力平和岳母蓝青并坐在面对电视机的长沙发上，江海和海婴面对面坐在二老侧前的单人沙发上。江海说：“我明天就出发了，请爸爸妈妈做做指示吧。”海力平笑了笑，说：“那我就提点建议，供你参考：平安健康，天天向上；贞不绝俗，博采众长。”江海点点头，说：“我一定牢记。”蓝青笑着说：“你爸是建议，我是‘命令’：吃好，喝好，睡好！”大家都笑了。江海说：“谢谢妈妈！”海力平问女儿：“你呢？”海婴说：“我没什么了，一路平安就行了。”江海说：“爸爸的教导，妈妈的‘命令’，海婴的要求，我都谨记在心了，一定照办。”海婴大声问江海：“我哪有要求啊？”江海说：“‘一路平安’嘛！”大家又都笑了。一阵回忆后，江海睁开眼，笑了笑。

江海下到一号兵舱，发现自己床铺上空空的，没有卧具，睡在本舱另一头的苗苗走过来，小声对江海说：“够一个星期了，我帮你搬到二号兵舱了。”江海点点头，示意不要影响大家休息，便轻手轻脚地出去了。苗苗跟着江海出来，又跟进了二号兵舱，告诉江海铺位后，才回去休息。

大队周交班后，林咏、江海来到丁参谋长办公室，汇报了全艇官兵学习导护艇军事专业的想法。丁参谋长问：“学得起来吗？”林咏说：“干部班长范围进行了充分酝酿，也征求了一些战士的意见，大家积极性很高，我们有信心。”丁参谋长说：“你们有信心，我肯定支持，但这不是个小事，我向大队长、政委报一下，有结果后通知你们。”

星期三上午，各部门组织训练。按照江海的意见，钟伟诚用边训边讲的方法，给江海讲了《猎潜艇武器的作战使用》，从主炮到副炮，从前炮到后炮，从火箭深弹到深水炸弹，钟伟诚讲得有劲，同志们练得起劲，江海听得带劲，还做了不少笔记。讲完后，进行班训练，钟伟诚随江海到了会议室。钟伟诚说：“教导员真是赶鸭子上架，我哪是讲课的料呀！”江海说：“讲得很好嘛！听这种方式的课，我还是第一次，理论联系实践，印象很深。”钟伟诚说：“我的感觉是接受了一次教导员的考试。”江海哈哈大笑。钟伟诚又说：“领受了任务，心里不着底，昨天晚上半夜都没睡着。”江海又笑了，说：“辛苦你了，谢谢喽！”钟伟诚说：“副长是猎潜艇武器使用行家，教导员应该让他讲。”江海说：“他专门到院校学习过海洋法。我请他讲海洋法，他正在准备。”

“报告！”苗苗把江海的茶杯送了进来，对江海说：“强道来了，好像要来我们艇。”江海愣了一下，问：“什么‘强盗’？”钟伟诚笑了，告诉江海强道是大队司令部的机电业务长。江海急忙出来，大队丁参谋长和强业务长已经到跳板旁了。听到值班员鸣哨，林咏和胡子君也出来了。三个艇领导陪丁参谋长重点看了帆缆部门和航通部门的训练。

看完训练，大家来到会议室。林咏汇报了训练的进度后，请丁参谋长做指示。丁参谋长说：“抓紧些，月底转入海上训练。”丁参谋长停了一下，问：“还有什么困难吗？”林咏回答：“什么都好办，就是没有零配件不好办，特别是机电部门，经常拆东墙补西墙，挺为难的。”强业务长说：“猎潜艇配件上级很少配发了，而且会越来越少。还是要发挥主观能动性，多想想办法，一些简单的可以自制，还可以找些替代品……”

“报告！”关士憎和苗苗端着菜进来了。林咏对丁参谋长说：“百分之百的家常饭，开饭时间也过了，首长别再跑了。”丁参谋长说：“我傻呀，现在跑还不是饿肚子啊！”大家高兴得拍起手来。丁参谋长又说：“我是跟强道（盗）来的，还愁没饭吃？”大家都笑了，强业务长也笑了。强业务长说：“今天中午，大队首长都有事，首长那一桌就剩参谋长一个人了，参谋长干脆带我到你们艇来了，你们不留也得留了。”林咏问丁参谋长：“开一瓶表示表示？”丁参谋长马上制止：“你上酒，我就走！”林咏说：“好，好，听首长的。”丁参谋长一边吃，一边夸：“论吃还是596好，不服不行，你看这菜，色味俱佳呀！”胡子君说：“检验我们饭菜质量的唯一标准，是首长来我们艇吃饭的次数。”丁参谋长笑着说：“子君又来了！你们艇对激将法情有独钟啊，尽管用不好，但人人用，回回用。”大家都笑了。

丁参谋长话题一转，说：“你们提的学习导护艇军事知识问题，大队长和政委都很重视。各艇一窝蜂地学，容易乱，还容易误导，准备先安排你们一条艇学，看看情况再说。”江海问：“可不可以考虑我们与一条导护艇结成帮学对子，以利于从理论与实践的结合上开展学习活动。”林咏和胡子君也都附和着。丁参谋长说：“可以考虑。我回去向大队长和政委汇报。”丁参谋长想了想，问道：“如果大队同意的话，你们愿意和哪条导护艇合作？”林咏看了看江海和胡子君，说：“901 艇。”胡子君认为可以，江海表示同意。丁参谋长说：“等大队定了，我尽早通知你们。”

午休时，江海在二号兵舱刚刚睡着，被苗苗叫醒了。苗苗报告说：“帆缆班聂文胜和文班长吵了好一会儿了。”江海说：“我去看看，你休息吧。”江海出了二号兵舱，下到一号兵舱，把还在争吵的文刚和聂文胜叫出来，三个人一起到了会议室。江海把门关上，问：“大家都在午休，你们那么大声音干什么？”文刚说：“整天不知道想什么，训练起来无精打采，漫不经心，同志们都称他‘老干部’。”聂文胜说：“该做的动作我都做了，你老看我不顺眼，我有什么办法！”江海刚要讲话，康晓义进来了，说：“教导员休息吧，我和他们谈谈。”说着，硬是把江海推了出去。

下午，全艇操演一个半小时后，改为部门训练。林咏和江海来到会议室，刚坐下，胡子君进来了。胡子君汇报说：“按照艇长教导员指示，军人委员会采用班务会形式，请大家谈了对艇上建设的意见，综合了一下，主要有三条：一是希望艇领导多和战士谈谈心；二是伙食账公布要定时、正规；三是对周食谱要认真落实，不能变动太多。”林咏说：“这些意见还是中肯的。”江海说：“三分之二是伙食，可见伙食的重要啊！我父亲那么大年纪了，还一顿饭不称心，一天都不开心呢。伙食连着人心士气，轻视不得。”林咏说：“我也是，有时一顿饭吃不好，三天都骂人。”江海问：“咱们三个每人每月各找三个战士谈谈，有没有问题？”林咏、胡子君都说可以。江海说：“既然咱们认为三条意见是中肯的，那就正式回应大家，加强相关工作：和战士谈心，每个干部每月不少于三次；伙食账每月完整地公布一次；食谱制定要认真，确须改变时，由晓义或司务长跟大家先招呼一下。”林咏和胡子君都同意。江海问林咏：“那就晚点名时你亲自讲一下？”林咏说：“好。”

胡子君刚出去，康晓义进来了，说：“我中午和文刚、聂文胜谈了一下。

他们的事，简单说，聂文胜训练标准低，精力投入不够，而且多次谈话后无明显变化；文刚是恨铁不成钢，要求严，但方法简单。”林咏说：“我宁愿带一百个调皮兵，也不愿带一个聂文胜，皮不拉叽的！没什么高招，经常敲打敲打，反正年底就退伍了。”江海说：“我抽空和他谈谈。”林咏说：“他对思想工作有很强的‘耐药性’。”江海说：“‘不教而杀谓之虐，不戒视成谓之暴’。我刚来，要尽到责任啊！”林咏说：“屡教不改谓之‘完’。”江海笑着说：“那咱们就加大工作力度，叫他顽石点头。”林咏也笑着说：“我说的是完蛋的完，不是顽石的顽。”江海大笑起来。

随着一声“报告”，一名年轻军官走了进来，林咏对江海说：“这是副航通长何其明，刚从山西老家探亲回来。”又对何其明说：“这是咱们江教导员。”何其明连忙敬礼，说：“教导员好！”江海热情地和何其明握了手。康晓义出去后，三个人坐了下来。林咏问何其明：“父亲的事怎么样？”何其明说：“唉！我父亲到镇上办事，大街上那么多人，一个小伙子骑着摩托车，鸣着喇叭，“呼呼”地跑，我父亲躲避不及，被撞倒在地上，右小臂骨折，右脚外踝处韧带拉裂，脚肿得大了一倍。那家伙不道歉，还骂我父亲‘不长眼’‘找死’，是在场的一个小伙子用自家的车把我父亲送到医院的。还有一个妇女同时被撞倒，也受伤了。我到镇里县里找了几次，他们说没有‘现场’，没有证人，不好办。我母亲一个人照顾我爷爷奶奶和父亲，真怕她也累倒了。”林咏说：“怎么搞的，你们那儿就没有讲理的地方了！”何其明苦笑了一下，说：“那条街叫民主街，真‘民主’啊！汽车、拖拉机、摩托车、自行车、手推车，还有行人，统统挤在一起，各走各的，谁也不理谁，那种场面，导演世界冠军也导不出来。”林咏说：“都‘民主’了，所以都不自由了。”何其明说：“据说那个小伙子的表哥是县政府办公室副主任，本人又赖不拉叽的，大家都懒得理他。”

江海对何其明说：“别着急，水警区政治部有法律咨询站，很有经验，你把事故经过和你这次回去处理的详细情况写给我，我来联系，请他们帮助一下。马上要出海训练了，你先整理一下吧。”“是。”何其明敬礼后出去了。江海马上拨通了水警区政治部秘书科马科长的电话，把何其明家的情况说了一遍，请求帮助。马科长说："感谢你们的信任，我们的法律咨询站刚受到海军首长表扬，劲头足着呢！你抓紧把材料传真过来，我尽快安排。"江海连声说"谢谢"。林咏说："水警区机关作风不错啊！"江海说："法律咨询站是没有编制的，由两个超编干部和两个兼职干事组成。"林咏说："哦，他们也求出一个'是'。"

晚饭后，会议室，支委会正在进行。其他议程都很顺利，聂文胜预备党员转正问题卡了壳。柳风说："这是个不大不小的难题。"辛乐笑着说："嗨，满打满算，八个月就退伍了，大喜冲一冲，大家帮一帮，过去算了。"康晓义说："是啊，不然的话，万一他再折腾一阵子，谁都累，况且就是入个党，又不是当班长。"江海说："有个合格不合格的问题，还有个影响和导向问题。班长有班长的条件，党员有党员的条件，除了组织领导能力外，党员哪方面的要求都更高。如果说当班长还可以照顾一下或试一试的话，入党则是既不能照顾也不能试的。"林咏说："我同意书记的意见。不过，聂文胜有进步，是个事实，特别是最近，精神状态还是蛮好的。"辛乐说："党员也有好中差之分，聂文胜还是可以算合格的。"康晓义说："教导员来了以后，他有不小的转变，大家继续帮一帮，我看还是可以的。"胡子君说："大家看这样行不行：我再和他深谈一次，严肃指出他的问题，如果他态度好，支部大会就按期研究他预备党员转正问题。"林咏看了看江海，说："我看可以。"钟伟诚说："我也同意，不过，头脑中总像有块阴影似的，如果谈话效果不理想，那就拉倒。"林咏说："对，谈话效果不好就拉倒。"大家都表示同意。江海说："我也同意。子君谈话前要做做准备，好好谈谈。"林咏说："对，要好好谈谈。"胡子君说："好的。"

星期四早上，胡子君向江海林咏报告说，他和聂文胜谈了近两个小时，聂文胜虚心接受批评，表示坚决改正错误，争取做个好党员。林咏点了点头，看着江海。江海说："好。一会儿吃饭时再跟支委们通通气。"胡子君说："好的。"

星期五，596 艇首次集中时间安排党日。上午，大队政治处常思民副主任给全体党员讲了《共产党员要做军事训练的模范》的党课，扩大团员青年参加。主持人江海说：“今天的党课安排团员青年一起听，一是为了让大家一起受教育，二是为了党员更好地接受群众监督，当好军事训练的模范。”常副主任重点讲了为什么共产党员要做军事训练的模范和怎样做军事训练的模范，理论联系实际，还举了不少 596 艇的实例，很生动。课后，党员分组进行了讨论。

下午，后甲板，党支部大会研究聂文胜预备党员转正事项。聂文胜汇报了自己在预备期的工作学习和思想情况，党小组汇报了考察情况，介绍人汇报了相关情况，胡子君报告了支委会的意见。聂文胜退场后进行表决，尽管江海、钟伟诚都举了手，赞成的还是未过半数。认真讨论后，形成了延长半年预备期的决议。

散会后，江海和林咏商定，马上由胡子君与聂文胜谈谈，再视情由江海和他谈。江海拿出自己起草的“596 艇一周情况简报”给林咏胡子君看。林咏仔细看了看，笑着说：“咱们艇周报从来没有这么认真过，都是几句话甚至几个字就完了。”胡子君说：“教导员写得很好，咱们艇周报水平上新台阶了。”三个人都笑了。

晚饭后，会议室剩下三位艇领导。胡子君说：“和聂文胜谈了半个多小时，他一副满不在乎的样子，说‘怎么都行’。”江海说：“咱们七个支委都举了手，竟然还是没有通过，这是我更在意的地方。”林咏说：“都怨我。的确是个教训。”江海笑了笑，说：“你一‘都’，把我们的责任都没收了。”胡子君笑了。江海问：“听说聂文胜会打篮球？”林咏说：“懒汉一个，大家说他是‘场上指挥员’，肚皮一天比一天大。”江海说：“好久没跑了，今晚咱们都上场跑一跑。”林咏说：“好。”胡子君说：“我要和炊事班商量出海训练主副食品保障问题，你们打吧。”江海说：“那你要动员聂文胜参加打球。”胡子君说：“好的。”江海又说：“要何其明也参加。”胡子君“嗯”了一声。

听说艇领导特别是新教导员要打篮球，596 艇半数以上的人员早早就到场外等着看了，一些兄弟艇的同志也来看了。聂文胜显得特别活跃，他一边活动胳膊腿，一边对林咏说：“今天是当兵的打当官的。”林咏劈头回了一句：“造反啊？”聂文胜愣了一下，马上改口说：“哦，当官的打当兵的。”林咏说：“那也违法呀！”聂文胜笑了笑，说：“干部队对战士队。”林咏问：“几位班长都在呢，你想当召集人啊？”聂文胜反问:“打球还论官呀？有的艇长、教导员不会打球，也听他们的啊？”林咏说:“除了肚皮，论什么你也当不了召集人。”聂文胜转了话题，问:“副长怎么不来呀？”林咏说：“打你们几个刚学会拍球的人，还用副长来！”聂文胜哈哈大笑。江海问他：“你笑什么？”聂文胜说：“副长上场，我们想不赢都不行。”江海追问：“为什么？”聂文胜说：“副长得到球，从来不找篮筐，而是找人，只传不投。有一次他攻到篮下，无人防守，但没看到自己人，竟然使劲将球甩了回去，同伴慌忙去接——回场了！”聂文胜话音刚落，满场人大笑。林咏说：“行了，你只能看见自己的肚皮，从来看不到别人的长处。”又是一阵笑声。

随着裁判员肖志海一声哨响，双方首发阵容出场，干部队是林咏、江海、柳风、钟伟诚和何其明，林咏任场上队长；战士队是叶崇林、文刚、水中天、聂文胜和苗苗，叶崇林任场上队长。选边后，叶崇林逗苗苗：“知道投哪边篮吗？”苗苗认真地回答：“知道，那边。”叶崇林说：“你现在是战士队队员，不能听首长的了，懂吗？”苗苗笑着点了点头，旁边的人都笑了。钟伟诚对苗苗说:“打球归打球，但首长的安全更重要哟！”大家又笑了。

中圈跳球后，江海得球，立即传给何其明，何其明三步上篮，投进整场的首球，赢得一阵掌声。尽管双方都很卖力，但得分率很低，好几分钟过去了，还是4：2，像足球赛比分似的。对开场前叶崇林和钟伟诚的话，苗苗好像是“消化不良”，跑位缺乏目的性，传球失误连连，还错过了一次得分良机。叶崇林叫换人，航海班班长萧雨青上，苗苗下。聂文胜落井下石：“苗苗同志，到场边别乱跑，好好注意首长安全。”苗苗瞪了聂文胜一眼，反唇相讥：“好，我把肚皮养大点再上。”

下半场，双方体力下降，干部队利用自己的经验打控制球，打成功率，始终领先七八分。终场，干部队获胜。

球员就地坐下休息，观众散去一大半。林咏说：“教导员动作正规、漂亮，一看就是基本功很厚实的那种。”江海说：“我很少打了——五一节正规比赛一场怎么样？”大家都说好。水中天说：“好是好，不过我有一点建议：请大队选派裁判。”江海说：“看来有人不服呀！”聂文胜说：“我提个要求，到时候干部队必须让副长上场，而且打满全场。”一阵笑声后，江海问林咏：“肖班长裁判当得不错，打球也很好吧？”林咏看了看肖志海，说：“当裁判，大家对他比较认可，主要是比较公道。打球嘛，你问他本人好了。”肖志海马上说：“不行，不行。”林咏对肖志海说：“我暂时同意你的说法。”肖志海笑了，大家也都笑了。

晚上10点多，江海在艇上转了一圈后来到会议室，打开手机，看到海婴一条短信：“NN请注意！请你立即要求部队成立南石湾小学，我停薪留职一年当教员，不要工资。”江海眼睛一亮，连续看了三遍。他瞪大眼睛想了很久，又闭上眼睛想了很久，才一字一停地回复：“虽然你只是开个小小的玩笑，但我已经激动得不得了了。”海婴又发来一条：“我是认真的，不过爸妈反对，我跟爸妈开玩笑似的说了一下，可把他们吓坏了，妈妈摸了摸我的头，对爸爸说：‘宝宝发烧了，三十九度九。’”江海复：“虽然我很想你，但也不能这样委屈你。好好生活吧，别再吓爸妈了。”海婴复：“我是当真的！只要你能做通部队那头的工作，我就能做通爸妈的工作。”江海又想了很久，回复道：“我询问一下这里的情况再说吧。”

第六章　重内功建章上日程
展内功耐心帮文胜

上午，全艇操演后，江海从前机舱走出来，正碰见何其明，即交代他说："你写的材料我和艇长都看了，可以。你午饭前传真到水警区政治部值班室，就说是秘书科马科长要的。"何其明说："好的。谢谢教导员！"

江海看到林咏一个人坐在驾驶台上，便走了上去。江海刚想问林咏思考什么，林咏先说话了："这次出海，丁参谋长和古主任住咱们艇，还有凌厉参谋和斯奋干事，共四个人。我看让参谋长和主任住咱们两个的房间，咱们住会议室。凌参谋和斯干事住干部舱，我已经安排了。"江海说："艇长、机电长不让铺位，条令有规定的嘛！海上训练你工作量大，很辛苦的，不要搬了。我还是按计划住兵舱，丁参谋长住我房间，古主任在你房间。"林咏想了想，说："也好，两个'烟民'在一起，方便。"

苗苗把林咏和江海的茶杯送了上来。江海问林咏："对咱们支委会自身建设措施，你有什么感觉和看法？"林咏愣了一下，想了想，说："不瞒你说，内容我都记不清了，很久了，定好后我就没再看过。"江海说："一个措施，没人记得，可有可无，那就名存实亡了。"林咏说："踏踏实实干活比什么都强，说实话，我对这些花里胡哨的东西不感兴趣。"江海笑了笑，说："训练要有措施，管理要有措施，教育也要有措施，干什么都得有措施。没有施工图纸，怎么能建成高楼大厦？讨厌花里胡哨的，咱们就搞不花里胡哨的嘛，关键是从实际出发，要管用。"林咏轻轻点了点头。江海说："咱们支部班子建设措施太空，有些地方比党章和政工条例还原则，所以没什么用。我在水警区当组织干事时就有个感觉，不少基层党组织自身建设措施有两个通病：一是太空，和实际情况挂不上钩；二是太高，做不到，也压根就不准备做到。"林咏问："你的意思是重新制定支部班子建设措施？"江海说："我有这个念头，你想想再说。”林咏说：“想什么？不用想，同意。”江海笑了，林咏也笑了。林咏说：“说实在的，过去，我不想的事，别人也不想，很多大事耽误了。现在是你想得更周全，我都快跟不上了。”江海说：“哪里哪里，跟你在一起，我心里踏实，才有精力想，才有底气讲啊！”

江海问：“我再讲个想法，你会不会感到累？”林咏说：“说吧，和你交流很痛快，很享受。”江海说：“既然你鼓励我，那我就说了。我觉得咱们支委会要有个议事细则。我们党很大，我们军队也很大，党章、政工条例都是管全局的，作为一个基层单位，应该有个细则，把原则具体化、细化、可操化。”林咏问：“比如说呢？”江海说：“召开支委会、支部大会，如无特殊情况，都要提前几天打招呼，广泛听取意见，充分进行酝酿，积极搞好协调，以免会上被动。”“再比如说呢？”林咏又问。江海说：“有三名或三名以上支委要求召开支委会研究某项议题时，如无特殊情况，应召开支委会研究。”林咏点点头，但说：“上级早晚会搞的。”江海说：“上级有章程有规定的，当然要坚决执行，但暂时没有而工作又需要的，我们就应该依据党规党法和支部的实际情况，摸索创新，这也是尽党员的义务，尽支部的责任。哪一级组织章法的出台，都有赖于广大党员和党组织的积极实践啊。”“我同意，”林咏说，“措施也好，细则也好，原则就是你刚才说的那两条，一是从艇上实际出发，二是管用。”江海说：“如果不切实际，不管用，那就再改，直到切合咱们的实际，真正管用。”林咏想了想，说：“要不要叫‘规则’？”江海说：“咱们一家的事，叫‘细则’自然些。”林咏点了点头，又问：“会不会成为‘土政策’？”江海说：“咱们搞好后，报大队党委批准，以确保其权威性。”林咏说：“你想得很周到，我看可以。”江海又说：“咱们先分头和支委们聊聊，酝酿酝酿。”林咏点了点头，说：“吃一堑，长一智啊！”江海说：“长一智，进一步。”林咏笑着点了点头。

两个人下驾驶台的时候，江海问林咏：“约你的课什么时候讲？你的课内容是整体性的、基础性的，越早越好。”林咏说：“你都了解很多了，算了吧！”江海说：“那不行，我最期待的是你的课。”林咏说：“今天事情太多，到了海上更忙，你看这样行不行：我在大队当参谋时给干部讲课的课稿，已几经修改，内容和你的要求挺对号的，你先看一看，咱们再深入交流。”江海说：“好，这样更实惠。”

下午，江海到各部门看出海准备情况，问得很细，记得也很细，最后，来到了炊事班，肖志海、关士愔、孙长勇正在洗菜。江海问：“出海准备工作还有什么问题没有？”关士愔答：“没有。主副食品都不少，放得久和放不久的菜都兼顾了。”江海又问：“如果情况变化，延长一天呢？”关士愔答：“那也没问题，我们是按四天准备的。”江海说：“很好，有备无患。”肖志海说：“以往有过教训啦！”江海说：“教训使人聪明，使人进步。”肖志海说：“是的。”江海问：“先炒哪个呀？”肖志海说：“辣椒炒肉丝，然后是猪脚烧花生米。”江海问：“这么多青菜啊？”肖志海说：“出海时间长，青菜不好放，我们安排出海前和出海后的前两天多吃青菜。”江海说：“很好。”

“志海，”江海话题一转，说，“咱们走到一起是缘分啊，你得教我几手。”肖志海说：“教导员客气了，听说你对面食很有研究，艇长海鲜做得不错，你们都是内行领导啊！”江海说：“我在导弹技术保障大队当指导员时学会了蒸馒头、花卷和包子，休假的时候，母亲指导，学会了烙饼，在观通站工作时碰上个好师傅，面食又有进步，但是，做菜一直不行，我很纳闷，程序完全一样，做出来味道却不行，自己吃着也不满意。”肖志海说：“多练练，肯定没问题。”江海说：“我在观通站学做菜，不知道是谁给司务长写了张条子，说‘教导员关心伙食，亲自做菜，我们很感动，但他做菜最好每顿不要超过一个，太难吃了’。”肖志海、关士愔、孙长勇都笑了。江海说：“这一回我不着急，慢慢来，先学清蒸鱼，再学土豆焖猪脚。”肖志海说：“好的，没问题。”江海补充道：“还有西红柿蛋花汤——我家里人都喜欢喝。”肖志海说：“好，我一定尽力。”

江海换了话题，问肖志海：“你们班看报纸情况怎么样？”肖志海说：“比较少。每班一张，谁收到谁看，一会儿就不见了。”江海问：‘每周班里集体读一次报纸，一个小时左右，做得到吗？”肖志海说：“我觉得可以。”江海说：“你们可以试一试。”肖志海说：“好。”

晚饭后，聂文胜站在码头上，下意识地两手交替向下扒拉着肚皮。

江海走过来，说：“别扒拉了，越扒拉长得越快。”聂文胜笑了笑，说：“没办法，真羡慕大家。”“父母胖吗？”江海问。“不呢！我这全是自找的。”聂文胜说。江海示意了一下，二人朝码头外引桥走去。

江海问聂文胜：“兄弟姐妹几个？”聂文胜说：“就一个哥哥，已经结婚，有孩子了。”停了一下，又说：“哥哥也不胖。”江海问：“你觉得胖的原因是什么？”聂文胜说：“父母说是小时候太挑食的缘故，同志们说我‘能吃能睡不操心，手懒腿懒屁股沉’。”江海说：“口福是人生最重要的福分之一，但是不能只考虑口感，食品结构要合乎自己的健康需要。口感也是可以改变和培养的，建议你逐步养成多吃蔬菜水果，减少点主食的习惯。”聂文胜点了点头。江海说：“能睡是个大优点。当然喽，能睡不等于能躺。”聂文胜笑了。江海说：“‘屁股沉’和胖，很容易相辅相成，互相促进。”聂文胜说：“那是，那是。”江海说：“身怕不动，脑怕不用。动，才能产生力气，才有活力，并促使体格匀称。活动一定要经常，活动量一定要够。西方有句谚语，叫作‘把晚饭留给敌人’，消化系统老超负荷，对身体影响是很大的。”聂文胜指了指旁边的篮球场，说：“早就计划了，每天一场球。”江海说：“活动，也是要有享受感才好坚持，如果当作完成任务，那就是肉体上锻炼自己，精神上折磨自己。对活动要理解，要把活动看作生活和生命的一部分，珍视它，享受它。”聂文胜说：“教导员说得真好，我很受启发。”江海说：“打球和打球也不一样，不能老当‘指挥员’吧！”聂文胜笑了。

“文胜，”江海突然问，“你为什么那么认真地看汽车修理书籍啊？”聂文胜反问道：“教导员怎么知道的？”江海说：“我第一次到你们住舱，就发现你有两本书，都是汽车构造、原理和维修方面的，你画的重点，表明你很细心，很认真；你折叠的页角，说明你看的速度很慢，也说明你基础不厚，是生钻。”聂文胜十分惊讶，说：“教导员，我服你了。”江海说：“我还知道你找过岸勤处撒处长，想调汽车队。”聂文胜说：“教导员，我是心里不藏事的人，如实向您汇报了：我一家人在农村，生活水平很低，找对象都挺难。当个帆缆兵，这么大个子，整天不是提溜撇缆绳，就是提溜个破碰垫，被人吆来喝去的，主机‘轰隆隆’一响，黑烟又浓又呛，满身满肺，天天‘革’自己的命。”聂文胜讲完，看了看江海。江海听得很认真，示意聂文胜继续讲。

聂文胜接着说：“我一个同学的哥哥是矿山老板，他们劝我复员，到矿山开车，说不定能混个车队队长呢！”江海笑了笑，说：“继续。”聂文胜说：“没了。”江海说：“还有。”聂文胜说：“真没了！”江海说：“好，你不说，我来补充——于是，部队这边就不奋斗了，得过且过了。”聂文胜说：“看看这身军装，想想自己的状况，我也觉得自己僧不僧，俗不俗的，但是总提不起劲来。请教导员批评。”江海说：“缺点谁都难免，问题要看是什么缺点。如果一篇文章的缺点是主题错误，观点荒谬；如果一个人的缺点是懒惰、不诚实，如果一个球队的缺点是队员技术基础差，那都真的很麻烦。但是，考虑个人利益，考虑个人前途，都是正常的、正当的，不考虑个人利益和前途，是不可信的。共产党人寓个人利益于党的利益，寓个人前途于人民的前途，是科学世界观人生观指导的结果。个人利益，也有眼前与长远之分。人一辈子能得到什么，得到多少，主要取决于自己的素质，而素质的提高是个过程，是连贯的。我们舰队有不少退伍兵成为全省乃至全国知名企业家后，都称得益于部队的锻炼，主要是坚定的事业心、开阔的视野和百折不挠的意志。撇缆也好，提碰垫也好，只是个工作项目，它锻炼你的首先是思想觉悟、职业道德和意志品质，经不起锻炼，我就不大相信你将来能成为优秀的汽车队长。”聂文胜深吸了一口气，说：“教导员摸到我的病根了，我会全面反思自己的。”

快到“三棵树”时，斯奋干事和修船所钱羽教导员迎面走来。互相握手后，斯奋问江海：“这次在军校学习主要有哪几门课？”江海说：“马克思主义哲学、政治经济学、科学社会主义、党史，及舰艇政治工作的基本内容、方法和特点等。”钱羽问江海：“教材可以看看吗？”江海说：“可以。”斯奋说：“我也看看，有些章节可能要复印一下。”江海说：“没问题。”斯奋说声“谢谢”，和钱羽往回走了。聂文胜说：“上学的机会太宝贵了，我最大的遗憾就是从小学到中学都没好好学习。”江海说：“是的，学校学习时间比较集中，内容比较系统，有专门老师教，但就一生来说，多数时间还是在职学习，在实践中学习。”聂文胜说：“是。”江海说：“天长地久，川不倒流。人生就是个长征，要立志走出自己的‘千山万水’，将来告别这个世界时，才能一顾‘尽开颜’，虽去亦欣然。”聂文胜点点头，说：“诚如教导员所说，自己是人生的唯一对手。”江海说：“人一生就两件事，看路和走路。自经自历自反思，渐悟顿悟到彻悟。功到终得境界高，不可为处亦可为。你爱学习爱思考，已经具备了成功的一半。知识体量及其延展的无限性和我们时间精力的有限性，决定了学习内容选择的重要性和必要性。建议你多学习些哲学和中国特色社会主义理论知识，眼睛会更明亮些。” 聂文胜边点头边说：“一定，一定。”

晚点名，林咏重点强调了出海训练时间长，要周密计划，科学安排；要以干部、班长为重点，严肃，规范，一丝不苟；要严格管理，严格制度，把安全落实到每一个人；要尊重随艇大队首长和机关的同志，注意礼节礼貌和作风养成。林咏讲完后，江海大声问大家：“艇长的四点要求听清了没有？”大家齐声回答：“听清了！”江海再问：“艇长的要求重要不重要？”大家齐声回答：“重要！”江海又问：“艇长的要求能不能做到？”大家齐声回答：“能！”

第七章　参座坐镇主任赋诗
漂靠重任点将子君

上午7点50分，六条艇相继离开码头，导护艇在前，猎潜艇在后，一路纵队，从西口出港。596艇排序第四。快到西口时，林咏下达“狭水道航行部署”口令。坐在驾驶台左侧的丁参谋长用望远镜四处瞭望着，江海站在驾驶台右侧古主任旁边，胡子君在甲板上观察督导。顺利出港后，林咏下达“四车进二”口令，几分钟后，又下达“四车进三”口令，艇的两侧冲出两排黑烟，“嗖嗖”地跑了起来。古主任笑着对江海说：“一字长蛇势威猛，劈波斩浪捣龙宫。”江海说：“传神，精辟！”林咏问丁参谋长有什么指示，丁参谋长说：“今天是第一天，要严肃认真，定好调，起好头。”林咏说：“是。”

各艇逐渐拉开了距离，按统一划分的海区进行单艇训练。江海拿起话筒讲话：“同志们，这次出海训练，大队丁参谋长、古主任亲随我们艇指导，我们非常欢迎，非常感谢。今天是这次出海训练的第一天，我们要严肃认真，聚精会神，开好头，起好步。大家有没有信心？”“有！”舱面人员齐声回答。尽管第一天是以航行训练为主的基础科目训练，但林咏盯得很紧，不时地以语音提醒和纠正着。操舵兵欧阳山川味十足、特色独具的口令，引起了江海的兴趣。“左五度——五度左。”江海下意识地跟着小声学了一句。丁参谋长笑着对江海说：“到你们艇来，听欧阳山的口令是一大享受。”林咏说：“欧阳山真像一座山，他往这里一站，我心里就很踏实。”丁参谋长又说：“块头够了，不用往上长了，更不用横着长了。”欧阳山不好意思地笑了。江海看看手表，10点半了，对古主任说：“我下去看看。”古主任说：“好，你忙你的。”

江海从驾驶台下来，直奔伙房。菜已经准备得差不多了。肖志海说：“我们也要开好头，首战必胜。”江海说：“很好。”说着，挽起袖子，帮起忙来。江海一会淘菜，一会翻锅，一会加盐，一会加油，弄得关士憎、孙长勇不知道该往哪站、干啥好。肖志海笑了笑，说："教导员休息一下，我们来。"江海看了看他们，说："哦，是不是我外行帮忙，越帮越忙呀？"肖志海说："不是，不是，你来了以后进度快多了。"江海说："以后我多来，咱们就默契了。"

中午，因海区水深抛不了锚，漂泊午餐。胡子君指挥各部门值班人员实施机动，确保艇的安全，林咏、江海在会议室陪大队人员吃饭。林咏一边给丁参谋长和古主任夹菜，一边说："请，请！"丁参谋长看了看桌上摆的东西，笑嘻嘻地说："我高兴的不光是菜做得好，还因为596把我们当自己人，如果不当自己人，肯定要假惺惺地摆个酒杯，等我们说了不喝后，再收回去。"林咏说："绝对是自己人，不能搞虚的。"这时，康晓义左手托着一盘酒杯，右手提着两瓶葡萄酒进来了，笑嘻嘻地问："中午天热，请首长喝点红的？"场面立刻有意思了：林咏指着康晓义，但说不出话来，江海看着康晓义直笑，丁参谋长用手指勾了勾康晓义，问："你说实话，谁让拿酒的？"康晓义看了看林咏。林咏说："看我干什么？如实说呀！"康晓义对着丁参谋长和古主任笑了笑，说："艇长曾经交代我们，不管首长喝不喝，都要让一让。首长不喝，那我就拿下去了。"林咏故作从容地说："晓义说的是实话，是我今天一忙，忘了交代了。"古主任说："林艇长勇于承担责任，功过抵销了。"丁参谋长还是摇了摇头，说："悲哀啊！人家拿咱当外人，咱还自作多情呢！"一句话说得大家都笑了。林咏对康晓义说："海上训练，喝什么酒？以后不能再出这样的洋相了！"康晓义一边点头，一边说"是"。丁参谋长说："晓义坐下来一起吃，这么多菜，吃不了多浪费呀！"康晓义说："谢谢首长，我还有事，首长慢吃。"古主任说："别客气了，坐下吧。"说到这里，古主任学着电视里播音员的声音说："参加596艇会议室午餐的还有有关方面负责同志康晓义。"笑声。丁参谋长端起茶杯，说："晓义，我以茶代酒，敬你一杯，给你压惊。"大家都笑着站起来，碰了一杯茶。

林咏看着大家吃得很高兴，转头问丁参谋长："今天的菜怎么样？"丁参谋长看了看林咏，说："菜是不错，但我只感谢炊事班。"康晓义马上接过来说："教导员从出海前到今天，一直在对炊事工作做指导，今天上午还帮厨了呢！”古主任问：“怎么指导的呀？”康晓义说：“教导员的一句话炊事班的同志都记得：‘检验炊事工作的标准是物质变精神’。我们问教导员，大家吃了喝了，怎么知道他变精神了没有？教导员说，笑嘻嘻的，不自觉地用手扒拉肚子，轻轻松松地唱两句、哼两声，碰到炊事员时说声‘谢谢’，等等，这都表明变精神了；绷着脸，你问他菜怎么样，他不理你，或者把碗里盘里剩的饭菜狠狠地向海里倒，把菜盘子老远地向洗碗池中一扔，转头就走，等等，都表明没有变精神。”江海说：“行了，那是随便聊天。”古主任说：“物质变精神，烟酒是最快的。”丁参谋长说：“那是。古代打仗，誓师大会上，一人一碗酒，双手捧起，一饮而尽，将碗往地上一摔，就冲上去了，一碗酒就是一场动员报告。”江海说：“什么时候没酒都没难受过，今天没酒真的有点不是滋味了。”古主任笑了笑，端起茶杯，说：“咱们以茶代酒，看看能不能变精神！”大家都笑着站了起来，一起碰杯、喝茶。

午饭后，江海将自己在舰艇政工班学习的教材送给了斯奋。斯奋说：“非常感谢！我和钱教导员穿插着看，看完就还。”江海说：“慢慢看，不着急。”

中午一点半，训练继续。驾驶台上，江海问丁参谋长训练期间气象情况，丁参谋长说：“总的情况不错，第三天风浪大些，但阵风超不过五级。”江海说：“我问水警区气象台郑台长了，他也这么说的。这样好，对基础科目一些具体环节的演示和掌握比较有利。”丁参谋长说：“对。”

过了一会儿，江海下到海图室，走到正在看海图的柳风身边，问他：“这期黑板报不错，几幅小插图生动传神，谁的手艺？”柳风答：“苗苗的字进步很快，插图是水中天画的。”江海问：“水班长有这本事？”柳风说：“水班长可不是水货啊，聪明着呢！”江海说：“黑板报以后就这样办，主题鲜明，重点突出，简洁明快。稿子来源的面要宽，不要老是那几个人的稿子，群众办报，人人参与。”柳风点了点头。江海又说：“一期黑板报出来后，要观察一下谁看，谁不看，回头率有多少，经常征求意见，不断改进。”柳风说：“是。”江海回到了驾驶台。

丁参谋长对林咏说：“下次测距时跑一跑。”林咏答：“是。”“四车进三！”“四车进四！”林咏的口令谨慎而坚决。艇“呼呼”地跑，如离弦之箭。五分钟后，丁参谋长问：“速度多少？”林咏答：“二十一节。”丁参谋长说：“好，减速。”林咏答声“是”，马上下达了减速口令。几分钟后，辛乐跑到了驾驶台，问刚才怎么回事。林咏说：“没事，首长让跑一跑。”丁参谋长问辛乐：“刚才主机状况怎么样？”辛乐说：“正常。上次出海也跑过二十一节。”丁参谋长说声“好”，又笑着问：“大队长怎么说你来的？”辛乐笑了笑，说：“你‘辛’苦，艇快‘乐’。”丁参谋长笑了。辛乐下去时，江海跟着他下到前机舱。

肖志海他们刚准备炒菜，江海来了。江海指着刚出锅的大米饭，说：“这米不错，大家都说口感好。”关士愔说：“这米不是从供应站买的，我们专门找了西岭镇一家米店买的。”江海说：“这就对了，靠大米能省几个钱？”关士愔说：“我们也是这么想的。”大家边说边做。在肖志海的指导下，关士愔做好了土豆烧肉。江海说：“挺好，挺好！”肖志海说：“司务长去年就是五级厨师了。”江海高兴地说：“很好。”说完，转过头来问孙长勇：“你怎么样啊？”孙长勇摆摆手，说：“不行，不行，还早着呢！”江海说：“要有信心，两个师傅带你，条件难得啊！”孙长勇说：“是的。我一直在用劲向他们学，但进步不大。”肖志海说：“小孙也是个好苗子，我选的。做炊事员，一是肯吃苦，不懒；二是勤总结，善悟。这两条小孙都占。”江海说：“那就多给他机会。”肖志海说：“是。”江海说：“后天风会大点，饭菜的安排要考虑到。”肖志海说：“教导员放心，我们有经验，保证不误事。”说话间，听到了林咏“抛锚部署”的口令。江海急忙来到右舷，问已在右舷的胡子君：“这就是沙湾锚地？”胡子君说：“是的，离南石湾三十多海里。”不一会儿，林咏下达了解除抛锚部署口令。

晚餐时，丁参谋长把帽子往屁股旁一摔，说：“今天组织得不错，开了个好头。就这么干。”林咏说：“是。”古主任指着桌子上的大蒜碟和辣椒碟问：“这些大家都有吗？”胡子君答：“都有。晓义抓这个可当回事了，只要出海，一定有，说是辣椒开胃，大蒜防拉肚。”古主任说：“对的。和尚撞钟，公鸡打鸣，干什么，就得吆喝什么。”丁参谋长说：“我们古主任时时处处都以政治家自律，不说是极古穷今，起码也是博古通今，随便一句话，一个动作，都显高世之才风范。逢年过节，人家给他发信息，讲了一大堆好话，他一句‘祝你工作顺利’就给打发了，还说，对于有事业心的人来说，工作顺利，幸福快乐便在其中了。”古主任撇了撇嘴。丁参谋长说：“你别撇嘴，我问你：应该如何看待社会上一些人厌恶政治的现象？”古主任说：“政治是经济的集中表现，不厌恶经济，就不该厌恶政治。厌恶政治的原因，我看主要有两条：一是没有弄清什么是政治，二是一些‘讲政治’的人把经念歪了。”丁参谋长说：“基本正确，加十分。”然后笑着示意大家继续听胡子君讲话。胡子君又补充道：“另外还有辣椒酱和生姜片，现成的，谁吃谁要。”斯奋笑着说：“我要生姜片。”胡子君一声喊，一会苗苗就端进来了。丁参谋长首先夹了一片，放到嘴里，边嚼边说：“好东西啊，怪不得你们舍不得拿出来呢！”大家都笑了。

吃完饭，斯奋忽然宣布：“我有个发现！”大家都转过头来看他，丁参谋长催促道：“说！”斯奋笑着说：“没什么，我是说帆缆班那个胖子变了，训练很认真，动作有板有眼的，不像‘下连当兵的老首长’了，像个帆缆老把式。”凌参谋马上附和着说：“我也感觉到了。”古主任问林咏：“怎么回事呀？”林咏说：“我们教导员给他做了个小手术，通了通筋，见效了。”江海说：“他不太安心帆缆工作，我们几个都在做他的思想工作。他的转变是初步的，还得做巩固提高工作。”古主任说：“浇树浇根，帮人帮心。一定是教导员的话说到他心里了。”林咏说：“对。”

从会议室出来，大家来到前甲板。几位部门长也陆陆续续来了。望着半天晚霞和茫茫大海，丁参谋长问古主任：“‘诗’老师，怎么说？”古主任说：“你老丁就爱出我的洋相。”丁参谋长不依，说：“今天是出海第一天，训练好，吃得好，景象好，心情也好，岂可无诗？”江海说：“咱们先聊天，给主任几分钟时间思考。”说完，给古主任点了一根烟。丁参谋长说：“可以。”接着问大家：“海上训练，什么时候最舒服？”周学正说：“没风没浪，高速行进的时候。”辛乐说：“动力系统没出问题，训练结束走出舱口的时候。”康晓义说：“说真心话，大家高高兴兴吃饭的时候我最舒服。”苗苗猜了一句：“听欧阳山喊口令最舒服。”还学着欧阳山的腔调喊了一声：“五度左！”一阵笑声后，大家问丁参谋长什么时候最舒服。丁参谋长两臂一扬，做了个深呼吸，说：“就是这个时候最舒服。”停了一下，丁参谋长又补充道：“比开拖拉机大摇大摆地跑高速公路还舒服，比乞丐大腿压二腿坐在银行门口数钱都舒服。”一阵大笑。

停了一会儿，大家又把目光转向了古主任。古主任干咳了一声，右臂高高抬起，半天出来一个字——“啊！”一阵笑声。丁参谋长大声说：“行了你！”古主任这才摆了个姿势，望着远空，慢慢吟道：“蓝天碧海古今同，平静深处是汹涌。心明眼亮意志坚，倚天把剑待令声。”大家鼓掌叫好，丁参谋长说：“我只拍手，就是不说好，急死你！”一阵笑声后，古主任说：“我可有言在先：你拍手只能拍到手肿，拍得骨折了我跟你急！”又是一阵笑声。丁参谋长说：“字典上‘古今’二字纯粹是给你印的，总是‘古今’长‘古今’短的，你把它撕下来装到口袋里得了。”还是笑声。

趁着聊天的间隙，江海报告说：“这里离岸近，电视有信号，计划看完新闻联播后看录像电视连续剧《长征》。晚上9点钟全艇点名，之后，各部门用十分钟做日讲评。”丁参谋长说：“长征是我党我军永久的骄傲和荣耀。《长征》是最能吸引我的电视剧，我也看。”古主任说：“长征是我党史军史经典之笔、神来之笔，是浴火之历、淬火之历，是惊天之作、不朽之作。长征说有多艰难就有多艰难，说有多精彩就有多精彩，说有多伟大就有多伟大。红军的长征属于中国，也属于世界，属于人类。”林咏说：“腰伤脚疼，空手难行；身强力壮，重担过冈。红军的免疫力是‘先天’的，红军的生命力是‘自然’的，红军胜利是‘天定’的。”江海说：“长征是永不过时的马克思主义哲学教科书、党的建设教科书和共产主义精神教科书。长征的特殊历程特殊环境对党的第一代领导核心的形成、对党的正确路线的形成、对中国革命骨干队伍的形成，都有巨大的催生作用。长征以红军将士的鲜血和精神向世界宣告了中国共产党的正确英明和伟大，也宣告了正义者无敌。”古主任说：“非常‘固的’（英语‘好’的读音）。”丁参谋长说：“错——比较‘固的’。”说完，问江海：“亲爱的，能用一句话概括吗？”江海答：“理想信念高于天。”丁参谋长对古主任说：“这才是非常‘固的’。”古主任很认真地说：“对。经历了长征的先辈们在抗日战争、解放战争、抗美援朝和社会主义建设中的伟大实践，便是最好的证明。”丁参谋长说：“我没你们政工干部的表述能力，只知道看了《长征》长胆气，长志气，长豪气。”古主任对丁参谋长说：“我回去就向大队长、政委建议，非把你改成政工干部不可。”大家拍着手笑了起来。

晚点名后，林咏陪丁参谋长和古主任在艇长室聊天，江海在会议室看林咏给他的讲课稿。过了一会儿，喇叭里传出了苗苗的声音：“播报明日工作安排！播报明日工作安排！明天，3 月 18 日，星期二，多云，18—27 度，偏南风 3 — 4 级。洞六三洞起床，洞拐两洞早餐，洞八洞洞起锚训练，幺两洞洞午餐，幺三三洞训练，幺拐三洞抛锚，幺八洞洞晚餐，两幺洞洞晚点名，两两洞洞熄灯。完毕！”苗苗将数字一、二、七、九、〇分别读为幺、两、拐、沟、洞，易于听辨，朗朗上口。江海满意地笑了笑，继续看课稿，粗看了一遍，细看了一遍，又闭目想了许久。然后，走出会议室，到前后甲板转了一圈，看了看抛下的右锚锚链，又到干部住舱看了大队凌参谋和斯干事。

江海回到会议室时，林咏已经在了。江海问：“两位首长休息了吗？”林咏“嗯”了一声。江海坐下来，说：“课稿看了两遍了，简单说，一是全面，二是规范，训练组织部分有创意。”林咏说：“老掉牙的东西了，多提意见吧。”江海说：“学习了你的课稿，我才真正对猎潜艇有了点底。谢谢了。”林咏问：“有什么要讨论的没有？”“每个方面都讲得很清楚了，”江海想了想，问道，“损管训练主要有哪些内容？”林咏说：“很简单，每年在教练室搞一次堵漏训练，用制式堵漏器材堵漏。”江海说：“为了强化损管意识，这次可不可以穿插一下堵漏训练，不打招呼设置情况。”林咏想了想，说：“可以，这对全艇和部门指挥也是个不轻松的训练，我抽机会向丁参谋长请示一下。”说着，林咏准备出去，江海问他干什么，他说去看看锚链。江海说：“休息吧，我刚看过了。”林咏“嗯”了一声，转过头来对江海说：“你交的任务我就算完成了。”江海说：“课讲完了，老师还是老师啊！”林咏说：“要说老师呀，还真得拜你为老师，咱们相处这么短时间，我从你身上看到学到不少东西。”江海笑着问道：“是不是要在训练的重要时刻鼓励我一下？”林咏摇了摇头，说：“跟你说个过心的话，我这个人不晕船，不晕飞机，但是晕辩证法，晕民主集中制。”“哦？”江海十分错愕，示意林咏坐下，“你的想法说法都很新奇啊！”

林咏坐下来，问：“你说，辩证法也好，民主集中制也好，到底是一个，还是很多个？”江海说：“当然是一个了，辩证法之外的都不是辩证法，民主集中制之外的也都不是民主集中制。”“我觉得辩证法也好，民主集中制也好，李王张，刘陈杨，点点点，点点点，”林咏用手指在桌子上敲了个省略号，“姓什么的都有。辩证法就像变戏法，谁变得像，谁就是对的。民主集中制就像一团泥，想怎么捏，就怎么捏，官大的，胡子长的，声音高的，脸皮厚的，有后台的捏的才算是‘真’的。”江海听了很兴奋，做出一副要认真探究的样子，说：“我觉得，唯物辩证法是世界观，也是方法论，说它复杂，是指它产生的过程复杂，表现形式复杂，涉及的故事名词复杂，核心和实质并不复杂。从贯彻落实角度说，其核心就是一句话：一切从实际出发，全面地看问题，联系地看问题，发展地看问题。”林咏说：“你这个说法符合‘矛盾论’‘实践论’的精神。”江海说：“学习辩证法，从‘实践论’‘矛盾论’入门是个极好的选择。当初，我把这‘两论’推荐给海婴时，她捂着嘴直笑。现在呢，一遍一遍看个没完。”林咏笑了笑。江海说：“学习辩证法，一联系实际就好理解了。从井冈山斗争到改革开放，都是辩证法的演示场，按辩证法办就胜利，违反辩证法就受挫折。个人也一样，你组织科目训练、组织篮球赛，都在运用辩证法，不然也不会取得那么多成功。全面调查，深入研究，精心计划，严密组织，还有未雨绸缪，有错必纠，抓主要矛盾，掌握对手和战场情况等，都是按辩证法办事。理解了的东西才能更好地感觉它，注重学习总结和理性分析十分重要。”林咏说：“辩证法理论性强，实践起来更难。”江海说：“理论是个庞大而完整的体系，一旦来到我们单位，就得化为具体的指导思想，及规矩、措施、办法。民主集中制是根本制度，如果没有具体制度支撑，不能与现实相联系，它就飘到天上去了，管不了地上的事了。不管用，就是不科学。所以，我觉得我们支委会议事应该有个细则，避免再出现个‘林民主集中制’‘江民主集中制’。”林咏说：“这件事做好了，意义还真大。”停了停，林咏又说：“你‘管用’的说法我和子君他们都很感兴趣。毛泽东思想在井冈山管用，在长征路上管用，在延安管用，在西柏坡管用，在哪都管用，所以是正确的、科学的。”江海说：“邓小平理论在振兴中华的实践中，发挥了巨大的历史性作用，都是从实际出发。”林咏说：“对。”江海说：“学好唯物辩证法，是打开马克思主义理论宝库众妙之门的金钥匙；加强民主集中制建设，是加强党的领导的核心环节。所以，还是得讲学习。学习辩证法和民主集中制知识的人多了，我们对辩证法和民主集中制的认识才能在广泛交流中提高，才会有更高质量的监督，才能不断提高实践能力。”林咏笑了笑，说：“越普及就越有利于提高。我这就去学习。”说完，出去了。江海笑了笑。

上午 8 点，驾驶台上，胡子君下达口令：“起锚部署！”林咏看到江海的目光在询问自己，马上走过去，悄声对他说：“哦，昨天晚上只顾研究辩证法，忘了和你讲了，和丁参谋长说过了，子君今年考独操，让他多操操艇。”江海说：“哦，好。”艇稳稳地驶出锚地，到达训练海区，开始训练。林咏不时地和胡子君说点什么，胡子君则以点头回应。

林咏看看手表，10 点了，对江海说：“教导员陪首长到会议室坐会儿吧。”没等江海开口，丁参谋长便说：“我们到机舱看看。”江海陪丁参谋长、古主任、凌参谋、斯干事下到前机舱，辛乐、叶崇林、史明都在。辛乐大声喊道：“感谢首长指导！”丁参谋长指了指机器，指了指自己的耳朵，又摆了摆手，意思是说噪声太大，不用说话了。丁参谋长看完主机看电机，非常细心。看完后，丁参谋长伸出大拇指，朝机器指了一下，又朝机舱的同志们指了一下，最后朝辛乐指了一下。辛乐马上伸出双手拇指，笑呵呵地指向丁参谋长和古主任。走出前机舱，来到伙房，肖志海连忙敬礼，请首长指示。丁参谋长说：“你们的工作很辛苦，很重要，也很出色，向你们学习，感谢你们！”肖志海激动地说：“谢谢首长鼓励，我们一定加倍努力！”丁参谋长、古主任和肖志海、关士愭、孙长勇握手后走出伙房，又看了后主炮。

在江海的强烈要求下，大家一起来到了会议室。苗苗早已把他们的茶杯放好了。江海说：“请首长喝茶。”古主任说：“看机器，机器好，看人，人好，596 如果明年退役的话，真有点可惜。”丁参谋长说：“从感情上说是舍不得，但旧的不去，新的不来，自然规律，我倒恨不得四条猎潜艇一齐退役，连四条导护艇也一齐退役，都换成护卫舰。”古主任笑着说：

“还是参座站得高。”丁参谋长说：“本来嘛。”古主任说：“退役了也不会浪费，还有别的用途。”丁参谋长说：“当然！交通、运输、巡逻，都行。”这时，周学正进来报告说，大队长、政委指示，596 艇明天上午 11 点漂靠 901 艇左舷，丁参谋长问干什么，周学正说不知道。江海让周学正赶快向林咏和胡子君报告，周学正转身出去了。丁参谋长问江海：“你估计有什么事？”江海反问：“会不会和两艇结对子学习导弹艇专业有关？”丁参谋长说：“哦，可能。你脑子转得真快。”古主任说：“嗯，肯定是这事。”丁参谋长对江海说：“要练练漂靠部署。”江海说：“是。”古主任对江海说：“和艇长商量一下，晚点名时提提要求，注意作风和礼节礼貌。”江海说：“是。”一会儿，林咏进来了，接着饭菜也端进来了。林咏说：“子君值班，咱们开饭。”

吃饭时，话题自然是明天漂靠 901 艇的相关问题。丁参谋长要求下午和明天上午各搞两次漂靠模拟训练，古主任要求明天中午菜的数量不要增加，汤要清淡一些。林咏吃完饭，到驾驶台把胡子君换了下来。古主任对胡子君说：“慢慢吃，我们都差不多饱了。”胡子君说：“首长不着急，一起吃。”一边说，一边大口大口地吃起来。丁参谋长一副若有所思的样子。江海问：“参谋长想什么呢？”丁参谋长转过头来问胡子君：“漂靠导护艇你实操过吗？”胡子君摇了摇头。“漂靠猎潜艇呢？”丁参谋长又问。“操过。”胡子君答。“怎么样？”丁参谋长再问。“次数不多，还凑合，”胡子君放下筷子，认真地回答，“今天上午操船，感觉和以往明显不同。”“什么不同？”丁参谋长继续问。“好操多了，”胡子君说，“士气变了，气氛变了，各部位执行口令的质量高了很多。”古主任问：“你是不是在夸你们教导员啊？”胡子君说：“艇长和教导员配合得好，什么都顺了。”胡子君说完，马上又补充了一句：“大家都这么认为。”丁参谋长说：“以我看，关键是副长得力。”大家都笑了。胡子君笑着问：“参谋长是不是造舆论，要提拔我呀？”丁参谋长说：“还真叫你猜着了，我现在就提拔你，你听着：明天漂靠 901，由你操艇。”胡子君大感意外，说：“那不行，大队长政委都在 901，弄不好，洋相就大了。”丁参谋长说：“少啰唆，定了！”

下午训练开始后，江海先到机舱向辛乐提了训练要求，又到炊事班传达了古主任的指示，之后，来到帆缆班。江海问文刚：“明天漂靠 901 有把握吗？”文刚说：“没问题的。导护艇机动性好，系缆柱也很好套。”聂文胜插话：“关键是指挥台上不要乱喊，分不清谁是指挥员。”江海说：“文胜的话很重要，随艇机关人员多的时候容易出现这种现象。”艇机动航行一会儿后，传来了胡子君的口令：“右舷漂靠 901 艇部署！”帆缆班的同志立即各就各位，按照胡子君的口令，沉着果断，一丝不苟，顺利地操练了一遍。一会儿，又传来了胡子君的声音：“准备进行第二次操练，无关人员不要在甲板上走动，撇缆手撇缆时要看准一个点，不要看一片，动作要舒展，尽可能抛远些。”接着，又组织了一次演练。胡子君说：“好！比第一次有进步。各相关部门的同志，特别是主要职手，要认真总结一下，做到练一遍，进一步。下面，准备打漂雷训练。”

收好碰垫和撇缆绳后，江海对聂文胜说：“文胜进步很大呀，大队机关的同志都表扬你了。”聂文胜说：“越想越后悔，迷糊得太久了。”“嗳，”江海指着栏杆上的焊缝说，“你看，有道焊缝不太平滑，但它比别的部位更结实。任何人都不可能不受一点挫折，走出来了，就是好样的。”聂文胜说：“不都像您的说法呀，别的说法也有。”江海说：“不听人言走不好，全听人言走不成，关键还是自己啊！”聂文胜点点头，说：“这几天我老是想，如果能早点遇到您就好了。”江海握着聂文胜的手，说：“你思想开放，思维敏捷，性格豪爽，知错就改，也很值得我学习啊！”聂文胜轻轻地摇了摇头。江海说：“咱们几十号人在一起，优秀分子很多，要注意向同志们学习，这一点非常重要。要取人之长，补己之短，如果以己之长，遮己之短，那就不能进步了。”聂文胜低着头，使劲握着江海的手，说：“感谢教导员的教育和鼓励。”

训练结束，仍是抛锚于沙湾锚地。晚餐时，丁参谋长问胡子君：“知道为什么漂靠 901 要你操艇吗？”胡子君说：“明天阵风五级，漂靠是有难度的，如果是我们艇长操艇，好了，应该的，不好，挨大队长骂是肯定的；我呢，就不同了，顺利了，人家会说 596 副长也这么厉害，弄砸了，首长也会体谅——锻炼新手嘛，总要交学费的。”等大家笑完之后，古主任说：“别瞎猜，参谋长的意图明摆着就四个字：‘锻炼新手’。”胡子君给丁参谋长夹了一块煎豆腐，问：“参谋长，我和主任谁说得对？”

丁参谋长白了胡子君一眼，慢吞吞地说：“你的话是副营水平，主任的话是副团水平，你和主任的水平不是差一个台阶，而是隔一个台阶。”这顿饭，又是笑声不断。

晚点名，林咏讲话：“明天上午11点，我艇漂靠901艇，大队长政委都在901艇上，我们要严肃认真，团结协作，把漂靠完成好。提四点要求：一是搞好内务卫生和舱面清洁；二是着装整齐，精神饱满；三是减少舱面活动，保持舱面秩序；四是沉着果断，严格执行命令。听清楚没有？”“听清楚了！”大家使劲回答。“能不能做到？”林咏又问。“能！”大家的回答更整齐、更响亮了。

第八章　大队主官善断善行 猎护双雄海上立盟

上午 11 点，596 艇准时漂靠 901 艇，胡子君不失时机地下着口令：“四车进一！”“停车！”“一号车进一！”“停车！”“出一缆！”“出二缆！”……几分钟就靠好了。乔政委走到 901 艇左舷，招呼着说：“参谋长、主任和林艇长、江教导员到 901 艇会议室，胡副长留艇。”胡子君大声回答：“是！”乔政委和 901 艇虎笑艇长、郎学仁教导员与过来的四个人握手后，还和站在 596 艇右舷的胡子君、柳风、钟伟诚、康晓义等招了手。

901 艇会议室，常大队长正在看电报，丁参谋长、古主任及林咏、江海进来后，一起给常大队长敬礼，常大队长坐着回了礼，指了指凳子，说：“请坐！我刚洗完手，水挺贵的，不握你们的脏手了。”四个人笑着刚要坐下，常大队长又站了起来，说：“还是握吧，省得你们记我的小账。”四个人笑着挨个用双手和常大队长握了手。郎学仁这才有机会说话：“欢迎参谋长、主任和林艇长、江教导员！”四个人答以“谢谢”。

大家七嘴八舌地夸了一通菜好，就吃起来了。江海问常大队长和乔政委：“首长招我们来有事吗？”常大队长说：“想你们，请你们吃顿饭。”林咏做了个鬼脸，说：“哎哟，大请大受啦！一口气吹两瓶二锅头都表达不了感激之情啊！”常大队长指着林咏说：“好，回去后马上给你机会，就吹两瓶，一滴都不能少。”林咏说：“我训练紧张的时候能喝酒，训练一结束就不行了。”乔政委说：“那你就没口福了，能喝的时候不许喝，许喝的时候不能喝。”一阵笑声后，乔政委又说：“请你们来，主要目的大队长已经讲了，是真的，这两天，大队长多次用望远镜看你们呢！”乔政委喝了一口茶，说：“还有个通知：江海同志被增补为大队党委委员了。”古主任说：“这一项又给 901 省酒喽！”林咏说：“省什么酒啊，江教导员到我们艇上任，都坚持不让喝欢迎酒，还是周末加菜时补喝的呢！”

乔政委接着说：“还有一件事很重要。前些时候，596 艇提出要学习导护艇军事专业，而且指名想和 901 艇结对学习，大队领导都很高兴，也很赞成，已经和 901 艇说好了，今天在海上见个面，就算定下来了。”大家高兴地鼓起掌来。常大队长说：“八条艇一起搞，没把握，容易乱，大队决定让你们先搞，摸索学习的内容和方式方法，为其他艇将来的学习提供经验。初步设想，一条艇一条艇地来，由临近退役的那一条艇先学。”乔政委说：“901 艇要处理好训练与教学的关系，596 艇要处理好学习新知识与巩固猎潜艇知识的关系，两家要共同处理好教与学的关系。特别是 596 艇，要牢记自己还是一个战斗单元，整体能力只能提高，不能停滞，更不能下降，不然就停学。”两艇领导争着表示了贯彻首长指示的决心。常大队长说：“学习的人员、内容、方式和考评的方法，都由 901 艇提出意见，与 596 艇商量，形成方案，报大队司令部审批。”虎笑答：“是！”古主任咳嗽了一声，用朗诵的语调说：“猎护双雄，南海立盟。精金百炼，叱咤驰骋。”一阵掌声。

乔政委对林咏江海说：“这次训练，安排参谋长、主任一起跟你们艇，今天的活动是原因之一。”常大队长说：“‘海盟’一下，是为了加大分量。‘海盟’‘海誓’都有了，就看行动了。”两艇领导表示坚决完成任务。丁参谋长对林咏、江海说：“以虎郎（狼）为师，你们将来一定如狼似虎。”常大队长笑着说：“他们可不是一般的虎狼之辈啊，你们想想，‘虎’都会笑了，‘郎’（狼）都学仁义了，那是什么境界啊！”大家大笑。常大队长又说：“当然了，596 艇也不是吃素的，刚才，副长操艇漂靠 901，风这么大，几个口令，不到五分钟，利利索索，可见一斑。”乔政委也说：“你们敢让副长操艇漂靠 901 艇，我们都没想到。”林咏说：“是参谋长信不过我，点了子君的将。”古主任给常大队长点了一支烟，又给自己点了一支烟，深吸一口，对林咏说：“参谋长用证明子君行，来肯定你更行，你还不领情，你就不怕参谋长难过吗？”林咏与丁参谋长对视了一下，都笑了。

忽然，常大队长喊道：“鬼子！”“到！”东阳立即答应。“你探头探脑的干什么？”常大队长问。东阳说：“596 艇有几个开胃的小菜，还有刚烙的千层饼，问我要不要上。”常大队长问：“谁找你的？”东阳说：“康军医。”常大队长说：“上！”康晓义应声走进来，放下小菜和烙饼，刚要转身出去，常大队长叫住了他，说：“你上菜能先问 901 艇领导，那是礼节，是修养，是物质精神双优。”虎笑问：“如果不问，直接端上来呢？”常大队长说：“那就是显示他行，出你的洋相！”康晓义说：“真带劲，稀里糊涂‘挨’了一顿表扬。”说完，在大家的笑声中出去了。

江海问常大队长:“首长为什么叫东副长‘鬼子’呢”？常大队长说:“说你悟性好吧，连东阳（洋）鬼子都不知道；说你悟性不好吧，你只叫江海，不叫江洋，尺度把握挺好。”东阳问：“怎么说？”常大队长说：“‘鬼子’就是没脑子，‘江洋’不就连着‘大盗’了嘛！”东阳一笑，大家都笑了。

吃完饭，大家边喝茶边聊天。乔政委问林咏、江海：“你们淡水用量怎么样？”林咏答:“每天都比计划稍有节余。”乔政委问:“为什么？”林咏说:“万一首长决定训练延长一天呢！”乔政委看了看虎笑和郎学仁，笑着说：“你们英雄所见略同啊！”虎笑、郎学仁和林咏、江海都笑了。直到下午 2 点半，常大队长才让 596 艇离开，继续训练。

江海陪古主任和斯干事看了几个战位的操练后，来到了会议室，斯干事端来了古主任的茶杯，苗苗端来了江海的茶杯，二人出去后，江海问古主任：“大队在南石湾的家属和孩子多不多，孩子上学怎么办？”古主任说：“这是个一直困扰着大队的问题。学龄小孩有十来个，接近学龄的也不少。但是，附近几公里范围内没有小学，西岭镇离南石湾二十多公里，而且小学的老师经常讲方言，部队的孩子不适应，县城又太远。”江海问：“有没有想过成立一个子弟小学？”古主任摇摇头，说：“没有。那怎么弄啊？虽然教室场地不成问题，但编制和老师都没法解决啊！”江海说：“如果请水警区帮帮忙，和地方联系一下，办个小学，我可以动员我妻子停薪留职一年，来开个头，试一试，如果效果好，编制等问题就好和地方谈了。”古主任说：“你别脑袋发热了，南业市一个研究生、中学教师，来这里教几个孩子？亏你想得出来。”江海说：“如果南业市教育部门工作做通了，我妻子不仅可以来，而且不要工资。”古主任问：“真的？”江海答：“是的。我妻子费了很大劲，把我岳父岳母的工作都做通了。我岳父通过熟人做做地方的工作，还是有可能做通的。”古主任说：“如果真的办成了，给你记‘九等功’一次！”说完，两人都笑了。

真所谓归心似箭——训练一结束，六条艇都像长了翅膀似的，不知不觉地加了速，提前十来分钟回到了码头。丁参谋长古主任要回机关吃饭，胡子君说：“报告二位首长，我已经侦察好了，大队长、政委都在901吃晚饭，你们要走，明显是对596有意见啦！”不由分说，林咏、江海把丁参谋长、古主任和凌参谋、斯干事拉到了会议室。

晚餐5点半就开始了，艇干部一起陪首长，看到人太挤了点，康晓义说：“我在外面招呼一下部队和炊事班。”周学正说：“我得马上到大队办译电业务，回来再吃，请艇务长让炊事班给我留一条小鱼和一个鸡腿就行了。”林咏说：“理由正当，可以，但要给首长和机关同志敬杯酒。”二人高高兴兴地敬了丁参谋长、古主任和凌参谋、斯干事一杯酒，出去了。

菜上齐后，丁参谋长说：“部队吃饭快，咱们请古主任讲几句，敬战士们一杯。”大家端着酒杯，来到甲板上，各部门的同志都站了起来。古主任说：“我和丁参谋长，还有凌参谋和斯干事，随咱们艇出海训练，受到同志们无微不至的关心和照顾，我们非常感谢，也深深感受到596艇是好样的，为了表达敬意和谢意，我们敬大家一杯酒——干杯！”说完，先喝了下去。官兵们用标准的596艇方式回应，一字一顿地齐声喊道：“谢谢首长——耶！”然后杯瓶齐碰，一起喝酒。丁参谋长喝下酒后大声喊道：“同志们请坐！”

回到会议室，大家坐了下来。江海大声宣布：“祝贺海上练训圆满结束暨感谢丁参谋长、古主任和凌参谋、斯干事指挥、指导晚宴现在开始。首先，请林艇长致辞！”林咏摆摆手，说：“教导员讲。”江海说：“这是大事，你亲自讲。”林咏说：“大事，书记亲自讲。”江海说：“你是596艇的一号首长，还是你亲自讲，以示重视。”丁参谋长说：“我建议，你们两个回住舱好好商量商量，统一意见后再来讲话。这边呢，子君临时主持一下，我们边吃边喝边等，怎么样？”大家笑了起来。古主任说：“这礼节呀，日本人是动作多，中国人是话多。”

林咏站了起来，说：“既然教导员已经宣布了，那我就说几句，一会儿再请首长做指示。我们完成了连续三天的海上训练任务，而且很圆满，很快乐，为什么呢？因为有全体官兵的团结努力，因为有丁参谋长、古主任和凌参谋、斯干事手把手、心贴心的指导。我们在座的几位同志，代表596艇全体官兵敬首长和同志们一杯，表示衷心感谢！”大家站起来，一齐喝了一杯。丁参谋长说：“就站这一次，后面都坐着喝。”艇领导和部门长们纷纷给丁参谋长、古主任及凌参谋、斯干事夹菜。林咏端起一杯酒，说：“刚才是代表集体的，这一杯是我个人的，谢谢首长同志们的指挥、指导和指教！”说完，一口喝了下去，被敬的也都喝了下去。江海给丁参谋长、古主任和凌参谋、斯干事分别夹了菜，说：“林艇长致辞中有六个字特别带劲，叫‘手把手，心贴心’。‘手把手’，是内行指导；‘心贴心’，那是感情。为这六个字，我敬首长同志们一杯！”说完，喝了下去，被敬的也喝了下去。胡子君开始给首长夹菜。古主任问：“子君有什么话？”胡子君端起满满一杯酒，说：“这次海上训练，596艇最受锻炼的就是我了。那天漂靠901，两条艇上都有首长，我真后怕。”古主任问：“怕什么？”胡子君说：“如果像牛犊子吃奶——碰碰撞撞的，我非跳海游泳不可！”一阵大笑。丁参谋长说：“他们是主官，你是副官，你不能再一打四呀！”胡子君说：“我干杯，首长们随意。”说完，头一扬，喝了下去。丁参谋长说：“到这份上了，随意还不就是干杯！”说完，一口喝了下去，其他三人也喝了下去。林咏说：“从现在起，敬首长的自己喝光，首长随意。”丁参谋长问：“你的话里没藏什么东西吧？”林咏说：“哪能呢！”江海说：“部门领导一起敬首长，别让首长老是举杯了。”几个部门领导端起酒杯，一齐说了声“感谢首长”，便喝了下去。丁参谋长说：“我们四个人也都喝下去。”说完，都喝了下去。

丁参谋长用胳膊碰了碰古主任，说：“咱们就别再集体了，个人敬敬得了。”古主任说：“好。”丁参谋长说：“我现在已经晕晕乎乎了，原因嘛，一是酒起作用了，二是你们的话起作用了。趁着还没迷糊，我讲几句，对的，算我自己的，错的，算古主任的。”又把大家逗笑了。丁参谋长说：“大队长和政委感觉到我们机关部队有点娇气，必须治一治，这次训练就是办法之一。三天里，我们不仅得到了你们方方面面的关心和照顾，也实实在在地从你们身上看到学到许多好东西，我敬大家一杯，表示谢意和敬意！”说完，和大家碰了杯，先喝了下去。大家跟着喝了下去。古主任举起酒杯，说：“我顺着参谋长的话往下说，就一句：祝同志们不断取得新的成绩和进步！”说完，干了杯。大家也跟着干了杯。丁参谋长说：“小凌、小斯一起敬，小斯说话。”凌参谋、斯干事端着酒杯站了起来，斯干事说：“三天海上训练，使我们加深了对596艇的了解，加深了对596艇的感情，我们敬杯酒，表示对596艇的谢意和敬意！”碰杯后，大家都喝了下去。

安静了一会儿，古主任说：“酒能活血化瘀，舒筋活络。酒文化是中华文明的一部分，而且是很有特色的一部分。”丁参谋长问：“比如说呢？”古主任说：“喝酒是唯一大家都不愿干而又能高高兴兴开开心心干的事。”丁参谋长说：“嗯，有文化。说酒、喝酒、劝酒，都离不开文化。要给酒正名，是颐神养性还是伤身惹祸，完全在人不在酒。”林咏说：“两位首长说得太好了。酒文化大都藏在‘劝’字里，我们又偏偏不善劝。窝囊！”丁参谋长笑嘻嘻地示意林咏继续讲。林咏说：“到目前为止，我们喝的都是礼节酒，酒少话多，从现在起，我们喝感情酒，要话少酒多。”丁参谋长问：“你要搞什么名堂？”林咏说：“前面喝酒称‘首长同志们’，‘首长’，是你和主任，‘同志们’，是高攀凌参谋和斯干事，这哪像是刚从海上风雨同舟三昼夜的喝法？单敬单，我先敬。”古主任问：“林咏啊，你想把我们灌倒？”林咏说：“我们的目标——自己喝倒，首长喝好；我们的策略——自己喝干，首长随便。”林咏和丁参谋长碰了一下杯，说了声“感谢参谋长”，头一仰，喝了下去。接着是“感谢主任”“感谢凌参谋”“感谢斯干事”。四杯下肚，林咏的脸和脖子更红了。丁参谋长和古主任都只喝了半杯，凌参谋、斯干事则喝了满杯。江海说：“我就比照前例了，不过，首长们沾沾嘴就行了。”丁参谋长说：“我们也照例了，我和主任半杯，小凌、小斯满杯。”江海敬完，胡子君刚要讲话，丁参谋长先开了腔：“子君听我说，艇长、教导员都喝起来了，你不能喝了，还有部队呢，只要你再喝一点点，我立马走人！”江海对胡子君说：“听首长的，我们代表你了。”胡子君说：“好吧，我听首长的。”部门领导们也照例敬了酒。

丁参谋长问林咏:“你说再喝多少吧,不能没有边,总量控制。”林咏说:“首长别急,早着呢,起码喝到有诗吧?咱们又不是没有诗人。”古主任说:“刚开始还真的想了几个字,不过,叫你一折腾,全吓跑了。”林咏说:“没事,主任边喝边想,诗不出,酒不停,不信那几个字敢不回来。”接着,大队的四个人互相敬了一杯酒,林咏和江海也为首次海上合作互敬了酒,并和部门领导们互敬了酒。丁参谋长拍拍古主任的肩膀,说:“快点呀,我顶不住了!”古主任把烟掐灭,伸出四个手指,说:“四句话。大家满意了,那是我的,大家不满意,那是参谋长的。”笑声。古主任头向后面沙发上端一仰,闭上眼睛,慢慢道来:“老猎再展当年威,南海棋盘一精锐。风吹浪打寻常事,笑谈去,笑谈归。”大家正在回味这四句话的意境时,古主任急了:“听不到掌声,我决不睁眼!”大家哈哈大笑,鼓起掌来。

斯奋说:“大队定小杯喝酒是英明的,杯小了,‘文化’多了,酒量不大的人也可以表达多方面的心意。”江海说:“出海三天,就盼一首好诗啊,我敬主任一杯!”江海刚要喝,古主任说:“这美酒眼睛看了,鼻子闻了,嘴喝了,碰一下杯,让耳朵听听响声吧。”江海笑着说:“好!”说完,和古主任碰了杯,喝了下去。林咏和部门领导们也都喝了一杯。丁参谋长身体朝后一靠,对一直在倒酒的苗苗说:“你吃饭去吧,我们自己倒。”古主任也说:“去吧。”

苗苗走后,丁参谋长指了指胡子君,又指了指自己的杯子,说:“倒上!”胡子君马上给倒了大半杯。丁参谋长又指了指杯子,大声说:“倒满!”胡子君看了看古主任和林咏、江海,倒满了杯。丁参谋长对林咏和江海说:“大队长和政委都是战略家啊,不服不行。”大家都丈二和尚摸不着头脑,直看古主任。古主任朝丁参谋长努了努嘴,示意大家继续听。丁参谋长说:“把你们两个放在一块,一艘旧艇上,我虽然举了手,但并没有理解,现在看来,一着好棋啊!我敬你们两个一杯——将来老丁讨饭到了门前,别假装不认识啊!”林咏、江海急忙站了起来,林咏将自己和江海的杯子倒得满满的,然后示意江海讲话。江海说:“首长厚爱,我们谨记了。希望经常得到首长们的指导和帮助。”说完,和林咏一起敬了丁参谋长和古主任一杯。

第九章　连环问知小夏家事
共切磋两书记交心

晚饭后，康晓义见江海一个人站在前甲板，便走了过去，问道："教导员和舱段班的夏研秋谈心了？"江海说："聊了一次。"康晓义又问："谈他父亲的病了？"江海说："没有。主要谈工作、学习和理想等。"康晓义说："他前些时候强烈要求休几天假，回去看看父亲，我让他出海回来再走。出海回来后，他又说暂时不回去了，我以为你做工作不让他回了呢。"江海说："看来我和他谈得不够深啊！"康晓义说："没事儿，这个兵老实，没问题。"康晓义走后，江海来到会议室，苗苗刚刚搞完卫生。江海问苗苗："你和夏研秋接触多吗？"苗苗答："不多，一般吧。"停了一下，苗苗又说："他话少，但最近我两次听到他向人询问'惩罚小人最有力的办法'，不像是刻意的，也不像是无意的。"苗苗出去后，江海陷入了沉思：聊天那么久，家里谈了那么多，怎么不谈父亲的病？"惩罚小人"是什么意思？好不容易请到了假，怎么又不休了？……

晚点名，江海专门讲看报纸问题。他说："报纸集知识性与新闻性于一体，是非常宝贵的学习资料。由于人多报纸少，艇领导决定建立部门读报日制度，时间为每周二晚上，每次不少于一小时。各部门要认真选择内容，认真组织落实。要把集体学习和个人学习结合好，把读报和讨论结合好，不断提高读报水平。"

晚点名后，江海约夏研秋到自己住舱谈心。江海开场就问："咱们刚聊过不久，今天又约你聊，知道为什么吗？"夏研秋看着江海，摇了摇头。江海笑了笑，说："你父亲病了，你都不跟我说，看来咱们交情不够深啊。"夏研秋迟疑了一下，说："没什么大病。"江海问："邻里关系怎么样，不会是受什么委屈了吧？"夏研秋马上说："不会。我们村三分之二以上的家户都姓夏，我伯父还是村干部呢，父母生活都很好。"

经过一番外围“侦察”，江海觉得夏研秋的父亲没有病重，家里也没什么急事，便问道：“对象谈得怎么样了？”夏研秋看了看江海，江海笑眯眯地等着他回答。夏研秋淡淡地说：“没有谈。”江海紧跟着问道：“不是吧？”夏研秋犹豫了一下，说：“谈过，没谈成。”“哦，”江海问，“为什么呢？”夏研秋又犹豫了一下，说：“性格不太合。”江海说：“你的语言和表情告诉我的东西不一样啊，性格是可以慢慢磨合的嘛！”夏研秋说：“已经不行了。”江海说：“婚姻是人生大事，应该慎重。你还很年轻，机会多的是。”夏研秋欲言又止。江海说：“恋爱和婚姻并不等同。不少年轻人谈恋爱时，考虑个人多，考虑家庭少，考虑享受多，考虑责任少，考虑顺境多，考虑困难少，考虑眼前多，考虑长远少，这都是正常的，因为大家年轻；这又是不正确的，容易先甜后苦。”夏研秋点了点头。江海说：“爱情有时就像空气中飘着的花絮一样，你没在意时，它过来了，你伸手抓它时，它跑了。《动物世界》节目中可以看到，有的雄鸟为了求偶，会拿出自己最好的打扮，会不知疲倦地跳舞，会搭漂亮的窝。社会和大自然都告诉我们：要想让人喜欢，自己必须值得喜欢，要想让人爱，自己必须值得爱。追求好姑娘，要跟自己较劲，要努力做到使自己可爱，不然的话，中华民族复兴伟大梦想实现了，你美好婚姻梦想还没实现呢！”夏研秋微笑着点了点头，说：“教导员说得很对，很深刻。”江海说：“你参军时间不长，进步很快，努力工作，注重团结，认真学习，大家都很喜欢你，今后还要继续努力，学会处理方方面面的关系，做个内涵更丰满的海军战士。”夏研秋说：“非常感谢教导员的关心和爱护，我一定按您说的去做。”江海握着夏研秋的手，说：“人勤地不懒。有‘夏’天的播种，才有‘秋’天的收获，要认真‘研’究哟！”说完，两个人都笑了。

早餐后，林咏、江海、胡子君在会议室坐着。江海问正在收拾餐具的苗苗：“你昨晚吃好饭没有？”苗苗笑着说：“吃好了，还喝了两杯啤酒呢！”江海说：“遇到那样的场合，你要学会照顾自己，吃好饭。你照顾我们很周到，我们照顾你不够啊！”苗苗笑着说：“放心吧教导员，我没问题的。”

苗苗出去后，胡子君问：“和 901 艇结对学习怎么安排？”林咏说：“5—7 月，训练太紧张，双方都不便。我的意见是本月开始，重点学理论，8 月份开始，多搞些实作。”江海说：“计划的质量很重要，你们两个费点心，把计划搞好，要切实可行，能学到东西。计划定了案，一天顶九天。”林咏说：“子君学过导弹专业，多考虑考虑。”胡子君说：“不是专门学的，内容不够系统。”江海对林咏说：“你的导弹专业学习抓得也很紧嘛！”林咏问：“谁说的？”江海说：“我知道你经常在看书，看教材资料，还听到过你打电话向人请教。”林咏笑了笑，说：“皮毛而已。”胡子君说：“我落伍喽！”江海说：“我真希望你们两个把个人的导弹艇专业学习计划搞好，既给官兵带个好头，也利于自己事业的发展。”两个人都说了声 “谢谢”。林咏说：“学习计划，还得看 901 的意见，看大队怎么定。”江海问：“党支部班子自身建设措施和支委会议事细则，是否抽空粗议一下，以便大家酝酿时意见集中些。”林咏说：“下周出海回来吧，从容些。”江海、胡子君都点了点头。江海说：“如果没别的事，我到大队办公楼去，请通信业务长讲国际信号课。”林咏说：“好的。”胡子君说：“国际海洋法净是条条款款，术语成串，讲起来也是以念为主，干脆我也和艇长一样，给你看稿子，然后交流一下。”江海说：“好。有稿子可以反复看，更方便。”说完，先走了。

星期天上午，江海来到胡子君住舱，交流海洋法知识。江海说：“请了 12 个老师，大队司令部 2 个，艇干部 7 个，班长 3 个，收获很大，不仅学习了知识，还加深了相互了解，增进了友谊。你是最后一个，‘大头在后边’呀！”胡子君问：“这么快啊？”江海说：“这几天每天至少两课，大事猛办嘛！后面事太多，还要学导护艇知识，拖不起了。”“佩服！”胡子君说，“你也知道，这个课稿其实不是我的，是参加集训时多份资料串起来的。”

江海说：“看了你的课稿，我非常忧虑。海洋法简直是‘实力法’，强者才有话语权。”胡子君说：“严格地讲，还没有真正的世界海洋法，一些国家的海洋法三天两头地变，各说各话，各行其是。”江海说：“近代以来，我们这么一个泱泱大国，积贫积弱，海洋主权和权益被糟蹋得不成样子，现在，尽管我们坚持和平外交和睦邻方针，还是被炒作为‘中国威胁’，滑历史之大稽啊！”胡子君说：“一些人罔顾事实，心口不一，言行不一，讲起话来荒诞无稽，自相矛盾。一个荒唐的‘中国威胁论’还没炮制好，就被一些目的不同、心态各异的人扯来扯去，当遮羞布。我看他们是‘布’也制不好，‘羞’也遮不住。 与其说‘中国威胁’，毋宁说‘中国被威胁’。”江海说：“鉴于历史教训，一些国家的政府、党派，甚至民众，对我国的迅速崛起心中没底，有点担心，这是可以理解的。但是，少数人居心叵测，沆瀣一气，打着‘中国威胁论’的幌子，招摇过市，瞒天过海，煽风点火，挑拨离间，胡搅蛮缠，难以理喻，我们不能不认真对待。无论从政治的、经济的、外交的，还是军事的角度看，南海和地中海、加勒比海都不同，很容易成为地球上的一个大滚锅。”胡子君说：“过去，一些人亡我之心不死，现在，一些人遏我动作不停。我们过去是步步血，现在是事事‘冤’啊！”江海说：“九九归‘真’。总有一天，各国都要合作共赢的。历史是一步一步走的，我们无须焦躁，时间会把一切说得清清楚楚的。我们红军钻山沟的时候，被反动派污名为‘共匪’，青面獠牙，但历史给了红军最好之名，最美之形。我们党曾被反动派污蔑为‘六亲不认’‘共产共妻’‘独裁专制’，但历史证明，人民信赖共产党，热爱共产党，热爱中国特色社会主义，人同此心，心同此理。”胡子君说：“对，不敢面对历史，不敢说实话，那是最大的悲哀。一些人非常需要‘中国威胁论’，把宣扬‘中国威胁论’当生计，拿‘中国威胁论’当救命稻草，一撒手便没了着落。我们堂堂正正，巍巍荡荡，道路曲折，前途光明。”江海说：“说得好。我们和历史同步同向，路越走越宽。”胡子君说：“我们的后代不会再受这种气了，那时的感觉该多好啊！”江海说：“享受祖国强大的过程更美妙。”胡子君笑着竖了一下拇指，然后说：“我以后收到海洋法方面的资料，一定及时给你看。”江海说：“谢谢！咱们一起学习，经常学习……”

下午，596 艇一小时的训练由各部门组织。会议室里，901 艇三位领导就学习导护艇军事专业计划征求 596 艇领导的意见。虎笑谈了 901 艇的初步方案后，596 艇三位领导分别做了些补充，形成了一致意见。两艇领导确定：时间，今年 4 月份至明年 3 月份；方法，对口部门结对子，理论学习与观摩、实作相结合；考核，笔试加实作。双方还商定两艇副长为教学联系人。

901艇三位领导同志走后，江海对林咏和胡子君说：“从前段情况看，咱们的班长队伍总体情况还是不错的，但新老强弱，参差不齐。我建议，在认真准备的基础上召开一次班长座谈会，让大家谈谈体会，提提建议，互相促进，共同提高，这对全年的思想工作、训练工作和管理工作，都会有好处。”林咏说：“会有很大好处。同意。”胡子君说：“班长是兵头将尾，抓这个环节，从方法上说是比较巧妙的，肯定有效果。”林咏说：“吃晚饭时，教导员给部门长们讲一下，由他们去具体布置。这是个不比赛的比赛，他们会认真的。”江海说：“好，我讲，要求每人讲一个经验、一个教训、一个建议。”林咏说：“很好。”

晚饭后，江海和柳风往海堤方向散步。江海问：“当书记的感觉怎么样？”柳风说：“摸索着干呗！我的方法是多问，多商量。”江海说：“我看你上手还是很快的，工作是有成效的。”柳风说：“谢谢教导员鼓励。”江海说：“咱们艇上党员比团员多，团员比青年多，党团建设是大课题。我觉得，团支部工作要从青年特点出发，从艇上中心工作出发，从实际情况出发，始终把学习抓紧。”柳风说：“教导员说得太好了，的确如此。”江海问：“你觉得青年人的特点是什么？”柳风说：“敢想，敢说，敢干。”江海点了点头。柳风又补充说：“重理想，乐于接受新知识新事物。”江海又点点头，说：“我觉得青年人还喜欢‘法制’，要求把规章制度明确起来，我不违反，你不要乱干涉我。”柳风说：“对。”江海说：“军营中有两个长传不衰的笑话。一个是：某党委班子研究一个犯了严重错误干部的处分，多数人主张给‘记过’处分，一个老领导火了，说：你们总是这么软！犯这么大的错误，记个过就完了？我认为应该给‘严重警告’处分。”柳风憋不住笑了起来。江海说：“再一个是：一个支部班子决定为一个被称为‘老黄牛’的同志记三等功，这个同志谦虚地说：‘我做得还很不够，三等功太高了，如果组织上一定要鼓励我，一等功二等功就足够了。”柳风又笑了起来。江海说：“支委会成员一定要加强学习，千万不能再为此类故事续写新篇章了。”柳风收起笑容，说：“对，首先把党规团规学好。”江海说：“学好党规团规，对深刻理解党的先进性和团的先进性，也会很有帮助的。”柳风“嗯”了一声。江海说：“青年思想活跃，对领导要求很高，做青年工作，很能增长才干，是个非常好的锻炼机会。”柳风说：“我一定珍惜这个机会。”

过了“两棵树”，二人折返回来。柳风问：“教导员能不能抽空给团员青年讲个团课？”江海说：“可以，交流思想嘛。”聊着聊着，回到了营区。看着篮球场上东奔西跑的聂文胜，柳风说：“聂文胜被大家称为‘老油条’，高教导员多次说他‘朽木不可雕也’，但他突然变化这么大，同志们都在议论，不知道教导员使了什么魔法。”江海说：“只是聊了两次天，而且时间都不长，内容主要是理想与现实方面的。”柳风说：“那团课就请教导员讲理想与现实。”江海说：“可以。”柳风说：“聂文胜确实有点自命不凡，目空一切。”江海说；“他的思想方法有点像拧麻花，对他的思想工作如果也拧着来，就会越拧越难看。我们的思想工作要立柱子，他拧着也得往上走。”柳风说：“有道理。”江海换了话题，说：“我们老家人喜欢把工作生活学习没有计划的人比作‘没头苍蝇’。人最宝贵的是时间和精力，而时间和精力是最容易流失的，必须严加管理，善于利用，不让一分一秒溜走。怎么用好时间和精力呢，一个非常关键的环节就是计划，计划可以让时间‘有序’而高效，按计划休息比盲目地工作还有意义。所以，必须努力提高计划能力和水平。团支部工作不但要有计划，而且计划的质量要高。”柳风“嗯”了一声，说：“‘吃不穷，穿不穷，计划不到要受穷’，老百姓都懂得计划的重要。”江海说：“我们老家的老人常说一句话——管住自己是能耐。此话很有道理。每个人都有两个世界：主观世界和客观世界。忽略其中任何一个，都会走不好人生路的。每个人都必须既善于‘外观’客观世界，又善于‘内观’主观世界，还善于把握二者关系。人，管自己是最难的。要帮助团员青年学会管自己，学会看方向，学会定目标，学会做计划，学会总结经验教训，学会集中精力……”

大队作战指挥室，周交班。各部门汇报完情况后，撒处长传达了上级关于预防“非典”传染的通知。

常大队长作指示：“为了检验装备，也为了治懒治散治娇，大队安排了连续三天海上无补给训练。各级都受锻炼啊！我们岸勤处撒士新处长始终和战士一起住兵舱，对岸勤保障工作做调研，基层反映很好。训练回来，很多同志在议论5月份的科目训练考核。大队领导已经统一思想了，今年的科目训练考核，要结合平时的训练情况综合评定。以往的考核是一锤子买卖，总有些偶然性因素。接下来的出海训练，基本上是每天早出晚归，机关和各艇都要认真组织，周密安排。”常大队长喝了一口茶，继续讲：“说个具体事：596艇提出和901艇结对学习导护艇军事专业，大队同意了，其他艇怎么办，待他们实践后再说。还有一件具体事：596艇有的干部自请机关和本艇的干部、班长当老师，一对一地上课学军事，效果很好，精神可嘉。全体干部都要学军事。像我们这样的猎护大队，不努力扩展知识面，年轻干部将来怎么办？”常大队长最后说：“防‘非典’的事，不能因为我们环境相对封闭就大意，要严格落实相关规定，特别是外来人员测体温，发现情况，立即报告。”

乔政委讲话：“大队长讲的几点都很重要，大家要认真领会，坚决贯彻落实。我再说一件具体事。前段时间，596艇党支部采纳群众意见，从艇上实际出发，相对集中使用每周半天的党团日时间，使党团支部建设和训练工作、政治工作及管理工作都提高了质量。其他艇也可以试一下，不过，时间以一个月为限，最多集中四个党团日，即两天时间，并将计划报政治处，一次集中使用党团日超过两天的，要经政治处批准。政治处要注意跟踪，及时检查指导。防‘非典’的事，岸勤处要发些宣传资料，由各单位组织学习，做到人人皆知，个个重视。”

回艇路上，林咏对江海说：“这一下咱们的压力大了。”江海说：“不必有太大的压力，关键是咱们头脑要清醒，有了错误，咱们认真改正，人家有了经验，咱们好好学习。只要努力工作，积极进取，大家会正确看待咱们的。”林咏说：“和你在一起，我心里还是踏实的。”江海说：“和你在一起，我心里非常踏实。”林咏说：“你一天到晚不是工作就是学习，海上训练时，不停地跑机舱，看战位，还天天帮厨，很多同志感慨不已啊！”江海说：“这不是什么高标准，基本的。”说着，二人来到艇会议室。林咏让苗苗把副长叫来，苗苗马上去了。

胡子君走进来后，林咏问他：“训练方面，还有什么想法没有？”胡子君说：“现在，士气和态度都没什么问题，要强调配合，强调熟练，强调精益求精。我建议下午再全艇操演一遍。”林咏看了看江海，江海点了点头。林咏说：“好。”这时，柳风和叶崇林进来了。柳风说：“大队政治处通知，要求各团支部推荐三名优秀团员，4 月 20 日前上报，大队择优一到两名于‘五四’青年节表彰，各团支部也要表彰一批优秀团员。”林咏、胡子君请江海谈意见，江海想了想，说：“原则是在团小组推荐的基础上，团支部民主推选。要注意引导，优秀团员不等同于优秀战士，重要区别之一，是团员在思想上学习上要求更高，要熟悉团章，要有政治理论常识。上报的材料要突出个性，简明扼要，实打实。”柳风说：“好的。”林咏、胡子君都表示同意。

柳风、叶崇林走后，胡子君问林咏、江海：“海上训练的几天里，紧紧张张的，请二位老大哥指指毛病吧！”林咏说：“总的情况不错，大队跟艇的领导评价也很好。注意一点：下达口令后，要认真观察执行情况。要动态掌握，把握先机。”胡子君连连点头。江海说：“对发现的问题，提醒和纠正要更果断些，及时些。另外，对表现突出的人和事，也可以适当地点一点，鼓励一下，这也是一种引导。”林咏、胡子君连连点头。

第十章　赠字典官兵喜雀跃 海训中政委谈办学

会议室，三个艇领导正在谈工作，苗苗进来报告，说教导员家里寄来三箱东西。江海说："我岳父寄的，是我送给大家的礼物。"林咏一边拉着江海往外走，一边问："什么礼物啊？"江海笑了笑，没说话。

大家从三轮车上搬下三个纸箱，打开一看，一箱是《辞海》，共8本，另两箱是《新华字典》，共70本。江海说："干部每人各一本，战士每人一本《新华字典》，多出的两本《新华字典》放在会议室公用。苗苗办吧。"林咏"哎呀"了一声，说："及时雨啊，宝贝啊，教导员签个名吧！"大家都喊："教导员签名！"江海笑着说："好，写个名字。"说着，来到会议室，先给林咏签，他想了想，在扉页上一句一行地写道：

与林咏同志共勉
努力学习
不断提高
　　　　　江海
2003年3月24日于南石湾

大家一起鼓掌。胡子君笑着说："强烈要求享受和艇长同样待遇！"闻讯赶来的干部战士也都兴奋地附和着："对，同样待遇！"江海笑着说："一不小心，当明星了。"签完干部的，又签战士的，个个喜上眉梢。

下午，林咏指挥，全艇操演，江海看得非常仔细。胡子君对江海说："教导员真认真呀！"江海说："我一口气听了十二课，消化不良，得在训练中反刍啊！"胡子君说："很多同志中午没睡，都在翻《辞海》和《新华字典》。"江海说："我一上艇就发现了，很多同志没字典，很普通的一个字，问几个人都搞不清楚。”胡子君说：“教导员真有心。”江海笑着说：“你子君为同志们做的好事实事，谁数得清啊！”

训练进行了整整两个小时。林咏从驾驶台上下来，刚走到江海和胡子君面前，苗苗来报告：“乔政委明天随咱们艇出海。”林咏说：“按计划办。子君帮炊事班定好明天中午的食谱。”江海点了点头。胡子君说：“好。”

晚饭后，苗苗对江海说：“教导员头发该理了。”江海问：“到哪儿理啊？”苗苗说：“舒服一点的是大队理发室，理得好一点的是我，公班长、关司务长也还可以。”林咏说：“佩服！小牛吹得‘呼呼’的，面不改色心不跳。”苗苗说：“艇长，我理得最好，可是你说的呀！”林咏说：“这个话你倒记得真牢。”康晓义说：“不怕不识货，就怕货比货，理了就知道了。”苗苗说：“话看怎么说了——理发室过去是男理发员，一个都清闲得很，改为女理发员后，两个都忙不过来。”江海笑了笑，说：“今后，我这头就由你来理了。”苗苗说：“放心吧教导员，我理的发不仅好看，而且精神——艇长讲的。”林咏说：“一表扬，你就当真了，以后再也不表扬你了。”笑声中，江海说：“没别的，要你理，只是图个方便，省时间。”苗苗说：“是啊，我们的时间用不完，教导员的时间不够用。”林咏说：“那是和你比，和我比的话就反过来了——对大量的工作，教导员是游刃有余，我是手忙脚乱。”苗苗说：“教导员善于计划。”林咏说：“加上水平高。”江海对苗苗说：“艇长表扬我，我表扬你：你给我理发，是把自己宝贵的时间给了我，是助人为乐。”苗苗说：“教导员这样表扬我，公班长、关司务长知道了非嫉妒死我不可。”说完，笑嘻嘻地端着清理好的餐具出去了。江海喊道：“在前甲板！”苗苗大声回答：“马上就到。”

晚点名，江海讲话，他在对防“非典”工作和明天的训练提了要求后，说：“今天送给大家一本字典，目的是方便大家学习，也算作我到596艇和同志们共事的见面礼。”林咏带头鼓掌。江海接着说：“我觉得，提高能力素质是人生的硬道理，要用努力学习，提高能力和素质的办法，解决工作和生活中的一切问题。站得高，才能看得远，而学习好，才能站得高。行动受思想支配，思想由知识加工，知识靠学习获取，治学态度可以折射人生。‘后生可畏’，是指努力学习的‘后生’可畏，如果不学习，再年轻也不可畏，倒是不学习的后果可畏了。我来艇上时间不长，觉得我们艇长学习是抓得最紧的，堪为我们全艇同志学习的楷模。一个人，可以水平低，不可以不学习；可以能力弱，不可以不奋斗。希望我们艇每位同志能都成为努力学习和努力奋斗的人。”一阵热烈的掌声。

晚点名后，江海在会议室看自己的军事课笔记，还标注着什么。苗苗进来对他说：“住兵舱时间够了，东西都搬好了。”江海“哦”了一声，继续看笔记。苗苗说：“好几个人说你这发型理得很好。”江海抬起头来，说：“谢谢喽！抽空请你喝自来水。”苗苗“哎哟”了一声，跑了。江海笑了。

睡觉前，江海和海婴通话。海婴问江海搬到自己的住舱有什么感受，江海说：“就一个好处——和你通话方便了……”

上午，乔政委跟596艇出海训练，随员是上官明副参谋长和国大忱干事。胡子君操艇，林咏从旁指导。从离码头到训练海区，乔政委一直在驾驶台上。训练进行了个把小时后，乔政委开始在江海陪同下看各战位，从头到尾看了一遍，正好抛锚午餐。

会议室，三个艇领导陪乔政委一行吃饭。乔政委说：“上官副参谋长跟导护艇多些，这次他要求来你们艇学习学习。”林咏说：“非常欢迎，请多多指导！”

乔政委问：“你们感觉去年下半年以来，党支部总的情况怎么样？”江海看了看林咏。林咏想了想，说：“去年下半年比较平淡，基本上完成了任务，没出大的问题。年底以来，认真学习贯彻党的十六大精神，大家深受鼓舞。高教导员离队后，正好是岁末年初，事情多，紧紧张张的，有些工作不够扎实。江教导员来后，支部领导明显地加强了，士气也为之一振。”乔政委问林咏：“变化的原因呢？”林咏说：“江教导员是个站在高处的明白人，又很务实，我们一见面就合上力了。简单地说，学习增多了，交流增多了，法规建设加强了，党员的模范作用更好了。”胡子君说：“党支部对团支部和军人委员会的领导和指导更得力了，方方面面都很顺畅，被称为‘老大难’的战士，也开始进步了。”乔政委说：“染苍染黄。”江海说：“我们艇长思路清晰，抓落实很狠，对支部建设和政治工作十分重视。很多同志说，艇上‘一长制’那段时间，工作不但没有削弱，反而增强了。”乔政委笑了笑，问：“目前有没有比较头痛的问题？”三个艇领导互相看了看，都摇了摇头。乔政委说：“最近，经常听说你们艇进步很大，我利用出海机会看一看。下午，你们按计划训练，我找几个同志聊一聊，一是多认识几个人，二是听听他们对艇上和大队工作的意见，具体由国干事安排，以不影响训练为前提。”江海说：“好。”说完，交代苗苗上茶后，即和林咏、胡子君上驾驶台了。

在驾驶台坐了一会，江海下到海图室，看了航海日志和航泊日志，向柳风他们询问了一些情况。之后，来到炊事班，和炊事员一起择菜。江海问肖志海：“后天阵风六级，你知道吗？”肖志海答：“知道了。”停了一会儿，肖志海又说：“教导员真是做了一件大好事啊，这两天大家都在查字典，对学习既有帮助作用，又有促进作用。”关士愔说：“不得了啊！以前很熟的字，现在都不敢念了：《新华字典》上的一个‘呵’字，六种读音;《辞海》里一个‘方’字，近三十个义项！”江海笑了笑，说:“《新华字典》是‘官方’字典，最权威，我已经翻烂两三本了。文字来源于人类认识世界改造世界的实践活动，又是为人类认识世界改造世界的实践活动服务的。像你们说的‘呵’也好，‘方’也好，少了哪个读音和义项都不方便。”关士愔说：“汉字数量太大了。”江海说：“不光数量大，含义也很丰富，有的字有多种含义，甚至截然相反的含义。比如‘矜’字，可以表示坚强和自尊、自大、自夸，又可以表示怜悯和慎重、拘谨。再比如‘青’字，可以表示绿色，也可以表示蓝色，还可以表示黑色。”关士愔说：“汉字书法在世界文字中堪称一绝，很美。”江海说：“对。汉字的作用非常大，没有汉字，中华五千年文明是不可想象的。汉字对国家统一、民族振兴，对人类文明的发展进步，都已经并将继续产生巨大的影响。”这时，国干事来叫江海，说乔政委要他去一下。

江海来到会议室，乔政委招呼他坐下，说：“聊了三个同志，都谈得挺好的。马上要返航了，和你聊会儿。”江海说：“谢谢政委。”乔政委问：“你关于建南石湾小学的想法，古主任跟我和大队长说了，想听听你的具体想法。”江海说：“开始是我爱人和我开玩笑说的，没想到她当真了，还做通了她父母的思想工作。我岳父和地方沟通了一下，说停薪留职一年问题不大，算支边锻炼呢！”乔政委说：“两头没工资怎么行啊？”

江海说："他们家生活水平还可以，我岳父说不能光算经济账，想让女儿锻炼锻炼。"乔政委问："其他方面还有没有对你爱人前途不利的影响？"江海说："没有。我觉得我岳父的话很有见地：'有得有失，事在人为。'"乔政委说："言约旨远、微言大义啊，谢谢你们全家！我到水警区参加会议时将正式提出要求，请首长机关帮助做地方的工作，力争落实小学编制。你有什么变化的话，及时告诉我，不必介意什么。"江海说："是。"

晚点名后，林咏和江海在会议室聊训练工作，康晓义走了进来，说："好险啊！"林咏问他怎么回事，他说："夏研秋谈了个对象，中学时的同学，后来她变卦了，跟别人谈起来了，还伙同新男友说了一些贬低夏研秋的话。夏研秋咽不下这口气，要'惩罚'他们一下，前段时间请假，就是要干这事的。""现在呢？"林咏问。"没事了，这段时间工作很积极，也开朗了许多。他说教导员救了他一命，要不是教导员那次谈心，他就按计划回去了，后果他自己也不敢想。"江海说："我住三兵舱时，他住我斜对面，我感觉到他每天入睡比较晚。第一次和他谈话是例行性的，没有什么特别的内容，第二次才是有针对性的。"林咏说："这小子，太意外了！"康晓义说："他已经调整好了，不然也不会和我谈那么深。"江海说："别大意，要内紧外松，很自然地做些巩固和加强工作。"康晓义问："具体怎么做呢？"江海想了想，说："让译电员帮助做工作，他俩关系比较密切。就用译电员的名字启发他。"林咏、康晓义一齐投来了不解的目光。

江海解释说："译电员的原名叫周正，是他爷爷给起的。他爷爷认为：大千世界，熙来攘往的人们可分为两种——一种人占绝大多数，是人类主体，是'正派'，其成员是'正人'，从总体上说，'正人'的出发点和言行合乎历史正义；另一种人是极少数，是人类'异己分子'，是'邪孽之辈'，是'负派'，其成员是'负人'，从总体上说，'负人'的出发点和言行，是悖逆绝大多数人的根本利益的。他要译电员坚定地站在'正派'行列里，做个'正人'。"林咏问："挺好的嘛，为什么又加个'学'字？"江海说："上初中时，全校有三个叫周正的，经班主任建议改的。班主任认为：'正'必学，学方'正'。"林咏说："有道理。学，才能懂得什么是‘正人’，为什么要做‘正人’，怎样做‘正人’。”江海说：“电影《英雄儿女》中有句歌词叫‘敌人腐烂变泥土，勇士辉煌化金星’。做‘负人’，就会死有余辜，做‘正人’，才能虽死犹生。”康晓义说：“走正路，扬正气，释放正能量，与人类共永恒。我知道做小夏思想工作的方向了。”江海补充说：“毛泽东同志的老师杨昌济说：修身以立志为根本。‘志’的牵引力是根本性的、巨大的。要引导他树立一生向新向远向光明的志向。”康晓义点了点头。林咏说：“发现不正常情况，及时报我和教导员。”康晓义说：“好的。”江海看了看林咏，说：“军人的恋爱和婚姻有许多特殊性，人人都在局中，是政治教育和思想工作非常重要的领域，可不可以搞一次恋爱婚姻‘大家谈’活动，以交流促提高？”林咏想了想，说：“如果搞好了，便是大面积丰收。”康晓义说：“只要组织得好，作用肯定是正面的。”江海说：“咱们抽空分别与支委们聊聊，统一了意见，就下决心干。”林咏、康晓义都表示同意。

第二天出海训练回来时，风浪渐渐大了。吃晚饭时，林咏、江海都反复向干部们强调了做好大风浪训练准备工作。议了一阵子训练工作后，胡子君忽然问江海：“教导员住兵舱三个星期，有什么感受啊？”江海说：“我经常是躺得晚，起得早，各处睡睡觉而已。”柳风说：“影响很大啊，二兵舱的同志连睡觉的姿势都学教导员了——右侧身，卧如弓。”辛乐说：“教导员住三兵舱的第一天晚上，问了一声舱内是什么味道，第二天，大家全洗衣服和鞋子了。”江海笑了笑，说：“怪不得第二天舱内没那么大味道了。”康晓义说：“三兵舱几个机电兵整天一身汗，一身油，连洗澡洗脚都不怎么认真了。”辛乐笑了笑，说：“昨天晚上我还和叶崇林说过，教导员住兵舱，促进了他们班的个人卫生，要他们继续巩固成果呢。”林咏说：“如果巩固不了成果的话，就告诉他们，我再去三兵舱住几天。”一阵笑声后，胡子君问钟伟诚：“一兵舱有什么反映？”钟伟诚说：“起床速度快了。周启华他们几个说：教导员的起床动作不紧不忙的，但总比大家快。多次细心观察后，他们发现教导员每次的动作顺序都是一样的，非常简练。”江海说：“习惯，是个不大不小的事情，好了，了不得，不好，不得了。比如物品的放置，家里也好，单位也好，都要优化方案，用过了，都尽量放回原处，再用时就不用寻找了。如果是随手一扔，那就麻烦了，经常得找东西，轻则耗精力、费时间，重则耽误事，甚至造成严重后果。着眼一辈子的话，这笔账正算反算都是惊人的。水兵生活在舰艇上，更应该成为利用空间的高手啊！”大家纷纷点头。

第十一章　战风浪志坚夺全胜
讲理想奋斗育成功

第三天出海训练，风浪果然更大了，出港不久，涌浪就一排排地吼叫着扑面而来，滚动的浪花，成堆成堆地越过艇首，直冲到驾驶台上。

到达训练海区后，林咏果断地下达了训练口令，各部门立即执行。江海前看看，后看看，左看看，右看看，这才觉得猎潜艇比护卫舰小多了。十多分钟后，江海一摇一晃地从左舷斜梯下到海图室，苗苗紧跟着，柳风急忙扶江海坐在靠标图桌的椅子上，但他又站了起来，看了看舱内情况，问："艇的摇摆达到三十来度了，作业行吗？"柳风答："没问题。晃得太久了，可能有一个战士要躺一下。"江海说："对晕船厉害的同志要关心，要照顾，要教应对的方法。"柳风说："好的。"江海看了看隔壁的雷达兵陶艺，笑着说："你的状态挺好啊！"柳风说："小陶很过硬，这样的风刮它几天也没问题。"江海说："好啊，大风浪执行任务，重要职手一定得过硬。"

江海下到会议室，苗苗叫他休息一下，他摆摆手，示意不休息。江海从舷窗往外望了一会，问苗苗："浪好像小了点？"苗苗说："这会儿艇是顺浪。"江海一听，脚立即跨了出去，苗苗急忙上去搀扶。江海扶着二层甲板墙壁，艰难地往前甲板走，苗苗大声喊不能去，江海不听，硬是到了前主炮前面，看了看前主炮和前副炮人员情况。林咏用话筒严厉地喊："苗苗！苗苗！"苗苗立即扑上去，抱着江海，硬是给推回了会议室。江海问苗苗："你盯这么紧干什么？"苗苗说："这是我的任务。"江海问："是不是艇长交代你了？"苗苗笑着答："是的。艇长说你是大舰上来的，怕不适应。不过，即使艇长不交代，我也要跟着，这是应该的。"江海说："看看机舱去。"苗苗说："不行啊教导员，晃得太厉害了。"江海说："涌浪大，就更应该去。走！"说着，就扶着墙出去了，苗苗急忙从外侧跟着，两人一步一趔，一步一停。

到了后甲板，江海看到后主炮和后副炮战位上的同志个个生龙活虎，很受感动。下到后机舱，辛乐他们急忙扶住江海。江海指了指机器，摆了摆手，又指了指机舱里的同志。辛乐并不明白，但笑了笑。在辛乐他们的陪同下，江海又看了前机舱。出了前机舱，苗苗一把没拉住，江海又下到了后兵舱。看到有两个晕船躺着的战士，江海关切地逐个贴着脸问候，两战士很感动，还面带愧颜。江海示意他们不要动，好好休息。从后兵舱出来，江海不由分说，下到了中兵舱。中兵舱也有两个战士晕船，其中雷达兵向际开躺着还呕吐，江海拿起墙角的拖把，要清理他吐出的东西，苗苗急忙抢过拖把，做了打扫。江海对两位躺着的同志说："你们辛苦了，好好休息。"说着，还给向际开端了一杯水，让他漱了口。向际开艰难地做出一个感谢的表情。出了中兵舱，江海又要去前兵舱，苗苗扑上去，死活不依，硬是把他推到了会议室。

休息了一会儿，江海一看表，说："到炊事班看看。"说着，就出去了。苗苗还是紧跟着，保护着。到了伙房，肖志海他们正在装盒饭。江海一边帮着装，一边夸奖："这是个好办法。"肖志海说："风浪大的时候，我们已经准备得差不多了。"他指了指大保温桶，说："这是西红柿蛋花汤。"又打开锅盖，说："这几层笼布裹着的是烙饼，学你的手艺做的。"江海说："很好。"肖志海说："吃米吃面，各取所需。除盒饭中的菜外，还有卤煮豆腐、番茄酱、辣椒酱、醋泡蒜片、咸萝卜干等小菜，也是各取所需。"江海说："大队要求午饭分批吃，艇机动航行。"肖志海说："司务长看摊子，我和小孙给坚守岗位的同志送餐。"江海对苗苗说："咱们给艇长、副长送饭。"苗苗说："艇长吃米饭，副长吃烙饼。"江海问："汤呢？"苗苗说："等一下。"说完就出去了。

一会儿，苗苗拿着两个有盖的大口玻璃瓶走进来，说："这里打汤。"肖志海说："苗苗的脑子真好使。"全部弄好后，江海拿着盒饭，口袋里装了几样包好的小菜，苗苗拿着烙饼，口袋里装着两瓶汤，二人一摇一晃地往驾驶台走去。肖志海不停地喊："教导员，慢点！"艇颠得厉害，寸步难"挪"。苗苗背靠着二层甲板的墙，仰着脖子喊道："老天爷，别逗了，我们送饭呢！"江海大声对他说："走吧，你越喊，他越'逗'

你。”上梯子更难了，他们全身每个部位都紧急动员，全力配合协作着。江海不停地喊着“注意安全”，是提醒苗苗，也是提醒自己。

到了驾驶台，早已浑身湿透了的林咏和胡子君接过饭，连声道谢。江海说：“反了——应该感谢你们。”林咏广播：“停止训练，机动航行，开始轮流午餐。”胡子君对林咏说：“这里摇摆度太大，你和教导员到会议室吃吧。”林咏说：“你先吃吧！”江海说：“子君下去吃吧，完了上来换艇长。”胡子君说：“好。”大家又把饭菜拿到了会议室。

炊事班送来了饭菜，柳风、钟伟诚、辛乐、何其明也来了。江海问苗苗："军医呢？"苗苗答："在前兵舱看晕船厉害的几个同志呢！"江海又问："译电员呢？"苗苗答："他晕得难受，不吃了。"江海说："给他送一块烙饼，叫他尽量吃一点。"苗苗"嗯"了一声，拿起一块饼，出去了。辛乐问江海："你在机舱里指指机器，摆了摆手，又指了指我们，什么意思啊？"江海说："我不是看机器来的，是看人来的。"江海又问何其明："怎么样？"何其明笑着答："没问题。"柳风说："艇上几个干部，就周学正晕船厉害点儿。"江海说："休息不好，很容易晕船。"钟伟诚说："艇首艇尾和驾驶台摇摆幅度大，也容易晕船。"江海说："艇排烟时熏得恶心，机舱里油气加高噪音，就更容易晕。"说话间，胡子君已吃完饭，湿衣服都没顾得换，就上去接替林咏了。

林咏下来后，换了一套干服装，来到会议室，大家慰问了一番。苗苗拿来一个鱼罐头，打开盖儿，夹出两块鱼放到林咏饭盒里，林咏尝了尝，非常可口，给苗苗伸了个拇指，说："我要有这么个儿子就太幸福了。"苗苗马上表示不满："艇长，人家才比你小几岁呀！"林咏赶忙说："哦！你是个好老弟，我刚才是联想了一下。"大家都笑了。柳风说："我们部门雷达兵向际开晕船比较厉害。他说，躺着呕吐时，帮忙清扫和打水给漱口的人是世界上最亲的人，啰啰唆唆问话的人是世界上最讨厌的人。"苗苗说："有道理，晕得厉害的时候，都不想说话，也不想听太多的话。"钟伟诚对苗苗说："等到你晕船的时候，我非趴在床头问你十万个为什么不可。"苗苗说："我晕船的时候，你早晕得什么都不知道了。"笑声。

康晓义走了进来，苗苗马上扶他坐下吃饭，江海问他："怎么样？"康晓义说："全艇躺着的 11 个，一口饭也不吃的有 4 个。"江海说："不能动也有收获啊，人的体质毕竟是有差异的。”苗苗说：“这船一晃起来，说话语音都晃晃悠悠的。”辛乐说：“我要给炊事班请功——我敢肯定，今天哪条艇也吃不了这么好！”江海忽然问苗苗：“怎么少一瓶汤啊？”苗苗下意识地摸了一下右肋，笑了笑，说：“下驾驶台的时候碰碎了一个瓶子。”江海马上问：“玻璃有没有扎到身体？”苗苗说：“没有，没有，里面有衬衣和背心呢！”江海走到苗苗跟前，掀开衣服一看，一片皮肤红红的，马上问康晓义怎么处理，苗苗说：“当时就用水冲了，一点感觉都没有，没事的。”康晓义看了看，说：“不要紧，饭后我再给他处理一下。”江海说：“好。”

看到大家都吃好了，江海问苗苗：“交给你个任务——让艇长躺半小时，能完成吗？”没等苗苗回答，林咏抢先说：“不为难他了，我躺一刻钟。”苗苗说：“好，以我的手表为准。”林咏说：“我照顾你，你还来劲了，官大的表为准，懂吗？”苗苗笑着说：“好，以你的表为准。”林咏说：“这不就长进了？”苗苗伸了一下舌头，小声说：“以我的眼睛为准。”一阵笑声后，大家都出去了。苗苗对林咏说：“你眯着一会儿就行，不论时间了。”林咏说：“少来这一套，我只是舒展一下筋骨。”江海说：“苗苗收拾一下吧，让艇长安静会儿。”苗苗问：“你呢？”江海说：“我去看看前兵舱，然后到驾驶台。”苗苗说：“我也去。”江海说：“行了，你跟了一上午了，我不如你吗？”说完，不由分说地走了，出门时身体晃了一下，差点摔倒。

江海到了前兵舱，看了晕船的同志后，来到了驾驶台。林咏也上来了，苗苗紧跟着。林咏对江海和胡子君说：“休息太重要了，躺了一刻钟，换了个林咏。”江海说：“时间和精力，是人之至宝，奋斗者，总是力求分分秒秒都用在点子上。”林咏说：“我是‘力求’，而你是‘总能’，我对此早已感受很深了。”江海说：“精力不济，知识就休眠了，‘机器’就罢工了，有再多的知识也加工不出好的成果来，特别是系统思考、多元分析的时候。”林咏说了声“对”，打开话筒，下达口令，开始训练。

风向有一点转变，但风力仍然很大，艇首柱一会扎到海里，一会刺向空中。驾驶台上的人更是前俯后仰，左摇右摆，像西班牙斗牛士斗牛似的，但个个都很镇定。风像口哨一样“嗖嗖”地响，艇“咕咚——咕咚”

有节奏地与大海“对话”。江海想到周学正晕船，赶忙下到了译电房，苗苗依然紧跟着。周学正趴在桌子上，江海问：“怎么样？不行就躺着。”周学正听到江海的声音，急忙站起来，但没有站稳，江海扶他坐下。周学正说：“谢谢教导员，你让苗苗送来的烙饼很好吃，但很快又吐了，没事，现在已经有点麻木了。”江海问：“能嚼点饼干吗？”周学正说：“刚才嚼了一块。”江海问：“上艇后首次出海时就晕吗？”周学正答：“第一次就晕了，那次风浪并不大，因此大伙都笑话我。后来好了一点，但这么大风浪，我还是第一次遇到，五脏六腑翻江倒海，一阵一阵的。”江海说：“要琢磨规律，妥善应对，慢慢会好些的。老水兵们说，晕船时最好的食物是饼干，如果吃饼干还吐，吃别的就更容易吐。”周学正点了点头，说：“是。”江海突然觉得艇速减了，晃得更厉害了，急忙让苗苗出去看看。一会，苗苗回来报告，说 2 号主机出故障了。

江海急忙赶到了前机舱。辛乐和叶崇林他们正在紧张地抢修。江海从表情到动作，判断他们能修好，于是不着急，站在旁边耐心地看着。果然，一会儿就修好了。江海给他们伸了个大拇指，他们虽然摇了摇头，但都还是笑了。辛乐通过话筒向艇长做了报告后，催江海回去，并示意苗苗动手搀扶。

从前机舱出来，看到后主炮、后副炮战位上的同志个个坚如磐石，聚精会神，江海肃然起敬，左手拉着苗苗，右手高高举起，伸出了大拇指。战位上的同志们也为江海伸出了大拇指。江海又伸出“V”字指形，战位上的同志们也回以“V”字指形。

江海又爬上了驾驶台，向林咏和胡子君讲了周学正晕船和二号主机抢修的情况。林咏说：“我和子君在这里，你尽管放心，回去坐会儿吧。”江海说：“子君回去换套干衣服吧。”胡子君指了指自己身上的衣服，说：“已经被风吹干了。”江海说：“那就下去休息会儿。”胡子君说：“这可是学习的好机会啊，一天胜过一百天！”江海说：“是啊，到哪儿能请到在这么大风浪中手把手教的老师啊！”胡子君说：“我今天才真正认识咱们艇长了，什么大将风度呀，举重若轻呀，履险如夷呀，力挽狂澜呀，‘姜是老的辣’呀，怎么说怎么对！”大家都笑了。江海说：“这是老水兵的资格。烈火真金啊！”林咏笑了笑，看了看手表，说：“时间快到了，再练最后一遍。”江海对着话筒大声说：“同志们，今天气象恶劣，但大家精神饱满，刻苦训练，我们的收获不仅是技能水平的提高，更是意志品质的磨炼。天风海雨，涌大浪高，机会难得啊！现在，艇长指挥我们进行最后一遍演练，希望同志们愈战愈勇，苦练硬功，圆满完成今天的训练任务，把596艇的豪情壮志展示给南海！”林咏为江海伸出了拇指，并配以赞赏的表情。随着林咏一个个口令的下达，各战位操作格外认真，完全是一种决战决胜的氛围。等到林咏下达“训练结束，开始返航”的口令时，各战位传出了胜利的欢呼声。

星期五上午，全艇进行卫生清洁和机械检试，江海转了一圈，来到会议室，看到康晓义和周学正在聊天，就坐了下来，和他们一起聊。家庭情况、生活情况、学习情况、工作情况，三个人聊得津津有味。

江海选了个话题，问：“猎潜艇上有‘三大员，老大难’的说法，你们怎么看？”康晓义和周学正对视了一下，都笑了。康晓义说：“咱们艇没配司务长，剩下我和学正两大员了。猎潜艇上都是小伙子，身体一个比一个棒，一般没什么问题，真的有了伤病，又没有多少办法，只能送医院。有的同志说：‘有病没有病，军医都无用。’在学校学那点东西，稀里糊涂地就丢到海里了。我的前任转业时说自己是浪费了几年青春。”周学正说：“译电工作专业性太强，事业上出路比较窄，转业安排也很困难。”江海说：“是啊！全大队就一个机要参谋，也就是个营级；就一个卫生队，队长也只是个连级。据我所知，咱们大队这么多译电员、军医和司务长，好几年都没有走到营以上领导岗位的了。”

苗苗把三个人的茶杯端了进来。“话又说回来了，”江海呷了一口茶，说，“一条艇，编一个译电员、一个军医，平时战时都是少不得的。国防工作岗位千千万，样样都须有人干。”周学正说：“是的。就全军而言，类似情况肯定还有很多。”康晓义说：“我也是这么想的。别人转业了，我来了，将来我走了，还是要有人来干。”江海说：“对！所以，话还得说回去——干一行，爱一行，精一行，才能进步，才有出路。”二人都点了点头。

江海看了看康晓义和周学正，很认真地说：“这个问题，我想了很久了，我觉得，积极的态度就四个字——奋斗、奉献。奋斗，才能最大限度地挖掘自己，提高自己，有所作为。奉献，是国防事业之必需，也是军人的义务。幸福不幸福，成功不成功，不在于具体岗位和职业，任何岗位都有成器的，也都有不成器的，就是要有一股气、一股劲，在任何岗位都拼搏向前。我们没有理由做愧对前人、愧对后人、愧对自己人生的人。”周学正自言自语：“奋斗、奉献——嗯。”江海说：“那就是‘正人’喽！”周学正“嘿嘿”一笑，说：“我也想过，要我选岗位，我也弄不清选哪个好，选好了也不一定能坚持到底。诚如教导员所言，这个问题必须从根本上看，从根本上想。”康晓义说：“译电员也说出了我的心里话。奉献意识淡了，想得会很多，人会很累。”江海说：“站在党员和军人的角度想，一下就都通了。其实，你们都是兢兢业业、任劳任怨的，我一上艇就听说了。”周学正说：“艇务长做得好，我不行。”江海说：“特点不同，都很好。”康晓义说：“和教导员聊天就是好，每次都很难忘。”江海笑了笑，说：“不和大家聊天，我的脑子也会空空的。咱们经常聊。”

聊天结束时，江海对康晓义说：“防‘非典’工作千万不能松，测体温制度要坚持好。”康晓义说：“教导员放心，体温每天都测，全部正常。”

下午，各党小组学习党章，重点是总纲、党员、党的组织制度和党的基层组织四个部分。这是江海与林咏商定的，目的是为制定支委会自身建设措施和支委会议事细则，及将要进行的“人民海军忠于党”主题教育做准备。江海则到水兵凉亭，为团员青年讲团课。

团课由柳风主持。江海说：“团员同志们，青年朋友们，柳书记要我和大家谈谈理想与现实问题，我觉得这个问题很重要，所以很愿意和大家交流一下思想和认识。我认为：理想，是人们在一定世界观、人生观和思想方法、思维方式的支配下，依据现有的知识和能力，对未来方方面面畅想的结果。这个‘结果’，可以是人类的、民族的、社会的，也可以是集体的、家庭的和个人的，比如实现共产主义，实现国家统一，单位创先争优，家庭和谐，个人身体健康、达到高学历、有个好工作、找个好对象，等等。现实呢，包括客观的和主观的两个方面，主要是我们所处的自然环境、社会环境和自身情况，比如，是军人，在南石湾596

艇工作，从事某种专业，健康情况及文化程度、年龄、知识、能力，等等。有些人头脑中的理想和现实是互不相连的两个坨子，理想成了空想，成了断了线的风筝。其实，理想与现实是相连的，把它们连起来的是一座桥，桥的名字叫奋斗。任何理想的实现，都要靠奋斗，越是美好的理想，越要努力奋斗。所以，我们这一课的题目，也可以叫作理想与奋斗。大家说对不对呀？”“对！”大家回答。

江海又问：“谁能谈谈什么叫奋斗？”大家七嘴八舌议了起来，有的说是“战斗”，有的说是“踏踏实实地干”，有的说是“努力工作”，等等。江海说：“大家说的意思都差不多。《新华字典》上解释：‘奋’，是‘振作，鼓劲’；‘斗’，是‘对打’；‘奋斗’，是‘为了达到一定的目的而努力干’。《辞海》上解释，‘奋斗’就是‘奋力格斗’。可见，慢条斯理地做，按部就班地做，都不叫奋斗。奋斗，必须胸怀理想，振作精神，解决困难和问题就像与敌人搏斗一样。”

讲到这里，江海对大家说：“认为自己时时刻刻都在为理想而奋斗的同志请举手。”大家互相看着，笑着，有的还摇摇头，但没有举手的。江海笑了，说：“我也不敢举手，恐怕咱们都是有时候奋斗了，而不是时刻都在奋斗。”江海说：“有道是：‘不疯魔，不成活。’奋斗，奋斗，应有尽有。时时刻刻都奋斗的人，可是了不起啊！当然，奋斗不是蛮干，不是瞎闯，而是科学地斗。”江海说：“有的同志动不动就讲条件，唯条件论。其实，雷锋做出那么大贡献，要过什么条件？红军两万五千里长征，向谁要条件？‘两弹一星’横空出世，谁给条件？被条件包围了，还要奋斗干什么？”大家静静地听着。

江海说：“奋斗，必须有正确方向，必须立足本职工作。我们天天都讲人生价值，其实，人生价值是无法孤立计算的，必须通过社会效果才能观察出来。”江海举起了例子：“咱们艇务长、军医康晓义同志，有当一个高水平医生的理想，但我们艇上都是欢蹦乱跳的小伙子，很少有伤病。怎么办呢？他一方面认真收集各种医疗信息，进行思考和研究；一方面通过多种方式，向内行们请教，与同行们交流，努力提高自己。我们什么季节、什么情况下吃什么，喝什么，注意什么，他都认真观察，认真研究，并提出了很好的意见和建议，还做了大量领导和组织工作。

这就是奋斗，这就是人生价值！”一阵掌声后，江海话锋一转，说：“我们艇是大队八条艇中年龄最大的，毛病很多，要在 5 月份的科目训练考核中取得好成绩，要在 7 月份水警区组织的比武中取得好成绩，就得奋斗。大家说对不对？”“对！”大家齐声回答。

晚上，露天场，部队看电影《南征北战》，大家都自带马扎，从左至右依次是舰艇部队、机关分队和家属，大队领导同志在中间稍前一点。电影场秩序很好，比较安静，偶然有点掌声和笑声。江海是第一次在这里看电影，看得很专注。

晚点名。江海说：“孟良崮战役是解放战争中的一个经典战例，我们老家的人能讲出其中许多真实的故事，《南征北战》反映的就是这一战役，无论从军事角度看，还是从政治角度看，我们都深受教育，深受启发。今天再看《南征北战》，更感到了服从命令、听从指挥的重要性。战场上情况不仅复杂，而且多变，攻守打藏都可能有，各级所处位置不同，掌握的情况不同，听指挥是绝对必要的。听指挥，部队才能动静一体，威猛快灵，指挥员才能尽其所长，充分发挥。《南征北战》中，一支小小的游击队都发挥了那么重要的作用，在保卫祖国海疆的事业中，我们猎潜艇部队照样有用武之地。只要坚决听从党中央和中央军委的指挥，我们小艇就能有大作为，我们老艇就能有新作为。”掌声立即响了起来。

第十二章　两项措施公开民主 主题教育拉开帷幕

星期六下午。艇会议室。支委会前，江海对柳风说：“水警区秘书科马科长来电话了，他们派了两个同志到其明家乡帮助处理其明父亲被撞伤的事，已经有眉目了，需要签个协议，我和艇长的意见是给其明一个星期的假，让他帮助部队和地方的同志把事情处理好。”然后问柳风：“你看怎么样？”柳风说：“好，他的假期上次没有休完，我这就去交代，要他早点走，快去快回。”说完就出去了。

柳风回来后，支委也到齐了。江海说：“大队首长常讲，一个单位的两个主官在一起要有一加一大于二的效果，那么，我们党支部委员会的七个成员在一起，就应该有七个一相加大于七的效果。从数学角度说，这是不可能的，是荒谬的；从党建角度说，这是可能的，科学的，只有共产党人有这个能力。我们制定自身建设措施和议事细则，就是要提高这个能力。我们要让‘大于二’成为‘远大于二’，让‘大于七’成为‘远大于七’。”大家纷纷点头。江海说：“关于修订支部班子自身建设措施和制订支委会议事细则的事，咱们已经酝酿了一段时间了，今天的会叫务虚会，大家对制订这两个措施有什么想法，都讲出来，有什么建议，都提出来，充分交流交流。之后，我和林咏同志、子君同志整理一下，明天下午继续开支委会，形成方案。方案还要认真征求党员、团员和青年的意见，形成正式版本。”林咏说：“一个是加强自身建设的措施，一个是加强班子领导的措施，都是要长期执行的，都是班子的大事，大家不要嫌麻烦。”江海说：“用副书记的话讲，我们又要‘求是’了，而且一次‘求’两个‘是’，这对我们来说，都是个学习、提高和修养的过程，非常有意义。我和副书记都认为，求好这两个‘是’，必须坚持从实际出发，确保求出的两个‘是’都管用。请大家敞开思想，各抒己见。”

钟伟诚首先发言：“两个措施都要简短、朴实，看了忘不了，不敢忘。”大家纷纷赞许。柳风说：“尽量不要重复上级的条文，要是596艇的东西。比如学习，就讲学什么，怎么学。我觉得，自身建设，应以学习和接受监督为主；议事细则应强调程序，该有的程序不能缺，既定的程序不能变，比如发展党员，先由团支部推荐，再由党支部确定，而不能相反。”江海说：“肖班长炒的花生米每一粒都活生生的，又香又脆，其实做法很简单：点火—放油、花生米—油开了，把花生米捞出来，里熟外鲜。如果是油开了再放花生，结果便是外糊里生。程序决定成败。我们的《细则》在很大程度上是个‘程序法’，要非常注重程序。”林咏说：“讲得好。”康晓义说：“同意老钟老柳的意见。补充一点：支委会研究具体问题，充分讨论后，主持人应按多数人意见归纳出明确的决议方案；对于重大议题，要正式表决，不能稀里糊涂，让大家猜。两个措施要有新鲜感。现在，有些病不见了，有些病病因与以前不同了，还有些原来没有的病出现了；有些药淘汰了，有些药被发现还适用于别的病症治疗，有些新药产生了。《本草纲目》载药1892种，收入古医家和民间方剂11000余个，可以称得上宝典了，但也在被补充，被革新，毕竟四百多年了，自然环境、人类实践广度深度及科技水平都变化太大了。万事万物都在不停地变化，我们的法规必须适应新形势、新情况。”

辛乐笑了笑，说：“过去开会发言，我一嘟噜就是一大堆，现在不知道怎么搞的，不会说话了，真的！我突然觉得同志们都长高了一截，话虽不多，但一滴唾沫一颗钉。”大家都笑了。江海说：“辛乐同志谦虚了。”辛乐继续说：“我希望支部领导要进一步透明，办事尽量公开。咱们就一条艇，没什么可神秘的，这段时间的情况证明，一透明，风气就正了。”钟伟诚用胳膊碰了辛乐一下，小声说：“你表扬我们一通，然后再露一手，高啊！”大家又都笑了。江海说：“大家谈得很好。建议大家想一想党章、政工条例等法规的要求，想一想群众闲谈时的说法，想一想自己实践中的经验教训，在具体条文上多谈点意见。”林咏说：“对书记副书记的要求方面，大家多谈谈意见，这很重要，大家不必有什么顾虑。”江海说：“对，管不了书记的措施不仅不管用，还容易发生大的问题。书记、副书记要处理好领导和被领导的关系，既是领导成员，又在集体领导之下。委员要处理好支持与监督的关系。”接着，又是一阵发言高潮。

星期日下午，支委会再次研究自身建设措施和议事细则。江海说：“根据昨天下午会议讨论情况，我昨天晚上梳理了一下，今天早饭后又和副书记及组织委员推敲了一个多小时，理出个初稿，供今天的会议研究参考。咱们一个一个过，先研究自身建设措施。”胡子君将复印好的《596艇党支部委员会自身建设措施（草稿）》发给了各个支委。江海说：“先由子君念一遍，然后大家看，再发表意见。为了表述方便，咱们就简称《措施》了。”胡子君读道：“为了不断提高支委会成员自身素质，增强支委会领导能力，特依据党章和党组织有关文件精神，制定措施如下：

“一、支委会集体和支委个人都要制订年度理论学习计划和军事学习计划，公布到全艇人员。支委会集体学习情况，每半年结合报告工作，或专门向支部大会汇报一次；支委个人学习情况，至少每季度向所在党小组汇报一次。

“二、结合民主生活会，每半年组织党员对支委会的工作和建设进行一次评议，并认真听取团员青年意见。对于大家的意见，支委会要将自己的认识和态度公开做出说明。

“三、支委之间至少每季度相互谈心一遍，交流思想，开展批评与自我批评，避免和消除误解，增进信任和友谊，加强团结与合作。

“四、……”

胡子君读完后，大家认真地看了起来。十多分钟过去了，无人发言。江海说：“咱们要结合工作总结，每半年对《措施》进行一次对照检查。”大家都同意。林咏说：“大胆发表意见，没把握的也可以谈。”又过了一会儿，柳风说：“完全同意。”辛乐说：“没意见了。”钟伟诚说：“很想提点修改意见，但实在想不起来。从现在起，谁能提出一点补充或修改意见，我都佩服。”康晓义说：“我有一点建议。”大家的目光马上转了过去。江海说：“请讲。”康晓义说：“我的建议是——鼓掌通过！”大家哈哈大笑。江海说：“这是个重大议项，还是表决一下吧。”大家都举起了右手。江海说：“好，一致通过。”

江海对胡子君说："请把支委会议事细则草稿发给大家，也读一下。"胡子君将复印好的《596艇党支部委员会议事细则（草稿）》发完后，读了起来："为了更好地贯彻民主集中制原则，紧密联系实际，加强和改进支委会领导，提高支委会领导水平，特依据党章和党组织有关文件精神，制订支委会议事细则如下：

"一、召开党支部大会研究决定问题，如无特殊情况，应至少提前四天将会议时间、议题等要素通报全体党员，并认真对待大家的反映和意见；召开支委会研究决定问题，如无特殊情况，应至少提前三天将会议的时间、议题及相关情况通报各支部委员，以便大家酝酿和准备。

"二、有三名或三名以上支委要求召开支委会研究某项工作或某个问题（包括对本细则的修改）时，应召开支委会研究，如不召开支委会研究，书记副书记应给每个支委做出解释并负责。

"三、个人、少数人不得决定重大问题，不得以少数领导碰头会或分别征求支委意见的方法代替支委会，也不得以支委会或支委扩大会代替支部大会，更不能以行政会议代替组织会议。支委会和支委个人要尊重艇长、教导员的权利，积极支持他们工作，一般不研究决定他们职权内的具体事务。

"四、……"

胡子君读完后，大家又认真地看了起来。看了一会，柳风说："可否加一条：委员之间，特别是书记副书记，要及时、全面通报已知的相关信息和资料，尽最大可能做到在研究问题前，委员同步同量掌握相关情况。"林咏说："很好。同意。"大家也都同意。最后，江海说："正文后面说明一下：此《细则》每半年集体对照检查一次，必要时，做出修改或补充。"大家都点了头。江海问大家还有什么意见，大家都露出了满意的表情。举手表决，江海宣布："一致通过。"林咏发起了感慨："'预则立'啊，准备充分，意见就一致，质量就高。"江海说："咱们这两个'是'求得怎么样，先过群众关吧，马上印发各党小组，请大家评议并提出意见。"

会议结束时，柳风说："团支部委员会也要制定自身建设措施和议事细则，建议给每个团支部委员一份，一是利于借鉴，二是利于监督。"江海和林咏都说可以。柳风又说："团支部准备开展'不抽烟、不酗酒、不说谎’活动，请大家多指导。”林咏说：“赞成，支持！”江海说：“好事一桩，务出成效。”其他支委也都表示支持。

晚点名，江海说：“讲两个问题：第一，按照中央军委的统一部署，从明天起，大队开始进行人民海军忠于党主题教育。主题教育进行一周，贯穿全年，对我们提高政治觉悟和政治水平有重要意义，党员，尤其是干部党员，要积极带头……第二，为了加强自身建设，提高领导能力，艇党支部委员会正在制定自身建设措施和议事细则，草案已印发各党小组和团支委，希望大家关心和支持党支部委员会的建设，多提意见和建议。”

江海回到住舱，林咏也跟着进来了。林咏说：“你嫂了想来部队休一个月假。”江海说：“好啊，我叫子君联系房子，你有什么要求啊？”林咏说：“有个窝就行了，她来过很多次了，没问题。”江海说：“女同志，带着孩子，千里迢迢，不容易呀，决不能怠慢。”林咏笑着说：“谢谢！”

星期一上午 9 点，露天会场，大队全体人员大会，杨副大队长主持，常大队长传达了十届全国人大一次会议精神。之后，召开猎护大队人民海军忠于党主题教育动员大会，会议仍由杨副大队长主持。首先是乔政委做动员。他说：“遵照中央军委的部署和上级的指示，我们大队围绕‘以学习实践三个代表重要思想，为全面建设小康社会做贡献为主题的人民海军忠于党主题教育’活动，今天正式开始。主题教育是全年各项教育的主轴，必须高度重视。考虑到训练和战备的需要及授课场地的限制，我们这次教育分两批进行。第一批，大队机关全体人员和 596 艇、901 艇、903 艇。第二批，598 艇、599 艇、904 艇和修船所。因特殊情况参加不了的同志，大队办一期补课班，做到一个不落。902 艇的学习，政治处常副主任带着讲课稿去西沙，协助万副大队长和艇领导组织进行。597 艇的学习，由修船管理部门统一组织。”接着，乔政委讲了两个问题。一是为什么进行人民海军忠于党教育，讲了三个要点：是当前形势的要求；是继承光荣传统的需要；是部队现实情况的需要。二是对各单位和个人提了几点要求，强调领导带头，党员带头，搞好辅导，集中精力和联系实际。

第二项议程，古主任传达大队机关部队主题教育计划，对日程安排做了说明，对学习的组织提了要求。日程是：星期一上午，大队动员大会，之后，第一批学习开始，常大队长讲第一课；星期三上午，古主任讲第二课；星期五上午，901艇教导员郎学仁讲第三课；其余时间，各单位自行掌握。下周一下午，大队召开学习体会交流大会，司令部、政治处、岸勤处及三条艇各选一名同志发言，每人发言限时20分钟，集中谈自己的一点体会和认识。之后，召开总结大会。下周二，第二批学习开始。

动员大会结束后，参加第一批学习的人员留下，常大队长讲第一课：人民海军是党亲自缔造和绝对领导的人民军队。常大队长以翔实生动的资料和描述，讲了党创建和领导人民海军成长壮大的历程，深刻阐述了党对军队绝对领导的重要性、必要性和必然性。

部队带回码头，江海讲话："今天听报告和听课的时候，大家坐姿端正，精力集中，记录认真，很好，要发扬。艇领导研究决定，每次听课后，我们都把课稿提纲整理出来，印发给每位同志。下午，以部门为单位，集体复习政委动员和大队长讲课的内容。明天上午，各部门组织讨论；下午，全艇集体讨论，自由发言，每人集中谈一点认识，时间不超过十分钟。"江海讲完后，大声问大家："明白不明白？""明白！"大家齐声回答。

午饭时，江海和林咏对各部门的学习组织进一步提了要求。部门长们吃完饭走后，江海问胡子君："艇长的房子联系得怎么样了？"胡子君说："已经联系好了，在二楼。"江海说："好，二楼干净，安静。"江海转过头来问林咏："嫂子什么时候到？"林咏说："后天下午。"胡子君说："来得及，我下午就带苗苗去整理。"林咏说："苗苗晚饭后去整理一下就行了。"林咏不想再说这个话题，接着问江海和胡子君："谁到大队交流会上发言合适？"江海说："我正想问你们呢。"停了一会儿，林咏笑了笑，说："你们要是不反对的话，我上。"江海和胡子君愣了一下，接着拍起手来。林咏说："我一看到教导员学习军事，就想到自己应该加强政治学习。说实话，今天听报告时，我总觉得这个教育像是专门为我安排的，对我非常有针对性。"江海说："太好了，你肯定要'求'出一个非常重要非常宝贵的'是'了。"林咏说："我是有点一时冲动啊，你要指导一下，不然我就打退堂鼓了。”江海笑着说：“对于我军战斗力的生成和提高，政治教育和军事训练就如车之双轮、鸟之两翼，缺一不可。咱们相互切磋，一起学习。”胡子君说：“我建议保密，保到大队交流大会开始。”林咏说：“好啊，大家都准备，如果有更合适的，咱们就不提这一壶了。”在收拾餐具的苗苗笑着说：“保密的任务，光凭三位领导，恐怕难以完成。”胡子君对苗苗说：“你要敢泄密，就让你顶上去发言！”苗苗一听急了，说：“副长这一招要命啊！”做个鬼脸，跑掉了。三位艇领导都笑了。

晚饭后，江海带着苗苗来到胡子君为林咏联系的房间，上上下下，里里外外，彻底看了一遍，还认真检查了床铺和煤气罐、煤气炉、电风扇、电视机。江海问苗苗：“电冰箱呢？”苗苗说：“所有临时来队家属住房都没配。”江海想了想，说：“这里离码头很近，有些东西可以在艇上的冰柜里放一放，你负责。”苗苗说：“是。”江海又看了门和窗户的插销，从后窗向外望了望，突然皱了一下眉，掏出手机，拨通了撒士新处长的电话。“处长好，”江海说，“我们艇长家属来队联系的房子，客厅朝后面的窗帘布坏了，前后窗看得清清楚楚的，两家都不方便，能不能解决一块窗帘布？”撒处长说：“可以。你派人到岸勤处值班室找值班员，我马上交代。”江海说：“谢谢处长！”说完，示意苗苗去取，苗苗一溜烟地跑了。

晚点名，江海问道：“今晚看了中央台《新闻联播》的请举手！”粗略地扫视了一下，江海说:“请放下！看《新闻联播》，半小时知天下‘事’，知天下‘势’，知天下‘是’，希望大家都努力坚持。如果有事，看不了，就想法看重播的，或其他综合新闻。”江海话题一转，说：“第一季度，政治处组织党员发展培养对象考试党的知识，我们艇推荐的两名同志都没达到分数线，这是个问题！达到分数线的不一定能入党，但达不到分数线的就一定不能入党，这是个硬杠。不懂党的基本知识，当劳动模范可以，当党员不行。我观察了，咱们这两位同志平时学习都还是很努力的，缺的恐怕是表达能力。人，总是要交流的，不交流就僵化了。怎么交流呢？不外乎语言、文字、肢体和表情神色等。表达能力怎么提高呢？实践！要勇于实践。这次主题教育中，希望大家都能认真听讲，认真做笔记，认真思考问题，认真写收获体会，积极发言，全面提高表达能力，好不好？”“好！”大家一致回答。

星期二下午，水兵凉亭，全艇人员讨论会。江海说：“政委做的动员和大队长讲的课，各部门上午进行了讨论，我每个部门的讨论都听了一会儿，挺好的。现在全艇人员一起讨论，目的是交流的范围大一点，也给愿意锻炼的同志提供个场合和机会。时间宝贵，发言的要求就不重复了。开始！”话音刚落，“哗”的一声，超过半数的人举起了手，包括林咏和康晓义。气氛一下子热烈了。

江海笑了笑，指了指司务长关士愔，说：“请！”关士愔站起来，双手捧着笔记本，念了起来：“人民海军在炮火中诞生，在战斗中成长，每前进一步，都是党英明领导的结果。万山海战、‘八六’海战，在敌我力量强弱悬殊和没有实战经验的情况下，每次都取得辉煌的胜利，只有在党的领导下，才会出现这样的奇迹。”关士愔一口气读完，不到五分钟。接着，欧阳山发言，他把笔记本合上，说：“大海航行靠舵手。”说着，还比画了个操舵的动作，引来哄堂大笑。这一来，欧阳山忘词了。江海说：“慢点讲，不着急，刚才司务长节约的时间给你了。”欧阳山看了看笔记本，继续说：“听了大队长的课，我才真正懂得了大海航行靠舵手的含义。大海中有波涛，有暗礁，有险滩，人民海军成长的路上也有艰难险阻……”苗苗发言：“连敌人也叫我们‘共军’嘛，我们的军队就是共产党的军队，我们都是党的战士。我们要永远听党话，跟党走，为党的事业奋斗。”康晓义发言：“军事是政治的继续。我们面临的形势越来越复杂，我们担负的任务越来越多样化，我们必须坚定不移地听党指挥……”深弹水雷班班长龙长吟说：“战争年代，指战员们常说，不管困难多大，对手是谁，跟着毛主席，跟着共产党，我们就一定胜利。这是在长期实践中形成的一种坚定信念。今天，党领导我们建设中国特色社会主义，我们同样信心满怀，高歌猛进……”

十多个同志发言后，江海高兴地说：“同志们的发言，说明我们这次主题学习有了一个良好的开局。同志们认真学习的精神，使我很受鼓舞，同志们的许多分析和观点，使我很受启发。”接着，江海结合大家的发言，把这一课的重要关节点做了梳理和阐述。最后，江海说：“忠于党，必须认识党，懂得党的性质、目标、纲领和路线。为此，请同志们认真听好明天的课，学习好第二专题的内容。”

星期三上午，古主任讲了第二课：努力学习和实践三个代表重要思想。下午，仍是以部门为单位复习。快四点的时候，林咏的妻子和女儿搭汽车队的车来到南石湾，林咏和苗苗将她们接到了房间。林咏抱着女儿亲了又亲，两人又是笑，又是闹。妻子洗完澡，换了衣服后，林咏说：“实在对不起，专题学习要求很严，我得回去了，东西都准备好了，今晚你做什么我吃什么。”妻子笑着逗林咏：“等你下班回来做？”林咏说：“不行，教导员他们可能要来坐，他们吃饭快。”苗苗说：“艇长回去吧，我帮嫂子做饭。晚上，我保证自觉补课，看讨论记录，整理学习笔记，不信，你到时候去检查。”林咏说：“好，我先回去，你一会儿也回去吧。”说完，亲了女儿一下就走了。女儿跟到门外，透过走廊矮墙上的空隙寻找爸爸，看了许久，两眼泪水都流到了嘴角。

林咏回到艇上，恰好江海在找他，问他家属几点钟到。林咏说：“早到了，在做饭呢。”江海笑着说：“你呀！”

晚上快 7 点的时候，江海对苗苗说：“侦察一下，什么时候去艇长家方便。”苗苗说：“我正按嫂子的指示侦察你们呢！他们估计你们会去，早吃完饭了，嫂子要我在你们去前先报一下呢。”江海向值班的柳风交代了几句，便带着其他几位干部出发了，叶崇林凭着和艇长是近老乡的关系，也参加了。苗苗赶紧报信去了。

林咏正要泡茶，忽然听到胡子君一声“报告”，马上对妻子说：“教导员他们到了。”进门后，江海对崔文惠说：“我们代表全艇官兵欢迎嫂子和孩子来部队探亲休假！”崔文惠说：“谢谢，请坐！”江海说：“嫂子，艇长不让我们接，我们失礼了。”崔文惠说：“不用的，教导员太客气了。”江海指了指艇上的干部们，问崔文惠：“嫂子都认识吧？”崔文惠说：“认识你了，就都认识了。”大家都笑了。江海弯下腰，拉着娇娇的手，问：“娇娇几岁了？”娇娇瞪大眼睛反问：“你怎么知道我的名字呢？”江海说：“你爸爸给你妈妈打电话的时候我听到的呀！”娇娇说：“哦，我三岁了。”钟伟诚问娇娇：“一年不见，娇娇长高了，怎么把歌舞都忘光了？”娇娇说：“没有忘呀！”钟伟诚说：“我不信。那你唱一首歌给我听听。”娇娇看了看爸爸妈妈，唱了起来：“小白兔，耳朵长，两颗眼珠明又亮……”大家鼓掌后，娇娇又跳起拉丁舞来，大家又是拍手又是笑的，热闹了一阵子。胡子君问崔文惠：“嫂子路上都顺利吧？”崔文惠说：“你们艇长一路安排，一路遥控，很顺利。”大家又问了崔文惠工作生活情况，她都一一作答。

康晓义突然问叶崇林：“你老婆怎么不跟嫂子一起来呢？”叶崇林说：“接受教训了呗！”江海追问：“怎么讲？”叶崇林说：“前年一起来的，她天天数落我：‘你看人家林艇长，官比你大，工作比你多，什么菜都会做，一回家就闲不住……”林咏两口子笑了。江海问叶崇林：“那你怎么说呢？”叶崇林说：“我说我和艇长一样，艇长是艇长家最大的官，我是我家最大的官，艇长会做菜，我会刷锅洗碗洗衣服。”大家笑了起来。

江海看了看手表，站起来说：“嫂子一路辛苦了，我们就不多打扰了。”大家也都起身告辞。崔文惠说：“不辛苦……”话还没说完，娇娇摆着双手，说：“叔叔再见！”林咏笑着说：“你一说再见，把叔叔们都赶走了。”娇娇瞪大眼睛看着爸爸，说：“是叔叔们要走的，不是我赶走的！”又是一阵开心的笑声。

睡觉前，江海发信息，把看林咏家属的事和海婴说了。海婴发来信息：“考考你的语文水平——用八个字描写一下崔嫂。”江海笑了笑，想了想，回道：“修长、白皙、窈窕、大方。”过了一会，海婴来信息：“很高吗？”江海复：“比你矮一点点，一米六四六五的样子。你健美，雍容典雅，她袅娜，体态轻盈。”海婴又来信息：“哦，我脑中有个崔嫂形象了。”

星期四，部门和全艇按计划对第二专题的内容进行了讨论。

星期五上午，郎学仁教导员讲了第三课：立足本职，为建设小康社会做贡献。回艇的路上，江海对林咏说：“看来我们不光是要向 901 学军事专业，还要学政治工作啊！郎教导员的课朴实严谨，理论与实践的结合上很见功力。”林咏说：“是啊，我也有同感。”

第十三章　尝甜头齐声赞辞海
十五字口号引共鸣

午饭前，江海习惯性地走到了炊事班，对正在分菜的关士愔说：“你第一专题的发言很好啊，带了个好头。”关士愔不好意思地说：“我自己悄悄试了三遍，可以不看本子的，也不会超时，没想到教导员第一个就点我，一下子蒙了，就念起来了。”江海说：“已经很不错了，有事实，有分析，很好。”关士愔说：“《辞海》真是个好东西。我天天看艇务长的那本《辞海》，真是名副其实，知识的海洋啊！要不是看《辞海》的话，我肯定写不出那个稿子。”肖志海说：“事务长比我强，我都没敢举手。”江海说：“我对欧阳山同志说：‘发言要讲自己的思想，用自己的话讲，不要粉饰，不要为难自己。’他那天的发言还没有平时聊天讲得好。”肖志海、关士愔都笑着点头。江海说：“就怕不实践，实践就好办，上场多了就好了。”江海看了看关士愔，说：“对要讲的东西必须理解，必须熟悉。”然后问：“要你讲家里几口人，班里几个人，还用本子吗？”关士愔说：“有道理。”江海说：“练习口才，只要有心，只要认真，随时随地都有机会的。”这时，苗苗来端菜了，江海两手端起两盘菜，和苗苗一起走了。

会议室里，大家边吃饭，边议论着《辞海》话题。钟伟诚说：“多少年来，还没有一本书能像《辞海》这样吸引我，有空就想翻，越看越想看。”柳风说：“想知道猎潜艇的定义，查个‘猎’字就有了。想知道哪个国家、城市和名人、重大事件等，查第一个字就行了。我们其明同志回家给老爹打官司，还把《辞海》带回去了呢！”康晓义说：“很多医学药学知识都有，真过瘾！”辛乐说：“那一天，我们部门几个战士争论‘路透社’是哪个国家的，最后让我当裁判，我硬着头皮猜是澳大利亚的，后来偷偷查《辞海》，是英国的，心里乱了，再仔细一看，澳大利亚报联社、新西兰报联社参加路透社董事会，于是，赶快找机会告诉大家路透社总社设在伦敦，说它是英国的更准确些。”大家笑过之后，胡子君问林咏有什么体会，林咏说：“对字、词要历史地认识，全面地认识。”胡子君说：“好！艇级水平出来了，副艇级就不行，我也有这种感觉，但是说不出来。”

江海这才想到不对头，问林咏怎么不回家吃饭。林咏说妻子接待客人，做饭晚了，自己在艇上吃，她们可以少做点。接着，林咏对江海说：“大队要求下周一报学习导护艇军事专业人员名单。”江海问大家还有没有要支委会研究的事。胡子君说：“每季度头一个月的上旬，大队政治处组织党员发展培养对象进行党的基本知识考试，每艇每次三至五名，及格了，有效期两年。”江海问林咏：“学军事专业名单的事，各部门明天晚饭前提出意见，考党的基本知识的人选，团支部也在明天晚饭前提出意见，‘两个措施’的事，请子君搜集一下各党小组和团支部的意见，星期日下午召开支委会研究，怎么样？”林咏说：“好。”江海说：“大家都在，如果没有不同意见，就这么定了。学军事人员条件宽松些，愿学的尽量满足。”林咏说：“对。多个人学习，没什么坏处，大队肯定也会这样想。”柳风说：“按照我们制定的支委会议事细则规定，研究议题要提前三天通报支委哟！”林咏说：“细则讲的前提是‘如无特殊情况’，这次研究的事项，有三项是已在进行中的，一项是有上报时限的，可按特殊情况看待。”江海问大家有什么意见，大家都表示同意林咏的意见。江海说：“我也同意艇长的意见。不过，航通长的提醒也很重要，对制度就是要严肃认真，坚决执行。”

晚饭前，林咏来到江海住舱，把自己准备的发言稿掏出来，说：“请斧正。”江海接了过来，说：“先睹为快。”胡子君走了进来，说：“大家想明天晚饭后打场球。”林咏说：“这几天忙学习，活动少。打一场！”江海说：“好的，打一场。”

星期六晚饭后，战士队的同志先到了球场。聂文胜说：“今天必胜无疑。”叶崇林问：“为什么？”聂文胜说：“天机不可泄露。”叶崇林说：“别故弄玄虚了！”聂文胜说：“他们体力不如我们，又没几个人能换，我们收缩防区，上场就猛跑，逼他们远投，咱们抢篮板，长甩，快速反击，累了就换人。”叶崇林说：“你怎么把我的想法讲出来了，行啊你！”干部队也到了。林咏对叶崇林说：“瞎嘀咕什么，没用！今天斯干事当裁判，严格执行规则。”聂文胜说：“执行规则不怕，怕的是‘那个’。”斯奋说：“把话说明白，‘那个’是什么！”聂文胜做了个鬼脸，说：“‘那个’，就是不要‘偏袒’战士队。”斯奋反应飞快，马上说：“那不行，关爱士兵嘛，今天非‘偏袒’你们不可！”满场大笑。

斯奋一声哨响，双方进场，战士队还是上次的先发阵容，干部队也只是由胡子君补了探亲的何其明。中圈跳球，聂文胜得球，一个长甩，已在前场的苗苗在无人盯防的情况下，秀了一个标准的三步上篮，博得满场喝彩。林咏示意队友不要慌乱。干部队发后场端线球后，林咏在中线附近想秀个带球过人动作，不料被苗苗伸手一捅，把球捅掉了，苗苗顺势发力，追上地滚球，在篮下来了个旱地拔葱——球进了。又是一阵掌声。观众中有人喊：“苗苗！你反了？还想不想在 596 混？”引起一阵大笑。聂文胜对旁边的林咏说：“艇长，暂停吧，这样下去会很惨的。”林咏白了聂文胜一眼，说：“少废话，你这是技术犯规！”聂文胜伸了一下舌头，小声说：“好心不得好报。”干部队稳住阵脚后，形势有所改观。上半场，战士队领先 6 分。

休息时，江海说：“大家看这样好不好：我和艇长一起上，都打后卫，副长打中锋。副长要减少运球，传球要突然。航通长要大胆打内线，你个子那么高，一定要大胆上篮，他们动作毛糙，很容易犯规的。”林咏说：“就按教导员说的打，注意合理使用体力。”战士队这边气氛很轻松，聂文胜又开起了玩笑：“苗苗太缺乏球星风度了，进了第一个球，应该朝着我伸个大拇指的。”苗苗立即反诘：“凭什么？你甩那破球有啥质量，全靠我高超的技艺调整出来的。”叶崇林说：“别逗了，说正经的！”水中天说：“还是要勤换人，要快，一定要盯死副长。盯死副长，他们前后就脱节了。”叶崇林说：“非常正确！”

换边再战，战士队靠着体能和速度，仍然占据上风，最终 62:52 获胜。

林咏、江海他们就地坐下休息，战士队也围上来坐下。聂文胜问林咏：“艇长对今天的球怎么看？”林咏说：“为‘五一’正式比赛热身，胜负并不重要。”聂文胜伸了一下舌头，又伸出右手拇指，背诵起了电影《地道战》中汤司令的台词：“高！高！实在是高！”引得林咏也笑了。叶崇林问斯奋：“你不是说要偏袒我们吗？怎么吹了我们那么多犯规？”斯奋说：“严是爱嘛！”又是一阵笑声。

回艇的路上，叶崇林问聂文胜：“你赛前说他们必输，到底凭什么呀？”聂文胜说：“瞧你这教练当的，这还不明白！一是副航通长不在，二是副长上场，三是艇长老婆来队，四是你能采纳我的意见。”一阵笑声后，水中天说：“我是服了。我正式提议，由聂文胜同志任我队副教练。”叶崇林说：“可以考虑，但不能再进步了。”大家大笑。

江海回到住舱，林咏跟了进来。江海明白林咏的来意，就拿出林咏给的发言稿，说：“总的感觉很好，很多分析和观点很独特，很新颖，很有说服力。”林咏说：“这些不说了，说修改意见。”江海说：“建议再集中一点，题目干脆就叫《西方国家军队也在“党”的绝对领导下》，依据大量史证，阐明政党与国家、军队的关系，揭露军队‘国家化’的欺骗性，反证我们党对军队绝对领导的正确性和必然性。这样会更有深度。”林咏说：“还是你站得高，我往这一层想过，但没想透，你一下把窗户纸捅破了。好，就这么改。”江海说：“有些地方我写了些字，供你参考。”林咏说：“太好了，谢谢！”江海笑着说：“标点符号是书面语的有机组成部分，对书面语不仅有标识和‘管理’作用，还可以成为其效能的倍增器，不能满篇逗号加句号的。”林咏笑着说：“那东西太难了，我怕弄巧成拙。”江海说：“我也不行，咱们可以做到思想重视，大胆实践，不断提高。”林咏“嗯”了一声，说：“有道理。”江海说：“明天改也来得及，快回去陪嫂子吧。”林咏说：“好，我回去了。”

星期日下午，艇会议室，党支部委员会。首先，确定了参加党员发展培养对象党的基本知识考试五人名单，其中有上次没考好的炊事员孙长勇和内燃机班战士时声。然后，确定了参加导护艇军事知识学习的六十二人名单，军医、译电员和炊事员原则上不参加。苗苗参加机电专业学习。要求兼学两种专业的，须经批准。江海表示自己要以航通为主，兼学导弹。最后，研究“两个措施”。胡子君报告，经反复动员，大家没有修改意见，只有聂文胜对党支部委员会自身建设措施提了一条建议：每位党支部委员都要定时定量与战士谈心。钟伟诚说：“乱弹琴，这是工作，不是措施。”辛乐也说：“对，不能算！”林咏看了看江海，江海说：“咱们都思考一下。我觉得，谈心既是工作，也是措施，而且是重要措施。咱们天天都在‘求是’，首先要弄清‘实事’呀！596的‘实事’首先是68名官兵，官兵的关键是思想。不建立和坚持谈心制度，就有可能犯盲目性、片面性错误，就会脱离群众，脱离实际。”林咏说：“我同意书记的意见。聂文胜是拿我们现在的作风与以前的作风相比较得出来的结论，是很可贵的。其实，我们已经这样做了。我建议明文写上：每个支委每月至少与战士谈心五人次。”大家都表示赞成。钟伟诚说：“集体研究问题确实好，我的认识提高了。同意书记和副书记的意见。”其他同志也都表示同意江海和林咏的意见。江海说：“好，咱们尽快上报。”江海看了看林咏，又说：“如果大队批复没有不同意见，咱们也就不再开会了，直接正式印发执行。”林咏和其他支委都表示同意。会议结束时，江海说：“一个组织也好，一个领导者也好，其对民主与集中的认识水平与实践能力往往是相当的，很善于民主但不善于集中，或不善于民主但很善于集中，都是难以想象的，而民主处于基础地位，必须高度重视。我到艇上后第一次参加党小组会，就听到史明同志关于学导护艇专业的建议、叶崇林同志关于灵活使用党团日的建议，可以说是很受启发，很受鼓舞，很受教育。骨干们心系组织，心系大局，勇于发声，这是我们艇的希望所在。”林咏点点头，说：“对。”

晚饭前，会议室，苗苗笑嘻嘻地对几个干部说：“咱们艇最后一个堡垒叫我给轰掉了。”辛乐问：“什么堡垒？”苗苗说：“一会儿你就知道了。”这时，周学正走了进来，苗苗冲辛乐笑了笑，溜出去了。大家一看，艇上唯一留长发的周学正改平头了。辛乐问周学正：“是不是有什么重大情况？”周学正说：“苗苗这家伙坏透了，我让他给理发，他问我艇长教导员的小平头好看不好看，我说好看，很精神，他一推子就从正前面推了上去。我问他干什么，他说，我以为你也要小平头呢。没法子，我一边骂，他一边理，就这样了。”胡子君说：“这样好，很精神。”

钟伟诚说："以你现在的发型找对象，肯定是攻无不克。"康晓义对周学正说："你应该请苗苗的客。"周学正说："请他的客，我就不是'精神'，而是'神经'了。本来要好好报复报复他呢，那就缓期执行吧！"一阵笑声。

星期一上午，林咏、江海参加完大队交班，来到水兵凉亭，参加全艇官兵主题教育第三课讨论会，星期天连夜赶回来的何其明也参加了。因为是最后一课的大讨论了，要求发言者更加踊跃，十五位同志发了言。其中，胡子君、柳风、肖志海、聂文胜等人的发言特色鲜明，赢得的掌声最热烈。肖志海是江海做了工作才要求发言的，他围绕炊事工作与战斗力的关系，生动实在地讲述了自己认识的变化。最后，仍是江海做小结性发言。他说："郎教导员对'本职工作'的解析非常深刻，非常实在。从讨论的情况看，大家对'本职工作'的思考都深了一层，这是个很有意义的收获。对本职工作认识不到位，就很容易盲目，很容易徘徊，很容易失去目标，甚至失去方向。"江海说："我们可以数一数，想一想，成千上万的英雄人物的本职工作是什么，成千上万的劳动模范的本职工作是什么，我们还有理由小瞧自己的本职工作吗？"大家都在静静地做笔记。江海说："能够摊上猎潜艇，那是幸运，我们在猎潜艇上学了多少东西，做了多少贡献，受到多大锻炼啊！对本职工作要理解，要热爱，要扑上去，真正扑上去了，才能有办法，见实效，建功业。"江海最后说："我觉得，把我们大家学习的收获提炼一下，就是3句话15个字：热爱猎潜艇，建功猎潜艇，超越猎潜艇！"林咏、胡子君首先鼓掌，接着是大家长时间的热烈掌声。

午饭前，会议室，何其明向林咏和江海汇报了回家的情况。何其明说："对方当面道了歉，出了全部医疗费，另付一次性赔偿金两千元，镇领导还看望了我父亲。整个情况处理圆满，水警区法律咨询站的谢秘书和邱干事也已经回来了。"江海马上掏出手机，拨通了水警区政治部秘书科马科长的电话，表示了谢意。

为了准备下午的大会发言，林咏决定在艇上吃饭和午休。午餐时，大家又你一句我一句地问何其明回家情况。康晓义问："你父亲的伤目前怎么样？"何其明说："生活还不能自理，干活短时间内肯定不行。"

胡子君问："那个骑摩托车的小伙子不是县政府办公室副主任的表弟吗，他那个表兄有什么说法没有？"何其明说："那个副主任根本不认识他，根本'表'不上。"嘲谑之声骤起。

江海和林咏嘀咕了几句后，说："大家都在，说一下主题教育补课的事。全艇补课由其明负责。从明天开始，因值班等原因没听课的同志，和其明一起听第二批教育活动的课，缺哪课，听哪课，其明还要看看前两次的讨论记录。"何其明说："是。"康晓义问何其明："卫生队有没有给你测体温？"何其明说："测了，一下车就被盯上了，结果正常。"林咏说："我家属也是一下车就测了体温。"胡子君问何其明："地方上防'非典'抓得紧吧？"何其明说："是的，到处都是标语口号，气氛很浓。"

柳风突然问道："下午大会上，我们艇谁发言？"江海说："猜猜看。"柳风想了想，半猜半问："聂文胜？"江海一副不肯定也不否定的样子。辛乐对柳风说："我还以为是你呢，既然你也在问，那就可能是苗苗。"站在门旁的苗苗笑嘻嘻地问辛乐："你是不是看到我写发言稿了？"辛乐说："谁有工夫看你呀，艇长和教导员在全面培养你，锻炼你，我都看出来了。"苗苗捂着嘴笑了笑，出去了。

第十四章　大会发言林咏爆冷
军事开课虎笑热诚

下午，俱乐部一楼大厅，猎护大队2003年度主题教育大讨论暨总结大会开始。主持人常大队长说：“看到各单位上报的发言人名单，我和政委都笑得合不拢嘴，为什么呢？因为：第一位发言的是——”常大队长故意停了一下，然后说：“司令部参谋长丁力启同志！”台下立刻响起了掌声。接着发言的是政治处常思民副主任、岸勤处撒士新处长、596艇林咏艇长，只有901艇和903艇是战士发言。六个人发言着力点各不相同，或信息量大，或分析透彻，或联系实际紧密，掌声一阵接一阵，“哗哗”的。常大队长问大家：“知道我和政委为什么高兴了吧？这么多领导干部自告奋勇，争着发言，本身就是对主题教育的肯定。我们和丁参谋长共事这么多年，他主动要求上台发言，那还是大姑娘上轿——头一回呀！”掌声后，常大队长说：“596艇林咏艇长的发言，对西方多党轮流执政制度的分析，抽丝剥茧，入木三分，酣畅淋漓，我没有一点思想准备，冲击得受不了，比主题教育的哪一课都不差。大家知道他赢得的掌声为什么特别响吗？因为乔政委鼓掌用力特别大——我看见了！”笑声掌声连成一片，乔政委也笑了。

常大队长问大家：“今天的发言好不好？”

“好！”大家高声回答。

“妙不妙？”

“妙！”

“再来三个要不要？”

“要！”

又是一片掌声。

常大队长说：“今天发言的6个同志没有一个用足20分钟的，咱们就再加3个，不过，时间都限在10分钟以内。前面6个是自报的，下面

3 个由我来点，看看应付突然袭击的能力怎么样。”场上宽松的气氛马上变了许多，有的同志低下了头。常大队长说：“好，我点 3 个低着头的。”台下“唰”地一声，都仰起了头，随之是一阵笑声。常大队长点了司令部一个参谋，岸勤处一个医生，还有 596 艇战士聂文胜。尽管没有准备，三个人都还谈得不错，但聂文胜的发言显然更有震撼力，他第一句话就把大家吸引了：“我是个刚刚被延长半年预备期的预备党员。”他说：“通过这次主题教育，我深深体会到，‘忠于党’不只是个简单的口号，也不是随便就可以做到的，需要解决世界观人生观问题，并见诸行动。”他说:“回想起来,自己一直认为自己是天生忠于党的,但对什么叫忠于党,为什么要忠于党，并没有清醒的认识，遇到具体问题，不知不觉地就把党的利益、组织的需要撇开了，死死抱着自己那点所谓利益不撒手。”虽然他只讲了五六分钟，但大家多次给了他热烈的掌声。

常大队长说：“咱们用一个多星期画了一条大‘龙’，但这条‘龙’还没有眼睛，现在给它点睛——欢迎乔政委做总结讲话！”大家使劲鼓起掌来。

乔政委说：“深刻而生动的发言，响亮而由衷的掌声，已经宣告了我们大队第一批人民海军忠于党主题教育圆满成功。”乔政委在讲到主题教育的收获时，强调提高了对党与军队关系的认识、忠诚与本职关系的认识。在讲到主题教育成功的原因时，认为主要是党委重视，领导带头，准备充分，组织严密。对会后的要求，强调了要政治学习经常化，认识交流经常化；运用教材学习与运用媒体学习相结合，集体学习与个人学习相结合，学习政治与学习军事相结合。乔政委还要求搞好补课，搞好学习体会的整理，强调搞好经常性教育和随机教育，使主题教育的成果不断巩固和扩展。乔政委讲话结束，响起了长时间的掌声。这掌声，一方面是对乔政委讲话的赞赏，一方面是对主题教育圆满结束的庆贺。

星期二下午，艇会议室，三个艇领导在看大队司令部关于 596 艇与 901 艇结对学习导护艇军事专业请示的批复。批复原则同意两艇的请示，总学时 180 个（帆缆专业 30 个），时间跨度从 2003 年 4 月至 2004 年 3 月。学习活动在大队司令部领导下进行，凌参谋为联系人，具体日程由两艇商定，大队机关有关人员的讲课内容和时间，一并排入教学计划，每周五报下周的具体安排。林咏说：“请子君抓紧与东副长联系，先把下周的学习日程排出来。”胡子君说：“好。”江海想了想，说：“5月份之前，三项重点工作：一是科目训练和考核，二是副长独操考核，三是学习导护艇军事专业。咱们是不是把这期间的总日程排一下，避免忙乱。恐怕还得开个动员会，让每个同志都明确任务和要求。”林咏说：“完全赞成。我的意见是学军事尽早开始，集中搞一周左右，搞好磨合，打下基础，以后再见缝插针，有大块时间时，就集中搞一下。”江海说：“好，学习军事开好头后，全力抓科目训练。”胡子君说：“好，我这就去和东副长沟通一下。”

晚饭前，胡子君回来了，把与901艇商量的日程讲给林咏和江海听：“星期一上午，虎艇长讲导护艇概况，之后，两艇对口部门看工作场所，介绍装备，研究合作的方式方法，下午和星期二、星期四讲理论课。”讲完后，胡子君又补充说：“星期三，901艇和我们一样，也要出海训练。”林咏说：“我看可以。明天上午全艇动员，然后，各部门再动员，下午过党团日，各党团小组制定完成‘三项任务’的具体措施。后天，按大队统一计划出海训练。大后天，全天港岸操演。”江海说：“好，以后就这样，党团活动与思想政治工作有机结合。”

星期三上午，水兵凉亭，全艇人员“三项工作”动员大会。林咏讲了“三项工作”的计划安排后，江海动情地说：“同志们，我们艇已经超期服役三年多了，在她亮丽的航程中，这次科目训练和考核，很可能是最后一次了，我们胡子君副长，很可能是最后一名完成独立操纵的艇领导了，我们集体学习导护艇军事专业，是第一次，也是最后一次了。从现在起，我们要做的许多重要工作，对596艇来说，都将是最后一次了。做好‘三项工作’，既是完成上级赋予的任务，也是为596艇锦上添花，不让她在任何一个方面蒙羞，不让她在任何一个方面留下遗憾。”江海说：“本来，我们满身都是‘权利’的，比如：学习军事，学习政治，争取科目考核的好成绩，做优秀党员、优秀团员和优秀士兵，当专业尖子、技术能手，等等。但是，有的同志自觉不自觉地把‘权利’丢弃了，自己把自己搞得很‘弱势’，这叫可惜，也叫可悲。这样不行啊！对不起人民，对不起父母，也对不起自己。我们都是身强力壮的小伙子，开基立业，正当其时。我们要有志气，有追求，让自己的每一天都成为生命中的闪光点，让每一项工作都成为优质作品，让我们596艇亮丽每一天。”讲话结束时，江海大声说：“我们的口号是：热爱猎潜艇，建功猎潜艇，超越猎潜艇，誓夺‘三项任务’全胜！”林咏、胡子君带头鼓掌，掌声经久不息。最后，林咏宣布：“集体学习导护艇军事专业时，不参加学习人员的管理统一由康部门长负责。”

午饭前，596艇右舷的黑板上，写上了两行醒目的大字：“热爱猎潜艇，建功猎潜艇，超越猎潜艇，勇夺训练学习双优胜。”这是柳风的主意，水中天的手艺。官兵们看了又看，大呼过瘾。

星期五下午，艇长住舱，林咏和江海正在研究下周工作的细节，江海的手机响了，政治处古主任的声音：“你们支部班子自身建设措施和议事细则，大队党委都同意了。常副主任到902艇讲课去了，我们这几天事情太多，文件批复要晚两天。”江海说：“辛苦了，谢谢首长！”江海放下手机，说：“古主任电话……”没等江海说完，林咏就说：“听到了。”

正好胡子君来了，江海对他说:“刚要找你，你就到了，比曹操还及时。”胡子君问：“什么事啊？”江海说：“咱们支部班子自身建设措施和议事细则，大队党委都同意了，你负责正式印发各党小组，给党支部委员各一份，团支部和军人委员会也各给一份，由党小组长传达到本部门全体人员。落款日期为今天。”说完，看着林咏。林咏点了点头，问胡子君：“有事吗？”胡子君说：“军人委员会建议进一步开展好体育活动，‘五一’‘八一’‘十一’和元旦春节期间，都组织体育竞赛活动。”林咏问：“有具体想法吗？”胡子君说：“我们艇基础好点的项目是象棋、围棋、乒乓球、羽毛球和台球，建议‘五一’比赛象棋和乒乓球，‘八一’比赛羽毛球，‘十一’比赛围棋，元旦春节期间五个项目都比赛。”江海想了想，说：“元旦春节期间可以举办个迎春运动会，能比赛的项目都比。”林咏想了想，说：“好啊，那就热闹了。”胡子君也很赞同，说：“我们就以军人委员会名义发通知了。”江海说：“活动也由你们组织。”胡子君说：“好。”林咏突然说：“子君值班，我请教导员到家里吃饭。”胡子君说：“好。”江海说：“嫂子带着孩子，挺辛苦的，别麻烦了，我饭后去坐。”林咏说：“苗苗早就去帮忙了。尝尝你嫂子的手艺。”江海说：“恭敬不如从命喽！”

林咏带着江海回到家里，菜已准备得差不多了。娇娇叫了“叔叔好”后，继续跪在凳子上，专心地数着桌子上的菜：“一、二、三、四……”崔文惠一边端菜，一遍招呼江海坐下喝茶。江海想帮忙，被林咏拉住了，两个人边喝茶，边聊天。

崔文惠和苗苗忙完后，林咏宣布开饭。江海坐在林咏左边，苗苗坐在江海左边，娇娇坐在爸妈之间。林咏问江海：“喝白的？”江海反问：“嫂子喝白的怎么样？”崔文惠连忙摆手摇头，说：“不行，不行。”林咏说：“她家没人会喝酒。她白酒肯定不行，红酒可以凑合一点。”江海说：“嫂子来了，才有这个饭局的，和嫂子保持一致，不论多少，都喝红的。”林咏笑着说：“好吧，听书记的。”娇娇指着菜说：“这是我喜欢吃的蟹，这是爸爸喜欢吃的鱼，这是江叔叔喜欢吃的鸡——苗叔叔，你喜欢吃哪个菜呀？”苗苗笑着说：“都喜欢。”娇娇马上向爸妈报告：“苗叔叔都喜欢。”崔文惠说：“人需要很多很多种营养，什么菜都吃一点，身体才会健康。”娇娇看了看爸爸，说：“我也都喜欢。”江海问娇娇：“叔叔给你夹个菜好吗？”娇娇说：“谢谢江叔叔！”江海又问：“夹哪个菜呢？”娇娇用手指了指清蒸蟹，说：“这个。”大家又都笑了。江海给娇娇夹了一只蟹，问道：“要不要叔叔帮你剥掉蟹壳？”娇娇说：“妈妈把蟹壳砸烂了，我自己会剥。”江海说：“娇娇真乖。”

林咏举起杯子，说：“教导员辛苦了，苗苗也辛苦了，周末快乐，干杯！”大家碰杯后，林咏、江海和苗苗都干了杯，崔文惠喝了一小口，娇娇则喝了一口饮料。江海尝了几个菜，个个都可口，夸个不停。林咏说：“我喜欢吃清蒸鱼，娇娇喜欢吃清蒸蟹，这两个菜她锻炼多，做得还可以，至于你喜欢吃的清蒸鸡，我就不敢恭维了。”崔文惠笑着说：“按照林咏说的程序试着做的，请教导员多多指导！”江海很认真地说：“嫂子别客气，实话实说，真的很好吃。”崔文惠说：“谢谢！那就多吃点。”说着，给江海夹了一块鸡腿。江海道谢之后，端起酒杯，说：“欢迎嫂子和娇娇来部队探亲休假，感谢款待，祝你们全家快乐、幸福！”说完，一起碰杯，江海和林咏都是“一口闷”，崔文惠“随意”，娇娇又喝了一口饮料，被忽略了的苗苗犹犹豫豫地干了杯。林咏笑着对苗苗说：“你也随意吧。”苗苗站起来，说：“我先敬艇长全家，然后敬教导员，之后就随意。”说完，连续敬了林咏一家三口和江海。

接下来，大家喝酒不多，说话不少。先是崔文惠谈自己家里情况、林咏家里情况、自己工作情况，后是江海谈自己家里及海婴家里情况。崔文惠和苗苗把烧好的西红柿蛋花汤端来，给每人盛了一碗。林咏说：“教导员尝尝，看能不能及格。”江海喝了一口，说：“不错，很好！”崔文惠问江海：“海婴做菜一定很好吧？”江海笑了笑，说：“刚开始学。他爸妈做菜还可以。”崔文惠说：“有爸妈当老师，肯定没问题。”江海说：“从电话中聊的情况看，目前还不行。来，我代表海婴敬嫂子一杯！”崔文惠说声“谢谢”，站起来喝了一口。

停了一会儿，崔文惠说：“脾气合的人在一起，是缘分，也是福分。我爸和林咏他爸脾气非常合，两个老太婆也合，和同事们相比，我觉得自己很幸运。”江海说：“那太好了，祝福你们！”说完，和林咏夫妻碰杯，喝了下去。崔文惠又说：“你们两个也一样，也很合脾气，苗苗都说有幸福感呢！”苗苗说：“大家都有这种感觉。”崔文惠问苗苗：“以前呢？”苗苗说：“光高教导员就把我累死了。”又说：“艇长有时跟我发无名火，但我觉得他心里不是对我的。”江海笑了。林咏说：“一听表扬就相信，一听批评就郁闷。净瞎猜，就是对你的！”大家都笑了，娇娇也笑了。江海敬了苗苗一杯酒，林咏夫妻也参加了。放下杯子，江海说：“嫂子呀，脾气合固然好，关键是目标一致，只要朝一个目标走，别扭一下也不会有太大问题。”林咏说：“志同道合，一点不错。”林咏一边催江海吃菜，一边说：“这次主题教育搞全艇大讨论，挺刺激的，效果很好。”江海说：“我正想和你商量这个事呢，以后，每隔一段时间，咱们都根据上级要求和艇上实际，定一个题目，大家讨论，咱们引导，一次解决一个倾向性问题，可以叫作‘思想教育大家谈’。”林咏说：“又想到一起了，肯定行！”崔文惠笑了笑，说：“宴会宴会，先宴后会。开始‘会’喽！”江海和林咏都笑了。

星期一上午，参加完大队交班，林咏江海带着学习导护艇军事专业的同志来到水兵凉亭，开始与901艇结对学习的第一课，即导弹护卫艇概况。胡子君组织分发完讲义后，林咏、江海与虎笑、郎学仁非常热情地握了手。林咏对本艇官兵说："同志们，从现在开始，我们集体拜901艇为师，学习导护艇军事专业知识。欢迎虎艇长给我们讲第一课！"说完，带头鼓掌。虎笑首先表达了对596艇同志们的事业心和学习精神的钦佩，代表901艇全体官兵表示了积极热情的态度，然后正式讲课，从人员编制到武器装备，从艇体结构到使用性能，从使命任务到管理教育，讲得有条有理，环环相扣。虎笑还就各部门对口学习中应注意的问题谈了意见。林咏、江海及全体同志听得十分认真，记得非常细致。讲完课后，东阳带着901艇的同志们来了，两艇对口部门的同志分别见面，互做介绍。之后，一起到901艇看装备设施和岗位情况，分别座谈学习活动的配合协作事宜。林咏和胡子君参加了作战部门的活动，江海参加了航通部门的活动。

下午，分专业讲理论知识课，导弹专业小组在凉亭学习，其余的在会议室，或岗位现场。虎笑来到凉亭，林咏对大家说："虎艇长对我们这个组很关照，亲自给咱们讲课，大家欢迎！"虎笑示意大家不要鼓掌了，说："我和我们枪导长谷峰同志轮流讲武器专业课，本周五节课我讲。咱们按计划进行，先讲课，后讨论。"虎笑的课准备得非常细，还带着几张自制的图板，以及写好的名词解释及概念定义。他尽可能地细化提纲，通俗化讲解，听课者很容易做笔记。听完导弹专业第一课，596艇的同志们互相看了看，会心地笑了。开始讨论后，江海又去听航海课了。一个半小时的讨论，非常宽松，非常解渴。等到没有人再提问题了，虎笑说："请大家抽空预习一下讲义中第二课的内容。这样，可以带着问题听课，效果更好。"林咏说："对！一定要既复习，又预习，扎扎实实开好头。"大家又把响亮的掌声送给了虎笑。

吃晚饭时，江海问部门长们今天对口学习情况怎么样，大家都说不错。柳风说："个别文化基础差的同志吃力些，但都很努力，互相帮一帮，能跟上。"钟伟诚说："他们准备的课很细，这对基础差的同志有利。"江海说："一小时讲课，一个半小时讨论，半小时个人复习，整理笔记，这种模式非常好。一定要鼓励听课吃力的同志大胆提问，大胆发言。"

辛乐说："对，这一点很重要，不懂装懂，很快就掉队了。"江海说："非常正确。晚点名时要讲一讲。"胡子君问江海："你两头跑，太紧张了吧？"江海说："航通课为主，将来参加考试，导弹课一般掌握，学多少算多少。"

紧紧张张，快快乐乐，转眼到了周末。星期五下午，水兵凉亭，林咏给党员讲党课，扩大团员青年参加。林咏说："一说'党课'两个字，我的直观反应就是一个字——听。正儿八经讲党课，今天是破天荒了。咱们书记鼓励我说：只要从党员队伍的实际情况出发，依据党的基本知识、基本理论，和大家集体谈心，并对党员队伍的思想认识和党性修养提高有帮助，就是党课。书记还说，写个提纲，形成连贯的思路就行了，不一定写出太详细的稿子。那好，我就围绕和书记商定的题目——共产党员应带头学习，和大家集体谈谈心，不对的地方，欢迎大家批评指正。"江海带头鼓掌。

林咏说："我们平时经常要求党员带头工作，而较少要求党员带头学习。其实，工作的过程就是运用知识的过程，不学习，没知识，怎么工作啊，更别说'带头'了。"林咏说："努力学习，是党性的要求。我们的使命任务越来越重，装备更新越来越快，不学习不行，不努力学习也不行。这几天学习导护艇军事专业知识，大家看到了自身差距，我也一样，'学而知不足'嘛！"林咏说："人，都有惰性的一面。惰性如果表现在学习上，那是很可怕的。不学习，不仅不能提高，还会把老本慢慢丢掉，就会落伍，就会被淘汰。"关于学习的内容，林咏说："面不宜过宽，也不能太单，军事的政治的都要学。学习军事知识会对学习政治知识有帮助，学习政治知识也会对学习军事知识有帮助。"林咏最后说："学习不能没有计划，也不能好高骛远，必须尊重规律，循序渐进。当前，我们要在搞好专题教育和猎潜艇训练的前提下，按照计划，努力学习好导护艇军事专业。"林咏讲完课，江海站起来带头鼓掌。掌声之后，江海问大家："艇长的课讲得好不好？""好！"大家异口同声。江海又问："为什么讲得好？"大家笑了笑，一时不知怎么回答。江海自己答道："因为是重视学习的人讲学习，努力学习的人讲学习，学习好的人讲学习！"然后又问大家："对不对呀？""对！"大家齐声回答。

第十五章　筹办学校下定决心
班长交流经验教训

回到艇上，林咏轻轻地拉了一下胡子君的衣角，胡子君跟着林咏到了艇长室。林咏低声对胡子君说：“你想法和教导员聊天，弄清他爱人的乳名或曾用名叫什么，但绝对不能让教导员有异常的感觉。”胡子君问：“什么事？”林咏说：“你办好了再说。”胡子君走后，江海来了。江海对林咏说：“古主任来电话了，大队决定给何其明和前主炮班战士惠中生活困难补助费各500元。另外，大队摸底筛选，决定让惠中参加水警区组织的战士高考复习班学习。”林咏说：“都是好事。”江海问：“去年享受困难补助的是谁？”林咏说：“副长和一个已经退伍的班长，也是各500元。”江海“哦”了一声，说：“周末了，晚点名不要来了，下周的安排我来讲。”林咏说：“好吧，辛苦你了！”

这时，柳风走进来，将《596艇团支部委员会自身建设措施（草案）》和《596艇团支部委员会议事细则（草案）》送给林咏江海各一套，说：“党支部委员都有，请多多指导。”林咏说：“别弄那么复杂了，请教导员把把关就行了。”江海马上说：“不行，艇长不仅要谈意见，而且是重点。军事干部思维特点不一样，往往可以提出非常中肯、非常独特的好主意。”林咏和柳风笑了。江海又对柳风说：“节日不仅是世法的传承、欢乐的传承，而且是文化的传承、文明的传承和精神的传承，这期黑板报没有介绍清明节的内容，是个缺陷。清明、端午、七夕、中秋、春节这些传统节日与中华民族文明史密切相联，忘不得，丢不得，不能数典忘祖。”林咏说：“对，元旦、‘三八’、‘五一’、‘五四’、‘七一’、‘八一’、‘十一’，等等，都要做介绍，增强板报内容的知识性。”柳风说：“对，还有一些重大事件、重要纪念日，都要介绍。我们尽快搞一套这方面的资料，落实好艇长、教导员的指示。”

晚饭后，江海对钟伟诚说：“你考虑一下支委会年底前的理论学习计划，抽空咱们和艇长议个方案，再由支委会研究。另外，督促每个支委制订个人的学习计划，这都是班子自身建设措施的要求。”钟伟诚说：“好。”江海又说：“你叫惠中到我住舱来一下，我和他谈谈困难补助和上复习班的事。”钟伟诚说：“惠中很快就能当骨干用了，走了太可惜了。”江海说：“狭隘了不是？近视了不是？小惠不晕船，各方面基础都不错，如果能到军校深造几年，用途就大了。”钟伟诚笑了笑，说：“道理我懂，就是舍不得。”江海说：“就像当初你妈妈舍不得你当兵一样。”钟伟诚说：“还真是这个感觉。”江海说：“别太多情了，考上考不上还不一定呢。”钟伟诚马上认真地说：“教导员，我敢打赌，他肯定行！”江海说：“行了更好，我才不打这个赌呢！”

江海回到住舱刚坐下，惠中“报告”的声音就进来了。江海让他坐下，逗了他一句：“枪水长舍不得你走，还去复习班吗？”惠中说：“我已经说通他了。我对他说，如果真能上军校，毕业后无论他在哪里，我都去向他报到。”江海说：“其实，大家都舍不得你离开。但是，‘超越猎潜艇’是咱们的历史使命啊！希望你把战友感情化作学习动力，学出好成绩，将来到新装备部队痛痛快快干一番。”惠中说：“决不辜负首长期望。”江海把自己的《辞海》拿到惠中面前，说：“送给你做个纪念，祝你学习进步！”惠中激动地站了起来，给江海敬了个礼，说：“谢谢教导员！”停了停，又说：“请教导员签个名吧。”江海指了指《辞海》，说：“写了。”惠中打开扉页，两行钢笔字流利大方：“与惠中同志共勉：努力学习，不断提高！”下面是江海的签名。惠中激动地说：“这本《辞海》将是我终身的师友，我决不负它。”江海示意惠中坐下，转了话题，说：“组织上给了500元生活困难补助费，钱不算多，但表明了组织上对你和你们全家的关心、关爱和关照，也是一种鼓励。你们那里还是贫困地区，你爷爷奶奶爸爸妈妈身体都不太好，相信你能坚强面对。你如果学习成绩好，在部队工作就稳定了，对家里也可以有更大的贡献。”惠中说：“非常感谢组织，我一定努力！”

晚点名，江海讲话：“前主炮班的惠中同志就要到水警区高考复习班学习了，借此机会，我们表示欢送，并祝他学习进步，考出好成绩！”

一阵掌声后，江海说：“学习导护艇军事专业，我们已经开了个好头。下周三和下周六下午继续听理论课，希望大家互相帮助，共同进步。”江海说：“科目考核准备的时间不多了，各部门各战位要切实弄清自己的薄弱环节，加强训练的针对性，争取在下周训练中有扎扎实实的新收获。”

星期一上午，大队交班后，乔政委把江海叫到了办公室。乔政委说：“关于办小学的事，水警区首长下了很大功夫，但编制问题解决不了。地方的意见是：我们的学校可以算县城城南完小的一个班，部队内部可以叫南石湾小学，教师由部队自己解决，参加城南完小统一考试，如果成绩达到同等水平，就继续办；如果成绩不行，就停办。”江海想了想，说：“目前恐怕只能这样了，不过，我看可以试一试，争取闯出一条路来。”乔政委点点头，说：“打得一拳开，免得百拳来。”

常大队长和古主任进来了。常大队长问：“是不是谈办小学的事啊？”乔政委说：“是。”常大队长说：“我估计就是，把主任叫来了，一起议议。”乔政委说：“情况已经和江海同志说了，他认为可以。我们听听他的意见。”江海说：“咱们俱乐部有个士官，我看是个老师的料。”古主任“嗯”了一声，说：“叫方远。”江海说：“如果能再给俱乐部配个合适的士官，由海婴带一年，成绩应该不会差。”常大队长问江海：“一年后呢？”江海说：“找个能胜任而又愿意干的家属，接着办。”常大队长问江海：“还有什么意见？”江海说：“可以和县里谈，如果我们连续两年成绩好，就给解决一个教师编制，将来这个教师走了，我们再在家属中选个教师接任，保持有一名职业教师。”乔政委问：“有人愿意来吗？”江海说：“爱人或对象是教师的干部，大队不止一两个，兰业务长的夫人就有四年的小学教龄。县里或水警区给工资的话，还是有人愿意来的，起码解决了两地分居问题。”

沉默了一会儿，常大队长问古主任：“你看呢？”古主任说：“我们一直无所作为，现状就永远不会改变。江教导员的话有道理，关键是要做好，只要学校办得扎实，出成绩，有特色，就可以让上级首长和地方领导来参观，就可以在媒体上宣传，那时候，更容易得到地方上的支持。”常大队长看了看乔政委，说：“政委，干吧，县里还有别的驻军单位，不可能什么都向我们倾斜，能达成目前的共识，已经很不容易了。”乔政委说：“好，干，坚决干！政治处选好教学士官，对学龄孩子人数摸摸底。另外，让岸勤处帮忙，提出校园和教室改造方案。”常大队长说：“好，我同意。请政委电话上和水警区首长再说一下，必要时，就再辛苦一趟。”乔政委说：“奇怪啊，谱都没出来，心情就已经很愉悦了。”四个人哈哈大笑。

江海忽然问常大队长：“首长不是说要请专家讲专业课吗，我可以从海军学院请一位电子战专家。”常大队长说：“当然好喽！”江海很认真地说：“如果能在‘五一’前讲，我就让海婴陪她来。这样，海婴可以和两位士官商量一下班级设置及备课方案等。”常大队长呵呵一笑，问：“假公济私吧？”江海说：“可以说公私兼顾，其实是一心为公。”一阵笑声后，乔政委问：“4 月底讲课怎么样，让江教导员的爱人在部队过个节？”常大队长说：“来可以，但江海不能见面，以免影响工作。”又是一阵笑声。

艇长室，林咏问胡子君：“怎么样？”胡子君说：“教导员的爱人没有乳名，也没有曾用名。”林咏问：“肯定？”胡子君答：“肯定。”林咏又问：“教导员有没有觉察到你在打探什么？”胡子君说：“唉，我绕了个八百里大圈，不会的。”林咏无语。胡子君问：“怎么了艇长，你了解这个干什么？”林咏说：“我先提醒你，这个事只咱们两个人知道，对老婆都不能讲。”胡子君说：“你尽管讲。”林咏说：“上周三下午，我和教导员在会议室聊天。其间，我和丁参谋长通电话时，手机突然没电了，教导员让用他的手机打，给我手机后，教导员正好有事，出去了。我打完电话，刚放下手机，来信息了，一个叫‘哑哑’的给一个叫‘南南’的发的，往前一查，还有好几条，内容虽然不肉麻，但关系绝对不一般。”停了一会，胡子君说：“我觉得教导员不会是乱来的人。”林咏说：“废话，我要不相信教导员，就不会和你说了。”

江海从大队部回来，进了艇长室，把大队准备办小学的想法说了一下。林咏说：“无论是大队，还是你和弟妹，都是积德啊！这件事办成了，就是南石湾文明史上的里程碑。”胡子君问江海：“嫂子是壮志凌云呢还是思夫心切呀？”江海说：“两者都有吧。”三个人都笑了。江海说：“海婴‘五一’节可能来一下，陪一位女教授来大队讲课。”林咏说：“好啊，子君早点联系房子，过节来的人多。”江海说了声“谢谢”，又对林咏说：“恋爱婚姻‘大家谈’，已经酝酿得差不多了，我看就定在‘五四’青年节进行。”林咏说：“同意。自己的节日，谈自己的人生大事，效果肯定好。”胡子君也表示同意。

江海又换了个话题，说：“看了这段时间的训练，我觉得有的同志有盲目自信现象，手上做动作，心不在焉。我们三个人一个部门一个部门地过一遍，看他们操作，指出问题，促一促。”林咏说：“很好，现在就干，怎么样？”江海、胡子君点头同意。

在三双眼睛的紧盯下，各部门都操演了一遍，家家都被当场指出很多问题，组织方面的、指挥方面的、技术方面的、协作方面的、作风方面的，等等。这件事，引起了不小的震动。下午最后一小时，各部门认真研讨，分析原因，制定了改进措施。

星期四上午，水兵凉亭，全艇班长会议，干部都参加。主持人林咏没有开场白，直接问大家：“对发言要求还有没有不清楚的？”“没有！”大家回答。林咏说：“开始发言。”

叶崇林开头炮：“先说教训。我的一个教训是‘表扬不可滥’。一段时间里，为了调动积极性，我大事小事都表扬，张王李赵轮流转，开始还可以，后来大家就不在乎了，皮了，做点事不表扬，就像欠他什么似的，经常是他们互相不服，对我也不满，什么事都敏感起来了。我的一个经验是‘批评巧，效果好’。没有批评，就没有是非，但批评不注意时机场合、方式方法和分寸拿捏，也达不到预期效果。那次海上训练大队长指出的乱扔棉纱的事，是我们一个骨干同志干的，我假装不知道，和他谈心，请他帮我重点抓这方面的工作，并和他一起分析了事情的性质和可能的危害。后来，这个同志主动承认棉纱是他不小心扔的，表示要深刻反思，坚决改正。一个建议：请艇领导加强对班长队伍培养的力度。”

文刚发言：“一个教训：仅凭愿望带兵是不行的。领导说我是恨铁不成钢，为什么‘恨’呢？没本事嘛！艇领导对聂文胜同志的帮助，使我羞惭愧疚。一个经验是带兵要有情。就拿对聂文胜同志的帮助来说，我知道自己能力不够，后来就多关心他，体贴他，和他交知心朋友，效果挺好的。一个建议：像今天这样的会，要经常召开。”

姬水云发言：“我的一个教训是，统得太死，就没积极性了。我刚上任时，一度对人员和工作都管得很死，每个人一天到晚干什么，怎么干，都定得死死的。结果，大家不动脑筋了，推推动动，不推不动，局面非常被动。我的一个经验是，留心学习他人经验，才能不断进步。班长各有各的当法，各有各的高招。今年以来，我特别注意向各班长学习，领受任务，布置工作，主持会议，处理问题，总结讲评，我都仔细观察别的班长的做法，学习别人的长处。我还注意观察学习兄弟艇报务班长的经验，改进工作。比如，我们学习 599 艇报务班轮流主持专业训练的经验，大大提高了每个同志的训练积极性和整体训练质量。提一个建议：部署重要工作，尽可能先给班长们一些相关信息和指导，不要总是将班长和士兵‘一锅煮’。”

班长们发言之后，部门长们也纷纷发言，检讨自己在关心、理解、支持和帮助班长方面的不足。会议的效果显然出乎林咏预期，他大声说：“感谢大家集体给我上了一堂好课。”带头鼓掌后，又说：“欢迎教导员讲话。”

江海说：“今天的会开得很好，首先是会风好，直出直入，简明扼要，这得益于艇长带了个好头，开场就做出了示范。”林咏笑了，大家也笑了。江海说：“把问题讲清不易，讲短就更难了。我们的班长队伍不简单啊！”大家鼓起了掌。江海说：“我给班长同志们提几点建议。一是深刻理解班长的职责。《内务条令》赋予班长七项职责，炊事班长专列了七条，可见炊事工作的重要。毛泽东同志说士兵要崇拜班长，被士兵崇拜了还能带不好兵吗？有的同志可能觉得这个标准太高了，其实，高是相对的，水班长能写能画，叶班长业务精通，肖班长饭菜汤样样出色，大家都崇拜的嘛！他们的党性人品，部属也是崇拜的嘛！履行七项职责越出色，战士对班长就越崇拜，我们都要向被部下崇拜的标准努力。二是引导要积极。要懂得兵的心理，善于把自己的想法变为大家的想法。要学会谈心，没问题的鼓励鼓励——晒太阳；有困惑的及时澄清——扫乌云；有心理包袱的精准把握，精准用力，彻底排解——搬石头。让每个同志都方向明，劲头足，心情好……”

晚上 8 点多，海婴家客厅，三口人边看电视边聊天。突然，海婴的手机响了，海婴一边接电话，一边回自己房间去了。几分钟后，海婴回到客厅，仍坐在爸妈之间。妈妈问海婴：“这两天电话这么多，有什么事吗？”海婴回答：“没有。”妈妈眯着眼笑了笑，说：“江海比你大六岁，肯定比你狡猾。”海婴立即反问：“爸爸比你大五岁，比你狡猾吗？”爸爸笑了，看着妈妈。妈妈捏了一下海婴的鼻子，说：“不识好歹！你对他那么痴心，妈怕你受委屈。”海婴抱着妈妈的脖子晃了两下，说：“妈，放心吧，我还怕他傻呢！”爸爸伸出左手拇指，说：“我女儿是真自信！”

聊着聊着，海婴的手机又响了。海婴看了看手机屏幕，刚要回自己房间，被妈妈拉住了。妈妈眯着眼笑，示意海婴坐下讲。海婴坐下后，对着手机说：“还在和爸妈看电视呢。”海婴调高了声音，爸妈都听得到。江海说：“我们部队请姨妈月底来讲课，由你陪同，在这里过个节，商谈一下办小学的事。”海婴感到突然，问道：“真的吗？”江海说：“首长们决心很大，一般不会有什么变化的。”海婴看看爸爸，又看看妈妈。妈妈指了指爸爸，指了指自己，又指了指海婴的手机。海婴问江海：“爸妈一起去行吗？”江海说：“当然可以。不过，这里住的条件太差了，怕对不住爸妈。”海婴说：“等我洗了澡再说，好吗？”江海说：“好，等你的电话。”

放下手机，海婴看看爸爸，又看看妈妈。爸爸说：“我和你妈这时候去，添麻烦，不合适。”妈妈说：“孩子走那么远，还要定那么大的事，你在家里能安心吗？”爸爸说：“人家单位房子不多，我们一起去，就要占三套。”妈妈没再说什么。爸爸又说：“我们不去，孩子可以集中精力把事情办好，有什么事要商量的话，可以通电话嘛！”妈妈说：“男人的心就是硬。不去了！”海婴说：“你们一争论，我倒有主意了。我们三个人都是第一次去，心里没底，傻乎乎的，干脆等我熟悉情况了，你们再去。再说了，这次去，还有姨妈呢！”妈妈说：“废话！要不是你姨妈去，我非去不可，没有地方住，我就找个凳子，坐在门口给你站岗。”爸爸和海婴都笑了。海婴抱着妈妈的脖子，在妈妈的脸上使劲亲了一下。

第十六章　刘唱授课顺送海婴　领导重视集体欢迎

海军学院刘唱教授和海婴乘飞机，4 月 28 日上午到达广州，被水警区训练科的同志接到水警区招待所，已经 12 点多了。刘唱中等身材，皮肤细腻，面色粉润，戎装齐楚，端妍儒雅。海婴穿着黑裤子黑皮鞋和橙色夹克，一头厚密黑亮的齐肩发足以表明她的干练和大方，两侧太阳穴上方的发卡，成了夺目的妆饰。

水警区陈参谋长设宴欢迎刘唱和海婴。陈参谋长对刘唱说："猎护大队报告说请你讲课，水警区抢先了，机会难得呀！"刘唱说："向部队学习，才是机会难得呀！"因为下午 3 点刘唱要给水警区机关和附近部队干部讲课，所以大家以茶代酒，互相致意。饭后，陈参谋长对训练科黄科长说："下午刘教授讲课时，你们安排一个同志陪海婴同志在县城和营区转一转，看一看。"黄科长说："好。"海婴说："谢谢首长！"

下午 2 点半，刘唱被接走后，训练科李参谋和政治部秘书科女干事小韩陪海婴也出发了，坐在副驾驶员位置上的李参谋问海婴看什么，海婴说："如果方便的话，看看护卫舰大队营区和城南小学，不用下车，转一圈就行了。"李参谋说："那就先远后近，先到护卫舰大队。"

护卫舰大队说是离县城好几公里，其实，随着城区的扩展，早连起来了，周围蛮繁华的。看了大队部办公楼和营房，车子来到码头，韩干事对海婴说："下去看看吧，时间够的。"海婴笑着说："好。"这个港湾大体南北向，隐隐约约可以望见出海口，就一个"丁"字形码头，正面很宽，靠着三艘护卫舰。李参谋说，这个码头靠六艘护卫舰绰绰有余，外侧水深，驱逐舰也可以靠。

来到城南小学，三个人在院里转了一圈，海婴向一位姓曾的女教师询问了学校的编制、班数、人数、待遇及师资来源等情况，还和门卫宋大伯聊了一下学校的管理情况。

上车后，李参谋问海婴还去哪儿，海婴说："你们掌握时间，随意吧。"按照李参谋和韩干事的意见，他们在县城中心区域转了一圈，又在水警区机关大院转了转。在看刘唱讲课的礼堂时，听到一阵掌声，李参谋说："咱们回招待所吧，马上散会了。"

5 点整，刘唱和海婴乘着猎护大队的小车出发了，坐在副驾驶员位置上的那位同志转过头来说："我叫凌厉，是大队司令部参谋，大队首长派我来接你们。"坐在司机后面的刘唱说："谢谢！"行进中，海婴没说什么话，望着窗外，认真听刘唱与凌参谋交谈。凌参谋说了很多夸奖江海的话。到了西岭镇时，凌参谋说："还有二十公里左右就到了。"刘唱"嗯"了一声。海婴觉得自己心跳明显加快了，不断下意识地看手表。过了一会儿，凌参谋往前一指，说："那就是南石湾。"刘唱伸着脖子往前看，隐隐约约有一片楼房和树林。海婴向左歪了一下头，从前排两个座位之间向前望了一下，又坐好，继续看着车窗外面，生怕刘唱逗她。

将近 7 点的时候，汽车进了营区，停在大队机关食堂前。三人下车后，凌参谋向首长们报告："这位是刘教授，这位是海婴同志。"凌参谋转过身来，又向刘唱和海婴逐一介绍了大队领导，最后"介绍"了江海。刘唱说："我们不认识他！"大队首长们都笑了，江海和海婴也笑了。刘唱用手轻轻地拍了一下江海的右腮，送上了十分关爱的眼神。古主任嘀咕道："关系不一般。"江海把宿舍钥匙和刘唱、海婴的行李交给了苗苗。大家刚要走，常大队长叫喊起来："江海，人家几千里来看你，你就这么斜着眼偷看两下就完了？认真表现一下嘛！"江海答声"是"，一下子紧紧地抱起海婴，转了一个圈，还很夸张地亲了一口。乔政委喊了一声"好"，边笑边拍手。海婴不好意思地笑着，靠在了刘唱的身边。刘唱说："别往我这儿靠了，你是主角，我是护送你的。"大家笑着进了餐厅。

刘唱和海婴洗完手后，古主任将刘唱安排在常大队长旁边，将海婴安排在乔政委旁边，江海挨着海婴。其他领导按惯例落座。古主任介绍说："我们军队实行'两长制'，我们大队宴席上是'双主位'制，两位主官并排坐主位。”刘唱说：“有创意，我还是第一次看到呢。”

常大队长宣布：“晚宴开始。首先，我们对刘教授和海老师的到来表示热烈欢迎！”大家鼓掌后，常大队长说：“欢迎乔政委致祝酒词！”乔政委对常大队长说：“哎，你讲嘛！”常大队长不说话，带头使劲鼓掌。

乔政委站起来，说：“我们是基层部队，驻地偏僻，刘教授千里迢迢送课上门，我们十分感动。我们的装备虽然不先进，但我们干部队伍的文化水平不低，能力素质不差，大家懂得电子战在现代战争中的地位越来越重要，已经成为一种独立的作战样式。因此，我们对刘教授的课充满着期待。”乔政委转过头来看了看海婴，说：“我们大队组建以来，孩子无处上学的问题一直困扰着我们，直接影响着干部队伍的建设。最近，江海同志建议办南石湾小学，大队党委高度重视，刚才还在开常委扩大会，研究这个问题。办小学的事，上级和地方政府很重视，很支持，我们有决心把它办好。我们非常希望海婴同志能成为南石湾小学的第一任校长兼老师！”大家热烈鼓掌。刘唱和海婴连声说“谢谢”。乔政委端起酒杯，说：“无论多少，今天都喝白的。我提议，集体敬三杯，以表示我们的心意。第一杯，表示欢迎！”大家起立，挨个碰杯，喝了下去。

坐下后，刘唱说：“我先给各位领导报告一下，海婴不能喝酒，出发前，她妈妈给我交代了一大堆话，一路上，又给我发了一大堆信息。”说着，掏出了手机，对常大队长说：“请看，刚才还收到一条呢！”常大队长问：“刚才不是喝了吗？”刘唱说：“她喝的是江海倒的茶。她一喝酒就过敏，一过敏就很重，到医院折腾好几天。”刘唱又对海婴说：“说句话嘛！”海婴站起来大大方方地说：“我真的不能喝酒，请首长们关照。”说完，坐了下来。刘唱看了看江海，问：“你坚决不说一句话？”江海赶紧说：“她的确喝不了酒，我们结婚时她都没喝，真的！”常大队长对江海说：“请把手机掏出来。”江海掏出手机后，常大队长问：“你有没有收到家里人交代你关照海老师的信息？”江海说：“有，有，电话信息都有！”常大队长说：“读一下最后一条，错一个字罚一大杯白酒。”江海说：“是！”找到最后一条信息后，江海说：“我岳父发的，‘海婴不能喝酒的事，要提前给首长报告，避免临场尴尬’。”读完，还让旁边的古主任看了看。常大队长问：“你为啥不听岳父大人的话？”江海愣了一下，说：“下午跟首长开会，没有合适机会报告。”说完，自罚了一杯酒。乔政委说：“江海同志给海老师倒茶不报告，是小家子气，但主动自罚了一杯，算补回来了。好，海老师就以茶代酒了！”常大队长对刘唱说：“政委有痛风病，也不能多喝，随意就行了。”刘唱说：“好的。”

乔政委端起酒杯，说：“敬第二杯，表示感谢！”大家就近碰杯后喝了下去。常大队长给刘唱夹了一只清蒸蟹，说：“我们这儿是山高皇帝远，偏安一隅，孤陋寡闻，自得其乐，表示对领导、对客人尊重的办法有三条：一是常委集体参加，二是吃海鲜，三是猛喝酒。”刘唱说：“规格太高了，不敢当啊！”常大队长说：“你们不来，我们这帮人也是在这张桌上吃饭，菜也差不太多。”刘唱说：“这蟹味道真好。”常大队长说：“南石湾的海鲜在全世界都是最好的，不信请问我。”大家都笑了。刘唱说：“大队长真幽默！”

乔政委端起酒杯，说：“敬第三杯，表示祝愿——祝愿刘教授和海老师在南石湾快乐每一天！”大家又干了一杯。

吃了两口菜后，常大队长说：“我个人敬刘教授、海老师一杯，没有别的话了，还是政委说的欢迎、感谢和祝愿。”说完，一一碰杯，一饮而尽。接着，其他大队领导也都敬了酒。

常大队长说：“从名字看，刘教授唱歌肯定可以。”刘唱说：“名字的含义反映的往往是父母的意愿，我的名字是父亲起的。他认为，文极而诗，语极而歌，‘唱’是表达思想和情感的最高方式，也是快乐幸福最优雅的表现。不过，为了各位领导的健康，千万别让我唱了。”乔政委问：“为什么？”刘唱说：“唱歌，充其量是我的爱好，而绝非特长，我唱歌的特点是错词跑调折磨人。”乔政委说：“你这么一说，我们就更想听了。”刘唱说：“我这个名字又给自己惹事了。”大家都笑了。古主任帮腔道：“强烈要求刘教授‘折磨’我们一回！”大家鼓起掌来。海婴以略带警示的眼神与刘唱对视了一下，大家都没觉察到。刘唱说：“我们学院一个领导说：‘半斤白酒下肚，没有不敢唱的歌；一斤白酒下肚，没有不会唱的歌’。我敬完酒再唱。”刘唱对海婴说：“江海在，轮不到我管你了，我单独敬了。”说完，用小杯逐个敬了大队领导。江海赶紧带着海婴，也逐个敬了大队领导。

大家再次鼓掌后，刘唱站起来，轻轻咳嗽两声，清了清嗓子，说：“我是湖北人，唱一段电影《洪湖赤卫队》主题歌吧。”说完，很从容地唱了起来：“洪湖水呀，浪呀么浪打浪呀，洪湖岸边是呀么是家乡啊……”一曲终了，大家使劲鼓掌。刘唱唱完坐下后，古主任说：“这要是‘折磨人’的话，我们愿意天天受折磨。”一阵笑声。常大队长对刘唱说：“这掌声，一首哪行啊，至少再唱一首。”刘唱喝了两口茶，稍微想了想，说：“《北国之春》适合男同志唱，但我太喜欢这首歌了，就学唱一下吧。”说完，非常动情地唱了一遍。大家立即送上了热烈的掌声和叫好声。

常大队长对一直在上菜倒酒的董小明说：“不是从小就聪明吗，怎么二十多岁就痴呆了？敬酒啊！”几位大队领导都笑了。董小明说了声“是”，敬了刘唱和海婴一杯酒，之后，直直地看着常大队长。常大队长说：“看什么，没见过我呀？唱歌呀！”董小明挠了挠头，立正站好，唱了一首电影《铁道游击队》主题歌：《弹起我心爱的土琵琶》。一阵掌声后，刘唱问董小明：“小伙子，哪年从中央音乐学院毕业的？”董小明发了愣，半天才说：“没有啊！”立刻就是一片笑声。董小明说：“我去看看菜。”说完，一溜烟跑了。

刘唱说：“继续唱啊！”乔政委说：“我们的可动用兵力就一个，已经跑了。”刘唱问：“领导同志都不能唱吗？”古主任接过茬，说：“有是有一个，但这小场面，人家看不上。”丁参谋长站了起来，说：“我不是上了古主任激将法的当，是本来就要唱的。刘教授今天教我们唱歌，明天教我们电子战，多好的机会啊。”丁参谋长转过身来，对刘唱说：“我唱歌的特点是水平高，您要有思想准备啊！”刘唱笑着拍起手来。丁参谋长唱了一首电视剧《西游记》主题歌《敢问路在何方》，起调就高，一句比一句高，“嗷嗷”的，不好说水平如何，但绝对刺激。刘唱说：“高，实在是高！”常大队长说：“参谋长眼中只有‘敢斗奖’。”刘唱问：“会唱的就参谋长一个吗？”丁参谋长说：“不是会唱，是敢唱。”常大队长说：“会唱的敢唱的都只有他了。”

刘唱晃了海婴一眼，海婴迅速躲过了她的眼神。刘唱突然说：“海婴，喝酒我保护你了，唱歌我可管不了了。”大家马上朝海婴鼓起掌来。海婴说：“姨妈逗我呢，我真的不会唱。”大家不依，继续鼓掌。江海说：“我们学唱过《我爱这蓝色的海洋》，一齐唱吧。”乔政委说：“可以。”海婴站起来，和江海一齐唱了起来：“我爱这蓝色的海洋，祖国的海疆壮丽宽广……”唱完后，获得热烈的掌声。一直没怎么讲话的杨副大队长说：“他们合唱，江教导员忘了一句词，听得出来，海老师的音质可不一般啊！”刘唱对海婴说：“江海故意少唱了一句，把你出卖了，唱吧！”掌声又起。海婴站起来，说：“我唱歌都是姨妈教的，她教得很好，我学得不好。我试唱一下《军港之夜》吧，不知道歌词能不能记全。”大家再次掌声鼓励。“军港的夜啊，静悄悄……”一句未了，已是掌声骤起。海婴不仅音色细腻，音素明晰，而且语切情真，节奏感好，加上温文尔雅的气度，令在座的水兵们如临其境，心凝形释，悠然神往。大家下意识地微张着嘴，目光一齐盯着海婴。海婴唱完，给大家鞠了个躬，坐了下来，微笑着享受长时间的掌声和叫好声。

刘唱想转移大家的注意力，说：“大队长、政委都是满头乌发，真年轻啊！我都有不少白头发了。”常大队长说：“忙得要死，哪有工夫长白头发呀，就这样凑合下去得了。”大家刚要笑，古主任说：“首长日理万机，马不停蹄的，就别为这些生活琐事操心了，我已经替首长长了一些白头发，虽然数量不多，但已尽心竭诚了。”说着，指了指自己的头。刘唱笑道：“我确信你们的上下级关系已经登峰造极，无以复加了。”

常大队长指了指江海和海婴，问刘唱：“你们三个什么关系，透露一点行吗？”刘唱说：“那你得喝一杯。”常大队长说：“可以，但你得陪一杯。”刘唱说：“我这不成了要酒喝了？好，喝就喝。”说完，和常大队长碰杯，喝了下去。刘唱说：“很简单：我和海婴她妈是金兰之友，比亲姐妹还亲。海婴从小就漂亮、聪明，我一见就抱，一抱就舍不得放。我女儿比海婴大三岁，人家说我对海婴比对自己的女儿还亲。海婴中学、大学成绩一直很好，小小年纪就读研究生了，愁死我了，她这条件，哪儿有合适对象啊！哎，后来我认识了江海，觉得还可以，我老头和海婴父母观察了一下，也都满意，我一介绍，就成了。”常大队长说：“啊，月老呀！江海还不敬酒啊？”江海端起酒杯，和海婴一起站起来，说：“谢谢姨妈！”说完，江海干了杯，海婴依然是喝了一口茶。刘唱喝下酒后，说：“我女儿要是个儿子的话，江海就惨喽！”逗得大家都笑了。古主任问刘唱：“那你差不多是海老师的干妈了吧？”刘唱说：“早的时候，他们要海婴叫我干妈，我才不干呢！叫姨妈又亲切，又自然。”乔政委说：“的确是。”

晚宴结束后，凌参谋把刘唱送到住处，就在林咏那一层的另一头，江海海婴的房间在头上，刘唱在他们隔壁房间。凌参谋走后，江海、海婴刚扶刘唱坐下，林咏一家三口和艇上的几个干部来了，江海向双方做了介绍。林咏对刘唱和海婴说：“你们来到的时候，时机和场合都不适合我们出面，晚饭后，大家就在我家等着了。”刘唱连声说“谢谢”。崔文惠拉着海婴的手，说：“没想到这次能见到你，太高兴了。”海婴笑着说：“我也是。”娇娇挤到前面，说：“阿姨、阿姨好！”崔文惠说：“叫奶奶、阿姨好！”娇娇说：“为什么呀，她们又不老！”刘唱抱起娇娇就亲了一口，说：“谢谢娇娇！”海婴也亲了娇娇一下。江海刚要泡茶，林咏说：“房间小，坐不下，抽空再聊吧。”刘唱说：“谢谢大家！”

送完客人，刘唱坐在客厅的木沙发上。江海把果盘端到刘唱面前，刘唱说不想吃。江海马上打开暖水瓶盖，给刘唱冲了一杯茶。海婴拉着刘唱的手，说：“姨妈，人家给你使了那么多眼色，您怎么还要我唱呀！”刘唱看了看江海，然后看着海婴，说：“你到这里来，角色太重要了，我就是要把宝贝女儿展示一下，这对你打开局面有利。”江海说：“海婴今天发挥特别好，我都听傻了。”刘唱对江海说：“我这次真是把婴儿抛进大海了，你要不给我照顾好海婴，姨妈可就要疯了。”说着，刘唱两眼泪花闪闪。江海赶紧给刘唱递了纸巾，说：“请姨妈相信我。”海婴抱着刘唱的脖子，说：“姨妈别担心，我们都会好好的。”海婴也哽咽了。刘唱看了看手表，说：“你们休息吧，我还得再看看课稿。”江海说：“您今天很辛苦，也要早点休息。”走到门口时，海婴又转过身来，说：“姨妈好好休息，有事叫我。”刘唱说：“好，放心吧。”

回到自己房间，江海关上门，抓住海婴两只手，两个人深情地对视了很久，又紧紧地拥抱了很久……

早上起来，江海和海婴煮了一锅大米稀饭，董小明和一个炊事员送来了馒头、包子、炒粉，还有煮鸡蛋、咸鸭蛋和几个小菜。江海对海婴说：“太多了，给艇长家送点吧。”海婴点了点头。江海将一盘子馒头、包子和煮鸡蛋等，给林咏家送了过去。江海回来后，和海婴一起把刘唱请过来，三个人美美地吃了一顿。刘唱说：“这种感觉真好。今天中午、晚上和明天早上，还这么吃。”江海问：“姨妈真的不能多住两天吗？”刘唱说：“过节了，家里一堆事呢，这地方我记住了，再来的时候你们别烦就行了。”江海说：“您不来，我们天天盼您；您来，我们好好陪您；您住的时间短，我们就不放您。”刘唱说：“你嘴越来越甜了，不管是不是真心话，听着都挺舒服的。”江海和海婴都笑了。

上午，俱乐部一楼大厅，刘唱为大队全体干部和班长骨干讲课。大队领导同志在主席台上就座，刘唱在中间位置。主持人常大队长说：“为了提高军事学习水平，形成更浓厚的军事研究氛围，使干部和班长骨干队伍的军事素质更加适应使命任务的要求，大队决定从现在起，每季度上一次集体军事课，请军事院校、上级机关和科研院所的同志讲课。今天是第一课，讲电子战问题。”常大队长看了看邻座的刘唱，说：“海军学院的刘唱教授，对电子战有很深的研究，已经有三十来年的教龄了，到许多单位讲过课，昨天还在我们水警区机关讲了课，反响非常热烈。”常大队长稍微停了停，说：“欢迎刘教授给我们讲课！”

热烈的掌声中，刘唱起立，敬礼，又坐下，说：“感谢大家的热情鼓励。有这么好的一次向大家学习的机会，我非常高兴。遵照大队首长的要求，我就努力学习电子战知识，不断提高对电子战环境的适应能力问题谈三点认识，和首长同志们交流，不正确、不准确、不妥当的地方，请首长同志们批评指正。”刘唱呷了一口茶，说：“一是学习电子战知识的重要性、必要性和紧迫性；二是电子战环境的现状及发展趋势；三是电子战主要装备及研发方向。现在汇报第一点认识……”刘唱讲的课清晰、通俗、流畅，近两个小时，全场异常安静，大队领导们也都低着头认真地做笔记。当刘唱讲完起立敬礼时，场内响起了热烈的掌声，常大队长、乔政委和刘唱握了手。刘唱坐下后，常大队长请乔政委讲话。

乔政委说：“很高兴又受到一次高等教育。”刘唱笑着摇了摇头。乔政委说：“本来大队领导要坐在台下听课的，无奈这个厅空间小了点，我们一下去坐，就有一些同志被挤出去了。”一些同志笑了。乔政委在高度评价了刘唱的课后，说：“596 艇右舷的黑板上写着‘热爱猎潜艇，建功猎潜艇，超越猎潜艇，勇夺训练学习双优胜’24 个字，我专门去看了，很震撼！再先进的装备，也有被淘汰的时候，这是规律，是必然，所以要‘超越’。‘超越’是素质超越，素质超越就得训练，就得学习。刘教授来讲课，就是给我们插翅膀，帮我们超越。我们要用加倍努力学习的态度，回报刘教授的热心支持和辛勤劳动。”一阵热烈掌声。

常大队长说：“刘教授一堂课，在电子战领域把我们带上了一个新高度，让我们开阔了视野，增长了知识，受到了启发，也使我们更坚定了请‘高人’讲课的决心。我们都要认真回味消化刘教授的课和乔政委的指示，重视电子战知识的学习和对电子战的研究，重视学习态度的端正和学习计划的优化，把听刘教授讲课的效果最大化。”最后，大家再次把热烈的掌声送给了刘唱教授。

由于刘唱坚持，中午，三个人又是在江海海婴宿舍共享“家宴”。

下午，在凌参谋和江海的陪同下，刘唱参观 901 艇，海婴也参加了。接着，又参观了 596 艇。在驾驶台上，应刘唱要求，林咏介绍了舰艇上一些常识。林咏说：“面向艇首，艇的左侧称左舷，右侧称右舷。码头上的金属墩子叫系缆柱，把艇上的缆绳系上去，艇就固定了。离码头远时，缆绳扔不上去，就用撇缆绳一头绑住缆绳，将另一头的撇缆球撇上码头，码头上人员拉撇缆绳使缆绳上来，套在系缆柱上，再收紧、固定。搭在码头和艇之间的那块木板叫跳板，大舰比较高，用梯子，叫舷梯。”刘唱指着港内水上的许多黑点，问：“那是什么？”林咏说：“那是水鼓，系泊舰艇的装备，共 12 具。水鼓是个金属圆桶，上面像鼓，下面被铁链固定在大水泥墩上。我们这些水鼓有一半可以系泊护卫舰。”刘唱问：“为什么要系水鼓啊？”林咏说：“码头不够用的时候，待命紧急出动的时候，还有防台风的时候，都得系水鼓。刮台风时，如果舰艇系在码头上，会被码头撞坏的。”刘唱点点头。林咏说：“艇上无论执行什么任务，都有相应的部署，攻潜、防空、靠码头、离码头、系水鼓，等等，听到指挥员的口令后，艇员各就各位，各司其职，各负其责，协力执行。”刘唱又问：“跳板旁的战士是哨兵吗？”林咏说：“是，咱们海军叫武装更。”

刘唱和海婴看了 596 艇每一个舱室和工作部位，比看 901 艇时更认真、更细致，还专门在江海的床铺上坐了坐，用刘唱带的相机照了相。

林咏陪大家到会议室坐了一会儿。刘唱喝了一口茶，对凌参谋说："到外面帮我们照几张相好吗？"凌参谋说："好的，请！"到了码头上，刘唱对凌参谋说："请下达'照相部署'口令吧，你选个角度，要有 596 艇的舷号和这块黑板报。"凌参谋笑了笑，观察了一下，说："请您站这里。"凌参谋用刘唱的相机给刘唱拍了一张后，拿给她看。刘唱仔细看了看，说："可以。再照一张。"又照了一张后，刘唱把海婴叫来，合照了一张，并拿过相机看了效果，认为可以，又拍了一张。刘唱又把江海叫来，三个人合了影，也是两张。江海刚要离开，刘唱说："别动，你和海婴合一个。"也是刘唱检查效果后，加拍了一张。刘唱说："这几张照片对我们来说很重要，所以都照两张，加个保险。"按照林咏的建议，刘唱和海婴、江海又以港湾和北山为背景照了几张。刘唱放好相机后，问道："北山的后面是什么地方？有村庄吗？"大家都摇摇头，说不清楚，没去过。刘唱说："这个地方真有点原生态的感觉，挺有特色的。"说着，与林咏、胡子君等握手，道谢，告别。走了几步后，刘唱转回头来，说："我们执行'离码头部署'了！"林咏等在场的同志哈哈大笑，一齐招起手来。

看看手表，时间还早，凌参谋建议刘唱到郭林园看看。刘唱高兴地答应了。因为江海有事，海婴陪着去了。

第十七章　立酒规敬者凭感悟
赴广州姨妈情意笃

欢送刘唱的晚宴，江海海婴本不参加的，后被大队首长派人叫了过来。乔政委说：“即便是作为刘教授的亲属，你们也应参加，况且你们还要代表大队去广州送行呢！”江海说：“谢谢首长！”刘唱说：“宴请过了，吃个便饭就行了，实在不敢当啊！”丁参谋长说：“水警区陈参谋长说你在水警区没喝酒，让我今天代他敬你酒呢。别客气，本来就是家常饭。”常大队长说：“刘教授脱下戎装，让我们欣赏到另一种美感啊！”大家纷纷附和。刘唱说：“昨天在水警区讲课后没停就赶过来了，没来得及换便装。”刘唱接着问道：“咱们海军的服装又多又漂亮，到底分多少种啊？”常大队长说：“这个问题我也答不上来，请撒处长介绍吧。”撒处长说：“海军服装分礼服、常服和作训服三个系列，军官礼服为礼一号；全白春秋常服为常一号，全藏青春秋常服为常二号，全白长袖夏常服为常三号，上白下藏青夏常服为常四号，全白短袖夏常服为常五号，上白下藏青短袖夏常服为常六号，全藏青冬常服为常七号，全藏青冬常服加常服大衣为常八号；夏作训服为作一号，夏作训服加头盔为作二号，冬作训服（含头盔）为作三号……”刘唱说：“晕了，晕了。”大家哈哈大笑。撒处长说：“我们现在穿的是夏常三号服装，很快就换夏常六号服装了。”刘唱“嗯”了一声，说：“不愧是‘国际军种’，服装都是成系列的。”

乔政委先下手为强，说：“欢迎大队长致祝酒词！”常大队长笑了笑，站起来，右手端起酒杯，说：“咱们和刘教授已经是朋友了，不言谢了，欢送的酒呢，最后‘大团圆’时表达，现在喝一杯什么酒呢，我建议喝一杯表示钦佩的酒。电子战，专业性那么强的理论课，讲得深入浅出，出神入化，连我们这些人都听得明白。”常大队长伸出左手拇指，“水平啊！”大家一齐站起来，干了杯。乔政委还是“随意”，海婴还是茶代。常大队长给刘唱夹了菜后，说：“我们交代司务长要换换菜式，但这小地方就这样，除了海鲜，还是海鲜。”董小明走过来，对刘唱说：“这个是炖野鸭，这个是狗肉，那个是白切鸡，都是昨天没有的，都是新鲜的。”刘唱说：“鲜香扑鼻，我的每一个味蕾都发疯了。”

尝了几道菜后，常大队长说：“今天咱们这么办：现场接受刘教授考试，每人用一句话谈谈听了刘教授讲课后的收获或者感想，再敬一杯酒，刘教授认为及格的，两人干一杯，认为不及格的，敬的人自干一杯。”大家都笑了。没想到，乔政委第一个开了腔：“真懂，才能讲得简明、通俗。”刘唱站起来，说：“谢谢政委指点，我喝！”乔政委说：“怎么叫指点呢，感想啊！听了你的课，大家都有这种感受。我们做政治工作的一些同志喜欢讲些连自己都似懂非懂的东西，把人从不懂带到糊涂。”刘唱说：“虽然我的课不怎么好，但政委的话是深刻的。干杯！”说完，喝了下去。杨副大队长端起杯子，站了起来，说：“听刘教授讲电子战，我像触了电。”大家哈哈大笑。常大队长说：“你这一句话，让我打了个冷战。说明白点！”杨副大队长说：“我提干后，先是助理员，后是管理员，一路打杂，根本没有学过电子战知识，老觉得电子战高深莫测，与己无关，听了刘教授的课，才知道我们大队一样脱离不开电子战环境，突然感觉好像周围到处都有电似的。”一阵笑声后，刘唱说：“很生动啊，干杯！”丁参谋长先代水警区陈参谋长敬了一杯，刘唱随即回敬了一杯。丁参谋长说：“仅仅不怕死，充其量是英勇，加上完成任务，才能称得上英雄。当英雄必须努力学习。”刘唱主动端起酒杯，说：“深刻。喝！”大队领导敬完后，江海端起一杯酒，走到刘唱跟前，说：“听了姨妈的课，我不认识姨妈了。”刘唱问：“怎么了？”江海说：“我只听过您的计算机课，都是边说边操作的，像今天这样，对一个专业性很强的军事课题，高屋建瓴，娓娓道来，使我高风逸韵感油然而生啊！”刘唱高兴地说：“光听你的话，姨妈就醉了。”说完，拍了一下江海的右腮，和江海一起喝了下去。

古主任突然问刘唱：“江教导员和海老师的婚事，你的分量重，还是海老师她妈妈的分量重啊？”刘唱脱口说道：“当然是我的分量重了！”

古主任问：“为什么？”刘唱说：“她妈只一个‘妈’，我除了‘妈’还有个‘姨’啊！”大家都笑了。海婴也笑了，尽管没有出声，但已是她来部队后笑的表情最彰显的一次了。刘唱说：“我女儿结婚早，在南业市一个区的团委工作。我和我女儿找的都是地方的，海婴她妈和海婴找的都是军人。我老头在科研单位工作，当党委书记，他的同事给介绍了个女婿，也在一个单位，都戴眼镜，老呆子加小呆子。海婴她爸当过系领导，后来搞学术了，其实也是个呆子，不然早上去了。海婴她妈是一家妇幼医院的业务副院长。”刘唱喝了一口茶，见大家听得很认真，继续说：“两个老头是呆子，我是疯子，海婴她妈是君子。”古主任笑着问：“那，两个女儿是什么‘子’呢？”刘唱说：“孩子呀！”大家大笑起来。刘唱说：“你们别看海婴在这里挺稳重的，你们都出去，留我们两个在这儿试试，马上就变成了孩子，比孩子还孩子。”大家又笑了。

常大队长问刘唱：“你女儿叫什么名字？”刘唱说：“我老头给她起名王杨柳，说是杨树挺拔，柳树柔韧，形神兼备，刚柔相济，我说不行，那样又脆又软，重名也比较多。老头子要我谈意见，我说叫王玉，希望她有王在掌上的心气儿，心力比‘王’还多一‘点’，结果就这么定了。”乔政委笑着说：“你们家书记没有实权啊！”刘唱也笑了。常大队长说：“你给女儿起名字的用意，恐怕没人能猜到。”刘唱说：“就是要与众不同嘛！”常大队长说：“人生如登山，心有多高，脚就能登多高，你女儿会终身受益于‘玉’的。”

乔政委问海婴：“和玉姐关系怎么样？”海婴说：“很好。”刘唱说：“真让政委说着了，海婴从小就叫我女儿玉姐。玉姐是她的保护神，海婴没谈恋爱时，打电话最多的肯定是玉姐。”海婴说：“现在也是啊！”乔政委笑了笑，说：“吃了两顿饭，海老师终于主动说了一句话。”正在喝茶的刘唱一笑，差点吐出来，两手捂嘴，转过身子用毛巾擦个不停。丁参谋长说：“这里的原因肯定大！”刘唱对丁参谋长说：“你喝一杯，我就把原因告诉你。”丁参谋长说：“谢谢刘教授，早就想喝了，一直没理由。”说完干了一杯。刘唱说：“你们大队不仅是威武之师，文明之师，还是幽默之师啊！”丁参谋长笑了笑，说：“请讲！”

刘唱看了看海婴和江海，笑了笑，说：“我陪海婴和江海第二次见面后，江海问我海婴是不是聋哑学校的，我问他什么意思，他说海婴两次见面都没说一句话，我说怎么会呢，三个人交流那么久，不是都很顺畅吗？江海说，反正她一句话也没说。我仔细回忆了一下，笑了，还真想不起来海婴说过什么话，都是一点头，一摇头，或者一微笑，就过去了。”古主任插话道：“心如古井也好，江翻海沸也好，因为心有灵犀，所以总能眼意心期，心照神交。”刘唱点点头，继续说：“我叫江海放心，保证第三次见面时让海婴说话。第三次见面时，海婴已经参加工作了。见面半天了，她还是没说话。江海看看我，捂着嘴直笑。我想了想，问海婴：和江海见面的事和爸妈说了吗？她摇摇头。我又问她，真的吗，她又点点头。我急了，问她：你哑巴呀，怎么不说话？结果，她瞪着两只大眼直直地看着我，我无奈，还得检讨自己太急了。”大家哈哈大笑。古主任问：“后来呢？”刘唱说：“我想了想，问她每个月多少奖金，她又摇了摇头。我又问她多少工资，她看了我半天，突然抱着我的脖子，对着我的耳朵小声说：‘不是早就告诉过你了吗？’”大家笑了，江海和海婴也笑了。刘唱说：“在江海眼里，海婴是一笑百媚，但她就不笑，馋得江海够呛！”乔政委问刘唱：“你对江海同志的要求和期望是什么？”刘唱说：“让他自己讲。”江海说：“博学笃志。”常大队长笑着说：“祝你们两家幸福！”大家一起喝了一杯。

吃了几口菜，刘唱说：“我敬各位领导一杯酒，表达四个方面的意思：一是感谢热情款待，二是感谢对江海的培养，三是希望多多关照海婴，四是欢迎到南业做客。”说完，和大队领导们逐个碰了杯，一口喝了下去，大家也都喝了下去。

董小明端上了主食：米饭和饺子。常大队长说：“最后一杯酒，请政委讲话。”乔政委站起来，说：“刘教授给我们带来了知识，带来了人才，还带来了欢乐，我们再次表示感谢，并祝刘教授返程顺利，欢迎刘教授多来南石湾！”刘唱站起来，说：“好，加强‘南南’合作！”大家都笑着站了起来，热情地相互碰起杯来。

4 月 30 日上午 8 点半，丁参谋长代表大队领导来为刘唱送行，给她一个纸箱，说：“里面是些干鱼干虾之类的东西，表示个心意。”刘唱要给钱，丁参谋长坚决不肯收。司机和上将纸箱放到后备箱后，大家握手告别，刘唱上车坐到了司机后面位置，海婴坐在她右边，江海在副驾驶员位置。出发后，刘唱多次回望南石湾，大家都没说话。

过了很久，刘唱转过身来看海婴，海婴也看着刘唱。刘唱两手握住海婴的左手，放到自己腿上，说："孩子，你很伟大。"海婴没说话，仍旧看着刘唱。刘唱说："我过去常说，年轻人看电视剧是模仿，老年人看电视剧是挑剔，这个话在你们身上不灵验啊，你们走的是自己的路。常言道：人到万难须放胆，你们是不用扬鞭自奋蹄。"停了停，又说："你说得对，人的一生中，判准方向后，要敢做几件超胆量的事。"停了一会儿，海婴说："教学，是个老师向学生传授知识的活动；传授知识，要有有效的方法；有效的方法，来源于对学生的熟悉；而对学生的熟悉，最重要的是对其行为特点和思维方式的把握。人的思维方式的形成，都是个连续的过程，小学生是中学生的昨天，用一年时间与少儿们相处和交流，肯定不会耽误自己什么，而且会有收获。"刘唱轻轻地拍了拍海婴的手，说："宝贝儿，你这几句话，在我们学院哪个班讲出来，都会有掌声的。"江海转过身来，说："感谢姨妈给我送来个'家庭教师'。"刘唱马上说："你以为你是谁呀，好好接受教导吧，教导员同志！"江海说："一定，一定。"

刘唱转过头去，看车窗外的景色，看着看着，打了个哈欠，闭上了眼睛。为了不惊动刘唱，海婴用手捅了一下江海，江海转过头来后，海婴指了指刘唱，示意他不要讲话。之后，海婴也闭上了眼睛。江海怕和上发困，一直用无声的方式和他交流着。

到达广州机场后，江海帮刘唱买好水警区预定的下午 3 点半起飞去南业的飞机票，四个人一起在机场一个不大的餐馆吃了午饭。刘唱进安检通道前，海婴使劲抱着刘唱的脖子，抱了很久才放开。刘唱过了安检通道后，海婴一边擦泪，一边喊："姨妈保重。"刘唱擦着泪水，想说什么，又没说出来，转身进去了。

进了市区，停好车，江海交代注意事项后，和上自己转商店去了。江海和海婴按计划逛越秀公园，刚进大门，海婴收到刘唱在候机室发的一条信息："宝贝儿！心里空空的，折磨死了，我再也不来了。"海婴想了半天，不知怎么回复好，给江海看了看，江海想了想，替海婴回了一条：“亲爱的姨妈：我也一样，您多来几次就好了。多多保重！”之后，两人边走边聊。江海想调节一下情绪，问海婴：“姨妈歌唱得还真可以。”海婴说：“她特别喜欢唱歌跳舞，她看故事片，特别在乎主题歌和插曲之类的。她常说：‘《地道战》人人百看不厌，如果把音乐和歌曲抽掉，立马就塌架了。’她还常说，听到好的音乐，她全身所有的细胞瞬间就能以最优化的方式组合起来，形成最佳状态，达到超我境界。”江海笑了笑，说：“姨妈太有特色了。”海婴说：“姨妈心眼可好了，对家里人、身边人、周围的人，非常关心，谁有了不顺心的事，她都会劝了又劝。但是，她又好强，时不时地生闷气。妈妈曾对她说：‘教授同志啊，你就收下自己做徒弟吧，用开导别人的话开导开导自己，肯定灵。’”江海笑了笑，问：“姨妈怎么说？”海婴说：“一句话：‘你们当医生的心肠就是硬。’”江海笑了，海婴也笑了。走到镇海楼前，二人请一位游客给拍了一张合影照。

从公园出来后，和上已经在等了，三个人赶到海军一个招待所住了下来。吃了饭后，都有点累，各自回房间休息了。

海婴给刘唱打完电话，又给爸妈打了电话，之后烧开水，刚泡好茶，江海已洗漱完毕了。江海坐在沙发上，边看电视边给林咏打电话，海婴洗漱去了。

海婴洗漱完毕，坐在江海旁边，江海转头看着海婴，海婴也目不转睛地看着江海。江海双手捧着海婴的脸，重重地亲吻了一下，又猛地将海婴抱了起来，横放在自己的双腿上。海婴上身侧靠在江海胸前，仰头看着江海的脸。江海刚想吻她，海婴用手轻轻一挡，说：“我想和婆婆说话。”江海拨通家里的电话，恰好是妈妈接的，江海没出声，将手机放到了海婴耳边。海婴说：“妈妈，我是海婴，还没休息吧？”海婴问候了公婆和爷爷奶奶，讲了自己来南石湾及和江海到广州送刘唱、逛公园等情况后，说：“等我稳定下来了，和江海去接你们二老来住住，这儿挺好的。”

打完电话，二人又是一阵对视。江海用手指在海婴眼前晃动，海婴就是不眨眼。江海伸着脖子，用眼睫毛碰海婴的眼睫毛，数个回合，不分胜负。江海突然问海婴：“毁容最简单最善良的办法是什么？”海婴说：“世界上没有这种办法。”江海说：“我有。”海婴说：“不信。”江海让海婴面向桌子上方的镜子坐好，右手食指轻轻地将海婴的鼻尖向上一推，鼻孔随之外翻。海婴一下推开了江海的手，笑了起来，说：“不仅‘丑’，而且‘恶’。”说完，用手指推了江海的鼻尖，两个人互相推来推去，笑个不停。

“五一”上午，江海和海婴参观了广州农民运动讲习所旧址后，又逛了两个书店，买了三套初小教材。他们和和上在一个小餐馆吃了午饭，开始回返。路上，江海问和上昨晚睡好没有，和上说：“广州的电视频道真多，我看得很晚了还想看，不过，睡得也很好。”江海说：“安全第一。”和上说：“教导员放心吧！”江海“嗯”了一声，和海婴翻阅起了刚买的课本。回到南石湾，已是下午 5 点多了。

到了家里，江海和海婴正在商量做什么饭，苗苗送饭来了，说：“艇长说你们回来晚，又累，交代我送饭的。”海婴说：“饭菜这么多，一起吃吧。”苗苗说：“我吃过了，明天晚上比赛，他们叫我去练球呢。”说完就走了。江海对海婴说：“干部队对战士队，原定今天打的，因为我不在，推到明天了。”海婴“哦”了一声。

吃完饭，洗刷完毕，江海对海婴说：“艇长值班，我去艇上看看。你去看看崔嫂，把给娇娇买的布娃娃送去，好吗？”海婴“嗯”了一声。江海拿着洗好的送餐餐具走了。

5 月 2 日上午，政治处会议室，古主任召集江海、海婴和俱乐部士官方远、岳锦川开会，分管宣传文化工作的国大忱干事参加，研究筹办南石湾小学问题。古主任向江海和海婴介绍说：“国干事兼俱乐部主任。岳锦川同志是刚从警卫通信连调来的，原来是文书。”接着，又向国干事和方远、岳锦川介绍了江海和海婴。江海和海婴站起来，与国干事及方远、岳锦川一一握手。古主任对江海说：“为什么要你参加呢？因为你是办南石湾小学的提议者，也是海婴同志未到任这段时间南石湾与南业的桥梁。”江海微笑着点了点头。

古主任开始正式讲话：“大队决定成立南石湾小学，并将意见上报了水警区。水警区正式通知大队，同意建南石湾小学，编属于海呈县城南完小。水警区给3万元开办费，其余支出由大队负责。大队准备召开行政办公会，研究筹办小学工作，首长要我们先研究一下，就相关工作提出意见和建议。”古主任看了看江海，说：“原打算找个合适的干部家属参加，让海老师带一带，将来接海老师的班，因为没有工资来源，暂不考虑了。”江海点了点头。

国干事看着笔记本说：“初步摸底，今年9月1日，上三年级的1个，二年级的2个，一年级的7个，一共10个。”国干事又解释道：“三个一、二年级学生是从老家转来的。一年级的七个中有一对双胞胎姐妹，修船所丁工程师的孩子，姐姐叫丁佐健，妹妹叫丁佑健。”古主任让江海先谈谈想法。江海说：“我也没考虑那么细，初步想法：海婴负责教学，方远、岳锦川两同志负责管理和辅导工作，并学习讲课。教室改建装修和课桌、凳子配备，由大队负责，要有厕所和烧开水的地方。教具、课本、笔记本等，由海婴他们三人负责购买。”古主任让海婴说说想法。海婴说：“这次去广州，恰好买了一、二、三年级的教材各三套，我和小方、小岳各一套。硬件建设满足教学基本需要就可以了，关键是早点备课，把教材吃透，把教学的方式方法想透。”古主任点点头，让方远和岳锦川谈想法。二人都说要好好向海老师学习，按照分工，抓紧做好开学准备工作。

讨论了一会儿，古主任说：“海婴同志任校长兼老师，负责授课。小方、小岳任辅导员，称呼老师，负责管理和辅导，还有一个重要任务，就是学习，向海老师学习教学方法和经验，将来接好海老师的班。海老师要讲三个年级的课，小方、小岳还要兼顾俱乐部工作，都很辛苦，要有思想准备啊！”大家都说累点没什么，教好学生最要紧。古主任对国干事说：“你根据大家的意见，起草个向大队办公会汇报的方案，先请江教导员看看，再送给我。”国干事说：“好，我马上办。”这时，江海收到柳风的一条信息：“团支部委员会自身建设措施和议事细则已完成，请党支部审定。”江海即复：“艇长有建议吗？”马上收到柳风的信息：“有，就一条：开展技术能手活动。”江海笑了笑，复道：“很好。”

出来会议室，江海带海婴去看供应站，方远和岳锦川也跟着到了。供应站座北朝南，三间平房，主要做仓库用。房前有一个长形棚子，下面是一个一米多宽五六米长的水泥台子，分发物品和办理手续用。兼职站长的助理员平但和战士耿庄子在。方远向双方做了介绍。江海笑着说：“你们两个名字都挺不寻常啊！”方远说：“平助理员的名字后面省了两个字——‘不凡’。小耿老家的村子叫耿庄，他的名字是耿庄之子的意思。”江海说：“你这么清楚啊？”方远说：“全大队都知道。”江海说：“平助理员姓名余音袅袅，任人猜想呀！”平助理员笑了。江海问：“买米面菜怎么个买法？”平助理员说：“将要买的东西填个单子，下午5点前交到供应站，第二天上午就可以拿到了，一手交钱，一手取货。”江海要了一叠空白单子，说：“以后就麻烦你们喽！”平助理员说：“不客气，应该的。”

离开供应站后，方远从江海手里拿过空白单子，说：“我整天和他们在一起，很熟，买什么东西，交代我一下就行了。”江海和海婴齐声说：“谢谢！”

第十八章　见微知著紧盯训风
联觉素质赛后启领

江海回到艇上，正好全艇操演完毕。江海见林咏满脸不高兴，跟着他到了艇长室。林咏问江海："办小学的事研究好了？"江海说："大队准备开办公会研究，古主任召集有关人员议了议。"江海接着问林咏："今天训练怎么样？"林咏说："刚才发了点火。疲沓了，光见空转，不见提高。"江海想了想，说："我隐隐约约感觉到了，有的是盲目自满，有的是标准低。咱们可不可以组织一次经常性思想工作大家谈，题目叫作'科目训练考核和副长独操考核准备好了吗'？"林咏想了想，眼睛一亮，说："好，就这么办。"江海说："今天点名时说一下，要求大家认真准备。下周用两个党团日时间，党团小组先分别谈一下，再党团员青年一起谈。副长独操考核结束前，不再安排党团日活动，确保训练工作的连贯。"林咏说："很好，一会儿吃饭时布置一下。"

林咏、江海走进会议室，胡子君在，问江海怎么不回去吃午饭，江海说："大队散会晚了，我不回去，她可以少做一个人的饭，我也可以多午休一会儿。"

部门领导到齐后，江海讲了和林咏商定的明天的活动，大家都表示赞成。林咏说："你们几个要重视周一上午的党团小组会，要预有准备，要开出质量。"江海紧接着问大家："三个'要'，听清了吗？"大家都说听清了。钟伟诚说："惠中打电话说想参加科目训练考核和副长独操考核，请求艇领导帮他请假。"林咏问钟伟诚："你的意见呢？"钟伟诚说："他讲了两次了，情真意切。我同意。"林咏问江海："同意他，怎么样？"江海说："好，我跟政治处报一下，应该没有问题的。"

吃完饭后，江海说："团支部的自身建设措施和议事细则草案大家要好好看看，抽空研究一下。"林咏说："别抽空了，就现在吧。我同意，没意见了。”大家都笑了，说意见已被采纳，没有新的意见了。江海说：“那好，报大队团委备案，下发执行。”柳风说：“好的。”江海要胡子君在支委会会议记录本上补记一下，胡子君点了点头。

午休时，江海睡了一会儿就醒了，起来洗了一下脸，坐下来想了想，开始看导弹课笔记。看着看着，隐约觉得外面有声音，打开门一看，苗苗正在犹豫要不要敲门呢。江海问：“有事吗？”苗苗说：“叶班突然腰疼得厉害，被康军医和辛机电长送到卫生队了。”江海说：“你休息去吧。”苗苗走后，江海立即赶到了卫生队。

卫生队在岸勤处办公楼一楼。江海赶到时，卫生队孙肖队长和孟凡医生正在看。叶崇林平躺在床上，紧皱眉头，医生稍 ·动他就直“哎哟”。辛乐对江海说：“午休时，他一个人打扫后机舱，打扫完出来时滑了一下，扭了腰。”江海“嗯”了一声，看医生治疗。孙队长说：“我们孟凡医生的针灸技术非常好，扎扎针很快就好了。”叶崇林马上问：“吃药行不行？”孙队长说：“光吃药肯定不行。”叶崇林又问：“打针行不行？”孙队长说：“那也很难好。”辛乐笑了笑，说：“做手术吧！”叶崇林啊了一声，说：“那就针灸吧！”大家都笑了。孟医生这里捏捏，那里按按，在腹部腿部扎了六根针，叶崇林还不知道，说：“大胆扎吧，没事。”大家又笑了。孟医生又扎了两根针，开始捻捻这根，搓搓那根。过了十多分钟，叶崇林不再有痛苦表情了。孟医生连续打了两个哈欠，孙队长问他：“是不是儿子又没让你午休？“孟医生苦笑了一下，说：“没办法，太皮了。”孙队长说：“还是要耐心些，摸索新的管教方法。”叶崇林突然笑着说：“正常情况下，一个人一生有三次成功的机会：一是把自己培养成人才，二是把子女培养成人才，三是把孙子孙女培养成人才。三次都把握好的极少，两次把握好的也不多，一次把握好了就是成功。”孟医生说：“情况不妙啊，我只剩一个机会了。”叶崇林说：“你已经成功了，儿子会更成功。浪子回头金不换，你的惊喜在后面。”孟医生说：“我一说，队长又要批评我了，其实我家属真的不行，层次太低。老得弯下腰和她交流，就着讲，哄着讲，嚷着讲，太累了。”江海笑着问：“怎么个低法？”孟医生叹口气，说：“随口答话，随口发话，一错就辩，越辩越错，见小不见大，看近不看远，说客观不说主观，一天到晚释放负能量。”孙队长笑了笑，没说话。江海说：“我看还是孙队长那两句话管用，一是耐心，二是创新方法。‘人之初，性本善’，孩子是大人们的作品，问题可以到孩子身上找，原因一定要到大人身上找。”孟医生说：“谢谢，是该改革了。”这时，忽然听到叶崇林打呼噜的声音，大家一边笑，一边给孟医生竖大拇指。

晚饭后，596 艇庆“五一”篮球赛开始，仍然是干部队对战士队，斯奋当裁判，观众很多，海婴、崔文惠和娇娇也远远地看着。

战士队的首发阵容与以往相同，干部队则是林咏组织后卫，康晓义固定后卫，柳风中锋，胡子君、何其明前锋。干部队的阵容出乎战士队的预料。开场不到两分钟，胡子君一个两分球，柳风一个三分球，干部队 5:0 领先。聂文胜不停地要叶崇林叫暂停，叶崇林也觉得战士队有些乱，自己的腰部也不能大动，就叫了暂停。叶崇林对聂文胜说：“你先讲！”聂文胜说：“今天要输了。”水中天说：“你咋呼了半天，就为了说这么一句破话！”聂文胜说：“他们的策略厉害去了——视野开阔，点子多，很稳健的航通长改打中锋，副长由不够果断的中锋变成了进攻坚决的前锋，加上何副航通长，这个锋线三角很难对付。还有，艇长拼命地跑，军医拼命地盯人，肯定是有目的的，艇长和教导员肯定会轮番冲击的。”叶崇林说：“我腰不行，萧班长上。”又对苗苗说：“不管是艇长还是教导员，你盯紧点，干扰他的运球，切断他与航通长的联系。”苗苗点点头。叶崇林对聂文胜说：“你注意盯航通长，尤其是防他的远投。”聂文胜点点头。

暂停后，干部队进攻果然受阻，多次丢球。于是，江海和钟伟诚换下了林咏和康晓义。按照江海的要求，柳风拉远了与前锋的距离，对方双人协防柳风时，江海就直接长传前锋，战士队防守人员盯出去后，江海又乘虚直捣篮下得分，战士队又有点乱了。叶崇林不停地喊，要苗苗盯紧江海，结果，造成了苗苗连续两次犯规。苗苗手一软，江海就直逼中前场，组织进攻。半场结束，干部队领先 8 分。

下半场，干部队沿用上半场策略，干部轮番上场，仍较主动。战士队由于犯规次数多，加之策略意见不一致，失误开始多起来。最终，干部队以 76:67 获胜。

两个队的队员原地坐下休息，本艇一些看球的同志也跟着坐了下来。林咏对叶崇林说：“你们弱而不懦，可歌可泣啊！”叶崇林笑了笑，说：“你们获胜，百分之九十的功劳属于两位嫂子，两位嫂子一观战，艇长教导员打疯了！”一阵笑声后，叶崇林说：“实践证明，战士队没有我还真不行。”立即遭到一阵嘘声。江海问水中天：“你的感觉呢？”水中天说：“没想到你们会这样排阵，更没想到军医、辛部门长打那么好，连译电员都上场了。”周学正说：“上次比赛后，艇长、教导员就给我们压担子了，要求不仅要经常练，还要出特点。下次你们就更不行了。”斯奋说：“干部队有时一次换三个人，三个人都是看清了、商量好了上场的，组织后卫和中锋稍一沟通，一套针对性很强的战术就出来了。”江海和林咏都笑了。叶崇林仰面朝天一躺，说：“引咎辞职了，让贤了！”江海问：“让给谁啊？”叶崇林答：“胖子。”林咏接着问叶崇林：“他‘贤’吗？”叶崇林说：“他一打球就嘟嘟囔囔的，听他的吧，烦去了！不听他的吧，又觉得他的话有道理，弄来弄去还得照他的办，我成了傀儡了。”一阵笑声后，聂文胜说：“君明臣直嘛，我敢说，正是对你的信任啊！”林咏对叶崇林说：“人家既无不臣之心，也无非分之念，你心虚什么呀！”然后，又问聂文胜：“如果再打的话，你有什么新招？”聂文胜很肯定地说：“以其人之道，还治其人之身！”停了停，聂文胜又补充说：“但是，需要一段时间训练磨合。”林咏对叶崇林说：“你不仅有知人之明，还有自知之明，也是人才难得呀！”又是一阵笑声。钟伟诚对叶崇林说：“你可要想开点啊，留得青山在，不怕没柴烧。”林咏、江海带头大笑起来。

晚点名，江海讲话：“从今天的篮球比赛可以看出，我们全艇同志对篮球运动特点规律的认识又提高了，对篮球比赛与人的素质的关系认识又提高了。篮球比赛不仅锻炼身体，还陶冶情操；不仅增强体质，还升华精神。体育也是文化，文化熏陶人，使我们在欢乐中受到启发，在享受中得到提高。按照计划，明后两天，团支部和军人委员会要组织象棋、围棋、乒乓球、羽毛球和台球比赛，就是要大家在更多的体育文化领域享受快乐，学习知识，认识事物，加强修养，提高素质。”江海举例子说：“聂文胜同志打篮球要跑位，干帆缆也要跑位，打篮球要配合，撇缆绳也要配合，思维方式是相通的。用形式逻辑直言三段论推理的话，可以说：

基本素质的提高有利于战斗力的提高，体育活动有利于基本素质的提高，所以，体育活动有利于战斗力的提高。”

回家的路上，江海收到海婴转发刘唱的短信：“你们是一条道上的人，我不担心你了。”回到家后，海婴把泡好的茶端到江海面前，然后坐到了江海身旁。江海笑着说：“姨妈讲课时说过几个‘去了’，现在成了营区里的口头禅了——大去了，美去了，厉害去了……”海婴说：“她喜欢引进外地方言。这是你们北方人的话。”江海点点头，问海婴：“‘一条道上的人’是什么意思？”海婴看着江海的眼睛，说：“志同道合呗！”江海说：“是啊，我的任务就是让全艇官兵都成为自觉的‘志同道合’者。”海婴说：“那和咱们的关系不一样。”江海问：“哪儿不一样？”海婴想了想，说：“你和战友共事是一阵子，而咱们是一辈子。”江海问：“还有呢？”海婴刚要想，江海催了起来：“快说！快说！”海婴笑了笑，说：“不和你说了。”江海笑了笑，拉起海婴的一只手，看着海婴的眼睛，问：“明天艇上组织乒乓球赛，去露一手？”海婴说：“都多久没摸球拍了！球都不一定会发了，我可不去出那个洋相。”江海说：“抽空陪你练练，我也很久没打了。”海婴没说话，笑眯眯地看着江海。江海马上说：“对不起，这几天太忙，一直没陪你。”海婴说：“过去，爸爸妈妈和姨妈都反复提醒过，这几天崔嫂又‘开导’过，没问题！”江海把海婴抱到自己的腿上，轻轻地问道：“对来南石湾的决定后悔吗？”海婴看着江海的眼睛，轻轻地摇了摇头，说：“知识学习到极致，潜能发挥到极致，生命书写到极致。”江海补充说：“爱情发展到极致。”海婴又轻轻地摇了摇头，说：“不！我们的爱情只有发展，没有极致！”江海紧闭着嘴，点了点头，深情地看着海婴，一直看到双眼湿润……

第十九章　婚恋讨论女士助阵 班子学习重点法规

5月4日晚饭后，水兵凉亭，“恋爱婚姻大家谈”开始。主持人江海说：“我们都是青年人，所以本次活动安排在青年节进行；为了参加的人数多一些，安排在了晚上；为了把话题谈深谈透，专门邀请了三位女士参加。”接着，江海把卫生队女医生兰若及崔文惠、海婴介绍给了大家，还介绍了娇娇。大家以非常热烈的掌声表示欢迎。江海说：“恋爱婚姻是人人都要遇到的事，却不是人人都能处理好的事。恋爱婚姻与我们的人生观和事业、工作及生活，关系都非常紧密，所以是人生大事。处理好个人的恋爱婚姻问题，是做一个优秀人、优秀军人和优秀党员、优秀团员素质中应有之义。”江海讲完开场白，请大家发言。

沉静了一会儿，叶崇林举手示意，要求发言。他说：“来了三位女同胞和一位小朋友，大家都不敢发言了，我来扔块砖！”大家给了掌声。叶崇林说：“处理好恋爱婚姻问题，就是提高战斗力。”一阵哄堂大笑。叶崇林说：“你们一笑，我就放心了，说明有不少同志的认识达不到我的水平，我这块‘砖’是有价值的。”林咏大声说：“说具体点！”叶崇林说：“处理好恋爱婚姻问题，就会提高素质，就增加了一个前进动力源，怎么会不提高战斗力呢！”一些同志又给了他掌声。叶崇林说：“恋爱婚姻问题，要说的太多了，今天大会的时间都交给我，我也能打发得了。但是，真正关键的，就是八个字：‘情况相当，将心比心。’找对象要找情况相当的。两个人情况不‘相当’，也有幸福的，但一般来说，情况相当牢靠些。夫妻不和谐的时候，往往是缺乏将心比心的时候。这八个字是我婚姻成功的秘诀，今天奉献出来，与同志们分享。”

林咏插话：“据我所知，叶副书记夫妻有两种情况下不争吵：一是不在一起的时候，二是睡着的时候。”叶崇林马上说：“错！不在一起的时候，电话上也吵，睡着了梦里还吵呢！”叶崇林绘声绘色地说：“有一天晚上，她睡了，我一个人在看电视，享受着清静的感觉，不料，她在梦中数落起我来，我又生气，又好笑，心想：她到梦外面‘串门儿’来了，得逗逗她。她喃喃地说：‘叶崇林，你真不识好歹。’我小声问：‘我怎么不识好歹了？’她说：‘你老是气我。’我说：‘没有啊，我是逗你玩呢！’她‘扑哧’一声笑了，说：‘也就是我了，没人要你。’我说：‘你也别要我了，让我走吧。’她停了半天，没说话。我又说：‘房竹女士，多保重，我走了——再见！’她突然翻了个身，醒了，嘴里还叫着：‘叶崇林，你给我回来！’”一阵笑声后，林咏说：“为什么他们越争吵感情越深呢？现在我弄清了，就是叶副书记说的八个字。不过，要说‘情况相当’呢，叶副书记恐怕沾光了点；要说‘将心比心’呢，叶副书记可能更突出一些。”笑声中，叶崇林一边坐下，一边说：“谢谢艇长，谢谢大家！”

过了一会儿，无人发言，钟伟诚“救场”，问叶崇林：“知道为什么冷场吗？你说抛砖，结果是玉，抛错了，所以引不出玉来，只能引出我这块砖。”一阵轻松的笑声后，钟伟诚说：“叶班长的‘情况相当论’显然是谬论，看在他第一个发言的分上，我就不批判他了。”叶崇林喊到：“咱们私下再切磋吧！”钟伟诚说：“成功婚姻，是成功人生的重要组成部分。找对象，一定要有发展的眼光，像我们教导员，当初找的对象是个学生，现在呢？教师！将来呢？教育家！”江海和海婴都笑了。钟伟诚说：“现实是一面镜子：今天瘦的，明天可能胖了；今天穷的，明天可能富了；今天收入高的，明天可能被关了；今天百依百顺的，明天可能格格不入了。‘鲜花插在牛粪上，也有长得挺好的；青梅竹马，也有分道扬镳的。’用发展的眼光看，成功婚姻的关键在哪里呢？至少有两条是不能少的：一是有责任心，知责尽责；二是有上进心，正路向前。”一阵掌声后，钟伟诚说：“叶班长是抛‘玉’引‘砖’，我才是抛砖引玉。”叶崇林大声说：“你是抛‘玉’引‘玉’。”

突然，雷达班陶艺大声说：“我们这些当水兵的，整年见不到女孩子，只能和月亮谈，跟星星谈！”周学正说：“小陶净说窝囊话，人家在火车上见一面就谈上了，关键看你是不是磁体，磁场够不够大，磁力够不够强，磁极对得准不准。”崔文惠马上问周学正：“译电员谈好对象了吗？”周学正说：“我磁力绝对强，但磁极总对不准，所以，现在还不知道对象出生不出生呢。”苗苗喊道：“不出生了，自恋吧！”一阵笑声响起。

江海说：“请兰医生指导指导吧。”兰若说：“你们谈起来有理论有实践，哇啦哇啦的，我还是老老实实听吧。”江海大声说：“掌声！”热烈的掌声后，兰若说：“我快四十了，算是走过来的人了，给弟弟们提几条建议吧：一是有机会别错过；二是不合适别强求；三是着眼一辈子；四是细心些，耐心些，不能太‘兵’。”一阵掌声后，兰若补充道：“可能的话，最好别找同行。我们两口子都是医生，你懂的我也懂，我不懂的你也不懂，形不成互补，感觉不到对方的价值，商量少，争吵多。”胡子君说：“兰医生谦虚了，你和孙队长出门都是拉着手的，进门还不知道怎么热乎呢！”钟伟诚接着问兰医生：“你认为男人需要注意些什么？”兰若说：“别的我不管，起码是不要啰嗦，一天到晚絮絮叨叨，比娘儿们还娘儿们。医界有个话叫‘日出千言，不损自伤’。这是生理上的‘伤’。换个角度看，不停地叨叨，就算言多‘不’失，也会积久‘烦’（弊）生。”钟伟诚说：“不交流也不行啊。”兰若说：“高层次的交流是心理交流，中层次的交流是肢体神色交流，低层次的交流是语言交流，要三种交流合理搭配，不能死靠一张嘴。”钟伟诚问：“这么说，我们在这里讨论，是低层次交流了？”兰若笑了笑，说：“三种层次的交流中，又各有高中低。”掌声笑声都有。

江海请崔文惠“指导”。崔文惠说：“论道理，大家都比我懂得多。但是，作为一个女人，我建议大家恋爱也好，婚后生活也好，都要多多理解和体谅女人。男人娶的是一个人，而女人嫁的是一个家。女人不容易，军人的女人更不容易，她们同样有工作上的压力，要处理与领导和同事的关系，要生养孩子，还要处理好与父母的关系，与公婆的关系，与两头兄弟姐妹的关系，与两头亲戚朋友的关系。两地分居的军人家属必须是铁人，因为和她在一起的不是老就是小，一旦有了伤病，那可真叫难啊！你们是水兵，要有大海般的胸怀，对自己的对象、妻子，要理解，要海涵。女人不是木头，也不是石头，有血有肉有情感，她们会以大局为重，很好地撑起半边天的。”江海说：“工作生活，日夜忙活。血亲姻亲，磨嘴累心。”说完带头鼓掌，掌声非常热烈。

江海意外地发现肖志海举起了手，马上请他发言。肖志海说：“和饭菜一样，家庭生活也是各种滋味都有的，真心结合了，就要能接受各种滋味，就要会享受各种滋味。不瞒大家说，我有时还会故意制造点小‘误会’、小‘别扭’，然后再享受解决‘误会’和‘别扭’的过程。”苗苗带头，大家“嗷”了一声。肖志海笑了笑，说：“我有一条：对她该关心的时候一定关心，该照顾的地方一定照顾，有实实在在的责任心。”掌声中，苗苗喊道：“肖班长真行，没想到啊！”肖志海说：“去去去，谈你自己的。”苗苗说：“我和夏研秋同志说好了，我的发言时间让给他，请他多谈谈。”江海说：“好，那我们就欢迎夏研秋同志发言。”

夏研秋慢慢地站起来，说：“苗苗是乱讲，我今天没有准备发言。”停了一下，夏研秋正式发言：“我的情况，大家已经知道了。不过，我不认为是我的失败，除了钱少一点，不能天天牵手逛公园外，我哪一点也不比别人差。她的价值取向变了，是她失败了。在领导和同志们的帮助下，我由愤怒到平静，长了很多知识。我不仅没失败，还提高了。教导员说：‘一挫一折、一步一鬼，是没有前途的。’我明白了，就决不再糊涂，站起来了，就决不再倒下去。”苗苗“嗷”了一声，带头鼓起掌来。

就着夏研秋的话题，康晓义、舱段班班长金心等发了言。辛乐忽然说：“建议海老师谈谈怎样才能处理好恋爱婚姻问题！”掌声响起，江海请海婴发言。

海婴站起来，说：“中国人常说清官难断家务事，恋爱婚姻中的事就更难断了，这个问题中的情、理、法都太饱满了。喜欢不等于爱，爱不等于恋爱，恋爱也不等于婚姻。爱，这个汉字的内涵和外延都很广，理论性实践性都很强，意会好像还可以，言传就比较难了。把‘爱’字掰开揉碎，里面是什么呢？喜欢、喜爱、爱慕，以及进而产生的情，还有甘愿付出，这些恐怕是主要的。人们常说爱美之心，人皆有之。其实，爱‘才’之心、爱‘德’之心，同样人皆有之。如果说‘美’可以使人‘一见钟情’的话，‘才’，尤其是‘德’，则可以使爱情‘可持续发展’。”一阵扎实而响亮的掌声。

辛乐说：“花刚栽下的时候，自己天天浇水；花成活了，浇水次数渐渐就少了。听了大家的发言，我觉得对爱情要开源节流。爱情时刻都会‘消耗’的，不光是吵嘴、怄气，一会丢东西了，一会崴脚了，一会和街邻吵架了，等等，都会‘消耗’爱情的，撒娇‘耗电量’就更大了。所以要开源，不光是关心、爱护，还要锻炼身体，加强修养，提高处事能力，提高技能，有所作为，等等。”辛乐发言时间很短，但获得的掌声时间很长。辛乐一下来劲了，站起来又讲了一通：“古人说：‘终身让路，不枉百步。’何况对自己家人呢！有的同志认为，对老婆颐指气使，召之即来，挥之即去，那才叫够丈夫，殊不知，那是一种无知、一种自私、一种残酷。老婆是自己找的，有多大问题？简而言之，不能过了，那又怎么样？好聚好散嘛！”再次获得掌声后，辛乐坐了下来，满足感洒在脸上。

又有几个同志发言后，江海请林咏讲话。林咏说：“我就一句话——596的同志们在情场上，在家庭中，都要有男子汉风度，都要有军人风度，都要有水兵风度！”

江海带头鼓掌后，对崔文惠说：“艇长代表水兵们表态了，嫂子的思想将化为596艇官兵们的行动。”崔文惠笑了。江海说：“想法同、似、异，交流益、益、益。交流才能提高，交流就能提高。我相信，通过今晚的‘大家谈’，大家对恋爱婚姻的认识都会得到提高。作为军人，作为新时代的青年，我们对生活都要抱着积极的态度。恋爱人人会，情况各不同。谈恋爱谈什么，怎么谈？我认为最重要的是在生活目标上磨合，在性格和思想方法上磨合，围绕双方才智发挥最大化磨合，围绕家庭幸福指数提高磨合。爱，一定要有载体，一定会有渠道，主要表现在互相尊重、互相关心、互相学习、互相帮助、互相体谅、互相照顾上。叶崇林同志那支‘队伍’之所以打不垮，拖不烂，就是因为有共同的理想和目标，有真诚的相互理解和关爱。”掌声响起来时，大家也都冲着叶崇林笑了起来。

节日期间五项比赛，热热闹闹。三项球赛在俱乐部进行，两项棋赛在艇上进行。结果：象棋冠军江海、围棋冠军柳风、乒乓球冠军何其明、羽毛球冠军苗苗、台球冠军聂文胜。大家没有预料到江海能获得象棋冠军，但对其他项目的比赛结果则不感到意外。

吃晚饭时，干部们在会议室议论比赛情况。林咏说：“我以为聂文胜只能当‘四大天王’呢，没想到他也能当‘五大艇王’。”苗苗说：“他以前没心思工作，经常一个人汗流浃背地折腾台球，简直是活着干，死了算。我要有他一半时间，肯定比他强。”江海说：“打台球可以修性、会友、怡情，对他有好处。”胡子君说：“很多同志建议搞些体能比赛，我们计划国庆节的时候搞举炮弹、扳手腕。”林咏说：“很好，还可以加上俯卧撑和仰卧起坐。”江海说：“干脆加上跳绳，凑够十项，元旦春节期间，搞个小型运动会，选出596艇十大艇王。”胡子君说：“没有计划不行，要做个计划，具体一些。”柳风笑了笑，说：“话又说回来了，计划太死了也不行。咱们原计划‘五一’只比赛象棋和乒乓球呢！”林咏说：“正常。计划赶不上变化嘛！”江海说：“所以话还得说回去：正因为会有变化，才要更好地计划。计划要预见变化，适应变化，达到优化。”林咏“嗯”了一声，说：“理要说圆，事要做方，教导员把这个道理说圆了。”

5月6日下午，艇会议室，党支部委员会研究制订年度理论学习计划。江海说：“大家手中的理论学习计划草案已经过比较充分的酝酿了，今天再认真研究一下，把它定下来。已经是5月份了，得抓紧。”

林咏首先发言：“书记建议今年的理论学习内容以法规为主，我越想越赞成。为什么赞成呢？简单说，一是重要。《党章》《政工条例》和《宪法》《刑法》《婚姻法》《现役军官法》《国防法》《兵役法》《国防教育法》，等等，都是治党治国治军最重要的法规，不仅是行为遵则，而且是政治建设和思想建设的重要教材。二是我们需要。我们都是军队干部和党支部领导成员，但对计划草案中的学习内容知道得太少了，工作上生活上都很容易出错，这其实是非常严重的问题。”柳风说：“是啊，不知法，不懂法，守法都很难了，还要执法，不犯错误才怪呢。”钟伟诚说：“起草计划中，我浏览了一些法律篇章后，觉得这些内容早就该学习了。”

大家都发言同意计划草案后，江海说：“我国的法律，我党的党规，都是文明进步的标志和符号，都有个庞大的体系，而《宪法》是法律体系的母法，所有法律法规都是对《宪法》的展开和贯彻；《党章》是党内法规的母法，所有党纪党规都是对《党章》的展开和贯彻。所以，我们要舍得下功夫，首先把《宪法》和《党章》学习好。学好法律和党规，才能明明白白做公民，明明白白做党员，明明白白当干部，才能以己昭昭，使人昭昭。”

第二十章　迎双考竞相亮思想
突访中江海受表扬

水兵凉亭，596 艇首次经常性思想工作“大家谈”如期进行。主持人柳风说：“本月，我们艇要相继完成科目训练考核和副长独操考核，这不仅是年度训练任务的重头戏，也是 596 艇收官战的开始。对于这样的任务，大家说应该不应该高度重视？”“应该！”大家齐声回答。柳风接着说：“那么，我们的准备工作情况究竟怎么样了呢，请大——家——谈！”柳风话音一落，大家纷纷举手示意，要求发言。柳风说：“这第一炮，既要考虑到官，也得考虑到兵，那就选个又官又兵的人物——水中天！”

掌声中，水中天站起来，不慌不忙地说：“我先表扬一下主持人，柳书记水平就是高，第一炮不给前主炮给谁呀！”水中天正文还没开始，就获得了一次掌声。水中天继续锻炼幽默能力，说：“对两项任务准备好了没有呢，从我们部门党团小组上午讨论的情况看，可以得出两个结论：第一，准备好了；第二，没有准备好。”笑声中，苗苗小声说：“水班长从水里冒出来了。”康晓义用脚轻轻地碰了一下苗苗的屁股，示意他专心听。水中天继续发言：“说准备好了，那是讨论前的想法；说没准备好，那是讨论后的结论。原来，我们总觉得全班每个同志都有打实弹的经验，加之今年以来训练抓得紧，练得狠，肯定会有不错的成绩。有的同志早就盼考核了，这种盼，有种早搞早了的意味。经过冷静的思考、分析和讨论，大家觉得其实问题不少，有点后怕——风浪大了怎么办，阳光强了怎么办，惠中同志不回来怎么办，首发不中怎么办，出现故障怎么办，都缺乏深入的研究和充分的演练。”

没等掌声结束，没等柳风发话，许多同志已经举手了。柳风说：“水班长不愧‘水中天’三个字，发言既有高度，又有深度，首发中的。下面，请电工班石松泉同志扩大战果。”石松泉说：“两项任务准备好了吗？

我的看法是没有。教导员上午参加我们组讨论时，要求我们多想想准备工作还缺什么，从我的本职工作范围看，起码是缺预案，缺配件，缺演练。虽然也有一点配件，但多是用不着的，用得着的少，甚至无，必须再自制一些。有两处管线已经严重老化，不必等出了故障再修，而应该早点更换。平时，有一点小故障，就部门总动员，掩盖了一些矛盾，考核时，你忙，我也忙，怎么办？一件工具，你用，我也要用，怎么办……”柳风说：“看来，今天的科目是火炮齐射了，目标就是‘准备好了’四个字，靶心是个‘了’字。刚才，小石对‘了’字打了一发冷炮，稳、准、狠。”

接着，雷达班的同志谈了快速发现目标、连续跟踪目标能力不强的问题，声纳班一位新战士谈了心理素质不过硬，气氛一紧张就心慌的问题。聂文胜第一次举手就被柳风点到了。他说：“副长独操考核，考的是副长的眼和嘴、艇员的手和腿。副长的口令要正确，大家对配合的要求要明确，执行口令要准确，瞄准计算要精确。副长的视野要开阔，要有必要的提示和预告。艇领导对驾驶台和甲板上人员的管理要严格，以免相互干扰。全艇性操作和指挥紧张时，不要有给领导添茶倒水等服务活动。”苗苗狠狠瞪了聂文胜一眼，‘哼’了一声，拒绝鼓掌。

柳风说:“请机电长发言。”掌声响了，辛乐摆摆手，说:“我没举手啊？”柳风说：“手向下‘举’的也算。”辛乐说：“你这主持人，人家举手时，你不点，人家不举了，你反而又点。”柳风说：“举一次手，有效期三个小时。”在愉快的气氛中，辛乐发了言。又有几个同志发言后，柳风说:“我点辛机电长发言的时候，他说没举手，不应该点，现在，我点个没举手的更大的官，看辛机电长还有什么话说。”大家一下都把脖子挺了起来，往艇领导那里看。柳风说：“欢迎艇长讲话！”

掌声中，林咏站了起来，说：“辛机电长没举手，谈得也蛮好的，下次要点几个没举手的。”一阵笑声后，林咏说：“我特别喜欢看排球比赛，在听大家发言的时候，我头脑中一直浮现着两种排球教练。一种教练在指挥比赛时比运动员还累，活受罪，随便抓一把成语扔到他们身上，肯定掉不下来。”林咏从左手开始，说一个成语，伸一根指头：“心急如焚、面红耳赤、挥汗如雨、如坐针毡、捶胸顿足、抓耳挠腮、提心吊胆、洋相百出，等等。暂停指导时呢，吹胡瞪眼、疾言厉色、指天画地、声嘶力竭、暴跳如雷、劈头盖脑、喋喋不休、不知所云。”林咏话锋一转，说：“另一种教练呢？”林咏又数起了指头：“大才槃槃、神色自若，稳如泰山、洞若观火，成竹在胸、指挥若定；暂停指导，先听队员意见，然后，三言两语即如醍醐灌顶，接着便是三军用命、奋勇拼搏、众志成城。”林咏停了停，说：“为什么会这样呢？我认为，重要原因之一是后一种教练重视运动员全面素质的提高，不仅重专业，而且重思想；不仅重个体，而且重团体；不仅体能好，而且心理好；不仅有技术，而且懂战术；不仅讲拼搏，而且重保护；不仅严自身，而且识大局。他们的运动员都是当教练的好苗子。”说到这里，林咏摇了摇头，说：“惭愧呀，我这个艇长就有点像前面那一种教练，顺境时飘然欲仙，逆境时坐立不安，出问题唯部下是问，批评人劈头盖脸。咱们首次‘大家谈’，我最大的收获是进一步认清了领导工作的实质，进一步认清了领导强与集体强的关系，进一步认清了向被领导者学习的重要性和必要性，进一步认清了我们艇战斗力生成和提高的途径和巨大潜力……”林咏讲完后，柳风说：“艇长用一个比方，谈了自己的体会，也把我们从激动带到了冷静，从奋勇攻坚阶段带到了清理战利品阶段。现在，欢迎教导员做‘战斗’总结！”

江海站起来，笑了笑，说：“艇长的讲话，带我们占领了一个新高地。炮是大家放的，仗是大家打的，总结也要大家来做。我作个发言，和大家交流，供大家参考。”江海说：“今天，我们实际上是对前段训练工作做了个集体总结。就一项工作的过程来讲，总结就是收获，总结阶段就是收获季节。有了过程，没有总结，那是莫大的浪费和不智，就像耕了田，播了种，浇了水，锄了草，但不收割一样。我们同样出一次海，收获一样吗？不一样！同样看一个节目，收获一样吗？不一样！同样打一场球，收获一样吗？不一样！为什么呢？对总结的重视程度不一样，总结的能力不一样。工作要高标准，总结也要高标准。我认为，高标准总结，就是要上升到世界观、人生观，上升到思想方法和思维方式。”江海说：“理论在很大程度上是对规律的认识、分析和表述，实践者最需要理论，也最有资格讲理论。今天同志们的发言，不少就是理论。我们对科目训练考核和副长独操考核工做准备情况做了反思，大家举了很多例子，说明准备工作还很不够。为什么原来认为够呢？有个思想标准和工作标准问题，这就联上了世界观和人生观；有个片面性、表面化问题，这就联上了思想方法和思维方式。端正世界观、人生观，改进思想方法和思维方式，就是要像今天的‘大家谈’一样，点滴做起。”江海说：“我们这次‘大家谈’活动共四个阶段。第一，选择话题；第二，学习准备；第三，发言交流；第四，共同实践。现在，我们已经很好地完成了前三步，下一步，就是要体现在训练的实践中。大家说对不对？”“对！”大家齐声回答。

接下来的两天，各部门的训练不但紧张，且更有序了，不仅流汗，且更动脑了，形成了一种无言的竞赛局面。林咏表扬了好几个人，但没批评一个人，这是很少有的。

一家三口吃完晚饭，林咏开始刷锅洗碗，崔文惠边擦桌子边说：“海老师光那双乌黑的长眉和明亮的眼睛就够看的了，还有着一口洁白的牙齿，真让人羡慕。”林咏说：“人家是大家风范，别老拿五官肤色说事。”

伴着一声明显是报信儿的咳嗽声，胡子君进来了。没等胡子君坐下，林咏就说：“首长机关对我们的期望值很高，打个一般，就是失败啊！”胡子君说：“惠中从复习班回来后，老钟信心更足了，我反复看了，也是有信心的。”林咏对娇娇说：“快去看看江叔叔、海阿姨吃完饭了没有。”娇娇应了一声，就跑出去了。一会儿，娇娇跑了回来，向爸爸报告：“江叔叔在洗碗，海阿姨在擦桌子。”崔文惠准备给胡子君泡茶，胡子君说：“不用了，一会喝教导员家的茶，海老师快要走了，我和艇长约好去坐坐。”崔文惠说：“这几天，她没事就跑过来坐，我们很聊得来，我都舍不得她走了。”娇娇说：“我也舍不得海阿姨走。”林咏说：“那好，咱们一起去看看江叔叔和海阿姨。”

四个人来到江海家刚坐下，苗苗来了。苗苗一边帮海婴泡茶，一边笑嘻嘻的。江海问苗苗：“傻笑什么呀？”苗苗看了看大家，说：“刚才在路上碰见聂文胜，轰了他一炮。”江海问：“什么炮？”苗苗又笑了笑，说：“我对他说，我们艇当务之急是艇员要减肥，以减轻艇的压力，提高艇的速度。”江海和林咏哈哈大笑。胡子君问苗苗：“他没反击？”苗苗说：“肯定要说话了。”林咏问：“说什么了？”苗苗说：“他说我除了苗还是苗，永远长不大。”

大家正在笑的时候，常大队长、乔政委和古主任突然进来了。大家赶紧让座，上茶。崔文惠看到坐得太挤，拉着娇娇说：“我先回去了，还没刷锅呢！”常大队长说：“把福建乌龙茶准备好，我们抽空再去喝两泡。”崔文惠说：“没问题，欢迎首长们！”说完，带着娇娇出去了，海婴送到了门外。林咏和胡子君怕首长们有事，也想走，被常大队长和乔政委留住了。

乔政委问海婴：“你觉得这个地方怎么样，办小学行吗？”海婴说：“我觉得可以。”常大队长接着问道：“目前的关键是什么？”海婴看了看江海，答道：“我们两个聊过，认为关键是教学的质量和首长们的决心。”常大队长和乔政委都笑了。常大队长说：“咱们思想高度契合啊！可以肯定地告诉你，领导的决心没有问题。”海婴说：“我和俱乐部的两位同志研讨了初小一至三年级的教材，三个人都很有信心。他们每人备了一节语文和一节数学课，我看挺好的，特别是方远，挺有教学天赋的。”古主任说：“你多给他们指点指点，让他们尽快熟悉教材，进入角色。”海婴说：“我们多次讨论过，想到的都说了。”古主任看看江海，笑了笑，问：“你夫人要不要‘感冒’几天？”江海笑着说：“不用，不用，她们领导已经多给他几天假了，况且很快就放暑假了。”乔政委看了看迷惑不解的海婴，说：“古主任是开玩笑，意思是你要不要多住几天，部队可以证明你‘感冒’了。”常大队长也说：“我们部队个别同志探亲休假，总是在假期满后要求续几天假，说是‘感冒’了。”海婴一直无声地笑着。

常大队长看到林咏和胡子君一直在嘀嘀咕咕，就问他们搞什么名堂。林咏指着桌上的《辞海》，笑着问江海：“这是怎么回事？”江海说：“惠中去水警区高考复习班学习，我把我那本《辞海》送给他了，海婴又给我带来一本。”林咏指着扉页上的“NN”和“YY”，问：“这是英文缩写吗？”江海说：“汉语拼音——都是中国人嘛！”林咏又问：“那是什么意思呢？”江海和海婴都笑了，江海摆摆手，说：“没什么。”常大队长接过《辞海》看了看，对林咏说：“夫妻比搭档亲近多了，你以为你是谁呀？”江海看了看海婴，说：“首长用这种方式指示了，我说，我说。”海婴给大家一一添了茶水后，江海说：“大家都看到了，海婴话很少，谈恋爱的时候就更少了。刘唱教授曾取笑我们，说我们两个人交谈，如果录像，那是正常人与正常人的交谈；如果录音，那是正常人与哑巴的交谈。”海婴笑眯眯地看着江海，大大方方的。江海说：“第一次给她发短信时，我想了很久，最后决定称呼她‘哑哑’，哑巴的哑。过了很久，她回短信，称呼我‘南南’，用她后来的话说，是在南业认识南海舰队的我的意思。前不久，她决定来部队教学，我很激动，发短信时，改称她‘雅雅’，意为超凡脱俗，大美至雅。没想到她很快回短信，称我为‘男男’。”常大队长问海婴：“‘男男’含义是什么？”海婴笑了笑，说：“男中男。”古主任接着问海婴：“你的意思是夸江教导员是男中男，还是希望他做男中男？”海婴说：“都有。”常大队长说：“加上南石湾，就三个‘南’喽！”大家都笑了。乔政委指着《辞海》问江海：“还有呢？”江海说：“后来，她认为原来的称呼是历史了，有感情，想恢复，我觉得新称呼是有发展，有激励作用，于是，她想了这个办法，用字母，还必须是大写的。”古主任指着《辞海》扉页问海婴：“怎么上面一个‘NN——’，下面一个‘——YY’就完了，中间怎么没字呀？”海婴笑眯眯地说：“不用写什么了。”林咏和胡子君对视了一下，笑了笑，又装作没事的样子。林咏对首长们说：“艇上没领导，子君先回去吧？”常大队长一挥手，做了个放行动作。胡子君敬了礼，出去了。

乔政委说：“海婴同志是处理分歧意见的高手啊！”海婴微笑了一下。常大队长说：“你们的夫妻关系处得好，往后也好处。那种一天到晚盯着眼前地儿，想着自个事儿，走圈圈儿，绕弯弯儿，猜心思儿，斗心力儿的人，我老人家是高低看不惯，处不来。”古主任说：“您老人家干哪一级都是主官，一把手，习惯于想大事，抓大事，直言正论，一锤定音。”江海笑了笑，说：“也有当副职的时候。”常大队长眼一瞪，说：“我有过副舰长命令，但干的是教练室主任的活儿！”江海说：“我说的是每次回家后到离家前。”大家都笑起来了。常大队长笑完后，指着江海说：“你根本不懂，那是我老人家的方法。那也是一种享受，你小子到不了那种境界。”常大队长转过头问海婴：“我说的对不对呀？”海婴微笑着，没回答。江海说：“男子汉的另一面——我服！”常大队长说：“哦，刚才不小心又叫江海‘小子’了，都‘而立’之年的正营军官了，不能再叫了。”乔政委笑着说：“今天的聚会，就是江海同志的成年礼喽！”大家都笑了。

乔政委换了个话题，指着江海和林咏问海婴：“你觉得他们关系怎么样？”海婴说：“我觉得他们艇上的干部队伍像一根水泥杆，他俩就像其中最粗的两根钢筋。”说完，又补充了一句：“崔嫂也有这种感觉。”常大队长问林咏：“去年你们艇乱的那一阵儿，我问你原因，你说是政工干部太‘忙’了，‘教育’太多了。现在呢？”林咏说：“现在反过来了。如果讲官运的话，我的官运就是遇上了江教导员。”江海说：“其实，我们艇长……”

没等江海再说，常大队长就给截断了：“好多人说我不会表扬人，今天，我要当着政委、主任、林艇长和你爱人的面，狠狠表扬你一顿。”江海笑着挠了挠头。常大队长说：“你在导弹保障中队当指导员的时候，单位后进变先进，大家都在夸，我没看那么重，那个单位太落后了，钟摆效应，你才一抓一个成果的。在观通站当教导员，那是人家出大事了，你一上任就搞整顿，像治好了一个伤员，其实并不难。你到596，这回的确可以，要报废的艇了，你们有板有眼，步步踏成坑，很多方面成了榜样，不仅给其他猎潜艇造成了压力，而且给导护艇造成了压力。我和政委很感谢你们。”乔政委说：“大队首长都充分肯定你们。”常大队长说：“但是……”没等常大队长往下说，江海就插了话：“我一直在等‘但是’呢！”常大队长指了指江海，笑着说：“你小——晓得就好。”古主任笑着说：“这个急转弯真漂亮，功夫啊！”大家都笑了。常大队长又一本正经地说：“我觉得，带一个单位搞建设，就像带一帮人推车上山，往上走，步步难，但一撒手，马上就完了。听批评多了不怕，听赞扬多了危险。要把存在的问题看清楚，抓死，死抓。看不见问题，就离滑坡不远了。”林咏、江海连连点头。乔政委说：“你们提出的‘超越’两个字，是新境界、高境界，全大队都要‘超越’。你们善于不失时机地提出工作目标，这很好。对于一个人来说，目标产生动力；对于一个单位来说，目标不仅产生动力，而且产生凝聚力。”

停了停，乔政委对海婴说：“海婴同志，对不起喽，我们开起会来了。”海婴说：“我也要受教育啊！”说完，起身给大家倒起茶来。古主任对江海说："你去广州送海老师时，顺便把教科书买回来。"江海说："我们说好了，她搭车队的便车到水警区，再乘长途车去广州，快考核了，我就不去了。"乔政委说："要去。趁海婴同志在，把书买好，尽早备课，不管是不是笨鸟，咱们先飞起来再说。"江海说："是，谢谢首长！"

晚点名，江海在宣读了大队团委关于表彰先进团组织、先进团干部和优秀团员的通报，及艇团支部关于表彰优秀团员的决定后，说："中国共产主义青年团是中国共产党领导的先进青年的群众组织，是广大青年在实践中学习中国特色社会主义和共产主义的学校，是中国共产党的助手和后备军。中国共产主义青年团在中国人民解放军中的组织，是中国共产党领导的军队中先进青年的群众组织。《中国人民解放军政治工作条例》和四总部颁发的《军队基层建设纲要》，都对共青团工作做了专门论述和强调。我们艇能有今天的局面，团支部委员会和全体团员功不可没。希望受到表彰的同志戒骄戒躁，争取新的成绩和进步。希望其他同志向受表彰的同志学习，团支部向兄弟团支部学习，使我们团员队伍的素质不断提高，使我们团支部的建设不断加强。"

接着，江海对导护艇专业学习提出了"认真听讲，独立作业，不懂就问，复习预习，联系实际"的要求。林咏大声说："教导员把我们前段时间学习的经验做了精准的概括，句句都很重要，大家要切实理解，努力做到。我们自主掌握的时间多，'复习预习'要成为常态，各部门一定要抓实这个环节。"

第二十一章　机场别海婴说脆弱
科目考后炮立践诺

江海和海婴一早吃了饭，锅碗都没来得及洗，把房门钥匙扔给苗苗就出发了。林咏一家三口送他们上车时，海婴亲了娇娇，又和崔文惠拥抱了许久。司机还是和上。路上，江海和海婴坐在后面，都显出了疲劳状。车跑了很久，两个人都没说话。已经昏昏沉沉的海婴突然收到了信息，一看，“NN”发的：“两个月来，我有机会就学做菜烧汤，为的是让你多享一点口福。但这阵子瞎忙，没做到，很愧疚。”海婴看完，往车窗外望了很久，回了一条长长的信息：“照顾丈夫饮食穿戴，是妻子责任的 ABC。从恋爱到现在，我压力最大的不是工作，而是不会做饭。这次在部队，很多次做菜烧汤，都是爸妈电话指导的，指导中，爸爸的笑声和妈妈的哭声，我到死都听得见。”江海看完信息，赶紧将头左转，久久地望着窗外。其实，他什么也望不见，因为眼眶中充满了泪水。江海和海婴认识不久就喜欢近距离互发短信，无论是在家里还是在外面，无论旁边有人还是没人。过了很久，江海巧妙地擦了一下眼泪，又给海婴发了一条短信：“靠着我睡会儿吧，宝贝儿！”海婴看了短信，闭上了眼睛。过了一会儿，江海将屁股向右移了一下。又过了一会儿，海婴的头靠在了江海的右臂上。为了让海婴休息好，江海不时地微调着自己的姿势。

车到广州后，直接开往新华书店。由于有了上次买书的经验，他们很快就买好了教材，然后直奔机场。到了机场，江海趁和上到后备箱取行李的机会，使劲拥抱了海婴。取好票，办好登机牌，两人和和上又来到了送刘唱时吃饭的餐馆。江海点了很多菜，但海婴不想吃，连做象征性的动作都很难。见此状况，和上很快地吃完饭，借故离开了。海婴眼泪汪汪地看着江海，江海不停地用纸巾帮海婴擦眼泪，也不时地擦自己的眼泪。江海对海婴说：“不哭了宝贝儿，去洗洗脸吧。”

海婴离开后，江海下意识地喝了两口汤，吃了一点菜。过了好一阵子，江海收到了海婴的短信：“对不起NN，此刻是我最脆弱的时候。”江海马上回短信：“我们很快又会见面的，快回来宝贝儿，我想看着你！”又过了好一阵子，海婴回来了，眼里虽然没有泪水，但眼有点红肿了，给江海的感觉是她失声痛哭过。

为了调整情绪，海婴说：“放暑假后，我想先到山东看看老人，再来部队报到。”江海说：“算了吧，你一个人去，我不放心，农村条件不比城里。”海婴说：“我又不是没去过，挺好的。”停了一下，海婴又补充了一句：“除了厕所。”江海笑了，说：“农村是各干各的，短时间内很难有根本性改变。”海婴突然看着江海，指了指江海的手表。江海看了看自己的手表，站了起来，结了账，提起行李，送海婴去候机室。过安检前，两个人拥抱了很久，谁也没哭，谁也没说话。过了安检，海婴几次招手后才走了，江海则呆呆地站了很久很久。

上车后，江海收到海婴的短信：“你太累了，今天别回去了，在广州好好休息一下。”江海回道：“我已出发了。今天在这里肯定睡不着，回去会好点。”过了一会儿，江海又收到了海婴的短信：“要登机了。你们路上千万慢点。”江海赶快回复：“放心吧！一路平安，宝贝儿！”怕和上发困，江海坐在和上右边位置，和他聊天。看到江海老打哈欠，和上说：“教导员到后面睡会儿吧，我刚在车上睡了一会儿，不会困的。”于是，江海又坐到了后面，闭目养神，几分钟后，还真的睡着了。

一觉醒来，已经5点多了，江海赶紧掏出手机，一看，已有了海婴的短信：“爸妈已接到我了，放心吧！让司机走慢点，到部队后告诉我一下。”江海想了想，回短信：“好的。向二老问好，到家后好好休息，调整一下。”马上又收到海婴的短信：“嗯！”江海下意识地吻了一下手机屏，又拨通了苗苗的手机，说：“把我的卧具和洗漱用品放到艇上住舱。另外，给我和司机留饭，我们再过一个多小时到。”

快8点的时候，江海回到了艇上。林咏问道：“不是说好了明天回来吗，赶这么紧干什么？”江海笑了笑，说：“在外面睡不踏实，回来好。”说完，又给古主任打电话销了假。饭后，江海让苗苗和和上将买的教材放到了俱乐部，由方远保管。

晚点名，林咏讲话：“大队正式通知了，本月中下旬进行科目训练考核和副长独操考核。明天出海，是考核前最后一次实弹射击训练，再次提醒一下：考核怎么打，明天就怎么练，明天怎么练，考核就怎么打。”江海讲话：“再强调一点：一定要注重细节，从身体到心理，从技术到战术，从单兵到配合，从风浪到阳光，都要认真体验，细之又细，努力减少考核中出意外的概率。”

本来，海婴有一肚子的话要对江海说，但想到江海明天要出海训练，很快就被江海哄“睡”了。江海躺在床上，两手从上向后放在枕头上，后脑勺枕住，两眼直瞪瞪地望着舱顶，思绪如翻江倒海。他想了前一段的生活，想了海婴回家后可能的情况，想了办小学的前景，又想了科目训练考核，最后，细细地梳理起了明天出海训练的方方面面……

第一天的出海训练，上午 8 点离码头，下午 5 点靠码头，非常顺利。从离码头部署开始，就有一股战斗气氛，官兵的精神状态和艇上的秩序，都是从未有过的好。林咏关于怎么考核就怎么训练和江海关于抓细节的要求，成了部门长、班长和战士们的自觉行动。主炮、副炮和火箭深弹的成绩，都好于 598 艇和 599 艇。吃晚饭的时候，林咏问大家还有什么意见，钟伟诚说：“从今天情况看，就是聂胖子也难说什么了。”林咏一听，对苗苗说：“去把聂文胜叫来！”苗苗答声“是”，就出去了。

在后甲板，苗苗找到了正准备吃饭的聂文胜，表情严肃地对他说：“艇长、教导员叫你！”聂文胜问：“干什么？”苗苗说：“你自己做了什么不知道！”聂文胜大声说：“我做什么了！”恰好从旁边经过的康晓义听到后，拍了一下聂文胜的肩膀，说：“走，咱们一起去。”聂文胜看了看康晓义，跟着他到了会议室。聂文胜绷着脸，没叫“报告”，也没说话。林咏问聂文胜：“你对艇上的训练还有什么话说？”聂文胜迟疑了一下，说：“我没说什么呀！”江海说：“艇长问你对训练工作有什么意见建议。”聂文胜说：“我和班里的同志说过，科目训练考核和副长独操考核，午饭前后都是重要时段，但阳光强，人也疲劳，容易出问题，平时应多做相应的训练和研究。”林咏“哈哈”一笑，伸出右手拇指，说：“很好，我正式聘任你为训练顾问，希望你多提意见建议。

吃饭去吧！”聂文胜看了看康晓义，康晓义笑着说：“走吧，你那个冤家逗你呢！”康晓义把苗苗叫聂文胜的情况说了一遍，大家都笑了。聂文胜听明白后，也笑了，敬了个礼，出去了。林咏对江海说：“明后两天，午饭前全艇操演一小时。午饭后，枪水部门练习瞄准半小时，不叫口令，以免影响兄弟艇同志们休息。”江海说：“好，重点是强光下的训练和研讨。”部门长们也都认为有必要。

接下来，596 艇扎扎实实搞了两天港岸研讨式操演。

年度科目训练考核开始了。考核组组长为水警区司令部彭副参谋长，副组长为水警区司令部训练科黄科长和大队杨副大队长、丁参谋长，组员有水警区训练科贺参谋和姚参谋，及大队司副参谋长、凌参谋等。舰队司令部训练处南参谋到场监察。舰队和水警区的人员吃住在大队部。首日，全体人员参加了考核组统一组织的理论考试，胡子君还参加了副长独操理论考试。第二天，开始基础科目考核，596 艇和 598 艇为第一批考核对象，彭副参谋长、南参谋、贺参谋、杨副大队长、司副参谋长等考核 596 艇，黄科长、姚参谋和丁参谋长、凌参谋等考核 598 艇。

上午，彭副参谋长一上艇，就直接到了驾驶台，杨副大队长陪着，其他组员则分头到各部位察看。林咏操艇指挥，胡子君在驾驶台协助。江海再次提醒胡子君，要特别注意向艇长学习指挥，尤其是与独操考核相同科目的指挥。

离码头部署，596 艇动作较快，舱面也很安静。第一个项目是系水鼓，考核组指示系 12 号水鼓。596 艇平时都是系 5 号水鼓，但训练中每个水鼓都系过。林咏两个口令后，12 号水鼓已在艇首的右侧。聂文胜眼疾手快，用长竿头上的钩钩住水鼓上的铁环，与几个战士握住竿用力拉，康晓义也挤上去助力，水鼓慢慢到了跟前，战士纪星飞身跳下，落在水鼓上。尽管水鼓又滚又晃，但纪星身手敏捷，动作利索，一边不停地调整着自己的重心，一边将艇上伸过来的钢缆的一头，牢牢地扣在了水鼓的铁环上。系水鼓完毕，接着是离水鼓，纪星迅速解开钢缆，艇慢慢前移，到中间最低位置时，他纵身抓住艇右舷的栏杆柱，一翻身就回到了艇上。站在右舷的江海，向他们伸出了拇指。艇驶向西出海口，顺利地完成了狭水道航行。完成上午最后一个科目——定点抛锚后，彭副参谋长看看手表，还不到 11 点，嘴角露出一丝笑意，起身走下驾驶台，到了会议室。林咏发出指示：“加强值班，注意观察，各部门用 15 分钟进行小结，然后准备开饭。”

林咏和江海来到会议室，看到彭副参谋长正和考核组的同志讲话，就想转身出去，但被彭副参谋长叫住了。彭副参谋长对考核组的同志们说：“你们分头去听听，掌握一下部门小结讲评情况。”考核组的同志出去后，林咏和江海坐了下来。彭副参谋长说：“高温打铁，大坑栽树，基础科目搞得好，我比火炮射击成绩好还高兴。基本功扎实，才能随时应对各种情况。对基础训练的认识一定要到位，抓基础训练的功夫一定要到家。”林咏、江海点点头，认真地听着。彭副参谋长说：“598 还在转悠呢，这说明你们的熟练程度高些。”

下午的科目训练考核也很顺利，4 点来钟就结束了。彭副参谋长说：“可以回去了。”林咏说：“等等他们吧。我们请示操演一下防核化部署，为明天铺垫一下。”彭副参谋长笑了笑，点了点头。突然搞防核化演练，大家没有思想准备，有的部位有点乱，很多同志猜想是考核组加码了。不过，整个演练还可以，看得出彭副参谋长还是认可的。返航时，胡子君操船，彭副参谋长就今天的训练指挥问题，与林咏进行了交谈。

第二天和第三天，顺利完成了全部基础科目的考核。

第四天进行打浮雷考核。离码头前，林咏、江海、胡子君都收到了丁参谋长的一条信息：“子君理论考试成绩优秀。祝贺！”三个人立即回复信息，表示感谢。到达沙湾外海区后，开始布靶。上午是体验射击，布的“靶雷”为艇上用过的菜坛子。这种坛子肚大口小底重，随便往海里一扔，都不会沉下去。这种方法经济适用又方便，猎潜艇射击训练常常采用。596 艇测好经纬度，放下一个菜坛子，即航行离开，和 598 艇一起占领射击阵地。按照规定，每艇必须单管单发，打十发炮弹，前四发命中为优秀，第五至七发命中为良好，第八至十发命中为及格，十发不中为不及格。在科目训练射击时，596 艇的前副炮两次都输给了后副炮，所以，这次考核射击，理所当然地由后副炮担当。两艇准备好后，596 艇先打，首发未中，从溅起的浪花看，略高了一点。598 艇首发也未中，也是稍稍高了些。596 艇第二发命中，“咚”的一声，菜坛子立即不见了。598 艇再去布“靶雷”，还是菜坛子。彭副参谋长和杨副大队长一直坐在驾驶台，不时地向司副参谋长询问些情况。598 艇布好“靶雷”后，重新占领射击阵地，又打了一发，近了一点。596 艇跟着打了一发，又中了，舱面上一片欢呼声。按计划打完体验射击后，596 艇撤了出来，向沙湾锚地驶去。598 艇因没有一次首发命中的，强烈要求再打一次。领导同意后，他们认真总结了一下，重新打，果然首发命中。598 艇抛好锚时，596 艇已经开饭了。

林咏和江海在会议室陪考核组吃饭，以茶代酒，感谢了考核组的领导和组员。杨副大队长说：“我舰艇上不太熟，主要是来向大家学习的。”林咏说：“首长过谦了，您每次带艇出去，都是满载而归呀！”彭副参谋长也说：“老杨太谦虚了。”杨副大队长说：“言贵同志是‘老猎’了，业务熟悉，经验丰富，有他在，我心里很踏实。”司副参谋长说：“‘老’，不是长处了，人家都‘超越’了，我还在原地望着呢！”林咏笑着说：“你总是不失时机地鼓励我们，敬你一杯！”两个人干了一杯茶。司副参谋长说：“今天一上艇，就有种不同以往的感觉。你们的精气神，你们的秩序，就能说明一切。一艘快要报废的猎潜艇，让你们带出这番景象，老司打心里佩服。”说完，敬了林咏、江海一杯茶。彭副参谋长说：“张司令员和李政委要求考核组的同志在考核中学习，在学习中考核，言贵同志的谦虚与真诚，就很值得我们学习啊！”司副参谋长急忙又敬了彭副参谋长一杯茶。

下午 1 点起锚后，596 艇按计划在指定点布了一枚已报废的锚雷，以做靶雷。锚雷比菜坛子稍大点。两艇占领射击阵地后，仍由 596 艇先打。596 艇后副炮的炮手完全按照训练射击时的要领，沉着果断，“咚”的一声，首发命中，靶雷消失。林咏喊道：“后副炮，好样的，祝贺你们！”598 艇航行到布靶点，又布了一枚同样的靶雷，重新占领射击阵地，接着射击，“咚”的一声，也是首发命中。彭副参谋长非常兴奋，高声喊道：“返航！”

第五天的布雷考核和第六天的攻潜考核，很多是虚拟动作，大量时间都是航行和测位测距测速等，全艇人员始终精神饱满，秩序井然。攻潜考核时风浪较大，但也顺利完成了。

第七天，进行主炮射击考核，虽然是蓝天白云，但风“呼呼”作响，海上到处是横七竖八的长涌和高高跃起的浪花。艇纵颠横摆，轰鸣向前。到了指定海域时，拖船拖着拖靶，已经到位。596 艇占领射击阵地后停了下来，艇晃得更厉害了。林咏和江海劝彭副参谋长和杨副大队长下去，到会议室坐。彭副参谋长笑了笑，说：“没事。”杨副大队长摇摇头，摆摆手，表示不下去。苗苗站在旁边，随时准备照顾他们。江海到机舱转了一圈后，也站在杨副大队长旁边。待 598 艇占领射击阵地后，两艇进入准备射击状态。拖靶的形状和大小，都如电影幕布，白色帆布做的，和拖船之间的距离约 200 米。打拖靶考核方法是两艇齐射，各打 48 发炮弹，限时 60 秒钟，按命中炮弹数量定成绩。596 艇和 598 艇的炮弹头上分别涂了红油漆和蓝油漆，以便检靶时区分弹洞是谁打的。两艇均以前主炮射击。拉响战斗警报后，林咏果断下达射击命令：“枪炮长注意！目标——拖靶，右舷 85 度，距离 12 链，目标速度 6 节，我艇速度 16 节。射击！”钟伟诚逐句向前主炮复述了林咏的命令。“咚咚咚！咚咚！咚咚咚……”射击完毕，水中天向钟伟诚报告：“耗弹 48 发，人员安全，装备良好！”钟伟诚即向林咏做了报告。此次射击，596 艇用时 51 秒，无暂停。598 艇用时 58 秒，一次暂停。海况好时，此项射击的时限一般是 47 秒。

两艇按计划驶入沙湾，准备抛锚午餐。后主炮班长周启华来到驾驶台，对着钟伟诚的耳朵小声说了些什么。林咏说：“大声点，嘀咕什么！”钟伟诚笑了笑，没说话。杨副大队长问：“什么事呀，挺神秘的？”林咏笑着说：“手痒了。”杨副大队长说：“哦，说说看。”周启华看了看林咏和江海，说：“我承认练习射击前主炮比我们成绩好点，但我们的差距并不大，也有比他们好的时候，况且，我们的机会也少呀！这一次，我们的准备是很充分的。再说啦，作为年度科目考核，这可能是 596 艇的最后一次了，同志们的心情很不平静，希望首长们再考虑考虑，给我们一点点机会。我们绝不会给 596 丢脸。”看到大家都未讲话，周启华又对林咏说：“你常说，有的射箭世界冠军视力只有 0.1，有的著名篮球神投手的视力看不清篮圈，那都是把技术练成了感觉呀，没有实战机会哪成啊！”林咏说：“启华呀，打认识你至今，就听到这么一次高水平的话。你要能早说出这么一番话来，艇领导早就考虑让你们打了。”趁杨副大队长向周启华询问训练情况的时候，江海悄悄对林咏说：“打仗的时候可撇不下他们呀，我相信咱们前后炮都是好样的。”林咏转过身来，对周启华说：“你先下去吧。”

周启华走后，林咏对彭副参谋长和杨副大队长说：“我和教导员的意思是，既要考虑考核成绩，更要考虑作战需要，下午对岸射击，改为前后炮各打 30 发。”杨副大队长说：“我不仅被他们感动了，而且被他们说服了。请参座定夺。”彭副参谋长看了看南参谋，微笑着说：“请指示！”南参谋说：“哪里哪里，请参座定。”彭副参谋长看了看大家，说：“南参谋授权了，我就同意了，这实际上是增大难度了，一定要认真组织，严格要求。”林咏答：“是！”江海说：“叫周启华上来，早点布置一下吧。”“到！”周启华应声到了驾驶台——他觉得有门儿，根本就没回去。林咏对周启华说：“首长对你们非常信任，非常关照，决定对岸射击前炮 30 发，后炮 30 发。”周启华说：“感谢首长厚爱，坚决完成任务！”给首长们敬礼后，快速下了驾驶台。

沙湾的风浪小些，抛锚后，开始午餐。胡子君、钟伟诚和后主炮班的同志们一起吃饭，商量对岸射击事宜去了。周学正晕船难受，但为了不让领导们担心，专门到会议室露了个面，江海以伸大拇指的方式鼓励了他。康晓义进来报告，共有六七个同志晕得厉害点，但休息一下都能吃饭，坚持工作。杨副大队长说：“我都有点难受了，你们让下来休息，我都没敢下来，恐怕一走动就吐了。”彭副参谋长笑了笑，转过头来问林咏：“前主炮没闹情绪吧？”林咏说：“我们教导员一分钟就摆平他们了。”杨副大队长说：“急弯难转啊，这说明你们一有基础，二有功夫。”彭副参谋长说：“经常下功夫，才能有功夫。”江海说：“首长教导，我们深受启发。不过，我们能力有限，主要还是靠同志们的觉悟啊！”

吃饭过程中，考核组的首长和同志们不仅夸奖饭菜汤都好，还对炊事班备餐的策略大加赞赏。林咏说：“抓炊事工作，我们教导员一个月比我一年下的功夫还多。”江海笑着说：“我身上的成绩比较多，少部分是自己取得的，大部分是艇长赠送的。”彭副参谋长笑了笑，说：“从分工上讲，管理工作是军事工作和政治工作的结合部、交汇区，在管理工作上，很能看出两个主官的境界和风格。你们两个都很幸运。”江海说：“饭场胜过课堂啊，首长又是考核指导，又是鼓励帮助，我们以茶代酒，深表谢意！”大家笑着碰起了茶杯。

下午1点起锚，向对岸射击阵地出发，风浪仍然很大，在离靶标30链时，两艇就位完毕。靶标是在山的斜坡上的一个白色方框，石灰撒的，8米×10米。由于是后主炮先射击，林咏下口令的嗓门特别大，钟伟诚复述口令也特别清楚洪亮。胡子君两眼紧紧地盯着每一位炮手。射击命令下达后，596艇后主炮立即发射，“咚——咚——咚……”考核组三个同志各手持一部望远镜看弹着点，记录员认真地记录着他们的报告。结果，发射30发炮弹，用时30秒。林咏果断指挥，艇转向180度，由前主炮接着射击。结果，前主炮发射30发炮弹，用时28秒。由于598艇上的考核组也有三名同志同时用望远镜看弹着点，所以成绩暂不公布。接着，598艇射击，发射60发炮弹，用时60秒。

两艇撤出，开始返航。因为是顺风顺浪，所以艇的晃动幅度相对小些。林咏对胡子君说：“从现在起，艇归你了。”胡子君笑了笑，站到指挥员位置，操艇返航。

第二十二章　司言贵酒后吐真言
胡子君独操答优卷

靠码头后，彭副参谋长和南参谋、贺参谋被大队接走了，考核组其他人员在艇上就餐，三个艇领导作陪。上了几个凉菜后，苗苗端上了西红柿蛋花汤，给每个人盛了一碗。林咏说：“吃饭先喝汤，省得开药方。”司副参谋长接着说：“吃饭先喝汤，免得渴得慌。”笑声之后，胡子君说：“今天海鲜和肉多了点，配了个素汤。”杨副大队长端起汤碗闻了闻，做出了美滋滋的表情，然后问江海：“你不是说吃要吃出享受，喝要喝出文化吗，今天吃出享受肯定没问题，怎么才叫喝出文化呢？”江海笑了笑，说：“加深感情，增长知识，提高认识，振奋精神，愉悦身心，都可以吧。”杨副大队长说：“有道理，今天咱们就实践一下。”胡子君说：“我们艇的西红柿蛋花汤，有艇长版本，有教导员版本，还有炊事班长版本，互相促进，互相融合，官兵个个都爱喝。”杨副大队长喝了一小口汤，说：“既可口，又实惠，好！”大家随即都尝了一口。

林咏代表艇领导和全体官兵讲话：“七天来，考核组对我们进行了全面考核和热情指导，使我们不仅学到了知识，提高了技能，尤其是受到了良好思想和作风的熏陶。由于考核期间不许喝酒，现在才有了以酒表达情意的机会。首先，我们三个人代表全艇官兵敬首长们一杯，表示衷心感谢！”大家站了起来，一起喝了一杯。司副参谋长对林咏说：“顾全大局，酒我喝了，但要更正一下，你刚才讲的‘首长’后面多了个‘们’。”林咏说：“好，去掉‘们’，留着人。”笑声之后，三个艇领导又分别以个人名义敬了酒。

杨副大队长刚要讲话，钟伟诚带着水中天和周启华进来了，每人都端着满满一杯红酒，向考核组表示敬意和感谢。酒喝下去后，杨副大队长问司副参谋长主炮射击成绩出来没有。司副参谋长从口袋里掏出一张条子，说：“初步结果，对拖靶射击，596 艇中 37 发，598 艇中 33 发；对岸射击，596 艇中 45 发，前主炮比后主炮多命中 1 发，598 艇中 42 发。”话音一落，大家高兴地鼓起掌来。杨副大队长端起酒杯，说：“考核组全体同志对你们取得的优秀成绩表示祝贺，对你们的支持和照顾表示感谢！”说完，大家一起干了杯。杨副大队长问江海，“怎么样，有‘文化’吧？”江海笑着说：“有，有！”大家倒满杯后，钟伟诚三人刚要敬艇领导，江海对林咏说：“咱们先敬。”林咏说：“好。”江海对钟伟诚、水中天、周启华说：“艇领导祝贺你们，感谢你们！”说完先干了，林咏和胡子君跟着干了，钟伟诚三人说声“谢谢”，也干了。接着，钟伟诚和两位班长又敬了艇领导一杯。司副参谋长对两位班长说：“直接领导不敬，早晚是块心病。”两位班长笑了笑，敬了钟伟诚一杯，钟伟诚接着回敬了他们一杯。周启华说：“今天中午，水班长带着两名炮手，详细给我们介绍了他们的体会，给了我们很大的帮助，当着首长们的面，我代表我们班敬水班长和他们班全体同志一杯。周启华敬酒后，水班长又回敬了他一杯。

钟伟诚和两位班长走后，脸和脖子通红的司副参谋长突然大声说：“报告副组长，组员司言贵要求发言！”杨副大队长说：“欣赏‘贵’言，掌声在前！”大家立即鼓掌。司副参谋长喝了一口茶，摆出一副很庄重的姿态，对林咏和江海说：“我第一天来你们艇时，对着黑板报看了半天，那时就想，如果考核结束后有机会，一定要说几句话。”他停了停，接着说：“你们讲‘热爱猎潜艇’，我是又热爱，又讨厌。从军校毕业，就没离开过猎潜艇，到机关工作，也是分管猎潜艇。特别是近几年，每当看到人家大型舰艇、新型舰艇时，就自惭形秽，艇长五六十米，宽七八米，排水量四百吨上下，从艇首到艇尾，每个螺丝钉都摸了不知多少遍了，真是又厌又烦哪！但是，当听到别人讲猎潜艇的‘坏话’时，我立即就想骂他，不能容忍。”林咏带头鼓掌，大家跟着鼓了掌。司副参谋长说：“你们讲‘建功猎潜艇’，我是只有疲劳和苦劳，没有功劳。”林咏说：“有功劳又谦逊的人，才会这么说。”司副参谋长端起酒杯，对林咏说：“谢谢老弟！”林咏连忙端起杯子，和司副参谋长碰了一下，先喝了下去。司副参谋长也喝了下去，接着说：“你们讲‘超越猎潜艇’，这对我是个很大的冲击和震动。说实话，我只恨自己不走运，不争气，没想到过这一层。你林咏老弟除当了两年参谋外，也一直黏在猎潜艇上，但你和我不一样，你‘超越’了，我真的很佩服，很高兴。”林咏说：“超越也得有你的指导帮助呀！”司副参谋长说：“‘热爱’‘建功’‘超越’，好，为这六个字，我敬你们一杯！”大家一齐喝了一杯。杨副大队长说：“这次考核，言贵同志既抓组织筹划，又抓具体落实，功劳大大的。我提议，干过猎潜艇的和没干过猎潜艇的，共同敬司副参谋长一杯。”大家举起杯来，司副参谋长很激动地和大家一一碰杯，一口喝了下去。

晚点名，江海讲话：“同志们！在大家的共同努力下，本月的两大任务，已经顺利地完成了一项，虽然成绩还没有出来，但考核组认为是比较好的。我们本月的第二大任务是副长独操考核，准备时间还有三天——明天后天大后天，后天全天出海。”江海说：“如果把我们的年度训练任务比作一场跳水比赛的话，科目训练考核结束，就是做完了规定动作，而副长独操考核，则是第一个自选动作。我们要取得整场比赛的胜利，就必须漂漂亮亮地把副长独操考核考好。”江海最后说：“上次大讨论的时候，聂文胜同志说考独操是考副长的眼和嘴，考大家的手和腿。我们副长几个月来学习训练非常刻苦，理论考试已经取得了优秀的成绩，特别是近一个多月来，操艇能力提高很快，受到了大队首长的表扬，我们也都感受到了，观察能力、判断能力、指挥能力，都是非常棒的。在接下来宝贵的三天中，我们要好好地练自己的‘手’和‘腿’，争取在第一个自选动作上拿高分。大家有没有信心？”“有！”大家齐声回答。江海讲完后，林咏宣布：“各部门用十分钟时间，对贯彻教导员讲话精神，搞好独操训练和考核提出具体要求。要强调‘规范’二字，这些科目我们都很熟了，难就难在‘规范’上。”

各部门都走后，江海和胡子君跟着林咏来到艇长室，坐下后，江海问胡子君：“你觉得后面六天的训练和考核，难点是什么？有什么要我和艇长协调关注的问题没有？”胡子君说：“很感谢两位老大哥的关心、支持和帮助。按照教导员的要求，考核中我一直在观察艇长的操艇和指挥，凡是想的和艇长做的不一样的，都认真查找差距和原因，不清楚的都请教了艇长。我觉得各部门的执行能力没问题，关键是自己的判断和指挥能力，及快速反应能力。”林咏说：“没问题的，把它当成正常训练就好了。有了不如意的状况，不要慌，冷静思考，巧妙修正，避免连续出错。”胡子君连连点头。林咏问道：“明天上午，我和教导员抓部门操演，你关起门来理理程序和思路，下午，你组织全艇操演，怎么样？”胡子君说：“好。”林咏又说：“这几天的晚点名，都由你来讲。”胡子君说：“好的。”在江海的催促下，林咏回家去了。

经过最后三天的直接准备训练，副长独操考核开始了。考核组由舰队训练处南参谋，水警区训练科黄科长、贺参谋，大队常大队长、强业务长、凌参谋等组成。第一天上午考核的都是基础科目。林咏陪常大队长和黄科长、南参谋坐在驾驶台上，江海在甲板上看帆缆班操作。解缆完毕后，胡子君仅用了三个口令，艇就顺利地离开了码头。系水鼓、离水鼓动作比科目考核时还利索。狭水道航行更是老套式了，很轻松就通过了。接下来几个科目也都很顺利。最后，靠码头，这是胡子君今年以来训练比较多的项目，也很顺利地完成了。看看手表，才 11 点，常大队长要回机关吃饭，林咏说：“在艇上对乎一下算了，下午 2 点就离码头了，这里到大队部两百八十多步，不用量了。”常大队长看了看黄科长和南参谋，说：“好吧，抓紧点，我得打个盹儿。”黄科长笑着说：“越简单越好。”

到了会议室，常大队长对三个艇领导说：“我老人家考你们一下：今天上午的考核为什么很顺利？”林咏说：“首先是大队长和科长的英明领导。”常大队长没说话。胡子君说：“其次是全艇官兵的共同努力。”常大队长说：“第三是革命前辈打下了良好的基础，第四是全国人民做坚强后盾。”三个艇领导笑了，考核组的同志也都笑了。常大队长说：“叫来苗苗。”胡子君一嗓子把苗苗叫了进来。常大队长问苗苗：“你说，今天上午考核为什么很顺利？”苗苗看看大家，抓了一下头皮。常大队长说：“大胆讲，错了算我的。”苗苗说：“我觉得有两条很重要：一是刚搞完科目训练考核，现在是由难到易，热窝孵蛋；二是刚经过大风浪折腾，现在是走完小路上高速，就像去掉脚腕上绑的沙袋跑步，摘掉手腕上吊的水壶打靶一样。”大家纷纷认可苗苗的见解。常大队长对林咏和胡子君说："找个大点的口罩罩上吧，有失颜面啊！"林咏笑了笑，说："好，吃了饭再罩。"黄科长问常大队长："你怎么断定苗苗能这样回答呢？"常大队长看了看大家，慢慢吞吞地说："我老人家听到他和别人说了。"胡子君说："首长的耳朵真好使。"林咏马上纠正道："不，是首长时刻注意倾听群众呼声。"常大队长说："算了，马屁都不会拍，嘀咕都听到了，还倾听什么呼声。"大家笑得很开心。

开饭了。考虑到大队长要"打盹儿"，大家都没怎么说话，很快就吃完了。常大队长又对三个艇领导说："给你们个机会吧，再考你们一下。"林咏说："请首长出题。"常大队长问："体育比赛，特别是体操、跳水之类的比赛，很讲印象分，你们艇有两个同志，很能为你们挣印象分，他们是谁？"三个人都没回答。过了好一会，胡子君开始摸着石头过河，说："我们艇长和教导员可谓标准搭档。"说完，看着常大队长，常大队长表情没任何变化。胡子君想了想又说："聂文胜进步很大。"说完，再看看常大队长，表情还是没有任何变化。又过了一会儿，江海说："部下愚钝，还是请首长明示吧。"常大队长保持原表情不变，说："我怀着非常'那个'的心情公布答案：一个是苗苗，帅气，机灵，周到，得体，让人总想多看两眼；另一个是欧阳山，不管风浪多大，像个铁塔似的，给人以信心，特别是他的口令，及时，清晰，抑扬顿挫，把川音的美妙吟诵到了极致，让人总听不够。"常大队长说完，大家啧啧称赞。常大队长又说："是啊，胖子也不错，特别是撇缆，又远又准，堪称一绝，刚才靠码头，那个缆就撇得无可挑剔。"说到这里，常大队长笑了。南参谋问他笑什么，他说："596，有三宝：'撇缆''操舵''满艇跑'。"大家一边笑，一边击掌叫好。江海说："我们是耳不聪，目不明，坐着金山叫喊穷啊，感谢首长点拨！"说完，和林咏安排常大队长和黄科长到艇长室和教导员住舱休息去了。胡子君回去准备下午考核的事了。

林咏和江海回到会议室，请考核组其他同志休息，大家说时间短，睡不着，于是，林咏开了一场扑克，在凌参谋的撮合下，强业务长和江海下起了象棋。象棋这边开始很安静，过了一会就热闹了，围观者有的喊，有的叫，还有伸手代走棋子的。这时，苗苗把江海被吃掉的一个象放到了强业务长的"城墙"外，强业务长发现后给扔掉了，苗苗急了，问强业务长为什么。强业务长问："他的象怎么到我这边来了？"苗苗说："攻过去的！"强业务长、江海和围观者都笑了起来。苗苗大声叫道："笑什么？我亲眼看见的！"大家笑得更厉害了，强业务长更是笑得前合后仰，眼泪汪汪。苗苗发现情况不妙，拔腿跑掉了。凌参谋说："强业务长的名字白起了，又受欺负了……"常大队长和黄科长走了进来，问大家笑什么，凌参谋把刚才的事情说了一遍。常大队长说："温文尔雅的人叫强道（盗），欺负人的人叫苗苗，光看表象不行啊！"跟着常大队长进来的苗苗说："我逗他们玩呢。"常大队长对苗苗说："你一不小心，创造了歇后语新经典：苗苗添象——外行！"苗苗挠挠头，笑了，大家也都笑了。

下午的考核也很顺利，4 点多就结束了。艇领导送考核组到码头上，胡子君对常大队长说："没想到首长会亲自来考核，感谢首长厚爱。"常大队长说："厚爱个鬼！我老人家本来要去考核 599 的，丁参谋长觉得我年龄比他'迈'，非要我来考核你不行，他得多辛苦几天了。"常大队长走了几步后，看了看黄科长和南参谋，又转回身来，对林咏和江海说："告诉你们两个情况：一个是 6 月份的海南攻潜训练 598、599 去，你们不参加了，你们进行熟悉港口训练，也就是跨海区机动训练。再一个是 7 月份的水警区比武活动，不设海上科目了，都在港湾和陆上搞，共 19 个项目，其中烹饪技术和汽车驾驶技术比赛，陆勤单位也参加。"林咏和江海表示要认真准备，争创佳绩，为大队争光。

第三天下午又是 4 点多就靠好了码头，副长独操考核结束了，许多同志意犹未尽。会议室，黄科长代表考核组向艇领导做了简要的点评。常大队长请南参谋做指示。南参谋说："黄科长都代表了。"常大队长说："这次考核顺利，关键是子君同志已经具备了独操能力。你们刚刚搞了那么多训练，情况都很好，独操考核只不过是换个指挥员而已。当然，指挥口令和动作要求更严了。这次考核的成绩，待考核组综合评定后再正式通报。"常大队长讲完，问艇领导还有什么事没有。林咏除对考核组的指导再次表示感谢外，又提了个大胆的建议。他说："跨海区熟悉港口训练年年搞，大家对舰队辖区的大陆沿海港口已经数不清跑了多少趟了。我们反复研究后，建议搞一次七昼夜无补给连续航行训练，结合熟悉海南岛和西沙港口。"常大队长沉思了一会儿，说："七天，是一次燃油、滑油和淡水、食品补给后猎潜艇连续航行的极限，多年没安排了，我的印象中搞五天的比较多。”林咏说：“不跑一次七天的，这一拨儿老猎们都很遗憾，我也觉得窝囊。”常大队长问林咏：“你怎么一下生出这么个想法？”林咏看了看江海，说：“教导员前天提出来的，我赞成。”常大队长说：“你们克服生活上的困难，这一点我不担心，你们的责任心和指挥能力，我也不担心，但是机器呢？主机副机都太老了。”林咏说：“前段时间，我们请大队修船所徐登所长帮忙加工了一些配件，主要是主机副机维修用的，我们可以抓紧时间再弄一些。辛乐也很有信心。”常大队长说：“我回去和其他领导同志商量一下再说吧，如果同意的话，还得报上级批准。”林咏、江海请黄科长、南参谋多多关照，黄科长笑着说：“乐观其成，我尽量协调。”南参谋说：“我人微言轻，但一定好好向我们处领导报告你们的情况。”林咏、江海想留考核组在艇上吃饭，常大队长说：“算了，吃了你们的饭，扣分的时候你们会难过的。”大家都笑了。

吃晚饭的时候，因为多了两个菜，江海留林咏在艇上吃。林咏向干部们谈了搞七昼夜航行训练的事，大家都很赞成。钟伟诚说：“机电部门和航海部门要辛苦了。”江海说：“他们两个部门具体工作肯定多些，但哪个部门任务都不轻。”江海又对林咏说：“今天是星期天，明后天部队补休，菜又多，喝瓶红酒给子君祝贺一下吧。”林咏说：“好，可喜可贺。”胡子君说：“战士们喝点啤酒吧，我得感谢一下大家呀！”林咏说：“都喝红酒。晓义去张罗一下。”康晓义说声“是”，就出去了。

过了一会儿，艇上全体干部端着酒杯来到甲板上。胡子君高声说：“同志们，大家完成了科目训练考核，接着又完成了独操考核，非常辛苦。刚才，大队首长说我们的独操考核是圆满顺利，借此机会，我敬大家一杯酒，感谢同志们！”说完，一口气喝了一大杯红酒。大家“嗷”了一声，也都高兴地喝了起来。

回到会议室，大家一起敬了胡子君一杯，表示祝贺。胡子君又回敬了大家一杯，表示感谢。胡子君还分别敬了林咏和江海，表示特别的感谢。聊到下步工作时，胡子君说：“学习导弹艇军事专业，暂时还是自学，901 很快也要进行科目考核了。”江海说：“大家都累了，这两天补休，大家好好休息，待下一步任务明确后，咱们再研究布置。”林咏说：“连续完成了两项重大任务，大家都很得意，但不可忘形，各部门千万不能放松管理。”几个部门长连连点头。江海对钟伟诚说：“让惠中赶快回复习班去吧。”钟伟诚说：“已经走了。”江海说：“好同志啊！”

晚饭后，江海和几个同志坐在前甲板聊天，大家都说这段时间老是在艇上转悠，挺窝屈的。江海问：“明天爬北山怎么样？”好几个人回答“好”。江海说：“上午 8 点半出发。”

第二十三章　解民忧两天两翻山
评优秀酝酿抒己见

星期一上午，参加完大队交班后，江海和林咏打了个招呼，回到艇上，便和柳风、康晓义、叶崇林及苗苗出发了。苗苗穿军装，其他人穿便服。到了修船所围墙外，他们选择了一个坡度相对平缓些的路线，开始攀登北山。山上的植被不太密，也比较矮，高些的树很少。前十多分钟，大家话比较多，后来便越来越少了。到了约摸有四分之一高的地方，大家停了下来，大口大口喘气。江海问："这个山有多高？"柳风说："我们早些时候粗略地测过，四百来米。"江海说："咱们走得太急了，稍慢点，找好节奏就没那么累了。"继续爬，苗苗在最前面，江海、柳风、康晓义、叶崇林依次跟着。越往上越陡，大家走起了"之"字路，除了苗苗偶然喊一喊叫一叫外，都在"埋头苦干"。约摸过了三分之二的时候，大家又停下来休息，举目遥望，海天一色，顿觉心旷神怡。大家一阵感慨后，江海说："比海大的是我们的胸怀，比山高的是我们的双脚。"受到鼓舞后，大家争先恐后，一鼓作气，登上了峰顶。江海双手掐腰站着，其余四人都是就地坐下。叶崇林突然爬到一个大石头上，连喊三声"我们胜利了"。

峰顶比较平，除了一些突出地面的巨石外，只有一片片矮草。极目四望，一览无余，大家转着看，看着转，争着把看到的一切储入自己脑间。苗苗给大家照了好几张相。北面和西面是看不到头的山，东面是海陆相连，南面是无边的大海。江海指着南石湾对大家说："在山下，我们觉得它像个湖，到了半山腰，觉得它像面镜子，现在呢，像一块熠熠生辉的翡翠。南石湾没有变，我们的感觉变了，为什么呢？我们站的高度变了，角度也变了，平视变俯视了。现在，我们看到的是海陆一体中的南石湾，对它的位置及其与周围环境的联系看得更清楚了。"大家都连连点头。海聊一阵后，大家发现北坡谷底有个小村子。江海说："这么长的山沟，就一个村子，我们下去看看怎么样？”大家都表示赞成。

开始下山。说是“上山容易下山难”，但下山还是比上山快多了，不一会儿，大家来到了村子西头。大家仔细看了看，村里的房子朝向不一，都是依地形而建的。整个村子在沟底南侧，西高东低，三块相对平些的地面把村子分成了相连的三片。靠沟底的一侧是一条两米来宽的斜坡路，也是街道。这条街道中段南侧有两棵根部相连的大树，树干约三米来高，树冠很大，绿色的叶子非常茂密。一阵狗叫，有几个村民走到自家街门口，依着门框看江海一行。

江海他们走到村子中间大树下时，看到一个六十多岁模样的老头挑着两桶水，从谷底沿弯曲的小路走上来，步履维艰，后面跟着一个小男孩。苗苗赶紧下去，帮他挑了上来。老人个子比较高，长方脸，两道眉毛又浓又长。交谈获悉老人叫张志贤，儿子张东和是武警消防部队班长，在执行救灾任务中牺牲了。在他和老伴的劝说下，儿媳改嫁了，但她新家庭的丈夫公婆都不许她带这个孩子，而且不许来往，还说这个孩子是哑巴。江海蹲下来，问孩子叫什么名字，张伯说：“叫海山，他爸爸起的。”江海问：“有讲究吗？”张伯说：“他爸爸说，生在山上，住在海边，要爱山，也要爱海。很小的时候，他爸爸就抱他到这个山上看海。”江海用双手握住海山的双手，亲切地问他：“几岁了？”海山说：“六岁了。”语音不太清晰。张伯说：“你看，谁说俺是哑巴，俺就是不愿多说话罢了。”

大家在路边的几块大条石上坐下，一些村民也靠了上来。江海说：“我们是山后海军部队的。”张伯说：“我看出来了。”江海问：“你们家几口人？”“三口，”张伯叹了一口气，说，“其实我儿媳心肠挺好的，她知道我们家就这么个独苗，愿意留下他。她很相信我们。”江海点了点头，问：“这村子叫什么名字，几户人家？”张伯说：“叫小西沟，都姓张，12 户，52 口人。”江海说：“村里的孩子们到哪儿上学？”张伯朝东指了指，说：“到西沟村上学，十多里路，有亲戚的住亲戚家，没亲戚的早出晚归，中午吃干粮。”江海问：“小西沟是西沟村下属的一个自然村吧？”张伯说：“是的。”江海说：“我是山东人，家也在山区。”张伯笑着点了点头。康晓义问张伯：“打水那么远啊？”张伯说：“就下面那一口井，没法子。”柳风指了指朝东的路，问：“汽车能进来吗？”

张伯说：“汽车进不来，三轮车勉强可以。政府正在组织修路，计划明年修好。”

江海挑起水桶，大家一齐到了张伯家。张伯家住村子最西头，街门朝北，门外右侧挂着一块写有“烈属光荣”的牌子。院子不大，主房座西朝东，三间两层。在主房和街门之间，有两间门朝南的小平房，一间做厨房，一间放杂物。院墙一米多高，乱石干垒的。院子四周有几棵种类不同的树，最吸引人的是东南角那棵枝繁叶茂的杨桃树。张伯家位置是全村最高的，站在房前，差不多能看到整个村子。

阿婆从屋里走出来，笑嘻嘻地和大家打招呼，但给人的感觉她是个盲人。江海急忙走上前去，问道：“阿婆的眼睛怎么啦？”阿婆说：“不知道怎么搞的，不痛不痒的，慢慢就瞎了。”康晓义上前仔细检查了一下，说是白内障，做个手术就好了。江海对阿婆说：“不要紧的，我们联系个医院，给您做个手术就好了。”阿婆眼泪一下子流了出来。张伯激动地说：“太谢谢啦！”

和张伯一家告别时，江海双手捧着海山的脸，亲切地说：“听阿公阿婆的话。”海山“嗯”了一声，点了点头。江海他们上山走了很远了，张伯家三口人还站在院子中间，伸着脖子望他们。

路上，大家不停地议着张伯家的每一个人，议着小西沟的方方面面。到了山顶时，大家又欣赏了一下四周的风景，仔细看了看小西沟。下山时，江海问叶崇林：“解决小西沟用水问题难不难？”叶崇林笑着说：“我早就觉得你会想这个问题了。我反复看了，最理想的办法是在张伯家上面的工具棚那儿建个水池，算作水塔，把沟底水井的水抽上去，家家都可以用自来水。”江海说：“想到一块儿了。大概得多少经费？”叶崇林说：“水池子用石头、砖都行，水管咱们可以协调一些，主要是电机水泵和水表要花点钱。”叶崇林停了停，又说：“电机水泵有贵有贱，咱们不能买差的，总共恐怕得三万元左右。”江海说：“好，要算算账，前提是事要办好。”大家都表示赞成。

五个人回到艇上时，其他人早已午休了。江海示意大家动作轻点，声音小点，到会议室吃炊事班预留的饭菜。柳风边吃边说：“出海后登山，感觉格外好。”“同感，”叶崇林说，“中国历朝历代都讲打江山，坐江山，保江山，害得我们这么个海洋大国，海洋知识少少的，海洋意识淡淡的，海洋利益远远的。”江海端起汤碗，说：“那也不能改成打‘江海’，坐‘江海’啊！来，为我们登上北山干杯！”大家汤碗饭碗一齐碰，轻轻叫了声“干”，都笑了。

饭后，江海把康晓义叫到住舱，拿出3500元钱，放到康晓义手里，说：“你联系个医院，给小西沟阿婆做手术，需要水警区机关帮忙的话，我来联系。”康晓义说：“医院医生都没问题，钱艇上出吧。”江海说：“晓义辛苦一下，越快越好。她是烈士的母亲，钱的事不许说了，你先办，不够的话我明天再给你。”康晓义激动地说：“够了，够了……”

躺下后，江海几次翻身，没有睡意，干脆坐起来看航海课笔记。·会儿，收到海婴的一条短信：“NN：停薪留职合同签过了，今年8月1日至明年7月31日。”江海立即回复：“好的。”马上又收到海婴一条短信：“看了两位初小教师的讲课教案，挺有收获的。”江海估计海婴方便，就打电话过去，详细讲了登北山和去小西沟的事。海婴说：“想法叫海山到南石湾上学吧。”江海说：“我也有这个想法。”海婴说：“打个电话给姨妈说一下吧，她在南石湾时还问过北山后面有什么呢。”江海说：“好的。”这时，苗苗在门口喊“报告”，海婴也听到了，说：“你忙吧。”江海说：“好吧。”

下午，苗苗送给江海一份大队政治处的通知，内容是大队党委“七一”将表彰一批优秀党员，要求各艇党支部推荐两名优秀党员，原则上干部、战士各一个，如有特别优秀的，也可以推荐三个。江海想了想，对苗苗说：“请副长来。”苗苗答声“是”，出去了。

一会儿，胡子君进来了。江海让胡子君看了看政治处的通知，然后问他：“去年谁受表彰的？”胡子君想了想，说：“柳风和叶崇林。”江海又问：“今年怎么办比较好？”胡子君说：“你在大队上下影响很大。”江海摇摇头，肯定地说：“我不合适。”胡子君问江海：“你觉得呢？”江海说：“我也刚刚看到通知，直观反应是艇长和叶崇林，三个的话就加上康晓义。”胡子君微微地点了点头，没说话。江海说：“艇长从党性人品到能力素质，从政治到军事，从工作到学习，都给全艇党员做出了榜样。叶崇林是个老先进，一直很稳定，工作突出，群众威信高。康晓义作为一个军医，兼任部门长，还是军人委员会副主任，大局观念强，不计个人得失，工作风风火火，在艇上发挥了独特的作用。”胡子君说：“教导员站得高。我同意。”江海说：“这项工作事关导向、风气和团结，对我们集体和个人都是个检验和考验，要重视，要认真，要严肃。你跟支委们通通气，让大家搞好骨干层的酝酿。这个环节很重要，很关键。”胡子君说：“好。”江海问：“还有事吗？”胡子君说：“我们艇七昼夜航行训练，是对艇领导组织指挥能力的考验，更是对主机副机的考验。下一步的训练，我想多到机电部门待待。”江海说：“很好。你和艇长也说一下。”胡子君“嗯”了一声，出去了。

苗苗又进来了，问江海：“还叫谁？”江海问：“你怎么知道我还要叫人？”苗苗笑了笑，说：“感觉。”江海也笑了笑，说：“咱们越来越默契了。叫航通长来。”苗苗说声“是”，就去叫了。

柳风进来后，江海将大队的通知给他看。柳风看了两遍，说：“我建议报三个，咱们艇表现突出的党员很多。”江海问：“有初步想法吗？”柳风想了想，说：“你和艇长、老辛、军医，还有叶崇林、水中天、苗苗，都是可以的。”江海说：“我来艇上才一个季度，这是年度表彰。我觉得干部党员定艇长最合适。”柳风点了点头，说：“战士党员，恐怕还是叶崇林最合适。这样，老辛就算了，一个部门不要出两个了。康军医在大队八条艇的军医队伍中是很突出的，报他，会有竞争力。”江海笑了笑，问：“你呢？”柳风说：“去年表彰了我，弄得我心里很不安。咱们几个部门长都很好，但表彰军医，更有意义。”江海笑了笑，说：“表彰先进，是用‘举例’的方法为大家树榜样、指方向，是手段，不是目的；被表彰，是荣誉，更是责任；关键在于通过表彰工作，使大家受到教育，受到启发，产生动力。”柳风连连点头。江海把苗苗叫进来，让他把大队的通知送给林咏。

苗苗走后，江海拨通了林咏的手机，将爬北山和去小西沟的情况说了一下，并谈了再去勘察一下，探讨帮他们安装自来水设备的可能性。林咏沉默了一下，“嗯”了一声。放下电话，江海对柳风说：“我明天带机电部门的同志再去一下小西沟。”柳风说：“我也去，团支部应该积极参加啊！”江海说：“好吧。你跟他们通个气，把人定一下，让晓义带上听诊器和血压计，让苗苗带上理发工具。”柳风说：“好。”江海想了想，说：“给张伯家带些水果。咱们中午在他们家煮方便面吃。”柳风说：“好的。”

晚饭后，江海老远看到林咏拉着娇娇朝码头方向走来，便走了过去。到了篮球场旁，三个人遇到了一起，娇娇叫了声“江叔叔好”，江海一边叫“娇娇好”，一边用双手把娇娇高高地举了三次，还转了三圈，娇娇高兴得咯咯直笑。三个人朝一号码头方向散步。林咏说：“报优秀党员的事，我仔细想过了，报你和叶崇林，三个的话，就加上柳风或者晓义。”江海说：“我肯定不合适，你最合适。”林咏说：“怎么不合适？第一，你是596艇的；第二，你是非常优秀的党员；第三，你在别的单位时，也是优秀的。非常合适！”江海说：“我和子君说了，请他和支委们通通气，认真搞好骨干层的酝酿。这件事，我建议各小组酝酿提名，支委会提出候选名单，差额选举产生。”林咏说：“好，这样做严肃认真，效果好。”江海换了话题，详细讲了小西沟的情况。林咏说：“帮助群众肯定是好事。不过，这件事还是要慎重些，不确定因素很多。”江海说：“这是离咱们大队最近的村子，尽量帮帮吧。这件事不会太难，也不会太复杂。我明天带人再去一下，提出个具体些的方案再说。好吗？”林咏想了想，说：“好吧。”江海掏出手机，向古主任做了汇报。古主任很赞成，并让有困难时讲一下。江海把古主任的话告诉了林咏，林咏点了点头。

星期二早饭后，江海和柳风、康晓义、叶崇林、史明、师则民、苗苗、聂文胜、关士愔九个人，爬过北山，来到小西沟张伯家。江海向张伯说明来意，送给了张伯家一些水果、蔬菜和猪肉。之后，康晓义和苗苗到村子中间的大树下，给乡亲们体检、理发。江海带着其他人，测量水井到村中的高度。村里的男女老少都出来了，比过节还热闹。小伙子阿龙和猛仔跑过来，主动帮江海他们测了水井的水深、水面到井口的高度、井口到村中最高处即张伯家的高度，还测了村中各家之间的距离。

测完之后，都来到了大树下。张伯对江海说：“教导员，村里人都在，你给大家讲讲话吧。”江海点点头，说：“乡亲们好！我们是山南海军部队 596 艇的，昨天爬山锻炼身体，第一次来到小西沟，张伯给我们介绍了村里的情况。我们看到大家吃水要到几十米深的沟底去挑，心里很不是滋味。今天过来，就是想和大家商量一下安装自来水设备的事儿。”大家一听，马上“嗡嗡嗡”地议论起来。一位老爷爷问江海：“得多少钱啊？”江海说：“主要是八个方面的经费：电机、水泵、水管、水塔、电机房、扬水池、水龙头和水表，大约三四万元。别的都由部队负责了，就是砌水塔、泵房和扬水池需要工匠，不知道村里有没有。”张伯问江海：“石头行不行？”江海想了想，说：“好一点的石头也可以。”张伯说：“我有一大堆做好的条石，准备翻建院墙用的，尽管用就是了。”阿龙说：“那些石头光滑成形，数量也足够，可以先用，将来张伯需要石材时，大家帮忙就是了。”猛仔说：“我们家也有一堆条石，还有些砖头呢！”阿龙说：“沙子我包了。”张伯又说：“砌池子和房子，我和阿龙、猛仔都干过，问题不大。”猛仔说：“过去打工给别人干了那么多，这回轮到给自己干了，痛快！”江海说：“太好了，咱们说干就干。我们明天租三轮车送水泥钢筋进来，你们抓紧建水塔和泵房、扬水池，过一段时间咱们就安装。”大家高兴地鼓起掌来。张伯说：“天不早了，吃饭吧！”江海他们和大家热情告别后，跟着张伯回到他家里。

关士愔已帮阿婆做好了鸡肉汤面。江海问关士愔：“哪来的鸡肉？”关士愔说：“阿婆不由分说，杀了一只鸡，本来要杀两只的，被我拦住了。”张伯笑了笑，说：“都是一家人了，应该的。” 关士愔把自带的馒头和几个小菜摆好，大家高高兴兴地围着院子中间的木桌子吃了起来。江海给海山夹了一块鸡肉，海山说：“谢谢叔叔！”柳风问张伯：“村里有电线杆和电线，怎么不通电话呢？”张伯说：“原来是通的，修路时移了几根电线杆，暂时断了，过一段时间就通了。”江海问康晓义体检情况，康晓义说：“两个血压高些，两个胃炎，三个牙齿有问题的，还有一个静脉曲张的，给他们每个人都提了治疗建议。”江海问：“张伯和阿婆呢？”康晓义说：“张伯血压高，收缩压 170，舒张压 100。阿婆除了眼睛以外，其他没发现什么病。”江海问张伯：“头晕不晕？”张伯说：“有时候晕，休息一下就好点。”康晓义对张伯说：“多喝水，吃东西不要太咸。”张伯点点头，说：“好。”江海又问苗苗给几个人理了发，苗苗回答：“大人小孩都算上，共七个。”

这时，阿龙端着一盘煮鸡蛋来了，跟在后面的猛仔端了一盘水果。聊天中得悉：阿龙叫张东龙，27岁，初中毕业；猛仔叫张东猛，24岁，高中毕业。两人是村里的“知识分子”。江海第一次来小西沟时，他们两个去西沟村了，不在家。海山拿了一个煮鸡蛋，送到了江海手里，江海顺势抱住了海山，问：“咱们做朋友好吗？”海山看了看爷爷，又看了看江海，说：“好。”江海问：“过两个月到部队上学好吗？”海山又看了看爷爷，然后说：“好。”江海高兴地对他说：“那就说定了，到时候我来接你。”海山问：“那么远，怎么去啊？”江海说：“吃住在部队，周末叔叔送你回家看阿公阿婆。”张伯问江海：“教导员说真的呀？”江海说：“真的。部队办小学，9月1日开课。”张伯说：“不行，太麻烦你们了。”江海说：“我老婆是老师，我们都说好了。如果海山学习好，我们一直负责他到大学毕业。”张伯激动得流出了眼泪，一句话也说不出来。

吃完饭，江海对张伯说：“咱们看看水塔的位置放哪好。”张伯一边点头，一边站起来。大家仔细观察了一会儿，一致认为建在张伯院里靠山一边的石台上较好。接着，大家看了张伯储备的一大堆条石，商定了水塔的体积、结构和形状，还商量了电机房和扬水池的位置等。阿龙说：“我在西岭打工时认识一个人，他到过很多地方，会设计水塔，可以请他帮帮忙。大伯是我们这个村子的主心骨，大家都听他的，加上我和猛仔辅助，肯定能办好的。”江海说：“太好了。水泥一到，你们就开始。”张伯和阿龙、猛仔都点了点头。江海想了想，对康晓义说：“你明天和聂文胜到西岭镇买水泥钢筋，再买点治高血压的药，租三轮车送进来。”康晓义说：“好的。”江海一行与村民们告别时，大家情绪都很激动，阿婆更是泪流满面。

星期三是端午节，中午，大家高高兴兴地吃了粽子。对于黑板报上介绍的端午节资料，每个官兵都看了，肖志海说自己看了三遍。

下午，会议室，党支部委员按计划集体学习《中华人民共和国宪法》，尽管个人都已阅读过了，为突出重点，江海又宣读了序言和第一章“总纲”、第二章“公民的基本权利和义务”，摘要宣读了第三章“国家机构”。之后，大家进行了讨论。胡子君说：“学习了《宪法》，头脑中的国家鲜活了，丰满了，更可爱了，同时也感到肩上的责任更重了。”康晓义说：“原来只知道受教育是公民的权利，现在才知道受教育还是公民的义务。”林咏说：“自学有自学的好处，集体学有集体学的优势，大家把认识拿出来一搅和，马上就生出新认识了。”江海说：“咱们以后都按这一次的模式办——先个人阅读，再集体学习，集体讨论。”大家都表示赞成。接着，大家对《宪法》的重点内容进行了梳理和讨论。最后，江海说：“请大家抽时间阅读下一课——《中华人民共和国刑法》。”

第二十四章　及时沟通避免心结
阿婆复明满村喜悦

集体学习结束后，江海在住舱和胡子君谈支援小西沟问题，胡子君建议全艇捐钱集资。林咏走了进来，说刚才大队长打电话告诉他两件事：一是胡子君独操考核合格，通过了；二是熟悉港口和岛礁七昼夜连续航行训练计划上级已经同意了，本月中旬进行，正式通知很快就到。林咏和江海向胡子君表示祝贺，胡子君则对林咏和江海表示感谢。谈到支援小西沟的事，林咏沉默了很久，最后同意搞一次全艇捐助活动，看看钱多少再说。康晓义满头大汗地走了进来，报告说水泥钢筋已送到小西沟，张伯的血压还是比较高，已经给了药，另一个血压高的也给了药。江海说："辛苦了！"康晓义说："阿婆做手术的事，联系好了，我明天去接她，送到海呈县人民医院。"江海说："很好！"康晓义走后，林咏也出去了。胡子君对江海说："艇长的脸色不太对劲啊。"江海想了想，突然不安起来，说："乱了程序了，犯低级错误了。"胡子君想了想，说："那就趁早解释，凉久了容易结块。"江海说："走，咱们到艇长那儿接着聊聊。"这时，江海收到康晓义一条短信："艇长问我给老百姓看病谁出的钱，我说是你出的。"江海即复："好的。"

江海、胡子君来到林咏房间，林咏脸朝里站着。江海说："小西沟的事咱们再议议吧。"林咏转过身来，过了十几秒钟才说："我在考虑航行训练的事，你们商量吧，我没意见。"江海笑了笑，说："这件事我太急了点，你不能让老弟一错再错呀！"过了一会儿，林咏说："不是我不同意，这不是个小事，你们想过没有，捐资不够怎么办？其他同志会不会有不同意见？"给人的感觉，林咏的表情仍有点凝重。江海说："钱不需要太多，应该够的。同志们应该会同意的。"林咏淡淡地说："好吧，怎么都行。"江海笑了笑，说："不能'怎么都行'啊！这的确不是一件小事，咱们得好好议议。你不同意的话，肯定不能干。”林咏说：“咱们装备很老了，训练学习管理任务这么重，其他事还是少点好。”江海说：“那天去的几个人合计过，不会太费事。”林咏说：“做好事，尤其是扶贫，那是没有边的，干不完的，不一定非要钻到山窝里搞。”江海刚要说话，胡子君先谈了看法：“这件事已经酝酿开了，我看可以先搞一次捐助活动，再视情况而定。”林咏想了想，说：“我同意副长意见，钱充裕，可以考虑干；钱不够，就捐给他们算了。教导员给大家买字典、给群众看病，已经花了不少钱了，不能再个人出钱了。不然，我们心里也不是个滋味。”江海笑了笑，说：“我的老毛病又犯了，这件事弄得太急了，还是艇长想得周到。”林咏笑了笑，说：“我进入情况不够，随便说说而已。”江海说：“你们看这样行不行：星期四上午召开全体人员大会，做七昼夜航行训练动员，下午，各党小组开会，推荐优秀党员，研究本部门七昼夜训练准备工作；星期五上午召开支委会，确定优秀党员候选人名单，研究七昼夜训练准备工作和支援小西沟的事，下午召开支部大会，选出上报的优秀党员，组织支援小西沟捐助活动；今晚点名，将评选上报优秀党员和支援小西沟的事讲一下，让大家心里有个数。”林咏、胡子君表示同意。

星期四上午，水兵凉亭，军人大会。林咏首先讲话：“同志们，由于副长的刻苦努力和全艇同志的积极配合，我们顺利地完成了副长独操考核。今天，大队首长电话通知，我们副长独操考核合格。我们向副长表示祝贺！”在热烈的掌声中，胡子君站起来，向大家敬礼，并表示感谢。林咏说：“我们酝酿了很久期盼了很久的七昼夜连续航行训练，上级已经批准于本月中旬进行。”立刻响起一阵热烈的掌声。林咏说：“这一阵自发的掌声，表明我们今天的动员大会已经成功了一半，也就是说，积极性已经有了。另一半是什么？是科学性，即尊重客观，尊重规律，扎扎实实解决措施和办法问题。我们的准备工作，我们的措施，要充分考虑气象因素的影响，充分考虑可能的涉外问题的发生，充分考虑武器装备老化可能带来的问题。为了降低油耗，我们大部分时间是经济航速，大家必须耐得住性子。每人每天 25 千克水，除三顿饭外，每人上下午各一杯饮用水，晚上一脸盆洗漱用水，大家都要有心理准备。”

江海讲话：“艇长的几点要求很有针对性，十分重要，大家要认真理解和执行。猎潜艇无补给连续七天航行训练，我们大队现在的同志还无人经历过，这是个十分难得的机会，也是个十分严峻的考验，这将是596艇历史上重要的一笔，也将是我们每个同志自己历史上重要的一笔。我们每个同志都要积极献计献策，都要有自己的工作计划，都要抱着学习的态度、锻炼的态度，使自己的知识得到扩展，能力得到提高，意志得到强化，在执行特殊任务中取得特殊的收获。为了把这一次任务完成好，我提四点要求：一是坚决执行命令指示；二是严格执行规章制度；三是始终谨慎细致；四是紧密团结配合。”江海最后说：“当务之急是要做好各方面的准备工作。从现在起，我们要比一比哪个部门哪个班哪个同志最能发现问题，最能预见问题，最能拿出解决问题的办法……”

回码头的路上，江海问柳风：“优秀党员的事，你们小组报艇长有没有问题？”柳风说：“没问题。”江海说：“好。”回到艇上，江海又把辛乐叫到了自己的住舱，问他对推荐优秀党员的想法。辛乐说：“大家肯定会一致选你，出于真心的。”江海说：“咱们艇干部党员优秀的很多，我觉得艇长最合适。至于战士党员，我觉得还是咱们小组的叶崇林同志最合适。”辛乐笑了笑，说：“我已经预感到你不会要。说实话，和你相处几个月，我觉得自己的思想境界也上了个台阶。”江海说：“过奖了，你是老先进，上下口碑都很好，不过要是一个小组出两个，其他小组会有不同意见。”辛乐说：“特点不一样，副长、柳风、晓义，都是非常优秀的。”苗苗走到江海住舱门口，提醒二人午餐备好了。二人又聊了几句，起身往会议室吃饭去了。

星期五下午，水兵凉亭，党支部大会。首先是推荐上级表彰的优秀党员。江海说：“上级要求每个党支部报两到三名，咱们各小组共推荐了五名，支委会建议实行差额选举，五名同志全部列为候选人，在票数过半的前提下，得票多的三人当选；如票数过半者不足三人，就在票数不过半者中再选；如果最终票数过半者不足三人，那就将票数过半者如数上报。选举方式为无记名投票。”五位候选人是林咏、康晓义、叶崇林、水中天和苗苗。选举结果，林咏、康晓义和叶崇林均首轮高票当选。江海带头，大家以热烈的掌声向当选的同志表示祝贺。接着，江海宣读了5—12月支委集体理论学习计划，请大家监督。之后，开始支援小西沟捐助活动。江海说："关于支援小西沟问题，昨晚点名时已经说了很多了，这里再重复强调一句：一定不要有压力，从自己的实际情况出发，量力而行。"林咏、江海、胡子君捐款后，其他干部跟着捐了款，之后是战士。结果，共捐款两万一千六百多元，其中，林咏江海各两千元。

散会后，林咏、江海、胡子君来到会议室。林咏问："才两万多一点点，不够吧？"江海说："前几天我和撒处长聊过，他答应帮忙协调些水管。让叶崇林他们先合计合计吧。"胡子君说："我去找他们合计合计，再向你们报告。"这时，柳风带着雷达班战士章韵来到会议室。柳风对章韵说："你自己讲吧。"章韵对三位艇领导说："我父亲是煤矿老板，我和他说了支援小西沟的事后，他两次打电话要我向领导报告，支援小西沟的钱他包了。他说军人很辛苦，两地分居不容易，不要捐款了。"章韵掏出两万元钱，放在桌子上，又说："刚才我捐了一千元，我不想在那里捐得太多。我爸很快还会寄钱过来的。"江海看了看林咏，林咏点了点头。江海对章韵说："这两万元，我们收下了。告诉你爸爸，我和艇长代表全艇同志感谢他，感谢你们全家。钱已经足够了，千万不要再寄了，如果寄来，我们还得给他寄回去。"章韵说了声"是"，敬礼后出去了。柳风说："他不想让大家知道他爸爸是老板，也不想让大家知道他捐了两万元钱。"林咏说："尊重他的意见吧，是个好苗子啊！"大家都点了点头。江海说："我们应该以艇党支部名义给章韵家里写封感谢信，并建议大队给章韵家乡领导机关写封表扬信。"大家都赞成，并请江海负责起草。

林咏说："崔文惠明天回家，我送她到县里，水警区司令部有个老乡的家属也回去，正好是个伴。"江海说："多住住嘛！"林咏说："已经住了不少天了。"江海想了想，说："晚上你们要收拾行李，我们就不去家里坐了，明天早上我们过去送。"林咏说："不用送了。"江海说："就这么定了。"

晚点名，江海讲话："今天晚上，我们看了电影《侦察兵》。这是个老片子，我已经记不清看了多少遍了，但还是很受启发。过去，红军创建根据地，多在‘两不管’和‘鸡鸣三省’处；解放军对国民党军队实施打击，常常选择其不同编成单位的结合部。为什么呢？——利用他们的自保心理和自私心理。虽然性质不同，但我们有了私心杂念，也会影响到配合协作和任务的完成。大家说是不是啊？”“是！”大家齐声回答。江海说：“我们是共产党领导的军队，是走在中国特色社会主义道路上的军队，人人都应该识大体，顾大局，同心协力干工作，对不对啊？”“对！”大家高声回答。

星期一上午，大队交班后，林咏和江海被凌参谋叫到了常大队长办公室，乔政委、古主任和强业务长也在。常大队长说：“七天连续航行训练计划批下来了，水警区张司令员李政委要求一定要做好准备工作，确保任务圆满完成。大队只去两个人——古主任和强业务长，他们随艇指导训练，指挥员是林咏同志。”乔政委说：“古主任对猎潜艇感情深，对你们这帮人感情也深，强烈要求去的。他有丰富的海上经验，你们要多请示报告。强业务长是老机电，也是你们这次任务特别需要的。”林咏说：“太好了，要我们挑的话，也是他们俩。”常大队长问：“难道我和政委去就不行吗？”林咏笑着说：“你们俩太重，旧猎潜艇承受不了。”常大队长和乔政委都笑了。古主任对林咏、江海说：“我和强业务长下午就到艇上去，和大家一起做准备工作。”江海说：“好，我们先汇报一下前段准备工作情况和下步打算，再请主任和业务长做指示。”林咏问首长们还有什么指示，常大队长说：“我要交代的就一句话——艇毕竟老了，撑不住的时候别死撑！”林咏答：“是！”江海说：“思想摸底工作差不多了，我们星期五之前把政治工作方案报上来。”乔政委说：“好。”

出海前一天中午，康晓义接小西沟阿婆出院并送她回家后，向江海做了汇报。康晓义说：“手术非常成功，阿婆和张伯激动得不得了，海山都哭了，村里人全去看了，成了一件大喜事，热闹极了。”江海问：“怎么这么多天啊？”康晓义说：“两个眼不能同时做，间隔了几天。”江海又问：“钱够吗？”康晓义说：“水警区医院与县人民医院是军民共建社会主义精神文明单位。县人民医院领导看到水警区这么重视，知道了阿婆是烈士的母亲，决定免收手术费，住院费也全免。”说着，将3500元钱退给了江海。江海说：“军民共建社会主义精神文明，是《政治工作条例》的要求，是中央和中央军委赋予我们的重要任务，我们应该带头落实。”康晓义点了点头。江海说：“要谢谢卫生科的同志。”康晓义说：“谢过了。”江海问：“注意事项交代清楚了吗？”康晓义说：“我写了张条子，亲自念给张伯和阿婆听了，错不了。”江海说：“张东和同志可以安息了。”两个人沉默了很久。

晚点名，胡子君讲了管理工作后，江海接着讲出海准备工作。他说：“从某种意义上说，我们最可宝贵的不是知识，甚至不是技能，而是思想方法和思维方式。听肖班长说，他爱人连续三次来部队休假，都有物品落在家里，要么是自己的，要么是孩子的。我和肖班长聊了聊，都认为是时间利用上有问题。她每次都是出发前才整理东西，心里紧张，记不清事，如果提前准备，大脑皮层松弛，就不容易出漏洞。”江海说：“同样的精力，用在不同时空，会有不同的效果。七天航行训练，时间怎么用，精力怎么用，都必须科学安排，不然，就是每天忙活25个小时，也不会有好的效果。集中精力是个很大的学问，是个很重要的能力。我们要善于集中兵力打歼灭战，善于集中精力做好一个个具体工作。这次航行训练，除参加科目演练外，什么时候看岛礁，什么时候看学习资料，什么时候讨论交流，什么时候保养装备，什么时候休息，都要好好安排，力求精力投入效益的最大化，力求七天航行训练收获的最大化。”

第二十五章　连续航行老艇新貌
巡察演练西沙群岛

上午 8 点 50 分，二号码头，常大队长、乔政委等领导和机关的同志前来为 596 艇送行。古主任、强业务长及艇上的干部在码头上一字排开，待大队首长一一握手后，登艇就位。8 点 55 分，林咏走出跳板，向常大队长报告："大队长同志，596 艇连续航行训练启航准备完毕，请指示——艇长林咏。"常大队长高声下达指示："启航！"林咏高声答"是"后，快速走上驾驶台，下达了"离码头部署"口令。

解除"离码头部署"不久，林咏又下达了"狭水道航行部署"口令，从西口出港。

风和日丽，天朗气清，浪高不到一米。大家对经济航速已经有了充分的思想准备，甲板上、战位上、驾驶台上，气氛慢慢地轻松起来。坐在驾驶台的古主任说："596 艇就像个老人家，要到自己奋斗了一生的南海走一走，看一看了，踱步七天，何等潇洒啊！"胡子君笑了笑，说："台风刚从西沙过去，不知道涌浪大不大。"古主任说："丁参谋长分析认为这个时间段气象不错。"江海说："我问过水警区气象台台长，他也说近几天西沙海域气象总体平稳。"古主任说："船在海上散步，咱们在船上散步吧！"说完，站了起来。

在江海陪同下，古主任先到了海图室，柳风、何其明等站了起来。古主任看了看海图，马上表扬起来："这图做得真棒，清晰，精确，利落。"柳风说："这是其明的特长，在军校比赛时，他就是状元。"何其明说："我们艇长和教导员都是老航海，不认真过不了关啊！"古主任说："是啊，与直接领导是同专业的，日子往往不好过。"大家都笑了起来。接着，古主任又看了雷达、报务和声纳战位，之后，来到了后机舱。强业务长和辛乐他们正在观察主副机的运行情况，强业务长向古主任示意一切正常。古主任又来到炊事班，肖志海他们已经做好两个菜了。古主任问：“洗菜用了多少水？”肖志海指了指旁边的铁盆，说：“两盆。”古主任问：“行吗？”肖志海说：“民主会上，我们把7天21顿饭的用水方法都计划好了。我们带的菜，根茎果类的比较多，都弄得很干净了。青菜用水多点，先洗一洗，再淘一淘，最后用勺子打水冲一冲，首长一吃就知道了，保证干净。”古主任说：“不易存放的要先吃。”“明白，”肖志海拿起一个一次性用的小纸杯对古主任说，“我们每天晚饭后给每人半杯淡盐水，漱口用。”古主任拍了拍肖志海的肩膀，说：“志海名不虚传啊！”

午餐，每人只有半碗汤，大家边吃饭，边交流起节水方法。钟伟诚说：“训练服被汗水湿透了，晾干就可以了，再穿还是舒服的。裤头用一茶缸水洗洗就可以了。”康晓义说：“饭后再喝汤，先把汤里的菜吃掉，再用汤漱口后咽下，口腔就比较利落了，晚上刷刷牙，早上用炊事班发的淡盐水漱漱口，就比较卫生了。”柳风说：“这‘抗旱’呀，心理作用不可小视，反正我是尽量晚一点喝茶水，晚饭后至少还有一半，一直有水，一直心里踏实，睡觉前才喝光，不会因口渴而睡不着觉。”古主任说：“定量用水，大有学问，你们几个部门长可以组织大家交流交流。”部门长们都“嗯”了一声。

胡子君吃完饭后，把林咏换了下来。林咏紧吃一阵儿后，说：“这么多青菜，志海的老战术。”康晓义说：“这样好，即使后面一两天青菜少些，维生素也不会缺太多。”林咏说：“这是你和志海共同的战术。”古主任说：“有个好老炊太重要了。你们到别的船上待两天试试，回来就有幸福感了。”强业务长问林咏：“跑了一上午了，感觉怎么样？”林咏说：“怪不得人家说开车跑高速公路容易犯困呢，我今天就有点犯困了，不变航向，不变航速，不下口令，都快不动脑子了。”古主任说：“这么说，我也可以操艇喽！”一阵笑声。

午饭后，古主任在江海住舱休息。江海让强业务长在林咏住舱休息。强业务长说：“你们哥俩一起吧，商量工作方便。”江海说：“会议室人杂事多，有的人睡不着，就跑进来了，我和苗苗住那里吧。”林咏对强业务长说：“咱俩一起吧，我和教导员商量好的。”强业务长说：“谢谢！”

江海来到会议室，苗苗已经收拾好了。江海发现墙角有一小箱矿泉水，便把苗苗叫来，问是怎么回事。苗苗说：“军医交代的，主任、业务长和艇长那里也有，应急用的。”江海想了想，说：“没有我同意，矿泉水不许打开。你把我的水每天倒一些到你杯子里，你再给机电长的杯子里加些水，机舱里太热，他出汗多。”苗苗说：“干脆给他送几瓶矿泉水算了。”江海说：“不行，那样不符合规定，连续航行训练就名不符实了。”苗苗说：“反正我们不靠岸补给了，多带点水，还是‘连续航行’嘛！”江海说：“训练不是旅游，物品装载是有规定的，你可不能因为一瓶矿泉水就把这么重要的一次训练给浇黄了！”苗苗说：“是！”

午休后，古主任和林咏、江海上到驾驶台，胡子君下去休息。驾驶台上很安静。过了一会儿，古主任说：“听不到欧阳山同志的口令声，总觉得缺点什么似的。”欧阳山转过头来笑了笑。江海说：“是啊，听语音特别美的人说话，比听歌感觉都好。”古主任指着左前方一艘很大的商船，问：“哪个国家的？”江海叫信号兵用望远镜望望，信号兵望后报告说：“挂的德国国旗。”林咏对那个信号兵说：“再望望左舷 15 度的那两个黑点。”信号兵望了两遍，说：“两艘驱逐舰，好像在训练。”强业务长走了上来，林咏问他：“主机怎么样？”强业务长说：“这速度没问题，你听这声音，多带劲啊！”天色渐渐暗了下来。林咏对江海说：“你陪主任和业务长下去准备吃饭吧。”江海说：“好。”

江海陪着古主任和强业务长下了驾驶台，来到会议室。江海问古主任对艇上政治工作还有什么指示，古主任说：“我们的政治工作，军委总部是‘脑’，海军是‘肩’，舰队和军、师、旅都是‘肘’，团是‘手’。团这一级很特殊：要将上面的东西接受下来，消化好，并直接传到基层；还要将基层的情况弄清楚，捏起来，报上去。”江海说：“那我们艇就是一根手指头喽！”古主任笑了笑，说：“相对而言，团这一级要善于‘消化’，善于调研，基层则要真正懂兵，善做管理教育工作。”江海说：“精辟！”古主任说：“你继续夸吧，我不怕，我不会骄傲。”一阵笑声。古主任对江海说：“注意掌握实际情况，做好具体人的思想工作。”江海说：“是。”

晚餐，胡子君仍是“埋头苦干”，吃完就上驾驶台换林咏去了。林咏下来后，紧吃了一阵，看了看江海，说：“这次训练期间，不再搞全艇点名了，由各部门视情况进行。每天晚餐时咱们和部门长们交流交流，由各部门去讲。”江海说：“好，这样安全些。”林咏又说：“夜航时一定要加强值班，加强查铺查哨工作。”江海点点头，说：“古主任说我们这次是南海‘散步’，‘散’好‘步’，一靠脑子，就是艇长和副长；二靠耳目，就是雷达兵、声纳兵、报务兵和信号兵；三靠腿脚，就是机电部门的同志。这些部位的同志都是‘两班倒’，很辛苦，一定要保证他们补好觉。工作量轻些的部门，可以适时组织些体能锻炼，还可以复习一下导弹艇专业课。”林咏点点头，对古主任说：“请主任和业务长做指示。”强业务长摆摆手，说：“我的责任是和机电部门的同志一起干活，要说的随时随地都说了。”古主任说：“请舱段班长每天报一次油料和淡水消耗情况。”康晓义答：“是。”江海说：“零点后，我们将驶过海南岛东北角的清澜港外，要了解该港具体情况的，可以看印发的资料。”林咏说：“按照计划执行，每天凌晨一点倒班。今天，我前半夜，子君后半夜。”柳风说：“教导员交代了，副长操船时我值班，艇长操船时其明值班。”强业务长说：“那好，艇长操船时我值班，副长操船时老辛值班。这样，我和艇长睡觉同步，互不干扰。”林咏笑着说：“好的。”

江海和苗苗在会议室休息，江海睡正面的长沙发，苗苗睡手术台兼餐桌。晚上 11 点时，江海又在舱面转了一圈，然后躺下休息，朦胧中，听到外面有说话声，看看手表，12 点半了。他又起来，走出会议室，发现右舷有几个人在朝西望，苗苗也在。周学正问江海：“那片灯光很亮的地方应该是清澜港吧？”江海说：“是的。太远，看不到，大家休息吧，看看印发的资料就可以了。”说完，大家都回住舱休息了。

第二天早上 5 点来钟，江海醒了，苗苗睡得正香。江海轻轻地出去，关好门，在甲板上巡视了一圈，来到了驾驶台上。江海对胡子君说：“辛苦了。”胡子君转过头来，说：“不辛苦。天还早呢，教导员再休息一会吧，我这里有航通长帮着，没事的。”江海坐下来，说：“睡不着了，陪你一会儿。”过了一会儿，古主任也上来了。古主任问：“到哪儿了？”胡子君说：“三亚东北。”柳风从海图室上来，说：“到陵水湾东面了。”

天越来越亮，甲板上人越来越多，胡子君对着话筒说：“同志们早上好！现在时间是洞拐洞洞，我艇正航行在三亚以东海面，请同志们搞好室内外卫生。洞拐三洞早餐。”

早餐后，林咏接替胡子君操船。9 点整，一阵急促的铃声后，林咏下达了“演习防空战斗警报”口令。江海陪着古主任在驾驶台上，观看操演情况。林咏对左右两舷各出了一个敌机来袭的情节，并指挥抗击。钟伟诚熟练地组织指挥各炮位，快速准确地执行着林咏的命令。演习结束后，林咏指示各部门进行讲评。10 点整，林咏又组织了一次防核化演习。演习后，各部门也进行了讲评。午饭前，林咏对全艇人员说：“两项演习总体情况较好，主要优点是严肃认真，但是，从速度到质量，都没达到平时最好水平。穿着防核化装具，是 7 月份水警区比武项目之一，我们今天的表现还有明显差距，各部门要抓紧训练。”

午休后，喇叭里传来了江海的声音：“同志们！右前方那个断断续续的条状沙洲是七连屿，详细情况介绍，请同志们看印发的资料。”很多同志来到前甲板和后甲板，瞭望起来。

驾驶台上，古主任问苗苗：“怎么样，有什么感受？”苗苗回答：“我的眼睛里，南海越来越大了；我的脑子里，大陆越来越小了。”古主任拍了一下自己的大腿，说：“妙，这个表述太新颖了！”苗苗习惯性地挠了一下头，说：“我是瞎说的。”古主任说：“那就更不得了了，瞎说都这么高水平，要正经说的话，那还得了啊！”大家都笑了起来。古主任又问胡子君：“要你形容南海之大，你怎么说？”胡子君脱口说道：“无边无际。”古主任说：“既俗，又不符合实际，和苗苗的表述不可同日而语。”胡子君笑着说：“那就改日再‘语’吧。”又是一阵笑声。古主任说：“我们从小学到大学，课本上讲的基本上都是陆上的东西，对许多人来说，大海就像太空一样——虚无缥缈，无关痛痒，现在是好好补课的时候了。我们不仅要知道海有多大多美，更要知道海的内涵和重要。增强海洋意识，传播海洋知识，我们海军官兵义不容辞、责无旁贷啊！”胡子君说：“主任的教导振聋发聩。对于海洋，我们当以不知为过，以不懂为耻。”古主任说：“你这句话有水平，不用改日再‘语’了。”胡子君笑了。

傍晚时分，喇叭里又传出了江海的声音：“同志们！正前方那个黑点，就是西沙群岛中的东岛。东岛植物非常茂密，是我国唯一有鲣鸟的岛屿，还有野牛和几种很稀有的植物，详细情况，请看印发的资料。”东岛越来越近了，大家也越来越兴奋了，有的同志高兴得叫了起来。望到东岛信号台后，信号兵按照古主任的指示，以灯光通信方式发出一段信号：“我是596艇，正在执行训练任务。向东岛的战友们学习、致敬！”过了一会，信号兵收到一段来自东岛信号台的信号：“谢谢！向596艇的同志们学习、致敬！祝同志们一切顺利！”艇从北向东，再向南，顺时针方向绕岛一周后，向西行驶。艇走了很远了，许多同志还在使劲地回望东岛。又是江海的声音：“同志们！很快就进入夜航了，今晚不再途经岛礁，请大家好好休息。”

晚饭时，康晓义向古主任报告：“昨天和今天的油料淡水消耗，都略少于原计划。”古主任点点头，说：“好，未经请示同意，不得突破计划指标。”康晓义答：“是。”肖志海端来一叠切好的烙饼，说：“教导员的手艺，请首长们品尝。”古主任问肖志海：“你们洗菜水怎么处理的？”肖志海说：“叶崇林他们每人舀了一茶缸，弄湿毛巾擦澡，剩下的澄清，下次洗头遍菜时用。”古主任看了看江海，说：“南方人毛病就是多，一天不洗澡都不行，人家北方人十天半个月不洗澡，幸福感不降反升！”一阵笑声过后，江海说：“真会自我安慰——擦澡！如果在身上滴一滴水，叫不叫滴澡啊？”大家又笑了起来。肖志海笑着说：“教导员说过，炊事员不讲卫生，就是596艇不讲卫生。我们很重视卫生的。”说完走了。

钟伟诚转换了话题，说：“我这两天把《辞海》当书看，不洗澡，不洗衣服，上厕所少，时间大把大把的。”古主任说：“很好，口头嘉奖一次，望回家后继续坚持。”笑声中，康晓义说：“我这两天也常翻《辞海》，常见病、医药名人、医药名词，知识可多了。”古主任说：“古今同志教导你们说：‘世界上最可怜的人，是一辈子都感受不到学习乐趣的人。’”话音一落，掌声一片。

第三天早饭后，艇到达中建岛东面。因为该岛是西沙群岛中位置最西的，所以大家特别有兴趣。以信号通信方式和岛上官兵互相致意后，艇以6节的速度顺时针方向绕岛一周。大家边看岛，边看介绍该岛的资料，兴趣非常浓。驾驶台上，古主任和林咏江海用望远镜仔细看了中建岛码头、营区及礁盘情况。周学正送上来一份电报，交给了古主任，古主任看后哈哈大笑。林咏问他有什么喜事，他说："这次完成任务后，我们要谢天谢地。"林咏又问："怎么了？"古主任说："这里刮完台风，我们来了，我们离开南石湾两天，台风去了，已经进入三级防台风部署了。"大家说说笑笑，离开了中建岛。整个白天，甲板上都比较活跃。过金银岛、珊瑚岛和琛航岛，还有甘泉等无人岛时，大家都认真察看着，讨论着。过琛航岛时，还专门拉响汽笛，甲板上全体人员肃立，向安葬在岛上的烈士们致哀。夜深了，江海又到各部门巡视了一遍，催促大家赶快休息，提示大家明天一早看西沙群岛中最大的岛——永兴岛。

第四天，天刚蒙蒙亮，艇到了永兴岛西面。通过信号和岛上驻军互相致意后，开始逆时针方向绕岛航行。由于石岛早已由公路和永兴岛连在了一起，所以，实际上是绕两个岛航行了一周。码头、机场和景点老龙头，成了大家观看的重点。码头上靠泊着两艘导弹护卫艇，舷号看不清，不知道有没有 902 艇。上过永兴岛的林咏还向大家详细介绍了日军修建的碉堡和中国军队收复西沙纪念碑的情况。绕岛航行的速度只有 5 节，所以大家都很尽兴。离开永兴岛不远，一架飞机徐徐降落到永兴岛机场，大家又回首望了一会儿。艇到了七连屿西面时，海上出现了白色的浪花。一艘驱逐舰和两艘护卫舰从左边向永兴岛方向驶去，林咏拉响汽笛，和他们互致了礼节。突然，机舱向驾驶台报告：三号主机发生故障，强业务长和辛机电长正在组织抢修。古主任在江海陪同下，来到了后机舱，强业务长亲自动手修理，辛乐他们满身大汗地配合着。看了一会儿，古主任示意他们不要急，慢慢修，就和江海出来了。

晚饭后，林咏又到后机舱看修理情况。过了一刻钟左右，林咏回到会议室，告诉古主任和江海，三号主机修好了。强业务长和辛乐到会议室吃饭时，古主任问情况怎么样，强业务长说："跑久了，机件多处脱落，有的线路松动，机器有点热。不要紧的，都好了。"江海说："辛苦了！"辛乐说："强业务长给我们上了一堂难得的专业课。他发现问题快，判断准，措施稳妥，我们佩服极了。"强业务长放下筷子，说："咱们打主动仗，今晚把另外三部主机也检修一下。"辛乐说："好，我又受到启发了。"

林咏说：“睡了一下午，我真的不渴。说着，端起自己的茶杯，给强业务长和辛乐各加了点水。二人推托不开，只好连声说“谢谢”。古主任问康晓义：“有晕船的吗？”康晓义摇摇头，说：“没有，一个也没有。”林咏说：“这种海况还晕船的话，我们就集体去慰问他。”古主任笑了笑，问林咏：“你还不上去换子君？”林咏说：“说好了，我操后半夜。”古主任说：“下午睡了，前半夜不会困了。”林咏说：“约了两个战士谈话，一个是深弹班的，一个是帆缆班的。”古主任说：“抓得够紧的啊！”林咏说：“教导员每天都在谈，我是今天才开始。”江海说：“你操船辛苦，还是要多休息。”林咏说：“放心吧，有主任英明领导，咱们干点具体活，累不死。”康晓义对江海说：“有的同志口腔溃疡了，古主任和艇长也有点儿。”古主任说：“没事，和我抽烟有关。烟鬼凑到一起了，争着让烟，不知不觉就抽多了。”林咏说：“喝水少，抽烟多，是这个原因。”

睡觉前，江海看了机电部门检修机器情况，到海图室看了明天的航行计划，悄悄地把自己的水给古主任和林咏各倒了些，又到驾驶台陪了胡子君一个多小时。

半夜时分，突然警报声响起，大家迅速起来，跑上各自战位。林咏下达火箭弹攻击敌潜艇演练口令，进行了一场非常认真的训练。因为快到家了，大家没思想准备，出现了一些忙乱现象，林咏在讲评中严厉地批评了多个战位。

第五天早饭后，艇到了海南岛亚龙湾，在港内转了一大圈，看了一座座大型码头和一艘艘新型驱逐舰、护卫舰。出港后，又向榆林港驶去，进到港内，已是午餐时间了。尽管来过很多次了，大家还是很有兴趣地观看着靠在不同码头上的护卫舰、导弹护卫艇、潜艇和各式各样的辅助舰船。港内行驶很慢，出港时，大家已经吃完了中午饭。路过三亚市正面时，大家对三亚的巨大变化纷纷发表了感言。

4 点半钟，江海到伙房帮助做饭。炒青菜的时候，江海问肖志海：“明天还能吃到青菜吗？”肖志海回答：“天天有青菜，是我们坚定的目标。”关士愔说：“肖班长一直在探索青菜保管办法，一直在教我们呢！”江海说：“天这么热，很难的。”肖志海说：“冰箱里，鱼和肉取出一点，我们就放一点青菜进去。我们还藏青菜于‘民’，在通风好、气温低的地方晾起来。”江海说：“一两天没有也没关系，回去后多吃蔬菜就是了。”肖志海说：“我们主要是摸索保管蔬菜的方法。后两天青菜少，但水果多些，维生素不会缺的。”江海说：“相传，唐朝的地方官员为了让杨贵妃吃到新鲜荔枝，发明了荔枝‘五日保鲜法’。你们为了海防事业，摸索出蔬菜‘七日保鲜法’，有意义啊，我替同志们谢谢你们啦！”

晚饭结束时，古主任对大家说：“行一百，半九十。后面都是沿岸边走，船只多，渔网多，情况复杂，要加强值班，加强瞭望，千万不能放松，千万不能大意。我们今晚和明天，还是要按油耗最低的速度走，确保燃油的机动量。”林咏问大家：“主任的指示听清楚没有？”大家答“听清楚了”。江海问大家还有没有要说的，柳风说：“主任说的加强瞭望很重要。近岸木船多，雷达上看不到，负责瞭望的同志一定要始终在位，始终专注，千万不能马虎。”江海说：“各部门要认真传达古主任的指示，并联系实际，提出要求。前面顺，不等于后面顺，比意志比耐力的时候到了，这正是七天连续航行训练的意义所在。咱们干部带头，确保任务圆满完成。”

晚上 10 点，江海查铺查哨后，在驾驶台坐到 11 点半。

第二十六章　查排活动适时对症
体会交流收获深层

第六天早上，大家看完东方市的八所港后吃早餐。早餐后，林咏江海按计划向部门领导布置了全天开展“查苗头，排隐患”活动事宜。二人讲了指导思想、方式方法和具体要求后，古主任说：“前五天，总的情况不错，但机器设备连续使用时间长，人员也到了一个疲劳周期，今天进行‘查苗头，排隐患’，因应了事物的发展规律，很正确，很必要，很及时。我要强调的是：查事故苗头，先查思想有没有松懈；排除事故隐患，先看心理和意志过硬不过硬，工作标准够不够高。部门也好，个人也好，查出苗头是能力，排除隐患是成绩。”江海说：“听了主任的指示，很受启发。我们每个干部先要自己想它半个小时，弄明白了再向同志们传达，认真布置。晚饭后听取各部门的情况汇报。”林咏说：“注意处理好查排工作与正常工作的关系，以查排促工作。”

早饭后，林咏到驾驶台接替胡子君，古主任也跟着上了驾驶台。强业务长跟辛乐在甲板上交谈，商量查排动员事宜。江海听了艇务部门的查排工作动员会，并重点跟踪了舱段班的查排工作。

下午，艇驶进了洋浦港。信号兵与洋浦港驻军信号台联系上后，互致了礼节。天突然下起了雨。由于该港地位重要，大部分同志又没到过这里，所以，大家看港看资料都特别认真，有的穿上雨衣在甲板上看，也有的没来得及穿雨衣，衣服淋湿了也全然不顾。在港内慢慢地转了一圈后，艇缓缓地驶出了洋浦港。雨越下越大，站在前甲板的江海索性将淋透了的作训服脱下来，放在甲板上，边用脚踩，边挠头搓身。驾驶台上的人都笑了。周学正和夏研秋等也跑出来，学着江海的样子，边洗衣服边洗澡，真可谓手舞足蹈，酣畅淋漓。用洗脸盆在甲板上接水的，都有满意的收获。苗苗给古主任、强业务长及艇领导们都接了水。一阵热闹后，康晓义分别告诉各部门，让淋了雨的同志换上干衣服，防止受凉。

晚饭后，雨停了。古主任和林咏、江海在会议室听取各部门查排活动情况汇报。大家普遍认为，查排活动敲响了警钟，找出了思想上的差距，也查出了管线渗透、垫片脱落、损管器材放置不合理等问题。各部门都表示，要保持清醒，积极作为，确保圆满完成任务。

散会后，江海问古主任："我们在甲板上洗澡时，你吟了一首什么诗？"古主任反问："你怎么听到的？"江海笑了笑，说："不是听到的，是猜到的。"林咏大声替古主任回答："好雨知时节，六日乃发生。倾盆注甲板，乐死光屁虫。"江海哈哈大笑，说："虽然不知道具体内容，但我预感到会有浓重的幽默色彩。诗无达诂，主任对杜工部《春夜喜雨》是情见于辞，为我所用啊！"古主任笑了。

艇来到后水湾外，已经半夜了，大家还是很认真地看了该港湾资料介绍。有的同志用望远镜向湾内瞭望，但由于天黑，看不清。过了后水湾，艇向右转，进入琼州海峡。

第七天主要是过琼州海峡。琼州海峡大致为东西向，长 103.5 公里，最窄处宽仅 19.4 公里，被称为交通走廊。由于船只多，考察点也多，艇速一直很慢，特别是过海口港和铺前湾时，艇走得更慢。吃晚饭时，古主任对干部们说："事业，事也。没有'事'，哪有'业'？这次训练搞完美了，大家就都添业绩了。是功德圆满，还是功亏一篑，就看咱们这帮人的能耐了。"林咏对干部们说："主任的提示非常重要。信号兵有信号兵的能见度，雷达兵有雷达兵的能见度，我们当领导的，要有领导工作的能见度，其实也不用看多远，十几个小时而已。出了琼州海峡东口，风浪会明显大些，一定要加强值班，加强物品检查，该加固的要加固。"江海说："对。都要按照时间节点捋一捋，多提醒提醒，多交代交代，多检查检查。要强调按规章办事，切实加强人员管理。"讲完，请古主任做指示。古主任环视了一下大家，一句一顿地说："七日八岛四千里，练走练打炼毅力。锐士步步皆新路，劈波斩浪心如初。"掌声起得及时，也很热烈。

琼州海峡东口外，望不到边的白色浪花，翻滚着，跳跃着。江海一个部位一个部位地检查，一个人一个人地交代。一遍下来，满身大汗。他来到会议室，见古主任一个人在写东西，便退了出来，但又被古主任叫了进去。

古主任放下笔，说："本月30日，是我中学母校建校五十周年，学校邀请我参加校庆，我显然走不开，怎么办呢？想写封贺信，但硬是写不好，撕了两次了。"江海笑了笑，说："一旦写出来，肯定不同凡响。"古主任摇了摇头，问："你觉得写点什么好？"江海想了想，说："来首诗吧！"古主任说："那就丢人丢大了，我这两下子，只能在茶余饭后为兄弟们助助兴。"江海说："主任太谦虚了。"停了一下，江海又说："是啊，一个人没有思想不行，有思想说不出来不行，说得出来写不出来也不行。但是，也不必用太多的清词丽句，以诚写真，字字是金。"古主任说："你在师机关两个部门干过，就是不一样，几十个普普通通的字，经常在一起玩，并不显眼，怎么叫你一排列，就那么发人深省呢！非常受益，非常享受！"江海说："主任取笑我了。"古主任一脸严肃地说："我多次注意到了，是真的。"江海说："诗词是思想的凝结、情感的凝结、语言的凝结，精练、精巧、精美——我们都很羡慕主任啊！"古主任说："这才叫取笑呢！"

江海坐了下来，说："海婴有份学习资料上说：人类办学校，从奴隶社会就开始了。我国近代办学，是从清末，即20世纪初开始的。新中国成立后，1951年，政务院颁布《关于改革学制的决定》，对旧学制进行了根本改革，制定了新的学制。学制是随着社会的进步而进步的。人类将自己认识世界改造世界获得的知识，分门类分层级凝结于教材，通过教学，传给后代。小学只有两三门课，而中学一下膨胀到十几门。我们今天的世界观和认识能力、工作能力，都与中学阶段有着深刻的联系。"古主任说："讲得好，校长家属就是不一样。"二人笑了笑，古主任又说："有两个我很佩服的同学，一个身体垮了，一个被法律制裁了，我得强调一下德智体全面发展的重要性。"江海点点头，说："是啊，对我们的事业和工作来说，德智体都有"一票否决"的能力。"古主任说："看来闭门造车的确不行，出门见喜啊！"江海笑着说："你慢点写吧，不打扰了，我到驾驶台坐会儿。"说完出去了。

第八天早晨五六点钟，许多同志就起床了，使劲地朝北方望，有的还用望远镜望。望见南石湾后，舱面一片欢呼雀跃，有的同志饭都没吃好。大家很快地搞了舱面清洁，擦拭了武器装备。跑了一阵高速后，艇从东口进了南石湾。几分钟后，林咏下达了“靠码头部署”口令。看到大队首长都在码头迎接，官兵们个个精神抖擞，英姿勃发。林咏的口令果断洪亮，各部位人员执行准确迅速。稳稳地靠好码头后，林咏下达了“解除靠码头部署”口令。

搭好跳板后，艇上的干部们跟着古主任、强业务长走上码头，站成一排。林咏向前跨了一步，向常大队长报告：“大队长同志，596 艇顺利完成七昼夜连续航行训练任务，人员装备安全。请指示！——艇长林咏。”常大队长大声说：“同志们辛苦了！我和乔政委代表大队领导和机关，向你们表示欢迎和祝贺！希望你们认真搞好总结，扩展训练成果。”林咏大声答“是”后，回到了队列中。首长们走过来，逐个与干部们握手。杨副大队长问江海：“你的衣服还这么干净啊？”江海说：“前天用了一吨水洗的。”江海看着迷惑不解的杨副大队长，笑着解释道：“大雨中甲板上洗的。”杨副大队长笑着“哦”了一声，拍了拍江海的肩膀。和撒处长握手时，江海把嘴靠近他的耳朵，小声说：“处长别忘了水管的事哟！”撒处长笑着说：“放心吧，误不了。”江海说：“谢谢处长！”握完手，乔政委问林咏和江海：“有没有身体不适的？”江海答：“没有。”乔政委说：“好，抓紧时间休整一下，我们就不多打扰你们了。”林咏和江海齐声说：“谢谢首长！”古主任、强业务长与林咏、江海握手后，也回机关去了。

干部们回到艇上，全体人员前甲板集合，江海讲话：“同志们！完成七天连续航行训练，这只是任务的一半，另一半是总结七天连续航行训练。训练是手段，提高官兵素质和战斗力才是目的。有道是：‘功夫不负有心人。’我们下了功夫，‘负’不‘负’，就看我们有没有‘心’了，就看我们能不能悟出今后还管用的东西了。我们要遵照大队首长的指示，像认真搞好海上训练那样搞好总结工作。今天明天后天休息。大后天过党团日，总结七天连续航行训练：上午，党团小组总结；下午，党团支部联席大会总结，请大家认真做好准备。”

星期五下午，水兵凉亭，党团支部联席大会。江海说：“在交流中提高，我们已经多次尝到甜头了。这次总结七昼夜连续航行训练，我们还用这个方法。时间关系，发言的同志只谈最想说的一点收获、体会或者建议。”话音刚落，“哗”的一声，举起了一大片手。江海很高兴地请内燃机班战士师则民发言。师则民略显紧张，但很沉着，慢节奏地说：“回想七天的训练，我最深的一个体会是：准备工作彰显能力水平。这次在海上，内燃机大点的问题出过五六次，但都在预料中，配件全部都有。出发前，副长、机电长、班长组织我们开了三次诸葛亮会。从某种意义上说，我们这次是胜在岸上，胜在准备充分。”师则民首战告捷，获得热烈掌声。

接着是舱段班战士夏研秋发言：“我最深的一点体会是，工作态度积极，才能掌握主动。以前，我在管路维修方面，习惯于被动应付，总觉得不出事就是没有事。这一次，班长带着我们每天巡查至少两遍，对明显支持不了多久的管子主动拆换，对连续松动的螺丝及时更换，整个油路水路都很稳定。”

雷达班班长顾展说：“我最突出的感想是：提高研判能力，应成为提高观察能力的着力点。以前，我们对屏幕上显示的情况研究不够，很少争论，看得远，知得近，看得多，知得少。这一次，部门领导组织我们在加强观察的同时加强研判，摸索各种目标的图像特点和规律，积累了一些新的经验。”

钟伟诚发言：“这次训练中，我们部门的一些同志自嘲说，我们艇‘腿’硬‘耳目’尖，枪炮干瞪眼。的确，连续航行，机电和航通部门的重要作用是显而易见的，但是细细琢磨，我们也很有收获和体会。在正常科目训练中，我们经常被大家称为主角，这一次，我觉得当配角也不简单，在没有直接敌情的情况下，长时间保持警惕，对我们也是个不小的考验和锻炼。我相信，此次训练中，如有情况，我们是能够出手快，打得准的。”

江海说：“我们是‘腿’长‘眼’尖‘拳头’硬，艇务保障见真功。艇务部门计划精心，操作精细，头脑精明，手艺精湛，作品精彩，体现了全心全意服务于战斗力提高的精神。”一阵掌声后，江海说：“下面请艇务部门一名同志发言。”

苗苗一边举手，一边站了起来，说：“谢谢主持人！”大家笑了，江海也笑了。苗苗说：“教导员讲了六个‘精’，我感受最深的是‘精神’。从生活角度讲，我们最大的困难是淡水少。为了应付特殊情况，出发前，我们给古主任、强业务长和艇领导每人准备了10瓶矿泉水，虽然我们想尽各种办法要他们喝，但他们一口都没喝。古主任说：‘如果多喝一瓶水，我一辈子都会愧疚的。’我们带出去50瓶矿泉水，回到码头还是50瓶，一口没少。”苗苗拍了拍自己的头，接着说：“羞愧难当啊！我偷喝过聂文胜的一口水，当时认为是开玩笑，现在想来，就不是个简单的玩笑问题了。后面两天，我一直在想，就一口水，领导们为什么个个都那么认真？想来想去，觉得是自己的精神境界低了一层，今天不说一说，我会一直不安的。这次训练，我最大的收获就是看到了自己的差距，看清了加强思想和作风修养的现实紧迫性。”说完，苗苗认认真真地给大家鞠了个躬，大家报以热烈的掌声。

听了十多个同志的发言后，林咏站了起来，说：“连续七天无补给航行训练，我也是第一次，本来感想就很多，听了同志们的发言，感想就更多了，要说最大的一点，那叫作：团结好，力量大。七天中，互相关心，互相照顾，互相帮助，互相支持，互相体谅，互相谦让的好人好事，举目可见，不胜枚举。刚才苗苗谈了自己很多不是，其实，我听说他也悄悄往聂文胜碗里倒过菜汤。”苗苗立刻喊了一声：“那是赎罪！”林咏笑了笑，接着说：“工作中，恐怕哪个部门都得到过苗苗的支持和帮助。各部门、各战位主动要求多值班、值后半夜班的都很多。在机器抢修、故障排除和气象不良时观察瞭望等方面，都有及时热情的相互支援和配合，说我们团结得像一个人一样，并不为过。我们的团结是自觉的，真诚的，经得起实践检验的。只要我们保持和发扬好这种精神，任何困难都会望风披靡。”一阵热烈的掌声。

江海讲话：“和会前相比，我觉得自己在思想上认识上都长了不少，我想在座的每个同志也都是这样。是不是啊？”“是！”大家回答。江海说：“我们都看过许多电视连续剧，其实，人类文明史，祖国统一富强史，我们596艇成长进步史，都是活生生的‘连续剧’。七天连续航行训练，就是新拍的596艇光辉历史上精彩的一幕，演员就是我们在座的这些人。我们天天是‘演员’，时时在‘剧’中。平时看电视，我们持以旁观者的心态和眼光；今天，我们是回放自己演的节目，自己看自己，自己评自己，这很有意义。回顾过去的我，看看现在的我，想想未来的我，让‘我’永远是‘新’的。今年以来，我们的科目训练考核和人民海军忠于党主题教育活动，大家都表现不错。我相信，在接下来的水警区比武、导弹艇军事专业学习、援助小西沟群众等活动中，大家一定会有更出色的表现。”江海最后说：“行难知易和行易知难，分别强调了行和知两个侧面，各有内涵，各有道理。我们现在谈七天连续航行训练活动，可以说是走过场易，悟道理难。海上七天有什么苦的？少喝点水，不洗澡不洗衣服而已，再加几天，我看大家也顶得住。大家的发言表明，我们不是忍受了七天，而是奋斗了七天，享受了七天。我们不仅完成了任务，而且收获了经验，锻炼了意志，提升了境界。现在可以说：我们取得了七天无补给连续航行训练的全胜，为猎潜艇争了光，为猎潜艇人争了光。”大家热烈鼓掌。

参加大队交班回来，林咏、江海、胡子君在会议室研究下步工作。江海说：“7月中旬之前，重点工作是参加水警区比武活动，首先是大队7月初的预赛。我建议咱们每个项目都参加，这样有利于提高全体人员素质，看清楚自身的强点和弱点。”林咏说：“好。”江海说：“比赛的准备工作，适时组织观摩，让大家互挑毛病。”林咏“嗯”了一声，说：“每个项目都要有一至两个预备人选。”胡子君问：“可不可以于本周安排两到三个半天，请901艇讲军事专业课？”林咏说：“我看可以，这样有利于学习内容的衔接。”江海说：“一会儿副长去901跑一趟，听一下他们的意见。”胡子君说：“好。”江海对林咏说：“七天连续航行训练总结你亲自写，‘七一’党课我来准备。”林咏说：“好。”林咏又对胡子君说：“你现在去901吧，学习的事定了，工作才好安排。”胡子君“嗯”了一声，出去了。

林咏对江海说：“你还得谈谈对七天训练总结的想法啊！”江海说：“我还没细想。总结大会上大家的发言，已经说了很多好的意见了。我觉得，基本情况和相关要素要全，但要简明，重点是做法和体会，要突出特点。缺点和不足要大大方方地讲，直言不讳地说。”林咏问：“比如说？”江海说：“政治工作、管理工作组织不周密，有时严肃到了沉闷，有时活泼到了散漫。”林咏说：“科目操演也少了些，究其原因，恐怕是担心精力顾不过来，多一事不如少一事，心态不够积极，不够舒展。”江海说：“有道理。”林咏问江海：“小西沟的事怎么办？”江海说：“他们修水塔和电机房没那么快，等大队预考后去人看看再说，原则上定在水警区比武之后再动工。”林咏点了点头。

这时，胡子君回来了，说：“他们的意见是本周二、四用两个半天讲课，然后等水警区比武后再说。”林咏、江海都表示同意。江海对林咏说：“午饭时，给部门领导通个气，晚点名你再讲一下。”林咏说：“好。”

下午，会议室，江海、林咏、胡子君研究半年总结、评议党员和支委民主生活会问题。林咏说：“评议党员，我看不一定搞了，从以往情况看，不是走了过场，就是造成别扭。支委民主生活会，年底开一次就行了。半年总结可以认真研究一下，之后开个大会，我和教导员都讲一讲。”胡子君点了点头，没说话，和林咏一起看着江海。江海笑了笑，说：“半年总结期间进行一次党员评议，召开一次支委民主生活会，都是上级的规定，我们只能研究如何贯彻好，不能研究要不要贯彻。”林咏想了想，说：“那就用半天时间，三件事一起过。”江海说：“任何一项工作，如果潦潦草草，不仅没有好的效果，还会有负面影响。咱们还是认认真真地搞。”胡子君说：“教导员说个方案吧。”江海说：“我也没想成熟，可不可以这样：先动员一下，把个人总结、部门总结与评议党员结合起来进行，然后，召开半年总结大会，总结经验教训，布置下半年工作，最后召开民主生活会，咱们痛痛快快交流交流。”胡子君点了点头。林咏说：“好吧，就按教导员说的方案办。”

晚饭后，趁着支委们都在，江海宣读了他起草的党支部给章韵家的感谢信草稿，大家都同意。江海说：“大队同意给章韵家乡县政府写信，表扬章韵家里的善举，信最近就将发出。”柳风问：“要不要告诉一下章韵？”林咏、江海同时说：“告诉一下。”

星期二上午，会议室，党支部委员会研究参加比武人选和比武训练准备工作。江海说："各部门推荐的人选名单，昨天已经印发给大家了，今天会议确定一下，以便尽早开展训练准备工作。请大家见仁见智，建言献策。"

柳风说："我反复看了，各部门人员推荐是认真的，我都同意，问题是兼项的不知道行不行，比如聂文胜，既参加撇缆，又参加损管堵漏。"林咏说："这种情况往年也有，一般没问题，我们照样报。"钟伟诚说："舢舨上自动步枪打水上气球和 2.5 炮打浮雷，是以前没有比过的，不确定因素多，难度较大。"胡子君说："大家都是一样的，关键是临场经验和心理训练。"康晓义说："烹饪方面，艇长、教导员都要上啊，艇长的清蒸鱼，教导员的烙饼，都很有特色，绝对有竞争力。"胡子君说："是啊！起码是带头作用，可以振奋士气。"林咏看了看江海，说："好，我们都上，不能错过这个学习机会。"江海点了点头，说："训练工作由各部门组织，一定要严格，要规范，要扎扎实实。"林咏说："怎么比，就怎么练。损管堵漏，教练室的两种模式都要练，水警区比的也是这两种模式。穿防化衣和防毒面具，要因人而异，把最简便的方法找出来，练熟。"辛乐说："我们一分钟也不浪费，抓紧练起来。"江海说："一定要练研结合，边练边研，边研边练，站到理念和方式方法的制高点上。"柳风说："对，按部就班，循规蹈矩，肯定是没戏的。"……

星期三上午，大队教练室损管训练场，江海在看参赛小组的堵漏训练。连续操作了两次后，江海让大家休息一下。讨论了一会儿，江海说："依我看，堵漏和打乒乓球一样，前三个动作很关键。前三下不行，人就容易慌，容易乱，容易累。"文刚说："对对对，前三下定胜负！"江海说："三个主要人员的站位、站姿要琢磨透，确保第一次用力就在一个点上。第一根顶木上得快，后面才好办。"聂文胜说："对，这是比赛的关键。"大家站好位，商量了一阵，又练了起来。江海又看了两遍，时间缩短了不少，满意地离开了。

江海来到篮球场，看撇缆训练。他看得非常认真，还不时地和大家交流。训练快要结束时，堵漏训练的同志路过这里。江海对聂文胜说："你来一个，我看看。"聂文胜把缆绳缠好，"唰"的一声将撇缆球抛了出去，尽管动作很随便，但已超出其他同志很多，大家都笑了起来。江海说："你力气大，潜力也大，因为动作还有问题。”聂文胜说：“请教导员指教。”江海说：“我认为撇缆的要领是目标要看准，站姿要舒适，挥臂要有爆发力，臂和手的运行弧线要适中。”聂文胜说：“是。”江海说：“确定站姿时，要判准风向风速。顶风时，不能抛得太高；顺风时，不能抛得太低；侧风时，要控制好发力点的方向。”大家纷纷表示赞同。聂文胜说：“凭教导员这番话，我至少还能增加一米。”江海笑着说：“准备吃饭吧，下午再练。”

看完《新闻联播》，江海在会议室与柳风、钟伟诚、水中天等研究了黑板报事宜。从会议室出来，看到一群人在前甲板聊天，很热闹，江海他们便走了过去。大家正在谈聂文胜等三个人晚饭后散步到“两棵树”，被阵雨淋了的事。叶崇林对聂文胜说：“电视广播天天有气象信息，这么好的条件，你们就是不利用，明明今晚有阵雨，你们还走那么远，又不带雨具，简直像傻子一样。”没等聂文胜开口，苗苗接上了茬：“叶班长的话虽然不假，但是太损了，其实，他们三个像不是傻子一样。”聂文胜对苗苗说：“要你吐个‘象牙’出来，实在是太难为你了。算了，你爱吐什么就吐什么吧！”大家一边笑，一边看着江海。江海很认真地说：“刚才，叶班长讲的利用条件的话，对我很有启发。无心人看不到‘条件’，有心人到处利用‘条件’。我们艇长自学导弹专业，业余时间、熟人、书、电话、电视、报刊，都是‘条件’。对机遇的垂青无感，对条件的簇拥不屑，那叫昏惛混，根本无作为可谈，不出事就是万幸了。”江海指了指柳风和钟伟诚，说：“刚才，我们研究黑板报的使用，右舷这块固定了，前面那块活动的总觉得不够用。其实，可以两条腿走路——办广播嘛！咱们有播音系统，住宿集中，作息一致，这就是条件啊！”大家都很赞成。

第二十七章　七一党课情语三言
超越之声开播首篇

星期五下午，水兵凉亭，江海给全体党员讲党课，团员青年也参加。江海深情而严肃地说：“同志们，党的 82 岁生日即将到来。在亲友过生日的时候，我们都会表示祝贺与祝福，话不一定很多，但一定深情而真挚。那么，在我们党过生日的时候，我们向党说些什么呢？利用这个党日，我尝试代表我们支部的全体党员向党说三句话。不妥的，请大家指正；不足的，请大家补充。”会场非常安静。江海说：“第一句，亲爱的党，我们为您的伟大而自豪，为您的英明而骄傲。在刚刚过去的一年里，通过学习和实践，我们对您的伟大有了进一步的认识，对您的英明有了新的体验。没有一个政党像您那样，生于危患，遭遇了那么多亘古未闻的凶险和磨难；没有一个政党像您那样，经文纬武，自力更生，自强不息，生机无限；没有一个政党像您那样，化那么多不可能为可能，为神奇，为辉煌；没有一个政党像您那样，八千万党员目标一致，思想一致，步伐一致，意气飞扬！成为这八千万分之一，是我们终身的幸福，永远的荣光……”

一阵掌声后，江海说：“第二句，亲爱的党，感谢您对我们的哺育和培养，给我们方向和力量。大道多歧，一个人要活得有价值，有意义，并不容易，庆幸的是，我们一出生，就投入了您的怀抱，并时时刻刻享受着您的关怀和教导。中国特色社会主义道路让我们气吐眉扬，小康社会伟大目标令我们发愤图强。我们一路沐浴阳光，茁壮成长。在刚刚过去的一年里，我们都克服了许多困难，解决了很多问题，完成了组织上交给的任务，工作又进了一步，思想又进了一步，修养又进了一步。对于存在的问题和不足，我们将认真对待，努力解决和弥补……”

一阵掌声后，江海说：“第三句，亲爱的党，您的意志就是我们的意志，您的方向就是我们的方向，您的事业就是我们终身的使命。在新的一年里，我们都将面临许多不确定的情况，包括工作岗位的变动，但是我们懂得，越是特殊时段，经受的考验锻炼就会越多，这会使我们更加坚强，百炼成钢。无论到什么地方，无非是战场的转移；无论做什么工作，无非是再多学些本领。我们决心以生命演出一部活剧，它的名字叫作‘忠诚’！我们决心完成好各项任务，为596艇定格一个形象——冲锋！”江海一口气讲完，热烈的掌声经久不息。

林咏站起来，说：“教导员的血搅动着我们的血，596艇全体同志的血一起沸腾。我们一起唱《国际歌》好不好？”大家齐声回答：“好！”林咏说：“我们请枪水长指挥，因为他的姓名饱含着‘钟（忠）诚’！”在热烈的掌声中，钟伟诚站了起来，整理了一下服装，高声起了个头，大家一起唱了起来：“起来，饥寒交迫的奴隶，起来，全世界受苦的人……”雄壮的国际歌声飞出水兵凉亭，飞向大海长空。

接着，江海又代表党支部委员会，就搞好半年工作总结及民主评议党员做了动员，重点讲了目的、方法和要求。

星期六上午，水兵凉亭，机电部门全体人员会议，辛乐主持。辛乐说：“按照党支部统一安排，我们将个人半年工作总结和评议党员结合进行。方法：每个同志汇报一下自己对上半年表现情况的反思及下半年的打算，党员还要对照党员条件，自评一下主要优缺点，全部发言后，再逐个对我们部门的党员进行评议，并对党支部委员会集体和委员个人提出意见和建议。”江海第一个发言，在简要归纳了自己上半年工作和学习情况后，重点剖析了自己存在的五点不足：谈心工作抓得不够紧；理论学习有所放松；在自认为思考成熟的问题上，听别人意见时不太认真，不够耐心；工作中有重程序轻质量现象；抓支委会集体学习下功夫不够。在讲第三点问题时，江海举例讲了自己在支援小西沟工作中操之过急的问题。江海还讲了下一步的改进措施和打算，并请大家监督和帮助。由于江海开了个不错的头，整个汇报发言很顺畅。评议党员时，江海是最后一个发言，在充分肯定成绩和优点的基础上，着重在学习和工作标准上给每位党员提出了希望。江海还讲了支委会应进一步加强学习和更好地开展批评与自我批评问题。

“七一”早上，大家准备吃饭的时候，广播响了，苗苗的声音：“首长、同志们，早上好！今天，596 艇《超越之声》正式开播。现在播出洞洞幺号稿件——教导员、党支部书记江海同志的《596 艇〈超越之声〉开播贺词》。”苗苗读道：“同志们、战友们，在党的八十二华诞这个普天同庆的大喜日子里，我们艇《超越之声》正式开播了，我谨代表党支部和艇领导向大家表示热烈的祝贺！”苗苗继续读：“我们天天实践，天天学习，天天有收获，天天有感想，都有交流的需要，都有交流的愿望，这就是《超越之声》产生的条件和存在的价值……”听完广播，林咏放下筷子鼓掌，大家也都鼓起掌来。一会儿，苗苗笑嘻嘻地走了进来，林咏对他说：“今天播得还可以，但是需要进一步提高。怎么提高呢，引入竞争机制，今年轮流做庄，明年竞争上岗。目前，先成立三人播音小组，你为一号播音员，舒扬和欧阳山可作为二号和三号。”江海跟着说：“就这么定了，你当小组长，负责布置和收集稿件。”林咏又说：“稿子要经党支部书记或团支部书记审定。”苗苗大声说：“是！”

晚饭后，斯奋当裁判，596 艇与 901 艇打了一场篮球友谊赛，结果 596 艇以较大比分轻松获胜。郎学仁教导员笑着对江海说：“你们的基本功好，体能也好，能上场的人又多，是让着我们打的，其实还可以赢得更多。”江海说：“你们几个主力的技术是很好的，可能是活动少，体能欠缺些。”斯奋说：“大队‘强军杯’篮球赛已办了八届，596 艇拿过一次第三名。今年建军节是‘强军杯’的第九届了，我觉得 596 艇是有机会的。”江海问：“去年冠亚军是谁？”斯奋说：“599 艇冠军，司令部亚军。”江海说：“我们好好练练，争取进前三。”斯奋说：“太保守了，起码是坐二望一。”一直没讲话的虎笑艇长突然开了腔：“江教导员是低调，留有余地。”江海忙说：“哪里哪里，本来嘛！”

901 艇的同志们走后，斯奋对林咏和江海说：“祝贺你们啊，你们艇党支部被评为水警区先进党支部，受到表彰了。林艇长个人也受到了水警区党委的表彰。康军医和叶崇林受到了大队党委的表彰。”江海带头鼓掌后，对斯奋说：“这也有你指导的功劳啊，谢谢你！”斯奋说：“哪里哪里，我一直在向你们学习，今后要更好地学习。”林咏说：“其实，我们教导员更优秀。”斯奋说：“你们两个都很优秀，这也是大队党委的看法。江教导员来艇上时间不长，威信很高，无论讲什么问题，大家总是心折首肯。过去高教导员就不行了，一讲什么问题，总有不同意见发声，‘一傅众咻’啊！”林咏说：“江教导员光明正大，大公无私，坚持原则，客观公正。”斯奋说：“我的感觉和林艇长一样。”江海说：“二位的鼓励实为希望，我定当谨记于心，见诸于行。”斯奋笑着和林咏、江海握手告别。

大队比武预考，596 艇全面出击，获得大面积丰收，特别是射击、穿防化衣和戴防毒面具、堵漏、漏管包扎、撇缆和烹饪，都进了前三名，大家欣喜异常。丁参谋长说：“596 疯了！”

晚点名，江海宣读了大队党委“七一”表彰通报，大家热烈鼓掌。江海说：“继我们艇团支部被大队表彰后，我们党支部和三名党员也受到了上级表彰，这是大家努力的结果，也是上级的鼓励和鞭策。学习了这个通报，我突出的感想是四个字：有志竟成。大家和林艇长在一起的时间都比我长，感受会比我深。我们艇长在一条最旧的猎潜艇上做军事领导工作，如果没有志气，如果人生观不积极，就会是另外一种状态。一个人如果想原谅自己，是最容易找到理由的。但是，我们艇长不满足于猎潜艇全训艇长的水平，早就开始学习导弹专业了，这就是先锋模范作用。”

接着，江海讲比武问题。他说：“大队预考，我们成绩不错，大家都很高兴。但是，对于比武活动，我们必须有个正确的认识，比武只是手段，目的是促进群众性练兵。比武的是少数人员，提高的应该是全体人员。在比的状态下，人的主观能动性调动和发挥比较充分，可以使我们受到许多启发，学到很多东西。所以，参加比武的同志，要力争好成绩，并在比武中向他人学习。不参加比武的同志，应该积极支持和帮助参加比武的同志，并瞪大眼睛向他们学习。我们的目标是，既取得好的成绩，又全员得到提高。”林咏悄声对胡子君说：“大谋不谋！”说完，认真地看着胡子君。胡子君想了想，笑着点了点头。

江海回到住舱，掏出手机，看到海婴的一条信息：“玉姐答应和我一起去山东，而且积极性很高，你该放心了吧？”江海想了想，回复：“那好吧，快去快回，这里开学准备工作很多。”海婴又来了一条信息：“我们明天出发，飞济南，玉姐的同学开车接我们，并送我们到家。”江海复：“好。我洗澡后给你电话。”江海刚放下手机，林咏进来了，坐下后说：“本来已经很不安了，你又抬举我一通，压力更大了。”江海说：“你身上有很多优秀的东西、先进的东西，我一来就感受到了，很值得学习，很值得宣传。”林咏说：“我这个人很少得高票，很少受表扬，这么一来，真有点不知所措了，其实，比你差远了。”江海说：“你太谦虚了。其实，我一直在向你学习。”林咏站起来，说：“你记住，我天天都希望得到你的帮助。”江海握住林咏的手，说：“我也一样，天天都希望得到你的帮助。”两个人四只手握得很紧，握了很久。

早餐开始时，喇叭响了，舒扬的声音：“《超越之声》播出洞洞二号稿件，艇长林咏撰稿，题目是《比武预考后怎么办》。”舒扬读道：“比武预赛后，少部分同志的主要任务是比赛准备和参加比武，大部分同志的任务仍然是训练和学习。无论面对什么任务，大家都有一个调整心理的问题，都有一个调整计划的问题，都有一个搞好配合的问题……”江海带头，干部们一齐鼓掌。

早饭后，江海在去看南石湾小学教室改造装修情况的路上，收到海婴的信息：“登机了。”江海即复：“一路平安！”

俱乐部门朝西，进门左边是楼梯。一楼的结构很简单，整体上是个大厅，北头两侧各有一个耳房，方远陪着江海上到二楼，边看边介绍：“二楼安静，干扰少，教学都在二楼了。”方远把江海带进了北面一个较大的房间，说：“这是一年级的教室，可以坐 10 多个学生，咱们实际只有 7 个。”江海说：“小西沟还有 1 个，共 8 个。”方远说：“哦，好的。”出了大房间，走进挨着的一个小房间。方远说：“这里原来是个杂货间，二年级用，只有两个学生，足够了。”江海“嗯”了一声。走进最东头的一个房间，方远说：“这是活动室，可以唱歌跳舞做游戏。”江海点点头，说：“好。”方远又把江海带到南面的套间，说：“这是三个老师的办公室。里面有个小间，三年级用，只有一个学生。”江海问：“谁的孩子？”方远说：“赵彦直教练的，男孩，叫赵陶，也是从老家转来的。”江海问：“母亲姓陶吧？”方远说：“是的。原来叫赵陶一，孩子不喜欢那个‘一’字，去掉了。”江海说：“有主意，有个性，有资格独占一个教室啊！”出了套间，方远向南指了指，说：“那是男女厕所，各三个蹲位，男厕所有个长条形小便池。”说着，二人走进去看了看。江海问：“水电都通了吗？”方远说：“都通了。”

最后，回到楼梯口处，方远指着拐角处说：“在那里烧开水，每个人都有放杯子的地方。”江海问：“黑板、课桌、凳子呢？”方远说：“黑板买好了，每个教室都有，活动室也有。教练室装修后，桌凳换新的了，选一些原来的，改低一点就行了。”江海点了点头，说：“恐怕还得有个柜子，总是有些资料要放的。”方远说：“古主任交代了，教练室有，两个呢！”江海又重新到每个房间看了一遍，说：“明年就是四个班了。”方远说：“是的。那天大队长政委来看的时候说，新俱乐部建好后，这个俱乐部就不用了，如果县里进一步支持的话，就彻底改造一下，全部由小学使用。”江海说：“别看学生少，迟早是名校！”方远笑了笑，说：“有海老师带领，我们一定努力。”江海问：“你们课备得怎么样了？”方远说：“还可以。我们不懂的就打电话请教海老师。”江海说：“掌握教材知识，你们肯定没问题，重要的是教学的方式方法。要掌握小朋友的心理特征，学会和小朋友交流。”方远说：“对，海老师也是这么说的。”

和方远握手告别后，江海到小卖部买了一袋牙膏、一块香皂和一块肥皂。回到艇上，洗了床单、枕巾和一套军装。过了一会儿，收到海婴的信息：“玉姐的同学两口子接到我们了，已在去家的途中。”江海即复：“谢谢他们。注意安全，请他们开慢点。午饭在家里吃，准备好了。”一会儿，又收到海婴的信息，就一个“嗯”字和一个句号。江海又给父母亲打起了电话。

午饭后，江海回到住舱，掏出手机看了看，没有信息。他漱了漱口，洗了洗脸，坐在床上想了想，拨通了王玉的电话：“王玉姐，你好！到哪儿了？”王玉的声音很大：“怪不得我觉得老了很多呢，都是你叫的了！大那么多岁，怎么还叫我姐呀？我都起鸡皮疙瘩了。你老婆怎么教育你的啊！”海婴他们的笑声也一起传了过来。江海说：“我是随着海婴叫嘛！那好，以后就叫你玉妹了。”王玉又叫了起来：“哎哟，我又起了一层鸡皮疙瘩。算了算了，老老实实叫我的名字吧！”江海调笑道：“那就叫你‘玉’喽？那我也起鸡皮疙瘩了。”王玉笑了笑，说：“真会钻空子，叫姓名！”江海说：“好好好，王玉同志！”两头又都笑了起来。王玉说：“我这么远地陪你老婆，看你爹娘，你要叫家里好好款待我们！”江海说：“喝鸡皮疙瘩汤吧，管饱！”两头又是大笑。王玉说：“我们快进村了，不听你贫嘴了。”说完，挂了电话。江海马上给家里打电话，母亲说：“饭菜都做好了，我马上到门口去接。”江海放下手机不久，手机又响了，王玉问：“到村口了，怎么走啊？海婴也记不清了。”江海说：“就一条街，村子正中间，右手边，大门口有棵很大的核桃树。”海婴对着王玉的手机说：“知道了，看见爸妈了。”放下手机，江海不知道该做些什么，愣愣地坐着，后来躺了下来。过了一会儿，慢慢地闭上了眼睛。

午休后，江海刚洗完脸，就收到了海婴的信息：“大家都很高兴，玉姐的同学两口子已回去了，放心吧！”江海即复：“好的。”放下手机后，江海开始整理导弹课笔记。4 点多钟，林咏进来了，边坐下边说：“水警区比武，7 月 15 日至 17 日进行。咱们这么多人入围，是好事，也是挑战啊！如果成绩太差，影响也会很大。”江海说：“入围人多本身就是成绩嘛！”停了停，江海又说：“我每个项目的训练都认真看了，感觉还是可以的。一定要抓关节点，心理关节点和技术关节点。只要尽到最大努力了，什么成绩都可以欣然接受。”林咏点了点头，说：“我仔细问了水警区比武的场地、规则、时间安排及方式方法，晚点名时再提示一下。”江海说：“好。”

林咏问江海：“‘八一’强军杯篮球赛你怎么想？”江海说：“认真准备，争取夺冠。”林咏笑了笑，没讲话，示意江海继续讲。江海说：“师直为壮。我们具备夺冠实力，如果小家子气，忸怩作态，就太不‘596’了。”林咏说：“咱们想得怎么那么一致呢！”江海说：“我们的默契会越来越多。”林咏笑着点点头，说：“我和子君他们分析了一下，咱们如果准备得好，希望还是很大的。”江海问：“咱们的优势是什么？”林咏说：“欲望强，体能好，人员多，主力队员平均比较高。”林咏想了想，又说：“对弱队，咱们就以干部队为主，或以战士队为主；对强队时，咱们就干部队战士队轮番上，打速度，打体能，猛打猛冲。”江海说：“这是个好思路。既然这样，就要有意识地加强速度训练、紧逼训练和抢篮板训练，不然，很容易自乱阵脚。”林咏说：“很好。从今天起，咱们每天都练一会儿，在训练中统一认识。”江海说：“好。”林咏走出去后又走了回来，说：“七天航行训练总结送古主任、强业务长看后，已报大队了。”江海问：“他们有没有修改意见？”林咏说：“对称赞他们的一些表述客气了一下，没什么意见。”江海说：“好。”

晚饭后，一场训练篮球赛结束后，大家坐在球场上，就地总结。林咏问大家：“咱们心里得有个目标啊，大家看咱们争第几合适？”叶崇林说：“那还用问，当然是第一了！”大家七嘴八舌，都说一定要夺取冠军。江海问：“办法呢？”叶崇林说：“我们几个向艇长建议过，以多胜少，‘仗势欺人’！”说完，笑了笑。林咏说：“教导员要求我们打速度，打体能，比你们说得还具体呢！”

讨论了一会儿，林咏说：“请教导员谈谈吧。”江海说：“刚才，大家你一言，我一语，出了一堆好主意。信心有了，主意有了，我谈点具体办法。两个‘得分组’要练套路：航通长强攻篮下，副长正面中远投，其明穿底线，已经很成形了，要更熟练一些。副长投篮要坚决，不要等人家犯规。副长和其明的三分球多练练，出手要果断。水班长和文胜、苗苗的三角攻用得不太多，但我觉得潜力很大。你们三个脑子快，动作快，体能好，做文章的空间很大。文胜注意给球的力度，不要超前太多，尽可能给舒服些。大家都要练紧逼，把紧逼练成我们的特长，练成我们的法宝。艇长、崇林、文刚和我要练反紧逼，视野要开阔，不粘球，让球始终处于对对方最有威胁的位置。现行规则对犯规多的球队是很不利的，真正球技好的队员，犯规是比较少的。文胜和苗苗要减少无目的的小动作，不要有用无用都推一把，挤一下，遇到严一些的裁判，后果是严重的。”林咏对江海说：“你归纳几个字，让大家记得住，照着办。”江海笑了笑，说：“快而不乱，凶而不野。”林咏说：“好，从明天开始，就练这八个字！”

去冲凉房的路上，江海问林咏生日是几月几号，林咏笑着说：“你现在问这个，我就不怕了，要是刚来艇上的时候问我，我就怕死了。”江海用不解的目光看着林咏。林咏说：“生日人人有，谁也隔不过，过也得过，不过也得过，问题是怎么个过法。像高教导员那样，每个人过生日都吃蛋糕，吹蜡烛，许愿，啰啰唆唆一大堆；万一忘了谁的生日，就像出了事故一样，又是道歉，又是赔不是；一年到头，光这个就把人累死了。他一走，全废了，遇到谁过生日，知道的祝福一声就完了。我真怕你也那样弄，后来才慢慢放心了。”江海笑了笑，说：“你讨厌的是形式主义。”林咏说：“家里也一样，我和你嫂子，一个将就，一个讲究，几次为家里人过生日拌嘴。艇上没人知道我的生日。”说话间，两人进了冲凉房。

第二十八章　生活会上江海抛砖
直驱校场将士摩拳

点完名，江海回到住舱，拨通了山东家里的电话，妈妈的声音："我们都在客厅聊天呢，你等一下，让海婴和你说吧。"一阵谦让后，还是传来了海婴的声音："忙完了？"江海说："不忙了。怎么样啊？"海婴说："都挺好的。妈妈做的烙饼比你做得还好吃呢，我和玉姐都吃了很多。"江海说："那还用说，做烙饼，妈妈是我的启蒙老师。"海婴说："爷爷奶奶伯父伯母爸爸妈妈身体都很好。伯母说要我们明天中午去他们家吃饭呢！"江海说："那就去吧，伯母也很会做饭的。"海婴说："你说这里晚秋最美，其实，现在就很美。院里爸爸种的蔬菜和花，都长得很好，我们看都看不够。"江海问："认得是什么花、什么菜吗？"海婴笑了笑，说："品种太多了，很多没见过的，不过，爸爸妈妈都告诉我们了。"江海又问："你们明天还是要按计划回去吗？"海婴说："江燕妹妹打电话不让走，明天一早回来陪我们。玉姐决定明天到野外看看，后天回去，她的同学帮我们订飞机票。"江海说："村西面有个水库，你们可以看看。"海婴问："有什么看点？"江海说："那里十年九旱，靠天吃饭，水库解决了生活用水和灌溉问题，还建了发电站，养了鱼，对防灾和环保也发挥了很好的作用。"海婴问："还可以旅游吧？"江海说："你们就是游客嘛！"海婴笑了。江海说："你和王玉想吃什么，尽管跟老人讲，千万别客气，你们吃好了，他们会很高兴的。"海婴说："知道了。你等一下，玉姐和你说话。"江海说："好。"

王玉说："谈点感想可以吗？"江海说："当然可以。"王玉说："我海婴妹找对象水平一般，找公婆水平可是超一流啊！"江海问："什么意思啊？"王玉说："伯伯和阿姨是世界上最好的公婆，海婴都快幸福死了！"江海说："谢谢夸奖。他们勤劳善良而已。"王玉说："我们明天再住一天。”江海说：“就怕你吃不惯，住不惯。”王玉说：“有啥不惯的，两顿饭都是暴饮暴食，房子很干净，洗澡也很方便，真的挺好的。”江海说：“那就多住几天。”王玉说：“我回去还有事呢。行了，海婴和你讲。”海婴说不讲了，让妈妈讲，妈妈也说不讲了，江海笑了笑，放下了手机。

星期五上午，水兵凉亭，半年工作总结大会，林咏主持，江海做工作总结报告。江海说：“支委会听取了各部门半年总结和各党小组评议党员情况汇报，认为基本达到了目的。”接着，江海对上半年工作做了总结，充分肯定了训练的进步和军事学习的成绩，并联系下半年任务，着重强调了增强战备观念的重要性、学习的重要性和作风建设的重要性。江海最后说：“上半年，整个大队的形势都很好。598、599这次海南攻潜训练时间长、风浪大，都很好地完成了任务，得到了配合训练的潜艇部队的高度评价。我请两艇领导介绍了他们组织指挥和教育管理的经验，不仅收获很大，而且非常感动。599艇的报务员晕船晕得全身抽搐，肚子吐得空空的，口水都吐不出来了，还坚决要求上战位，用背包带把自己捆在椅子上，坚持值班。当我们总结半年工作的时候，我们的眼睛不能只看自己，只看596艇，要虚心向他人学习，向兄弟艇学习，把下半年的工作做得更好。”林咏带头鼓掌后也讲了话，集中对上半年训练质量做了分析，强调了年度训练重点难点的突破问题。

下午，江海带着辛乐等几个人，到岸勤处看撒处长帮助搞的水管。仔细看后，辛乐说：“足够了。”撒处长说：“上级机关和大队首长都很支持，不够的话告诉我，我管到底。”江海问撒处长：“不是说要堪用的吗，怎么是新的？”撒处长说：“装堪用的，事还没办，就先有一大遗憾了。好事办好嘛！”江海伸出拇指，说：“谢谢处长！”撒处长说：“不能谢，你一谢，我就成外人了。”江海笑了笑，说：“岸勤部门由你这样的领导主政，是大队基层单位的福分啊，向处长学习。”撒处长说：“我们全处都在向你们艇学习，还准备请你给我们讲课呢！”江海说：“感谢处长鼓励，我们还是要好好向处长学习。”撒处长转开话题，问：“安装时要不要我们去人帮忙？”江海说：“借点工具就行了，人不用去了。”

撒处长说："没问题。"

从岸勤处出来，江海收到了海婴一条信息："顺利到家，放心。"江海即复："一会儿给你电话。"海婴复信息："嗯。"回到住舱，江海拨通了海婴的电话，把看小学教室装修和刚才看水管的情况，一口气说了好几分钟。海婴没有就江海的话题说什么，而是说起了山东老家山水之美。江海说："人类可以认识大自然，改造大自然，但永远是大自然的学生。大自然教会人类一些东西，人类用学会的东西回馈大自然。大自然是人类之母。"海婴"嗯"了一声，说了一句感想："我觉得咱们两个就像在大江大海里游泳似的，技术不怎么样，但胆气十足。"江海说："技术不好不怕，胆气足就好办。"海婴问："我都准备好了，什么时候去啊？"江海说："带的行李多，一个人来我不放心。"海婴说："妈妈想让爸爸送我，爸爸放假了。"江海说："二老一起来吧，妈妈也来看看，以后电话上交流会更方便。"海婴说："我说说试试吧。"江海说："我们下周一至五到水警区参加比武活动。"海婴说："那就等你们比武结束后吧，妈妈单位本周也有考评活动。"江海说："你今天晚上做个梦，先过来吧。"海婴问："你这会儿不忙了，心情放松了？"江海说："非常想你……"

晚上，会议室，支委民主生活会，江海主持。江海说："我们的两只手都很能干，但都够不到自己的脊背，擦背时得互相帮忙。我们吃完饭，腮帮子上粘了一粒米，门牙上粘着一块青菜叶，也往往是别人提醒后才擦掉。我们的思想、工作和作风也是这样，需要相互提醒，相互帮忙。如果没有批评和自我批评这一条，我们个人我们班子也会出洋相出问题的。我们都要抱着与人为善和关心爱护的态度，相互指指毛病，'搓搓背'。"胡子君宣读了群众对支委会集体和委员个人的评议意见后，江海请大家发言，不料出现了冷场。

江海环视了一下，判断大家都没有先发言的意思，便说："我先发言，请大家多提批评意见。"大家都抬起了头。江海说："我对我们班子的看法和群众评议的意见是一致的，特点是个体素质好，学习氛围好，团结好，精神状态好，完成任务坚决。用群众的话说，我们班子不仅是好的，而且在进步中。"江海按照在部门评议党员时的思路，对自己做了更深刻的剖析。江海说：“在决定支援小西沟这件事上，我和副书记交流晚，和其他支委通气少，对班子成员重视不够，尊重不够，说明我民主集中制观念还不够强。”康晓义插话：“书记别这么说，第一次从小西沟回来，我们就听到你给副书记打电话了。”江海说：“这么大的事，电话上说说是不够的。”柳风说：“看到小西沟的情况，特别是张伯家的情况，每个人都很同情，都很想帮一帮。”林咏说：“这个问题不要再说了，书记是个人观点，咱们学习书记的精神就是了。”江海说：“谢谢大家的宽容和谅解，我应该更深刻地反思。”之后，江海又对每个支委的突出特点谈了看法，并给每人提了一条希望。对林咏的希望是：“多写东西，多讲课，让理论和实践两个翅膀更协调更有力地振奋起来。”在对下一步支委会建设提出建议后，江海表示了与大家紧密团结，做好工作的态度和决心。大家的模仿能力真够强的，从林咏开始，都采用了江海的表述模式，挺顺畅的。最后，江海说：“今后，咱们的民主生活会就比照这次的做法，做到‘五个结合’，即民主生活会与理论学习相结合，与对照班子建设措施相结合，与群众监督相结合，与支委相互交心相结合，例会与随机会议相结合，有情况及时开会交流。”大家都表示赞成。

散会后，大家都没离开。林咏说：“书记的发言，如果去掉那一段强加给自己的评语的话，就更完美了。”大家都笑了。林咏又说：“这就是书记比我们高的地方。”大家纷纷点头。江海对林咏说：“感谢鼓励。别往这个方向说了，我坐不住了。”大家又笑了。停了一下，林咏很认真地说：“大家互相讲的那几大堆好话，我都记不清了，但是，互相提的希望，我条条都记住了。不过，包括我在内，都太机械了——书记给每人提了一条希望，我们也都给每人提了一条希望，下次可以再放开一些。”江海笑了笑，说：“包括我在内，咱们拿起‘手术刀’，手都有点抖，还算不上好大夫啊！”大家都笑了。林咏说：“可以了，讲到这种程度，足够了。”江海说：“大家对我的表扬，是对我的希望；大家对我的希望，是我努力的方向。谢谢大家！”林咏说：“和教导员的心情一样，我也谢谢大家。”大家争着说：“我也一样……”

部门长们走后，林咏说：“这样的民主生活会可以。”胡子君说：“大家都做到了心胸坦荡，态度坦诚，互相提醒坦率，自我剖析坦然。”林咏说：

"好家伙，四'坦'！"三个人都轻松地笑了。

星期四早餐时，欧阳山播出了胡子君的稿件：《民主生活会好》。胡子君在稿里写道："本周一晚上，艇党支部委员民主生活会顺利召开了。会上，大家汇报了思想，查找和剖析了自己存在的问题及原因，互相提出了不足和希望，会风积极健康，人人心情舒畅。我觉得，这次民主生活会，无论对班子还是个人，都是一次自我把脉，自我治疗，自我保健……"听完广播后，林咏为胡子君伸出了拇指，说："你写这样的稿件，我没想到；写这么好，我更没想到。"江海说："有了真情实感，就很容易超水平发挥；其实，超水平就是高水平——水平是超不了的。"

周交班会上，常大队长乔政委对596艇圆满完成七天连续航行训练任务，提出了表扬，并作了点评。

周交班会后，大队全体参加水警区比武人员由丁参谋长、古主任和撒处长带队，分乘两辆卡车和一辆小车，向县城奔驶而去，午饭前，到了水警区机关大院里的招待所。下车后，丁参谋长指示："上午，先找到自己的房间住下，然后仔细阅读比武日程安排和相关的规定、要求，不懂的，要切实问明白。下午，分别到比武场地观察观察，体验体验，然后思考思考，研究研究，确保明天参赛时个个都是明白人，头脑中不能留问号。"古主任说："比赛结束后，每个人至少有半天上街购物时间，参赛期间，大家要聚精会神，全力以赴。"

林咏、江海和钟伟诚、辛乐、康晓义等住下来后，看完比武的相关资料，立即研究起来。林咏说："咱们的项目时间安排挺有节奏的：明天上午撇缆和穿防化衣防毒面具，下午是堵漏，聂文胜时间紧点，但问题不大。后天上午射击，下午漏管包扎，都还宽松。大后天上午烹饪赛，下午就没我们的事了。"江海对林咏说："我先盯一下撇缆，你盯一下穿防化衣和防毒面具。"林咏说："好。"江海对钟伟诚说："明后天的气象和今天基本相同，要仔细体验一下明天上午的风、浪、流和光的影响，让射手把握好瞄准和击发的时机和要领。要观察别人练习和打靶的情况，及时取长补短。"林咏补了一句："明天怎么练，后天就怎么打。"钟伟诚说："后天怎么打，明天就怎么练。"江海说："堵漏和包扎漏管，要早点弄清比赛器材的规格、质地，弄清哪点与我们平时使用的不一样，怎样调整完善我们的操作套路。”辛乐点了点头，说：“保好自己的密，侦察人家的招。”江海说：“不要闹出丑闻来，那就‘丑’名远扬了。”辛乐笑着说：“不会的。”

下午，江海、聂文胜带着撇缆绳来到比赛场地，体验和熟悉情况，已经有几个选手在练了，包括904艇的二级士官桂斌。江海对聂文胜说：“咱们先看一会儿。”聂文胜说：“好。”过了一会，江海问聂文胜：“看到了什么？”聂文胜答：“他们撇缆的动作、姿势和实力。”江海说：“不忙着看人，先看撇缆场的环境特点和风向风速等。这里是左侧风，明天上午也是这样，但会比现在的小一些。”聂文胜说：“教导员在，我心里踏实多了。”江海指着前方说：“你看，目标是竖长条状，宽仅3米，长无限。你的远度应该是不错的，关键是准度，一出边线就没成绩了。”聂文胜点点头。江海说：“注意几个要点：站姿要舒适、固定，眼睛瞄一个点，不要看一大片，投不好，就调整姿势和出手角度。只要姿势正确，出手就八九不离十。”聂文胜说：“好的。”

聂文胜选好位置后，认真调整着站姿。江海喊道：“要舒适！”聂文胜点点头，站好后，做了个深呼吸，看了一下目标，左腿左手后收，然后左脚使劲一蹬，左臂前挥，奋力将撇缆球抛了出去，非常远，但出了左边边线一点点。周围的人“哇”了一声，都停下来看着聂文胜。桂斌对身边的两位选手说：“这个左撇子是我们大队596艇的，臂力大得很，刚才撇的还不是他的最高水平。”江海对聂文胜说：“手腕要当家。球出手早了点儿。”聂文胜点了点头。聂文胜练第二次时，大家不动了，都在看。结果比上次近点，但很准。聂文胜转身看江海，江海笑着说：“固定姿势，不要撇一次，变一次，心里要一次比一次明白。”又练了几次，江海说：“可以了，今天就练到这儿吧。”聂文胜说：“好。”

回去的路上，聂文胜说：“护卫舰的那个家伙好厉害，撇得好远啊！”江海说：“从今天的情况看，主要对手有三个：护卫舰上两个，包括你说的那个，还有咱们大队的桂斌。你说的那个，动作随便，虽然撇得比较远，但失误率高。护卫舰大队还有一个年龄小点的，实力也很强。桂斌的优势是心态平稳，发挥稳定，总是笑眯眯的，观众很喜欢他。”聂文胜说："我们一起练过，也比过。他老家在山区，别看个儿小，臂力可大了。"江海说："你明天实际上是和自己比。按抽的签，你最先出场，如果前两撇出了成绩，他们压力就大了，失误的概率就会高；反过来说，如果你前两下不出成绩，他们的心理就占上风了，很可能先出好成绩，你的压力就大了。"聂文胜说："我今晚早点睡，明天上场前调整好。"江海说："你用力猛的时候容易出手早，要注意压手腕。"聂文胜点点头，说："是！"

晚饭后，林咏和江海召开骨干碰头会，大家互通了情况，交流了意见。林咏说："穿防化衣和防毒面具，比赛场没有人，都关起门来练，看来是各有高招啊！"江海说："看不到就不看，不要拿不到情报，又丢了信心。"林咏说："对，我们练自己的，要坚决。"江海问康晓义："人员身体有什么情况没有？"康晓义说："堵漏组有个肚子不舒服的，吃了药后感觉正常了。漏管包扎组一个战士训练中左手食指划破了，流了点血，处理好了。"江海问："什么原因啊，是不是紧张了？"辛乐说："可能有点。"林咏说："注意调整。到了现在，心理比技术还重要。"江海说："队员提高比赛水平，我们提高指导水平，都是很重要的。"

第二十九章　比武大胜引发轰动
江海推荐林咏柳风

星期二上午，2003年海呈水警区基层单位比武活动正式开始。撇缆比赛本来是个分量不重的项目，但由于是比武活动的第一个项目，将产生首个冠军，所以格外引人注目。上场前，聂文胜问江海还有什么要求，江海说："眼睛看一点，姿态要舒展，动作要连贯，要领不要变。"聂文胜点点头，进了赛场。比赛开始后，聂文胜第一个出场，他沉着冷静，按照训练要领用力一撇，51.5米，很正，有效。他转过身来看江海，江海向他伸出了拇指。第一轮撇完，聂文胜暂居第二名，比第一名少一米多。第二次出场，聂文胜落落大方，信心满满，做好预备姿势后，突然大吼一声，把撇缆球抛得老远老远的，而且在界内。总裁判对着话筒连声高喊："55.6米，打破水警区纪录了，我们向聂文胜同志表示祝贺！"正如江海所料，接下来的比赛，护卫舰大队的两名高手都有点紧张，成绩不理想。第三撇，也就是最后一撇，聂文胜竟然又投出56.1米，破了自己刚刚创造的水警区纪录，并最终夺得冠军。护卫舰大队的选手分获第二、三名。桂斌名列第四，但仍笑嘻嘻的。江海拍了拍聂文胜的肩膀，说："你为我们艇拼得一个精彩的开局，也为运动会拼得一个精彩的开局。"广播里反复在喊："这次比武的第一个冠军由猎护大队596艇的聂文胜同志夺得，我们向他表示祝贺！"

江海和聂文胜离开赛场后，丁参谋长和古主任赶了上来，向他们表示祝贺。古主任对聂文胜说："怕你压力大，我们都没敢露面，躲在人群后面远远地看。"丁参谋长问聂文胜："现在想什么？"聂文胜说："下午的堵漏比赛。"丁参谋长说："你创造了奇迹，我已经报告大队长和政委了，你可别再创造个奇迹，害得我还得报告。"聂文胜笑着说："感谢首长鼓励，我一定努力。"四个人一起来到穿防化衣和防毒面具比赛场。古主任说："一看林艇长的表情就知道，肯定是'友谊第一'了。"果然，林咏走了过来，说："不行了，已经出过场了，最好也不过第五名。"丁参谋长问什么原因，林咏说："平时训练用的装具比较旧，软和，比赛用的装具是新的，很硬，不太习惯。"江海说："第五名也是进步了，也是来之不易啊！"古主任说："冠军都让你们一条猎潜艇拿去，水警区的运动会还怎么总结啊！"林咏、江海都笑了。

下午，林咏江海带着堵漏组的同志来到赛场。一个船状物体上，有两个不同位置不同形状的"弹洞"。比赛时，水从"弹洞"涌入"船"内，水压很大，冲击力很强，堵漏人员要用制式模具把"弹洞"堵住，确保"船"的安全。两个洞各堵一次。评分标准，主要看堵漏效果和用时长短。江海问堵漏组的同志还有什么要说的，聂文胜说："我们上午又练了一次。这里'船'体的空间比大队教练室的大，水的压力也大些。"江海说："预备姿势一定要正确，前三个动作一定要稳、准、狠，一鼓作气，一气呵成。"聂文胜说："对，这一点十分重要。"林咏说："注意配合，不要慌张。"大家都点了点头。比赛开始后，由于只有参赛人员和裁判才能进"舱"内，所以，林咏、江海只能在外面等。几轮下来，满身是水的参赛人员都走了出来，静静地等待公布成绩。结果，596 艇获得第二名，第一名由护卫舰大队获得，第三名由勤务船中队获得。丁参谋长走过来，握着聂文胜的手说："祝贺你成为本次比赛第一个获得两枚奖牌的选手。"聂文胜说："谢谢首长！"

晚上，林咏、江海宿舍，干部碰头会。钟伟诚讲了对射击比赛场地的感受，辛乐讲了包扎漏管比赛的打算，林咏说："901 艇拿了消防灭火比赛亚军，大队三枚奖牌，我们占了两块，还两破水警区纪录，开了个好头。希望大家精心准备，打好明天的比赛。"江海问钟伟诚："今天体验射击后有没有心理别扭的？"钟伟诚说："有一个，我们已经做了疏导工作。"江海说："从舢板上用自动步枪打气球，用 2.5 炮打浮雷，要多在射击姿势上总结，多在击发时机上总结，对体验射击的成绩不必太在意。"钟伟诚说："是。"林咏说："要注意观察别人的经验和教训，灵活些。"钟伟诚说："好。"江海问辛乐："漏管包扎比赛器材接触了吗？"辛乐说："没有，不让接触。"江海问："观察人家的训练了吗？"辛乐说："看了。”江海说：“我们穿防化衣吃了不熟悉装具的亏，要注意了解掌握比赛使用器材的情况。”林咏说：“对，一定要弄清楚。”辛乐说：“好，我们尽量弄清。”

议完比武工作，江海对大家说：“副长给艇长和我打电话了，家里同志按计划学习导护艇专业，还练练篮球，都很好，让大家放心。另外，章韵家里给艇党支部回信了，他们家乡领导机关也给大队回信了，情深义重、感人肺腑，小西沟自来水工程‘附加值’很高啊！”

星期三上午，射击赛场观众最多，这不仅因为场面大，而且因为是公认分量最重的项目。自动步枪对海射击，是从舢板上打海上 80 米处的气球，每人打 10 个，用时短者为胜。596 艇帆缆班战士湛洋显得比较紧张，早早就被淘汰了。深弹水雷班班长龙长吟则沉着稳定，发挥较好，获得亚军。2.5 炮对海上 160 米处“浮雷”射击，进入决赛的 4 个队中，正好护卫舰大队和猎护艇大队各两个。决赛方法：每炮击沉一雷，用弹少者胜。结果，一个护卫舰小组和 596 艇小组都是用弹两发，而另一个护卫舰小组和 904 艇小组都是用弹 3 发。按照规则，前两组争冠军，后两组争第三，均加赛 1 雷，抽签定先后，两炮一发一发交替打，先中者胜。争三战，护卫舰小组抽得后签，但胜了 904 艇。夺冠战，抽得先手签的护卫舰小组首发未中，而 596 艇小组“咚”的一声，首发命中。观众欢呼起来，大队领导和在场的水警区领导们也很兴奋，逐一与炮手们握手表示祝贺。林咏和江海与钟伟诚握手后，又拥抱了功臣副炮班班长成俭。

下午的包扎漏管比赛，596 艇获得第三名。林咏和江海认为自己队员的方法不如兄弟单位简便，对场地的适应能力也不够强，但还是向辛乐他们表示祝贺，对他们的表现表示满意。

晚上的碰头会上，林咏说：“比赛结束的同志明天购物休息。”看了看康晓义和肖志海，林咏又说：“把你们得到的信息说说看，详细点。”康晓义说：“烹饪赛场在一个大篷里，没围墙，用煤气炉，自控火。比赛顺序是先菜式，后主食，先规定项目，后自选项目。规定的两菜为清蒸石斑鱼和花生米莲藕炖排骨，主食是炸油条。我们报的自选菜是鲜笋炒肉片，自选主食是千层饼。”林咏说：“哦，我开头，教导员结尾，中间全是志海忙乎了。”肖志海说：“连续就连续，问题不大。”康晓义说：“今年的比赛，水警区首长特别强调菜和主食样式的选择都要贴近基层官兵生活，讲求实惠，咱们的选项是有竞争力的。”林咏问：“风对火有没有影响？”康晓义说：“从组委会试锅的情况看，影响不大。”江海说：“明天风比今天还小。”康晓义又补充道：“18 组选手，分三批，我们在第一批。5 名裁判，全是从兄弟单位和地方聘请的。”江海问肖志海：“你对现场有什么感觉？”肖志海说：“水龙头在水池右边，不太习惯，不过，用一下就适应了。”江海说：“鲜笋炒肉片一定要注意选材，千万不能老，一硌牙，影响就大了。”肖志海笑着说：“自选菜可以用自备的食材，我买好了，提前泡一下就行了。”江海说：“好！”林咏说：“咱们两种主食对面要求都很高，备面会不会用时太多？”肖志海说：“面都是备好了的，自己可以加加工，时间要求很宽松的。”

星期四上午，烹饪赛场热闹非凡。596 艇因两名主官参赛，又有三级厨师，更是格外引人注目。身着白色工作服的林咏、江海和肖志海并肩站立，英气逼人，跃跃欲试。录像的，照相的，赛前就忙乎起来了。主持人一声令下，第一批的六名选手同时打开了火，接着就是整鱼，备作料，有条不紊，各骋所长。林咏从木桶中捞起一条三斤来重的石斑鱼，放在菜板上，用刀侧面拍了一下鱼头，迅即开膛破肚，掏出内脏，用刀背去了鳞，然后全神贯注，精准地把握用火的时机和用料的数量，给人以驾轻就熟的感觉。林咏动作不如士兵快，但比较巧，效率高，进度不比他们慢。二十分钟左右，第一个菜全做好了。评委们立即开始察看，鼻嗅，品尝。林咏退下来时，江海、肖志海为他竖了拇指。

肖志海接上去做第二个菜。之后，又做自选菜。他胸有成竹，从容自若，动作流畅，吸引了大部分眼球。有的观众还站在他身边留影。他的作品一摆好，马上被照了一通相。做完菜后，肖志海没有看别人做的菜，眼睛盯着炸油条用的面，想着主食比赛。主持人叫了“主食比赛开始”口令后，肖志海打开火，加上油，快速地揉搓着面团，令人眼花缭乱。油烧开后，他快速地将面团切成条状，两手一抻，放到了锅里，连放了三条，马上用筷子不停地扒拉着，又不时地调着火焰，就像玩魔术一样，转眼间，三根酥松肥硕的杏黄色油条出锅了。接着，肖志海又炸了三根，又是一阵快门声和称赞声。肖志海向观众们鞠了一躬，退了下来，对江海说：“教导员不用慌，时间足够。”

江海上场后，先是把面揉了一会儿，才打开了火。面切开后，看不清他怎么擀面抹油的，把一个常人眼里很简单的活，弄得挺复杂挺神秘的。一张大饼下锅后，江海两手更忙了，右手使铲，左手就像歌手旁的伴舞似的，做着不知有用无用虚虚实实的动作。正在大家瞪着眼珠使劲看的时候，江海手铲配合，一个突然的抛托动作，把一张大饼放到了面板上，拿起刀，非常均匀地切成了六块，错落有致地摆到了一个盘子上。那饼子给人的感觉是脆而酥，虽然没有“千层”，但也数不清是多少层。照相的工作人员和观众，又是一阵忙乎。

全部选手操作完毕，都被请出了大篷。江海和林咏、肖志海握了握手，三个人静静地坐着。

裁判们忙乎了一阵子后，第二批、第三批选手先后上场操作。林咏、江海、肖志海非常认真地看看这个，看看那个，不时地交流一下。约十一点半的时候，主持人正式宣布比赛成绩，596 艇以绝对优势，囊括了菜肴和主食金牌。林咏、江海和肖志海挥着双手，向欢腾的观众致意。丁参谋长古主任和撒处长陪着水警区首长们走过来，向他们表示祝贺。张司令员问丁参谋长：“就一个三级厨师，怎么不放到大队部啊？”丁参谋长说：“常大队长说在机关做饭是个受气筒，在艇上可以解决一个作战单元的问题。”李政委说：“做饭难，吃饭也不易，除手、眼、鼻外，口腔、牙齿、舌头、会厌也一起上，成了人体最复杂的活动了。吃饭是大事啊！”大家都笑着点头。童主任对肖志海说：“你选那个鲜笋炒肉片可让我捏了一把汗，没想到会那么清脆爽口，有绝招啊！”肖志海笑着说：“谢谢首长鼓励。”张司令员对林咏、江海说：“有了这门手艺，战友享受，家人享受，自己也享受。羡慕你们啊！”李政委说：“这次比的都是家常饭、家常菜，此风可长啊！”肖志海说：“如果比‘家常汤’的话，我们艇长教导员也有绝活。”李政委笑着说：“好啊，下次比武增加一个项目——‘家常汤’！”笑声、掌声和快门声一起响了起来。

下午，林咏和其他同志上街了。江海想尽可能多地了解一下这次比赛的情况，决定留下来看下午的比赛。他按时来到水警区综合体育场，看完汽车弯路驾驶、窄道驾驶、过钢轨、快速更换轮胎等比赛，又饶有兴味地看了工具车精准操作，还看了走浪桥、转滚轮等表演，赏心悦目，感悟良多，心里的满足和收获的快意跃然脸上。

江海走出综合体育场后，听到有人叫自己的名字，转身一看，是水警区张司令员和李政委，急忙跑过去，敬了礼，两位首长笑嘻嘻地和他握了手。张司令员问："怎么一个人呀？"江海答："他们都出去买东西了。"李政委说："你们艇可能春节后就报废退役了，原来，我们担心你们抓不紧，出问题，听了你们大队丁参谋长和古主任的介绍，看看你们艇几个干部的状态，我们就放心了。"江海说："我们全体官兵已经形成了共识，要使舰艇退役的过程，成为经受锻炼考验的过程，成为学习提高的过程。"张司令员说："知道——'超越猎潜艇'嘛！"三个人都笑了。李政委问江海："有什么事没有？"江海说："我觉得我们艇有两个干部特别优秀，而且有发展潜力，希望首长们关注。"李政委问："哪两个？"江海说："一个是林咏同志，组织上表彰时已经讲了他的优点。作为一个基层军事主官，他正派，责任心强，重视学习，重视政治建设和政治工作，十分难得。他自学导弹和电子对抗专业已经很久了，令人感动。"张司令员问："另一个呢？"江海答："航通长柳风。这个同志很大气，很全面，很稳重。他专业技术好，组织能力强，看问题客观、全面、有深度，大局观念很强，任党支部委员和团支部书记，都很称职。"张司令员问江海："你呢？"江海说："我没事。"李政委说："办小学的事，支援小西沟的事，都是大好事，也都有难度，既然办了，那就争取办好。"江海说："我一定努力，请首长放心。"李政委说："向你爱人转达司令员和我的谢意。"江海说："谢谢首长！我代表我爱人谢谢首长！"张司令员说："台风来了，要高度重视，把准备工作做扎实。"江海答："是！"分别时，张司令员和李政委都深情地看着江海，用力和他握了手。江海掏出手机，与水警区气象台郑台长通起话来。

晚上，2003 年海呈水警区基层单位比武活动总结表彰大会在礼堂召开，水警区李政委主持会议，并宣读了水警区关于这次比武活动的表彰通报。水警区领导为获奖单位和个人颁奖后，张司令员做总结讲话。他代表水警区党委、首长和机关，向获奖的单位和个人表示祝贺，对各单位高度重视、认真准备、干部带头、以比促训，及开展群众性练兵活动，予以充分肯定，并着重对下一步的军事训练工作提出了要求。张司令员还以596艇为例，讲了党支部坚强领导对于军事训练的极端重要性。最后，张司令员就做好防台风工作作了指示，要求尽快部署，全力投入。李政委就传达贯彻张司令员的讲话精神，提出了明确具体的要求。李政委最后说："我们的比武活动成功不成功，我们的总结表彰大会成功不成功，主要不是看过去，也不是看今天，而是看明天，看今后，要看我们各级领导和广大指战员是否从比武活动中受到了有益的启示，是否学到了有益的东西，是否振奋了精神，是否促进了训练。"

第三十章　台风肆虐决战决胜
悍将苗苗诗颂豪情

林咏、江海上午从水警区回来，直接参加了大队紧急防台风工作会议。回到艇上，胡子君报告说：“你们在大队参加防台风会议时，我们已经将主机、电机、锚机都检查了一遍，正常。锚链、钢缆我也仔细检查了，没问题。油、水和主副食补给也将完毕。刚才，晓义说人员也正常，没有身体不舒服的。晓义备了些治外伤和止痛、治拉肚子的药。”林咏、江海夸奖胡子君动手早，干得好，并立即召开干部会议，传达上级指示精神，研究部署防台风工作。接着，在前甲板召开了全体人员防台风动员大会，林咏、江海传达了大队防台风会议和艇干部会精神，对防台风工作做出了部署，提了要求。江海说：“对我们舰艇部队来讲，台风是天然的敌人，永久的对手。阴差阳错，前两次台风我们都没遇上，这次台风正对着我们来了，风力大，风速快，形势严峻。大队首长已经做出了明确具体的指示，艇领导也提出了要求，每个同志都要高度重视，抓紧落实。大家常说‘防风防风，十防九空’，咱们大队长说了，‘来而未防，哭爹叫娘’。这就是防台风工作的特点。我们宁可十防十空，也不能有半点侥幸。明天下午 4 点半之前，我们艇将系水鼓完毕，有什么特殊困难和问题，要早点提出来。”林咏说：“各部门马上开动员会，认真部署防台风工作，一定要全员参加，人人表态，不得有一丝马虎。”

下午，全艇人员投入了紧张的防台风准备工作中，每个干部都亲力亲为。

晚点名时，江海讲了本艇在水警区比武中取得的优异成绩，群情振奋，还出现了口号声。江海号召大家再接再励，打好防台风这场硬仗，为 596 艇写好新的篇章。

晚点名后，林咏、江海、胡子君来到会议室。林咏说：“明天上午咱们再检查一遍，确保万无一失。另外，再补点副食，确保篮球队员的体能。

早吃吃到腿上，晚吃吃到嘴上，况且现在已经不早了。”江海、胡子君都表示赞成。从会议室出来，林咏和胡子君又在艇上转了一圈，他们路过江海住舱门口时，听到江海在和海婴通电话，都笑了笑，各自回住舱了。

星期六上午，596 艇按照防台风的规范，全面进行了检查，进一步做了准备工作。大队丁参谋长带检查组检查后说：“这场台风肯定冲咱们来了，你们刚打了大胜仗，可不能大意。”林咏说：“明白，请首长放心。”丁参谋长说：“正因为放心，才最后检查你们啊！”林咏、江海、胡子君都笑了。

丁参谋长一行走后，苗苗满身大汗回到艇上。林咏问他：“不准备午饭，跑哪儿去了？”江海笑着示意苗苗去准备午餐，然后对林咏说：“海婴和她父母亲下午到，苗苗去整理了一下房间。”林咏说：“唉，这么大的事，怎么不说一声啊！”江海说：“特殊情况，特殊处理了，都安排好了，放心吧。”林咏说：“不能这样啊，你不能随艇防风，我和大队首长讲！”江海说：“家里都说好了，吃住也都安排好了……”讲到这里，江海的手机响了，听完后，回答了个“是”字，就合上了手机。江海对林咏说：“丁参谋长说大队首长叫我过去吃饭。”林咏问：“为什么？”江海说：“不知道。”林咏说：“那就快去吧。”江海“嗯”了一声，出去了。

午饭后，除何其明和周学正外，干部们都没回住舱，坐着聊天。过了一会儿，江海回来了，一进门就向大家报告起来：“我老婆和她父母亲今天下午 3 点到这里。当初定今天到，是考虑比武结束了，又是周末，对工作干扰少，谁知人算不如天算，台风来了。”林咏问：“到大队吃饭怎么回事？”江海说：“水警区陈参谋长曾是我岳父的学生，他听说我岳父来部队了，就打电话交代丁参谋长接待。丁参谋长又向大队长、政委做了报告。唉，被批了一顿，但同意我随艇防台风，丁参谋长安排凌参谋和董司务长具体照顾他们一下。”林咏想了想，说：“让苗苗留下。”江海说：“不行，苗苗在艇上是个重要角色。留谁我也不同意。”林咏说：“3 点钟我代表大家去接一下，大家按计划准备防台风吧。”

下午 3 点，海婴和父母乘长途汽车到了大队门岗外，江海和丁参谋长、凌参谋、林咏迎了上去，江海为双方做了介绍。海力平教授个子较高，但体态匀称，着上白下藏青色军装，头戴军帽，面色红润，丝毫没有疲劳相。他夫人蓝青中等个儿，齐肩发，面色白里透红，一口整齐洁白的牙齿。她身着浅蓝色花上衣、黑色裤子和黑皮鞋，端庄雅素。

在去住处的路上，丁参谋长说：“教授太客气了，陈参谋长和同学通电话偶然得知您来南石湾，通知我们时已来不及去车接了，我们失礼了。”海教授说：“不就是坐飞机坐汽车嘛，没问题的。我们本来怕影响江海的工作呢，这一下连你们也影响了。”丁参谋长说：“常大队长、乔政委在组织防台风工作，我代表他们了。”海教授说：“谢谢大队长、政委，谢谢你！”丁参谋长说：“陈参谋长说您是桃李遍海疆，德高望重，认识您，我们感到荣幸。”说话间，到了住处。江海、海婴还是住原来的房间，海教授夫妇住他们隔壁，也就是上次刘唱住的房间。丁参谋长说：“条件差，太简陋了，我们于心不安啊！”海教授说：“我大舰小艇都住过，这是‘航母’水平了。”丁参谋长说：“感谢教授体谅。你们一路辛苦，我们就不多打扰了。五点半钟，凌参谋来请你们，大队长、政委要陪你们吃饭。”海教授说：“不麻烦了，谢谢！”丁参谋长说：“不客气，说定了啊！”大家握手告别。

林咏这才有了机会说话。他先代表全艇官兵对海教授一家表示欢迎，然后再劝江海留下。海教授说：“谢谢林艇长！防台风不是一般工作，你们的艇又比较老，叫他去吧，我们家里不是军人就是军属，已经商量好了的。”林咏见说不动，只好说：“向前辈学习，解除防台风部署后我再来看你们。”说完，敬礼，先回去了。

江海看着岳父岳母，说：“我的心里只有‘负罪’两个字了。”蓝青走过来，拉着江海的手说：“老天爷逗咱们玩呢！团聚了，要开心，这将是咱们家珍贵的经历和记忆啊！”江海的眼眶湿了，说：“谢谢妈妈，谢谢爸爸！”海力平说：“你妈妈说得对，咱们一起好好享受这段时光。”江海激动地点了点头。蓝青说：“到你们房间看看吧，有什么事，给海婴交代一下。”江海“嗯”了一声，和海婴到自己房间去了。他们拥抱了很久。海婴说：“我们三个人在一起，机关也很关心，没事的。你在海上，千万注意安全。”江海点点头，又使劲把海婴抱在怀里。

系水鼓完毕，刚好下午4点半钟。林咏以严厉的口吻提出要求：“从现在起，要做好以下几点：一、加强值班；二、注意观察；三、注意对水密舱室的检查；四、行走注意安全；五、注意节约用水……”

林咏、江海和胡子君来到前甲板，看系好的右锚和钢缆的情况。林咏说：“这个水鼓春节后搞过拉力试验，系护卫舰都没问题。现在的关键有两个：一是锚链和钢缆的两头要切实扣好，不至于风大时被挣脱；二是锚链和钢缆能同时受力，不至于风大时被各个击破。”江海问林咏：“从可能性上说，大的危险是什么？”林咏想了想，说：“一是被船只或其他漂浮物碰到，进水了，那就要堵漏。二是风力过大，锚链、钢缆都断了，那就只有开足马力，顶风机动。”说着，三个人又仔细看了锚链、钢缆情况和堵漏器材的放置。

晚 8 点，前甲板点名。林咏说：“今晚提前点名，为的是留出时间，由各部门再用半小时左右时间，做好防台风最后的准备工作。要特别注意两点：该交代的，交代明白没有；该固定的，固定结实没有。”江海说：“明天早晨风大，大家要早点休息，确保精力充沛。”

点名结束，林咏、江海、胡子君回到会议室。林咏对江海说：“你出来防台风，我和子君心里很不安。”江海说：“你们不了解我岳父，如果我不随艇出来，他会说家庭‘脆弱’，经不起风浪‘考验’。”胡子君说：“你们两个是我的好榜样。”江海说：“你们两个是我的好榜样。”林咏说：“我的好榜样是你们两个。”三个人都笑了。

江海喊了声“苗苗”，苗苗应声赶到。江海对他说：“把军医和司务长叫来。”苗苗答声“是”，就出去了。一会儿，康晓义和关士愔来了。江海问他们：“早餐怎么计划的？现在看来，台风仍是 5 点左右登陆，这里是正面。”康晓义说：“计划有稀饭、馒头、花卷和饼干，还有煮鸡蛋、咸鸭蛋、萝卜干和纸袋牛奶。这些食品风大时吃相对方便些，也有选择余地。”江海点了点头，看着林咏。林咏说：“5 点钟做好，风前吃还是风后吃，到时候再定。”

洗完澡，江海坐在椅子上，打开手机，有海婴三条信息：“安全第一！”“大队首长请吃饭，因为防台风，爸爸坚持没让喝酒，时间不长，但很客气，很热情。首长们多次表扬了你们艇和你。”“凌参谋和董司务长来帮我们防台风，都搞好了，放心吧！”江海想了想，拨通了海婴的手机，问：“休息了吗？”海婴说：“陪爸爸妈妈喝茶呢。”江海说：“请爸爸接电话吧！”海婴“嗯”了一声，把手机送到了爸爸手里。江海分别慰问了两位老人后，手机又回到了海婴手里。海婴说：“你们六条艇都头朝出海口那边，挺漂亮的。”江海问：“知道哪条是我们艇吗？”海婴说：“当然知道，从离码头开始，我们一直看着你们呢！”江海问：“在哪看呀？”海婴说：“楼顶上。还到海边看了一次呢！”江海问：“明天早餐怎么说的？”海婴说：“他们送，说会晚一些，要我们安心休息。”江海说：“让爸爸妈妈早点休息吧，凌晨一刮风就很难睡了。”海婴说：“好。”江海又说：“你躺下后来个信息。”海婴“嗯”了一声。

凌晨4点钟，江海起来了。风渐渐增大，浪不停地拍打着艇体，艇有些摇摆了。江海去炊事班看了看，饭已差不多准备好了。一会儿，林咏来了，问江海：“怎么样？”江海说：“昨晚大家睡得早，风一大，恐怕都睡不着了，我看干脆起床开饭，然后全力抗风。如果等风过去了再吃，就太晚了。”林咏说：“好，午休还可以多睡会儿。”

一阵急促的铃声后，大家迅速起床，并很快地吃完了饭。江海广播道：“同志们，从现在起，我们的任务由防台风转为抗台风，各部门要按照预案，严密组织，认真落实，有情况及早报告。”

风骤然加大，雨使劲敲打着甲板和窗户玻璃。天越来越亮了，只见一排排长长的涌浪从港湾东口冲进来，一个接一个地向港内猛扑，咆哮着，撕咬着。一些没放好的物品开始晃动，叮咚作响，甚至掉到地上。林咏对康晓义说：“一定要盯紧锚链和钢缆！”康晓义大声答道：“是！”林咏对柳风说：“雷达、报务、信号，都要加强值班，防止漏情！”柳风也大声答“是”。林咏、江海和胡子君都坐在驾驶台上，沉着地观察着，指挥着。各部位值班人员也都全力以赴，严防死守。风雨越来越大，艇外能见度为零。林咏大声对江海说：“这个世界只有风和雨了！”江海摇了摇头，大声说：“只有风和雨陪我们了！”林咏笑了笑，给江海竖起了个大拇指。

不知什么时候，苗苗和风浪较上劲了。苗苗大声说：“台风啊台风，我们艇今年累坏了，你要好好给我们洗洗澡，捶捶背。一——二——三……这个太轻，不够劲，用点力，别偷懒……”柳风从海图室走上来，说：“苗苗叱咤风云，涌浪俯首帖耳。”说话间，一个巨浪将艇首高高掀起，柳风一个趔趄，差点摔倒，赶紧抓住了旁边的栏杆，大家都笑了起来。柳风走后，大家没再讲话，个个紧抓着身边的固定物体，听着风雨的“呼呼”声、锚链钢缆一挺一缩的“咯噔”声和艇浪碰撞的“咕咚”声，任由涌浪摆布。突然，又一个巨浪从艇顶掠过，艇使劲抖了一下。苗苗喊道：“就这么点能耐？你要能再大点我就服你！”林咏笑了笑，说：“我们现在是被动锻炼，三天不用打球了。”江海向林咏、胡子君示意了一下，说：“我下去看看。”林咏说：“千万注意安全。”江海“嗯”了一声，下去了。到海图室看过后，江海下到会议室，想去看看锚链和钢缆，但风狂雨骤，出不去门。康晓义拉着江海的一只胳膊大声说：“外面什么也看不到，不能这样冒险啊！”江海说了声“好吧”，刚要坐，突然被颠了一下，差点趴到地上，被康晓义和苗苗扶了起来。各部位的同志都像在陡谷漂流一样，左摇右晃，前合后仰，偶有抒情喊号声。

一直到了9点多钟，风才渐渐小了，雨也小了。几艘艇像筛筛子一样晃动，节奏一致，方向一致，但幅度越来越小了。苗苗笑着说：“水鼓也累了，‘水鼓舞’越跳越温柔了。”江海广播道：“现在是台风眼路过，一会儿还会有暴风雨。各部门要认真检查一下装备和物品，进一步做好抗强台风准备。”苗苗对着大海说：“给你放会儿假，休息休息，等会儿接着来，我们还没过瘾呢！”江海笑着说：“行了，去告诉肖班长，抓紧备午餐。”苗苗伸了一下舌头，答声“是”，出去了。

江海仔细看了看锚链和钢缆，判断正常后，赶忙给海婴打电话，问她吃饭了没有，并告诉她一会儿还有暴风雨，不要大意。之后，和康晓义到各舱室察看去了。

真叫江海说中了，过了半个小时左右，风暴加大了，越来越大，又肆虐了两个来小时，从人员到装备，都经受了更严峻的考验。风雨和涌浪慢慢减小后，苗苗走到前甲板，对着海空吼道：“你这台风是个懒虫，根本不够劲，不给工钱了，滚蛋吧！”苗苗的话引起了一片轻松的笑声。

中午，由于头晕，食欲不佳，一些同志没怎么吃饭就躺下了。林咏宣布午休时间延长，要大家多睡一会儿，补补觉。江海则抓紧时间与海婴通电话。

吃晚饭时，官兵们得到一个惊喜——林咏、江海、肖志海亲手做了他们参加水警区比武的拿手菜式和主食，供大家分享。吃饭的场面真叫热闹，评论的，称赞的，讨教的，其乐融融，大家比过节还开心。

晚点名，江海讲话：“同志们，由于我们思想重视，准备充分，团结奋战，这次防台风工作取得了很大胜利，但是，防台风部署还没有解除，我们仍在执行防台风任务中，大家一定要按照防台风部署要求，加强值班，注意观察，善始善终完成好这次防台风任务。”江海接着说：“今天晚饭后，艇党支部委员会研究了9月份以前的工作。为什么要研究9月份以前的工作呢？因为我们艇在已知的重大任务中，最早的是9月上中旬在重大演习任务中担任扫海预备艇。从总体上讲，我们的训练教育就是要围绕迎接和完成这次重要任务而展开。为了保持好状态，除特殊情况外，我们将坚持每天操演一小时。此外，‘八一’之前，我们要积极准备参加水警区‘强军杯’篮球赛，争取最好的成绩。8月上中旬，完成支援小西沟自来水工程。”江海最后说：“同志们，在新艇上干，是一步一个‘记录’；在我们艇上干，是一步一个‘句号’。把‘句号’画圆，可比创纪录难啊！我们年度科目训练的句号画圆了，副长独操考核的句号画圆了，七昼夜无补给连续航行训练的句号画圆了，参加水警区比武的句号也画圆了。接下来，就是要把参加‘强军杯’篮球赛的句号画圆，把支援小西沟的句号画圆，把导弹艇军事专业学习的句号画圆。对于演习扫海任务，我们要把‘预备’理解为参加，立足于参加；以后，我们不再讲预备，就讲参加。这个句号更要画圆！大家说对不对呀？”“对！”大家齐声回答。“有没有信心做到？”江海又问。“有！”大家的回答更响亮了。江海说：“好，大海作证，看我们的行动吧！”大家热烈鼓掌。

星期一早餐时，苗苗在《超越之声》中播出了自己的稿件，题目是《我们胜利了》。他用中高音朗诵道：“战台风，获全胜，众将士，皆勇猛；比刚毅，炼作风，战斗力，大提升。艇领导，犒官兵，清蒸鱼，千层饼；心意贵，手艺精，五九六，健步行。”广播完毕，苗苗走到哪里，都能听到夸奖的声音。

上午8点半，各艇接到解除防台风部署通知，9点多就靠回了码头。林咏对江海说：“你赶快回去补课吧。今明两天补休，你就安心陪老人，有事时我会和你联系的。”江海说：“这次防台风是个宝贵经历，各部门和班都要抽出专门时间，认真总结一下，积累防台风经验，提高防台风工作的能力。”林咏说：“好，我来组织，放心吧！”

第三十一章　登艇参观主人热忱
畅游果园钦佩精神

海婴在自己房间和爸妈聊天，江海进门就问风大时的情况，蓝青说：“我和海婴补了台风课了，一到部队就收获很大啊！”海婴说：“风声雨声浪声交织在一起，有时还夹带着‘扑通’‘咣当’的声响，确实挺吓人的。”蓝青问江海：“这是不是最大的台风？”江海说：“这次台风是十二级，阵风达到十五级，是比较大的，但还不是最大的，我遇到过阵风十七级的，而且长时间打闪打雷，那种阵势更烦人。”蓝青说：“太恐怖了，怎么是‘烦人’呀，是吓死人啊！”海力平和江海大笑起来。蓝青问江海：“昨天风停了，你们怎么不回来呢？”江海说：“台风这东西很鬼，窜来窜去的，以往有过教训，解除防风部署了，它又回来了。所以，一般都是台风登陆的第二天，上级才会通知解除防台风部署。”海力平说：“是啊，千军万马的，必须万无一失。”江海说：“南石湾很偏僻，没什么看的。”海力平说：“不！这个地方很有看头，很耐看，真山真水，大俗大雅。”蓝青说：“那天在房顶上一看，就不想下来了。”海婴说：“同样的山水，同样的社会，在不同人的眼里心里是不一样的。”江海说：“是啊，每个人只能面对和享受自己的世界。”海力平说：“讲得好，幸福生活靠自己创造。”

停了一会儿，江海说：“报告一下，年初离开家时，海婴的要求，我到南石湾一下车，就百分之百完成了；妈妈的‘命令’，从字面上说，也百分之百完成了。”蓝青问：“怎么是‘字面上’啊？”江海说：“妈妈的‘命令’音在弦外啊，您叫我‘吃好喝好睡好’，肯定不是为了让我长肉嘛！”大家都笑了。江海说：“爸爸的教导和妈妈的‘命令’一样，都是要终身领悟，终身实践的。‘平安健康’，不仅仅是对我身体的关心。爸爸说过：‘不懂得健康的意义，不重视健康问题，是人生观上的大缺陷，是综合素质上的大缺陷。’的确是，生命的长短和质量，与一个人的事业和贡献关系太大了。”海力平说：“我的一个老领导临终前说，他在病床上躺了两年，想来想去，觉得人生最值得骄傲或者自慰的，一是成就，二是健康。”江海点了点头，继续说：“‘天天向上’，就要天天努力学习，天天努力工作，天天努力修养，少一天都不行啊！”大家又笑了。江海说：“‘贞不绝俗’和‘博采众长’对我很有针对性，说明爸爸不仅了解我，而且善于因人施教。”海力平摆摆手，说：“哪里哪里！”江海说：“爸爸是提醒和勉励我投身实践，和群众打成一片，虚心向周围的同志学习。”海力平说：“你妈妈切切脉搏，看看舌苔，就知道孩子是什么病，并开方治疗；海婴把英语念得呜里哇啦的，把学生教得也呜里哇啦的；你看到愁眉不展的战士，很快就能弄清情况，做通思想工作，这些都很值得我学习啊！”

门外喊了声“报告”，江海马上走了出来，把送餐的董小明和一个战士请到了屋里。海婴拿出准备好的自家的餐具，将饭菜倒了出来，共六菜一汤，主食是米饭，餐后水果是一串香蕉。董小明收拾好送餐的专用组合饭盒，说：“请慢用。”江海一家都说“谢谢”。送董小明二人到门外时，江海对他们说：“晚上别送饭了，我们自己开伙就行了。”董小明说：“那可不行，首长交代得很严肃的。”说完走了。回到座位上，江海拨通了丁参谋长的手机，说：“首长好，我是江海，感谢首长对我和家里的关照。”丁参谋长说：“客气什么，应该的。”江海说：“送餐太麻烦了，我们四口人都会做饭……”没等江海说完，丁参谋长就大声说道：“这是老教授的待遇，不是你的待遇。原本是请你们到机关餐厅吃的，怕你们不方便，才改送餐的，大队长、政委定的，别再说了。”丁参谋长挂了电话。

江海坐下后，给丁参谋长发了一条信息：“感谢首长！——江海及全家。”海婴说：“爸爸妈妈都说过不要送了，参谋长坚持叫送的。”江海说：“送就送吧，我是怕爸爸妈妈吃不惯，自己做随意些。”海力平和蓝青都说吃得惯，挺好的。江海说：“无论饭菜，还是汤，我和海婴都可以做，爸爸妈妈想吃什么，一定要说一下。”海力平指指桌上的菜，说：“比家里好多了！”

江海给每人都倒上了红酒，又给爸爸妈妈和海婴夹了菜，说：“先吃点菜吧。”海力平问：“中午还喝酒吗？”江海说：“咱们第一次在部队团圆，庆贺一下吧。”蓝青说：“好，我也喝一点，都喝。”江海举起酒杯，说：“欢迎爸爸妈妈来南石湾，感谢爸爸妈妈来看我，祝爸爸妈妈健康快乐！”说完，三个人碰了杯，都喝了一口，只有江海干了。海婴问：“我呢？”江海笑着说：“当然也要喝。”海婴说：“好，我喝一大口。”说完，杯子抖了好几抖，嘴才沾到了一点点酒，惹得爸爸妈妈和江海大笑起来。海婴笑着给江海倒了半杯酒。尝了两口菜，江海把自己的酒杯倒满，端了起来，对海婴说：“祝贺你就任南石湾小学校长兼老师！”海婴说：“谢谢！”海力平端起杯子，对蓝青说：“咱们也参加。”江海又干了杯，海力平和蓝青都喝了一口。海婴说：“这次我多喝点。”说完，手又抖了抖，没弄好，真的喝多了点，咳嗽起来，大家都笑了起来。蓝青对江海说：“你们部队的饭质量还真不错，菜的观感口感都挺好，米很新鲜，汤很清香。”海婴说：“水果一顿一个样儿，要么苹果，要么香蕉，要么葡萄，整齐利落。”江海说：“经常有工作组来，都在机关餐厅就餐，锻炼出来的。”海力平说：“咱们这个大家庭，除了搞农业和国防的，就是育人和救人的，个个都很重要啊！”说着，端起酒杯，“祝咱们大家庭每个成员都健康快乐！”说完，喝干了酒杯。江海说了声“谢谢爸爸”，也干了杯。海婴看了看妈妈，二人也都喝了一点点。

江海又给大家夹了菜，并给海力平和自己倒上了酒。海力平一边吃菜，一边看着蓝青，发现蓝青几次想端酒杯，都没端起来，表情也不对，就问道：“怎么了？”蓝青左手端起酒杯，右手将海力平的酒杯放到他手里，嘴角微微地颤动了两下，对江海和海婴说：“祝你们两个在南石湾工作顺利，生活幸福，健康快乐！”说完，将杯子里的酒一口喝了下去，放下杯子，双手捂着脸，呜呜地哭了起来。海婴见状，抱着妈妈大声说：“妈妈，干什么呀，大家都好好的嘛！”说着，也哭了。江海的泪水流了出来，海力平的眼眶也湿了。江海和海婴把妈妈扶到洗手间，帮她洗了脸，又扶她回来坐下。江海和海婴也洗了脸，海婴把一条湿毛巾递给了爸爸。蓝青突然破涕为笑，说：“没事，我是高兴。来，吃菜！”说着，给大家夹起菜来。海力平放下湿毛巾，对蓝青说："你这个动作太吓人了，我都来不及反应了。下不为例啊！"大家又笑了起来。

午休后，江海对海婴说："你去看看爸爸妈妈起床了没有。"海婴"嗯"了一声，就出去了，一会儿，又回来了，说："人不在，可能在楼顶上看景呢。"两个人来到楼顶，果然二老在望海。四个人边看边聊，轻松愉快。江海问二位老人要不要到海边走走，海力平说："好，一起走走。"

四个人刚下到二楼，林咏带着艇上的干部们来了。大家一一握手，江海一一介绍，又回到了房间。人多座位少，何其明、周学正等只能站着。林咏说："我们几个代表全艇的同志们来看教授、阿姨和海老师，欢迎你们来南石湾，祝你们健康快乐！"海力平说："谢谢大家！"林咏说："江教导员是我们的好班长、好战友、好哥们儿，我们在一起各方面都很好，请你们放心。"海力平说："感谢你们对江海的信任、关心和支持，江海也很喜欢你们这个集体。祝你们工作顺利，共同进步！"林咏说："我们全艇人员都在用你们赠送的《辞海》和《新华字典》，对我们的帮助和促进可大了，非常感谢。"海力平说："力所能及，表个心意，应该的。欢迎大家抽空到南业看看，南业有什么事的话，一定要告诉我们一下。"林咏说："谢谢！"林咏看了看满屋的人，说："人太多，我们就不多待了，你们好好休息。"大家握手告别。

过了一会儿，江海陪岳父岳母和海婴下了楼，走到二号码头时，被林咏他们看见了。林咏喊道："来艇上坐坐吧！"海力平说："好，去坐坐，本来也计划到艇上看看呢！"

登艇后，在林咏、胡子君等陪同下，海力平夫妇和海婴先后看了火箭深弹发射炮、前主炮、前兵舱、驾驶台、海图室、伙房、前机舱和"四合院"。在江海住舱，海力平和蓝青看看这，摸摸那，还照了相。最后，大家到了会议室，个个满头大汗。

大家洗完手，苗苗已经准备好了茶水。坐下后，林咏问蓝青："阿姨有什么感想啊？"蓝青说："江海和海婴多次给我讲过，我有思想准备，但还是比想象中要艰苦些。"海力平说："你们确实比较艰苦。导弹快艇比你们艇小，但人员吃住在岸上。"林咏笑着说："我们一直在小艇上，习惯了，觉不出苦了。江教导员在大舰上待过，先甜后苦，更不容易。”江海说：“我是农村出身，很多苦是回避不了的。说实话，当兵后，不管在哪儿，我还从来没有觉得苦过。”林咏说：“我们很知足了，潜艇部队和战斗机飞行员岗位空间比我们更小。我在潜艇上工作的同学曾戏称他们是‘三无三有’——无阳光、无氧气、无淡水；有噪声、有辐射、有有害气体。当然了，他说的‘无氧气’，是无天然氧气，‘无淡水’，是淡水很少。”海力平说：“是啊，高原缺氧的苦，深山、海岛寂寞的苦，南方炎热潮湿的苦，北方冰雪严寒的苦，大运动量训练的苦，急难险重任务的苦，晕船的苦，苦苦相同——都是‘苦’，苦苦不同——各有各的味道。苦总是相对的，各行各业，不知道还有多少岗位很艰苦，我们连知道都不知道呢。”林咏说：“人人都难免吃苦，但同样的苦，每个人的味觉是不一样的。”海力平说：“讲得好。我们是过来人了，对艰苦体验很多。我讲课时说过：苦反证甜，苦酿造甜，苦即是甜，苦比甜甜。甜接苦，苦连甜，甜即苦，苦即甜，为甜而苦，其苦胜甜。林艇长说对艰苦已经习惯了，说明大家已经修成‘正果’了。向同志们学习！”林咏说：“教授的教导和鼓励十分宝贵，我们一定牢记。”

说话间，康晓义带着苗苗和炊事班的同志开始上菜了。江海说：“我们回去吃，机关那边准备了。”林咏说：“我已经和机关食堂说过了，今晚在这儿吃，让教授和阿姨检查一下咱们艇的应急反应能力。”海力平说：“谢谢！”林咏对康晓义说：“你也参加，边吃边服务。”康晓义说：“好。”几个菜上桌后，海力平说：“太丰盛了。”林咏说：“我们大队首长常说：南石湾没有别的，只有海鲜和热情。今天就海鲜为主了。”胡子君说：“这里是穷人吃海鲜，富人吃蔬菜。”一阵笑声后，康晓义问倒什么酒，林咏看看江海，江海指着蓝青和海婴说：“她们真的喝不了。”林咏笑了笑，说：“丁参谋长也这么说过，那就以茶代吧。”林咏转过头来问海力平：“教授，咱们喝白的吧？”海力平说：“我也很少喝酒，真的。”林咏说：“没关系，喝多少，您随意。”

苗苗给大家倒上了白酒。林咏端起酒杯，说：“欢迎教授阿姨和海老师来我们艇，感谢教授的教导！”一阵碰杯后，林咏一口喝了下去。江海和胡子君、康晓义也喝了下去。林咏对海力平说：“教授随意。”海力平一口喝了下去，林咏和胡子君都笑着叫好。蓝青和海婴都喝了一口茶。苗苗又给大家倒上了酒。康晓义给客人各夹了一块梅菜芋泥扣肉，说：“这是我们炊事班班长的佳作，肥而不腻，还有点脆呢！”海力平尝了一口，说：“好，口感的确好。”林咏又端起杯子，说：“祝教授阿姨和海老师在南石湾快乐每一天！”大家又喝了下去。胡子君站起来，用夹子给每人夹了一只清蒸蟹，说：“盘子里有薄膜手套。这种蟹是南石湾特产，一定要尝尝。”蓝青说：“我很少吃蟹，太麻烦了，这个蟹全身都敲裂了，方便些。”江海说：“这也是炊事班班长的点子。”海力平端起酒杯，说：“我们敬一杯，就两个字：谢谢！”说完，一口喝了下去，大家也跟着喝了下去。

海力平放下杯子，说：“那天吃饭时，大队乔政委说你们艇团结得像一个人一样，工作起来嗷嗷叫，我听了很感动，很佩服。我觉得，最难的事不是学术，不是科研，而是人际关系。对于人，最难的不是叫他出力，叫他说话，而是充分发挥其主观能动性。你们都做到了，不简单啊！”林咏说：“这都是江教导员来了以后的进步。”海力平说：“这不是哪一个人能做到的，江海很佩服你啊！你们是一群优秀分子的成功组合。”

江海突然想起篮球赛的事，问胡子君：“大队不是说今天下午篮球赛抽签吗？”胡子君从口袋里掏出一张表，递给江海，说：“其明晚饭前去抽的。政治处和修船所人少，都不组队参加了，在家的六条艇和司令部、岸勤处参加，共八个队，分两个组进行单循环赛，获两个组前两名的队交叉半决赛，胜者争冠军，负者争季军。咱们和司令部、903、904分在A组。每天下午或晚上赛一场，我们后天下午首场对司令部。”江海看了看那张表，问林咏：“怎么样？”林咏说：“我看过了。政治处的同志说，这次比赛首场就是‘决赛’。不过，我看这也不是坏事，反正我们赢两条导弹艇就能出线。”江海说：“决赛说不定还会遇上司令部，第一场比赛，摸清他们比赢他们更重要。”林咏、胡子君、康晓义都表示认同江海的看法。海力平端起酒杯，说：“我篮球打得不好，但感悟不少，受益很多。预祝你们篮球赛取得好成绩！”林咏说：“谢谢教授！”大家干了一杯。看到海力平的脸很红了，蓝青说：“可以了，不要再喝了。”林咏笑了笑，说：“好，那就上主食。”

晚饭后，林咏、江海、胡子君都换上了运动鞋。大家一起走到篮球场时，江海对海婴说："你陪爸爸妈妈沿海堤散散步吧，我们商量一下后天的比赛。"海力平说："好，你们忙吧。"说完，三口人散步去了。

柳风已带着大家练了一会儿了，看到艇领导来了，都停了下来。林咏问："后天这场球怎么打？"叶崇林说："输给他，麻痹他一下。"聂文胜说："胡闹！拿下他，半决赛就很好打了。"何其明说："他们真正有实力的是警通连的邹排长和大雷。"江海问："大雷是什么人？"何其明说："是个班长，身高一米八八，强攻篮下和抢篮板球都很有冲击力。"聂文胜说："不怕对手是虎，就怕队友是猪。他们是一加一小于二，业务长和参谋们一到下半场，都是'指挥员'了，警通连的几个队员很烦他们。"水中天说："教练室那个刘班长基本功挺扎实的，进步很快。"林咏问江海："你看呢？"江海说："今晚多跑跑，练紧逼，练快攻。明天上午练战术，练局部配合，下午再练练整体，模拟实战。之后，再定对司令部的打法。"柳风说："实战是后天下午，明天下午的体验很重要。"林咏说："好，咱们都上，多跑跑，先把今天的训练搞好。"

星期二上午，江海和林咏打了招呼后，陪岳父母和海婴去看郭林园。海力平对江海说："海婴陪我们看看就行了，你忙去吧！"江海说："这个园子，海婴陪姨妈看过，我还一次没看过呢！"蓝青问："为什么呢？"海婴抢着回答："忙呗！"海力平说："哦，那好，一起看看。"

路上，江海对海婴说："你先把园子的情况给我们介绍介绍吧。"海婴问："考我呀？"江海说："我都没看过，有什么资格考你呀！"海婴笑了笑，说："五六年前，猎护大队岸勤处供应站有个战士叫郭林，广东汕头人，退伍后，在东面临海的地方承包了五十亩荒坡。荒坡中间有一条北高南低、宽而浅的沟。郭林在沟的中间靠西一点打了一口井，在井旁搭了一间小棚子，开始是种蔬菜，后来试种香蕉，成功后，又试种橙子，从湛江和潮州引进的优良品种。形成规模后，他盖了三间平房，把妻子和儿子接来，在这里扎根了。"海力平问："土地承租贵不贵？"海婴说："听说只是象征性地拿了一点。这里既偏僻，又荒凉，地方领导和群众都不太在意。"海婴又对江海说："请更正补充。"江海说："记忆力不错，没什么更正的了，等有空了夸奖你几句。"海婴和爸爸妈妈都笑了。海力平说："记忆能力轻视不得。记忆的东西越厚实，就越容易产出创造性思维成果，有的人仅靠博闻强记，就成了'人物'。短时记忆是长时记忆的基础，长时记忆是人的知识库，二者都很重要。关于记忆术，教科书上说得很抽象，关键是语言组织和视觉形象及其与相关事物的结合。"江海"嗯"了一声，说："重复很重要。像南石湾，你们来一次和来两次，记忆肯定是不一样的。"海婴说："对，老师们总是早早地就把'重复是记忆之母'告诉学生了。"

江海换了话题，说："听说这个小伙子很精明，和部队关系很好，他雇了大队五六个干部家属，大队将他的蔬菜水果全收购了。"海力平说："这就是人才啊！"江海说："是啊，很多退伍兵把他当成学习榜样。"

说话间，到了园子的大门口，说是大门，其实是个篱笆缺口。走进篱笆缺口十多米远，来到一座平房前面，一只小黑狗"汪汪"叫了两声，女主人从屋里走了出来。海婴上前问道："林姐，还记得我吗？"女主人笑着说："记得，记得，你穿什么衣服都那么漂亮。"海婴把爸爸妈妈和江海介绍给女主人，又把女主人介绍给了爸爸妈妈和江海。女主人叫林青，也是汕头人，为人厚道，不苟言笑，很能吃苦。由于常年劳作，日晒雨淋，肤色稍黑，但一头短发，显得健康、精神。林青把身后的儿子拉到身前，说："这是我儿子，叫郭林青，'五四'青年节生的，六岁了。"海力平说："这个名字起得巧啊，全家人的姓名都在其中了。"林青笑了笑，忽然很认真地问海婴："听说你要当南石湾小学校长了，能不能收我儿子上学啊？"海婴看了看江海，说："我同意，但是要领导批准才行，我可以帮你问问。"林青连声说："谢谢，谢谢！"

郭林从园里走了出来。海婴说："那就是郭老板。"郭林留着小平头，白色上衣扎在藏青色旧军裤内，像个身着便装的军人。江海迎上去，将自己一行做了介绍。林青把儿子上学的事也跟郭林说了。郭林热情地欢迎大家，并陪大家看园子。江海问："你的'一代屋'呢？"海婴指了指不远处的一个小破棚，说："那就是。"江海说："看看去。"大家走过去，里外一看，对郭林的创业精神赞叹不已。郭林说："有感情了，舍不得扒掉，当工具棚用。"海力平问郭林："你雇的工人呢？"郭林说："今天放假了。我这里工资低，每人每月只有四百元，但休息时间多，需要加班时，我会给些加班费。”停了停，郭林又说：“工资确实很低，但我还是着眼长远，当成投资的。不瞒你们说，很长时间一直是赔的，贷款垫的。”海力平说：“好人啊，勤劳，善良，自信，聪明，一定会有好报的。”郭林说：“谢谢！”

走到一处较高的地方时，郭林一边手指着，一边介绍说：“整个园子分五个区，东、北、西区是果树，中区较平，土厚，种菜，南区是香蕉。”海力平说：“潮汕老农，天下闻名。你真不愧为潮汕好后生啊，菜种得真漂亮。”郭林说：“我是不懂就问，数不清打了多少电话了。”走到南区外面时，海力平指着一根立着的长长的竿子，问：“那是什么？”郭林说：“钓鱼竿，没事时玩一玩。”海力平问：“钓得到鱼吗？”郭林说：“一家子吃还是够的。”蓝青说：“这可真是海鲜了！”郭林笑了笑，说：“将来发展顺利的话，再搞一个海鲜养殖区，养殖鱼、虾和蚝。”江海说：“那好啊，我们就不用到别处买海鲜了。”郭林说：“我的目标很现实，一是养家糊口，二是保障部队。”海力平说：“情愫不变，忠诚依然，你永远是战士。”郭林说：“听您这么一说，我的底气更足了，再苦再难，我都会向前走的。”海力平问郭林：“你这园子到底叫什么名字呀？”郭林说：“都是部队同志们叫的，开始叫‘东坡菜园’，后来叫‘东坡香蕉园’，再后来叫‘东坡果园’，现在，都习惯叫‘郭林园’了。”海力平说：“你姓郭，爱人姓林，你叫郭林，这里又是林又是园，叫郭林园，再合适不过了。”

不知不觉，又走到了房子前面。林青已经准备好了一袋水果和一袋蔬菜，说：“东西不多，图个新鲜。”海力平说：“不行，不行，你们也很不容易的。”郭林说：“就一点点，表个心意，千万别见外。”蓝青掏出钱来刚要给，被林青捂住了手。江海说：“那就不客气了，我们在食堂吃饭，这袋青菜就让大队首长们尝尝了。”郭林说：“欢迎常来指导。”大家挥手告别，江海和海婴还拉着郭林青的手，嘱咐他做好上学准备。

回家路上，江海对海婴说：“一年级要有九个学生了。”海婴说：“多多益善。”江海和岳父母都笑了。

第三十二章　凭实力勇夺强军杯
据法理教授话锋锐

星期三上午，林咏、江海参加了在常委会议室召开的大队党委全会。会议由乔政委主持，主要议程是总结上半年工作，部署下半年工作。常大队长传达了水警区党委全会精神后，乔政委代表大队党委常委会做了上半年工作报告。之后，全体委员审议党委工作报告和纪委书面工作报告，十二点多才结束。回艇路上，林咏问江海有什么感受，江海说："环境和形势更清楚了，工作定位更清楚了，努力方向更清楚了。"说完，看着林咏。林咏"嗯"了一声，说："同感。"

星期三下午，中心篮球场。2003年猎护大队"强军杯"篮球赛开赛仪式由古主任主持，常大队长宣布比赛开始。揭幕战在司令部队与596艇队间展开。海力平夫妇和海婴也到场观看，与大队首长们坐在一起，每人面前放有一瓶矿泉水。主裁判是国家三级裁判、水警区宣传科赵干事，副裁判为大队政治处斯干事。首发阵容，司令部队是航海业务长兰溪、作训参谋凌厉、警通连邹排长、雷班长和教练室的刘班长；596艇队是林咏、叶崇林打后卫，聂文胜为中锋，前锋是水中天和苗苗。司令部队的阵容在596艇预料之中，596艇队的阵容则出乎司令部队的预料。

中圈跳球，大雷打到了，球却落到了叶崇林的手里。叶崇林头都没抬，一下子把球甩到前场篮下，苗苗一个冲刺，球到人到，得球后身体一蜷，紧接着一仰头，来了个"回头望月"，双手顺势将球送入了篮筐，博得一阵掌声和喝彩声。司令部队后场发端线球，兰溪中圈附近带球，在他一只手示意大家稳住的时候，被眼疾手快的苗苗断了球，又是大步流星，直接上篮得分。这一次，丁参谋长都鼓起掌来。司副参谋长大声喊道："没关系，稳住，退守要快！"596艇每次得分后都快速回撤打联防，司令部队一时找不到路子，有点乱，又被聂文胜投中了一个三分球。这时，邹排长和大雷开始发威，靠二人娴熟的配合，每人各投入一个两分球。相持一段时间后，司令部队以赵彦直教练换下兰溪，以警通连一名战士换下教练室的刘班长。他们减少了盘带，加强了中前场配合。596 艇则加强对邹排长和大雷的重点盯防，坚持打快速反击，双方平分秋色。下半场，司令部队换上首发阵容。596 艇则上了个全新阵容：江海、钟伟诚打后卫，柳风出任中锋，前锋为胡子君和何其明。596 艇的啦啦队使劲鼓掌，还有喊“教导员加油”的。由于江海他们五个人在场下看了半场，也商量了很久，所以，一开始就目的性很强，忽快忽慢，加之平均身高也占了优势，很快就把比分拉开到两位数。司令部队叫了暂停，又拼了一阵，不见改观，干脆轮流上场“感受大赛气氛”了。596 艇把比赛当成了训练，越放松打得越好，最终以 17 分优势获胜。

双方队员握手后，林咏和江海快步来到了大队首长面前。两个裁判也走了过来。丁参谋长对林咏、江海说：“你们真不给面子，赢那么多干什么？”常大队长说：“这还叫没给面子呀？人家再使劲打一打，你们就放羊了！”丁参谋长哈哈大笑起来。乔政委说：“司令部的同志基本功并不差，但配合不如 596 艇的同志熟练。”丁参谋长说：“平时是各练各的，到一起就打嘴仗。”古主任说：“都上老丁的当了，他们瞄的是半决赛和决赛。”丁参谋长故作高深“你怎么看出来的？别大声说！”常大队长、乔政委哈哈大笑。江海转头看了看，海婴早已陪爸妈走了。

散场后，596 艇的球员坐在场边进行小结。大家肯定了出场阵容安排方案，表扬了苗苗进入状态快，立了头功。大家还分析了司令部队的表现。柳风说：“他们输在场外，司副参谋长作为教练，耳朵根太软，总是听声音高的，总是跟着多数跑。”胡子君说：“丁参谋长回去会讲评指导的，下一次，我们即使赢，也绝对不会像今天这样轻松。”对胡子君的判断，大家表示认同。江海问聂文胜：“后天对 903 艇，关键是什么？”聂文胜伸出三根手指，说：“三个字——不大意！”大家都把目光投向了聂文胜。聂文胜一本正经地说：“很多事情一大意，问题马上就来了。”江海说：“对，毛主席说过，优势而无准备，不是真正的优势。”林咏问聂文胜：“具体战术呢？”聂文胜说：“打自己的，叫他们跟着跑。”大家立即表示赞成。苗苗说：“人家说结巴嘴唱歌时不结巴，我们老聂是胖子打球不笨。”聂文胜问大伙儿：“这是不是‘象牙’？”柳风说：“这是‘象牙’，他确实是夸奖你的意思。”聂文胜说：“好吧，终于吐出个‘象牙’。”一阵笑声后，江海说：“大家注意一下各队的比赛，特别是强队的表现。”林咏说：“明天上午和后天上午到 901 艇听军事专业课，一定要认真，不能分心。明天下午和晚上练球。”

星期五上午，901 艇前甲板，虎笑给 596 艇导弹专业学习组的同志讲导弹推进系统，一口气讲了一个多小时。课间休息时，虎笑说：“教学相长，一点不假。为了讲课，我得看很多资料，还得打很多电话向人请教。”林咏笑着点了点头。虎笑说：“你们球打得不错啊，大家都说你们拿冠军可能性最大。”江海说：“我们艇爱打球的人多，天天玩，但各单位水平都差不多，和谁打都不轻松。”虎笑说：“你们是全面超越啊！将来，你们接手一条新导弹艇，肯定也很棒。”林咏说：“有长必有短。你们艇科目训练考核那么棒，这才是大‘长’啊！”江海说：“如果 596 艇真的学有所成的话，老师是 901 艇啊！师生关系将会写入咱们两艇的历史。”虎笑说：“谦虚加客气了！”说完，大家开始讨论本课的内容。

晚饭前，前甲板，江海对官兵们说：“小西沟张伯翻越北山，给我们送来一袋杨桃，他自己家的，说无论如何要我们艇官兵每人都尝个鲜。现在由炊事班分给大家。”一阵热烈掌声。

“强军杯”篮球赛小组循环赛结束，意外的是司令部队被淘汰了，596 艇和 903 艇分获 A 组第一、二名。半决赛中，596 艇有惊无险地赢了 599 艇，903 艇则险胜 598 艇。季军争夺战一波三折，异常激烈，最终 599 艇战胜了 598 艇。596 艇打一场一总结，看一场一研讨，认识不断加深，思想也更加统一了。

7 月 31 日下午，中心篮球场被围得里三层外三层，水泄不通，海力平三口仍和大队领导坐在第一排。海婴坐在爸妈之间，非常认真地看着江海的一举一动。郭林三口到得早，在贵宾席对面占了个不错的位置。林青笑嘻嘻地和海婴做了小幅度手势交流。

担任决赛主裁判的是水警区政治部宣传科赵干事，副裁判是水警区俱乐部曹主任。596 艇的首发阵容为林咏、钟伟诚、水中天、聂文胜和苗苗。903 艇的首发阵容是“铁三角”郭副艇长、邓机电长和吕班长，以及秦班长和战士安远。出场前，江海数着手指，再次交代队员牢记三点：“一是死盯快突，尽可能消耗他们的体力；二是切断郭副长与安远的联系；三是诱使吕班长犯规。”

中圈跳球后，球在地上被双方球员扒拉了好几下，最后被苗苗抓住。苗苗快速运球到吕班长面前，起跳投篮，为引诱吕班长犯规，动作变形，结果，球没进，反被吕班长得到球，苗苗立即反抢，死打烂缠，被判犯规。903 艇一直是靠狠和快赢球的，今天碰到更狠更快的 596 艇，难免有点乱。596 艇也是首次遇到这么快的对手，不太适应，投篮失准。钟伟诚死盯着安远，安远则利用自己步伐灵活的优势，摆脱了钟伟诚，在右角果断出手——三分！观众第一次送上了掌声。海婴看看江海，江海正在一脸轻松地和胡子君、柳风他们交谈。

场上继续高速运转，不时有人摔跤。古主任说：“激烈而不精彩。”常大队长说：“激烈就是精彩。”乔政委说：“有道理。”丁参谋长说：“思想境界，稍逊一层。”古主任看看丁参谋长，问：“球队输了，看别人打球更轻松些，是吧？”丁参谋长说：“跑题了！”常大队长笑了笑，说：“看球。”只见邓机电长强攻篮下，投篮不进，自己又抢得篮板球，再投，进了。钟伟诚后场端线发球给林咏，林咏将对方两名防守队员吸引到右边，突然把球甩给聂文胜，聂文胜带球直奔篮下，将球投中，并造成吕班长防守犯规，加罚一次，但没有投中，球在篮筐上转了一圈后，被苗苗得到，苗苗背对篮筐，一个鱼跃，仰着身，双手将球送入篮筐，赢得一片掌声和喝彩声。苗苗跑到林咏旁边，指了指吕班长，伸出一根手指，意思是说吕班长已有一次犯规了。不料，被林咏狠狠瞪了一眼。903 艇又攻到前场，几次传球后，安远右边投三分球未中，球弹到了左角，苗苗高高跳起，将球抓住，摆脱了秦班长的阻拦，迅速沿右边攻到前场，准备三步上篮时，被吕班长左胯顶了一下，倒在地上，做出一副腿很痛的样子。吕班长上前将他拉起。苗苗看了看林咏，又看了看江海，二人都面无表情。

903 艇叫了暂停。江海对队员们说：“打得很好，目的基本达到，就这么干，要更坚决些。控制节奏能力是练出来的，打出来的，当快则快，宜稳则稳，争取主动，掌握主动。”说完，江海和林咏嘀咕了一下，决定将钟伟诚换下，由文刚接替。江海对文刚说：“继续盯住安远，注意抢位和脚步移动，手上动作不要太多。”林咏对大家说：“要快，一快到底，但要注意效果。”

暂停后一上场，双方就抢了个人仰马翻，越打越快，903艇“铁三角”配合不时地出现失误。乔政委说：“一场肉搏战。”常大队长说：“白热化了，过瘾！”古主任说：“903完了！”常大队长问他：“你怎么知道？”古主任指了指江海，说：“你看596那几个干部的表情，轻松自若，好像已经赢了似的，他们肯定还有招儿。”上半场结束，903艇仍领先三分，但吕班长犯规已达三次。

半场休息，林咏对在场外活动的江海他们说：“用传球调动他们，他们最多还能快打十来分钟。”江海对将要上场的队员们说：“前锋子君和其明要拉开，航通长中路攻篮要狠，枪水长还是重点盯安远，航通长和我协同盯紧郭副艇长。”大家齐声说：“明白！”江海又数着指头说：“一是以我为主，二是打出节奏，三是开场打一会儿紧逼。”大家又齐声说：“明白！”下半场，596艇以原阵容冲击了五分钟后，江海和胡子君、柳风、何其明换下林咏、水中天、聂文胜和苗苗，先是打了几分钟紧逼，然后长传短传结合，控制了场上节奏。柳风得江海斜传球，直冲篮下，防守何其明的吕班长慌忙回撤，差点将柳风推倒，第四次犯规。接着，江海发动一拨儿进攻，专找吕班长防守的地方突破，吕班长不敢做动作，致使柳风和何其明屡屡得手，比分反超。丁参谋长说：“596简直是个专业球队啊，我怎么没发现呢？”古主任说：“他们三个艇领导都爱好，经常打。”乔政委说：“这一对搭档干什么都认真，一认真就不得了。”眼看越来越被动，903艇只好把吕班长换下。“铁三角”一散，596艇好打多了，他们传球跑位飘忽不定，多次长甩得分。

903艇叫了个暂停，但起色不大。江海他们坚持紧逼和快攻，对手体能下降，郭副长显得力不从心，失误不断，不得已，又把吕班长换上，形势虽有好转，但仍是被动应付状态。胡子君和何其明的两面三分和柳风的中路强攻，终使吕班长第五次犯规。双方士气此消彼长，596艇终以78：62获胜。双方球员握手后，林咏、江海走到场边，和903艇焦呐艇长、田英教导员握了手。

颁奖仪式上，林咏、江海互相推让，最后由胡子君上台领奖，奖品是一张奖状。颁奖仪式结束时，古主任讲话：“我们的‘强军杯’篮球赛，一届比一届水平高，一届比一届影响大。大队首长已经做出决定，在新俱乐部完工后，再增建四个篮球场，确保每条艇有一个篮球场。”常大队长插话说：“中国篮球协会从2000年‘斯坦科维奇杯’篮球赛开始，执行了每场四节的新制，各单位都要练一下，下一届‘强军杯’篮球赛，我们要改过来，跟上去。”一阵掌声后，古主任说：“我们不光要开展篮球活动，还要开展多种项目的体育活动，以更好地发挥体育运动的重要作用。大队已经决定，将在明年元旦与春节之间，举行大队首届迎春运动会，文件通知很快就下发。希望各单位认真组织，积极准备，争创佳绩。”

散会后，海力平走过去和大队领导握手告辞，常大队长问他：“听说你三号要走？”海力平说：“水警区陈参谋长抓我的公差，要我三号下午过去，向水警区机关部队汇报关于南海形势的看法，要不然，我明天就走了。”乔政委说：“首次来，多住住嘛！”海力平说：“老婆子单位有事。”常大队长说：“二号下午辛苦一下怎么样，给我们班以上骨干讲一讲。上一次，我们请刘教授讲课，被水警区中途‘打劫’了；这一次，我们想近水楼台先得月啊！”海力平说：“行，感谢大队首长给我这个学习机会。”

大家离场后，古主任一个人坐着没动，林咏、江海、胡子君走了过来。林咏对古主任说：“本来我们定了要举办迎春运动会呢，早就在周报中报过了，大队怎么回事啊？”古主任看了看他们，说：“是吗？那可太巧了。”林咏、江海、胡子君都笑了，古主任也笑了，说：“大队还没搞，你们一条艇搞什么呀，这不是将大队的军嘛！”江海说：“我们是小打小闹，自娱自乐。”古主任说：“大队长、政委批评我和参谋长了，说我们总当部队的尾巴。本来我们想另起个名字呢，但议来议去，都不如‘迎春’好。行了，你们别搞了，积极准备，多拿奖牌吧！”三个人齐声说：“是！”

晚点名，江海讲话：“今天，我们艇双喜临门：一是首次获得大队‘强军杯’篮球赛冠军；二是枪水部门前主炮班惠中同志接到了军校录取通知书。”一阵掌声后，江海说：“篮球冠军，是全艇同志奋斗获得的；

军校录取通知书，是惠中同志奋斗获得的。奋斗，才会成功；奋斗，才能享受真正的喜悦。让我们叫响一个口号吧——奋斗，超越！”林咏率先鼓起掌来。

星期六下午，俱乐部一楼大厅，班以上干部挤得满满的。乔政委向大家介绍说：“海力平教授是海军乃至全军知名的学者型教育工作者，有着非常丰厚的学识、非常丰富的教学经验和非常丰硕的研究成果，我们海军部队不少领导同志，都曾是他的学生。顺便也告诉大家一下，我们596艇江海教导员是海教授的女婿，海教授的独生女儿海婴同志，很快就将是我们南石湾小学的首任校长兼教师了。”掌声中，海力平给大家敬了礼。乔政委说：“南海越来越成为一个热点了，作为驻守在南海的一支舰艇部队，我们应该熟悉南海，看清南海，从而为捍卫我国在南海的领土主权和海洋权益而奋斗。下面，请海教授就南海问题给我们做报告！”

掌声中，海教授又一次敬礼后，说：“我是首次来南石湾，来的目的有两个：一是送女儿上任，顺便看看小学的情况，也好帮她出出主意，方便以后电话上交流；二是向大家学习。讲课就是交流认识，交流知识，没有知识，就得讲空话、错话。知识哪儿来呢？非常重要的一条就是向一线部队学习。我来南石湾才几天，已经从大队首长、机关同志和基层官兵身上看到了许多我没看到过的，听到了许多我没听到过的，很受启发，也很受鼓舞。”

开场白后，海力平说：“大队首长安排我就南海问题做个发言，我想从三个方面汇报，恳请大队首长和同志们多多批评指正。一是南海的现状。实事求是嘛，看清了客观存在，才能好做正确的研究。无论从历史事实看，还是从国际法看，南海九段线内的岛礁自古以来就属于中国。关于这一点，历史上并无争议，有争议只是近几十年的事。南海的自然状况不难看清，比如，面积、水深、岛礁、沙滩、渔业资源、油气资源，等等；难的是看清人，主要是南海毗邻国间关系的历史和现状，域外谁在盯着南海，谁在插手南海，他们在想什么，说什么，做什么，他们的言行影响是什么。二是南海局势的走向。这里的不确定因素很多，只能做些基本的、一般的分析。有人群，就会有矛盾；有矛盾，就得有解决矛盾的办法。

靠威胁、漫骂、诅咒、诋毁、蛊惑，那都是没落者之为。指导思想的科学性和事业的正义性，决定了我们必胜。歪理越讲越累，正道越走越宽。我们的主张符合历史正义，我们的步伐融贯于人类进步洪流。时间与正义是永恒并肩前行的挚友，而时间在我们一边，我们有足够的诚意和善意，也有足够的信心和定力。三是我们怎么办。没有战略，就没有卓越。我们要努力学习，不断加深对党中央和中央军委斗争方略的认识和理解，不断增强对党中央和中央军委的信赖感和服从意识。爱国卫国，是中华民族的伟大传统，我们要有‘男儿到死心如铁’‘试手补天裂’的气概，有‘醉里挑灯看剑’的精神，提高警惕，常备不懈，精武强能，努力提高素质，提高整体战斗力，做到召之即来，战之必胜。”接着，海力平从自然、地理、历史、社会、法律及国家关系等各个方面，做了全面的阐述和严谨的论证，整个会场非常肃静，直到海力平讲完，站起来敬礼了，大家的心才从浩瀚的南海回到课堂，会场响起热烈的掌声。

乔政委说：“海教授的报告体大思精，不仅为我们提供了很多知识、很多信息，而且为我们奉献了很多很好的思维成果；不仅使我们受到了教育，而且使我们受到了鼓舞。海教授的报告对于我们更好地认识使命、履行使命，有着重要的指导意义。明天，各单位要认真组织讨论，进一步消化吸收。让我们再次以热烈的掌声感谢海教授！”在热烈的掌声中，海教授再次恭恭敬敬地向大家行了标准的军礼。

星期日上午，水警区来车接走了海力平夫妇，海婴也一起去了。江海和林咏就海力平的报告，组织全艇干部和班长进行了认真的讨论。

下午，江海来到机关食堂，拿着一叠钱，交几天来的伙食费。董小明说：“大队首长有明确指示，海教授是首长从院校请来讲课的，阿姨是亲属，海老师是到大队报到的，都不收伙食费。”董小明说完，硬是把江海推出了门外。

江海回到艇上，交代苗苗抓紧办理岳父母住房的退房手续。之后，来到了林咏住舱。林咏正在和胡子君商量学习导弹艇军事专业时间安排问题。江海说：“听说小西沟的水塔和电机房已经盖好了，咱们抽空开始安装吧。”胡子君看了看林咏。林咏想了想，说：“大家都很累，下周再说吧，怎么样？”江海说：“好吧，下周干。”停了一下，江海又说：“是不是请子君再和901艇沟通一下，先定学习时间，再定去小西沟的时间。”林咏说：“好。”

星期一一大早，江海乘公交车赶到了水警区招待所，跟着在门外迎接的海婴进了餐厅。水警区司令部管理科高科长和政治部宣传科朱科长正在陪海力平夫妇吃早餐，快要结束了。海力平问江海：“不是说好了嘛，那么忙，怎么又来了？”没等江海答话，蓝青又问：“还没吃饭吧？”海婴说：“没吃呢！”江海和两位科长打了招呼后，笑着说：“来的时候没接，心里一直不安，如果再不送，就永远不安了。”海婴让江海坐在自己旁边的凳子上，说：“慢点吃，时间还早。”

江海很快吃完了饭。海力平对两位科长说：“我们县城看了，护卫舰大队看了，城南小学也看了，在房间坐坐就行了，你们忙去吧！”两位科长走后，江海跟着岳父岳母来到他们住的房间，在客厅喝茶聊天。趁着蓝青到卧室整理东西的时候，海力平小声对江海说：“我已经和海婴说了，你们都不要去广州送：一是你妈在那种场合分别时会哭，麻烦；二是水警区安排人去送，车上也坐不下。”江海说：“不，一定要送。”海婴说：“别去了，快开课了，我还有一大堆事呢。”江海看看海婴，看看岳父，看来看去，找不到合适的话。蓝青从卧室出来了，问：“说什么呢？”海力平说：“快开学了，海婴那里还有一堆事呢，着急。”蓝青马上把海婴拉到身边，说：“没事，江海会帮你准备好的。”海婴点点头，“嗯”了一声。海力平说：“学校的条件比我想象得要好些，安全，安静，干净，实用，只要主观努力，一定能成功的。”江海说：“请爸爸妈妈放心。大队首长非常重视，群众非常支持，海婴是暗使劲，准备还是很充分的，我也会尽最大努力协助她的。”

忽然，海力平很认真地说：“过去，我总喜欢跟你们讲‘唯谦谨是载福之道’呀，‘莫强求，方自由’呀，‘知足享万福’呀，现在看来，有失偏颇，相比较而言，还是讲敢想敢做更重要。不然，‘谦谨’呀，‘自由’呀，‘福’呀，都变味了。”江海认真听着。海力平对江海说：“但是，带兵必须用心。古人说，‘万事不可以耳目察，惟以心应之；万事不可以智力服，惟诚心以待之’。意思是说，看问题看事物不能限于表面，要看实质；待人没有真情实意，任何手段都是不行的。”江海点点头，说：

“是。”海力平提高嗓门说：“去年，我说过要一笔一画写好‘人’字，一笔一画写好‘官’字，一笔一画写好‘共产党员’；现在，咱们还要一笔一画写好“家”字。”江海说：“有爸爸妈妈教导，我们一定能写好‘家’字的。”蓝青说：“还有山东的爸爸妈妈，我们写的是大家庭的‘家’。”“对，”海力平说，“过去，很多老师教书法，都以写‘家’字练基本功。‘家’字有许多汉字结构元素，家庭是社会的细胞，涵盖了生活的方方面面，写好‘家’字不简单啊！”大家都认真地点着头。

蓝青刚要说话，陈参谋长和高科长、朱科长来了，江海赶忙敬礼，让座，上茶。陈参谋长对海力平夫妇说：“江海是个好同志啊，机关部队反映都很好，几个岗位干得都很出色。”海力平说：“那是你们关心培养的结果。”江海说：“首长是在鼓励我。”陈参谋长说：“我可是实事求是的呀，老师面前不能说假话的。”海力平说：“时间差不多了，走吧。”陈参谋长问：“去几个人？”海力平说：“我和老婆子走，他俩回去。”陈参谋长说：“我们准备了两辆车，那就管理科长送你们去广州，另一辆车送他俩回南石湾。”江海说：“不用了，我们坐公交车就行了，很方便的。”

走到院子中间的小车旁，海力平和陈参谋长、朱科长握了手，又看看海婴和江海，先上了车。蓝青突然抱住海婴，眼泪流了出来。海婴拍了拍妈妈的背，勉强笑了笑，说：“妈妈保重！”江海跟着说：“妈妈保重！”蓝青擦擦泪，又握住了江海的手，想说什么，几次努力，最终没有说出来，双手捂着脸上车了。爸爸妈妈的车走后，海婴“哇”的一声哭了出来。陈参谋长对江海说：“你们干脆去广州送送吧！”海婴摇了摇头。江海说：“谢谢首长！单位还有很多事，我们回去了。”

公交车上，海婴右面靠车窗，左面是江海，一直双手捂着脸。江海给海婴发了一条信息：“我觉得没送爸爸妈妈像犯了罪一样。”海婴使劲擦了擦眼，看了看信息，回道：“不！”江海想了想，又发了一条信息：“要不要给爸爸妈妈打个电话？”海婴回复：“中午打。”过了一会儿，江海又发了一条信息：“闭上眼睛休息会儿吧，宝贝儿。如果静不下来，就想想开学的准备工作。”海婴回复：“嗯。你也休息一下吧，亲爱的！”江海回复：“好的，宝贝儿！”两个人慢慢地都闭上了眼睛。

回到宿舍，已经是午后了。由于心情比较沉重，江海和海婴都没吃好饭。海婴和爸爸妈妈打电话，也是几句就完了。午休后，江海要回艇上，海婴说："明天下午要向古主任汇报开学准备情况，我们已经有了个汇报草稿，我过去和小方、小岳再研究一下。"说完，跟着江海下了楼。

会议室，林咏、江海、胡子君研究下一周的工作日程。胡子君说："901艇的意见是下周一、三下午讲军事专业课。"林咏说："可以。"江海想了想，说："可以。你们看这样行不行：咱们周二把水管送到小西沟，并买好电机，也送到小西沟，留下几个人开始安装。周四起连续突击，把它完成。"胡子君说："我看可以。事怕猛办，早干早了。"林咏说："可以。"江海说："子君给901艇回个话，定下学习时间，我给司令部和政治处报一下去小西沟的事。"林咏和胡子君都点了点头。

第三十三章　突击作战连番越岭
难分难离惠中鞠躬

星期二早上，全艇人员提前吃了饭，除值班的外，一齐抬着水管上山，去小西沟。林咏值班，留在艇上。胡子君和叶崇林去西岭镇买电机和水泵等。

上山的队伍由江海带领，有说有笑，一会儿一片，一会儿一线。第一次上山的同志更是兴奋，不时地停一停，望望大海，望望海岸线。康晓义和苗苗抬着几根水管，江海不时地替他们一下，苗苗则趁机照相。在过一段陡坡时，战士石松泉突然“哎哟”了一声，扭伤了腰和左脚，无法继续爬山，康晓义给处理了一下，江海安排两个战士扶他慢慢下山，回去了。队伍到了山顶，江海招呼大家坐下来休息，苗苗抓紧时间设计造型，给大家留影。

村民们早就在大树下等了。官兵们到村里后，按照辛乐的指挥，放下了水管。江海向大家介绍了小西沟的情况，张伯和阿龙、猛仔陪着大家看了新建的水塔和电机房、扬水池。水塔像一只大水桶，造型独特，形象逼真，一下成了小西沟的标志性建筑，令整个西沟增色不少。电机房在水井旁边，很小，但结实，适用。扬水池也很合适。江海的电话响了，胡子君的声音：“电机、水泵买好了，配套的物件也都买好了。我们租了三辆三轮车，已经出发了。”江海说：“好，注意安全！”胡子君说：“好的！”江海合上手机，问辛乐：“留一些水管在这里，今天安装用，其余的先放到张伯家，怎么样？”辛乐点点头，用手指了一下，说：“这些留下。”江海指挥大家，把其余的水管搬到了张伯家。

过了一会儿，胡子君他们到了，军民齐动手，大家把电机抬到了机房里。辛乐对阿龙说：“咱们真默契啊，房子很合适。”胡子君对江海说：“让老辛点好留用的人，你带其他同志回去吧，有事时我给你打电话。”江海说："好吧。"辛乐点了机电部门和艇务部的十多个同志留下安装电机、水泵和水管。柳风要求留下，江海同意了。临走时，江海对胡子君说："装水泵要特别注意安全。"胡子君"嗯"了一声，点点头。江海说："尽量让村民一起搞，带一带他们，将来维修管理还得靠他们呢！"胡子君说："好。"江海问康晓义："血压量了吗？"康晓义说："量了，都正常，药效不错。"江海问："张伯的血压多少？"康晓义说："收缩压 130，舒张压 82。"江海说："很好。"江海从人群中出来，走到张伯一家三口面前，抚摸着海山的头，说："大伯注意按时吃药，阿婆多保重，海山做好上学准备，我月底来接他。"张伯说："谢谢！不要来接了，第一次报到，一定要送的。"江海说："再说吧，过几天我还要来呢。"说完，带着三十多个同志先回南石湾了。

海婴做好晚饭后，上到房顶，不停地向二号码头张望，一直不见江海的身影。她掏出手机，给江海发去一条信息："我和饭一起等你。"几分钟后，江海出现在码头上。海婴笑了笑，回到房间，把饭盛好，把筷子摆好，站到了门口。

江海进门后问海婴："这么高兴，是不是古主任对你们的开学准备工作很满意？"海婴说："不光是工作问题，我今天特别有新生活的感觉。"江海说："我也是。喝点酒吧！"海婴说了声"好"，给江海倒了一杯红酒，自己也倒了一点点，说："红酒喜庆些。"江海端起酒杯，一下子没想起来酒词。海婴端起杯子，说："祝我们幸福！"说完，和江海碰了一下杯，喝了一小口，马上咳嗽起来，边咳嗽边笑。江海笑了笑，一口喝光了。海婴又给江海倒上了酒。江海一边给海婴夹菜，一边问："这么多菜？"海婴说："今天汇报很顺利，我一回来就做饭了。我担心将来按点上下班，照顾不好你。"江海说："我两头有饭，怎么都好办，最怕的是委屈了你。"海婴说："爸爸说我已经走上'革命道路'了，革命者无所谓委屈的。"江海端起酒杯，说："为这句话干一杯！"海婴和江海碰杯后，嘴唇沾了沾酒，笑眯眯地看着江海把酒喝完。

江海放下酒杯，说："一个战士上山时腰和脚扭伤了，卫生队给处理了一下，我到住舱看了他一下。"海婴问："很重吗？"江海说："不要紧，医生让他休息几天。"接着，江海转了话题："撒处长说了，我们是临时家属住房，是特殊情况，房间里配的东西一律照用，包括空调。我抽空托岸勤处的同志给捎个冰箱和洗衣机，生活上方便些，也可以节省许多时间。”海婴说：“电器也是重要的陈设品，很能反映主人的情趣、性格和品位，咱们自己买吧。”江海说：“好，咱们星期六去买，顺便买些其他生活用品。”海婴点了点头，问：“你只有双休日才在家吃饭吗？”江海说：“正常情况下，星期三晚餐也在家吃。”海婴“嗯”了一声，又问：“你想过没有，开学后，咱们就三口人了，多个人吃饭了？”江海说：“当然想过了。吃饭还好说，住宿更是个问题。”海婴说：“我和方远他们商量过，俱乐部有空铺，他可以住那里，反正离家也不远。”江海点了一下头，问：“张海山和郭林青上学，大队都同意吧？”海婴“嗯”了一声。江海说：“很好。”海婴说：“我想到小西沟看看，方便吗？”江海说：“方便是方便，但是要爬山啊！”海婴说：“没问题的，我能行。”江海说：“那好，下次咱们一起去。”

吃完饭，两个人一起刷锅洗碗，擦桌子拖地板，很快就利索了。江海说：“我下班时副长他们还没回来，我得过去看看。”海婴“嗯”了一声，说：“去吧。”

江海来到艇上，胡子君他们正在吃饭。江海询问施工情况，胡子君说：“下一步的进度可能会比较慢，他们的院墙和房子，基本上都是石头砌的，很厚，咱们没有专用工具。另外，商定每家两个水龙头，一个在伙房，一个在院中，还有装水表的位置，他们要做些准备工作。”江海说：“好事办好，质量第一，要让群众满意。”胡子君“嗯”了一声，点点头。江海对柳风说：“老辛能者多劳了。你和副长轮流去，负责面上的张罗。”胡子君和柳风都说“好”。江海说：“要仔细合计合计，跑一趟不容易。”胡子君、柳风、辛乐一起点了点头。江海从会议室出来，正好林咏打篮球回来，即和他谈了小西沟自来水工程情况及打算，林咏点了点头。

星期三上午，全艇操演完毕，江海来到林咏住舱，问林咏对探亲休假时间有什么考虑。林咏说：“什么时候都可以，没什么要紧事。”江海说：“除了我和副航通长、译电员，干部都还没休假。从工作角度讲，休假时间最受限的是你，其次是枪水长和机电长，一旦有事，你们三个是别人难以替代的。如果你方便的话，我建议你们三个先休假，你休完，再考虑副长。航通长有可能国庆节回老家结婚，他那里有副航通长，好办。艇务长那儿有译电员，也好安排些。”林咏想了想，说：“谢谢关心，我看可以这么定。”江海说：“从以往情况看，十一月份是老兵退伍和干部转业摸底阶段，对干部在位率要求严，接着又是新年度开训准备，都难安排。”林咏问：“小西沟的事，机电长走得开吗？”江海说：“班长们就可以了，副长和航通长都可以组织。”林咏说：“那好。”江海说：“关键岗位的班长和士兵的休假，也得抓紧安排，请各部门报个意见，咱们过过目。”林咏说：“好。”江海说：“我去和他们打打招呼，给大队报一下。”林咏说：“好。”

下午，水兵凉亭，虎笑讲完课，被林咏、江海留了下来。江海还打电话叫来了郎学仁。林咏说：“我们想近期集中安排一批干部战士休假，包括我本人，咱们的学习安排少一点好不好？”虎笑对郎学仁说：“唉，教导员，这是个合适时段，咱们也可以考虑安排一批人休假。”郎学仁想了想，说：“有道理，这样对军事专业学习安排也有利。”虎笑说：“老妈身体不好，我也正想这个事呢！”林咏笑着说：“思妇病母！”虎笑说：“想老婆是正当的嘛，有什么好隐瞒的！不过，我老妈真的病了，老胃病犯了，比以前严重，说不定得做手术呢！”林咏说：“孝顺，钦佩！那就好好照顾老妈，不见老婆。”四个人哈哈大笑。

星期五上午，江海主持召开了党支部委员会，研究了近期训练学习和管理，及组织发展等工作。下午，党支部大会，吸收了两名预备党员，林咏和江海分别就下步工作谈了意见。晚上，支委集体用一个半小时进行了理论学习。

星期六，江海和海婴早早就到了县城，除买了冰箱、洗衣机和一些日用品外，还给张海山买了一套衣服、一双鞋子和一些学习用品。他们搭教练室拉器材的车回到家后，在苗苗的帮助下，马上把冰箱和洗衣机摆到了预定的位置——冰箱在客厅靠厨房门处，洗衣机在卫生间靠阳台处。一身疲惫加满心喜悦的他们俩，横挪挪，竖摆摆，远观观，近看看，继续检验着自己的体能和毅力，释放着自己的激情和意趣。他们的晚餐很晚，很简单，很开心。

星期一上午，参加完大队交班，林咏和钟伟诚、辛乐，还有几个班长、战士，一起出发休假了。

晚点名，江海讲话：“今天，艇长和钟枪水长、辛机电长等一批同志休假去了，还有几个同志明后天也要休假。艇领导决定，行政管理和集体活动，枪水部门暂由水中天同志牵头，机电部门暂由叶崇林同志牵头，大家要自觉服从管理，支持他们的工作。班长休假的，各部门指定负责人，有问题时，及时向艇领导报告。每天的操演照常进行，各部门注意调整好人员。人员在位率相对低些，这对我们是一个考验，也是一个锻炼，我相信，大家都能经受住这个考验和锻炼。”

查铺查哨后，江海把惠中叫到了自己的住舱。江海问惠中：“你怎么还不走啊？”惠中说：“这段时间，我一看到我的床铺，我的战位，一看到战友和领导，还有码头、水兵凉亭，心里就酸酸的。”江海问：“为什么？”惠中说：“我毕业后，艇肯定不在了，领导和战友们也各奔东西了，现在的一切，都会成为历史的一页，被翻过去了。”江海笑了笑，说：“我当初离开护卫舰去上学时，和你现在的心情很相似。等你将来毕业离校时，又会感到那里的课桌、教室、床铺、宿舍，还有老师、同学，都难舍难分的。你将来的路还很长，我们都会不断加深对南海、对祖国、对人民的感情，义无反顾地为我们的国防事业献出一切的。”惠中说：“我懂了，会是这样的。”江海说：“你家里有病人，有很多困难，赶快回去看一看，料理一下，好安心学习。”惠中说：“教导员送给我的《辞海》，将是我永久的老师和伙伴。教导员的许多话，我一辈子也忘不了。”江海说：“三年学期看似很长，其实一晃就过去了。做生意，抠分厘，干事业，争分秒，要好好计划，不断总结，争取多学些东西。”惠中“嗯”了一声，站了起来。江海握住他的手，问：“还有什么事没有？”惠中说：“没什么事了，我只有一个请求：毕业后仍在你领导下工作！”江海笑着说：“好啊，我也很希望再和你一起工作。”

星期二上午，惠中坚持参加了操演。操演结束时，他深情地亲吻了前主炮炮管。苗苗发现后，大声说：“别动，等一下！”他跑回住舱，取来照相机，给惠中拍了一张宝贵的照片。应惠中要求，江海和他合了一张影。

艇旁的码头上，江海对水中天说：“你代表全艇同志送惠中同志上车吧，副长马上要去小西沟，我就不送了。”水中天说：“好。”惠中对江海说：“祝教导员身体健康，工作顺利！”江海紧紧握住惠中的手，说：“祝你身体健康，学业圆满。到家后，转达我和艇长、副长对你们全家人的问候。”惠中点点头，说：“谢谢教导员！”江海看着惠中渐行渐远的身影，一直没有动。已经走到俱乐部前面的惠中，突然转过身来，看着码头和舰艇，看着江海和战友们，深深地行了个鞠躬礼。

回到住舱，江海给海婴发了一条信息：“昨晚睡得好吗？”一会儿，收到了回复：“晚睡晚起。”江海又去信息问：“早餐？”海婴回复：“一杯豆浆，两个煮鸡蛋。”江海又发去一条：“我要工作了。”海婴回道：“我到俱乐部做开学准备工作去。”苗苗走了进来，将一个很精致的蓝色小袋子放在了江海的桌子上。江海问：“什么名堂？”苗苗笑眯眯地说：“你肯定猜不着。”江海打开一看，是一个篮球网。苗苗说：“咱们得冠军后，我把两个篮圈上的网剪下来了，那一只给了艇长，这一只送给你做个纪念。”江海笑了笑，说：“艇长是咱们艇的主帅，你是后起之秀，各保存一个，更有意义。”苗苗说：“那不行，光老聂就把我骂死了。”江海说：“不会的。”苗苗说：“刚才还干了一架呢！”江海问：“干的什么架？”苗苗答：“我说他见了红烧肉像见了老婆一样，他说我抽个血就像上刑场一样。”江海笑了笑，说：“我是认真的。收起来，保管好，你打球的时间还很长，它会给你力量和智慧的。”苗苗敬了个礼，说：“是，谢谢教导员！”

下午，江海在会议室和声纳班战士简之谈心后，苗苗送来了大队关于举办首届迎春运动会的通知。江海认认真真地看了两遍，对苗苗说：“给艇领导和每个部门各复印一份，请译电员打电话给艇长和枪水长、机电长报一下。”苗苗“嗯”了一声，去办了。

为了等胡子君他们，晚饭推迟了半个小时。吃饭时，胡子君对江海说：“村里几个小伙子配合不错，星期六可以完工。”江海问：“质量没问题吧？”胡子君说：“工艺很细，转接部位处理都很妥当，稍不满意的，马上就返工了。”江海对柳风说：“明后天你去。群众不是说八是吉利数吗，咱们争取八月十八日正式供水。”胡子君说：“没问题。”话题又转到迎春运动会上。胡子君说：“我建议晚点名时教导员讲一讲，然后各部门摸摸底，初步分项目统计一下，心里有个底，以便做好准备工作。”柳风说：“对，早准备。”江海说：“好，请副长具体布置一下，休假的同志也要问到。”胡子君说：“好。”

晚上，无论胡子君如何劝说，江海都坚持不回家住。凌晨三点多，江海用了半个多小时，认真进行了查铺查哨。

星期三晚饭前，胡子君对江海说：“嫂子刚刚来队，生活还没有就绪，今天你一定要回去，不然就是对子君不信任。”江海说：“好，我回去。你在，我一百个放心。”江海走到码头上，又转过身来，说：“有事一定给我打电话！”胡子君说：“好的。”

江海回到家里，看到海婴在看电视，问道：“还没做饭呀？”海婴站起来说：“不饿，晚点再说，随便吃点就行了。你这么早就吃完了？”江海说：“没吃呢，副长非让我回来不可。”海婴说：“你想吃什么，我马上做。”江海说：“我来烙饼吧，换个口味。”海婴说：“好啊，我做个素汤。”两人刚动手，苗苗送饭来了。苗苗对江海说：“副长怕嫂子不知道你回来，没准备你的饭，就叫我送来了。”江海叫海婴把饭菜和汤倒到自家的碗里、盘里和锅里，并对苗苗说：“谢谢你和副长。记住，没有我的交代，以后不许再往家里送饭。”苗苗说：“是。”

江海给海婴盛好饭，说：“来，吃饭。”海婴说：“我吃不了那么多。”江海说：“剩下的给我。”海婴笑眯眯地把肉和鱼放到江海面前，说：“慢慢吃。”江海给海婴夹了一大块鱼，又用调羹给海婴舀了两块豆腐，说：“这阵子你吃饭太单调，丰富丰富。”海婴边吃边说：“向家长汇报一下，洗衣机有两个优点了，不光好看，而且好用。”江海问：“冰箱满负荷工作，表现如何？”海婴说：“挺正常的。”江海说：“现在不同了，‘穷人’用冰箱，你不要把冰箱当仓库啊，食品饮品，都还是新鲜的好。”海婴说：“知道，我有顺序呢，先放的先吃。”江海又给海婴夹了一块肉，说：“吃一块，不怕的。”海婴“嗯”了一声。江海说：“还没更正你呢——你是家长！”海婴说：“那不行，家长肯定是你，我当副的。”江海笑着问海婴：“那你领导谁呀？”海婴笑了笑，说：“将来总会有‘成员’的。”江海说：“家庭不同于单位啊，正的听副的，正的副的都得听‘成员’的。”两个人一起笑了起来。海婴给江海和自己各盛了半碗汤。江海喝了一口汤，问海婴：“买的蒸米饭用的陶钵试过了吗？”海婴说：“没呢，你下次回来吃饭时试一下。”江海说：“好的。陶钵蒸饭格外香，你一吃就知道了。”海婴点了点头。

两个人吃完饭，洗刷好锅碗，打扫好卫生，还没到看《新闻联播》时间呢。江海说：“搞‘特殊化’的确方便，一会儿就 OK 了。”海婴说：“发工资扣伙食费时如数扣就是了。”江海“嗯”了一声，说：“咱们不同于一般的临时来队，是要认真一点。”海婴说：“我们学校有个班主任，一开始，学生帮他做家务，常被他谢绝；后来，学生真的不去了，他又不高兴了。”江海说：“重庆渣滓洞监狱中的烈士们在给组织的遗言中，第一条就是防止领导干部腐化。可见，腐败现象的出现，有其历史必然性。”海婴说：“这个问题不难理解，反腐败是社会发展文明进步应有之义，是个长久的历史过程。”江海“嗯”了一声，用英语问：“Go play table tennis？（打乒乓球去？）”“OK！”海婴一下兴奋了，甜甜地说，“Thank you！（谢谢你！）”

俱乐部一楼大厅摆了三张乒乓球桌和三张台球桌。方远和岳锦川正在左边的那张球桌打乒乓球，见江海和海婴来了，马上把球拍让给了他们。江海说：“你们打，我们看一会儿。”方远说：“我们已经打了半个来小时了，你们打吧。”

江海说了声“谢谢”，便和海婴打起球来。由于两个人都很久没打了，所以，都觉得胳膊腿硬，球不听话，不是发不好，就是接不好，满地捡球。几分钟后，两人才找到点感觉，打的回合多了起来，看的人也越来越多，连打台球的也停下来看了。方远说：“江教导员，三局两胜，比一比。”江海说：“打‘和平球’可以，打正规的我暂时还赢不了。”海婴笑了笑，没说话。方远对海婴说：“海老师真厉害，实打实的话，我看教导员还真不行。”海婴说：“他对体育项目的要求是懂规则，能玩，乒乓球项目，我可以达到他的要求。”江海说：“体育越来越被人们重视，在生活中的地位越来越重要了。我主张对各项运动，尤其是比较普及的、参与人数多的项目，要懂规则，能玩一玩。哪个体育项目的比赛，都是人的素质的比较和提高的过程，都是挖掘潜能和互相学习、互相促进的过程。”方远说：“是的。”江海说：“规则是人们对一个项目认识水平和实践水平的凝结，它产生于比赛，又规范着比赛，通过比赛而不断改革、完善。无论参加比赛还是观看比赛，首先要懂规则，可以懂而不玩，不可玩而不懂。”方远“嗯”了一声，点点头。江海说：“懂的东西越多，互相交流就越方便。有个翻译陪外宾看电影《地道战》，翻译得一直很顺，但遇到‘三下五除二，全报销了’的台词，就卡壳了。你不懂象棋，人家打比喻说‘马后炮’‘过河卒’‘丢车保帅’时，你就听不明白。你不懂足球，人家说‘越位’呀‘合理冲撞’呀，你也听不明白。像‘先手棋’呀，‘组合拳’呀，‘短平快’呀，都成了工作中的术语了。”方远岳锦川都赞许地点点头。打打聊聊，聊聊打打，两人都满头大汗了。江海看了看手表，对海婴说：“今天就打到这儿吧，快一个小时了，突然大运动量活动，胳膊腿会疼的。”海婴说：“好吧。”二人把球拍给回了方远和岳锦川。

回到家里，江海和海婴刚坐下来，海婴就接到了妈妈的电话。妈妈问：“你真的那么快就适应那里了？”海婴说：“这里挺好的呀，有什么不好适应的！”妈妈问：“江海是不是整天忙，顾不上理你？”海婴说：“是我忙，顾不上理他。他整天陪着我，刚才还陪我打了一个小时乒乓球呢！”江海用手指轻轻地捏了一下海婴的耳朵，海婴转过脸来，朝江海做了一个非常抽象化的飞吻动作。妈妈问：“你不好好说话，在干什么呢？”海婴笑着说：“是江海抢我的手机，要和你讲话。”说完，把手机塞到了江海手里。江海捏了捏海婴的鼻子，对岳母说：“妈，放心吧！我知道你就一个海婴，但是你要知道，我也只有一个海婴啊！”两边都笑了起来……

第三十四章　各方重视校服定型
引水工程竣工启用

上午，全艇操演完毕，江海在会议室和文刚谈心。海婴发来一条信息：“NN：十点左右，我们订做的校服和书包样品就到了，请大队首长审定。你要不要过来看看？”江海回复：“我十点到。”

十点整，江海来到俱乐部门口，海婴和方远、岳锦川，还有兰思锋、赵陶、郭林青和双胞胎姐妹等，都在等校服样品。海婴说：“郭林青身材中等，专门叫他来了。”江海“嗯”了一声，问：“校名牌子写好了没有？”方远说：“好了，是城南小学华仪明校长写的。”江海又看了看旗杆，问：“国旗有了吗？试过升旗吗？”方远说：“国旗有，还没试。”江海说：“将来，让每个小朋友都试试。”方远说：“是。”

一个战士提着一个包走了过来，交给了方远。方远说：“谢谢啦！”那个战士说了声“不谢”，走了。方远说：“他是岸勤处的司机，帮我们取来了校服和书包样品。”说着，打开了提包。里面共4套仿水兵服校服，男女各一套长裤长袖上白下蓝的和短裤短袖全白的，各一顶抽象仿制的小水兵帽。书包男女一样，蓝色的，两种样式各一个，供选择。兰思锋、郭林青先穿上长裤长袖装，背上书包，戴上帽子，给大家看。大家前看后看，上看下看，都没挑出毛病。换背另一款书包看了看，大家觉得还是第一次背的那种美观、大方。海婴让兰思锋郭林青面对面站好，说：“你们互相看看，校服好不好，有没有不称心的地方。”兰思锋和郭林青看看对方，看看自己，再看看对方，看看自己，都说没意见。海婴问兰思锋：“妈妈在家吗？”兰思锋点了点头。海婴对方远说：“请她妈妈来看看。”方远“嗯”了一声就去叫了。

海婴打开两个书包，看了里面的设计，说：“双胞胎姐妹各背一个书包，一比就知道哪个好了。”双胞胎姐妹背好书包后，海婴问兰思锋和赵陶：

“你们喜欢哪个书包？”兰思锋看了看，摸了摸，说：“佐健背这个好看，佑健背那个里面用的时候方便些。”赵陶说：“我也觉得是。”海婴笑着说：“那就各取所长，合二而一。怎么样？”大家都同意。兰思锋的妈妈花岛来了，还带来两个路上遇见的干部家属。她们认认真真地看了兰思锋、郭林青试穿两种款式的校服，问了二人的感受，也都觉得很好，提不出修改意见。花岛问：“哪儿做的？”方远说：“县城一家服装店，水警区机关的同志推荐的，人家做了好多年了。”

海婴问江海：“你站那么远干什么？有没有意见呀？”江海说：“让两个小朋友走一走，跑一跑。”兰思锋和郭林青走了走，又跑了跑。江海说：“这校服，稍远点看更漂亮，如果有‘南石湾小学’胸牌和姓名牌，就更好了。”海婴“嗯”了一声，说：“那样不仅好看，对管理教育也有好处。”方远说：“定做吧，校长老师也佩戴。”大家都说好，小朋友们也非常赞成。江海说：“可以考虑加一件长袖蓝色上衣，冬天穿。另外，要量量每个学生的身高和腰围，供厂家掌握。小朋友长得快，衣服可以适当大一些，要照顾到各个年级。”大家都表示赞成。江海说：“去给首长们看吧，注意听清楚首长们的意见和指示。”方远问江海：“你也一起去吧？”江海说：“艇上有事，我不去了。”

午饭前，江海收到了海婴的一条信息：“NN：首长们看了很高兴，都说好，决定加工费全部由大队解决。”江海即复：“通知家长，可以自费另外订做，以便换洗。”海婴回复：“好的，自愿为原则。”江海又发了一条：“时间晚了，给你送饭吧？”海婴回复：“不用了，搞特殊化很容易上瘾的。”江海笑了笑，回道：“慢慢做，吃好！”海婴又复：“嗯。”江海又拨通了古主任的手机，说：“首长好，我是江海。小西沟自来水工程计划下周一正式启用，首长去不去视察一下，做做指示？”古主任说：“这几天比较紧张，两条艇有任务，还有工作组，我向首长们报告后再说吧。”

午饭后，江海接到古主任的电话：“大队长、政委同意我参加，但要先参加个小会。”江海说：“没问题，你乘三轮车去，晚不了多少。”古主任说：“我不太了解情况，就不讲话了，看一看就行了。”江海说：“那就宣布开始供水吧！”古主任说：“可以。”

周交班会上，常大队长讲了整修体育场问题。他说：“体育场杂草丛生，坑坑洼洼，生人戴着眼镜都找不到，水警区张司令员批评说‘是猎护大队最丢人现眼的地方’。我们已经表态了，要用两到三年时间，把它变为猎护大队的一个亮点。迎春运动会前，我们要初步整理一下，主要是铲除杂草，平整地面，修好沙坑。每个基层单位义务劳动一天，由岸勤处统一安排。”乔政委补充道：“体育场修整好后，各单位的早操都要在体育场进行。”

参加完大队作战交班会，江海带着各部门官兵四十余人去小西沟，海婴也一起去。本来值班的章韵也参加了，是江海专门安排的。胡子君值班留守。上山时，江海多次让大家停下来看远景，其实是担心海婴走不动，但直到山顶，海婴并没有显得比别人更吃力。

小西沟村中大树下站满了村民，穿着粉红色上衣、蓝色牛仔裤和白色运动鞋的海婴，成了人人关注的人物。西岭镇陈镇长，西沟村袁支书、李村长也来了。不一会儿，古主任也到了，陪同他的是政治处分管保卫和群众工作的扬中格干事。大家热情见面后，李村长宣布：“小西沟自来水工程竣工暨供水庆典开始！”

在热烈的掌声中，小西沟群众代表张伯首先讲话：“过去，我们天天都要到几十米深的沟底去挑水，费时费力，腰酸腿痛。海军江教导员他们第一次来，就发现了这个问题，很快地帮我们解决了这个问题，我感觉就是从我身上卸下了一块越来越沉的大石头。他们还帮我们检查身体，治病，让我老伴重见光明。他们是实实在在的好人、好兵、好部队。我和我全家，及小西沟的全体百姓从心里面感谢他们！”

袁支书讲话。他说：“海军596艇全体官兵为了不让群众天天为吃水爬坡，自己一次次翻山越岭；为了不给群众增加负担，他们劳动时自带干粮；为了减轻群众的痛苦，他们免费给大家体检治病。有这样的好部队，我们高兴，我们感动，我们骄傲。”

江海讲话。他说：“关心地方建设，帮助群众解决困难，是党和国家赋予我们的重要任务。帮小西沟群众做了一点点事，这完全是应该的。张伯和袁支书的热情话语，使我们很受鼓舞，也深受教育。人类本来就不分军民的，最终也是不分军民。国防建设越来越呈现出全民化和整体性趋势，军队和地方、军人和群众，都是分不开的。‘军’是穿军装的‘民’，‘民’是不穿军装的‘军’，我们早就全民皆兵了。小西沟群众生活好了，全村、全镇、全国人民群众的生活好了，我们的国家就更强盛了，我们的国防就更强大了。所以，我们要继续关心地方建设，关心群众生活，力所能及地支持地方，帮助群众解决实际困难和问题。”

最后，陈镇长讲话。他说：“今天，小西沟开始了用自来水的历史，这对小西沟群众的生活来说，有里程碑意义。对于海军596艇官兵捐资帮小西沟装自来水设备这件事，我开始是惊奇，后来是高兴，再后来是感动，今天，却深感愧疚。高山后面的海军596艇官兵发现的群众困难，我们却视而不见；他们帮助群众解决的问题，我们还没有摆上日程。他们不仅仅是帮我们解决了用自来水问题，更给我们送来了精神，给我们全镇干部上了一课。596艇所在部队驻守在我们西岭地盘上，但我们关心支持很不够。镇党委、镇政府已经做出决定，要进一步加强拥军优属工作，元旦春节期间，将掀起一个新的高潮。”

最后，站在陈镇长和袁支书之间的古主任高声吟道：“欢天喜地心飞扬，清清泉水上山岗。军民本是一家人，齐心协力奔小康。”一阵热烈的掌声后，古主任庄重宣布：“小西沟自来水工程供水开始！”

在热烈的掌声和欢呼声中，猛仔和苗苗同时点燃了各自准备的鞭炮，两条高挂在树枝上的“火龙”竞相轰鸣，吞云吐雾，挥撒彩瓣，顷刻间，小西沟沸腾了。张伯按动发电机开关按钮后，发电机“轰隆隆”响起，人们纷纷跑回家，打开水龙头，接满第一缸清澈的自来水。军地领导同志一起来到大树旁猛仔家，打开院中的水龙头，接满一碗碗自来水，边喝边笑，小朋友们都欢呼起来。陈镇长一次次和古主任及江海握手，再三表示感谢，并请他们一起坐三轮车回去。江海说：“谢谢了，我们人多，还是等公路修通后，咱们一起坐汽车来吧。”陈镇长说：“好，我们一定抓紧。”陈镇长又对古主任说：“我们新建了一个罐头厂，请首长参观指导，千万别推托。”古主任问：“什么罐头？”陈镇长说：“水果的海鲜的都有。”古主任说：“好，去看看，如果卫生达标的话，说不定能帮你们推销一点呢！”陈镇长一边说“好”，一边把古主任扶上了三轮车。扬干事陪着去了。

镇村干部走后，部队在路边休息，和群众交谈。江海和海婴来到张伯家，把海婴介绍给了他们一家三口。阿婆拉着海婴的手说："哎呀！又漂亮，又文静，像花似的。要不是你们帮我做了手术，我就没有这个眼福喽！"阿婆让海山叫海婴老师，苗苗说："是校长！"海婴两只手拉着海山的两只小手，说："不，叫老师。"海山看着海婴，轻轻地叫了一声"老师"。海婴应了一声，抱住了海山。苗苗抢拍了好几张相，非常得意。

江海带着部队离开小西沟时，小西沟人都出来欢送了，大家依依不舍。官兵们已经到半山腰了，村民们还没有散去，还在使劲地招手。

下山时，江海给林咏打电话，介绍了小西沟自来水供水庆典情况。

星期三，江海和胡子君用了一天时间，组织进行举炮弹、俯卧撑、仰卧起坐、投弹、推铅球、跳高、跳远、三级跳远和一百米、四百米、八百米、一千五百米跑的摸底测试。

晚饭后，前甲板，柳风向江海汇报了近期团支部工作情况。江海问："'三不'活动怎么样？"柳风苦笑着说："不理想，特别是'不抽烟'。"江海说："这件事难为你们了，说实话，仅靠团支部，是难以成功的，抽机会艇领导议一下，全艇大动员，一齐搞。你们可以总结一下，做好准备。"柳风说："对，一齐搞好！"

星期四上午，各部门在征求个人意见的基础上，依据测试成绩，结合平时掌握的情况，提出了参加大队迎春运动会人选的推荐名单。下午，江海召开干部和班长会议，经过认真讨论，形成了"全面参与，重点准备"的指导思想，初步确定了重点准备的项目和人员。散会后，江海与林咏通电话，介绍了测试摸底和研究的情况。林咏说："明确告诉大家，参赛人员名单，在大队限定的最后时间正式确定。"江海说："好，这样既可以选出最好的选手，也利于保持竞争氛围，使更多同志得到锻炼和提高。"

星期五上午，操演完毕，江海走进会议室，见胡子君在，问道："上午还忙什么？"胡子君说："不忙什么。"江海一边叫苗苗把胡子君的茶杯端来，一边坐下来，说：“好久没单独聊了，今天给我当会儿镜子吧！”胡子君笑着说：“哪里哪里，还是教导员多给我指点指点吧！”江海说：“这段时间，公事私事紧折腾，团团转，经常跟着感觉走，缺点漏洞少不了。”胡子君说：“我的感觉恰恰相反，是上下和谐，节奏明快，一环扣一环。成绩就很说明问题嘛！”江海说：“我和战士谈心多，和干部谈心少点。”胡子君说：“你很直爽，很透明，大家都是很知心的。其实，无论怎么谈，谈多久，最宝贵的还是那么几句心里话。我觉得和你在一起，很受益的。”苗苗把两人的茶杯端进来，放好后出去了。江海说：“和你在一起，和艇长在一起，我也很受益。你说得对，把同志当知心人，有话就说，不积旧账，这是最好的。”胡子君说：“咱们艇的风气就在快速地向这个方向转。”江海说：“艇长直率敞亮，敢做敢当，非常干练，你严格自律，勤奋聪明，工作上是个多面手，这都是咱们艇的宝贵财富啊！”胡子君说：“我可不行，你还是给我当当镜子吧！”江海说：“是啊，我说的就是镜子里照出来的啊！”胡子君笑了。江海说：“说实话，以前有的同志感到你欠一点点冲击力，但现在变化很大，更全面了。”胡子君说：“还很不够，我是在努力向你和艇长学习。”江海说：“群众都感觉到了，连打球都不一样了。”胡子君笑了。

江海问胡子君：“你对下一段的工作和学习安排有什么想法？”胡子君说：“本来，参加演习前这段时间可以集中搞搞军事专业学习的，但偏偏这段时间不在位的人多，咱们要做的，恐怕就是继续坚持每天一小时操演，还可以考虑下午最后一小时搞体育锻炼，备战运动会，再就是自学军事专业。”江海点点头，说：“学军事专业是大事，不能等，我看可以在个人复习和小组讨论的基础上，把消化不了的问题梳理出来，送给 901 艇，请他们安排人员给我们解答一下，把学过的知识巩固一下。之后，再组织个人预习，小组讨论，请 901 艇的同志上上小型辅导课，解答问题。过一段时间还会有人休假，咱们抓住一个是一个，能学多少学多少，确保氛围常在。”胡子君说：“很好，我赞成。”江海说：“上级发的《党的基本知识读本》挺通俗的，咱们安排四到五个党日，用宣读加讨论的方法学习一下，你看怎么样？”胡子君说：“好，这对提高党员队伍的素质会有很好的作用。”江海说：“聂文胜延长预备期到九月初，你抽空和包括不在家的全体支委分别沟通一下，如果都同意的话，就让艇务部门党小组按程序讨论上报意见。”胡子君说：“好的，我也正想说这个事呢。”江海说：“军事学习和体育锻炼的事，今晚点名说一下。党的基本知识学习，明天下午讲一下，接着就开始学。”胡子君说：“好。下面这段时间，又是忙而不乱啊。”江海说：“就看咱们抓落实火候的掌握了。”胡子君说：“对。”

下午，水兵凉亭，江海为全艇党团员宣读《党的基本知识读本》。江海说：“在正式学习之前，我先讲两个故事和两个情况。两个故事都发生在我们老家，年初休假时听说的。我一个同学在县委统战部工作，经常与民主党派人士和社会名流打交道，没想到，这些人士对我们党的章程、历史、政策等比他还熟悉，给人家做工作时，经常在请教中进行，多次出现尴尬场面和难堪的窘境。没法子，经强烈要求，到党校学习去了。另一个故事：一个女同志，上海人，20 世纪 60 年代支边到新疆，和同样支边在新疆的我们县一个小伙子相识相爱，结婚了。后来，他们一起到我们老家定居，都在县机关工作。那个女同志很正直，很敬业，文笔很好，还出过书，每次单位评先进，她都以绝对高票当选。但她不是共产党员。她爱人催促她写入党申请书时，她说：‘你着什么急呀，你们在组织上入了党，我在思想上入了党，等你们思想上入了党，我再组织上入党。’很明显，他对身边一些党员的表现有意见。”

江海停了停，说：“我要说的两个情况，都发生在咱们大队。一个是，政治处对申请入党的同志进行党的基本知识考试，经常是半数同志不及格，有的是洋相百出，笑话连篇。再一个是，有个党员参加党的知识考试，对自己分工培养的发展对象代做的答案，抄都抄不好，出了大笑话，还出现了严重的错误观点。”

江海环视了一下会场，说：“热爱党，为党工作，前提是知党、懂党。咱们支部的党员在训练考核和比武竞赛中的表现，证明我们工作还是可以的，相对不足的，是对党的章程、纲领、路线、方针、政策学习不够，对党的基本知识和基本理论掌握不够，这就是我们组织这次学习的原因。下面，我们就开始学习……”

星期四上午，901艇东阳副艇长带着两个部门长和三个班长来到596艇，就596艇各部门提出的军事专业方面的问题，分别做了解答。下午，又对下一步的学习内容，从重点难点的把握上，做了提示。东副艇长一行走后，江海对大家说：“901艇将要全力准备参加演习，我们艇的专业学习将进入自学为主阶段。希望同志们按要求搞好复习和预习，把时间抓紧。”

星期五上午操演后，方远将再次修改后的南石湾小学各项规章制度送来，请江海把关。江海看这些材料时，方远发现江海桌上的玻璃板下压着一张卡片，上面写着某老教授的几句话，便抄了下来：“四十年的教学经历，始终是我学习做教师的过程，学习做人的过程。”“学生将肩挑祖国的明天，我们肩挑着学生的今天。”“学生是我人生路上的伙伴，我们互相尊重，互相学习，互相帮助，并肩前行。”“教师是责任最重的职业，是人们最关注的职业，是阳光下最神圣的职业，是只能干好不能干坏的职业。”“教师要给学生‘指’路，更要给学生‘领’路。”江海看完材料，对个别地方做了修改，交给了方远。方远刚要走，江海又喊住了他，说：“《教学日志》只记教学方面的事，还要有《南石湾小学要事记》，把小学建设和教学中的大事及重要情况记录下来，将来便是校史资料。”方远说：“对，很有必要，我马上设计方案，请海老师审定。”

午饭后，江海回到住舱，漱了口，洗了脸，刚准备休息，海婴发来一条信息：“NN：我学会算卦了。我能算出你办公桌上有一张卡片，上面写着一位特级教师的五段语录。”江海想了想，回复道：“哈哈！我也会算卦，能算出你中学英语教材里夹着一张卡片，上面的文字与我玻璃板下卡片上的文字完全相同。”海婴信息：“哈哈！你什么时候抄去的呀？那是参加工作时爸爸亲笔写给我的。”江海信息：“看第一遍，感到深刻；看第二遍，感到精彩；看第三遍，感到伟岸。军人也应学习这种精神。”海婴信息：“方远在你那里抄了一份，又给我和岳锦川各抄送了一份。”江海信息：“我们都细嚼慢咽，长久回味吧。”

第三十五章　小学落成开学典礼　家宴小庆互勉互励

9月1日上午9时，南石湾小学挂牌暨开学仪式隆重举行。官兵和家属把小学前的场子挤得满满的。三个老师和穿着靓丽校服的十二个学生站在第一排，由爷爷一大早送来的张海山排在中间。大队领导面向队伍一字排开，城南完小华仪明校长站在大队领导中间。仪式由杨副大队长主持。雄壮的国歌声结束后，丁参谋长宣读了水警区的贺信，古主任宣读了县教育局关于同意城南完小增建南石湾分校的批复。鞭炮声中，常大队长和华校长共同为“南石湾小学”校名揭牌。接着，华校长宣读了城南完小聘任海婴为南石湾小学校长兼教师、方远和岳锦川为客座教师的决定，并讲了话。她代表城南完小全体领导和师生员工，对南石湾小学的成立表示祝贺，并对建校和教学提出了要求和希望。穿着镶有花边和领饰的洁白上衣、笔挺合体的蓝色裤子和黑色皮鞋的海婴，代表南石湾小学发了言。她代表全体师生对地方政府、城南完小领导和部队首长、全体官兵及家属的关心、支持和帮助表示感谢，对搞好校建和教学表示了决心。

最后，乔政委讲话。他说：“孩子是家庭的未来，也是国家的未来。让孩子从小接受优良的教育，既是为军人家庭解难题，也是为军队强大和国家发展做贡献。”他说：“南石湾小学的成立，本身就是个创造。我们要以创造精神办好学校，办出质量，办出风格，办出名气……”

中午，大队领导宴请了华校长，三名老师作陪。江海把张伯和张海山请到艇上吃午饭。饭后，江海陪他们简单在艇上看了一下，便一起来到俱乐部一楼张海山的宿舍。宿舍即西耳房，海山和方远、岳锦川各一张床，各一张桌子，卫生间在宿舍外靠楼梯处。张伯很满意，一个劲地表示感谢。海山住下后，张伯就告辞回去了，江海和海山一直送他到北山下，看着一步一顿上山的张伯，江海、海山驻足许久。

江海回到家里，开始思考晚餐问题。过了一会儿，海婴回来了。江海上去就抱住了海婴，小声说："靓丽非凡，我感觉像换了个老婆似的。"海婴拍了拍江海的后脑勺，说："又说疯话！"江海说："你要是穿上军装的话，一定是最美的女军人形象。"说完，掏出一张纸，放到海婴手中，上面有江海写的四句话："白手战袍披，白纸写新奇；白玉晶莹透，白桦竞风仪。"海婴看后，一下扑到了江海的怀里。

一阵温存后，江海拉海婴坐下，给她泡了一杯茶，问："午饭怎么样？"海婴说："很热情，但没喝多少酒，华校长不太会喝。"江海说："一个女同志，字写得那么漂亮，令人钦佩。"海婴问："是说华校长写的校名吧？"江海"嗯"了一声。海婴说："是啊，我和小方、小岳都看了很多遍。"江海问："吃饭时说什么没有？"海婴说："华校长给了一万元钱，大队领导表示感谢。总而言之，华校长是担心部队提太多的要求，首长们是希望地方多支持，我的想法是一定要把小学办好。首长们对方远和岳锦川提出要求，一年后必须能顺利接我的班。"

江海说："我看海山可以，挺适应的。张伯已经走了。"海婴说："如果小学办成功的话，海山可以在这里上完初小，高小转到西沟村完小。只要他上学，咱们就把学费管到底，生活费也尽量帮他。"说完，用询问的目光看着江海。江海说："我肯定同意，但要和老人们商量一下。"海婴说："我说的就是爸妈的意见，我们说到过这个问题。"江海说："好，下次给张伯说明白点，让他放心。"海婴"嗯"了一声。江海问："你们下午干什么？"海婴说："报名，编班，互相认识一下，再熟悉一下教室和生活设施，讲讲规章制度。"江海说："今天是星期天，副长值班，我下午做几个菜，让方远、岳锦川和海山参加，一起吃顿饭，小庆一下。"海婴说："好啊，辛苦你了！"江海说："老婆当校长了，哪还会感觉到辛苦啊！"海婴问："会不会是全世界最小的校长啊？"江海说："好啊，这就是特点。"

海婴站起来，说："我换换衣服，得过去了。"江海说："等等，站好，让我再看看。"海婴来了个"立正"，问："看清了吧？"转身进了卧室。海婴换了一件没有花饰的白上衣和一条黑色的裤子，走了出来。江海说：

“我妈说我是黑白人，穿衣服不是黑的就是白的。你也成了黑白人了。”海婴笑了笑，说：“菜清淡点吧，他们中午吃了不少海鲜。”江海“嗯”了一声，又说：“注意教海山发音，不然，同学们如果取笑他，会伤他的自尊心的。”海婴说：“想到一块儿了，放心吧！”江海又加了一句：“当众鼓励，私下纠正。”海婴笑着答道：“是——！”

一个人，用半天时间做吃的，江海还是第一次，感觉太“奢侈”了。他本以为可以提前做好，等海婴他们一回来就开饭，没想到，吃饭的人来了，他那里还没有忙完，海婴帮了一会儿忙，才全部做好了。江海说：“不是我手艺不行，是做菜太费时间了。”大家笑了。

江海让海山坐在自己和海婴之间，然后问他喜欢吃哪个菜，海山看了看桌子上的菜，犹豫了一下，指了指家常豆腐。江海问海山：“知道这个菜的名字吗？”海山答：“豆腐。”江海说：“对，很准确——豆腐。”江海又对方远和岳锦川说：“小西沟的话与普通话不同，要耐心教海山普通话。”方远和岳锦川都点了点头。江海又对海山说：“讲慢点，打好基础。”海山也点了点头。江海说：“好，吃两块豆腐。”说着，给他夹了两块。海婴问海山：“啃个鸡腿好吗？”海山点了点头。海婴把一块鸡腿放到海山碗里，说：“慢慢啃，看看你江叔叔炖的鸡腿怎么样。”江海说：“大家都吃，每个菜都尝尝，提提意见。”大家认真品尝了一会儿，都说好吃。江海说：“你们都说好，那我可就当真了啊！”笑声中，他端起酒杯，说：“咱们三个老师，一个学生，一个伙夫，一起为庆贺南石湾小学建校和开学干一杯！”大家很高兴地碰杯后，江海和方远、岳锦川各喝了一杯红酒，海婴和海山则是茶代。

放下酒杯，方远说：“我们还是正规起来，以后叫海校长了。”海婴说：“我正想说这个事呢，叫校长我很不习惯，很不自在，就叫老师吧，亲切，自然。”江海说：“对，叫老师比较好。”方远看了看岳锦川，说：“好吧，我们听校长的，平时就叫老师了，正规场合叫校长。”江海端起酒杯，说：“为你们合作愉快、工作顺利干杯！”四个人一齐喝了下去。

四个大人放下杯子，看着闷头吃饭的海山，都很开心。方远说：“这孩子肯定行，心里很有数，懂事。”江海端起酒杯，示意海婴端起茶杯，对海山说：“我和海老师敬你们全家一杯酒，祝你爷爷奶奶身体健康，祝你学习进步！”海山端起茶杯，说了声“谢谢叔叔、老师”，喝了一口茶。江海很认真地喝了一杯酒。方远说：“别让海山来家吃饭了，跟我们一起到食堂吃，你们方便，他也方便。”岳锦川说：“对，这样好。”海婴看着江海。江海想了想，掏出手机，拨通了丁参谋长的电话，说：“首长好，我是江海。小西沟那个小学生来上学了，原计划让他在我家里吃饭呢，但是我和海婴时间紧，有时候会顾不过来，让他自费在食堂吃，我们俱乐部的两个老师带着他，您看行吗？”丁参谋长说：“烈士后代，当然可以，将来培养成科学家或者将军了，别忘了吃过我的饭哟！”江海说：“谢谢首长！将来他如果当了科学家或者将军，咱们天天找他喝酒。”丁参谋长哈哈大笑，放了电话。江海对方远和岳锦川说：“参谋长同意了，就这么办吧，你们两个辛苦了，我和海山一起敬你们一杯。”海婴说：“我也参加。”海山站起来，和两位老师碰了杯，说声“谢谢方老师、岳老师”，喝了一口茶，江海和方远、岳锦川都干了杯，海婴喝了一口茶。

海婴对方远、岳锦川说：“第一个学年好办，十二个学生，三个年级，三个老师，怎么也不会太差。真正难的是一年后，你们两个人要担起这副担子，而且班次更多，学生更多。”方远说：“是啊，我们都感到压力很大，但是没别的办法，只有抓紧时间好好向你学习了。”海婴说：“当老师，我也是新手。你们两个素质基础都很好，只要注意观察和思考，把握关节点和规律，肯定可以胜任的。”江海说：“你们在做不同于一般的工作，所以要有不同于一般的付出。你们都是大家关注的人了，成功与失败，影响都很大。”方远说：“你和海老师都是我们的老师，请多多指导帮助。我们两个敬你们一杯。”四个人站起来，一起喝了下去。江海问：“你们具体分工了吗？”方远说：“海老师抓总，并负责讲课，我重点管理和辅导二、三年级的三个学生，锦川重点管理和辅导一年级的九个学生。一个星期后，再选出班长和班委。”江海问：“哪几个班委？”方远说：“三个：学习委员、卫生安全委员和文体委员。”江海笑着说：“加上你们，领导过半了。”海婴笑着说：“不论哪个年级，学生干部都是很重要的。”大家都点了点头。江海说：“无论什么工作，安全都是保底的。前面几天，一定要特别注意发现安全隐患和苗头，及时采取措施。”三个老师连连说“对”。海婴说：“部队家属有精力，要充分发挥他们的配合作用。下周，可以开个家长会，把学校的情况详细通报说明一下，听听他们的意见。”大家都表示赞成。江海对海婴说：“给海山准备餐具，饭后让他们带走，别忘了。”海婴说：“好的。”方远对岳锦川说：“咱们敬敬校长吧！”海婴笑了笑，端起茶杯，说：“互敬了，向你们学习。”

后甲板，党支部大会，研究聂文胜预备党员转正事项。首先是聂文胜宣读自己的转正申请书，他说：“延长预备期后，我对自己进行了深刻的反思。我认为，组织上对我的处理是正确的，对组织和我个人，都是有好处的。”聂文胜说：“当初，我写入党申请书，就有从众心理和盲目性，缺乏深刻的认识和严肃的态度，受到挫折时便自暴自弃。党性修养，必须从端正人生观和确立正确的思想方法开始，从心底里愿意做个共产党员，下决心做个真正的共产党员。”聂文胜最后说：“我真心感谢支部领导和全体同志对我的关心、批评、指导和帮助。也许我永远成不了高标准的共产党员，但我一定会坚持目标，不懈努力。”读完后，在一阵自发的掌声中，聂文胜离场回避。

介绍人介绍了聂文胜在延长期中的表现，充分肯定了他的提高和进步，建议组织同意他转正。艇务部门党小组也认为聂文胜进步明显，同意他转正。组织委员胡子君说：“支委会一致同意聂文胜同志转为正式党员。会前，电话征求三位休假支委的意见，他们也都同意聂文胜同志按时转正。支委会认为，聂文胜同志对自己存在的问题态度严肃，认识深刻，改正坚决，进步明显，在军事比武和体育竞赛中，取得了突出的成绩。他大局观念强，要求自身严格，学习刻苦认真，工作积极扎实，已经达到了共产党员的标准。”在接下来的自由发言中，多人从不同侧面肯定和表扬聂文胜，同意他转正。康晓义说：“过去，我们部门不少同志把他当包袱，现在，大家都把他当骨干，当榜样。”苗苗说：“常大队长常说一句话，叫作‘有本事你管住自己’。的确，管自己，是最不容易的，正是在这一点上，我很佩服聂文胜同志，他能管住自己，在路况复杂的时候把住自己的方向盘。以前，我老觉得自己比他强，现在看来，比他差远了。”自由发言后，举手表决，全体同志一致同意聂文胜由预备党员转为正式党员。

聂文胜重新回到会场后，江海宣布了支部大会表决结果，并带头鼓掌，向聂文胜表示祝贺。聂文胜向大家敬了个礼，说："感谢组织和同志们的信任，我会加倍努力的。"

最后，江海讲话。他说："今天，我们支部大会通过了聂文胜同志转为正式党员的决议，也收获了一次思想上的交流和认识上的提高。当然了，聂文胜同志转正，还有待大队党委审批。"江海说："我相信，现在的聂文胜同志，无论放到导弹艇上还是护卫舰上，都会成为一个称职的好同志。"江海说："聂文胜同志走过了一段特殊历程，不仅证明了自己，也收获了许多宝贵的东西。'帮助对象'可以成为先进榜样，先进榜样也可能成为'帮助对象'。在人生路上，在党性修养过程中，我们要坚持打主动仗，经常审视一下自己的人生观，校正一下前进方向，用每个党员素质的提高和党性的增强，使得我们支部越来越坚强，越来越有战斗力……"

江海回到家里，开始蒸饭，做菜。海婴回来后，略显疲倦，但还是急忙帮江海做菜。江海说："要发挥他们俩的作用，处理好讲课与辅导的关系。"海婴说："主要是想把基础打好点，步入正轨就好了。"江海"嗯"了一声，又问："你们组织生活怎么安排？"海婴说："政治处党支部是周五下午过党日，我们俱乐部党小组原来也是一样的，现在不行了，还要上课，常副主任说让我们摸索一个学期后提出建议，再由支部决定。目前的要求是：能参加尽量参加，参加不了的请假，能补的补上。方远是组长，我听令就是了。"江海说："党费要按时交。"海婴说："知道了，你这是第三遍了。"江海笑了笑，又问："这些孩子怎么样啊？"海婴说："挺好的，有三四个娇气些，这也是正常的。""海山呢？"江海又问。"挺好的，不怎么说话，但注意力很集中，做事很认真。"江海笑了笑，转过头来问海婴："这么说，很像他的校长了？"海婴很认真地说："简直就像个小兵，肯定比我强。"江海说："看来，家庭环境对他的影响是很正面的。"海婴说："我也这么认为。"江海笑了笑，眯着眼看着海婴，说："让他叫你姨妈吧。"海婴马上说："记住，这个话只能说一遍，我可不干。"江海笑着点点头，拉海婴坐下，说：

“吃饭喽！”海婴夹了点菜放到江海碗里，说：“关照也好，培养也好，师生关系都足够了。形式很累人的，咱们可不要把人际关系复杂化，放着轻松不轻松。”江海夹起一粒花生米，放到海婴嘴里，说：“放心吧，本老公也是这么想的。”海婴做了个要揪江海耳朵的样子，但没有揪。江海问：“陶钵蒸饭香吧？”海婴点点头，说：“香，香。”

参加完大队交班，江海在回艇的路上给林咏打电话，告诉他上级指示596艇于下周一上午9时进入待命状态。林咏表示明天回到部队，并让江海通知全体休假人员，如无特殊情况，一律于三天内返回部队。回到艇上，江海立即召开干部会议，传达上级指示，布置召回休假人员。

晚点名，江海说：“上级指示，我艇已被确定为执行演习海区扫海警戒任务舰艇，很快将进入待命状态。休假人员近日都将返回部队。明天上午操演结束后，各部门开始组织备战备航工作。大家要严格遵守保密规定。”

星期三晚饭后，林咏赶回了艇上，苗苗接过行李，放到了林咏的住舱。林咏来到会议室，和江海等几个干部见面，江海说：“你搞得太紧张了，明后天回来完全可以的。”林咏说：“心里有事，住不安稳了，早点回来踏实。”林咏接着问江海：“休假的都通知到了吗？”江海说：“都通知到了，明后两天全部回来，枪水长、机电长都是明天回来。”苗苗端进来给林咏留的饭，林咏吃了一口，笑着说：“心有灵犀啊，我已经有预感了，还和崔文惠说过呢！”大家都笑了。林咏边吃饭边问：“其他艇呢？”江海说：“901、903参演，咱们和599参加扫海和警戒。大队长在901，参谋长在903，古主任在599，强业务长在咱们艇。”林咏说：“很好。”江海说：“是不是明天上午开个支委扩大会，请强业务长也参加，认真研究一下。”林咏说：“好。”胡子君说：“小西沟自来水工程账目结清后，还剩三千三百多元钱。”林咏说：“把支出情况列表公布一下，钱先不动，需要用的时候再研究。”说完，看着江海。江海点点头，说：“好，就这样。”

江海回到家，已晚上九点多了，海婴见江海好像有心事似的，便走到跟前，关切地问：“怎么了？”江海说：“我们艇要出去执行任务，可能得十来天，我真担心你累坏了身体。”海婴笑着说：“今天下午，丁参谋长和古主任去看我们学校，还和我们坐了一会儿。交谈中，方远说我的生活节奏太紧张，很辛苦，丁参谋长分析了情况，认为我的时间关键点是中午，是做午饭，建议我在机关食堂吃中午饭。”江海眼睛一亮，说：“太好了，和海山的伙食费一起交就是了。”海婴说：“是啊，听了首长的话，我一下子轻松了很多。”江海说：“我也轻松了很多。”

第三十六章　中秋赏月欢歌笑语
紧急出动弓开箭离

星期四晚上，篮球场，中秋赏月晚会，大家围坐了一圈，面前摆了许多月饼、水果、瓜子、糖果，等等。江海主持，他开场就问大家：“过中秋节，大家最常说的两个字是什么呀？”大家同声回答：“团圆！”江海说：“对，团圆。但是，仔细一想，这个同样的‘团圆’，对于不同的人却有着不同的意涵。对于绝大多数人来说，毫无疑问，中秋节就是个团圆的日子。但是，对于有些人来说，中秋节却意味着盼望，比如军人，在高山、海洋、大漠、荒原、森林从事特殊工作的人，在境外、国外从事特殊工作的人，及其他处于暂时或长期分离状态的人。还有的人，在团圆的日子里要离别！比如，咱们艇长、枪水长、机电长等十多个同志，都是昨天和今天离开家的。他们当中，有的原计划休完假带家属一起来的，但因为要执行任务而未能如愿。对于甘愿为祖国强盛和人民幸福而奋斗的人来说，团圆是幸福的，盼望是幸福的，离别也是幸福的。”一阵掌声。江海说：“我们596艇是一个作战单元，也是一个大家庭。在这个‘家’里，时间最长的十多年了，最短的也半年了。我们来自十多个省份的六十多个人，既是同志、战友，也是兄弟、亲人，十多个同志与家庭暂时的分离，成全了596艇今天的团圆，让我们以热烈的掌声，向他们表示欢迎和敬意！”一阵掌声之后，江海说：“借晚会之机，我代表艇长和副长，祝全艇同志中秋节快乐，家庭幸福！”又一阵掌声。江海说：“皓月当空，大海波平。希望我们在吃月饼吃水果喝茶水的同时，能听到接连不断的欢歌笑语！”

大家互相推荐起来。聂文胜喊道：“机关的同志带头唱个歌吧！”胡子君说：“你又拉邪门，这里哪有机关的人！”聂文胜说：“有个人经常说自己是‘艇部机关’的。”苗苗站了起来，说：“争唱今晚第一首歌，是咱计划内的事，决不是什么人的激将法起了作用，咱不仅第一个唱，而且直奔主题。”说完，大声唱了起来：“十五的月亮，照在家乡照在边关……”他一边唱，一边做着一俯一仰的夸张动作，没想到，还真的引起了共鸣，越来越多的人跟着一起唱起来，在江海的带领下，大家还有节奏地击起掌来。一曲终了，大家情不自禁，又“嗷嗷”叫了两嗓子。晚会有这么一个开头，显然令主持人兴奋。

江海看到周围有些外单位的同志在看，就邀请他们一起参加，谁知不邀请还好，一邀请，全都跑了。江海笑了笑，说：“‘机关’的同志已经带头了，下面谁来呀？”一片笑声中，有人高喊：“水班长！”江海说：“我来咱们艇时间不长，只知道水中天同志炮打得好，球打得好，字写得好，画画得好，难道歌也唱得好？”很多同志一起喊：“《我爱这蓝色的海洋》。”在596艇，《我爱这蓝色的海洋》被看作是水中天的保留歌曲。江海说：“好，天下的海水是蓝色的，海水中的天空也是蓝色的——有请水中天班长！”掌声中，水中天慢慢站起来，说：“昨天离开家时，亲友们问我，假期还没休完，又恰逢重要节日，为什么一定要赶回部队，现在，我用这首歌，回答亲友们，也表达一下我此时此刻的情怀。”一曲《我爱这蓝色的海洋》，歌者声情并茂，听者如痴如醉，水中天唱完坐下来了，大家才从他烘托的意境中走了出来，开始鼓掌。但掌声之后，没人再唱了。

嚷嚷了一阵儿，叶崇林站起来，说：“最近，咱们艇上流传着一个故事。我把这个故事说一遍，请主持人猜一猜这个故事是怎么传到我们艇上的，如果猜着了，我唱首歌，如果猜不着，就请主持人出个节目，大家说好不好啊？”“好！”大家喊道。没等主持人表态，叶崇林便绘声绘色地说：“一对夫妇给在加拿大西部城市温哥华上大学的女儿打电话。夫人拿着话筒问女儿：‘对那里的生活环境适应了吗？’女儿回答：‘早就适应了。’夫人看了看丈夫，又问女儿：‘周末了，明天干什么呀？’女儿回答：‘到卡尔加里去。’夫人一脸紧张，看了看丈夫，丈夫示意她再问一遍。夫人又问了一遍，女儿仍那么回答。丈夫悄悄对夫人说：‘问问她‘卡尔’是男的还是女的，到他家里干什么。’夫人照丈夫的意思问过之后，女儿先是愣了一下，然后哈哈大笑，笑得讲不了话。这对夫妇非常错愕，丈夫夺过话筒大声问女儿：‘说正经呢，你傻笑什么？’女儿好不容易停下了笑声，说：‘卡尔加里是温哥华附近一个新兴城市，石油城！’这对夫妇尴尬地笑了起来，不停地说：‘这姑娘……’”一阵爆笑后，大家都看着江海。江海问叶崇林：“你编的吧，我怎么没有听说过？”叶崇林说：“海校长在俱乐部讲的，俱乐部的同志和咱们艇上的同志说的。”大家边笑边鼓掌，要江海出节目。江海对叶崇林说：“我能找个人，就在这现场，抓一头猪，并把它杀掉。如果我做到了，你唱首歌，如果我做不到，我再出节目，怎么样？”叶崇林看了看大伙儿，说：“好，同意！”江海说：“好，一言为定——有请枪水长！”大家不解地鼓起了掌。

钟伟诚站起来，向前走了两步，微弯着腰，两手捂住嘴和鼻子，开始表演口技。先是“呼噜呼噜”的声音，大家听出来是有人跳到猪圈抓猪的声音。一会儿，是抓住了猪，但没抓牢，猪“嗷嗷”一叫又跑掉的声音。再往后，是又抓住一头猪，往台子上放时的声音。最后，是猪被捅了一刀，垂死挣扎，直至断气的声音。大家一边大笑，一边使劲鼓掌，有的还模仿起来。

叶崇林跑到钟伟诚面前，问道：“你什么时候练的这一口，保密保得这么牢？”钟伟诚说：“当兵时，在农场劳动过两个月，班长教的，那次和教导员在海边散步，我无意中说到过，没想到被教导员记住了。”大家开始鼓掌，要叶崇林唱歌。周学正问叶崇林：“病从口入，祸从口出，信了吧？‘进口’关不好把，‘出口’关更难把啊！”叶崇林做了个鬼脸，自虐道：“引火烧身的感觉真好！”笑声。叶崇林说：“唱歌就免了吧，大家知道我真的不行，马上要执行任务了，我在海上多值两个夜班好了。”苗苗突然站了起来，对叶崇林说：“节目早晚要出的，早出早安生。你看人家我，第一个上，完了一直吃瓜子，心安理得看节目，多享受啊！”叶崇林说：“那你替人家我来一个吧，我将来练好了再还人家你。”苗苗对大家说：“叶班长经常一个人偷看照片，上面一张是儿子的，下面一叠是老婆的；有人的时候看儿子的，没人的时候看老婆的；别人一问，他就说想儿子了。今天，叶班长只要说个实话，就免他唱歌，好不好呀？”大家回答“好”。叶崇林指了指苗苗，说：“你这家伙永远长不大。你看人家文胜，嗑瓜子儿，品茶水儿，闷头儿闷脑儿不言语儿，学着点儿，别老多事儿。”苗苗说：“有了《新华字典》后，你整天练儿音，还不都是咱苗某教的！”叶崇林说：“想儿子还是想老婆，那是大人的事，等你长大了，成家了，那时候就懂了。”笑声中，两个人都坐下了。

聂文胜站了起来，说：“没法子，又躺枪了。教导员，这样吧，趁大家准备节目的时候，我汇报个情况。”江海迟疑了一下，说：“好啊！”聂文胜走到场子中间，双手扒拉了一下肚子，说：“非常感谢叶班长的提醒，虽然他不是善意的，但这肚子装得的确差不多了，得活动活动了，不然，待一会儿月亮走了，我走不动了。”大家虽然都笑了，但还不知道他葫芦里装的什么药。聂文胜说：“大队关于召开运动会的通知下来后，好几个同志说有三项冠军是送给我的：投弹、推铅球和举炮弹。这三个项目都是累胳膊的，我只能选一项，选哪一项呢，我把训练的动作汇报演示一下，请首长和同志们帮我定一下。”说完，三个项目各做了两次虚拟动作，还伴有“嗨嗨”的发力声，真可谓气充志定，力可拔山。许多同志一边鼓掌，一边叫了起来：“三个都要！”喊了一会儿，聂文胜说：“好，我都参加，但是有个前提。”大家纷纷问他什么前提，他说：“先颁奖，后参赛！”说完，跑回原位坐下了。一阵笑声。

说说笑笑，唱唱跳跳，不知不觉，九十分钟过去了。江海说：“今天的晚会，开头不错，中间也有几个高潮，曲终奏雅，不能龙头蛇尾啊！”有的同志叫了起来，要江海唱个歌。江海说：“唱歌嘛，我的特长是合唱，而且合唱的人越多，我就唱得越好。至于独唱嘛，我确实不行。”大家笑了起来。江海拍了拍头，做了个猛然醒悟的表情，说：“艇长家属来队时，有一天我去艇长家，在楼下就听到他们家里放录音歌曲《爱拼才会赢》，纯正的闽南话，谁知走进屋里一看，不是放录音，是艇长唱的，教女儿呢！”大家明白江海的意思了，都鼓起掌来。林咏站了起来，说：“今天月亮虽然很大，但脸还是看不清的，丢丑不丢脸啊！”江海大声问：“请艇长先用闽南语唱一遍，再用普通话唱一遍，用普通话唱的时候我们大家一齐唱，好不好？”“好！”大家齐声回答。林咏这首歌唱得的确地道，有的同志第一句就跟着哼起来了，等到用普通话唱时，立即成了大合唱，许多同志不是在唱，而是在叫，在喊，在吼。

晚会结束，回到艇上，江海把电工班长史明叫到自己的住舱，问他：“你们班战士白因最近有什么情况没有？”史明说：“没发现。”江海说：

“他情绪有点不对劲，苗苗也注意到了。”史明皱起眉头想了想，说：“话是少了点。”江海说：“不光是话少了点，感觉到他有比较重的心思，今天晚会上我观察了，不太正常。你抓紧时间了解一下。”史明说：“是。”江海又叮嘱道：“注意方法。”史明答：“是！”

星期五上午，史明在会议室向江海报告，说白因父母闹矛盾，前不久分居了。他是独生子，感到很无奈。”江海想了想，说：“报务班姬班长父母离婚一年多了，但他处理得比较好，柳航通长在做他的思想工作上也很有心得，我和航通长谈谈，让他帮你们做做工作。”史明说：“好的。”

史明走后，江海又把柳风叫来，向他交代了帮助白因的事。柳风说：“白因是团员，帮助他是我的职责。”江海又说：“越快越好，不要把思想包袱带到海上。”柳风说：“明白。”

星期天上午，江海住舱，柳风向江海汇报了帮助白因的情况。柳风说：“我以团支书身份和白因谈了谈，主要是了解情况，讲明思想交流的重要性，又和姬班长商量了谈心方案，由姬班长约白因散步谈心。”江海“嗯”了一声，说：“这样好。”柳风说：“姬班长对他说，父母之间的事比较复杂，要弄清情况，耐心做工作，发脾气和埋怨都是无济于事的。姬班长还介绍了自己‘公平对待，关心孝敬，力促和谐，自强不息’的心得，白因十分认可。”江海问：你对他们谈心的效果如何评估？”柳风说：“我感觉效果不错，因为白因事后又主动找姬班长聊了一次。”江海说：“药有贵贱，对症为好。你们的药对上症了，要注意连续性，让姬班长和他保持联系，有情况时报一下。我再和辛部门长、史班长谈谈，使两方面的工作形成合力。”柳风说：“好。”

星期二上午九时，596艇离开码头，和599艇编队出发。古主任所在的599艇为指挥艇，走在前面。下午七点半，编队在海南岛东北角清澜港外抛锚完毕。吃晚饭时，各部门长讲了航渡中的情况。林咏请强业务长做指示，强业务长说：“主副机都正常。上次七天连续航行训练准备的配件还有很多，问题不大。”林咏对柳风说：“这个地方三面来风，容易脱锚，要注意观察，视情测艇位。”柳风答：“是！”

晚点名后，三个艇领导和强业务长在会议室聊天，先是谈明天的航行，后来聊林咏休假情况，最后谈下一批人员休假事宜。江海对林咏说：“任务结束后，你接着休假吧。”林咏说：“不了，满足了，去年只休了半个月。下一批优先安排副长、航通长和叶崇林。”江海说：“好吧。”胡子君说：“聂文胜党员转正了，也想休，还有苗苗等。晓义想年底休，在家过年。参加大队运动会的，最好早点休。”林咏江海同意。强业务长打了个招呼，休息去了，仍和林咏住艇长室。

星期三早上，七点开饭，七点四十分起锚续航，下午三点半到达三亚榆林港，和 599 艇并排尾靠在左侧的码头上。该港平时舰艇很多，一般都是尾靠。596、599 都尾靠过很多次了，所以并不困难。林咏江海见过古主任后，组织大家进行舱面清洁。胡子君带了两个人，去联系补给油水了。

晚饭后，古主任带着两位艇长到榆林港海军部队机关参加了上级召开的演习部署会议。回来后，林咏和江海商量了一下，决定马上召开干部会议，强业务长也参加。林咏主持会议并首先讲话。他说：“演习海区大体为长方形，面积很大，我艇警戒的位置在最远的西南角，南边向东与 599 艇对接，西边向北与兄弟单位的一条护卫艇对接。明天两洞洞洞离码头，后天幺六三洞要扫海完毕，确保演习区内没有无关船只。演习起止时间没讲，感觉是三至五天。气象，前三天可以，后面两天有点风。”胡子君说：“油水补给完毕。”江海说：“今天晚上点名要全员呼点，人员离艇必须经艇领导同意。港区人员很多，纠察队要求很严，各部门要加强管理和教育，防止违规违纪问题发生。明天上午的备航工作要认真，发现问题及时报告。明天午饭可稍早些，午休到四点，为夜航做好准备。晚饭前后，可到码头洗澡房痛痛快快洗个澡。港区舰船多，明天晚上出港时，要加强值班和观察瞭望。离码头前，各部门要严格清点人员。”强业务长说：“还是要像七天连续航行训练那样，强调秩序，确保补休人员的睡眠时间。”林咏说：“刚才，教导员和强业务长讲的都非常重要，各部门要结合自己的实际，认真落实。”

星期四下午五点，晚一天出来的 901 艇、903 艇靠榆林港码头完毕。古主任带强业务长和 596、599 艇领导见了常大队长和丁参谋长，听取了首长的指示和要求。

第三十七章　东西南北扫海警戒
沉着果断处置险情

晚上八点，继599艇之后，596艇离开码头，缓缓向出海口驶去。林咏操艇，江海在前甲板，胡子君在后甲板，密切配合，小心翼翼地出了港。他们和前面的599艇保持着四链左右的距离，稳稳地航行。江海和强业务长、胡子君先后上到了驾驶台。强业务长说："这活好干啊，前面有人开路，航向航速不用操心。"林咏说："但是，这很容易松懈，容易犯困。"强业务长说："那是。"林咏对胡子君说："你去睡吧，两点钟来换我。"胡子君说："我一点来。"林咏说："别，早了我也睡不着，就两点了。"胡子君说："好吧。"说完，下去了。强业务长说："我也是前半夜的班。我下去了，叫老辛早点休息。"林咏说："辛苦了！"强业务长说："为人民服务！"林咏江海笑了。一会儿，钟伟诚上来了，说："教导员休息吧，我陪艇长。"林咏说："其明在呢，你们都休息吧。"江海对钟伟诚说："你待一会儿吧，我下去看看。"钟伟诚说："好。"

江海走到海图室，和何其明一起看了航线标图情况，又看了雷达、声纳部位。到了前甲板，他停了停，又连续看了三个兵舱。来到后机舱看了看，没见到强业务长，又到了前机舱，强业务长正在和叶崇林观察一号电机。江海指了指一号电机，做了个问的表情。强业务长摆摆手，示意没问题。江海出来后，走进了会议室，苗苗把他的茶杯端了进来。江海问苗苗："大家情绪怎么样啊？"苗苗说："挺好的，没看到不正常的。"江海说："你休息前，要把艇长的茶水添好。"苗苗说："是。"苗苗走后，江海下意识地打开了手机，没信号。江海从会议室走出来，在右舷前后走了两趟，回住舱去了。

星期五早上，刚刚吃完早饭，便接到了准备扫海的通知。596艇开始向599艇右侧前进，和兄弟部队的舰艇一起，一字摆开，形成了扫海队形。林咏用望远镜望了一会儿，说："渔船不少，还有几条路过的商船。"说完，让何其明打开专用频道，由文刚和苗苗轮番喊话："这里是军事训练海区，请你马上离开！"柳风、何其明和江海还不时地用英语喊话，但很多船无动于衷，即便是离开，也是慢慢腾腾的。因为596艇的责任区在边上，有些愿意离开的船，还要经过596艇的责任区，所以工作量更大些。有的船不知真的还是假的，一副听不懂话的样子，战士们就像交警指挥行车一样，给他们指示方向。干这项工作，多数同志有经验，很耐心。按照林咏的要求，大家坚持抓主要矛盾，重点突破较大和较"顽固"的船，其他船便跟着离开了。那场面，有时像捉迷藏，有时像做"老鹰抓小鸡"游戏，好气又好笑。吃中午饭的时候，驱赶的行动也一直在进行。下午四点，596艇到达演习海区西南角。这时，还要不停地喊话，不停地拦阻企图回到演习海区的船只，一直到傍晚，才稍安静了些，苗苗的声音都沙哑了。

吃晚饭时，大家热烈地交流着感想。钟伟诚说："我们老家过去唱戏的时候，总是有一群孩子在台上台下窜来窜去的，什么时候工作人员把他们赶跑了，跟着一阵开场锣鼓，戏就开演了。我们干的活真有点像清戏台。"辛乐说："革命工作只有分工不同，没有高低贵贱之分。"钟伟诚说："老辛进步真快，这么深的道理都会说了。"一阵笑声。钟伟诚说："用导弹艇、护卫舰扫海我才高兴呢，那说明参演的舰艇更先进了。"康晓义说："是啊，如果我们596是海军的王牌的话，那就不用扫海了，等着人家扫咱喽！"江海说："这次扫海，把我们放在这个位置，是上级对我们的信任。从现在起，我们的任务就是警戒了。西南方向过来的船比较多，晚上也会有，我们要在警戒线外侧机动，处理情况时态度要更果断些。"林咏说："对，早发现，早喊话，掌握先机。"

晚上，江海照例到各舱室转了一圈后，来到会议室。胡子君正在和舱段班班长金心聊天。江海问："淡水控制怎么样？"金心说："老规矩，略有结余。"康晓义笑着进来了，胡子君问他笑什么，他说："我看到强业务长满头大汗找东西，一问，才知道他没带替换的裤头背心，急得直骂老婆。"江海说："我倒是带了三四条，但都是穿过的了。"康晓义说："我有两条新的，但他坚持只要一条。"江海点点头，对金心说：

“副长后半夜还要操艇呢，让他早点休息吧。”金心“嗯”了一声。江海又上驾驶台去了。

凌晨四点左右，江海被吵醒了。他起床来到甲板上，看到一艘大型商船从西南方向过来，不听招呼，朝演习海区驶来。江海上到驾驶台，看到胡子君在亲自喊话，但没有效果，便用英语喊话：“这里是军事训练海区，已经发布过公告。请你立即转向绕行！”呼叫几遍后，那艘商船减了速，航向稍向左转。江海对胡子君说：“向他右舷机动一下，它好像在犹豫。”胡子君即下口令，朝商船右舷缓缓靠近。江海再次用英语喊话后，那艘商船慢慢转向，向北驶去。596 艇一直伴在它右后方，直到它远离了自己的责任区，才回头向南行驶。江海对胡子君说：“咱们不论向哪儿机动，达成目的后都要回到拐点，以便处理下一个情况。”胡子君说：“对，我也这么想。”柳风从海图室上来，说：“暂时没有发现新的目标。”江海说：“不要放松目力观察，有些小渔船专门晚上打鱼，东一下西一下的。”柳风说了声“是”，回海图室去了。江海跟着过去，看了一会儿海图和搜索雷达屏幕，又回到了驾驶台。

过了一会儿，胡子君对江海说：“回去眯一会儿吧，有重要情况时向你报告。”话音刚落，柳风又过来了，说：“西南方向又发现两个目标，在向这边移动。”江海对柳风说：“继续观察。”柳风答了声“是”，回去了。江海又对胡子君说：“回去也睡不着，准备处理这一批目标吧。”胡子君说：“远着呢，休息会儿吧，等目力能观察到的时候，再向你报告。”江海说：“没关系，不困。”天蒙蒙亮的时候，两个目标才先后进入了江海的望远镜视距，渐渐地，肉眼也能看到了，前面一艘是中国商船，后面一艘是外轮。胡子君指挥本艇转向，向前迎了迎，然后由江海交替用汉语和英语喊话。很顺利，两艘船先后转向，向北走了。

早餐将结束时，柳风向何其明交班后下来了，进门就报告说：“已经有两批参演舰艇进入演习区了。”林咏对大家说：“今天船只肯定多，没接到通告的，看热闹的，怀揣别的目的的，都可能有，我们要积极主动，坚决果断。”柳风说：“我和其明说了，要加强观察和瞭望，力争早发现，早报告。”林咏说：“雷达和望远镜都要盯紧点。”柳风说：“好，我再交代一下。”江海对柳风说：“你吃饭吧，我去讲。”说完就走了。

早饭后，演习区内的舰艇渐渐增多，警戒区外的民船也骤然增多。596艇比两边相邻的警戒艇都要忙，南征北战，东奔西跑，“汉英”结合，大喊大叫。苗苗说：“这么多演习舰艇，进来都半天了，只会跑来跑去，如果打打炮，打打导弹，民船早吓跑了。”林咏说：“吓不跑的，他们就是来看打炮打导弹的，有机会，还会往演习区里钻一钻。”苗苗说：“我们如果有高压水枪和催泪弹就好了。”林咏说：“哪来那么多烂点子？好好盯着！”就在这时，苗苗发现警戒线拐点北面很远处，有一只小渔船正驶向警戒线。林咏下达口令后，艇高速开了过去。到了跟前时，那小船已到了演习区边界，听到苗苗严厉的声音后，开始调头往西走，596艇紧跟着它。苗苗高声喊道：“不许跑，船长出来，接受处理！”那船跑得更快了。苗苗大声说：“你跑得了和尚跑不了庙，饶不了你！”林咏斜了苗苗一眼，说：“使用规范语言！”苗苗说：“那家伙肯定有问题，得震慑它一下。”林咏又瞪了苗苗一眼，下了口令，艇慢慢向拐点驶去。

“咚咚咚！”远处传来一阵低沉的炮声，大家都伸着脖子朝东北望。苗苗拿起望远镜望了半天，大家问他看到了没有，他摇了摇头。何其明从海图室走上来，说：“有几艘舰艇在向这里机动，过一会儿可以看到。”江海对何其明说：“咱们的观察重点是西南方向，不要分心走神。”何其明答声“是”，回海图室了。江海拿起望远镜，向南面和东南方向望了一会儿，又向西面和西北方向望了一会儿，指着西北方向对林咏说：“那边又有艘小船在向东移动。”说完，把望远镜给了林咏。林咏仔细看了一会儿，说：“嗯，咱们过去看看。”说完，操艇向北驶去。到了那条小船的正东方时，那条小船速度越来越慢，后又停了下来，最后向北去了。钟伟诚说：“‘不喊（战）而驱（屈）人之船（兵），善之善者也’。”林咏说：“一会儿又回来了——烦之烦者也！”说完，下达口令，艇向拐点驶去。

“咚咚咚……”又一阵炮响，苗苗指着东北方向说：“那是两艘驱逐舰，是他们的主炮打的。”那两艘舰打了几分钟炮后，开始向东南方向机动。十多分钟后，他们又猛烈地向东南方向打起了火箭深弹，几条火舌连成一片，非常壮观，非常提气，很多同志鼓起掌来。大家热闹的时候，江海和何其明各执一个望远镜，分别向西面和南面瞭望了好一会儿。江海对何其明说：“吃午饭时，雷达、望远镜和肉眼观察都要认真，远、中、近情况都要及时掌握，千万不能大意。”何其明说：“是！”

午饭后，雷达屏幕上北面出现了四个小目标，也是向东南方向移动，刚接班的柳风判断是导弹艇。这一来，一些不值班的同志不去午休了，等着看他们打导弹。真是好事多磨，将近两点的时候，四条艇才开始发射导弹，每艇两发，每发都呼啸而去，直冲天际。看的同志一高兴，把午睡的同志吵醒了，又有一些同志跑出来看。四条艇发射完毕，转身撤出，飞驰而去，不一会儿，就消失在大家的视野之外。

演习的舰艇不见了，警戒线外的船只也渐渐少了，几乎没了。苗苗说：“这么多舰艇扫了两天海，就打那么几发导弹，太不够意思了。”胡子君说：“一场海上实兵实弹演习，如果都在你的视线以内，那还能值几毛钱啊！”苗苗眨了眨眼，说：“哦，有道理。”欧阳山一脸坏笑，说：“盲人摸象，井蛙之见。”苗苗愣着脖子问欧阳山：“欧阳老师，下班后给老苗讲一课？”欧阳山头都没回，说：“学费如果很多的话，我可以考虑。”胡子君先笑了起来。苗苗对欧阳山说：“度德量力欤！问你个问题，看你够不够格：请你举个例子，在一句话中加上个‘不’字，句子原义不变。”欧阳山想了想，反问：“你行吗？”苗苗脱口说道：“‘好威风’加上‘不’字，‘好不威风’。怎么样？”欧阳山说：“这么简单的问题，你也好意思问，佩服！”苗苗说：“把一句话中的关键字改成其反义词，句子意思不变，你行吗？”欧阳山说：“没那回事。”苗苗捂着嘴笑了笑，说：“‘大胜敌军’与‘大败敌军’意思不一样吗？”欧阳山说：“雕虫小技，全是从我的梦话中偷去的。”大家都笑了。苗苗说：“要见贤思齐，不要嫉贤妒能，懂吗？跟你交流得降一级修养和水平才行，有失身份。”说完，下去了。欧阳山还想再还一句，没来得及。胡子君笑了笑，说：“这两个家伙‘互素’。不过，他们的一阵斗嘴，反映出战士表达水平的提高。”钟伟诚说：“是啊！过去大家看报纸只看新闻趣闻及图片，现在也看思想评论了；过去看电视只看刺激的、逗乐的，现在也看讲座了。”林咏大声说：“过去是消遣、猎奇，现在是摄取、进取。”

晚饭帮厨，江海真够彻底的，从洗菜淘米，到煮饭做菜，扮演了绝对主力的角色。肖志海问江海："动作熟练多了，是不是在家里练出来了？"江海笑了笑，说："做小锅饭和做大锅饭，完全是两种感觉，在家做，是追求个情调，在海上做大锅饭，真过瘾啊！"

吃晚饭时，林咏问强业务长主副机情况怎么样，强业务长说："你和副长操船，变速变向节奏都很温柔，机器状况一直很好，放心吧！"林咏说："警戒工作自主性大些，只要没有紧急情况，都可以晃晃悠悠的。"康晓义说："今天的饭菜，基本上都是教导员的手艺。"林咏说："教导员做的菜有个特点。"大家都看着林咏，等他的下文。林咏接着说："比较淡。"江海说："我老岳母一天到晚讲'三减'：减油、减糖、减盐。我接受了。"钟伟诚说："那恐怕是对中老年人说的。"江海说："盐分和酒精一样，对血管内壁都有腐蚀作用。听说吃盐的国际标准，成年人是每人每天六克，咱们基本上都翻番了。"康晓义说："相对来讲，年轻人吃东西喜欢味觉刺激，要香些、甜些、咸些，的确应该适当控制一下，养成好的习惯。"柳风说："人，往往是这样的：不懂的，自然不做；懂了的，也不愿做。这就是个问题了。"江海说："是啊，我知道吃油条多了不好，但一看到油条，就控制不住自己了。"钟伟诚说："对，干吗跟自己过不去，喜欢就是需要，想吃就吃，高了再降嘛！"辛乐说："对，降了再吃，循环往复，以至无穷——生命在于运动。"林咏说："人才济济啊！咱们艇可以成立一个奇谈怪论俱乐部，奇言共欣赏，疑义相与析，暂由辛'大师'为掌门人。"说完，去接替胡子君操艇了。江海笑了，大家也都笑了。

晚饭后，辛乐和史明来到江海住舱。辛乐向江海报告说："白因状态不错，有了笑容。"江海说："友情为重，要用友情弥补他亲情的缺失。工作要自然，不要让他有怜悯的感觉。"辛乐说："对。"江海说："不要光是安慰，还是要着眼长远，做认识提高工作，帮他树立积极的人生态度。话要接地气，精心，耐心，长期做工作。"辛乐说："是。"史明不停地点头。

江海查铺查哨后，来到驾驶台。林咏对江海说："视距太近了，两边跑一跑，不然小船看不到。"江海说："这是个笨办法，也是最有效的办法。"林咏说："有些武器装备自动化程度很高，功能很全，身价吓人，但是很娇嫩，稍微一碰，轻则出乱，重则完蛋。”江海说：“长短强弱都是相对的。”一直在旁边观察海面情况的钟伟诚说：“话又说回来了，高科技含量上不去，肯定是不行的。”林咏说：“话还得说回去，现实的军人，就是要立足于现有装备打胜仗。”钟伟诚说：“这话不错。但是……”“‘这话不错’就行了，‘但是’后面的免了！”林咏没等钟伟诚说完，就给截住了。几个人都笑了。

艇向北向东各跑了一趟后，快零点了，胡子君上来接替林咏。林咏对他说：“回去继续休息，两点来，我现在睡不着。”胡子君说：“你休息吧，我睡了两个小时了，肯定睡不着了。”林咏离开了座位，胡子君又对江海和钟伟诚说：“都休息吧，不要集体打疲劳战。我刚才看了，前后甲板四个值班的战士观察都很认真的，放心吧！”江海说：“好吧，有事叫我。”

江海回到住舱，漱了漱口，洗了洗脸和脚，刚要睡觉，林咏咳嗽了一声，推开门进来了。江海让林咏坐到椅子上，自己坐在床铺上。林咏说：“政工干部可能感受不深，这么重要的演习，我们就忙乎着看看场子，心里真不是个滋味。”江海稍带惊讶地问：“你状态蛮好的嘛，怎么还有这种想法？”林咏说：“我如果不注意点儿，就给你找活儿了。”江海说：“干猎潜艇久了点，可以理解。”林咏说：“是啊，轻车熟路，时间长了，很容易滋生一些毛病，比如盲目自信，放松学习，似进而退。”江海说：“你目标很远，方向很清，动力很足，学习抓得很紧，是‘超越猎潜艇’的带头人啊！”林咏说：“有时候，我觉得两条腿一条叫坚定，一条叫犹豫。”江海说：“从个人开发潜能，提高素质的角度看，有想法是正常的……”“但是！”林咏抢先说道。江海笑了，林咏也笑了。江海说：“这里必须‘但是’一下。”林咏说：“好，‘但是’吧。”江海说：“从革命导师、科学家，到普通百姓，完全按自己设计的路线图走路的人是没有的。一个人的能力素质和业绩，都是在如意和不如意的基础上及环境中成就的。工人、农民、教员、护士、木匠、士兵，哪一行成大功者少啊？你就是猎潜艇之成大功者。”林咏笑了笑，说：“继续。”江海说：“职业是组织上定的，岗位是组织上定的，但这不是绝对的。咱们艇的惠中同志是积极掌握自己命运的人，他的岗位是‘被’组织安排的，他进军校学习则是凭奋斗的成绩‘要’组织安排的。海军很多高级首长是小艇出身，甚至有工兵、高炮部队出身的，还不是能力素质出类拔萃，放到哪里都闪光！”

林咏想了很久，说：“过了十月份，干部转业工作就开始了，如果我不提出转业要求，会不会是给组织上出难题啊？”江海说：“喂，艇长同志，胡想一下可以，胡来一下可是不行的！你若要求转业，那才是给组织上出难题。”林咏问：“怎么说？”江海说：“上级、同级、下级对你都是充分肯定的，组织上刚刚表彰过你，没什么特殊情况，这时候要求转业，人家还以为你有想法，向组织施加压力呢！”林咏轻轻摇了摇头，说：“我们的世界太复杂了。”江海笑着说：“在这方面，大可以简单对复杂——自己好好工作，努力学习，剩下的由组织上定。”林咏问：“这算不算讲大道理呀？”江海说：“人生在世，哪有不需要道理的？‘得理不饶人’‘无理占三分’‘有理走遍天下，无理寸步难行’，这些古今流传的话，只和理论家们相关吗？天理、道理、法理、情理，哪有不讲理的地方？没有大道理，哪来的小道理？大道理，小道理，各有各的用途，都是要讲的，问题是怎么讲。人们讨厌的是空道理，不着边际，对不上号，不解决实际问题。”林咏说：“不能讲空道理，但不能不讲道理。嗯，说得好。”江海说：“我知道，福建的形势越来越好，凭你的能力素质，回去安排个好工作是没有问题的，还可以阖家团圆。但是，我认为，培养一个你这样的艇长非常不容易，大队建设需要你。”林咏看了看手表，站了起来，说：“我信你的，听你的。”江海也站了起来，说：“就像我信你的、听你的一样。”说完，两个人使劲握了握手。

演习第二天，除看到几批舰艇航行和一次火炮射击外，再没可看的了。苗苗从早到晚嘟嘟囔囔，一会说：“这叫什么演习！”一会说：“真没劲！”但是有一条，他每次嘟囔的时候，都会先观察一下林咏在不在，林咏在场的时候，他一次也没嘟囔过。虽然看不到热闹的演习场面，警戒舰艇却一刻也不敢懈怠，不停地巡查着。

第三天凌晨四点多，江海起床了，他到前后甲板转了一圈，又看了看炊事班的同志，然后上到驾驶台。胡子君说："教导员再休息会儿吧，海面情况正常。"江海问胡子君困不困，胡子君说："没问题，精神着呢！"江海扒在栏杆上，仔细向海面观察了一会儿，问："天气情况知道吗？"胡子君说："午后风稍稍大点。"江海"嗯"了一声，坐到了胡子君右边的椅子上。艇到达东面连接点后，转头回来，慢慢朝拐点走去。

天蒙蒙亮了，江海拿起望远镜向前方瞭望。突然，江海站了起来，快步走到左舷，用望远镜向前一望，立即喊道："注意，前方有一艘大船进警戒线了！"说着，把望远镜给了胡子君，并喊了声"航通长"。柳风过来后，江海大声问他："雷达兵是不是睡了，怎么搞的？"柳风转头到雷达部位去了。胡子君采取了紧急避碰措施，江海打开专用频道，轮番用汉语和英语向来船喊话。听到江海的喊叫声，林咏、钟伟诚、强业务长等很快来到了驾驶台。林咏示意大家安静，并接替胡子君操艇。渐渐看清楚了，那是一艘大型外国商船，折腾了二十来分钟，它才调了头。林咏使艇贴在它右侧，逼它出了警戒线，并一直监视到拐点。商船向北去了，林咏操着艇，又跟了一段，直到它远离了，才放慢了速度。江海问柳风："怎么回事？"柳风说："是我督查不够，雷达兵章韵给漏了。"江海说："马上把他换下来，弄清原因。"柳风说："已经换下来了，我马上找他谈。"林咏对柳风说："一定要弄清真情，找出真正的原因！"柳风说："是！"

吃早饭时，因为林咏和江海都没说什么话，所以饭场气氛有点严肃，很快就都吃完了。林咏对大家说："再说一遍，雷达、望远镜和肉眼观察，一个都不能松。"江海说："甲板上，战位上，都要保持好秩序，各部门都要抓紧。"

待柳风和章韵吃完饭后，江海在会议室听了柳风的汇报。柳风说："章韵工作热情很高，但经验不足。在屏幕上显示的几十个目标中，他发现有两个小目标很活跃，就一直盯着它们，结果，对那个大目标反而疏忽了，而且疏忽了近半个小时。"柳风非常内疚地说："我也太大意了，半个来小时没认真察看雷达屏幕。"江海想了想，说："你和顾班长先跟他谈谈，别背包袱，回去后先在部门会议上做个检讨，总结教训。"柳风说："好，我也要做检讨。"江海说："调整好情绪，集中精力执行好当前的任务。”柳风说：“是。”

从上午十点开始，演习部队一批接一批地进行火炮和火箭弹攻击，还连续发射了多枚导弹。快十一点的时候，数架歼击机低空掠过，瞬间又钻入云中，巨大的轰鸣声传向远方。何其明指着东北方向对林咏和江海说：“今天舰艇特别多，指挥舰可能在那里，太远，眼睛看不到。”林咏对着话筒，大声说：“各部位值班人员要集中精力，聚精会神，加强瞭望，加强观察，发现情况及时报告！”演习一热闹，滞留在警戒线外的小船似乎也都不怎么动了，好像也在看演习。这次演习高潮一直持续到中午十二点多。

海面上出现了一片片白色浪花，艇有了明显的晃动感。下午两点整，演习的又一个高潮开始了。能够看得到的，先是两批轰炸机低空飞过，后是导弹发射和拦截，持续了两个多小时。周边的民船没什么过格动作，警戒舰艇跑动也相对少了些。

下午五点半，柳风向林咏、江海报告：“演习舰艇一艘都看不到了，全部向北撤了。”林咏说：“坚守岗位，不得松懈。”柳风回答：“是！”江海走下驾驶台，来到伙房，开始帮厨，刚一会儿，周学正来报告：“上级通知演习结束，我艇向 599 艇靠拢，一起撤出。”江海想了想，急忙来到驾驶台，和林咏商量了一下，然后对着话筒说：“同志们，接上级指示，本次演习已经圆满结束，我艇现在向 599 艇靠拢，一起撤出。各部门要加强值班，妥善安排人员，做好夜航准备。平安顺利靠上南石湾码头，才算圆满完成任务，希望同志们恪尽职守，把良好状态保持到底！”甲板上立即响起了一阵“嗷嗷”的呼喊声。江海问林咏：“和 599 会合后开饭，怎么样？”林咏说：“好。”林咏下口令加了点速，直接向东北走，半个多小时后，赶上了向北航行的 599 艇。

晚餐时，林咏问各部门长有事没有，部门长们都说没事。林咏说：“虽然是跟着 599 走，但千万不能大意，要特别注意对两侧前方的观察。”部门长们都答“是”。江海说：“从现在起，一是舱面管理要严格；二是淡水使用可适当放一放。”说完，看着林咏。林咏说：“大家要全面理解教导员的要求，不能只记住个‘放一放’，忘了‘适当’，忘了‘舱面管理要严格’。”大家纷纷点头。

第三十八章　军港风波一场误会
防止松散江海忧心

湛湛青天，阵阵椰风。早饭后，596艇跟随599艇进了三亚榆林港，靠了码头，已经等在码头上的常大队长、丁参谋长迎接了他们。丁参谋长对两艇的领导们说：“我和占主任跟大队长参加演习指挥部的总结讲评会，你们抓紧补给和修整，今晚八点离码头，四条艇编队返航。”常大队长说：“下午四点，艇长、教导员到901艇会议室参加会议。”

回到艇上，林咏对胡子君说：“抓紧时间安排补给。”胡子君说：“好。”江海跟林咏到了艇长室，掏出自己起草的执行这次任务的总结提纲，说：“分三个部分：执行任务情况，几点体会，存在问题和改进措施。你先看看，修改修改，回去后，再交支委会讨论。”林咏接过来，粗粗看了一遍，连续说了好几个“好”。“报告！”苗苗未等领导开口，便说，“前主炮班战士舒扬和港区大门卫兵吵起来了。”林咏脱口说了声：“妈的！”江海说：“我去看看。”说完，和苗苗下了艇，向港区大门走去。

舒扬在帆缆班班长文刚的陪同下，已经在往回走。江海停下脚步，待文刚和舒扬走到跟前后，问道：“刚才怎么了？”舒扬说：“对不起，干扰教导员了。情况是这样的：我请假后，准备到附近转一转，看一看。过门岗时，卫兵叫我站住，示意我整理一下服装。我整理了服装后，看了看卫兵，意思是让他看看行不行。他指了一下我的脚部，我一看，发现左边裤腿后面卷了一点，就赶快拉开了。卫兵点了点头，示意我可以走了。我突然发现卫兵的帽子戴的角度不对，就笑着示意他向左边调整一下。他调整好帽子，还冲我笑了笑。我刚要走的时候，带班的老兵把我喊住了，问我是哪个单位的，我问他什么意思，他说：‘你真行啊，卫兵纠正你一下，你马上就报复，还耻笑！’我一下就晕了，问他：‘我们互相提醒一下，有什么不好？’他说：‘这地方没你说话的份儿，懂吗？’我问他还讲理不讲理，他说：‘讲，叫你们领导来讲！’我问他：‘如果我让你叫你们领导来，你觉得好吗？’他火了，说：‘反正你不能出去！’正在僵持的时候，文班长到了，把我拉开了。”江海微笑着说：“这件事情已经发生了，剩下的是如何认识、如何处理了。你冷静想一想，对这件事，应该怎么看，怎么办？”说完，示意文刚和苗苗回艇上去。

江海带舒扬坐到路旁椰子树下的水泥凳子上。舒扬想了一会儿，说：“我不对的地方，一是外出时整理服装不细致；二是不该说让他叫他们领导来的话。”说完，两眼看着江海。江海说：“一个人做事，可以看出他的思想标准和境界高低。服装没整好，说明你在这方面对自己要求还不够严，起码是不够认真。”舒扬点点头，说：“对。”江海说：“但是，你刚才说的自己的两点不足，却说明你思想上要求自己标准还是高的。其实，无论是作为拉架的，还是作为领导，在处理具体问题中，都能看出他们的标准和境界。像这件事，我作为你的领导，可以有多种选择，比如：和你一起跟他们争论，找他们领导告状，还可以不理他们，不了了之，等等。”说完，问舒扬：“说实话，你觉得用什么方式方法处理这件事效果最好？”舒扬想了很久，说：“我去向他们道歉。”江海问：“你有信心处理好吗？要不要我陪你去？”舒扬说：“您不用去了，我能处理好。”说完，舒扬朝门岗走去，江海远远地望着。舒扬走到卫兵面前，很认真地给他们敬了礼，然后谈了起来。双方交谈不到三分钟，便互相握手、敬礼，和解了。舒扬走回来时，江海示意他回艇上，自己则朝门岗走去。

到了门岗，江海和卫兵互致礼节后，说：“我是596艇教导员江海，刚才那个战士是我们艇后主炮班的，叫舒扬。他今天外出服装没整好，说话态度不冷静，是我们管理教育工作没做好，我代表我们艇领导向你们道歉。”那个带班的卫兵说：“首长，您太客气了，这是个误会，舒扬被劝走后，我们这位同志就提醒我，是误会了。舒扬没有错，是我错怪他了，刚才我已经向舒扬同志道歉了。”江海说：“警卫工作是重要的、神圣的，也是敏感的。你们做警卫工作不简单，也不容易。”带班的卫兵说：“首长，门卫工作确实敏感，门卫与过往人员的交流，大都是通过眼神进行的。说心里话，过门岗的人讨厌卫兵吹毛求疵，而站岗的人最怕别人不尊重。今天的事谁都不怪，都怪我太神经过敏了。”江海说：“你很直爽，很真诚，很敬业，很值得我学习。”江海微笑着和他们握手后，又说：“祝你们工作顺利！”带班卫兵说：“谢谢首长，向首长学习！”

午饭时，江海向干部们通报了舒扬和门卫争执的事及处理情况，表扬了文刚，也表扬了舒扬。胡子君向林咏、江海报告，补给工作顺利完成。江海说：“这里人多，出了事很显眼，各部门都要抓紧管理教育工作。”林咏大声说：“立个规矩，596 艇的人出门不许吵架！”

下午四点，901 艇会议室，艇主官会议。常大队长传达了演习指挥部总结讲评会精神后，说：“要紧的就三句话：一是这次演习活动顺利成功；二是我们大队的四条艇都完成了任务，596 艇是扫海警戒舰艇中唯一被点名表扬的单位；三是返航行动要严密组织，防止松懈。”丁参谋长说：“表扬596艇，主要是他们位置特殊，任务重，行动坚决，方法灵活。”江海说：“我们也出现过险情。”古主任说：“你们那个位置，出现过险情是正常的，压力太大了。”常大队长问丁参谋长和古主任还有什么要讲的，二人都说没有。常大队长又问各艇领导还有什么事没有，都答没有。常大队长说：“再提醒一下，出港时要小心。散会！”

晚饭前，会议室，胡子君报告说人员清点完毕，到齐。林咏向干部们传达了大队会议精神。江海强调了两点：一是离码头前，各部门再严格清点一次人数；二是出港时要严格按规程办，加强观察瞭望，无关人员不要上指挥台，不得在甲板上闲逛。

晚上八点，榆林港水面和岸上，明灯闪闪，连成一片。901 艇首先离码头，596 艇最后离码头，四条艇缓缓地从港内系水鼓的舰艇之间穿过，向出海口驶去，轻盈、安静。出港后，四条艇依次左转，形成了一条弧线。一直在前甲板组织观察的胡子君来到驾驶台，对林咏说：“我十二点来接班。”林咏说：“两点！”两个人争来争去的时候，江海说：“一点！”林咏对胡子君说：“听教导员的，一点！”胡子君笑了笑，说：“好吧。”江海笑了笑，说：“折中行事，既省得磨嘴皮，又显得很公允，难怪人们喜欢。”强业务长说：“是啊，关键时候管用。”林咏对强业务长说：“今天，一条艇一个常委，你是‘准’常委呀！”强业务长说：

“想当领导，现在还不行，明天下午就可以啦。”林咏问：“那也是副的吧？”强业务长说：“绝对正职。不过，咱是很民主的。”钟伟诚说：“民主到嫂子说什么就是什么。”一阵笑声，把江海的心送到了南石湾。江海到左舷仔细望了望，又到右舷仔细望了望，走下了驾驶台，从前甲板到后甲板转了一圈，回到了住舱。

江海打开已经关了几天的手机，思考着怎么给海婴发信息，手机屏上突然跳出来一条信息，是海婴发的：“NN！”江海的心剧烈地抖了起来，热泪夺眶而出。他关好门，坐在椅子上，仰着脸，闭着眼，任泪水流淌，过了好一会儿，才站起来，洗了洗脸，端端正正地坐好，给海婴回信息：“YY：我在回去的路上，一切都好。你身体好吗？在做什么？”很快，又收到海婴回复的信息：“在改作业，在想你，在等你。我一切都好，放心吧！”心情刚刚有点平静的江海，突然“呜呜”地哭了起来，他两手捧着湿毛巾，捂着脸，几次想停都停不下来，一直到晚上十点多，才给海婴回信息：“YY：明天下午见！”过了一会儿，收到海婴的信息：“一路平安！”江海知道此时睡不着，又洗了洗脸，来到驾驶台上。江海四面望了望，心想，夜色真好，没人能看清自己有肿胀感的眼和有点发皱的脸。林咏对江海说：“休息吧，咱们是跟着领导‘散步’，好走。”江海问：“速度不快，间距可不可以稍微调小一点？”林咏说：“已经调整了，可以再调一点点。”说完，下了加速的口令。

第二天下午四点左右，四条艇回到南石湾，靠上了码头，596艇仍在二号码头的外侧，599艇则仍靠内侧的598艇外舷。乔政委等在家领导同志带领机关人员，先在一号码头迎接两条导弹艇，后到二号码头迎接两条猎潜艇。首长和机关的同志回去时，强业务长也一起回去了，苗苗要送他一下，他谢绝了。各部门开始搞清洁卫生。

会议室里，江海问林咏：“明天下午可不可以开个支委会，把这次执行任务的总结、国庆节文体活动、人员休假及导弹专业学习等问题议一下？这几件事前段时间都是打过招呼的。”林咏说：“可以。导弹专业学习的事，我在榆林码头和虎艇长说到过，他的意见是节前如果安排的话，最多一两次，节后集中搞一下。”江海问：“你的想法呢？”林咏说：“明天补休一天。后天上下午各搞两小时。”江海说：“好，现在人比较齐。听两节新课，过节时，大家可以抽空复习。”林咏说：“对。”江海的手机收到一条信息：“NN：我看见你了！下班后给你做好吃的。”

江海装好手机，问林咏：“党日安排有什么想法？”林咏笑着说：“和你在一起，我对党日安排想得越来越少了。”江海说：“这次任务之后，暂时没有大的战备训练任务了，恐怕要注意防止思想松、作风散。”林咏说：“对。”江海说：“章韵漏情问题发生后，柳风和章韵都在部门会议上做了检讨，并请求处分，何其明和顾展也主动做了自我批评，舒扬在榆林港与门卫争执的事，部门也已妥善处理。但是，我总觉得偶然中有必然。如果全体党团员用高标准对这两件事的原因及他们的态度作个集体讨论，可以收到防微杜渐、提高认识、统一思想和振奋精神的作用。”林咏想了好一会儿，说：“这两件事都处理得很好了，上级又刚刚表扬了咱们，如果再弄出这些事来，大队首长和兄弟单位会不会误解，咱们艇官兵的思想情绪会不会出问题，都得考虑考虑啊！”江海说：“你担心的这些，我也都想过。但是，我总觉得这些现象不能再积累了，必须见微知著。关键是分析活动要搞好，好的标准是有警示作用、启示作用和激励作用。只要咱们艇官兵的反映是正面的，外界的评论就不该是负面的。”林咏想了想，说：“好，我同意，但要做一下当事人的思想工作。”江海说：“好，我再和柳风、钟伟诚及两个战士谈一下，支委会上也说一下。”林咏说：“好。”江海看了看手表，说：“我回去看看，海婴带那一帮孩子不知道怎么样了呢！”林咏说：“赶快回去吧，晚点名我来讲。”

江海回到家，一进门，便觉得眼睛一亮，看看客厅，看看卧室，再看看卫生间和阳台，没发现增加什么东西，却又觉得与原来不一样，整齐，干净，温馨。他看了看海婴准备的菜，穿上围裙，先淘米蒸米，然后做菜。刚做好一个菜，门忽然开了，海婴进来了。海婴看到在做菜的江海，“啊”了一声，用右肘向后一顶，关上了门，将双手捧着的作业本和教案往茶几上一扔，一下窜到江海的怀里，抱住了江海的脖子，双膝朝后弯曲，双脚腾空，江海则顺势将她抱住，转起圈来……

吃喝洗刷完毕，已经晚上九点多了。两个人斜靠在沙发上，海婴的头枕在江海的右臂上，一起看电视，但谁都没注意电视节目的图像和声音是什么。海婴问："任务顺利吗？"江海说："风浪不大，挺顺利的，还'挨'了表扬呢！"说完亲了海婴一下。接着问海婴："很辛苦吧？"海婴说："不做中午饭，怎么都好办，要说辛苦，就是想你想得辛苦。"江海又亲了海婴一下，两个人温情地对视着。江海说："猎护大队多年来一直有个说法，'南石湾，三景点——军港、果园、姗姗脸'，最近，聂文胜给改成了'南石湾，三景点——军港、小学、郭林园'。"海婴问："姗姗脸？"江海笑着说："一个早就转业了的教练的爱人叫王姗姗，据说是风姿冶丽，面相很好看。"海婴笑了笑，转了话题："政委、副大队长、处长，水警区工作组，还有舰队工作组，都到学校看过，我们也'挨'了不少表扬。"江海问："主要表扬了什么？"海婴说："令行禁止的作风，整齐划一的秩序，还有我介绍的帮助学生提高学习能力、自制能力和交往能力的做法和体会。"江海说："提高三个能力的做法太好了，同学们会受益终身的。"海婴说："家长们也很赞成。"江海问："家长会开过了吗？"海婴说："开过了，常副主任也参加了，很成功，看来以后还要开。"江海问："孟医生参加了吗？"海婴说："两口子都参加了，表现可好了，还一个劲地感谢学校呢！"江海说："家庭、学校、社会配合好了，就是相互借力使力，就能形成合力，不然，就会你累我累他累，孩子无所适从。南石湾社会环境不复杂，但千万不能看轻家庭的影响力。"海婴"嗯"了一声，说："我们的班委都选出来了，兰思锋当班长，赵陶当学习委员，海山当卫生安全委员，鲁月当文体委员。"江海说："对当'官'的要求要严。"海婴"嗯"了一声，说："学生干部对学生的影响非常大。"江海说："作业可以让小方、小岳改嘛！"海婴说："不改作业，就不知道教学效果，就不能真正了解学生。"江海又亲了海婴一下……

早上，江海起床后煮了稀饭，烙了饼子，还为海婴准备了牛奶和煮鸡蛋。海婴洗漱梳妆好后，二人很快就吃完了饭。一个重重的拥抱后，海婴拿着教案和作业本先走了，江海洗刷清扫完毕后，回艇上去了。

在自己的住舱，江海首先和柳风谈话。他讲了召开讨论会的想法后，柳风说："我完全同意。我和章韵不仅赞成，而且都有检讨准备，顾班长也一样。”江海说：“不叫检讨准备，叫发言准备。”柳风说：“应该做检讨。”江海说：“大会你就不要参加了，赶快休假吧，办大事呢！”柳风说：“我一定要参加讨论会，时间来得及。”江海说：“一百个自责，不如一个理性分析。我们求的是提高，是收获。”柳风说：“明白。”江海说：“你把章韵叫来，我和他谈谈。”柳风说：“章韵是个很好的同志，办事认真，性格直爽，我和他谈谈就行了。我把您的意思给他转达一下，保证没问题。”江海说：“那好吧。”

柳风走后，江海又叫来钟伟诚，也谈了召开讨论会的想法。钟伟诚快人快语：“好事，应该。我们部门已经开过了，效果挺好的，全艇讨论一下，受教育面更宽。”江海说：“你把舒扬叫来，我和他谈谈。”钟伟诚说：“不用了吧，舒扬说，你对那件事的处理，他佩服得五体投地，一辈子都忘不了。”江海说：“那件事，他处理得还是不错的。”钟伟诚说：“舒扬的父母亲都是教育界知识分子，家教很严，也比较得法，他和惠中一样，都是非常好的苗子。”江海说：“咱们共同爱惜吧。讨论会后，如果这个苗子受益了，讨论会就成功了，如果受损了，讨论会就不成功。”钟伟诚说：“教导员放心，我们两个一定好好准备。”江海说：“好，事不做则已，做就一定要做好。”钟伟诚说：“对，这样才能有成效，有威信。”

下午的支委会开得很顺利，柳风和钟伟诚主动做了检讨，包括江海、林咏在内的其他支委，也都主动谈了自己的不足。最后，江海说：“总之，讨论会千万不要开成检讨会，我们是‘借题发挥’，提高认识，增强作风，振奋精神。回去就通知一下，让大家做好准备。关于军事学习问题，十月底之前，自学为主，适时辅导。十一月初开始，连续学习，狠抓不放。休假问题，干部和班长注意交代好工作，不能漏项误事。特别是团支部，书记副书记都休假，要给暂时主持工作的组织委员交代细点。国庆文体活动问题，虽然一些项目的骨干休假走了，但要照常进行。一方面，进一步为参加大队运动会人选的确定摸摸底；一方面，让大家热热闹闹地过节，以利于大家的身心健康。”

第三十九章　剖析两事入情入理
林咏杯酒十层心意

星期五下午，水兵凉亭，党团支部联席大会。江海讲开场话："同志们，一讲学习，大家就会想到向自然学习，向社会学习，向书本学习，向人学习，等等，我觉得，还可以向'事'学习。因为，我刚才说的那几个方面，都包含在'事'里了。我们团结奋斗，完成了扫海警戒任务，受到演习指挥部的表扬。但是，其间也发生了一些事，很值得我们重视和反思。今天，我们集中讨论两件事：一个是雷达漏情，一艘外轮进入演习区警戒线内数十米；另一个是舒扬同志与榆林港门卫争执的事。这两件事，航通部门和枪炮部门姿态很高，标准很高，都已经处理得非常好了，我和艇长都很满意。但是，他们提高了，收获了，不能撇下大家不管呀，我们都要提高，都要收获。"江海问道："他们交学费，我们大家学知识，好不好啊？""好！"大家齐声回答。

章韵首先发言。他讲了事情经过后，说："这几天，我一直在想：自己值班是认真的，精力是集中的，怎么就只跟着两个小目标跑，而对一个大目标视而不见呢？在首长和同志们的指导帮助下，我找到这么几条原因：一是快到凌晨了，大脑相对疲劳，敏感度不够了；二是执行规程不严，对掌握全面、突出重点等基本原则、基本方法领会不深，把握不好；三是有盲目自满情绪，对自己实践经验少、专业基础弱的明显问题，不认识，不重视。看到航通长班长请求组织处分后我很难过，这完全是我的错，我再次请求组织处分。"

顾展发言："虽然出事时我不值班，在休息，但也应负直接的领导责任。作为班长，我平时组织训练，不注重从实战出发，要求不严，方法简单。这次执行任务，对战士施加了很大压力，但教方法不够。出了这样的事，我很受震动，悔恨交加，不能自已。"

柳风接着发言，他开场就说：“这件事，如果不是艇领导发现及时，处置果断，后果不堪设想。这几天，我一直感到愧疚，一直在反省。作为部门长，七昼夜连续航行训练也好，扫海警戒也好，我都坚持后半夜值班，但事实表明，思想重视了，不等于方法正确了，人到位了，不等于责任到位了。我二十多分钟没有认真看雷达屏幕，其原因：一是有麻痹思想，觉得扫海一天多了，大势已经形成了；二是有侥幸心理，觉得我们艇无论有无情况，都不停地走来走去，不会有突发情况；三是觉得章韵同志责任心强，积极性高，不至于漏情。教导员到艇上工作不久就说过，看单位和个人，都要达到目无全牛的境界，对部属，要知道其强点弱点是什么，特长特短是什么，而我是囫囵看人，忽视了章韵同志经验少、把握复杂局面能力还不强的一面。从深层次看，还是自己责任心不到位，组织能力、领导能力不够强。我再次请求组织处分。”

舒扬发言，他在详细讲述了与榆林港门卫间事情经过后，说：“遇到这种事，我的第一感觉是‘飞来横祸’，老天爷成心为难；文班长把我拉开后，我的感觉是憋闷，窝囊；看到教导员来了，我的感觉是茫然，不知所措；教导员谈话后，我觉得脚一下站高了，眼睛一下亮了；向他们道歉，达成谅解后，我一身轻松——哦，事情原来可以这样处理！”江海微笑了一下，一些同志也笑了。舒扬说：“我老爸老妈每天打电话，翻来覆去老三条：尊重领导，团结同志；好好学习，努力工作；注意安全，锻炼身体。为什么他们老把‘尊重领导，团结同志’放在前面呢？这一次，我才知道人际关系的现实性、重要性和复杂性。说了一大圈，还是自己没做好，自我要求标准不够高，处理特殊情况的能力不够强。那件事以后，每当遇到问题，我就会想：自己是不是已经站到了认识的制高点，是不是找到了最佳解决办法。”

后主炮班班长周启华发言后，钟伟诚发言，他一开口，便出人意料，语惊四座：“在我们部门，谁犯了错误我都舍得批，就是对舒扬同志舍不得批，他自律意识非常强，真是个好同志。”钟伟诚看了看林咏和江海，说：“就拿这件事来说吧，如果是我，肯定从头到尾都不如舒扬做得好。”会场响起一阵不太整齐的掌声。钟伟诚说：“我已经在我们部门会议上做检讨了。要说原因，三条五条都是很容易找的，我就先认一条吧：对管理工作理解肤浅，方法简单，不‘领’不‘导’，习惯于我说你听，只讲要求，不教方法，更不讲意义。”

辛乐说：“老钟太谦虚了，你是刚柔相济，我是柔中无刚，以情感人，‘感’不了就没招了。我老婆说我将来转业到地方，连车间主任都当不好。”康晓义对辛乐说：“你跟嫂子讲，老子什么官都不当，就当家长。”辛乐笑了笑，说：“家长更不好当哟！”一阵笑声。

欧阳山发言：“以前，对章韵和舒扬同志都没怎么特别关注，觉得他们再普通不过了。今天，突然觉得看他们要仰视才行了。说实话，直到这次讨论会之前，我头脑中的‘管理’两个字，还有点像捉迷藏，做了不好的事，只要没被领导发现，就万事大吉了。其实，被管理的过程，是用法纪和道德规范自己言行的过程，是在领导帮助下提高素质加强修养的过程。”

大家发言非常踊跃，不知不觉一个半小时过去了。胡子君提高嗓门强行发言：“我天天管人，也天天被人管，但对‘管理’这两个字没有认真钻研过。为了参加这个会，我专门查了一些资料，还和几位同志探讨过。我认为：‘管’，就是强制照办；‘理’，就是讲道理。这两个字合起来了不得，分开了不得了。管理者，应该懂条令法规，会讲道理，我平时的做法却是两个极端——要么靠自觉，要么发脾气，都是无能的表现。”

林咏干咳了一声，会场静了下来，大家都看着他。林咏说：“我要不打断一下，就要演出谦虚大比拼了。”一阵轻松的笑声。林咏说：“我觉得，今天的讨论，战士比干部讲得好，实在，深切，感人。”几个干部笑了，江海也笑了。林咏说：“教导员和我商量开这个会的时候，我还担心大家会说小题大做呢，到现在为止，我至少在认识上已经有了两点收获：一是优化思维方式极其重要，但离不开实践。教导员常强调制度性成果、思维方式成果，我今天有了新的体会。背着草帽找草帽也好，追不上自己的影子气得直跺脚也好，这些故事中的主人公容易被谑称为‘一根筋’或‘缺根筋’，就是因为其思维出了问题。思考问题，思维一定要活跃。”江海插了一句：“思维贵活跃，贵连贯。”林咏说：“对！我们常说要侧向思维、逆向思维，不能遇到具体事就改直线思维，如果像我们的章韵同志那样，遇到敌人声东击西，火力侦察，肯定要‘热情配合’了。”

大家都笑了。林咏说：“第二个收获，是向身边事学习。‘向事学习’，我觉得教导员这个思想挺光辉的。”江海笑了。林咏说：“我们身边每天都会发生不少事，包括像舒扬同志那样的‘不是事的事’，可以说，我们时时刻刻都生活在事中。身边事营养尤其丰富，放过了，是很可惜的。这一次，教导员抓住了我们身边的两件事，我们提高多大啊！”林咏坐下后又站了起来，补充了一句：“航通部门的同志不要再讲处分的事了，我是没往那儿想过，也不会举手。”一阵热烈的掌声，显然是赞同林咏的意见。

江海站了起来，看了看手表，说：“大家谈得非常好。还有许多同志想发言，说明大家都有新认识和新提高。其实，两个人交流，一个班交流，一个部门交流，都是很好的。我们常说‘交流提高’，的确是，一交流，就提高，因为交流反映的是多角度、多层面和多方式思维的优势。我们要养成及时交流、多方式交流的习惯。愿晒家底，敢晒家底，是强者的心态，是有志者的表现。”林咏插话：“敢讲自己缺点的人，往往是优点厚实的人。”江海点点头，说：“今天，几个同志晒了晒家底，什么也没丢，反而有新的收获，因而更强了。大家说是不是呀？”“是！”大家齐声回答。

江海说：“毛泽东有句名言：‘世界上怕就怕认真二字，共产党就最讲认真。’认真，才能认识真理；认真，才能坚持真理；认真，永远是我们的优势。可以说，毛泽东思想的形成，中国特色社会主义道路的确立，我们国防的日益强大，都是‘认真’的结果；无数科学家的成功，也是‘认真’的结果。在这个世界上，不是所有的人都敢认真的，至少不敢在所有问题上都认真。认真，是一面正义的旗帜、进步的旗帜、胜利的旗帜。认真，是党性的表现，党性的要求。认真，就要认识规律，尊重规律，一切从实际出发，说实话，办实事。咱们今天‘认真’了一回，认识上就向真理迈进了一步。”江海说：“按照年度计划，我们的硬性任务完成得差不多了，后面几个月怎么办，大家还得认真。不认真，就会盲目，就容易做错事，迈错步。”江海说：“无论单位还是个人，出点事，都是难免的，问题是要看出的什么事，怎么出的，出了以后怎么办的。这个东西不能消极地防，单纯地防，最可靠的办法是积极进取，努力奋斗。

一个人，如果能使自己始终处在奋斗状态，那就会无愧于国家，无愧于父母，无愧于人生。所以，我们要经常审视一下自己是不是‘奋’，反省一下自己有没有‘斗’。”一阵掌声。江海说：“柳部门长和章韵同志多次请求组织处分，这种坚强的组织观念和严于律己的精神，非常可贵，要不要处分，艇长讲话结束时的掌声已经表明了大家的态度。我们已经把坏事变成了好事，这当中柳部门长和章韵同志都起了重要作用，应该表扬。”又一阵掌声。江海说：“我们认识一致了，思想一致了，一定能步调一致，步步登高。”

回艇的路上，胡子君说：“休假晚走一天，这就对了，如果没参加今天的讨论会，那就亏透了。”康晓义说：“是啊，咱们艇的人都愿意听课，愿意参加会，这可是个很大的变化呀！”林咏小声对江海说：“一个会求出两个‘是’。”

晚点名，胡子君讲话：“关于管理问题，今天‘大家谈’的时候我讲了几句，现在再说几句。我觉得，管理工作的常态是自省和提醒。今晚看电影，我们右邻单位有两个同志不停地说笑，有时还打闹，那么长时间，他们不自省，别人也不提醒。类似情况，咱们艇也有过。希望大家都能再多一点自省，多一点相互提醒。”林咏大声喊道：“鼓掌！”大家立即鼓起掌来。

星期六早上，江海给海婴准备好了早餐，自己到艇上吃饭，为的是送休假出发的胡子君、柳风、叶崇林、苗苗和聂文胜等。和林咏一起送走休假的同志后，江海在会议室与团支部组织委员舒扬谈话。江海问：“下个月的工作研究了吗？”舒扬说：“团支部委员会专门开会，认真研究了。”江海说：“这是个机会啊，要大胆地锻炼提高自己，不要怕出错。”舒扬说：“是。”停了一下，舒扬又说：“我还要在团支部大会上做检讨。”江海说：“不必了，全艇都讨论过了，目的达到了，不要为检讨而检讨了。”舒扬说：“是。”江海说：“目前，有两项工作要重点抓。一是爱国主义学习。国庆节前后，利用各种学习资源，组织团员青年学习祖国的历史，学习党的路线方针政策，使大家懂得国家的利益，会正确处理个人利益与国家利益的关系，自觉为国防建设贡献力量。二是搞好军事专业学习。一个战士，如果知识贫乏，军事技能不精，那就名不符实，是要被淘汰的。”舒扬说：“是。我把教导员的要求向在家的团支委传达一下，我们一定认真落实。”

午饭后，江海回到家里时，海婴已经在机关饭堂吃完饭，先回家了。江海问海婴：“海山怎么样？”海婴说：“很老实，胆子小点，悟性还不错，学习成绩中等，说普通话天天有进步，语音也比较清晰了，同学们都很喜欢他。对环境进一步适应后，他会更好的。”江海问：“张伯来过没有？”海婴说：“前两天刚来过，他们村电话线路修好了，送来了家里座机的号码。”说着，从茶几上拿起张伯留的条子，给了江海。江海用手机试了试，通了，张伯接的。江海很高兴，说：“我是江海，您二老身体都好吧？”张伯高兴地说：“都好，谢谢啦！你身体好吧？”江海说：“我身体很好，海山也很好，请您二老放心。”张伯说：“感谢你们对海山的关心照顾，给你们添麻烦了。”江海说：“可别这么说，应该的。你要坚持服药，阿婆要注意保护眼睛，有事及时告诉我们。”张伯说：“好，谢谢！”江海问：“自来水好用吗，出过问题没有？”张伯说：“好用，没大问题，大家都很感谢你们。”江海说：“请转达我们全艇同志对大家的问候，祝大家身体健康，生活幸福！”张伯说：“好，谢谢！”江海用目光问海婴要不要讲话，海婴摆摆手，不讲了。江海问：“张伯还有没有什么事？”张伯说：“没有了，谢谢！”江海说：“请您放电话吧。”张伯说了声“好”，放了电话。

江海放下手机后，海婴说：“下午去看一下我们学校吧。”江海说：“等上课的时候我再去‘视察’吧，我想看看你们上课时的情况。”海婴说：“到时候告诉你个秘密。”江海问：“什么秘密呀？”海婴笑了笑，说：“从我办公室的窗户向外看，树枝中间有块空隙，正好可以看到你们艇。那天，我还看到你在码头上站着呢！”江海说：“哎哟，我还没有‘视察’呢，你已经‘监察’了！”海婴抱着江海一只胳膊，“咯咯”地笑了起来。

因为布置国庆节战备工作，大队周一的作战交班会到九点多才结束。散会前，撒处长报告：“我们是西岭镇的居民。西岭镇的罐头卫生合格，口感也不错，我们商定每月买20箱，海鲜的、水果的各10箱。”常大队长问：“少了吧？”撒处长说：“先试试吧，增加很容易，减少就不太好说了。”乔政委笑着说：“嗯，有道理。”常大队长说：“好。以后怎么定，报杨副大队长审批就行了。”撒处长答：“是。”回到艇会议室，林咏和江海研究了传达大队首长指示和布置过节事宜。

下午，水兵凉亭，军人大会，江海主持，林咏传达了大队首长在国庆节战备工作会议上的指示精神，对本艇节日战备工作做了部署，突出强调了加强值班和对外出人员的要求。最后，林咏说：“到军校参加培训时，大家开玩笑，讲了四句话：‘学习学习，休息休息，联系联系，咪西咪西’。我看这十六个字用在咱们过节上，倒挺合适的，不过顺序要调一调，把‘休息休息’放在最前面。”林咏说：“前段时间，大家训练很辛苦，要好好休息休息。这一批休假的同志回来后，军事专业学习安排会很紧。大家要安排时间复习一下前面学的知识，把基础打得更牢固些。我们这些人，平时顾不上，疏亲慢友，过节了，与家人和亲戚朋友们联系联系，沟通沟通，很有必要。当然了，我们这些‘大孩子’还得享享口福，放假的第一天和最后一天的晚餐，都要会餐，艇上还给大家买了些水果，各部门还可以开开茶话会。”

江海说：“我顺着艇长的四句话，再说几句。‘休息’，包括娱乐。明天下午打一场篮球，还是干部队对战士队。好几个小球和棋类高手休假了，为了热闹一点，咱们进行一场乒乓球团体赛和象棋团体赛，四个部门都参加，每队三个队员，淘汰制，抽签定对手，胜者争冠军，负者争第三名。请团支部和军人委员会好好组织。‘学习’，包括从媒体上学习。要认真学习报纸和电视上的爱国主义文章和节目，从民族史、建国史和国家发展史中学出知识和智慧，学出底气和豪气，学出责任和担当。大队政治处办了一个国家知识图片展，各部门都要组织观看。‘联系’，一定要给老人打个电话，要想好了再打，不要打起来才想，或边想边打。‘咪西’，不要饥一顿饱一顿的。外出的同志，饮食一定要注意卫生，过节拉肚子，很影响情绪的。”大家笑了。江海说：“明天上午进行节前最后一次全艇操演，各部门要调整安排好人员，确保质量。”

干部队对战士队的篮球赛，干部队赢了。虽然少了胡子君和柳风，但干部队配合比较默契。战士队由于多名主力不在，失去了核心，配合不够好，比较乱。赛后，大家照例坐在球场上休息。水中天说：“抽掉骨干，战斗力减半。”江海说：“骨干也是从实践中来的，你今天的骨干作用就更强了嘛！”林咏问大家：“大队运动会哪块金牌分量最重？”多数同志说是篮球。林咏又问：“篮球我们还能拿冠军吗？”多数同志说能，何其明却说：“很难讲，大家都在研究战胜我们的办法呢！”林咏再问：“怎样才能赢得这块金牌呢？”大家七嘴八舌议论起来。议了一会儿后，林咏说：“大家有什么妙招，找教导员谈谈，最后请教导员拿主意，我相信教导员有办法。”江海笑了，大家也都笑了。

晚上会餐，林咏、江海带着几个干部，端着酒杯来到甲板上，给大家敬酒。林咏说：“同志们，明天就是国庆节了，我和教导员代表全艇干部，给大家敬杯酒，表达十层意思。”甲板上一片“哇”声和笑声。林咏说：“一是祝祖国生日快乐，二是祝同志们节日快乐，三是祝贺我们艇取得了许多新成绩，四是祝贺大家都取得了新进步，五是感谢同志们的辛勤工作，六是感谢同志们对我们的理解和支持，七是祝愿祖国更美好，八是祝愿每个同志家庭更幸福，九是祝愿每个同志都不断进步，十是祝愿我们全艇同志之间友谊越来越深厚。”接着，林咏高举酒杯，喊了一声：“祖国万岁！”“嗷！”大家举起酒瓶，使劲吼了一声。林咏说：“每人一瓶啤酒，喝不了的请人帮忙，不够喝的也不多给。”又是一阵笑声。

回到会议室，干部之间又互相敬酒。林咏忽然对江海说：“你赶快回去吃吧，把夫人一个人撇下怎么行啊？”江海说：“机关食堂也会餐，要她参加。”林咏说：“那就吃完饭赶快回去。”江海说：“今天我值班，在艇上住。”林咏放下筷子，说：“成心吵架呀，这还有什么好讲的？你必须回去。”大家也都纷纷劝江海回去。江海说：“好吧，谢谢喽！”林咏说：“这才是好兄弟嘛！”江海端起酒杯，对林咏说：“敬老大哥一杯！”林咏和江海碰了一下杯，说：“谢谢老弟！”两个人同时喝了下去。几个干部都笑着端起酒杯，敬了两位老大哥一杯。

江海回到家，和海婴一起看电视，国庆文艺节目。江海问海婴：“海山回去了吗？”海婴说：“下午回去了，张伯接走的。给钱让他们乘公交车，再租三轮车，他们怎么也不肯。”江海说：“好人哪！中国就是靠这种精神前行的。”海婴说：“政治处办的宣传橱窗挺好的。”江海问：

“最突出的感想是什么？”海婴边想边说：“一个党也好，一个国家也好，最难最重要的是找到一条正确的前进道路。”江海说：“对于一个政党来说，思想路线非常重要，有了以实事求是为核心的思想路线，才有了中华人民共和国的成立和中国特色社会主义道路的确立。”海婴“嗯”了一声，说：“我们的前进道路和思想路线都非常正确，所以能不断开拓进取。”

江海没有顺着海婴的话说。“其实，老天并不光眷顾中国，”江海说，“大国中，美国两面向洋，无强邻；俄罗斯横跨亚欧，背靠北极，是真正的地大物博；印度在印度洋独大；加拿大地广人稀，边邻简单；澳大利亚独大一洲；相对而言，巴西没那么优越，单面向洋。中国和俄罗斯是陆上海上邻居最多的两个国家，而我们还有港澳台的国情。”海婴说：“中国面临的问题太多了！”江海说：“除了人口问题外，主要是近代中国积贫积弱，领土、岛礁被多国侵占，长期与祖国分离。领土争端本身就是千古难题，偏偏还有人怕你统一，怕你富强，西化、分化加遏制，无所不用其极。”海婴说：“是啊！不过，照这样发展下去，还是很有希望的。”江海说：“天将降大任于‘中国’也，必先苦其心志，劳其筋骨，饿其体肤，空乏其身，行拂乱其所为。”海婴说：“你真是乐天派。”江海说：“这我承认。我坚信因必果——经受什么磨难，就长什么才干，就得什么果实；经受的磨难越多，我们就越强健，前程就越远大。我们不光有中国共产党领导和中国特色社会主义制度的优势，还有绵延巍峨、一脉相通的五千年民族文明史，这都是无人能比的。我们的优势发挥越好，国家发展就越快。人口问题，正在逐步解决。边界问题，与绝大部分邻国也解决了，剩下的，迟早也会解决好的，那时候，邻居多将成为我们的优势。国家最终的完全统一，将使中华民族的历史更加绚丽多彩，前程更加风光无限。中华民族已经为人类文明做出了巨大的贡献，我们有基础有能力再领风骚，做出更大的贡献。”海婴笑着说：“老天主要是看到中国有个你。”江海说：“不敢当。我出生时，老天已经选定中国半个世纪了。”两人笑了。海婴说：“姨妈说你通江达海，不得了。”江海说：“达海，是为了陪海婴啊！”海婴笑着奖励了江海一个飞吻。

江海转过身来，双手捧着海婴的脸，说：“大海之婴，名符其实啊！我们艇上的同志们认为，你来南石湾教书，就是‘婴儿’搏击海浪。”

海婴说："其实，那么多人关心，那么多人支持，根本就没那么难。"江海说："话看怎么说，这毕竟是一般人不敢想不敢为的。"海婴说："这种办学模式如果能被政府正式接受，我就游到彼岸了。"江海说："关键是对两名战士的传帮带，你在和不在，教学都能搞好，地方政府就会更重视。"海婴说："最好还是能争取一个教师名额，战士毕竟是部队的编制人员，俱乐部本身工作就很忙。"江海说："那倒是。说一千，道一万，咱们现在能做到的，就是搞好教学，带好徒弟。"海婴说："学生人数不多，但三个年级，讲课很占时间，我想逐步安排他们两个也讲点课。"江海说："不仅可以，而且应该，这样才能达成双重目标。"江海又用双手捧住海婴的脸，说："海婴同志，我陪你游，一定会抵达彼岸的。"海婴说："没有你，这些事我连想都不会想，根本不敢想。"两人拥抱着，进入无语阶段。

第四十章　乒赛执裁辛乐让贤
强调基础首长示范

为了烘托和保持节日气氛，体育比赛时间安排上比较宽松，覆盖了节日每一天。

十月一日早上，大队在俱乐部前组织了隆重的升国旗仪式，小学师生也参加了。

上午，俱乐部一楼，596 艇乒乓球比赛，枪水部门对艇务部门，每队三个人，轮流上，均单打，三局两胜制。辛乐任裁判，江海、海婴及方远、岳锦川等坐在辛乐的侧后。

首先是枪水部门后主炮班班长周启华对艇务部门译电员周学正。辛乐把球扔给周学正，说:“练球三个。”周学正说:“练什么球呀，直接打吧！”辛乐说:“好，直接打，周学正发球，周启华准备。”周启华摆摆手，说:“请裁判坚持原则！”海婴一脸诧异地看看江海，江海笑眯眯的。辛乐说:“好，那就练球一个。”周学正不等周启华准备，呼啦一下发了个直线快球，周启华根本来不及反应，观众大笑，周学正更是笑弯了腰，蹲下来捂着肚子笑。周启华说：“你这是藐视裁判，藐视对手。”周启华看了看辛乐，说：“请裁判罚他五分，从零比五开始。”辛乐使劲咳嗽了一声，说：“双方少废话，听我的口令——开始！”周学正拿着球，先是站在左边，想了想，又走到右边，比画了一下，再回到左边，又想了想，突然使劲发了个侧旋球，结果下网了。辛乐说：“好，‘自杀’，零比一！”周学正说：“请裁判规范用语，文明执法。”然后，像练球时那样，突然发了个直线球，前冲力很大，周启华接了一下，飞了。辛乐说：“好，偷袭成功，1:1！”周启华发球。他正反手各发一个，都是直接得分。周学正捡到球后，对周启华说：“老周，咱们别练球了，正式开始吧！”周启华说：“装什么糊涂，3:1！你可以投降，我保证不虐待俘虏。”场内笑声空前地高，海婴也捂着嘴直笑。辛乐说："场上队员很幽默，但是，赢球才是真本事。继续——开始！"双方你来我往，基本上是谁发球谁得分。第一局，周启华以 11:9 胜出。第二局，周学正坚持站在近台，快速发力，虽然失误不少，但成功率还可以，逼得周启华离开球台，左右奔跑应付，以 11:8 扳回一局。第三局，周学正如法炮制，保持领先两分左右。辛乐说："好，就这么打，译电员已经上路了。"周启华说："请裁判免兼教练和评论员！"周学正对周启华说："你以为他向着我呀，纯属干扰！"又是满场大笑。辛乐说："请双方队员充分认识裁判的神圣性，否则后悔莫及！"在阵阵笑声中，周学正以 2:1 胜了周启华。

这时，钟伟诚来了，一到就问："怎么样？"周启华说："输了。"钟伟诚问："输了？为什么？" 周启华说："对裁判不适应。"钟伟诚问辛乐："老兄怎么裁的？"辛乐反问："他输球和我有什么关系？"钟伟诚说："周启华输给周学正，裁判没问题，怎么可能？"辛乐说："周启华今天打得不行。"钟伟诚说："不可能，我是把他当成放心队员，才敢晚来一会儿的。"钟伟诚看了看海婴，对大家说："海校长上大学时是全校的乒乓球女子单打冠军，请她当裁判好不好？""好！"场内一致高喊。辛乐笑着走到海婴面前，请她当裁判。海婴笑着说："辛部门长裁得挺好的。"说归说，在观众一阵阵掌声催促下，海婴看了看江海，江海说："裁一场吧。"

海婴走到球台前，坐在裁判椅上，说："裁得不对的地方，请大家指正。"深弹水雷班班长龙长吟和帆缆班班长文刚上场后，海婴宣布练球两分钟。场内首次安静了下来。比赛开始后，双方比分也很胶着，1:1、2:2，当海婴喊"3:3"时，刚从外面进来的一个战士下意识地学着海婴的声调喊了声"3:3"，场内这才出现了笑声。那个战士一看赛场场面，伸了一下舌头，躲到角上去了。结果，这一轮，枪水部门的龙长吟胜出。钟伟诚使劲瞪了辛乐一眼。第三对出场后，江海说："气氛不够活跃啊，辛部门长不当裁判，那就当解说员吧。"辛乐指了指钟伟诚，说："别别别，老钟两只眼瞪得像鹅蛋似的，我满身的幽默细胞都被吓得无影无踪了。"钟伟诚笑了笑，说："当解说员可以，别紧张嘛！"辛乐说："既然大家一致拥护，本解说员就上任了。"辛乐对枪水部门刚上场的副炮班战士马跃说："小伙子，好好打，当着部门长的面输球，大伙儿可救不了你。"钟伟诚捂着嘴笑了半天，才指了指辛乐，说："乌鸦嘴！"

两队的比赛，枪水部门最终以5:3获胜。

一直笑眯眯地坐在人群中的江海站起来问周学正："康部门长怎么没来呀？"周学正说："和舒扬他们安排象棋赛方案呢。"江海说："回去给他汇报一下，争取第三名还是有机会的。"周学正笑着说："是。"江海对钟伟诚说："谈谈获胜感言吧。"钟伟诚说："这场比赛给我最大的启示是，我们队的水平和裁判的水平成正比——裁判水平低，我们就输，裁判水平高，我们就赢。"话音一落，满场都笑了起来。

回到码头，江海碰到康晓义，问他艇长在艇上没有，康晓义小声说："打了很多电话，好像家里有什么事。"江海到艇长室看了看，林咏不在。他又来到会议室，林咏已坐在那里，准备吃饭了。江海问林咏："家里有事吗？"林咏笑了笑，说："没有啊！没有。"江海把上午乒乓球赛的情况和林咏简单说了说，林咏说："热闹就好，过节就是要有笑声。"一会儿，几个干部都来了，开始午餐。林咏吃了一点点，起身要走。江海一只手摁住他的肩，一只手给他添了半碗米饭，夹了一块鱼，说："吃饱饭是第一要务！"林咏看了看江海，又看了看碗，说："好，吃，我再吃点。"

饭后，江海跟着林咏到了艇长室，江海关上门，问林咏："告诉我，家里有什么事？"林咏看了看江海，嘴动了一下，稍显犹豫地说："没事。"江海说："你不说，我是不会走的。"林咏苦笑了一下，说："你嫂子是个倒霉虫，过节第一天，陪孩子爬山玩，孩子滑倒了，她赶忙去拉，结果，孩子胳膊脱臼了，脸也擦伤了，她右脚腕也扭伤了，脚肿得老大。过节了，医院锣齐鼓不齐的，处理得不太理想。"江海想了想，说："这个事你听老弟的：女同志脚伤，不能动，别人不便帮忙的，这是一；外伤医治，时效很重要，越晚越不好办，这是二；娇娇脸上擦伤，如果处理不好，你一辈子都会愧疚的，这是三；你上次假期本来就没休完，这是四；这段时间，艇上也没有什么急事，这是五。够了吧！你准备一下，现在就走，我去和大队首长讲。"说完，不由分说就出去了。

林咏拍了拍脑袋，坐在椅子上想了好一阵，然后拿出手机，打电话让水警区的熟人帮忙问广州至福州的飞机票情况。之后，林咏躺在床上，望着舱顶，两眼睁得大大的。十多分钟后，手机响了，江海的声音：“首长都同意了，往返十二天，还催你赶快走呢！”林咏说：“谢谢老弟！”放下手机不久，康晓义进来了，问：“我能帮什么忙吗？”林咏问：“你怎么知道的？”康晓义笑着说：“教导员说你时间紧，要我来帮忙。”林咏说：“什么都不需要，就需要你多关心关心教导员，艇领导就剩他一个人在家了。”康晓义说：“是！”说话间，林咏手机又响了，水警区的熟人告诉他，晚上航班机票已经预订好了。

江海回来后，林咏已收拾好了。江海说：“车马上就到，参谋长派的。”林咏说：“那怎么行啊，公交车也来得及的。”江海说：“车明天回来时还要接杨副大队长。首长主动关心的，赶快走吧！”林咏说：“那就辛苦你了。”江海说：“为人民服务！”三个人都笑了。林咏刚要出去，江海说：“有个事和你说一下。”康晓义一听，拿着林咏的行李包先出去了。江海说：“团支部开展‘不抽烟、不酗酒、不说谎’活动这么久了，效果不理想，很多同志建议党支部抓，全艇一起搞……”没让江海说完，林咏就说：“我早就有思想准备了。我要说的就两句话：一是非常赞成；二是等我回来再开始。”江海笑了笑，说：“好，我先和支委们通通气，和大家打打招呼。”林咏说：“好的。”江海说：“我想可以加上‘不浪费’，开展‘四不’活动。”林咏说：“更赞成了。”江海笑了笑，说：“赶快走吧！”两个人握手告别。

林咏走后，江海回到住舱，先给胡子君、柳风一一打电话，讲了开展“四不”活动意见，二人都很赞成，柳风还主动说要和叶崇林通话，谈“三不”活动的总结问题。接着，江海又打电话给海婴，说了林咏家里的事，并说这段时间要住艇上了。海婴马上关切地问：“娇娇的脸伤得重吗？”江海说：“不清楚。”海婴停了一会儿，说：“这个崔嫂，一脚把我们弄分居了。”江海刚要说话，海婴又抢先说：“算了，不说了，再说就该给我扣‘拖后腿’的帽子了，大热天的，我可不想戴帽子。”江海笑了笑，说：“你又不是不知道，我只有军帽，没有别的帽子。”接着转了话题，问：“部队的乒乓球赛好看吧？”海婴“咯咯”一笑，说：“太有意思了，比相声小品都好看。”江海说：“生活是相声小品的本源，更实在，更鲜活。”接着又说：“下午我得在艇上，你要有兴趣，就自己去看吧。”海婴问：“我上午的表现有没有问题呀？”江海说：“挺得体的，没问题。”海婴问：“下午，他们如果又让我当裁判，怎么办呀？”江海说：“那就晚去一会儿，不要当了，他们自己玩，气氛更好些。”海婴“嗯”了一声，说：“知道了。”

午休后，江海收到了海婴的信息：“崔嫂说非常感谢我的老公。”江海回复：“你给她打电话了？”海婴回复：“是的。医生说娇娇脸上的伤不重，不会留下疤痕。”江海回复：“太好了。去看球吗？”海婴回复：“你不是要我晚点去吗？”江海回复：“哦，过一会儿再去吧。”

江海放下手机，朝门外叫了一声：“苗苗！”“到！”康晓义应声走了进来，两人哈哈大笑。康晓义问：“教导员有事吗？”江海说：“我是想向你或者舒扬问一下象棋比赛准备情况。”康晓义说：“抽过签了，巧极了，对阵形势和乒乓球赛一模一样。”江海问：“场地呢？”康晓义说：“就在艇上，前后甲板加会议室，四桌同时开，和乒乓球一样，也是每队三个队员，也是淘汰制，首轮胜者争第一，负者争第三。”江海问：“裁判呢？”康晓义说：“都定好了。”江海说：“跟裁判们说说，活泼归活泼，但要正规，不能大过节的吵架，坏了气氛。”康晓义说：“对，已经讲了这层意思，我再强调一下。”江海说：“好。”康晓义说：“我前几天就有个想法，一直没说，可不可以找个战士代一下苗苗，看看会议室，跑跑腿。”江海想了想，说：“可以。兼一下，不脱离工作。”康晓义说：“好。你看谁合适？”江海说：“你定吧。”康晓义说：“前两天和枪水长聊这个事，谈到了舒扬。”江海说：“可以。具体要求你交代一下就行了。”康晓义说：“是。”说完，出去了。

过了一会儿，舒扬来了，请江海做指示。江海说：“你两头兼顾一下，我有事时会叫你的，不叫就是没事。”舒扬说：“好。我没事的时候一般都待在会议室，随时听候教导员指示。”江海笑着说：“党团支部连署办公了。”舒扬笑了笑，出去了。不一会儿，江海收到海婴的信息：“林青送来一塑料袋青菜，还有一点水果，我追着给她钱，她坚决不要，都快哭了。我陪她看了一会儿乒乓球比赛，她已经回去了。”江海回复：“嗯，知道了。”

晚点名，江海讲话。他把林咏回家的情况给大家简单说明了一下，把值班、球赛和人员外出情况简要点评了一下，对值班执勤、体育比赛和人员外出进一步明确了要求。江海说：“艇长对过节有一条要求叫‘联系联系’，大家可别忘了，多谈谈心，很有益处的。”江海说：“我们过节的目标依然是‘平平安安，快快乐乐’，今天我们做到了，希望后面天天做到。”最后，江海将准备开展“四不”活动的事给大家吹了吹风。

人一高兴，时间过得就快，转眼四天过去了，两项比赛顺利结束，结果：乒乓球，航通、枪水、艇务三个部门分获一、二、三名；象棋，机电、艇务、枪水三个部门分获一、二、三名，可谓皆大欢喜。

星期一早餐时，舒扬广播了044号稿件，题目是《谁参赛，谁提高》，撰稿人是他自己。他说：“很多同志为因休假未能参加本次乒乓球和象棋赛的高手们遗憾、惋惜，我颇不以为然，本无机会的选手们得到了锻炼，本有机会的高手们将受到促进，这对全体艇员素质的提高是有好处的。谁参赛，谁提高；谁实践，谁进步。让我们在相同的和不同的领域积极实践，共同提高吧！”干部们纷纷称赞舒扬的稿子写得好。钟伟诚说：“这也是当团支委锻炼的结果。”江海说：“文体活动也好，其他活动也好，都可以欣赏到高手们的表现，而欣赏，学习就在其中了。文明进步靠社会融合，而有与无和高与低的融合是最基本的融合，任何时空的劳动者，都是历史进步的促进者。”何其明说：“能引出教导员这番话，是舒扬这篇文章最大的价值。”江海说：“能引发有益思考，就叫有分量。”钟伟诚说：“对。”

星期三，596艇全体官兵到体育场进行了一天义务劳动。体育场的足球场部分和跳高跳远用的沙坑都已搞好。596艇的任务是平整跑道东头的八十米场地。工具不太多，大家就轮班干，人闲工具不闲，进度很快，上午已整得差不多了，下午只干了两个小时，就整好九十米跑道，超额完成了任务。几个干部经常和战士抢工具，身上泥土和汗水与战士们一样多。质量验收的时候，596艇官兵受到了杨副大队长和撒处长的表扬。

晚饭后，林咏电话告诉江海，崔文惠的脚伤打了石膏，医生说要能下地走路，至少得三四个星期，她已向单位请了假。娇娇脸上的伤问题不大，开始她害怕，老是哭，现在情绪稳定了。江海说找首长再续几天假，林咏坚决不肯。江海把艇上的情况讲了一下，让林咏放心。

星期日上午，江海在会议室正与副炮班班长成俭谈心，忽然收到海婴的信息："听说大队长家属来队了。"江海想了想，回信息："半小时后，咱们去看看。"海婴回复："嗯"。江海和成俭谈心结束后，给常大队长发了一条信息："首长好！我和海婴去看看嫂子？"很快就收到回复："来吧。"江海向值班部门长康晓义打了招呼后，就出来了。海婴已经在楼下等了。

常大队长住在二楼北头。两人来到常大队长家门口，江海喊了声"报告"，接着就是常大队长的声音："请进！"二人进客厅后，常大队长指着正在泡茶的妻子对海婴说："我夫人，高慧，也是东北人。"高慧中等个儿，穿一身有暗格子的浅蓝色休闲装，落落大方。海婴对高慧说："嫂子好！"江海对高慧说："嫂子，这就是海婴。"高慧拉住海婴的手，说："玉貌花容，江海好福分啊！"高慧示意江海、海婴坐下，把泡好的茶放到了他们前面。

江海和高慧开玩笑："嫂子，你每次都是'打枪的不要，悄悄地进村'。"高慧说："这里屁股大一块地方，早就烂熟了，懒得转，除了晚饭后往果园方向散散步外，都待在屋里看电视。"常大队长说："独行侠！说来就来了，说走就走了，长则两三天，短则一天。"高慧说："还有半天的呢！"四个人都笑了。江海问："孩子怎么没来呢？"高慧说："姥爷姥姥来了，接招待呢。"江海说："真棒！"高慧说："有什么棒的，宠得要死。"常大队长说："海婴同志年纪轻轻的，干了一件大事。"海婴说："算不上大事。"高慧说："孩子上学，天大的事！"海婴说："全靠首长们和各方的关心支持。"江海对海婴说："嫂子在县财政局工作，老先进了。"高慧说："到财经委工作了。"江海马上问："又升了？"高慧"哈哈"一笑，说："单位的级别升了，我没升。"江海说："能力水平也升了。"高慧说："老常对你们两口子评价可高了，同明相照，比翼齐飞啊！"江海说："我们都是比葫芦画瓢，跟着首长学。"常大队长说："以后别这么说，我不爱听，不符合实际呀！你们哪一件是比葫芦画瓢啊？看着你们的'瓢'，我这'葫芦'早就眼花缭乱了。"江海笑着摇了摇头。常大队长对海婴说："江海来的时候，我还担心他不服水土呢，没想到他不仅落地生根，而且开花结果，还节节高了。"海婴笑了笑，看着江海。江海说："有土壤，有阳光，有雨露，不发芽就是烂籽了。"大家都笑了。

江海意识到海婴在用眼神催自己了，就说："首长做做指示吧！"常大队长说："艇上我就不说了，闲兵难带，你们不闲，班子内部也很融洽，我们还是比较放心的。学校的情况，领导们都去看了，都说比预期的要好很多，我只说一句话，带好俱乐部那两个兵，确保下一个学年照常运转。"海婴说："我一定努力工作。"江海说："请首长放心，我们都会努力工作的。"常大队长说："当然放心了，这不是聊天嘛！"江海笑了笑，说："艇上在家的干部少，我就不多坐了。"说着，和海婴站了起来。高慧说："谢谢你们来看我，祝你们工作顺利，生活幸福！"常大队长说："到了互相欣赏的境界了，想不幸福都不行啊！"江海笑了笑，说："谢谢首长，谢谢嫂子！"海婴也附和着说："谢谢！"

星期一早上，队列训练，值班员何其明指挥，科目是步法变换和行进间转法。在四列横队齐步变正步后，江海突然大声叫口令："立——定！稍息——立正！"然后，跑步到球场外路边，向由大队首长陪同的水警区陈参谋长报告："参谋长同志！猎护大队596艇正在进行队列训练，请指示——教导员江海。"陈参谋长指示："稍息！"江海答声"是"，转身跑步到队列前，下达了"稍息"口令，然后跑步回到排头位置。

陈参谋长走到队列前中央，看了看队伍，指了指前排的萧雨青，问："部队为什么要坚持搞队列训练啊？"萧雨青立正回答："队列动作是战术技术的基础。坚持队列训练，可以增强整齐划一、令行禁止的战斗作风。"陈参谋长说："对。队列训练就是思想训练、军事训练和作风训练。"陈参谋长问大家："谁能完整地说出'立正'的要领？"结果无人回答。陈参谋长说："刚才那位同志说队列是战术技术的基础，那么，立正是军人的基本姿势，是队列动作的基础——基础之基础，重要性可想而知。我们这些老兵背条令不如你们，但立正的要领我始终没忘：'两脚跟靠拢并齐，两脚尖向外分开约六十度；两腿挺直；小腹微收，自然挺胸；上体正直，微向前倾；两肩要平，稍向后张；两臂下垂，自然伸直，手指并拢自然微曲，拇指尖贴于食指第二节，中指贴于裤缝；头要正，颈要直，口要闭，下颌微收，两眼向前平视。’”陈参谋长自下而上，边做边说。讲完立正的要领后，陈参谋长说：“做好立正动作，关节点是眼睛。立正是静态的，但要有猛虎下山、一往无前的气概，眼睛就格外重要了。队列中，能管好眼睛的，其他方面一般不会差。”陈参谋长指了指常大队长和乔政委，说：“我们年轻的时候，队列训练更多，更严。那时候，走在大街上，谁当过兵，一眼望去，猜个八九不离十。不是说当兵要有当兵的样子吗？立正就是军人最基本的形象。对不对呀？”“对！”官兵们大声回答。

周交班后，斯奋办公室，斯奋和钱羽将借阅江海的教材还给江海，并表示感谢。斯奋问江海：“你觉得舰艇上政治工作的着眼点应是什么？”江海想了想，说：“关系健康和谐，执行命令坚决。”斯奋说：“实践出真知啊！钱教导员对修船所官兵的要求是‘不怕脏，不怕苦，有能耐，有胸怀’，你们对本职工作的特点都有真知灼见啊！”钱羽说：“医生干不了的事，给伤病员治好伤病，由他们去干；我们干不了的事，把舰艇修好，让他们去干。不讲胸怀不行啊！”江海对斯奋说：“你每个单位政治工作的特点都搞清了，博观约取、高蹈远举啊！”三个人都笑了。

上午，江海在艇上转了一圈后，到学校来了。方远和岳锦川陪着江海里里外外、认认真真、仔仔细细地看了一遍。江海刚说要走，海婴来了，边上楼梯边问：“哪位首长突然袭击检查我们呀？”江海笑着说：“我是偷偷参观，悄悄学习。”方远对海婴说：“我们陪教导员看了一遍。”海婴说：“不提出意见不能走。”江海说：“我突出的感觉是很袖珍，很温馨。”海婴说：“让你提意见呢！”江海说：“我一边看，一边想，还真的有个建议。”海婴说：“说呗！”江海说：“你们的学习成绩肯定没有问题，还要多方面打造自己的品牌和特色，期末考试不是要到城南完小去考吗，到时候给他们展示一下。”海婴问：“具体的呢？”江海说：“可以搞童声小合唱……”海婴说：“这个有了。”方远说：“我们还有英语歌曲呢！”江海说：“可以搞搞队列。”方远说：“有计划了，主要是横队、纵队、齐步、正步、跑步、踏步，以及敬礼和停止间转法等。”

江海想了想，说："可以搞个升国旗仪式，有特色些。"方远说："这很好。"海婴问："还有呢？"江海说："等到编制定了，可以搞个小小的游泳池，海军的孩子，不会游泳怎么行？还可以买点小乐器，让小朋友早点培养乐感，掌握点乐理基础知识，这对孩子们的全面成长很有好处。"三位老师都点了点头。海婴对江海说："到办公室来一下，跟你说个事。"方远笑了笑，和岳锦川办自己的事去了。

到了海婴办公室，江海问："什么事？神神秘秘的。"海婴朝窗外一指，说："你往那儿看！"江海顺着海婴指的方向，看到了二号码头和596艇。他笑着说："哦，我还以为是什么事呢！"海婴笑了笑，问："我的办公室怎么样？"江海说："不错，很整洁。"江海摸了摸三年级学生的课桌，说："校长和教师的办公室兼教室，有意思，我看可以申报吉尼斯纪录。"海婴说："好啊，这话挺提气的。"江海突然抱住海婴亲了一下，海婴挣扎着，小声说："疯了，人家听见了。"江海大声说："放心吧，我看见他们下去了……"

星期二晚上，会餐。干部们来到甲板上给大家敬酒，江海高举酒杯，说："同志们，我提议，为我们国庆节期间平平安安、快快乐乐，为我们的乒乓球比赛和象棋比赛圆满成功，为节后工作学习顺利——干杯！""嗷"的一声吼，大家举瓶、碰瓶，喝酒。江海说："今天的菜很好，也很多，大家慢慢享用。"大家又"嗷"了一声。

回到会议室，江海给干部们敬了酒，干部们回敬了江海。江海吃了几口菜，放下筷子，对康晓义和站在旁边服务的舒扬说："问你们团支部和军人委员会两位官员一个问题：我们的乒乓球比赛和象棋比赛，一无奖状，二无奖品，为什么大家热情还很高？"康晓义说："争强好胜，人之天性，青年人尤其如此。"舒扬说："打团体赛，事关集体荣誉，关注的人多。"康晓义又补充道："领导重视，组织得好。"江海说："你们说得都对，不过，我觉得至少还有一条：这两个项目都具有丰富的内涵和独特的魅力，并且比较普及，大家看得懂，有体验，喜闻乐见。"康晓义说："那是。"

江海说："这个话题，我们在军校时经常讨论，有时还辩论。大家认为游泳最好，从内到外，从身到心，锻炼非常全面。在江河湖海里游泳，还有挑战大自然、回归大自然的感觉，可以领略战胜大自然的惬意。”钟伟诚说：“没错，我有体验。”江海说：“再一个恐怕就是乒乓球了：技术种类多，变化多，速度快，不仅要体能好，心理素质好，还要全身协调，眼疾手快。打乒乓球，发球前双方就有个心理交换过程，从发球接发球开始，这种心理交换频率就很高，要不停地观察、分析、判断和决策，不停地创新。”辛乐说：“教导员把乒乓球琢磨透了。”江海说：“乒乓球还有一大优点是男女老少咸宜。”康晓义说：“对，我刚想补充呢！”江海说：“象棋逼着人记忆、分析、判断，逼着人全面地看问题，联系地看问题，发展地看问题，逼着人学习处理把握全局与重点突破的关系、掌握先机与应对不测的关系、得与失的关系、稳与狠的关系，追求最佳组合方式和效果。”辛乐说：“听了教导员一番话，我头脑中的象棋已经不是原来的象棋了。”何其明说：“我得赶快学下象棋了。”江海说：“下不好，可以；不会下，可惜。”何其明说：“对。”

因为过节，大队周交班时间改在星期三上午。参加完交班，江海被古主任叫到了他的办公室。古主任指着墙上写有“爱民情深，山海共鉴”八个大字的一面锦旗，说：“出海时，西岭镇领导送来的，是给大队的，其实是给你们艇的。”江海说：“我们是按大队首长教导办的，是在机关指导和支持下办的，给大队就对了。”古主任说：“这件事，对大队与西岭镇和海呈县的关系，都有很大的促进作用。”江海说：“我们继续努力。”古主任对江海说：“水警区政治部通知，要你下周四给水警区机关四部和直属分队党支部书记集训班讲一课，内容是如何带好兵。”江海说：“我这水平怎么行啊？换个人吧。”古主任说：“水警区首长点了你的名，谁敢换。好好准备一下吧。”江海说：“是。”

回到艇上，江海向干部们传达了交班时大队首长们关于过节情况的讲评和下一步管理教育工作的指示精神，重点布置了老兵思想摸底工作。江海说：“这项工作要内紧外松，不要弄得神神秘秘的。老兵们的想法会比较多，变化也会比较快，要及时掌握并报告情况。关于老兵退伍工作，你们有什么想法，有什么建议，随时都可以谈。”

第四十一章　待访客老师夸学生
水警区江海讲带兵

晚饭后，江海正在前甲板和几个同志聊天，海婴来电话了，说兰业务长夫妻和女儿来家里坐了。江海向值班的康晓义打了招呼后，就回家了。

和兰业务长夫妻握手后，江海对兰思锋说："兰主席大驾光临，我们家蓬荜生辉啊！"兰思锋瞪大眼睛看着江海。海婴说："什么呀！我们叫班长，不叫主席，和你那时候不一样。"江海说："哦，那也不简单啊，管三个年级的班长，创吉尼斯纪录的啊！"大家都笑了起来。兰业务长指着妻子说："我老婆——花岛。"江海说："欢迎！都请坐。"大家坐下后，海婴问江海："你看思锋像爸爸，还是像妈妈？"江海打量了一下思锋，说："皮肤白，肯定是爸爸妈妈共同的；长眉连娟，眼睛乌黑明亮，像妈妈；薄薄的嘴唇，椭圆下巴，明显是像爸爸。"江海说完，问大家："不牵强吧？"大家以微笑表示认可。

海婴把兰思锋拉到自己身边，说："告诉江叔叔你姓名的含义。"兰思锋看着江海，说："向刘胡兰张思德雷锋学习，永远忠于党，永远为人民服务。"江海问她："谁起的名字？"兰思锋说："爸爸妈妈。"江海说："这个名字太好了，刘胡兰、张思德和雷锋，都是毛主席亲自抓的先进典型啊，三个伟大的'兵'。"兰思锋说："我长大了，也要当兵的。"江海说："有志气，一定是个英雄精神的传人，一定是个好兵。"海婴说："思锋禀赋出众，不仅学习成绩好，而且会处理事情，会处理关系，一个一年级学生，把二年级和三年级学生管得服服帖帖的。"兰业务长说："别夸她了，都是老师教得好，还得更严格地要求她呢！"花岛也说："是啊，爬坡一身汗，滑坡一眨眼。"海婴说："我们思锋的大脑已经被英雄精神武装了，会不断进步的。"花岛说："这孩子呀，就是崇拜海老师，崇拜得不得了，天天催我们来看海老师，向海老师学习呢！"海婴对思锋说："可别给老师戴高帽子了，会把老师压垮的。在这个世界上，妈妈是你的第一个老师，要崇拜妈妈。"思锋说："老师妈妈都崇拜。"江海和兰业务长笑了起来。

兰业务长说："这小学一办，可解决大问题了，真是没想到啊！不光解决了孩子读书问题，也促进了干部安心和扎根。"花岛说："大家反映可好了，都说海老师肯定行，明年的学生会更多。"海婴说："各方都很关心，都很支持，没有理由不努力啊！"江海拍拍思锋的肩膀，说："还有兰班长的贡献呢！"海婴说："我有时候让思锋参与改作业，为的是让她和大家互相学习，互相促进，没想到，思锋差不多把二年级的课也学会了，还常看三年级的课呢，悟性真的很好。"兰业务长说："可别种了人家的地，荒了自家的田哟！"海婴说："不会的，她对自己作业的质量要求可高了，是个活榜样。"思锋说："海老师告诉我们，要想学习好，必须做到集中精力听课和独立做好作业。"江海说："还有一条：不懂就问。"思锋点了点头。花岛说："这孩子从来就不知道什么叫害怕，什么叫发愁。"江海说："好心态，好状态，难能可贵啊，世界上本来就没什么可怕可愁的嘛！要遇到困难就兴奋，不能遇到困难就头皮发麻。"思锋眨了眨眼，点了点头。江海又说："有的人一个问题就愁死了，有的人十个问题也从容面对；有的人一个荣誉就冲昏了头脑，有的人十个荣誉也能保持清醒。"兰业务长问思锋："听懂了没有？"思锋很认真地点了点头。兰业务长指了指江海，说："这也是老师呀。"思锋又点了点头。江海对思锋说："你爸爸是我的老师，给我单独讲过课，一个老师，一个学生，比海老师的学生还少。"思锋笑了。

花岛看了看手表，说："我在果园上班，忙的时候少，闲的时候多，海老师有什么事忙不过来，只要我能做的，尽管说。"海婴说："好啊，谢谢！"海婴看了看江海，对花岛说："我们早就商量过，明年我离开前，推荐你接着干。"花岛说："你起的调这么高，我可唱不上去。"海婴说："嫂子太谦虚了。"

兰业务长一家三口走后，江海陪海婴坐了一会儿，刚站起来要走，海婴突然问了一句："林艇长没去过小西沟吧？"江海想了想，又坐了下来，说："没有。他几次正好时间都不巧。"海婴又问："不会有什么看法吧？"

江海说："不会，他捐款很积极的。"海婴往江海身边靠了靠，说："你们艇的干部都到我们学校看过，但是好像林艇长没去过。"江海说："林艇长不喜欢到处转，他自学抓得很紧。"海婴说："哦，大家都说你们是强强搭档，配合得非常好。"江海说："他素质很全面，挺优秀的。"海婴说："抽空给山东家里打个电话吧，爸爸妈妈都挺想你的。"江海吻了一下海婴，用眼睛"说"："知道了。""说"完，回艇上去了。

星期五晚饭后，林咏回来了，舒扬把给他留好的饭菜汤端上来，他边吃边和干部们谈了家里情况。江海说："这一回你可没有实事求是，嫂子不能动，应该多住几天的，起码等到嫂子能下地迈步嘛！"林咏说："本来想提前两天回来的，实在张不开嘴。找了个亲戚，可以帮半个月忙，到时候再说啦。"

接着，又议起了艇上的工作。说到老兵思想工作时，林咏说："这个事不要说得太多，咱们干部每月和战士谈话几十人次，底还是清的。"江海点了点头。林咏说："我们家有个邻居是军属，见面就问兵役政策和士兵待遇，对孩子能不能入党，退伍还是继续留队，想得很多。"江海说："所以，有的战士接家里一个电话，和战友聊一次天，就变换一个想法。"说到运动会准备工作时，林咏说："体能要求高的项目，从现在起就要天天练，早练，苦练，巧练。"江海说："有道理。现在不要说谁行谁不行，一个月后再确定正式人选。"林咏说："其他项目也一样，水平接近的人很多，关键看准备，看训练。"辛乐说："对。像文刚的乒乓球，原来很不起眼，现在打起来有模有样的。"江海说："田径和体能项目更是这样。"钟伟诚说："原来我说等休假的人回来了再练，现在看来还是谁在谁练，谁行谁上。"林咏说："正确。"江海说："技巧性的项目，要创新技法，练点绝招儿，比如乒乓球、羽毛球的发球和接发球。"林咏吃完饭，放下筷子，喝了两口汤，说："绝对正确。"江海说："这两周咱们重点搞军事专业自学和运动会准备。"林咏说："好。"

上午，江海乘公交车到了水警区，在招待所休息。下午三点，江海来到了水警区机关分队党支部书记集训班。讲课前，水警区政治部童主任说：

“按照水警区首长的指示，这次集训安排一位基层政工主官讲一课，内容是如何带好兵。猎护大队596艇党支部建设和政治工作，都做得很有创意，很扎实，海军、舰队工作组和水警区首长到猎护大队检查工作和调查研究时，都留下了深刻印象。”童主任向大家介绍了江海后，说:“今天，只给江教导员安排了四十分钟时间讲课，之后，大家可以和他互动一下，提提问题，请他作答。”

掌声之后，江海说：“按照首长指示，我简要汇报一下自己对‘带兵’这两个字的一些认识和体会，请首长和同志们多多批评指正。”

江海说：“带兵，我觉得有四个环节很重要，很关键。

“第一，客观地认识兵。兵是人，是国家公民，是解放军战士，大部分是共青团员或共产党员。他们志愿参军保卫祖国，是军队的主体，是军官的重要来源，将来是国家各条战线各个领域中的生力军。兵有理想信念，也有七情六欲。不懂兵，不爱兵，不尊重兵，就不具备带兵的资格……

“第二，要客观地认识自己。作为带兵人，我们和兵的基本属性是一样的，不同的是职责、权利和义务。条令条例赋予我们一些权利，目的只有一个，就是带好兵，提高战斗力，完成好任务，打胜仗。所以，要盯着目的看权利，联系职责用权利。干部比兵应尽的义务更多，这是由人民军队的性质和我们的职责地位决定的……

“第三，要客观地认识学和带。要带好兵，就必须比兵站得高、看得远，走在兵的前面；就要真懂条令条例，有比兵更多的知识、更强的认识能力和实践能力。而要具备这些能力素质，就必须学习，其他学习且不说，向兵学习是不能少的。兵是热血青年、知识青年，有强烈进取意识的青年，他们身上有许多值得干部学习的东西。如果从兵身上看不到值得学习的东西，那就是自己有问题了。不向兵学习，就不能真正理解兵；不理解兵，就带不好兵，带不了兵……

“第四，善于发现和解决倾向性问题。发现问题和因势利导，是基层政工干部两个重要的基本功。发现和解决倾向性问题的能力，很能检验出领导干部的作风、责任心、工作标准和思想水平。我们带兵不是带一个人，而是带一群人，有人群，就会有倾向性问题。倾向性问题影响整体，影响全面，影响长远，解决倾向性问题必须发现早，判断准，措施硬，下手狠。发现和解决一个倾向性问题，单位建设就可以向前跨一大步。从某种角度看，基层单位进步的过程，就是发现和解决倾向性问题的过程……”

江海讲完课，大家报以热烈的掌声。

童主任看了看手表，说：“现在开始互动，请江海同志回答三个问题。”多名同志举手，童主任点了司令部警卫连孔指导员，他的问题是：“个别兵不喜欢站岗，怎么办？”

江海说：“站岗放哨，是军人最具象征意义的职责，是光荣而令人自豪的工作。我在组织科当干事的时候，到警卫连总结过党支部建设的经验。我的印象中，不喜欢站岗的同志，一是觉得学不到技术，感觉不到进步，担心将来的出路；二是工作单调枯燥，还老得敬礼还礼；三是怕被人看不起。对这些同志，首先是要理解。我觉得，他们的想法中也有某种合理成分，甚至是积极成分。想学技术，本身没什么不好；单调枯燥，的确是站岗特别是门卫工作的特点之一；站岗被人看不起的情况，也确有存在。从提高认识的角度讲，我觉得可以和他们站在一起，由‘点’看‘面’，由‘点’看‘线’。所谓‘点’，就是现在的岗位。所谓‘面’，就是社会上大批大批的成才者。这些成才者，当初的工作也是很普通的。让大家懂得‘工种’框不死人，只有自己能框死自己。让大家知道没有哪一项工作是注定要成才的，也没有哪一项工作是注定要成废品的。让大家相信行行长知识，行行长才干，行行受锻炼，行行出状元。所谓‘线’，就是自己的人生轨迹。可以和他们一起设想一下，畅想一下，走好人生成才路、幸福路，到底靠谁，靠什么。让他们明白：思想基础好，品行基础好，身心基础好，事业上才能提高快，走得远，而做到这些，与站岗放哨并不矛盾，无数有作为、有成就的人，恰恰是从哨位上走出来的。根向下扎，杆往上长；根扎得越深，吸收的营养就越多越丰富，杆长得就越牢越高越壮。”江海看了看童主任，说：“不过，我并不赞成警卫连的每个同志都连续站四年岗。我过去就向领导提过建议，可以用循环、轮流、调换等多种方式，让更多的同志有站岗的经历，让警卫连的同志也有干其他工作的机会，包括警卫连的干部。”提问的指导员带头鼓起掌来。

通信站丘教导员问：“个别战士大错不犯，小错不断，晃晃悠悠，不思进取。对这样的同志怎么帮？”

江海说：“这些同志，一般有两种情况：一是因为种种原因，在思想深处把当兵这段经历‘剔除’了，想混过去，退伍后重打锣鼓另开张；二是不仅参军目的不明确，连做人的目的都不太考虑，跟着感觉走，到哪儿算哪儿。第二种类型的同志一般文化水平偏低，最根本的问题是缺乏志气，没有目标，没有牵引力。帮助这些同志，最重要的还是帮他长志气，明方向，树目标。但限于其素质基础，这需要一个过程，甚至较长的过程，就像慢性病都是长时间形成的，其治疗也要有一个长过程一样。必须弄清其各方面的情况，从实际出发，和他一起分析，一起研讨，甚至一起学习。当然，有了奋斗目标，有了奋斗精神，还要有奋斗的措施。整个过程中，方法十分重要，只能帮助，不能代替，也代替不了。就像煤油灯的捻子，有的人一拨，亮了，而有的人一拨，灭了，有个技巧问题。对于唐代杜甫的诗《春夜喜雨》，人们看重的往往是第一句‘好雨知时节’和第四句‘润物细无声’，其实，第三句‘随风潜入夜’不仅把时间‘当春’具体到时机‘夜’，而且注重利用环境和客观条件，解决了方法‘随风潜入’，使‘润物细无声’成了不说也知道的结果。在教育的指导思想和内容确定之后，方法就具有某种决定性作用。总之，要从实际出发，要耐心。”丘教导员问：“请介绍个‘验方’好吗？”江海笑了笑，说：“对一些听不进道理的同志，可以喂‘胶囊’，喂‘糖丸’。从小到老，没有不喜欢听故事的，可以把理想、目标等道理包在故事里。好的故事能记一辈子。我们在课堂上听课累的时候，只要一听到老师说举个例子，马上精神一振，注意听讲，听后对前面讲的道理会豁然开朗。”丘教导员满意地拍起手来。

装备修理所洪教导员问：“怎样掌握基层政治教育主动权？”

江海说：“这道题，‘实事’是官兵思想状况，尤其是倾向性思想，及认识问题的能力基础。怎么‘求’呢？我觉得，教育的实质是教育者向被教育者传授知识，教认识问题处理问题的方法。相对于那么多战士健康成长的需要来说，教育者的东西往往是不够用的，不懂装懂、随口答话，副作用都是很大的。所以我想，对一个基层单位来说，不妨少讲些‘教育’，多讲些学习。总部下发的各种战士读本要学，其他基础知识也要学。我觉得，地理知识和历史知识是人的知识体系的‘十’字形基础，任何知识都是一定时间和空间的知识。我们青年战士普遍缺乏地理知识和历史知识，这成了他们对许多政治教育听不进、听不懂的重要原因。任何人进步的基础和前提，都是学习。战士知识多了，加上干部的引导，很多道理，他们就容易弄明白了，很多问题，他们自己就处理好了。”童主任带头鼓起掌来。

星期一中午快吃完饭的时候，林咏的手机响了，一听，马上说：“首长好！”过了一会儿，又说：“首长放心，我们认真执行。”林咏放下手机，没有讲话，也没有再吃饭。康晓义说：“艇长快吃吧，要凉了。”林咏喝了一口汤，说：“吃饱了，不吃了。”又指了指餐具，对舒扬说：“收！”舒扬觉得领导有事，就叫来孙长勇，二人很快把餐具收走，并擦好了桌子。

大家看看林咏，又看看江海，都没讲话。林咏转过头来看着江海，说：“丁参谋长指示，我们艇后天赶到广州修船厂，和597艇对换后主炮和声纳设备。”江海没有讲话，看着大家。过了一会儿，周学正问：“会不会是我们艇要退役了？”大家都没答话。停了一下，林咏说：“别乱说。首长讲了，没有退役的消息，要我们一切工作照常。”江海说：“编制调整，装备更新，都是常事，都是好事，都是提高战斗力的需要。咱们跟597艇换一只‘拳头’，换一双‘耳朵’，是大队战斗力整体建设的需要。咱们要以积极的姿态影响全艇同志，千万不要说不利于部队稳定的话，让大队首长再来帮助咱们提高认识。”林咏问大家：“教导员的话听清没有？”大家都说听清了。林咏说：“这话很重要，要记住，不要犯低级错误。”大家都纷纷点头。林咏仰起脸，想了想，说：“我的意见，下午开个动员会，请教导员给大家讲一讲。之后，航通部门和枪水部门抓紧做相关准备工作，其明还要抓紧做航行计划，上报大队。”何其明问：“几点离码头？”林咏说：“八点。”何其明说：“好。”

下午，水兵凉亭，全体军人大会。林咏主持，简要传达了大队首长指示后，江海做动员讲话。江海说：“我们艇虽然比597艇要长几岁，但有些装备比597艇的还要好些，这是历代596人爱装管装的结果。我们艇退役之前，把好一些的装备换到继续服役的艇上，对大队整体战斗力建设无疑是有利的。大家说对不对？”大家回答：“对！”江海说：“为大队战斗力建设做贡献，我们应该高兴。对不对？”大家回答：“对！”江海说：“后主炮班、声纳班对自己的装备有感情，这完全是正常的，很好理解的，部门领导艇领导也是一样的。我们的好装备换给兄弟艇，有你们的功劳；把换进来的装备管理好，使用好，是咱们的责任；如果用换进来的装备取得好的训练成绩，完成好任务，那就为596艇争了光。大家说对不对？”大家答：“对！”江海说：“一般来说，动员工作的目的是讲清干什么，为什么干和怎么干。到现在为止，我觉得大家对换装工作的认识已经很好了，不知道还需要讲什么了，我怕再讲就画蛇添足，小看大家了。不过，我想问问大家，在换装工作中，展现出596艇的高风格、高姿态，做到积极、主动、热情、周到，好不好？”大家齐声回答：“好！”最后，林咏说：“今天剩下的时间和明天全天，都由部门支配。航渡工作，人员要认真安排。换装工作，坚决按上级指示办，有什么困难和问题，要尽早报告。”

回艇路上，江海对何其明说：“把情况给航通长说一下。”何其明说：“已经和他通过话了，我再和他联系一下，把你和艇长的指示要求跟他说一下。”江海又对林咏说：“我打电话和子君说一下。”林咏说：“好。”

第四十二章　吊装炮管突发危险 参观三舰体会热谈

星期三上午，596艇离码头前，海婴等三位老师带着全体学生来到码头，在596艇侧后方一字排开。596艇离码头时，同学们学着老师的样子，一起向官兵们挥手送行。官兵们十分高兴，纷纷向师生们挥手致意。林咏下达口令："注意秩序，保持安静！"艇走了很远了，老师和学生们还在挥手。

学生送行的事，江海没有一点思想准备，在驾驶台上呆呆地看着，自己完全不知道自己的表情。出了港湾，左转航行。江海坐在林咏后面的木椅子上，给海婴打电话，想问问今天是怎么回事，但是，海婴关机了，显然是上课了。江海对站在驾驶台右边的钟伟诚说："你在这儿帮艇长望着点，我下去转转。"钟伟诚说："是。"江海按照惯例，一个舱室一个舱室地察看起来。转了一圈，江海再次认真地看了后主炮和声纳装备，之后，来到炊事班帮厨。菜快做完的时候，听到了林咏"抛锚部署"的口令。江海急忙擦擦手，来到前甲板右舷，观察抛锚情况。

抛锚完毕，江海向值更人员提了要求后，来到会议室，干部们已经都在了。江海亲自给林咏盛了米饭，又夹了菜。林咏说："不敢当，谢谢！"江海说："子君不在，你只好能者多劳了。"林咏说："偶然出来一天，没事的。本来想在驾驶台啃点馒头饼子就行了，不用停了，但大队首长觉得我们艇很多部位人手少，机器老，坚持要我们停一下。"江海说："没关系，时间足够。"钟伟诚说："对，我们这一路，又是江，又是海，又是大陆，又是岛屿，又是经济特区，又是特别行政区，要好好欣赏欣赏。"江海说："过了虎门大桥，航道情况就比较复杂了，必须集中精力。"林咏说："对，不靠好码头，决不能松懈。"部门长们纷纷点头。

靠上广州一家修船厂条形码头的外侧，已经是下午五点多了。靠在该码头内侧的597艇艇长马玉华、教导员金言、副艇长洪钟响及修船厂办公室的小秦前来欢迎，与596艇的领导一一握手。林咏介绍江海与马玉华和金言认识后，马玉华对林咏说："老兄走得够稳的啊！"林咏说："我们是'散步'来的。"小秦笑了笑，说："大家准备吃饭吧，明天上午开个协调会，请你们两家的艇长和航通长、枪水长参加。"

晚饭前，江海在前甲板向全体官兵宣布："从现在起，值班值日值更人员要严肃认真地履行职责。外部人员，未经艇领导同意，不得登艇。本艇人员在厂区活动，要经部门长批准，出工厂大门，要经艇领导批准。想上街办事的同志不用着急，会专门安排的。"然后问道："清楚了没有？""清楚了！"大家齐声回答。林咏发现聂文胜站在人群里，便走过去问道："你怎么回来了？"聂文胜敬了个礼，说："家里没什么事，待着没意思。"林咏、江海都和他握了手。

晚饭后，江海问康晓义："聂文胜怎么提前归队了？"康晓义说："按规定该退伍了，想在艇上多待待。"江海又问："是这样吗？"康晓义肯定地说："是的。"

江海看到金言教导员在码头上站着，便走过去，和他在码头外侧的空地上边散步边聊天。马艇长看到后笑眯眯地说："哥儿俩好亲热啊！"金言说："人家是工作，问的都是厂修部队思想政治工作特点之类的问题，考核我呢！"江海哈哈大笑，说："大队司副参谋长的言'贵'，你的言是'金'啊！"三个人都笑了起来。

晚点名后，江海看了看手机，有海婴一条信息："顺利吧？"即复："顺利。你们今天带学生到码头是怎么回事？"海婴很快回复："让学生接受部队的熏陶啊！政治处同意的，乔政委还表扬了呢！"江海回复："这类活动不宜多，不要轻易地带学生到海边，一定要注意安全。"海婴过了很久才回复："知道了。我们是开了动员会，专门对安全提了要求的。"江海看了看手表，回复："改完作业早点休息吧，不要太辛苦了。"海婴立即回复："作业马上就改完了。你先忙吧，等你的信息。"江海笑了笑，回复："半小时后见。"海婴复："嗯。"

星期四上午，两艇的艇长、航通长、枪水长参加会议去了。九点来钟，来了十几个人，有穿军装的机关人员和军代表，有穿工作服的工厂技术人员。他们一拨儿人看两艘艇的后主炮，一拨儿人看两艘艇的声纳装备，看得都很仔细，江海他们配合得也非常认真。看了一个小时左右，他们回去了。

午饭前，林咏三人回来了。看看干部都在，林咏说：“工厂领导太忙了，真不容易，一会来电话了，一会找上门了，头绪太多了，会议也被拉长了。”饭菜汤都摆好后，舒扬出去了。林咏说：“我捡要紧的说吧：明天上午就开始换后主炮，只换炮管，双管都换，调试好了再换声纳。指挥组的意见是我们艇换炮后不再试炮，只安排597艇试，我和枪水长坚决要求试，说除非上级立即明确通知我们不再担任作战值班和训练任务。最后，决定我们也一起试炮，具体时间等候通知。”林咏拿起了筷子，大家也都拿起筷子开始吃饭。林咏指了指钟伟诚和何其明，说：“你们补充。”何其明说：“没了。”钟伟诚说：“由于潮差太大，跳板太陡，加之码头上堆放的物品很乱，所以要用吊车吊过去、吊回来。具体程序是，先拆卸他们的，放在甲板上，再拆卸我们的，直接吊过去，安装在他们后炮座上，最后把他们的炮管吊过来，安装到我们后炮座上。调试好后，择机出海试炮。”江海说：“吊装炮管，一定要注意安全。”林咏说：“咱们安排几个块头大的在旁边听令，其他人都给我走得远远的。”江海问钟伟诚：“要不要前炮班的同志帮帮忙？”钟伟诚说：“我和艇长说了，后炮班加我和聂文胜就行了，人越多越容易乱。”江海说：“你们下午具体商量一下，给他们提提要求。”钟伟诚说：“好。”

星期五上午，工厂来了四个技术人员，还有装备机关一个助理员和一个军代表。他们很小心，用了很长时间才拆下了597艇后主炮炮管，放到了后甲板左舷边上。接着，过来拆596艇的后主炮炮管，由于有了经验，很快就拆了下来。将两根炮管绑好后，码头上的吊车开始调往597艇后主炮炮座上，指挥的场面比较乱，很多人在叫喊。突然，已经悬空的炮管大幅度摆动并转向，从右舷前方向左舷后方扫了过来。说时迟，那时快，站在后副炮炮座左侧的聂文胜大喊一声“卧倒”，便迎面跃起，抱住了炮管朝前面的一端，跟着炮管一起转了起来，被撞在副炮下墙壁上。开吊车的小伙子一看，急忙操作，使炮管向艇首方向拉开，聂文胜在炮管向外拉的时候，顺着墙壁倒在甲板上，眉头紧皱，满脸是血。指挥人员让炮管悬在前方不要动，马上叫救护车过来。大家去拉聂文胜，聂文胜示意不要动，右腿、左臂都动不得。救护车来后，林咏、江海慢慢地将聂文胜抬起来，慢慢地挪到码头上，慢慢地放到了救护车上。聂文胜闭着眼睛说："我没事，不要紧。炮管两头要用绳子拴住，拉着绳子调整方向。"林咏对江海说："这里有点乱，我走不开，你和晓义送吧。"江海说："好。"

江海和康晓义、舒扬，还有厂里的一个医生，很快把聂文胜送到了一家海军医院。医院非常重视，一名副院长亲自协调，先是对外伤做了处理，然后是量血压，拍片，做 CT……一直弄到十二点。林咏也赶过来了，医生拿着一大叠单子，对林咏、江海说："初步结果是，轻度脑震荡，额头和右腮擦伤出血，左臂、右腿韧带和软组织戳伤，骨头没有发现断裂现象。"江海问："胸部呢？"医生说："没大的问题，被撞了一下，有点发闷，慢慢可以恢复的。"江海对聂文胜说："好好休息，好好配合医生，康军医在这儿陪你，我们抽空再来看你。"聂文胜说："谢谢艇长、教导员。我心里有数，没事的，换装正在要紧的时候，千万不要来了。"林咏对聂文胜说："炮管换好了，换了个吊车师傅，用你说的方法。"然后又问："你怎么不事先讲呢？"聂文胜苦笑了一下，说："那时候我也没想到。"大家都笑了。江海对康晓义说："你先吃饭吧，完了再照顾文胜吃饭。"康晓义一边点头，一边把林咏、江海、舒扬和厂里的医生送上了车。

回到艇上，林咏和江海吃饭的时候，都收到了康晓义的信息："厂办领导来看了聂文胜，送了个大花篮。"

下午，技术人员调试对换后的两门炮时，指挥员和一位助理员及军代表，来到 596 艇会议室，向林咏和江海表示歉意。舒扬连忙上了茶。军代表说："后来换上去的老师傅加班太多了，今天他正好补休，如果是他操作的话，应该不会出这样的事的。被换掉的那个同志没干过这种活，心理素质也不够好。"那位指挥人员说："多亏了那位战士，如果没有他的一声吼，如果没有他那一抱，有两个后果是难以避免的：一是副炮右侧的两个战士肯定被扫掉了，而且撞的肯定是头部或胸部；二是副炮双管撞到墙上，麻烦就大了。所以，我们代表工厂和军代表室为他请功，请你们考虑。”江海说：“聂文胜是准备退伍的老兵，他休假时间未满，提前归队的，的确是个很好的同志。”林咏说：“好在还没有造成更严重的后果，咱们都吃一堑长一智吧。”军代表和指挥员连连点头。大家握手后，他们去调试两门后主炮了。

晚饭后，林咏和江海与康晓义联系，准备再去看看聂文胜，康晓义说：“不要来了，医生让我回去呢。聂文胜一直没有休息好，医生要他今天早点睡。”江海问康晓义：“聂文胜的伤怎么样，有没有发现新的问题？”康晓义说：“伤不要紧，没有新的问题。”江海说：“那好吧，向聂文胜转达艇长和我，及全艇同志的慰问。”康晓义说：“好，我马上转达。”

星期六早饭时，《超越之声》播出了康晓义关于向聂文胜同志学习的稿件。上午，辛乐值日，林咏、江海和钟伟诚、何其明、康晓义、周学正等一起到医院看聂文胜。聂文胜的右腿和左臂都打了夹板，脸上的伤也做了处理，精神状态还蛮好的。林咏、江海向他转达了工厂领导和全艇同志的问候，聂文胜说：“谢谢大家！我觉得很快就会好的。”林咏问他：“昨天的事都记得清楚吗？”聂文胜说：“似清非清，像做了个梦似的，今天早上睡醒，我还掐了掐大腿呢！”一阵笑声后，钟伟诚对聂文胜说：“你怎么叫‘卧倒’啊，炮位上往哪卧呀！”聂文胜说：“根本来不及考虑，一种不自觉状态下喊出来的。”何其明说：“听到喊声，几个人都下蹲并抱头，一个比一个快的。没有‘卧倒’这一声吼，麻烦就大了。”林咏对聂文胜说：“你是扎扎实实当了一回碰垫啊，帆缆兵当到家了。”大家都笑了。江海说：“文胜同志打篮球，跑动不多，得球不少；靠码头放碰垫，走路不多，总能放在点上；这次也是站位好，不然，就只有前面的一声喊，没有后面的一个抱了。悟性好啊！”聂文胜说：“我现在是和伤磨时间了，时间不到，它不肯好，时间一到，它自然就好了。”大家纷纷祝聂文胜早日康复。

星期一下午，两艇的声纳设备也互换完毕，并进行了认真的调试。码头上，马玉华握着林咏的手说：“谢谢啦！”林咏说：“我们好东西还多着呢，还要什么的话尽管讲。”马玉华说：“装备不换了，要换换人，全艇一齐换。”大家听了，都大笑起来。江海与马玉华、金言和洪钟响握手后说："别分你我了，现在是你中有我，我中有你，分不开啦！"金言说："讲得好，缘分啊！"

两天过去了，没有试装的消息，林咏、江海向马玉华、金言打听，马玉华说："海上试装安排比较难，我们也一直在催呢！"金言说："开始计划咱们一起出去的，现在听说改为单艇测试了，各一天。"马玉华说："哥儿们别有意见，据说安排我们先试。"林咏说："那就向哥儿们提个要求。"马玉华说："哥儿们尽管说，千万别客气。"林咏说："你们出去的时候，我带两个部门长和两个班长去看看，学习学习。"马玉华说："看看可以，学习不行。"江海、金言笑了。

回到会议室，江海问林咏："这两天分批上街购物，私事都办了，能不能和厂里联系一下，参观几艘舰艇，让大家开开眼界，长长见识？"林咏问："看哪几艘呢？"江海说："最好是驱逐舰、潜艇和综合补给舰各一艘。"林咏已经掏出了手机，很快拨通了装备部门一位熟人的电话，提出了参观舰艇的想法，对方爽快地答应尽快协调。

晚点名。林咏讲话："我们艇全体同志明天参观三艘厂修舰艇。上午，一艘驱逐舰，一艘潜艇；下午，一艘大型综合补给舰。"林咏话音刚落，队列里已是掌声一片。林咏说："提四点要求：一是统一着工作服、胶鞋。三艘舰艇都正在厂修，很多地方有油漆，比较脏，比较滑。二是注意安全。有些地方线路乱，接头多，要小心绊脚，小心触电。上下梯子要踩稳，不要争先恐后。三是认真听介绍，保持好秩序。四是注意礼节礼貌。要大大方方的，别像刘姥姥进了大观园，一惊一乍的。"队列里传出一阵笑声。

用一天时间对三艘舰艇进行参观后，全艇官兵按计划进行了半天的集体讨论交流。

早饭后，在离艇不远的一个篮球场上，大家坐着自带的马扎，围成一圈。江海讲了开场白后，林咏大声说："适当时候，我要点两个不举手的发言。"在一阵轻松的笑声中，大部分同志举起了手。江海说："咱们今天来个后勤前推，第一个机会给炊事班，请孙长勇同志发言。"

掌声中，孙长勇站了起来，略显腼腆地说:“第一个发言，真的有点晕。”一些同志发出善意的笑声后，孙长勇说：“想来想去，我的体会是两句话。一句是非常震撼。三个家伙一个比一个大，上舷梯的时候就感觉脚下轻飘飘的。”林咏说：“晕了！”孙长勇说：“真是有点晕。你看那驱逐舰上，停机坪那么大，机库那么大，舱室那么大，大炮一座一座的，导弹发射架一排一排的，那伙房，餐厅……”孙长勇的语调和欧阳山有点相似，婉转飘逸，非常具有个性化。林咏忽然说：“不许讲四川话。”孙长勇说：“艇长，俺讲的不是四川话，是正宗的贵州普通话。”林咏笑了笑，说：“四川郊区的也不许讲。”一阵笑声后，孙长勇说：“再一句是信心大增。”孙长勇看了看林咏，仍用“正宗贵州普通话”说:“虽然对人家介绍的东西很多都没听懂，但我觉得我们的舰艇种类多，武器装备先进，很受鼓舞，信心大增。”孙长勇讲完后坐下来，擦了擦额头的汗。

林咏说:“下面发言，重复的不讲了，‘大’呀，‘晕’呀，都不再讲了。”一阵笑声过后，雷达班战士陶艺发言：“我也有两点感受。一是三艘舰艇都是我国自己设计和建造的，武器装备也都是自己研发的，感到很提气。二是增强了学习的紧迫感。我军武器装备发展很快，作为‘千里眼’的雷达兵，我觉得自己的知识能力差距太大了，必须加倍努力学习。”

舱段班班长金心发言：“以前只知道猎潜艇上条件差、苦，看了潜艇，感到苦是多种多样的。他们任务那么重，但活动空间那么狭小，床铺既窄又挤。我们连续航行七天，用水受限，就觉得苦了，而人家在水下，一出去就是几天、十几天、几十天……”

一阵发言后，林咏看了看江海，点名让一直没举手的欧阳山发言。欧阳山站起来，说：“今天我特别想发言，所以没举手。”同志们不解地笑了。欧阳山说：“艇长说要点两个不举手的发言，我想，不举手的人少，被点的概率更高。”一阵笑声后，林咏大声说：“讲正题！”欧阳山笑嘻嘻地点点头，说：“我不仅有感想，而且有感受，但是不适合在这里讲。”林咏说：“少卖关子！”欧阳山说：“我承认，他们块头大，武器装备科技含量高，战斗能力强，但这不应该成为个人牛气烘烘的资本。个别部门领导，还有个别兵，对我们指手画脚的，生怕我们弄坏什么似的，还有那副表情，好像我们都是土老帽似的。其实，这种人不一定有多少尿水，反正我是不服那个劲儿。”一阵掌声加笑声后，已经坐下来的欧阳山又站了起来，说：“我觉得我们艇挺好的，西沙南沙都能去，什么任务都敢上。”欧阳山伸出左手大拇指，向上一举，大声说：“老猎才是最牛的！”大家还真的不吝掌声，而且挺响。林咏说：“参观了一整天，你的收获就三个字——我们牛！”一阵笑声后，江海看了看林咏，林咏示意继续进行。

包括钟伟诚、辛乐在内的几个同志发言后，林咏说：“一天的参观，非常值得，我们的收获是很大的。一是开了眼界，特别是孙长勇同志。”一阵笑声。林咏说：“二是增长了知识，特别是舒扬同志。我看到他不仅认真听介绍，敢于提问题，还密密麻麻地做了不少笔记。三是长了志气，特别是欧阳山同志。”一阵笑声加掌声。林咏说：“话又说回来了：海军就是一盘棋，有车马炮，也有卒子，卒子也有立功的时候，卒子也有牛的时候。”欧阳山一个人鼓起掌来，大家又笑了。林咏说：“我们素质高了，能力强了，任务完成好了，才能‘牛’出底气。所以，话还得说回去，我们还是要好好向人家学习，努力提高自己。”

最后，江海讲话：“见识，见识，见了就长知识。我们看了三艘舰艇，大家都增长了知识。我听大家发言的时候，多次想到了聂文胜同志，没有参加这次参观活动，对他来说，是个不小的损失。如果他也参观的话，体会一定是既有数量，又有质量的。”江海话锋一转，说：“战胜敌人，首先要有战胜敌人的勇气。勇气从哪里来？从对党的领导的信赖而来，从对我们事业正义性的认识而来，也从认识自我的强大而来，从认识我军发展的速度而来。通过参观三艘舰艇，我们增强了信心，这是很大的收获。刚才艇长讲了，我们小艇也有立功的时候，也有‘牛’的时候，的确是这样，鼎鼎大名的“海上先锋艇”“海上英雄艇”和“英雄快艇”等等，都是最好的例证。有个象棋残局叫作‘二士争功’，结局是两个卒子将死了对方的帅。在棋局里，无论哪个棋子对对方形成了致命的威胁，都是各子间配合的结果，没有整体的良好配合，哪个棋子出风头都不会有好结果的。我们参观的三艘舰艇，还有更多我们不熟悉的各军种兵种兄弟部队，都可能成为我们执行作战和其他任务的配合对象。所以，我们应该更多更好地认识他们。”江海话锋再一转，说：“欧阳山同志说的情况，我也察觉到了，但是怎么办呢？当场理论理论，那会把自己搞得更尴尬；用不友好的言语、行动、表情回敬一下，那会显得我们小家子气；窝在心里生闷气，那会对健康不利，消耗‘革命的本钱’，看在他们是我们战友的分上，我看欧阳同志不妨放他一马，叫他们‘牛牛’吧，他们‘牛’，就是咱们‘牛’嘛！”一阵笑声。江海说：“我们参观舰船，组织讨论，都是为了学习知识，提高能力素质。不断提高能力素质，我们才能超越猎潜艇，更好地担负起祖国和人民的重托……”

下午，会议室，部门领导会议，扩大后主炮班长周启华和声纳班长莫非参加。两个班长分别汇报了换装后后主炮和声纳装备的调试情况，钟伟诚和何其明分别作了补充。林咏说：“明天 597 艇出海试装，后天我们试，各一天。本来想去几个人跟 597 艇看看的，但指挥组没同意。我们一定要按计划搞好，不然，再申请出海时间，不定等到什么时候呢，年终总结和老兵退伍工作快开始了，拖久了很被动的。”江海说：“明天 597 艇回来后，枪水长和其明分别带着两位班长对口了解一下他们的情况，我们艇领导也和他们艇领导聊聊。”林咏说：“很有必要。我们还要主动听听试装指挥组的意见，把准备工作做得更充分些，更有针对性些。”江海说：“试装工作不仅是后主炮和声纳部位的事，也是全艇的事，需要全艇官兵共同重视，严肃认真，密切配合，各部门都要好好动员一下，哪个环节都不能掉链子。”

晚饭后，江海正在码头上与海婴通电话，何其明走了过来。江海收起手机，问何其明：“有事吗？”何其明问江海：“莫非向你汇报思想了没有？”江海说：“没有。”何其明说：“他很苦恼。他的对象是他的亲表妹，他姨的女儿，比他小好几岁，两人感情很深了，但民政部门不允许他们结婚。年龄大了，拖不起了。”江海说：“莫非这么精明的人，怎么干这么糊涂的事呢！好吧，我和他谈谈。”

晚点名后，莫非来到了江海住舱。江海拿起一瓶矿泉水，拧开盖子，递给莫非。莫非坐下，喝了一小口矿泉水，苦笑了一下，说：“早就想请教导员点拨点拨呢，一直张不开嘴。”江海笑了笑，问：“双方老人态度怎么样？” 莫非说：“没有意见，任由我们自己决定。”江海说：“《婚姻法》规定，‘直系血亲和三代以内的旁系血亲’禁止结婚，结了婚也是无效的。你们知道吗？” 莫非说：“知道。” 江海问：“你有没有一个基本的想法？” 莫非说：“违法的事不能干。” 江海说：“老人不干预，违法的事不能干，剩下的就是感情的调整了。是吗？” 莫非点了点头，却说：“这法律也太死板了，我们双方都愿意写保证书，终身不要孩子，结果还是不行。”江海笑了笑，说：“哦，你是不想违法，也不想让法‘违’你。”莫非笑了笑，没说话。江海说：“一个人要健康、快乐、幸福地生活一辈子，就要处理好许许多多的问题。这许许多多的问题中，感情问题的处理是比较难的，你的情况也证明了这一点。” 莫非说：“问题是她比我还坚持。”江海说：“莫非呀，恕我直言，你们的感情走到这一步，你应负主要责任。一个表妹，比你小那么多，主导你们感情进程的肯定是你。” 莫非沉思了一下，说：“可以这么说。” 江海说：“有道是‘解铃还须系铃人’。一个党员，一个军人，一个班长，不能带着一个自己真心喜爱的女孩子硬钻死胡同啊！误人误己的事，干不得的。” 莫非说：“教导员，道理我懂，但处理起来太难了。” 江海说：“我比你年龄大，当然体谅得到，你们是一步一步地走了很远很远的路，一下要回到起点，当然不容易。知过必改是健康人生的重要法则，你们眼下最重要的是及早回头。” 莫非看了看江海，说：“那样做，我会不会成为一个很无情的人？”江海说：“恰恰相反！知错不改，才是‘无情’。你应该用更真更纯的情，为你表妹的终身幸福，也为你自己的终身幸福，一步一步地搞好感情调整，虽然也需要一个过程，但你应该做到，也一定能够做到。” 莫非轻轻地点了点头。江海说：“咱们行走在路上，遇有看不见看不清的情况时，总是想法往高处站一站，往远处望一望，这个办法很有效。你的前程远得很，你表妹的前程也远得很。此时此刻，你带着你表妹踮起脚，伸长脖子，望望人生大方向，望望人生大目标，对于处理好感情的事，是十分必要的。”江海停了停，又说：“不客气地讲，这件事对你们两个的素质也是个检验。如果这样的事处理不好，怎么去面对今后人生的一道道难题呢！在你们这一对儿中，你真的要做一回‘男人’了。” 莫非说：“我明白了，不会再犹豫了。” 江海说：“如果还犹豫的话，就多从社会责任方面想想。”

莫非说："不犹豫了，我心里一下子轻松了很多。非常感谢教导员。"

由于准备工作细致、充分，由于有597艇的经验，596艇的试装工作很顺利，出海时间比597艇短了近两小时。后主炮双管向正后和左右舷九十度各打了三发炮弹，边打边调，很快就好了。声纳试装，由一艘潜艇配合，两个多小时便调试完毕。靠码头后，林咏立即向上级机关提出了返航回南石湾的申请。

晚饭时，舒扬播出了周学正写的表扬声纳班和后炮班在海上试装中表现突出的稿子。林咏、江海都夸周学正视野宽了，责任心强了。

晚饭后，江海和康晓义再次到医院看望了聂文胜，转达了林咏和全艇同志的问候。聂文胜躺在床上，轻轻伸了伸两腿，说："放心吧，我很快就回去了。"江海说："听医生的。"聂文胜说："好。"大家握手告别。

早上七点半，林咏、江海与马玉华、金言、洪钟响热情握手后，登上了驾驶台，指挥本艇离开码头，朝港外驶去。虽然开始有点顶风，但一路上还是左侧风为主，很顺利。航行中，还进行了防空和防核化操演。下午五点多钟进南石湾后，远远就看到了小学的师生在码头列队欢迎，小朋友们蹦蹦跳跳地招手，有节奏地喊着"欢迎欢迎，五九六艇！顺利平安，叔叔凯旋"等口号。

靠好码头后，司言贵副参谋长和凌厉参谋、斯奋干事、冯双喜助理员等与艇领导们热情握手，表示欢迎。和艇上官兵互相热情招手后，小学师生们高高兴兴地离开码头，回学校去了。

会议室里，林咏和江海简要地向司副参谋长汇报了换装、试装和航渡的情况。司副参谋长说："这次换装工作，两条艇表现都不错，大队首长很满意，还说'这件事表明，596艇思想作风、工作作风都是合格的'。回来后，暂时没有新的任务，请你们继续抓好管理教育，做好老兵思想摸底工作。"林咏、江海都表示要认真落实司副参谋长的要求。

第四十三章　考核班子全体动员
积极配合自觉从严

艇会议室，斯干事对林咏、江海说："对各基层党支部班子年度考核工作已经部署过了。各艇党支部由水警区和大队联合考核组考核，乔政委任组长，水警区干部科孙科长和古主任为副组长，水警区两名干事参加。对901和903艇党支部的考核已经结束了，对904艇党支部的考核也快结束了，对你们艇党支部的考核下周一开始，周三结束。"江海问："日程安排？"斯干事说："星期一上午交班后，大队党委常委和考核组全体成员在大队常委会议室听取你们党支部一年来的建设情况汇报，你们党支部的全体支委参加。接着，用一天半时间进行谈话、开座谈会、查阅资料。最后半天搞个民主测评，结果出来后，考核组领导与你们支部领导交换一下意见。"林咏说："别的好办，就是时间紧了点，我们刚从工厂回来，包括三个支委在内的多名党员休假没回来，关键是汇报材料需要时间准备。"斯干事说："考核组工作量很大，时间很紧，如果不是考虑你们刚回来的话，星期天就开始了。"江海向林咏示意了一下，说："我们立即召回人员，认真动员，抓紧准备。"

斯干事走后，江海对林咏说："时间改不动的，咱们抓紧准备，来得及。"林咏说："人员好办，他们休假时间本来就到了，催一下就是了，关键是汇报稿。"江海说："为年终总结做准备，我拉了个提纲，晚饭后你看一看，咱们再研究一下。"林咏看着江海，愣了一下，说："我又有幸福感了。"

说话间，饭菜上好了，江海招呼在门口的部门长们进来吃饭。舒扬小声对江海说："你的手机好像有声音。"江海掏出手机一看，是一条海婴的信息："NN辛苦了！晚上回家吃饭吗？"江海急忙回复："YY，对不起，刚看到。事多，回不去，你自己吃吧。"马上又收到了海婴的信息："忙完了早点回来。"江海笑了笑，回了一个"嗯"字和一个叹号。林咏对江海说："你给大家打个招呼吧。"江海说了声"好"，然后把上级联合考核组来考核的事说了一下。说完，江海问林咏："明天上午搞舰艇清洁和内务卫生，之后开个支委扩大会议一议，下午召开迎接考核动员大会，双休日大家照常休息，怎么样？"林咏说："好。"这时，苗苗走进来，敬了个礼，说："报告首长，苗苗归队！"林咏问："对象找好了没有？"苗苗答："找了一个。"林咏马上又问："找了一个？你准备找几个？"苗苗挠了一下头，说："不是那个意思，我的意思是还不一定成呢！"康晓义接着问："为什么？"苗苗说："她是大学生。"康晓义又问："大学生还不行啊？你要找博士后啊？"苗苗说："不是我不愿意，是怕人家将来反悔。"康晓义说："反什么悔？看文凭，还得看素质。"苗苗说："对，她文凭高，咱素质高，就定她了！"林咏对苗苗说："你竖着高！"一阵哄堂大笑。江海对苗苗说："赶快吃饭去吧，一会儿凉了。"苗苗说声"是"，敬了个礼，出去了。

晚饭后，江海把自己草拟的党支部建设总结提纲拿给林咏，请他看后谈意见。林咏说："你回家吧。明天上午搞清洁卫生我来组织，下午考核动员你来讲。"江海说："好。"回到住舱，江海挨个与休假的干部和班长通了电话。之后，来到艇长室，对林咏说："胡子君、柳风和几个班长明天都回来。"林咏没太注意江海的话，右手指了指左手拿着的江海起草的年终总结提纲，高兴地说自己的话："佩服，不仅站得高，讲得实，而且一看就是596艇。"江海说："你别光鼓励，要静下来想一想，认真修改补充。"林咏笑了笑，说："赶快回去吧！"

听到敲门声，正在阅改作业的海婴马上跑过去开门，江海进来后，海婴关上门，和江海紧紧地拥抱了一阵儿，然后是深情互望，任由双眸将一切看清楚、说明白。

星期五下午，水兵凉亭，全体人员大会。江海在讲了水警区大队联合考核组考核基层党支部班子的目的、重要性、方式方法及日程安排后，说："支委会对支委们提出四点要求，在这里向大家公布一下，一则请大家监督，二则与大家共勉。"江海举起左手，数着指头说："一是认识要明确……”这时，休假回来的胡子君来到了会场。江海对他说：“路上辛苦了，回艇上休息吧。”胡子君说：“专门赶这个会的，见到大家就不累了。”说完坐了下来。大家报以掌声。江海接着讲：“二是态度要严肃……”这时，休假回来的柳风来到了会场。江海又是说：“路上辛苦了，回艇上休息吧。”柳风说：“专门赶这个会的。”大家都笑了，还鼓起掌来。江海继续讲：“三是言语要真诚……四是礼节礼貌要讲究……”

江海讲完话，林咏高声问大家：“书记讲得好不好？”大家齐声回答：“好！”林咏接着问：“书记讲得妙不妙？”大家齐声回答：“妙！”林咏又问：“我再啰唆两句要不要？”“要！”大家笑着回答。林咏说：“组织建设，人人有责。在座的都是党员或者有入党愿望的同志，我们要人人尽责，在考核组的帮助下，加强党支部建设，同时提高自身素质。我的话讲完了。”江海带头鼓掌后，问其他支委还有没有要补充的，支委们都示意没有了。江海说：“我的结束语是五句话：在接受考核中尽职尽责，在接受考核中学习提高，在接受考核中互相帮助，在接受考核中加强修养，在接受考核中加强党支部班子建设。”大家以掌声响应。

大队周交班会上，乔政委专门讲了小学师生欢送欢迎出海舰艇的事。他说：“南石湾的学生在南石湾码头迎送南石湾部队的舰艇，成了一道亮丽的风景，对部队战斗力建设和培养下一代，都很有意义。”常大队长接着说：“要给师生们买点小红旗和花束，让气氛更好些。政治处要加强指导，把小学打造成我们大队一个闪闪发光的品牌。”古主任答：“是！”

交班会后，林咏和江海来到大队常委会议室，艇党支部其他委员都已经在座了。几分钟后，大队党委常委和水警区孙科长及两个干事也入座了，孙科长与艇党支部委员一一握了手。乔政委主持会议，他介绍了考核组成员和596艇党支部委员会成员后，江海代表党支部做了支部建设和工作情况汇报。乔政委问支委们有什么补充意见，支委们都表示没有了。林咏说：“我们这个汇报是在认真学习、逐个谈心和广泛征求群众意见的基础上形成的，支委会讨论了两次，交流很充分。”乔政委请大队党委常委和水警区的同志谈意见。

古主任说：“和去年相比，596 艇党支部的进步不仅十分明显，而且是全面性的。军事训练、政治工作和管理工作都很扎实，有活力，有特色。捐资并翻山越岭，亲手为小西沟村民安装了自来水设备，在西岭镇引起了强烈反响，镇领导多次表示要向解放军学习，更好地关心和支持部队的建设。”古主任环顾了一下会场，接着说：“上半年，596 艇党支部班子抓自身建设，特别是制度建设，让我眼睛为之一亮，也引起了基层单位的普遍关注，但下半年好像花精力不那么多。这项工作是组织建设一个非常重要的环节，做好了会有示范效应，596 艇有条件在这方面做得更好些，更有成效些。希望你们继续努力。”

杨副大队长说：“同意古主任的意见。我到 596 艇相对少些，但很多感受还是蛮强烈的。比如，对艇上建设和工作的一些重大问题，组织大家在认真学习准备的基础上，进行班、部门，乃至全艇大讨论，套路成型，效果很好，我听到许多同志谈这方面认识和感受的。另外，我觉得你们一班人，尤其是书记、副书记，以身作则，模范作用比较突出。”

丁参谋长说：“‘木匠一肚账，铁匠一肚样’，有账有样，才好大干快上。596 艇党支部也好，官兵也好，随时随地向前一看，远中近目标都很明确，大家总能踩在一个点子上，工作效率高，效果好。你们提出‘超越猎潜艇’口号，领导带头学习导弹艇军事专业，对大队建设的影响都是深刻的。希望你们继续努力，不断进取。”

撒处长说：“我相信一点：决策正确，执行高效，风清气正，精神状态好的单位，党支部建设一定好，党支部领导一定有力。596 艇就是这样的单位。你们对后勤工作的认识和重视，是大队基层单位中最突出的。比如，你们经济民主制度坚持得好，伙食计划性和质量也很好，官兵非常满意，这是管理成果，也是教育成果，是非常不容易做到的。你们主要领导带头参加烹饪比武并取得优异成绩，已经成为水警区一段佳话。我们准备总结和推广你们的经验和做法，促进大队基层特别是舰艇的后勤保障工作。”

常大队长说：“大队党委一直强调，基层主官一是要明白，建设思路正确清晰；二是要务实，各项工作一步一个脚印。从今年的情况来看，596 艇基本上做到了。你们的军政关系，党支部与团支部、军人委员会的关系，都处理得不错，是一个目标，一条心，一股劲，一个声音。当然，‘一个声音’并不排斥个性发挥，反而为个性发挥创造条件。古人说‘五音不同声而能调’，你们每个人都有鲜明的个性，都发挥好了，就会声更高，调更谐。希望你们保持清醒头脑，多向兄弟单位学习，把自身建设和工作做得更好。比如，有的艇开展‘一帮一’练兵活动，有的艇开展士兵评议干部活动，有的党支部开展‘我为支部建设献一策’活动，等等，都是可以学习和借鉴的。”

乔政委请水警区的同志讲话，两位干事都表示不讲了。孙科长说：“596艇的进步和经验，我们也经常听说。你们今天这个汇报就很不简单，用那么大篇幅讲问题，讲教训，很实在，很深刻，很流畅，让人感觉你们前进的步伐是充满自信的，坚定有力的。有机会当面向596艇的同志们学习，我们非常高兴。”

乔政委问596艇的支委们还有没有什么要说的，林咏用胳膊肘碰了碰江海，江海说：“在即将进行年度工作总结的时候，我们支委会全体成员当面聆听了大队党委常委集体和联合考核组全体成员的指导，非常宝贵，非常及时，非常受益。我们一定倍加珍惜这次机会，以健康积极的心态接受考核，接受传帮带，接受批评指导，使头脑更清醒，目标更明确，作风更扎实，支部建设有新进步，全面工作有新起色。”

最后，乔政委说：“大家都谈了许多很好的意见，我都赞成。三天的考核，要走很多程序，要做许多事，我认为最重要的是找准问题和薄弱环节，这样才能明确努力方向，选好突破口。你们已经取得了很大的成绩和进步，怎样才能更上一层楼呢？说到底，还是靠班子，靠班子的整体素质。你们很重视学习，这很好。希望你们在支委会一班人集体学习方面再加强些，在制度的规范性、内容的系统性及紧密联系实际等方面做得更好些，争取摸索出一套经验。”支委们边记录，边点头。

下午，考核组来到艇上，按计划开展工作：组长、副组长及水警区干部科许干事在会议室逐个和支委谈话，水警区组织科荣干事和大队政治处斯干事、国干事到各部位查看会议记录和登记资料。

考核组领导首先与林咏谈话。江海交代苗苗负责会议室的茶水保障，舒扬负责另一组的服务保障，康晓义负责舱面管理，自己则到各舱室看官兵们整理军事专业学习笔记情况。大约四点半时，苗苗来三兵舱叫江海去会议室谈话。

江海来到会议室时，林咏已经出去了。乔政委对江海说："班子集体情况上午已经汇报了，这里重点谈支委个人情况，其他还有什么意见建议，包括自己的思想、愿望和要求，都可以谈。"江海说："我们班子成员有两点使我很有幸运感：一是党性人品基点都比较高，正派，开朗，上进；二是我的搭档林咏同志综合素质好，重视组织建设，重视思想政治工作，我们之间几乎没有'磨合期'。"关于林咏的特点，江海重点介绍了他宏观筹划能力强，原则性强，抓工作魄力大，务实；不仅猎潜艇军事业务非常熟练，而且很早就自学导弹和电子对抗等专业，成效颇丰；自身要求严格，形象好，威信高。江海一一谈了对支委的看法和评价后，按照考核组要求，还谈了对何其明和周学正的看法。至于每个支委的缺点和不足，江海认为林咏应进一步抓紧军事理论学习，胡子君应进一步提高决策能力，等等。最后，江海谈了推荐林咏和柳风提升使用的意见。

第二天，考核组与全体干部逐个谈话后，又分头与部分班长、士兵谈话，还召开了两个座谈会，听取大家对艇党支部班子建设的意见和建议。最后半天，以全艇人员无记名填表答问方式，对党支部班子建设情况及每个支委的素质和表现进行了测评。

考核组全体成员开了个简短的碰头会后，组长、副组长在会议室与艇党支部委员集体见面。乔政委在对本次考核情况做了简要概括后，说："无论是对于班子，还是支委个人，方方面面的看法都比较好，而且意见比较一致。你们不仅工作很出色，而且作风敞亮，氛围好。"乔政委说："这次考核和去年一样，不做讲评，只提希望。这里，我代表考核组，给你们提三点希望：一是深入学习党的十六大精神。怎么深入呢？只能是联系工作实际和思想实际。在方式方法上，你们已经有了一些创新，要继续创新，怎么做效果好，就怎么做。二是好好总结制度建设经验，继续加大制度建设力度。三是正确对待装备调换和可能的舰艇退役问题。要增强大局观念，经得起考验，为官兵做出好的榜样。"

乔政委讲完后，请孙科长讲讲，孙科长说："你们艇党支部班子事业心强，责任感强，认真学习，大胆实践，很好地完成了各项任务，表现出良好的能力和素质，给我们留下了深刻的印象，我感到很受启发，很受触动，很有收益。希望你们认真领会乔政委刚才讲的三点希望，继续努力，不断取得新的成绩和进步。”乔政委带头鼓了掌。

江海代表支委们表态：“这次考核，对我们班子建设来说，是一次检查，是一次帮带，是一次加油，是一场及时雨，是一个有力的鞭策。我代表我们班子全体同志，对考核组的指导帮助表示感谢。我们将认真领会考核组的指示要求，并紧密联系实际贯彻落实，具体情况，将结合年终总结，一并报告。”

星期四上午，林咏、江海参加了大队年终总结部署会。接下来，艇上为期一周的传达贯彻工作紧凑而有序：当天下午，艇支委会上，江海传达了大队关于年终总结工作部署和首长指示，研究了贯彻考核组指示精神和年终总结工作。星期五上午，水兵凉亭，年终总结动员大会召开，江海做动员和部署讲话，林咏提了要求；下午，党团支部分别召开大会和小组会，进一步统一认识，端正态度，还对支委集体学习及落实自身建设措施等，进行了认真的评议。

接下来的一周：星期一，个人写总结提纲。星期二上午，班总结；下午，部门总结，并推荐优秀班长、优秀士兵及记功和嘉奖人选。星期三下午，艇党支部委员会听取了各部门年终总结情况汇报，研究决定给康晓义、聂文胜二人请功，给辛乐等六人嘉奖，水中天等三人为优秀班长，苗苗等七人为优秀士兵，还研究了选改士官和士官晋级工作。星期四下午，召开了艇年度总结表彰大会，江海做总结讲话，林咏就岁末年初的工作提了要求，胡子君主持会议，并宣读了奖励和评先结果。

大队交班后，接着原地召开了老兵退伍工作会议。

下午，林咏、江海向支委会传达了大队老兵退伍工作会议精神，并讲了贯彻意见。支委会决定，结合晚点名，向全体人员传达上级指示部署及本艇计划安排；广泛开展谈心活动，进行思想交流和互助；召开一次“谈收获，话理想，提建议”大会。将要散会时，苗苗报告说聂文胜出院回来了。江海说：“让他来一下。”苗苗答声“是”，就出去了。一会儿，聂文胜来到了会议室门口，喊了声“报告”。江海说：“进来！”聂文胜走进会议室，敬了礼，支委们挨个儿和他握了手。林咏问聂文胜：“治得怎么样了？”聂文胜说：“好了，没问题了。”说着，还活动了一下胳膊。康晓义说：“还是要注意点，不要剧烈运动。”聂文胜说：“是。”江海说：“年终总结工作刚搞完，艇上建议给你记三等功，已经报上去了。”聂文胜说：“谢谢组织，谢谢领导，我做得很不够。”江海说：“回去休息一下，准备吃饭了。”聂文胜说声“是”，敬了个礼，出去了。胡子君说：“最能体现596艇一年来变化的，就是聂文胜的进步了。”大家纷纷点头。

晚饭后，聂文胜来到江海的住舱，把自己在医院写的个人年终总结交给江海，说：“请教导员批评指导。”江海问聂文胜：“退伍工作开始了，有什么想法吗？”聂文胜答：“请组织放心，在退伍问题上，党员该怎么做，我就怎么做。”江海说：“你有如此坚强的党性观念，令人钦佩。”聂文胜说：“我虽然落后，但始终认为中国共产党是真伟大，真英明，历史会越来越证明这一点的。所以，成为一名共产党员，是我不变的追求，如果在部队入不了党，到了地方，我还会努力争取的，如果始终入不了党，我会觉得是自己人生的失败，终身的遗憾。对于共产党员这个名号，我永远都会珍惜的。”江海说：“做共产党员，终身都要循名责实。”说完，把聂文胜的个人总结放在桌上，握着聂文胜的手说：“向文胜学习。”

聂文胜走后，江海开始看他的个人总结，越看越专注，看完一遍，站了起来，一会儿，又坐下来看第二遍，最后，用笔在几段话下面画了横线。

江海拿着聂文胜的个人总结，来到林咏住舱给他看。从林咏住舱出来，江海看到了在码头上站着的舱段班班长金心，便约他散步，朝海堤方向走去。

晚点名，江海讲话：“今天点名约十五分钟时间，重点讲讲老兵退伍工作。”江海在简要传达了大队退伍工作会议精神和艇支委会精神后，突出强调了个人总结问题。他说：“毛泽东同志曾经把中国革命的胜利和他本人思想的形成，都归功于‘总结’二字。总结的过程是个实事求是的过程，总结环节是完成认识飞跃的跳板。提高能力，提高素质，总结都是关键环节。可以说，我们每位同志现在的能力和素质，都是自己无数次总结的结果。无论下一步干什么，起点就是现有的基础。要想有更高的素质，更强的学习能力、认识能力、工作能力和团结能力，就必须重视总结，不断增强总结意识，提高总结能力。我们刚刚进行完年终总结，大家都觉得认识长了一截。这一次，无论退伍不退伍，转业不转业，我们都总结一下自己入伍以来的全面情况，在更大的时空里寻求规律，找到对指导自己今后的历程最有用的东西。”江海讲完，请林咏讲话，林咏摆摆手，表示不讲了。各部门长把本部门的人员带开，进行补充动员。

三位艇领导来到会议室。林咏对江海说：“真带劲，和你共事，一个很大的特点就是讲话不用补充。老和你在一起，我的思想要枯萎喽！”江海说：“你老这么鼓励我，我要先枯萎喽！”胡子君说：“是啊，高教导员讲话，艇长多数是要补充的。”林咏说：“补充容易，不好办的是纠正，是擦屁股。”三个人都笑了。林咏问胡子君：“聂文胜的总结看完没有？”胡子君说：“看了两遍，很受启发。”林咏又问江海：“这小子为什么会变化这么大呢？”江海说：“古主任说他思想上没有框框，常出反经合义之语。我觉得，他的症结所在：一是孤傲，连领导也看不太起；二是懒散，大事没得做，小事不想做。咱们感情上亲近他，思想上关心他，做得好的及时肯定他，他傲不起来了，渐渐地开始反思自己的缺点弱点了。走了一段弯路，但他不失尊严，没丢面子，人生观有了变化。他的一个突出特点，也是优点，就是善于观察和分析。如果一直走正路，他将来会有作为的。”林咏和胡子君都轻轻地点了点头。

星期二晚饭前，叶崇林回到家，正在烧汤的妻子房竹急忙给他盛好饭，放好筷子。叶崇林说：“不是告诉你早点做吗，怎么还没弄好？”妻子说：“你打完电话，我马上就动手了，做饭很花时间的，淘米、洗菜、做菜、烧汤，稀里糊涂就一个多小时了。”叶崇林吃了一口饭，“哎哟”了一声，说：“这么烫！”妻子白了他一眼，说：“那还是特意用凉水做的呢！”叶崇林愣了一下，笑了笑，说：“你偶然幽默一下，还真够味道的。”房竹说：“你是男人毛病的集大成者，气死你的我了，我的你真差劲。”叶崇林说：“我只会空气炒空气和水煮水，醋溜醋、油炸油都还没学呢，只好辛苦你了。”说完，上去亲了妻子一口。妻子笑着问：“空气炒空气和水煮水家里都有现成的，今天先吃一顿？”叶崇林笑着说：“我可舍不得吃，你留着当零食吧。”说完，又亲了妻子一下。房竹把汤做好后，三口人很快吃完了饭。

刚刚洗涮完毕，敲门声就响了。叶崇林打开门，三位艇领导和苗苗走了进来。招呼客人坐下后，叶崇林指着妻子对江海说：“我的内人——房竹。”房竹肤色不白，但很细腻，给人以直爽善良的感觉。江海说：“宁可食无肉，不可居无竹。肃然起敬啊！”房竹笑了笑。江海忽然问叶崇林：“没有夫人高吧？”叶崇林一把拉过房竹，并肩一站，说：“请看！”江海仔细看了看，说：你敢主动和夫人比，我真替你捏了一把汗，不过，还是你高一点。”叶崇林得意地说：“女人怕比不怕看，男人怕看不怕比。”林咏笑着说：“还真是这么回事。”叶崇林又指着三岁的儿子说：“我儿子，叶新，喜新厌旧的新。”叶新立即大声更正道：“万象更新的新。”江海摸了摸叶新的头，说：“就是嘛，新‘叶’迟早要淘汰爸爸这个老‘叶’的。”

林咏笑了笑，对房竹说：“路上辛苦了。”房竹说：“习惯了，不辛苦。”房竹一边答话，一边上茶。江海问房竹：“你们两边老人都挺好的吧？”房竹说：“都挺好的，头疼脑热之类的小病，比我们还少呢。”叶崇林说：“他们厂里工资不算高，但请假比较容易，这次假期和年假连起来了，比较长。”江海点点头，又问：“孩子谁带呀？”房竹说：“两边老人都带。不过，我发现带的人越多他越皮，一个人带的时候他倒老实些。所以，我们分了工，轮流带。”林咏对江海说：“房竹同志可能干了，在单位是先进人物，在家孝敬老人也是出了名的，做衣服是拿手好戏，听说歌喉也很不一般。”叶崇林笑着对妻子说：“两只手抓紧椅子，小心飘起来。”房竹笑了笑，没讲话。林咏对叶崇林说：“还别不服，你除了找对象本事比人家大外，其他方面都够呛。”叶崇林说：“我这一个强项就够了，一个顶一百个。”江海笑了笑，说：“家庭既然是社会的细胞，就有社会的功能。作为家庭成员，成年人参加工作是服务于社会，带孩子做饭也是服务于社会，孩子好好学习，老人努力提高健康水平，同样有利于社会，应该互相尊重，互相关心，互相支持，互相照顾。家庭越和谐，‘细胞’就越优良；‘细胞’越优良，社会就越健康。”林咏对叶崇林说：“教导员给你们‘开小灶’了，要好好理解。”江海说：“不是‘开小灶’，是总结他们的经验。”林咏换了话题，问叶崇林：“听说最近老辛经常授权让你读报？”叶崇林笑了起来。林咏问：“笑什么？”叶崇林说：“机电长说以前读报都挺顺的，有了字典以后反而不会读了。他读报时别人一笑，就把报纸扔给我了。”林咏笑着问：“你怎么样？”叶崇林看了看江海，笑了笑，说：“以前读报，一篇文章有那么三五个字不认识，一哼一哈就过去了，现在不行了，明白人不好糊弄啊！”大家都笑了。

第四十四章　退伍座谈掏心窝话
科目停训学习加码

星期四上午，水兵凉亭，“谈收获、话理想、提建议座谈会”开始。江海开场白：“同志们，毋庸讳言，士兵退伍工作开始了，干部转业工作也将开始，一部分同志将要退伍转业到地方工作，完成人生经历中又一个较大的转折。战友分别，自然都有许多话要说。这两天，大家已经进行了不少单独和小范围的交谈，今天，咱们再来个全艇大交流——大家谈。谈什么呢？艇领导认为，最有意义的是谈谈军旅生涯的收获，话话今后的理想，为596艇下一步的建设和工作，提提意见和建议。大家觉得怎么样啊？”“好！”大家齐声回答。

舱段班班长金心第一个发言：“按照相关规定和我的实际情况，我早就做好了回地方工作的思想准备和心理准备。但是，真到要走的时候，心情还是很沉重的。除了新兵训练的几个月外，我的全部军旅生涯都是在596艇度过的，我和596艇的感情，是无法割舍的。”全场非常安静。金心说：“我的收获是三个字：‘合格兵。’怎么个合格法呢？树立了为人民服务思想，掌握了完成任务本领，培养了良好战斗作风，提高了团结共事能力。我的理想也是三个字：‘企业家。’”一些同志笑了。金心说：“我父母和朋友合办了个石材厂，开始还可以，现在感到吃力了，想让我回去帮忙一起搞。说实话，过去，我对此没有一点兴趣，但现在有兴趣了。我说当企业家，大家可能觉得我有点不自量力，但是大家别忘了：企业家有大的，也有小的；有成功的，也有不成功的。”大家又笑了起来。金心说：“我可能是小的，但一定是成功的。”掌声响了起来。金心说：“我的建议还是三个字：‘谢好幕。’596艇风风雨雨几十年，完成了许多重要任务，培养了一批批优秀官兵。正如教导员所说：作为596艇最后一批艇员，我们有责任让我们艇把最后的历程走好，让她尽兴，让她无憾，让她自豪，让她带着尊严和辉煌，微笑着向海军建设大舞台告别。”掌声又响了起来。

信号班班长公长鸣发言：“关于当兵的收获，我想了很久，觉得三言两语很难说清。不过，我有个突出的感觉——十几年的信号工作，使我对时间和细心的重要性认识不断加深。收发信号，时间都是以秒计算的，这使我认识到了时间的意义和宝贵。抓不住秒，就抓不住分；抓不住时，就抓不住日。终身事业的成就靠的是每年每月的奋斗，每日每时的奋斗，每分每秒的奋斗。收发信号，一个极其细微的失误，都可能导致极其严重的后果，必须慎之又慎，细之又细。我经常发现，我们许多失误和错误，都是不慎不细造成的。我经常告诫自己，无论想什么，说什么，做什么，都要谨慎，都要细致，一辈子都要这样。关于理想，我不知道怎么说好。我和老爸已经商量好了，像郭林园一样，承包了几十亩山坡荒地，一多半种小叶桉树，为市里将要建成的造纸厂提供原料，剩下的种果树，办果园，如果情况允许，还可能搞花圃和苗圃，面积也可能扩大。反正我这一百多斤就扔进这片荒地了，成也是它，败也是它。”胡子君大声说道：“一定成功！”公长鸣说：“不敢说一定成功，敢说的是百折不挠。”公长鸣看了看艇领导，说：“至于建议，希望大家一鼓作气攻下导弹艇军事专业这个最后的高地，一来使同志们顺利完成转折，将来工作顺利，二来也显示一下我们‘老猎’并不差，干什么都行。”

雷达班班长顾展发言：“我最大的收获是认识了大海，经历了风浪。我的理想是到远洋运输行业工作，在海洋上走得更远。”胡子君问顾展：“有多大可能？”顾展说：“51%。”胡子君说：“好，加油！”顾展说：“一个建议是，每个人都在大脑里印上个‘海’字，一辈子钟情于海，受惠于海。”

聂文胜第一次举手就被林咏看到了。林咏对江海说：“让聂文胜讲。”江海说：“欢迎聂文胜同志发言。”聂文胜站起来，轻轻的一个深呼吸后，很沉稳地说：“要是去年参加这样的会议，我一定满脑子想的是自己有什么委屈，有什么苦劳，而现在反过来了，我满脑子想的是自己的毛病，觉得愧对领导，愧对战友，愧对 596 艇。我觉得自己最大的收获是懂得了爱战友和珍惜自己。”聂文胜微微地抬了抬头，向远方望了望，说：“公路上跑着很多汽车，其实车车不同：有快的，也有慢的；有稳健的，也有毛躁的；有技术好的，也有半把手的；有车况好的，也有带故障的；有平安到达的，也有磕磕碰碰甚至车毁人亡的。”他停了停，说：“人，也是一样的，大家都走在路上，状况各不相同，需要互相关心，互相提醒，互相帮助。我非常感谢领导和同志们对我的关心、爱护和帮助。今后，无论走到哪里，我都会关心和帮助周围所有的人，始终做一个对社会对国家负责的人。”掌声。聂文胜说：“和同龄人比，我算是比较晚婚的了，晚到什么时候，我也不知道，所以，我常常回避谈理想。回去后可能到矿山从事运输工作，无论干什么，我都不会丢掉军人本色，在部队怎么干的，到地方还怎么干。”林咏问：“对象的事呢？”聂文胜说：“顺其自然。我不会费太大的力气去追，只要真心喜欢我，差不多就行了。”一阵掌声。聂文胜说：“建议嘛，没有了。一是咱们艇领导站得高，抓得实，该做的都做了，没做的也有计划了；二是我这个人嘴比较快，想说的，无论对错，早就都说了。”林咏说：“不行，至少提一条！”聂文胜拍了拍脑袋，说：“我建议，欢送退伍老兵前，全艇同志在艇上合个影，照个漂漂亮亮的全家福。”林咏说：“这是计划内的事，不算！”聂文胜又拍了拍脑袋，想了想，说：“搞个596艇末代艇员留言录，每个人将自己的军旅感悟凝结为一句话，亲笔写上去，话的前面有一张自己的一寸照片。留言录前面写个简要的艇史，加上一张全家福。”江海说：“再加上通信地址和电话号码，兼有通讯录功能。”聂文胜说：“对，就叫通讯录。我相信，它一辈子都会为我们提供动力的。”大家一起鼓起掌来。

周学正发言：“将要退伍的同志们，你们虽然专业不同，兵龄不同，但都是好样的，都给我们留下了深深的印象。铁打的营盘流水的兵，有合就有分。你们人虽然离开部队了，但你们的业绩和经验、精神、作风，将激励我们继续前行，我们的心永远在一起。”

十多位同志发言后，江海请林咏讲话。林咏说：“今天个个敞怀披心，言实情真，一个比一个讲得好，我激动得说不出话来了，你讲。”江海笑了笑，站了起来，说：“艇长说他很激动，我也很激动，我想大家都很激动，这说明我们对思想交流有感应。事实再次说明，一交流，就提高。我们不仅‘提高’了，还‘加深’了，加深了战友之情。听了大家的发言，我觉得，大家在军旅生涯中的收获可概括为一个字——大，大家的理想可概括为一个字——实，大家的建议也可以概括为一个字——好！”一阵掌声。江海说：“社会主义市场经济越成熟，人才就越能尽情发挥。只要素质具备，机会总会有的。到地方工作的同志，首要的还是学习和提高自己。我代表党支部和艇领导祝福同志们，感谢同志们，向同志们学习，向同志们致敬！”江海认认真真地向大家敬了一个礼。

星期五下午，596 艇宣布退伍人员名单大会在前甲板举行，胡子君主持会议，江海宣读了上级给康晓义、聂文胜记三等功的通报，并和林咏为二人颁发了奖章和证书。一阵热烈掌声后，林咏宣读了大队关于退伍人员名单的通知。接着，舱段班班长金心代表雷达班班长顾展、声纳班班长莫非、信号班班长公长鸣、后主炮班班长周启华、副炮班班长成俭及聂文胜等 11 名退伍人员发了言，舒扬代表留队人员发了言。最后，江海讲了话。江海盛赞了退伍老兵们的成绩和进步，向退伍老兵们送上了良好的祝愿和深深的祝福，并对留队的同志们提出了要求和希望。散会后，接着照全家福，大家在前甲板站位，前主炮前副炮炮位上也都站满了人，十一名退伍老兵胸佩大红花，坐在前排。被专门请来的斯奋干事调动好大家的情绪后，按动快门，“咔嚓”一声，六十七张笑脸定格在了碧海蓝天之间。

星期六，退伍老兵们几乎整天都在艇上，这里走走，那里看看，生怕忘了艇的模样似的。再就是聊天，和这个聊聊，和那个聊聊，生怕以后没机会再聊似的。晚点名后，聂文胜在艇长室和林咏坐了一会儿，又来到江海的住舱。聂文胜对江海说：“除了说谢谢之外，我都不知道说什么好了。”江海说：“无须说了，一切尽在不言中。这就叫心心相印，这就是真正的战友。”聂文胜点了点头，说：“教导员，我从你身上看到两个字——学习，从海老师身上也看到两个字——奋斗。你们将是我毕生的榜样。”江海说：“我从你身上也看到两个字——自强！”说完，两个人紧紧地握起了双手。

星期日早餐后，全艇人员在码头集合，欢送退伍老兵。值班员柳风下达了“向右转”和“齐步走”的口令，四路纵队出发，十一位胸佩红花的退伍老兵走在队列的最前面。一路上，谁也没有讲话，听到的只有“唰唰”的脚步声。到达大队部楼前，队伍停了下来，静静地站着，带队去广州送本艇老兵的康晓义，再次逐个提醒各位老兵路上注意安全。

各单位人员到齐后，司言贵副参谋长下达口令，指挥退伍老兵和送他们去广州的同志登车。再次和艇领导及战友们拥抱时，许多退伍老兵流泪了，有的还哭出了声，送行的许多同志也不停地擦着泪水。苗苗和聂文胜拥抱了很久，个个泪流满面。两辆送退伍老兵的大巴车是从地方租来的，送退伍老兵到广州的杨副大队长、古主任和司副参谋长、撒处长等，乘一辆白色面包车在前面。车轮转动的时候，站在车旁欢送的常大队长、乔政委和丁参谋长等大声喊着“祝战友们一路平安”，欢送的队伍也跟着喊，车已经看不见了，大家还在喊着。

回艇的路上，依然静静的，只能听到整齐的脚步声。

前甲板，军人大会，胡子君主持，林咏宣读了新班长任职命令：章韵任雷达班班长，简之任声纳班班长，姜纪周任信号班班长，舒扬任后主炮班班长，马跃任副炮班班长，左中见任舱段班班长。林咏还宣读了大队关于士官选改和晋级的通报。江海讲了话。他说：“我刚来的时候，咱们艇共有六十八个同志。惠中同志上学后，还有六十七个。刚才，咱们又送走十一位退伍老同志，现在总人数是五十六个。艇长已经宣布了六位班长的任职命令，下次组织生活时，有两个党小组还要补选小组长，军人委员会也将增补两名成员。十一名老同志对我们寄予了莫大的期望，我们要学习和继承他们的好思想、好作风，振奋精神，重新出发，续写596艇新的篇章！”

回到住舱，江海呆呆地坐着，若有所失，若有所思。苗苗进来，将一叠材料送给了江海，说：“这是十一位退伍老兵的‘留言’。”苗苗出去后，江海端端正正地坐下来，把“留言”放在桌子上，认认真真地看了起来。第一张是公长鸣的：“感谢596艇教我认识了‘超越’二字。”江海看了很久，又想了很久。第二张是金心的：“战争—战士—战友。我们有了军人的头脑、眼睛和耳朵，我们熟练了军人的步伐。”第三张是聂文胜的：“胸中装着‘五九六’，人生路上雄赳赳。”林咏走了进来。江海站起来，用纸巾擦了擦眼角，没讲话。林咏坐在江海的桌子前，翻看退伍兵的留言，连续看了两遍，才慢慢站起来，说："通讯录一定要搞好。那三千多元捐款余额，就用于通讯录制作和合影留念。"江海点了点头，说："好，我跟周学正说一下，由他具体办。经费开支的事，再和副长说一下。"

林咏点点头，转换了话题："据可靠消息，我们艇下一个训季不再安排训练任务了。"江海问："会不会春节前退役啊？"林咏摇摇头，说："不会。三月份的可能性大些。"江海说："我们今后的主要任务就是人员装备管理和导弹艇军事专业学习了。"林咏点了点头。江海说："也可能执行一下临时性小任务。"林咏说："对，完全有可能。"江海说："哦，还有运动会的准备。"林咏说："对，运动会的事要抓紧抓实。"

星期三上午，林咏接到了大队关于596艇不再补充新兵，不再安排年度训练计划的通知，即和江海、胡子君做了分析研究。

下午，支委会在会议室召开。会议传达了大队上午的通知，分析了老兵退伍后官兵思想情况，研究了下一步人员装备管理工作、组织发展工作、学习军事专业及参加大队迎春运动会准备工作。最后，江海说："我们艇的建设和工作，到了一个特殊阶段，这个特殊阶段，对我们是个特殊的考验，走好这个特殊阶段，我们就会有特殊收获。所以，这也是个难得的锻炼机会。咱们一班人要做的，还是两个字：'领'和'导'。不能保守，要进取，要站到队伍的前面，带领队伍继续前进。"会议结束后，林咏对胡子君说："你抓紧时间和901沟通一下，从现在起，只要他们方便，我们随时都可以安排学习。"胡子君说："好的。"江海对柳风和康晓义说："你们征求一下骨干们的意见，拿出个参加大队运动会的具体方案。"二人点了点头。林咏说："要弄清'双节'人员休假情况，需要调整的就调整。"二人又点了点头。

晚点名后，江海拿着艇上的照相机回家，到门口后，轻轻地打开了门，迅速地给趴在饭桌上改作业的海婴照了一张相。海婴转过头来看，江海又拍了一张。海婴眯着眼问："什么意思啊？"江海说："宝贝儿，继续改作业。"海婴笑了笑，继续改作业。江海连续拍了好几张后，才放下了照相机。海婴走过来，抱着江海，晃了两下，问："怎么会想起三更半夜地照相呀？"江海吻了一下海婴，拉她坐到沙发上，说："这个想法很早就有了。你晚上改作业的姿态，已经成了我脑海中一座美丽的雕塑，定格了。”海婴看着江海的脸，没说话。江海说：“一个默默奋斗者的光辉形象。”海婴继续看着江海的脸，慢节奏地说：“没有你，我对任何工作都会失去兴趣。没有你，随便一个漩涡，都可以使我沉下去。”江海紧紧地抱住了海婴。

过了一会儿，江海问海婴：“学生到城南小学参加期末统考的时间定了吗？”海婴说：“定了，本月28号。”江海说：“要重视环境因素的影响，多给学生介绍一些可能遇到的对考试有影响的情况。”海婴“嗯”了一声，说：“政治处已经联系了，我们提前一天去，让学生感受一下考场环境，解答他们的疑问。”江海说：“好，这一点很重要。”海婴说：“我们的模拟考尽量把考题类型多出了些，让大家开阔思路，活跃思维，学打‘遭遇战’。”江海说：“good（好）去了！”两个人会心地笑了。

星期一早上，为了给修整好的体育场“暖场”，机关及基层单位开始在体育场出操，大队首长悉数到场察看，口令声、口号声、脚步声连成一片，一派热气腾腾的景象。

大队交班后，林咏、江海被常大队长和乔政委叫到了常大队长办公室，大家坐下后，常大队长问林咏和江海：“宣布不再安排年度训练任务后，你们怎么想的，做了些什么？”林咏说：“大家有思想准备，都能理解，比较平静。”江海说：“我们召开了支委会，分析了思想情况，梳理了重点工作，研究了加强人员装备管理、军事专业学习及迎接大队迎春运动会的计划和措施。一班人都表示，要在特殊阶段做好榜样，带领全艇同志，以进取姿态打好596艇的收官战。”常大队长看了看乔政委，乔政委接着问道：“还有什么困难和要求？”林咏说：“没什么困难了。”江海看了看林咏，说：“在大队首长和机关的组织领导下，在901艇的支持和帮助下，我们的导弹艇军事知识学习很有成效。下一步，虽然我们有大把大把的时间，但人家要忙自己的训练。能不能多给我们安排些观摩？我们很需要感性积累。”乔政委看了看常大队长，说：“我看可以，理论联系实际嘛！”常大队长说：“不仅可以，而且必须。”林咏说：“可以不限于901艇，谁方便，我们就观摩谁。”常大队长说：“好，但是不能光傻看，还要多问，有时还要动手参与，大队会给各导护艇提要求的。”

林咏、江海同时说：“是。”乔政委说：“你们班子的民主生活会安排在下周二上午，行吗？”江海看了看林咏，说：“行。”乔政委说：“我去听听会。要紧密联系岁末年初的工作实际，说实话，求实效。”林咏、江海同声说：“是。”

下午，艇会议室，柳风和康晓义向三位艇领导汇报参加大队迎春运动会训练准备方案，钟伟诚和辛乐也先后进来了，站在旁边听。柳风讲完方案后，大家七嘴八舌地议了起来，基本意见是一致的。江海强调了每个项目都要有预备人选，林咏则强调要苦练加巧练。各项目人员名单敲定后，江海对林咏说：“晚点名时我再补充动员一下。”林咏说：“好。”最后，江海顺便把大队首长上午的指示向大家做了传达，布置了民主生活会准备工作。

第四十五章　民主生活凝心聚神 措施细则与时俱进

星期三上午，艇会议室，支委民主生活会。乔政委带斯奋干事参加。江海主持，并代表支委会汇报了两天来的准备工作，主要是学习《党章》和《政工条例》情况。胡子君报告了各党小组和团支部对党支部委员会的意见和建议，主要是三条："开展谈心活动有忽冷忽热现象；对专业技术差的同志帮带不够；在艇退役时，认真向新单位介绍每个同志的个人情况。"

林咏首先发言。他说："今年以来，我们班子总体情况是好的，是坚强的，是不断进步的，对各项工作的领导是有力的，群众也是满意的。"他说："对照《党章》和我们班子自身建设措施，回顾一年来的工作学习和思想，感觉到自身的缺点和不足主要有三条：一是学习计划性不够，缺乏恒心。一年来，也花了一些时间学习，但热一阵，冷一阵，不像我们班长那样，年计划、月计划、周计划，韧劲十足。二是谈心少，交流不广泛。和有的同志，包括少数干部同志，很久没怎么认真交流过思想了，向同志们学习不够，关心同志也不够。三是老毛病——性格急躁。自己和自己比，有进步，但有时还是太急，总想骂人，甚至踢屁股。"乔政委笑了笑。林咏说："对于大家，大的缺点错误，我是真的没有发现，每人一条希望吧：书记要加大抓班子理论学习的力度，使班子整体理论水平不断提高。这件事太重要了，我们已经尝到甜头了。子君魄力见长了，进步很大。希望继续锻炼宏观谋划和全面组织能力，想着全局干局部，盯着大事做小事，朝着长远走眼前。"胡子君一边记录着，一边点头。林咏说："柳风同志潜力很大，要放得更开一些，大胆发挥。钟伟诚同志的枪炮功夫没得说，将来不管干什么，导弹艇军事专业学习都松不得。'超越猎潜艇'，从纯专业角度看，枪水部门任务最重，枪炮和导弹完全是两回事。辛乐同志是老先进了，望着眼长远，组织和带领部门全体同志，进一步加强机电新装备知识学习，带出一批高素质骨干。晓义同志本职工作和部门领导工作都很出色，荣立了三等功，大家都为你高兴。望进一步抓好部门的思想工作和管理工作，进一步搞好卫生知识普及，使大家不断增强健康意识，不断增强体质。”林咏最后说：“和同志们一起工作，我心情很舒畅，有决心和同志一起搞好今后的工作。我本人对组织没有别的要求，一切听从组织安排。”

胡子君的发言着重谈了班子建设的明显进步，书记副书记配合默契和带头作用，及自己存在的问题。至于对其他同志的缺点和希望，他表示赞同林咏的意见，给林咏提了一条希望：“在重点难点科目训练的组织和突破上，给我更多的指导和帮助。”

四位部门长的发言虽然各有侧重，各有特点，但基本路子与胡子君相似，只是柳风还分析了共青团工作的成绩和不足，希望大家加大对团支部工作支持的力度。

江海最后发言，他从回顾和分析年度工作，特别是完成各项任务入手，肯定了班子领导能力和自身建设的不断加强，肯定了班子成员能力和素质的不断提高。他说：“取得这些成绩和进步，就我们自身来说，主要是因为我们始终坚持了学习，认真发扬了民主，和处处领导带头。”他说：“还有一条也很重要，我们按照《基层建设纲要》的要求，坚持全面搞建设。基层建设是一个整体，任何弱项都会影响到整体。”

谈到自己时，他说：“我觉察到的问题主要有三个：一是思想深处有盲目自信、自以为是倾向。就拿各党小组提出的三个问题来说，我都有份：谈心总量并不少，但往往是自己想谈的时候谈，自己想说什么说什么，而且下意识想当然地认为自己说的就是他要做的，自己说了，他就做了；军事专业学习谁困难大，难在哪里，有什么要求，了解不够，关注不够；对于将来的工作分配，每个人想什么，有什么愿望，底数不清。二是思想深处有临时观念，工作标准有所降低。制度建设抓了一下，就觉得可以管到底了；认为班子状态不错，抓班子集体学习就慢慢地放松了；上次班长会的效果很明显，但部队形势一好，也就没有再用心继续抓班长队伍建设了。三是对民主集中制理解不深，观念不强，执行不彻底。看到小西沟群众的困难，个人想的是尽早帮助，而没有想如何向支部报告，如何依靠班子，显得既简单，又主观。这件事的表现是操之过急，是个方法问题，实质是对民主集中制认识、尊重和执行都不够。”

讲到委员个人时，江海说：“副书记是我们班子里的老大哥，是‘猎潜艇通’，是基层建设的行家里手，正直，干练，让我们感到很有定力。建议副书记同志多动动笔。土生土长的干部，领导能力强，经验丰富，感性积累深厚，如果多写写感受到的东西，可以促使自己更好地把握观察事物的立场观点和方法，认识事物的特点和规律，在实践与理论的反复交换中提高自己。虽然我也没做好，但我认为应该这样。”林咏说：“谢谢！”江海继续发言：“子君同志勤奋、诚实、谦虚，很有内秀，综合素质提高很快，在军政之间，上下之间，做了大量穿针引线工作，对班子的团结和艇上的工作，发挥了重要作用。建议子君同志再多看点哲学方面的书，进一步优化思维方式和思想方法，提高宏观观察、谋划和组织能力，做一个出色的基层指挥员。”江海给四位担任部门领导职务的支委也都分别提了建议，内容与林咏谈的意见大同小异，不过分析得更细一些。

江海发言后，问大家还有没有补充意见，大家都说没有了。江海请乔政委做指示。

乔政委说：“畅所欲言，心宽路宽。大家的发言都很直率，都很真诚，都是肺腑之言，金玉良言，我听了很受感动，深受启发。你们领导全艇同志完成了一些难度较大的任务，获得了不少新成绩新荣誉，难能可贵，大队党委首长和机关都很满意，兄弟单位也服气。你们艇离退役的时间不会太久了，虽然没有了年度训练任务的压力，但肩上的担子并不轻。相信你们能够经受住这个特殊的检验和考验。关于下一步的工作，你们已经有了比较全面比较具体的想法，关键是要一步一个脚印地落实。今天是组织会议，希望大家都能站在党性的高度，正确处理舰艇退役与人员素质提高的关系、工作需要与个人利益的关系，带头学习，带头工作，带头遵纪，带头服从分配，实现完美转移。”

掌声之后，江海代表全体支委表示，要认真学习领会和贯彻落实乔政委的讲话精神，发扬成绩，克服不足，使支委会的建设和能力得到新的加强。最后，江海建议星期五上午召开支委会，研究2004年第一季度支委集体理论学习计划，修改充实《支委会建设措施》和《支委会议事细则》。支委们都表示同意。乔政委说：“任何法律和规章，都只适用于一定的时空，从实际情况出发进行修改，本身就是实事求是。”支委们以掌声表示赞成。

星期三下午，艇会议室，团支部委员民主生活会。经江海建议，林咏江海参加了会议。会议由柳风主持。由于准备充分，大家发言都很积极。发言完毕，柳风请林咏做指示，林咏说：指示请教导员做吧，我只能做检讨。怪不得教导员一直要我来参加会议，是给我补课呢！”江海笑了笑。林咏说：“我很少考虑团支部工作，关心团支委会建设就更不够了。你们班子建设认真扎实，富有成效，我很感动。看来，我在党支部委员民主生活会上的发言准备不足啊！对自己缺点，应该增加一条——对团的知识学习不够，对团的工作支持不够，欠账很多。对柳风同志的评价也应该增加一条：担任团支部书记，工作成绩显著。”柳风说：“艇长谦虚了，谢谢鼓励！”林咏接着说：“在我们艇上，团员青年占了一半，团支部工作的好与差，影响都很大。希望同志们一如既往，力学笃行，争取新的成绩和进步。”

江海带领大家鼓掌后，说：“艇长是高姿态，作为党支部书记和教导员，我对团支部的建设和工作关心支持很不够，更应该检讨。”江海转了话题：“团支部坚持与党支部同步学习，围绕中心工作开展了许多符合青年特点的活动，展示了团支委会的领导能力和整体素质，令人高兴。你们被评为先进团支部，也是全艇同志的光荣。你们都很热心共青团工作，很团结，很努力，很动脑子，是个强班子。关于下一步班子的建设和工作，大家都表明了很好的态度，谈了许多好的想法，我很感动。希望你们继续突出班子建设，突出学习，突出青年特点，把工作做得更好，不断迈出新步伐。”柳风说：“有党支部的坚强领导，我们有信心把工作做得更好。”

晚饭前，苗苗将大队转发的水警区军械仓库司务长躺在床上抽烟，差点酿成火灾的通报交给了林咏，林咏看后交给了江海，说：“乱丢烟头，就是乱丢祸种。晚点名时我来讲讲。”江海边看边说：“好，很有必要。

烟头祸因，灾难祸根。”苗苗又报告说：“大队定于下周一办新班长集训班，共三天，每艇指定一个带队的负责人，还要选报一名优秀班长，到集训班讲当班长的经验体会。”林咏看着江海，问：“六个新班长都参加，舒扬带队，叶崇林谈经验体会，怎么样？”“同意。”江海回答。接着，江海又问苗苗：“想不想参加集训？”苗苗说：“想是想，但是不符合条件。”林咏说：“你是班长待遇，参加吧。”江海也说：“机会难得。”苗苗高兴地说：“谢谢艇长、教导员，我一定好好学习。”

吃晚饭时，辛乐忽然问道：“干部转业工作早就开始了，我们这儿怎么没一点动静？”钟伟诚说：“对呀，咱们是撤编单位，不补新兵，老兵退伍比别的艇都多，干部转业可能也是重点。”林咏看了看江海，说：“昨天民主生活会后，我和教导员向乔政委探了探口气，好像没我们的事。”江海说：“如果有，早谈话了。”柳风说：“有道理。”林咏说：“要走也是我这个老油条走，你们别瞎操心了。”胡子君对林咏说：“大队的思想路线组织路线端正得很，你想转业，没门！”大家都笑了。

晚上11点钟，江海来到林咏住舱，将自己起草好的《596艇关于开展“四不”活动的决定》稿子拿给林咏看。林咏看后说：“你真是个快手，这么短时间就写好了。”江海说：“快什么呀，意在笔先，是早就想好的。”林咏问：“怎么操作？”江海说：“支委会议一下，通过后，各部门组织传达、讨论，充分酝酿，再进行全艇动员，仍用‘大家谈’方式。”林咏笑着说：“林某这次要经受‘烟’与‘火’的考验了。”江海笑着说：“你是民族英雄林则徐的老乡，他能禁烟，你一定能戒烟。”林咏哈哈大笑，问：“你真的判断我能过关？”江海轻轻地点了点头。两个人互相看着，都笑了。

星期四，全艇人员听了一天导弹艇军事专业课。晚饭后，林咏要胡子君组织篮球骨干练球，自己拉着江海向海堤方向散步。

过了篮球场，林咏说：“我们艇退役后，不知道人员怎么安排。”江海说：“有个说法：以我们为主，接一艘新导护艇。”林咏说：“如果能下见习或代理艇长命令的话，我得抓紧完成独立操纵和科目全训。”江海说：“还有个说法：杨副大队长可能转业。”林咏说：“我也听说了。”江海说：“还有个说法：丁参谋长改任副大队长。”林咏想了想，说：“这有可能。”江海说：“还有个说法——”然后笑眯眯地看着林咏。林咏愣了一下，马上摇摇头，说：“不可能，不可能。”江海问：“为什么？”林咏说：“光经历就不可能。”江海说：“经历怎么了，你是老牌全训艇长，我们艇退役后，大队还有三条猎潜艇呢，何况你的导弹专业学习情况，大队首长水警区首长都知道，很赞赏的。”林咏说：“至少有两个导弹艇艇长有资格接参谋长的班。”江海说：“他们资历没你老，你综合能力素质有优势。我觉得用你的话，导向作用也好。”林咏问：“什么导向？”江海说：“热爱猎潜艇，建功猎潜艇，超越猎潜艇。”林咏想了想，看着江海说：“这三条我都不够。”江海说：“你去年就有理由到导护艇工作，考独操，考全训，凭你的能力，那还不是手到擒来的事。大队首长早就说了，要你坚守到底，是对你的信任。”林咏说：“教导员，林咏事无不可对你言。我是真的爱舰艇，真的想多在部队干干，但太勉强了会心里有愧，不安。”江海说：“你错了，艇长同志：你不仅小看了猎潜艇，还小看了猎潜艇人。”林咏笑了笑，说：“到了这个时候，一点不想做不到，但想得多了也没用。”江海说：“一点不想就是木头了。”林咏说：“的确是个考验啊，后面是人心容易散的时候，出点事影响就大了。”江海说：“关键是干部，关键是咱们俩。要相信咱们支部，相信咱们的战友。”林咏很认真地点了点头。

星期五上午，艇会议室，支委会。首先研究理论学习计划。钟伟诚将计划草稿读了一遍后，江海说：“这个草稿已逐个给大家看过了，刚才又读了一遍，请大家谈意见。”过了一会儿，柳风见没人发言，便说：“我要说的，征求意见时都说了，没有了。”胡子君、辛乐、康晓义也说没有意见了。林咏说：“我有个想法已经很久了：我们国家和军队都是在党的绝对领导下的，而领导的制度、原则和方式，都是民主集中制。作为党组织的领导成员，对民主集中制不认识、不理解，工作就入不了门，就一定做不好，就一定不胜任。我们书记同志在这方面比较强，可不可以讲讲课，也是补补课，使我们对民主集中制的认识水平和执行能力都有一个实实在在的提高。”大家都表示赞成。江海说：“好吧，这对我也是一个促进。我就联系实际，宣讲一下我在军校学习的教材的有关部分，重点是民主集中制的含义和科学性，如何执行民主集中制，如何不断提高执行民主集中制的能力。”

对于支委会建设措施，经钟伟诚提议，大家议定增加一条：“每个支委都制订个人年度学习计划。每半年，以支委会或支委扩大会形式，进行一次学习体会汇报交流。”

关于支委会议事细则，经柳风建议，大家议定增加一条：“要切实重视会前酝酿。对于意见不一致的重要问题、敏感问题的酝酿，结合学习和调研进行。”江海说：“交流充分，共识起点高，不仅有利于正确决策，也有利于决策的执行，还利于总结经验教训。”林咏说：“好，一个‘不仅’，一个‘也’，一个‘还’，让我们对会前酝酿的共识起点提高了。”江海说：“要善于把党内民主与党外民主有机结合，使之相互促进，相得益彰。”大家纷纷点头。

最后，一致通过了《596 艇关于开展“四不”活动的决定》。

散会时，江海说：“译电员明天到县城联系做通讯录，大家有什么想法，可以跟他说。”林咏说：“下午五点多钟，597 艇从工厂回来，靠我们外舷，各部门都要注意礼节礼貌和艇容卫生。”

下午五点十分，小学的三位老师带着全体学生来到二号码头，面向左侧，一列横队站好。老师和学生都左手拿着一面小红旗，右手拿着一束花。他们还拉着一个横幅，上面的一行字是：“热烈欢迎 597 艇平安回家！”一会儿，乔政委、杨副大队长和机关的几个同志也来了。乔政委问排尾的那位同学：“是干花还是鲜花呀？”那位同学回答说：“干花，可以用很久的。”乔政委说：“很好看，很美。”杨副大队长指着横幅上“597 艇”几个字问兰思锋：“为什么不加上‘叔叔们’呢？”兰思锋回答：“‘597 艇’就包括艇上全部叔叔了。”杨副大队长笑了笑，说：“哦，对对对，如果写欢迎叔叔们，‘艇’就有意见了。”大家都笑了起来。

597 艇进港后，在水兵凉亭进行党日团日活动的 596 艇全体官兵回到艇上，在左舷站成了欢迎队形。他们个个昂首挺胸，军容严整，认真程度不亚于迎接首长时。乔政委问林咏、江海：“你们都参加呀？”林咏说：

“我们和597艇过去一直是贴墙邻居，长期并靠在一起，现在又有了换装的特殊关系。”乔政委说：“哦，应该，应该！”

597艇离码头还有一百多米时，师生们开始挥动着红旗和花束，有节奏地喊着：“欢迎欢迎，五九七艇，健康归来，再展雄风！”在596艇帆缆班的配合下，597艇稳稳地靠上596艇左舷。艇长马玉华和教导员金言经596艇来到码头上。马玉华向乔政委报告：“政委同志，597艇圆满完成厂修任务，顺利归来。请指示——艇长马玉华。”乔政委说：“大家辛苦了，我代表大队领导和机关欢迎你们！”和首长们握手后，马玉华、金心和林咏、江海拥抱了一下，随即陪乔政委、杨副大队长登上了597艇。欢迎的官兵解散了，师生们也离开了码头。

过了半小时左右，乔政委一行和597艇的领导上了码头，林咏、江海跟着上了码头。乔政委对江海说：“小学的做法很好啊，597艇的同志们很惊讶，很激动，很感慨。”金言说：“没想到南石湾会有这种变化，像做梦一样。过去返港，都是回营的感觉，这次才有了回家的感觉。南石湾更温馨了。”乔政委说：“还有一大变化呢，26日是毛泽东同志诞辰一百一十周年，我们的新俱乐部将竣工典礼，并正式启用。”大家一听，又兴奋了起来。

乔政委一行走后，林咏问马玉华：“饭后要不要聊聊？”马玉华说：“我们是刚卸套的牲口，急需到球场上蹦跶蹦跶。明天聊，好吗？”林咏说：“好的，我们也蹦跶蹦跶。”

星期六下午四点，林咏、江海、胡子君如约来到597艇会议室，两艇的领导聊天。金言说：“上午我们开了个支委会，下午咱们尽情聊聊。”林咏说：“我们是闲人，没有年度训练任务了，怎么聊都行，就怕打扰你们了。”马玉华说：“什么闲人啊，你们就要涅槃重生了，我们是凡人。”金言笑着说：“人家是‘超越’。”马玉华说：“一个意思，反正是和我们不一样了。”两艇的领导都笑了。江海问道：“干部转业你们有情况吗？”马玉华说：“枪水长年龄偏大点，但本人还想干，据说大队动员他转业。”金言问：“你们呢？”林咏说：“就我一个人走。”马玉华看了看江海和胡子君的表情，说：“谁走你都不能走，谁安排你走，非犯重大错误不可！”又是一阵爽朗的笑声。

金言转了个话题，问：“你们到水警区比武，风光占尽啊！大队首届迎春运动会，是不是又要垄断了？”江海说：“哪里哪里，重在参与，目标——增强体质。”林咏说：“再说了，我们能拿牌的，不少已经退伍了。”金言说：“我们的目标很明确，不垫底就行。”林咏说：“跟我们还搞什么韬光养晦呀，你们长跑短跑都那么厉害，在广州还请了名人指点，牌子肯定不是一个，而是一摞。”马玉华大声问：“你们有谍报人员啊？你们今天是不是来刺探情报的呀？”一阵爆笑，引得甲板上的战士都来偷看了。

第四十六章　四不活动热烈开场
新俱乐部训练暖堂

星期四下午，水兵凉亭，全艇开展“四不”活动动员大会。主持人江海说：“同志们，本来这个会是要昨天开的，为了让参加大队新班长集训班的同志一起参加，改到了今天。我们艇开展‘四不’活动的决定，各部门和班都已经传达并讨论了。‘四不’活动实际上是团支部开展的‘三不’活动的继续。团支部在总结‘三不’活动时得出两个基本结论：一是很有意义，二是有些难度。比较困难的原因之一是人数少，影响小，形不成整体氛围。于是，党支部采纳大家的意见，决定全艇一起开展，而且增加了一条——不浪费，‘三不’变‘四不’。‘四不’活动本来早就该进行的，因工作及人员休假等原因，一直拖到了今天。时间晚了，但准备更充分了，我们一定能在比较高的起点上开展好‘四不’活动。因为酝酿很充分了，所以，今天的动员会反过来进行——先集体讨论，后领导讲话。”

叶崇林抢先站起来，说：“今天要求发言的人肯定多，我简单汇报两点。一是‘三不’活动是有成效的。在‘三不’活动中，团员青年对‘不抽烟、不酗酒、不说谎’的意义有了较好的认识，而且努力落实，对于大家的身心健康，明显是有益处的。二是领导带头是关键。比如本人，身为团支部领导成员，对‘不抽烟’就没做到。‘不抽烟’成了‘三不’活动的弱项和难点。”叶崇林发现林咏在笑，马上说：“艇长，对不起，我是谈自己，不是给你施加压力的。”

笑声中，林咏站了起来，说：“原计划后面发言的，受到‘挑衅’后，改变计划了。”叶崇林带头，大家鼓了几下掌。林咏说：“团支部副书记发言后，党支部副书记发言。我想讲的两点，也是刚才叶副书记讲的两点。关于‘三不’活动的意义，除了叶副书记所讲之外，我认为至少还有一点：把‘三不’提了出来，摆到了大家面前，并把‘三不’与自身修养和健康成长相联系，提升了精神境界。关于‘三不’的难点，本人早就预料到会是戒烟，原因很简单——该带头的人不带头。”叶崇林笑了。林咏对他说：“我是说这个理，不是报复你。”叶崇林笑着说：“讲吧，没关系，我都已经说过了。”林咏笑了笑，说：“‘三不’活动七个同志戒烟，仅一个同志成功，其实，另五个同志本来也能成功的，只是觉得剩下一个副书记，担心发生不测。”笑声中，叶崇林站起来，大声宣布：“此时此刻开始，本人坚决戒烟！”江海带头鼓掌。

林咏笑了笑，说：“大家都想做一个素质高、品位高、健康快乐、给人感觉好的人，但是，抽烟、酗酒、浪费、说谎，层层阻拦，不让你实现愿望，做到‘四不’，真的需要点英雄主义气概嘞！”林咏突然问道：“今天，大家有没有发现我们艇上发生的一个异常情况？”大家睁大眼睛互相看着，无人回答。林咏说：“好伤心哟，同志们目无艇长啊——早晨起床到现在，我抽过烟吗？”苗苗率先大声回答：“没有！”又有几个人跟着说没有见到。林咏说：“我也宣布戒烟，但和叶副书记不一样：他半年之内戒烟两三次，我水平低，只戒一次；他是‘此时此刻开始’，我是已经戒了大半天了。”又是江海带头，掌声笑声一片。

之后的发言出现了快节奏。胡子君说：“如果说浪费和说谎造成的是‘内伤’的话，抽烟、酗酒造成的则既有‘内伤’，又有‘外伤’。我听杨副大队长说过，水警区首长选公务员和司机，条件就是不抽烟、不喝酒、不说假话，和我们的‘三不’一样。”

柳风说：“‘三不’活动中，大家已经有个共识：‘说谎’根植于人生观和思想方法，危害的广度和深度都远超过酗酒和抽烟。如果说抽烟越抽越多便危害越大的话，假话越说越多则危险越来越大。有的同志喝啤酒成习惯，有的同志抽烟要名牌，有的同志讲吃讲穿讲排场，不但不给家里寄钱，还向家里要钱，靠的往往是‘说谎’二字。想事做事不阳光，容易走到邪路上。”辛乐插话道：“对！十谎难圆一句谎，越圆越觉累得慌。”

钟伟诚接着柳风的话题说：“一个人，误以为自己漂亮，误以为自己聪明，误以自己本事大，都容易倒霉的。说谎，就是误以为自己聪明。说假话和‘黄赌毒’差不多，沾上就不得了，必须极早回头。一般来说，一个爱说谎的人，再好也好不到哪里去；一个诚实的人，再差也差不到哪里去。如果说假话编假话传假话成了习惯，且无任何心理障碍，那就是在危险道路上迅跑。一个人，一个家庭，一个单位，一个国家，如果靠说假话维持生计，那就没有快乐，没有幸福，没有进步，将会逐步走向自己的反面。”

辛乐大声说：“你们按编制顺序发言啊？我建议由战士发言。”江海笑了笑，点石松泉发言。

石松泉说：“我见过两次耍酒疯的，说实在话，是很讨厌的。我喝酒也喝多过，虽然反应会慢一些，但心里还是明白的。越扶越醉，借酒发泄对别人的不满，甚至寻衅滋事，其结果都是负面的，对谁都不好。酗酒轻则影响健康，影响关系，损害形象，重则酿成事故，甚至案件。”

舒扬说：“我认为：酗酒是毛病，抽烟是陋习，浪费是犯罪，说谎是懦弱，酗酒、抽烟、浪费、说谎，都是自误自虐。”

发言一个比一个积极，有的未经江海点名就讲起来了。看看时间不早了，林咏大声问道：“给教导员留点时间讲话好不好？”“好！”大家边笑边鼓起掌来。

江海说：“我觉得，做到‘四不’有两个重要关节点：一是切实认识到‘四不’是有益的，重要的；二是真有决心，真有毅力。从今天发言情况看，决心问题好像不太大，有点问题的恐怕就是‘毅力’了。毅力是自制力、意志力，在我们的工作生活和学习中，经常成为胜负成败的‘决胜力’，处于人的能力素质的核心部位。毅力的积蓄，是个认识和实践交替向前的过程。就‘四不’来讲，要想有足够强大的毅力，除了认识到位，还应从责任层面想一想。酗酒、抽烟、浪费、说谎，对自己不好，对家庭不好，对单位不好，对社会也不好，既然对谁都不好，我们有没有责任做到‘四不’呢……”

江海说：“有人说，小孩子讲假话是大人‘教’的、‘逼’的，我们的‘四不’是自愿的，倡导的，不能逼，不能压，党支部抓，团支部抓，军人委员会也要抓。对一时做不到的同志，要理解，要体谅，要耐心，要鼓励，要创造条件。操之过急，反而事与愿违。我们都要明确开展‘四不’活动的目的，讲究工作方法，使活动得以健康开展。”

最后，江海说："会上，比的是'说'，是认识；会后，比的就是做，是行动了。希望大家都朝着自身强的目标，多打些强自身的胜仗。我们要扎扎实实，不要大呼隆。戒烟不戒烟，不要急于表态，回去再想一想，议一议，决心下定了，报给部门长。记住，只分抽的和不抽的，半抽不抽的都算抽的。"一些同志笑了。江海说："今天会上已经宣布戒烟的两位，就不再改变了，大家说好不好？""好！"掌声和笑声中，大家都看着林咏和叶崇林，林咏和叶崇林也边笑边鼓掌。

吃晚饭时，舒扬来到会议室，向艇领导和干部们简要汇报了新班长参加大队集训情况，并将每个人的思想小结送给了江海。舒扬说："大队首长对叶班长的发言评价很好，认为不仅实在，而且有思想性。"江海说："集训班结束了，在实践中的学习开始了。晚点名时艇领导要提要求的，希望你们向老班长们学习，不断进步，做个高标准的班长。"舒扬答："是！"林咏说："你们六个人站在同一起跑线上，集训班打响了发令枪，希望你能跑在前面。"舒扬答："是！"

星期五上午，新俱乐部楼前，新俱乐部竣工暨启用仪式开始，全体官兵参加，丁参谋长主持。杨副大队长致词说："一个团级单位，有这么大这么好的两层楼房俱乐部，是很少有的，这体现了上级对我们边远单位的关心和关照。今天是毛泽东同志诞辰一百一十周年，我们的新俱乐部正式启用，很有纪念意义啊！从现在起，老俱乐部就全部归小学了，我们的文体活动、读书看报、大型会议，等等，都在这里了……"杨副大队长讲话后，常大队长和乔政委为"水兵俱乐部"揭牌。接着就是锣鼓喧天，鞭炮齐鸣。

一阵热闹后，参观开始了，大队首长在前，一路纵队，从朝西的大门进入。一楼是个大厅，北头有个小舞台。一楼平时是乒乓球和台球场地，球桌拉开，就是会场。楼梯在大厅的南头。二楼北头是图书室，中间是阅览大厅。楼梯口两侧各有两间棋牌室。参观结束时，古主任大声说："图书和报刊杂志不太多，很快会增添一些的。"

参观完毕，部队带回，大队2004年度军事训练动员大会在一楼进行，全体干部和班长参加，常委们在主席台就座。常大队长主持会议，他指了指屁股下的小舞台，说：“这台子虽然不大，但毕竟是个台子，我们猎护大队的领导总算坐上像样的主席台了。”话音刚落，台上台下都笑了起来。常大队长说：“以往的年度训练动员大会都是在露天场，都是全体人员参加，有的听不懂，有的不想听，一场大呼隆，所以，今年改为班以上干部会。我们相信，在座的人思想问题、认识问题、态度问题解决了，战士们的问题好办。在这里开会，起码不用看天气预报，不用看老天爷的脸色。”又是一阵轻松的笑声。常大队长说：“好，闲话少叙，言归正传，欢迎乔政委做开训动员讲话！”说完，带头鼓掌。

乔政委站起来，敬了礼，又坐下来，说：“年度科目训练，内容设置年年相同，场地海区年年相同，‘刻苦训练，努力提高军事素质’的口号也年年相同。如何把新年度的训练质量实实在在地提高一步，提高一大步呢？根据大队党委全会精神，我讲四点意见：第一，认清形势，牢记使命——立足于战；第二，注重基础，狠抓根本——步子要实；第三，更新观念，敢闯敢试——上下齐创；第四，骨干从严，比学赶帮——人人争先。现在讲第一点，……”

乔政委讲完话，丁参谋长宣读了大队新年度军事训练计划和安排，古主任宣读了大队新年度军事训练政治工作意见。

常大队长讲话：“乔政委讲的四句话，都非常符合我们新年度训练的实际，很精辟！从训练到教育，从单位到个人，都要拉直这一条线，都要抓死这四个点，立足打仗，扎实训练，争先创优，实现大队训练水平和战斗力的新突破。”常大队长指了指俱乐部大门，说“外面墙上的‘三八’作风，最后一条叫‘灵活机动的战略战术’。平时训练不能灵活机动，打起仗来怎么灵活机动？我们的训练计划和实施，都要灵活机动，大队、各艇都要灵活机动。903 艇明天就要启航，接替 902 艇到西沙值班，要把训练和值班结合起来，以值班促进训练，以训练提高值班能力。902 艇从西沙撤出后，直接到广州修船厂进行检修，要把检修和训练结合好，确保出厂后赶上训练进度，完成全年的训练任务。596 艇新年度没有训练任务，要继续搞好导弹艇军事专业学习，各导弹艇要支持和配合好他们的学习。”最后，常大队长说：“下周一之前，各艇年度训练动员会都要召开，从自己的实际情况出发，提出更具体的要求。新年度的训练竞赛，就从各家的动员会开始，看谁的动员工作做得好。”

星期六一大早，江海就备好了早饭。二人吃完饭，海婴急匆匆地走了，她要带学生欢送903艇。江海洗刷整理完毕，也赶紧往艇上赶，走到二号码头引桥外时，林咏和胡子君已经在等了。三个人来到一号码头，与站在艇旁码头上的903艇干部们握手送别。之后，三个人又回到二号码头自己艇上。不一会儿，小学的师生们打着“热烈欢送903艇”的横幅到了一号码头。几分钟后，大队首长和机关的同志也到了。八点整，903艇离开了码头，欢送的人们开始挥手致意，小学生们则挥舞着红旗和花束，有节奏的喊着“九——零——三——艇，一——路——顺——风”。二号码头各艇的一些同志站在甲板上远远地望着。903艇走远了，欢送的人们撤回去了，各艇远望的人也陆续回舱室了。

林咏、江海来到会议室，胡子君和几个部门长也跟着进来了。大家坐下后，江海问：“戒烟的有多少个了？”胡子君说：“三十来个抽烟的，除周学正和文刚外，都报名了，能坚持多久，就难说了。”江海说：“这两个没报名的倒不怕，怕的是报了名但不准备坚持的。”大家都笑了。林咏问：“参加运动会的训练准备怎么样啊，人员有没有要调整的？”大家都说没有。胡子君说：“很多项目成绩有起伏是正常的，没有特殊情况的话就不要淘汰了，发现个别冒上来的，可以增加。”林咏“嗯”了一声，说：“有道理。”江海说：“拿不到牌子可以，不认真训练不行，一切为了提高素质。”钟伟诚和辛乐笑了。林咏说：“不要笑，在咱们艇上，这就是认识的最高境界，大家都要进入这个境界。”钟伟诚急忙解释道：“笑也是表示同意的。没有素质的提高，没有意志的磨炼，比赛还有什么意义啊！”江海伸出拇指，笑着说：“非常‘固的’（英语‘好’的读音）！”

林咏说：“临阵磨枪，不快也光。多练些实惠的东西。”柳风说：“现在看来，咱们能冲击奖牌的首推关士愔的长跑，其次是围棋团体，还有篮球，其他项目也可以拼，但没优势，也没太大的差距。”江海对林咏说：“明天下午，分田径、‘三小球’和体能项目三个小组，咱们和子君分别看一看，指指问题，提提要求。”林咏说：“不行不行，每个组你都必须过目。另外，篮球咱们是众矢之的，你要把战略战术研究一下，虽然要听各方意见，但最终方案由你定。”江海笑了笑，说：“好，但你要把关。”大家都笑了。

胡子君拿出自己草拟的军事学习的分组名单，对两位主官说：“按你们的要求，和各部门商量了一下，建议每个部门分成两拨儿，艇长、枪水长、机电长带一拨儿跟901艇，教导员、我和航通长带另一拨儿跟904艇，艇务长负责留守。”林咏和江海仔细看了看，都表示同意。胡子君说：“新训季开始后，各艇要进行能力评估和计划拟制。他们都补充了新兵，还要进行各专业未合格人员岗位合格集训。”江海说：“这些工作不怎么显眼，但很费精力，咱们要多体谅人家。”林咏说：“对。”辛乐说：“今天这一聊，不是会议，胜似会议，而且效率挺高的。”林咏说：“什么事都开会解决的话，建一千所‘会议综合征’专科医院也不够用。”笑的点头的都有。

星期六下午，海婴下班回到家，挨个看了桌上摆好的江海做好的清蒸鲫鱼、盐水菜心、红焖茄条和排骨莲藕汤，禁不住亲了江海一下。江海从冰箱中取出一瓶啤酒，打开盖子，倒了满满两大杯，一杯放在海婴面前，一杯放在自己面前。海婴说：“你疯了，我哪喝得了呀？”江海双手把海婴面前的那杯酒端起来，送到她手里，然后端起自己的杯子，说：“你们明天去参加统考，这是全县教育界和军界的大事件，我怀着非常激动的心情敬你一杯，表示欢送和壮行，你沾嘴就算，剩下的我喝。”说完，和海婴碰了一下杯子，“咕咚咕咚”喝光了杯子。海婴把目光从江海脸上挪到自己杯上，慢慢闭上眼睛，“咕咚咕咚”喝了两口。江海急忙按住海婴的双手，说：“行了，行了……”海婴咳嗽了两声，脸立刻变得通红，泪水都出来了。江海急忙到卫生间拿来湿毛巾，给海婴擦脸。海婴站起来，自己擦了擦脸，一下抱住了江海，江海也紧紧地抱住了海婴……湿毛巾掉到了地上……

星期日午饭后，南石湾小学全体师生在政治处国大忱干事的陪同下，乘一辆中巴车，去县城城南小学参加期末考试，政治处全体同志都来送行了，江海也早早就来了。古主任开了个玩笑：“双胞胎姐妹要发挥优势，互相帮助，如果谁有不会做的题，交不了卷，可以借故出来，让另一个再进去代做。”小朋友们都笑了，大人们也笑了。尽管司机是一位老班长，古主任还是再三交代了安全事项。海婴上车前向送行的人们招了招手，目光在江海脸上停了一下，最后一个上了车。车子走远了，大家才放下了高举着的手。古主任问江海：“有信心吗？”江海答：“有。”古主任说：“昨天欢送903时，一位小朋友问903艇田教导员什么时候回来，田教导员说，‘等你们都长一岁，都升一个年级的时候，我们就回来了’。可见，大家都是有信心的。”常副主任对江海说：“本来主任派我去的，大队首长说还是不张扬为好。国干事也只是负责往返路上安全和住招待所事宜，城南小学里的一切活动，都由海校长他们负责。”江海说：“应该这样。”古主任说：“不必担心。考不好，总结经验教训；考好了，更上一层楼。”斯干事说：“咱们的小学，只许成功，不许失败！”常副主任说：“不对，只能成功，不能失败！”古主任看了看大家，说：“南石湾小学只会成功，不会失败！”大家笑着拍起掌来。

下午，前甲板，艇领导看两名俯卧撑选手、两名仰卧起坐选手和两名举炮弹选手训练。两名俯卧撑选手头朝艇首方向刚做了两个，林咏大声说：“不行不行，这里有坡度，你们降低难度了。”胡子君说：“那就头向艇尾，加大难度。”林咏说：“那也不行，比赛场地肯定是平的，姿势和用力要领也都不一样。”钟伟诚说：“到后甲板不就行了嘛！”林咏说：“好，到后甲板。”来到后甲板，六个人在大家的鼓励声中各做了一会儿。林咏请大家谈意见。钟伟诚说：“俯卧撑两手距离要舒适，好用力。”胡子君说：“大队的俯卧撑规定对腹部膝部着地判得严，但对脚部没太具体的要求，要多体验体验，看脚怎么放、怎么用力比较好。”水中天说：“仰卧起坐的快慢很有道道，太快了太慢了都吃亏。章韵的节奏好像快了点。”章韵点了点头。林咏说：“这三种活动呼吸都很重要，呼吸要和动作结合好，节奏要合理。”说完，大家都看着江海。

江海说：“大家的意见都很好，我都赞成。受大家意见的启发，我提四点建议：一是要吃透规则，充分利用规则，不能犯低级错误。二是姿势和动作节奏要相对固定，一次一个样子，心里没谱，很容易累。不要机械模仿别人，只要不违规，越舒适越好。三是学会调控心理。要自然，舒展，不受环境负面影响，尽情享受比赛过程。”苗苗突然插话说：“我的比赛我享受。展示自己的风采，让别人鼓掌去吧！”江海说：“苗苗的境界很高，比我说得好。”苗苗伸了伸舌头，美滋滋地笑着。江海接着说：“四是把握好运动量，掌握好疲劳规律，注意自我保护，让最佳状态出现在比赛时刻。”林咏一鼓掌，大家也都跟着鼓起掌来。林咏说：“药方对症，肯定管用。就这么办。”江海对举炮弹选手欧阳山说：“我觉得你的潜力还没完全发挥出来。苦练还要巧练，你举炮弹时总低着头，会不会影响呼吸？可以把脸仰一仰，感觉感觉。”欧阳山说：“是！”江海对林咏说：“今天俱乐部人太多，球类的明天再看吧。我和部门长们到体育场看看田径项目情况。”林咏说：“好。我和副长商量一下训练方案。”

江海他们来到体育场，艇上很多人也跟着来了，因为每个部门都有选手参加。首先是投手榴弹和推铅球。投弹手深弹水雷班战士慧谙三和内燃机班战士蒋郑志各投了三次后，江海一边做动作，一边对慧谙三说：“你的动作太刻板了，瞄准—助跑—蹬腿—引弹—挥臂，这一套程式，都是为了发力，要规范，也要自然，不能为做动作而做动作。”又对蒋郑志说：“你投的弹忽左忽右，忽高忽低，主要是弹出手时手腕不当家，没向下压，弹是自己溜出去的，不是你掌控的。”两个人又投了几次，江海说：“好些了，继续体会。”两个选手说声“是”，自己练了起来。

两个推铅球选手分别是欧阳山和副炮班班长马跃。他们推了几次，大家纷纷提出自己的意见。柳风拿起一个铅球，说：“我看推这玩意儿主要靠腿的蹬力、腰的转力和肘的弹力，手只是掌握球出手的时机和方向。”说着，很从容地推了一次。“哇……”大家叫了起来——比欧阳山推得还远了一点。欧阳山一甩手，连连说：“俺不干了，航通长太厉害了。”江海笑着说：“推铅球与其说是比谁力气大，不如说是比谁会用力。航通长力气不一定比你们大，但比你们用得巧。”江海让柳风又推了一次，然后问两位选手：“看清楚没有？”二人点点头，说：“看清楚了。”柳风说：“腰要当家，找到蹬脚扭腰推手的最佳结合点。”江海说：“按照航通长说的，你们再体验体验。”二人又推了几次，江海说：“好，有进步。”

接着，江海他们和练习跳高、跳远和三级跳远的选手们进行了切磋，对爬绳和单杠引体向上等项目的选手做了指导。

最后，看一百米、四百米、八百米、一千五百米和4×100米跑练习情况。大家各跑了一遍后，江海让大家围了个圈，坐了下来，分别谈谈体会。简之说：“4×100米算了，太难了。”江海说：“4×100米接力跑和三级跳远，是大队长‘钦点’的项目，说没有这两个项目，运动会的‘文化’含量上不去。”大家你一言我一语地议了一会儿，江海对关士愔说：“你给大家介绍一下经验体会吧。如果我们争不到名次，那就收获经验和体会。”关士愔说：“跑一千五百米，我把前四百米当作起跑阶段，中间八百米当作正跑阶段，后三百米当作冲刺阶段，对体能分配比较有数。”辛乐说：“司务长的耐力太出众了。”康晓义说：“耐力靠长期练啊，他都跑了十来年了。”关士愔说：“赢了自己，才能赢得比赛，得跟自己较劲。”江海说：“无论短跑、中跑、长跑，都有个司务长说的‘三阶段’问题，也都有个‘跟自己较劲’的问题，要不断摸索，不断提高。短跑的同志不要绷得太紧，太紧了，就僵了。4×100米要多练练交接棒，注意看做得好的队，学习先进经验。”大家边听边点头。

回艇的路上，江海对柳风说：“你必须把欧阳山和马跃教得能超过你，不然你得上。”柳风笑了笑，说：“我和他们一起练。”

回到码头，江海突然掏出手机，慌忙给海婴发了一条短信：“怎么样YY？”直到吃饭时才收到海婴的回复：“一切顺利，放心！刚才在看校园和教室。”江海回复道：“祝好！”

一边吃饭，江海向干部们说了田径训练情况。林咏对江海说：“明天901艇、904艇都要进行训练动员。我建议，你明天继续给参加运动会的选手指导一下，认认真真过一遍。后天开始跟导弹艇训练。”江海说：“好。”林咏又问：“晚点名你讲还是我讲？”江海说：“你讲。”林咏说：“好，主要对军事学习提提要求，咱们不再开动员会了。”江海说：“好。”林咏又问：“晚上打篮球参加不参加？”江海说：“参加。我建议重点练‘二三联防’，三人快速起动，交叉掩护进攻，盯人与突防，还有长传。”林咏笑了笑，问：“看来你已经有谱了？”江海说：“没有没有，这都是基础科目，咱们尝过甜头，也吃过亏。”林咏说：“对，就这么练。”

星期一，江海带着几个骨干，从上午到下午，连续对备战运动会的“三小球”赛队员、军体器械赛队员、棋类赛队员等，进行了检查指导。下班后，回家准备晚饭。因为海婴下午七点多才从县城回来，所以，江海还是比较从容地做好了饭菜和汤。

海婴一进门，江海就上前拥抱了她。有些疲惫的海婴洗了洗脸，被江海扶着坐在了饭桌前。江海将右手食指在嘴唇上竖了一下，示意海婴不要说话，先吃饭。今天是一条清蒸鲫鱼，一个西芹炒肉丝，一个西红柿炒鸡蛋，还有豆腐白菜汤。江海又是倒了两杯啤酒，碰杯后，说了声“辛苦了”，只让海婴沾了沾嘴，自己则“一口闷”。接着，江海不停地给海婴夹菜，海婴嘴里吃一个，碗里放一个，江海还用筷子夹着一个等着。海婴吃了几口，放下筷子，笑着说出了回家后的第一句话：“一个女人，回到家里能马上吃到爱人准备好的可口饭菜，是一种很大的幸福。”江海笑了笑，说：“你对我的要求太低了。”说着，将夹着的一块炒鸡蛋放到了海婴的嘴里，海婴嚼了嚼，咽了下去，说：“刚才的话是妈妈说的。”江海问：“启发我向爸爸学习？”海婴连忙说：“不是不是不是！”江海大笑起来。

吃喝洗涮完毕，江海泡了两杯茶，两人坐了下来。海婴笑了笑，说：“姨妈到处说咱们之间是靠眼睛说话的，其实，我们是用心说话的，今天的饭菜和汤，就是两颗心商定的。”江海笑了笑，看着海婴。海婴讲起了去县城的情况。“往返都很顺利，”海婴轻松地说，“水警区政治部很重视，干部科长还请我们吃了一顿饭，同学们可高兴了。”江海说：“这是干部福利工作。”海婴点点头，说：“一进校门，就享受了热烈的掌声，不仅学生们层层围观，老师校长也看不够似的。”江海说：“咱们的校服的确漂亮。”海婴说：“咱们学生的一举一动，都很吸引眼球，兰思锋头发整得光亮光亮的，叫口令，指挥唱歌，出尽了风头，赚足了面子。双胞胎姐妹也成了一个亮点，学生们追着看，连华校长都几次和她们交谈，问这问那的。”江海问：“有没有唱英语歌曲？”“唱了，”海婴说，

“考试的情况，估计不会很差，我每个同学都问了情况。”“是分别插到相应的班考的吗？”江海问。“是的，”海婴说，“同学们的坐姿、神态，都挺出色的。”“海山怎么样？”江海问。“还可以，”海婴说，“他的交流欲望越来越强了，普通话讲得很清晰。”江海点了点头。海婴说：“一个三年级的和两个二年级的，一直是我们的重点培养对象：一是他们对一年级的学生有影响；二是人数少，成绩好坏，在那边的班里影响都会比较大。相对较弱的是孟医生的孩子，平时精力不够集中，做作业也不太认真。海山也是我们盯的一个重点对象，主要是胆子还不够大，有时有点小迷糊，时不时地犯低级错误，不过，最近好了很多。”江海静静地听着。海婴用右手食指轻轻地刮了一下江海的鼻子，说：“报告完啦！”江海问：“成绩什么时候出来？”海婴答：“听说很快，寒假前都要拿到成绩单呢！”江海捧着海婴的脸，说：“不管成绩如何，我先代表南石湾军民亲你一个！”海婴突然用两手抓住江海的两手腕，绷着嘴，微皱着眉头，黑眼珠白眼珠一齐瞪着江海。江海连忙改口道：“激动的老公亲你一个！”海婴黑眼珠白眼珠并未立即撤退，但两只手慢慢地松了下来。

第四十七章　拜新师江迅讲计划　期末考小学成绩佳

星期二上午，水兵凉亭，江海、胡子君带领跟904艇学习的官兵与904艇全体同志进行首次训练教学。904艇艇长江迅、教导员韩江春和副艇长盛焱都非常热情。韩江春说：“你们是先进单位，很高兴能和你们一起训练学习。”江海说：“我们是学生，你们是老师，不能含糊哟！”韩江春说：“哪里哪里，学习总是互相的嘛！”说完，又问江海：“你先讲讲？”江海没有回答，却对自己的官兵叫了“立正——敬礼”的口令。韩江春连忙示意本艇官兵还礼。礼毕后，江海大声说：“今天，我们二十二个同志正式登门拜师，望904艇的战友们不吝赐教！”说完，下达了“坐下”的口令。韩江春说：“江教导员太客气了，我相信，在共同的训练和学习中，我们都会成为好朋友的。”江海高举双手，带头鼓掌。

江迅走到了会场中间，说：“按照两艇商定的计划，今天上午，由我讲一讲总体训练计划和安排，提示一下重点难点和需要注意的事项，然后讲讲春节前后的学习问题。”江迅详细讲述了训练计划和要求后，说：“由于大队要召开首届迎春运动会，‘两节’之间的训练安排密度不太大，但自学空间较大，请大家好好安排。下午，各部门也像我这样，分别讲一讲，理理清楚。从明天开始，一直到春节，都是理论复习。其间，结合仪器设备的检测出一次海……”

晚点名，江海说：“讲三个问题。第一，军事学习。我们的军事学习已经到了一个新阶段——跟训阶段，主要方式是人家讲，我们听，人家做，我们看，有时咱们也做。我们要做到三点：仔细看，大胆问，敢于做。第二，运动会备战。也是三点：明确目的，巧练硬招，调整状态。运动会的目的，是推动群众性体育活动开展，增进官兵身心健康。体育比赛很像打仗，也是竭尽所能的对抗，也是最亢奋状态下的素质较量。军人参加体育比赛有特殊意义，其收获是多方面的。成绩和名次是个自然结果，你越盯着他，就越够不着它；如果盯着自己素质的提高，反而容易得到它。不是说比赛时要克服紧张心理吗？明确目的，就很有利于调整心理。苦练，我们做到了；巧练，还很不够。在全面提高的同时，一定要有得分的硬招，比如乒乓球的前三板和象棋围棋的开局，等等，不能一开赛，就钻进别人的套路和节奏中。运动会的时间是元月上旬到中旬，参赛的同志都要注意调整和保持状态，要特别注意自我保护，避免伤病。第三，欢度‘双节’。还是三点。元旦也好，春节也好，都是一年中大的时间节点，一辈子也就是一百个上下，而咱们都已经过了二三十个了，非常宝贵。我建议大家在欢度‘双节’的时候，回眸一下，总结点经验教训；张望一下，做一下中远期计划；环视一下，想想节的过法。节的过法，各有不同，但都应和亲友们沟通一下，尽到责任、义务和心意。实现和谐，既是境界，也是能力。我到俱乐部阅览室去过两次，发现我们艇不少同志去看书，何副航通长两次都在，这很好，希望大家过节时也能坚持。”最后，江海提高嗓门说：“希望无论再过多少年，大家都能记得自己2004年元旦和春节想了些什么，做了些什么，悟出些什么！”

元旦晚餐。林咏站在左舷中部，大声说：“同志们，元旦会餐开始，欢迎教导员致祝酒词！”一阵掌声，短促而响亮。江海左手端着酒杯，大声说：“我代表党支部，代表林艇长和胡副艇长，对大家一年来的辛勤工作表示感谢，对大家取得的成绩和进步表示祝贺！我提议，大家共同举杯，为我们美好的今天和更加美好的明天——干杯！”“嗷——”的一声叫喊，全体官兵一起喝起酒来。大家坐下后，三个艇领导一起给艇务部门的同志敬了一杯酒，然后，林咏到航通部门，江海到枪水部门，胡子君到机电部门，分头与大家共餐。

突然，哨声响起，林咏和江海急忙赶到跳板处——大队乔政委来了。乔政委大声说：“祝大家元旦快乐，请大家继续吃饭！”乔政委又对艇领导说：“有点事，来晚了。我想和你们枪水部门的同志一起吃顿饭。”来到前甲板枪水部门围坐的饭场后，大家起立欢迎，水中天把自己的小马扎放到乔政委身后，请乔政委坐下。林咏也改到枪水部门陪乔政委吃饭。

大家要敬乔政委酒，乔政委端起酒杯，说："应该我先敬，我是专门来向你们表示敬意的。你们小艇枪炮，非常重要，很有功劳，但面临装备更新，你们又攀登新高峰了，来，为你们的攀登精神干杯！"乔政委和每位同志碰杯后，喝了下去，大家也都跟着喝了下去。林咏给乔政委倒了一杯矿泉水，说："我们都知道政委不能喝酒，您就以水代酒了。"乔政委很坚决地说："少喝点行，喝水不行。林咏把乔政委杯子里的水倒掉，其实没倒完，又加了一点点酒，说："就这么多，结束时喝完。"乔政委说："这可以。谢谢！"

大家吃了几口菜后，林咏和江海代表全艇官兵敬了乔政委一杯，钟伟诚带着本部门全体同志敬了乔政委一杯，胡子君带着其他几位干部跟着敬了一杯，一群班长和士兵也来敬了酒。在林咏、江海的严格"监督"下，乔政委每次都只能沾沾嘴，表示表示。乔政委说："服从，不简单；自觉服从，更不简单。我军战无不胜，这是一个根本性的原因。"舒扬说："艇上进行了多种方式的教育，大家都懂得装备被淘汰是好事。如果我们一直搞猎潜艇，搞'五七'炮、'二五'炮，那就没有希望了。"乔政委说："你的认识很好啊！"钟伟诚说："政委对我们如此看重，如此关怀，我非常感动。我敬首长一杯酒，表示对首长的感谢，也表示努力工作的决心。"说完，喝了一杯。乔政委说了声"谢谢"，"表示"了一下。大家不停地给乔政委夹菜，乔政委说："不能再吃了，饱了。你们的菜做得真好。"林咏大声喊道："肖志海！""到！"站在前主炮后面的肖志海大声回答，应声赶到。林咏说："政委表扬你们了！"说完，递给肖志海一杯酒。肖志海捧着酒杯，对乔政委说："感谢政委鼓励，欢迎政委常来指导。"说完，和乔政委碰了一下杯，一口喝了下去。乔政委说："常来可以，吃也可以，但"指导"就难为我了，对不懂的东西乱'指导'，再大的官也会挨骂的。"大家都笑了起来。

其他三个部门都吃完饭散场了。江海说："大家都把杯子倒满，请政委做指示。"大家都满上后，乔政委端起酒杯，站了起来，大家也都跟着站了起来。乔政委说："'热爱猎潜艇'，你们做到了；'建功猎潜艇'，你们做到了；'超越猎潜艇'，你们也做到了。向同志们学习，祝同志们在新的一年取得更大的成绩和进步！”江海紧接着说：“感谢首长关怀，我们一定更加努力地工作。祝政委在新的一年身体健康，工作顺利！”乔政委笑着说：“干杯！”“干杯！”大家齐声喊道。

元旦第二天下午，三个艇领导在会议室聊工作，苗苗进来添水时，林咏问他：“家里有什么事吗？”苗苗说：“没有啊！”林咏问：“聂文胜退伍后，你怎么像个瘟鸡似的，不抢话了，也不傻笑了。”苗苗说：“什么呀，人家是成熟了。”林咏笑了笑，说：“就你这样的，还想装成熟？我还以为是抑郁了呢。”苗苗说：“老聂在电话中经常嘱咐我，‘老兵了，不能再唏哩马哈的，要成熟起来’。我问他怎样才能成熟，他说，‘起码要做到多看、多听、多想、少说，能不说就不说’。我认为他的话有道理。”

林咏又问：“关于运动会的事，有没有得到点什么情报呀？”苗苗说：“各单位都是暗使劲。”江海问：“比如说呢？”苗苗说：“904 艇艇长请来他哥哥，给他们的围棋队做了辅导，司令部还请地方教练指导篮球训练呢。”胡子君说：“我也闻到味道了，很多单位都在研究咱们，特别是篮球，咱们成了众矢之的了。”江海说：“好事啊，既说明我们水平还可以，也逼我们赶快进步。”林咏问苗苗：“胖子有没有预测我们篮球的前景？”苗苗说：“他说要看赛制——如果是循环赛，可以进前三名；如果是淘汰赛，那就难说了。”江海问苗苗：“他是不是认为我们有大的弱点？”苗苗笑了笑，没回答。林咏对苗苗说：“你这个笑真恶心，卖什么破关子！他是不是认为我们没有他就不行了？”苗苗连忙说：“不是不是。”林咏慢吞吞地说：“从实招来！”苗苗看看林咏，又看看江海，低声说：“要输球的话，肯定输在组织后卫。”林咏立即问：“为什么？”苗苗做出一副豁出去了的样子，说：“这个位置都是主要领导干部，速度慢，一旦被封死，前锋就没事干了。”江海对苗苗说：“你去把航通长、枪水长、机电长、副航通长，还有水班长、叶班长、萧班长叫来。”苗苗说声“是”，就出去了。江海对林咏说：“你不是给我布置作业了吗？既然议到这个份上了，我干脆把篮球训练的想法报告一下，咱们研定个基本方案，好让大家心中有数。”林咏笑着看了看胡子君，胡子君也笑眯眯的。

一会儿，人都来了。江海说：“为了提高篮球训练的针对性和有效性，我们得有个基本方案。艇长要我谈谈想法，我就利用这个机会说一说。各单位都在研究我们，研究什么呢？不外乎长处和短处。像上次那样，分成两拨儿，轮番冲击，对弱队是很有效的，但是，对实力相当的队、预有准备的队，衔接上反而容易出问题，越打越被动。我说个具体意见，大家看看怎么样。”林咏说：“好。”江海说：“明确一个相对固定的主力阵容：组织后卫艇长，固定后卫枪水长，中锋航通长，左前锋苗苗，右前锋副航通长；副长和水班长为锋线替补，叶班长、萧班长和我为后卫替补。完毕。请审议。”

大家沉思了一会，都表示同意。胡子君问江海：“怎么想到点萧班长了？”江海说：“我观察了，萧班长有身高，对篮球理解比较深，场上意识好，跑位好，缺点是刚性不够，原因恐怕是上场少，如果加大训练量，会进步很快的。”大家纷纷点头。萧雨青说：“感谢教导员鼓励，我压力好大啊！”林咏拍了拍萧雨青的肩膀，对江海说：“胖子的话有些道理。”江海说：“是一语中的，切中要害。”林咏说：“我也不行，还是你上吧！”江海说：“你打得多，动作熟，手感好，体力也好，没问题。我们的弱项也不难弥补，你和固定后卫的互动要多练练。咱们的优势是锋线整齐，兵强马壮，速度快，投点多。所以，往前场的长甩也要多练练。”林咏说：“咱们教导员完全可以到国家队当助理教练。”江海忙说：“括号——分管递毛巾和矿泉水。”一阵笑声后，林咏说：“晚饭后打一场，都去！”苗苗高声喊道：“注意保密呀！”林咏说：“你不泄密就没人泄密。”又是一阵笑声。

三日上午，江海和林咏、胡子君一起看望了临时来队的两个班长家属后，又在艇会议室和柳风几个人研究棋赛问题。苗苗说：“咱们艇围棋可以，象棋没戏。”江海问苗苗“为什么”，苗苗说：“一提航通长，外单位都怕，象棋没听说谁怕咱们的。”江海说：“大家要学习航通长的思维能力和想象能力。思维能力想象能力都是高级能力。”江海指着自己的身体说：“一个人，脑袋躯干加四肢而已，然而在工作和生活中，在舞台上，这几个部位组合姿势丰富多彩，古今中外莫能穷尽。这说明人的思维能力和想象能力是无止境的。歌舞团需要编导，球队需要教练，打官司需要律师，要的就是他们对本专业高超的思维能力和想象能力。象棋、围棋的棋子比人的形体部位多多了，组合方式的空间更大。我们要通过学习和实践，不断提高自己的思维能力和想象能力，使棋艺不断提高，使工作能力不断增强。”听着江海的话，大家不断地点头。柳风说：“围棋团体进前三，我们有信心。”苗苗笑着说：“进前三？航通长太低调了！”柳风说：“你别老给我们灌迷魂汤啊！”苗苗说：“我是要你们喝兴奋剂。”江海说：“咱们只管提高棋艺，不管名次。”

接着，江海和柳风分别演示了象棋和围棋的几种开局，还解析了几个象棋残局。之后，江海对柳风说：“你下午和苗苗去大队参加抽签，无论哪个项目，都一抽到底，全权负责。”柳风说：“好。”

大队交班结束时，政治处古主任报告：“刚刚得到通报：我们小学学生到县城参加城南完小期末考试，取得优异成绩，三年级唯一的学生赵陶，总分获全年级第一名；二年级的两个学生，总分获全年级第二名和第五名；9 个一年级学生，总分除一个第 72 名外，都在前 30 名，其中兰思锋获第一名。同学们的行走起坐、言谈举止、礼节礼貌和整齐洪亮的歌声，尤其是英语歌曲，都产生了轰动效应，学校领导要求全校向他们学习。”常大队长说：“关于小学的工作和建设，我讲两点意见：一是要认真总结经验教训，再上新台阶；二是政治处、岸勤处尽快提出老俱乐部改造方案，要听取小学的意见，并考虑发展的需要。”乔政委说：“政治处要帮助小学搞好资料整理。他们的创业精神，也值得部队学习。”

回艇路上，林咏对江海说：“弟妹真行啊，小学的影响肯定是深刻而长远的。”江海说：“全靠领导和大家支持。”林咏说：“‘全靠‘不符合实际。”江海笑了。

回到艇上，江海给海婴发了一条信息：“大队交班时通报了你们考试的情况。祝贺喽！”一会儿，收到了海婴的回复：“我们正在看城南完小的通报。小学的成功也是你的成功，祝贺你！”江海马上发信息问道：“寒假时间定了吗？”很快收到了海婴的回复：“1 月 5 日至 2 月 5 日。”江海发信息：“记着给海山家办点年货，张伯接海山时带回去。我怕忙起来忘了。”海婴复：“放心吧。”

星期三下午跟导弹艇学习回来，收到了大队关于首届迎春运动会赛程安排的通知，艇领导们你看看，我看看，看了一遍又一遍。部门长们知道后，也到会议室来看，吃晚饭时，大家还在传看。林咏说：“两个特点：从赛程说，乒乓球、象棋开头，羽毛球、围棋紧接，台球和体能项目为第三拨儿，田径收尾，篮球则贯穿全程；从赛制看，团体也好，个人也好，基本上都是双组循环，交叉半决赛，胜者争一，负者争三。”江海说：“苗苗抓紧把赛程表复印一下，每个干部和班长都给一份。请每个人都好好思考一下，至少提一条意见或建议。”苗苗说：“是！”胡子君对站在旁边的苗苗说：“你先说吧，到后面就没说的了。”苗苗说：“领导先说吧，领导到后面没说的多难为情啊！”林咏瞥了苗苗一眼，说：“去，没有主意还装什么蒜！”苗苗说：“每个参赛的队、组或个人，都要有专人跟着服务保障，进行不违规的协助和提醒，监督裁判和对手。像球类和田径等，还要组织啦啦队助威。可以算一条吧？”林咏说：“这个不用你说，老套式了。”苗苗眼珠子转了转，说：“组织一个小组，到各赛点观察了解对手表现、赛场情况和组委会的动态，为我们的选手提出参考意见。”江海说：“又要懂行道，又要耳朵长，又要跑得快，咱们艇哪有这样的人啊！”苗苗说：“这个活领导干部不方便，我推荐几个人，肯定行！”众笑。江海说：“要是聂文胜在，肯定会提出有分量的主意。”苗苗说：“我说的也是老聂的意见啊！”林咏“啊”了一声，说：“闹了半天你是个传声筒啊，去去去，吃饭去吧，能想出来一条自己的才算本事。”苗苗说：“那也不是老聂一个人想的，是我们商量的。”江海说：“现在就决定，你当情报组长，人由你抽。”苗苗说：“保证完成任务。”胡子君一边示意苗苗去吃饭，一边对林咏、江海说：“我和大家商量个方案，报你们审定。”江海说：“好。大家有什么想法，先找副长说。”胡子君建议党团日提前到星期四下午，林咏、江海都表示同意。

周四早餐时，胡子君将“运动会比赛服务保障分工细表”送给江海，说：“这是按你和艇长的要求修改的，艇长昨晚看了，同意。”江海仔细看了看，问：“志海什么时候休假？”胡子君说：“他们说好了，为了保证司务长和小孙的长跑训练，春节期间炊事班都不休假。志海的爱人在旅游公司工作，越过节越忙，准备三月份来队。”江海点点头，说：“这个方案很好，马上印发。”胡子君说：“好的。”

这时，林咏走了进来，突然发了一顿火，原因是发现舱内物品放置零乱，甲板上脏，特别是个别武器装备和仪器设备，竟然有锈蚀现象。江海笑了笑，说：“看来抓基础的思想还是不牢啊，我也走神了。我们都应该从艇长的批评中学点东西，悟点东西。今天上午的机械检试和清洁卫生，干部都要参加，彻底搞一下。下午党团活动增加一项内容，党员带头，每个人都查一查出现这些问题的原因是什么。”林咏赞成。

回到住舱，江海把内务重新整理了一下。苗苗来帮忙，江海说：“你去帮艇长整一整。”苗苗说：“艇长一大早就整好了。”江海说：“那就把会议室好好整整。”苗苗说声“是”，出去了。

江海走出住舱时，林咏站在前甲板，大声喊着：“先自己的内务，后工作场所和公共场所；先整理，再擦拭，最后冲洗！”江海也喊道：“严格按程序干，注意安全！”之后，下到了副艇长室。胡子君正在整自己的内务，看到江海，笑着说：“我这里成了薄弱环节了。”江海说：“咱们的原因都在脑袋里。”胡子君说：“是，的确是。”江海又看了其他干部的内务。

最后，冲洗甲板。林咏、江海也穿着凉鞋，卷起裤腿，一个在前甲板，一个在后甲板，边指挥边干，边干边指挥。清扫完毕，干部们都来到了前甲板。江海说：“艇长把我们叫醒，换了一条新艇。”大家笑了，林咏也笑了。

第四十八章　迎春运动会喜开幕　全艇一股劲势如虎

晚饭后，露天场彩旗飘飘，喜气洋洋。整齐的队伍意气风发，斗志昂扬。小学的师生们一列横队，站在队伍前面，海婴和岳锦川站在学生排的东头，方远站在西头。露天场东侧，家属挤了一大片，个个眉笑颜开。台上没有摆桌子，高高拉起的横幅上写着“猎护大队第一届迎春运动会开幕式”，十五个大字熠熠生辉。

古主任走到台上的立式话筒后面，高声问道：“开幕式前，请南石湾小学的同学们为我们唱两首歌好不好？”“好！”台下齐声回答。海婴在兰思锋耳旁低语了几句，兰思锋走到队列前，向同学们下达口令：“立正！”“向右——转！”“齐步——走！”兰思锋把自己的队伍带到舞台上，面向观众，站成一列横队。国干事拿出一个话筒，交给兰思锋，又把两个立式话筒上的麦克风取下来，交给了鲁月和赵陶。兰思锋将手中的话筒交给张海山，自己走到队伍前，面向同学，指挥大家唱了一首《中国少年先锋队队歌》，赢得了长时间的热烈掌声。受到鼓励的小朋友们又唱了一首英语歌曲《蓝蓝的天空蓝蓝的海》，博得了一阵南石湾从未有过的热烈掌声。队伍里许多人高喊：“再来一个！再来一个！”兰思锋看看古主任，古主任示意她再唱一首。兰思锋又指挥同学们唱了一首《人民海军向前进》。掌声中，小朋友们走下台，回到原来的位置。

古主任右手拿着话筒，走到台上的东侧，做了个鼓掌的手势，大家立刻鼓起掌来。包括副参谋长、副主任和岸勤处长在内的大队领导同志走到台中间，一字排开。国干事把两个立式话筒调好，分别放到了常大队长和乔政委面前。

运动会开幕式主持人古主任大声宣布：“猎护大队第一届迎春运动会开幕式开始，奏《中国人民解放军军歌》！”军歌声起，台上台下都一齐唱了起来："向前向前向前！我们的队伍向太阳……"军歌奏毕，古主任大声说："欢迎乔政委致开幕词！"

乔政委向前迈了一步，敬了礼，满怀激情地说："同志们，春光明媚，"双节"交辉。经过半年多的训练准备、场地准备、器材准备和组织准备，今天，我们大队第一届迎春运动会开幕了，这是我们大队历史上有里程碑意义的大事，我代表大队领导向同志们表示祝贺！"台下响起了一阵热烈的掌声。乔政委说："有记载的较大的体育竞赛活动，在世界上早就有了，古代奥林匹克竞技，至今已经2779年了。体育也是一种文化，与人类生活和文明进步息息相关。体育运动对我们体格的锻炼、心理的历练、意志的磨炼和道德的锤炼，对我们综合能力的增强和素质的提高，都有不可或缺、无以替代的重要作用，开展体育活动，就是提高战斗力。"乔政委还对办好运动会和开展好经常性体育活动提出了要求。乔政委的讲话，多次赢得热烈的掌声。

古主任说："欢迎596艇战士苗苗代表全体运动员宣誓！"胡子君小声对林咏说："这小子保密呀！"林咏用询问的目光看了看江海，江海轻轻地摇了摇头。苗苗早已到了台上，站到立式话筒后面，端端正正地敬了礼，等掌声过后，才一字一句地说："我代表全体运动员宣誓：服从裁判，尊重对手，尊重观众，在比赛中锻炼，在比赛中学习，在比赛中修养，增强体质，增强能力，增强素质。宣誓人——苗苗。"博得了满堂彩，苗苗大步流星地回到队列里。他冲艇领导笑了笑，被林咏狠狠瞪了一眼。

斯奋干事代表裁判员宣誓："坚持公正，坚持规则……"

奏过《人民海军向前进》后，常大队长宣布："猎护大队第一届迎春运动会开幕！"欢呼声、鞭炮声骤然响起。

开幕式后，在中心球场进行首场篮球赛。按照赛程，由A组的岸勤处对596艇，全体官兵、家属和小学师生观看了这场比赛。由于岸勤处实力较弱，596艇打"双阵容"，比较顺利地赢了下来。可能是心情好的缘故，苗苗非常兴奋，取得了本场个人最高分。

散场后，596艇球队成员原地坐下来，边休息，边总结。古主任走过来，对苗苗说："你一会儿交个尿样，组委会要化验一下。"苗苗瞪大眼睛问："为什么？”古主任不禁大笑起来，大家这才知道是开玩笑呢。古主任对苗苗说：“你今天状态这么好，绝对是首席功臣。”林咏说：“功臣个屁，背着艇领导竞争宣誓人，是个罪人！”古主任急忙说：“冤枉人家了不是？我就是为这个事来的，两个宣誓人保密，是组委会定的，向奥运会学习，增加点悬念。”大家恍然大悟。

古主任走后，江海说：“天不早了，每人说一句吧！”柳风说：“每个队的第一场比赛都要去人好好看看。”何其明说：“明天我要参加乒乓球赛，苗苗要参加羽毛球赛，这种情况越来越多了，篮球训练可以分拨儿进行，谁有时间谁练。”苗苗说：“晚上比赛时，甩长球尽量不要太高，灯光刺眼，看不清。”林咏说：“聂文胜这个意见很重要。”苗苗急了：“怎么聂文胜啊？我的意见！”一阵笑声。大家都说了意见后，江海说：“后天上午打第二场，对手是904艇，我们还打‘双阵容’，也通过换人打打主力阵容，每个人都要有上场准备。再提醒一次：要注意自我保护，防止受伤。”

运动会第二天上午，全艇操演结束，康晓义看家，其他干部或参加比赛，或观看和服务，都出动了。

江海和电工班长史明、前主炮班战士邢行来到俱乐部二楼，参加象棋团体赛小组赛，对手是598艇。第一轮：三对三，同时开，江海的对手是598艇的一号主力——译电员招新。第一盘江海先行，采用自己擅长的“当头炮”开局，招新应以“马上跳”，你来我往，没多久，江海中兵过河，还封住对手一个车，取得优势，直至取胜。第二盘，招新先行，也是“当头炮”开局，江海尽管很小心，但还是被对方吃掉一个过河马，求和不成被击败。第三盘，江海先行，仍是“当头炮”，双方很快就走入了第一盘的模式。结果，江海以2:1胜出。和招新及裁判员握手后，江海站起来看队友的战况，史明已0:2告负，邢行两和之后，第三盘正在死撑败局。江海笑了笑，对邢行说：“算了，准备下一个吧。”小邢看了看江海，摇了摇头，苦笑着与对手及裁判员握手。第二轮，江海对对方的二号主力，第一盘后手下成了和局，第二盘先手获胜，第三盘，江海打起兑子战术，局势很快被简化，观众捂着嘴直笑，对手无奈认和，江海一胜两和胜出。史明 0:2 负于招新，邢行 1:2 负于对手。第三轮，因对手稍弱些，江海很快以 2:0 拿下，史明以一胜两和战胜对手，邢行则以 0:2 负于招新。596 艇以总分 4:5 负于 598 艇。小组的另一对司令部与 901 艇的第三轮仍在鏖战，江海三人当起了观众。最终，901 艇 5:4 险胜司令部。

回艇路上，史明对江海说："我觉得后面更难，他们两家更厉害。"江海说："如果是技不如人，自己也尽最大努力了，那种输也应有享受的感觉。和水平高于自己的对手比赛，会有很多出乎预料，会有很多措手不及，会有很多豁然开朗，会在思想方法和思维方式上受到很多启示，提高已在其中了。"史明说："听教导员这么一说，我再下棋时不会太紧张了。"江海说："那就好。其实，强弱是相对的，决定胜负的因素是多方面的，而把自己的潜能全部发挥出来，是非常不容易的事情。"邢行说："对，下棋时要集中精力，不能考虑对手怎么了，裁判怎么了，观众怎么了，也不能考虑赢了怎么的，输了怎么的。"江海说："认识要正确，心态要放松，不仅要能抗拒环境的干扰，还要观察和利用周围的信息。比如，下棋长时间思考，有时会出现盲区，有时会出现纰漏，但观众和对手的一些有意无意的声音、动作、表情，都能起到提醒和警示的作用。"史明和邢行都表示有同感。

下午，江海他们以 2:5 负于 901 艇，晚上，又以 3:5 负于司令部，象棋团体赛小组赛遭淘汰。江海拍拍神情懊丧的史明和邢行的肩膀，问："这次比赛，你们有没有受到点启发，悟出点东西？"二人都说有。江海又问："和赛前相比，你们觉得水平提高了还是没提高？"二人都说有提高。江海说："赢有赢的收获，输有输的收获，咱们也是'赢家'。"史明、邢行笑了笑，表示要好好总结一下。

晚点名，林咏讲话："运动会开始了，但不能放松训练和学习。每天上午的全艇操演，都要高标准完成。导护艇专业学习，各部门要抓紧，每天上下午各两小时，运动会有重要比赛时，可以调整学习时间，但必须报经艇领导同意。对各部门组织学习情况，艇领导将不定时抽查。"

晚点名后，干部们在会议室谈论一天来参战和观战的感受。苗苗拿着一叠子他制作的《今日战况》，分发给了各位干部。大家马上对照着赛程表看了起来。苗苗笑嘻嘻地看着林咏和江海。林咏看看苗苗，说："你是不是等着领赏啊？"苗苗连连说："哪里哪里。"林咏说："你现在要接受的不是夸奖，而是批评！"苗苗马上一脸惊愕，大家也都看着林咏。林咏"严肃"地说："这个战况报告，随便糊弄一下就行了，搞这么好干什么，你就不怕大队机关的同志看了嫉妒你，嫉妒咱们艇！"江海大笑起来，大家也都笑了起来，苗苗右手摸了摸自己的脑袋，也小孩儿似的笑了。林咏说："《超越之声》前段时间播出军事学习的稿件比较多，这很好，运动会期间，要多播些比赛的观察和体会方面的稿子。"苗苗答："是！"

胡子君逗苗苗说："你首场篮球赛就露了一手，搞《今日战况》又露了一手，后面的羽毛球赛千万别再出彩了，小心艇长再'批'你。"苗苗笑了笑，又看了看柳风，说："航通长说我的围棋也不赖。"柳风说："是的，如果咱们艇自己比赛，我敢肯定你能进前二十名。"大家又笑了起来。苗苗说："说不定我还有一项能爆冷门呢！"钟伟诚说："吹牛！"苗苗说："你别用激将法，我现在肯定不说的。"钟伟诚追问："为什么？"苗苗看了看林咏和江海，说："事要自己做，话由别人说。"康晓义对苗苗说："这个话很像是别人教你说的。"苗苗马上说："老聂说过类似的话，但这句话字字都是我自己的！"一阵笑声后，辛乐也逗起了苗苗："《今日战况》也是胖子出的主意吧？"苗苗跺了一下右脚，大声说："天地良心，完全是俺自己的意思！"一阵大笑。

江海问苗苗："看了今天的战况，你有什么建议？"大家都看着苗苗。苗苗说："我和几个班长聊过，确实有些想法，本来要单独向您汇报呢！"江海说："好啊，说吧！"苗苗说："你明天什么都别干，就盯着象棋团体半决赛和争一争三赛，看几个水平高的有什么特点呀，习惯呀，弱点呀，等个人赛时治治他们。"江海说："到时候你不要再给我添象了，要添就添个车。"苗苗说："干脆偷你的帅算了，叫他将不着。"一阵笑声。江海说："看来你懂一点了。"康晓义说："上次受刺激后学了一点。"苗苗说："乒乓球团体获小组第二，出线了，半决赛对岸勤处，不要死拼了，养足精神争季军。"江海不置可否。苗苗说："现在，到处都在议论我们篮球的'双阵容'。明天下午的篮球赛，咱们照打'双阵容'，肯定没问题，继续迷惑‘敌人’。”何其明说：“连大队首长都迷惑了，怎么能说是迷惑‘敌人’呢？”苗苗说：“我说的‘敌人’是加了引号的，大队首长迷惑了更好！”林咏说：“现在，我口头任命苗苗为596艇副教导员，简称‘副教’。”苗苗说：“明白，负责教（叫）人。”又是一阵笑声。

运动会第三天。早饭前，前甲板，江海对何其明说：“昨晚，我家属对你们今天的半决赛谈了两点意见：一是二、三号选手出场顺序换一下，能形成球路相克效果；二是你对他们的一号选手时要死压反手，机会好时偷一下正手。”何其明想了想，眼睛一亮，说：“嫂子高人啊，好，就这么办！”江海说：“他们对你们重视不够，只要耐心点，坚韧点，灵活点，掀翻他们也是有希望的。”何其明说：“最好你和嫂子能现场指导我们一下。”江海说：“我们都会去看的。”

上午，俱乐部，二楼的象棋半决赛只有两台，人太挤，看起来不方便，大部分观众在一楼看乒乓球团体半决赛，596艇大部分官兵都到场了。双方一号选手第一盘就很激烈，7平、8平、9平、10平、11平。何其明每打一个球就看一眼江海，江海总是示意他压反手要坚决。双方你争我夺，在一阵阵掌声和呐喊声中，何其明以15:13赢得首盘。海婴对着江海的耳朵说：“副航通长能拿下比赛。”何其明走过来请江海指导，林咏说：“教导员是个传声筒，你直接请教海校长好了！”何其明笑着对海婴说：“请校长指导！”海婴笑了笑，说：“压反手，偷正手的策略是对的，要坚决。你丢的分都是自己失误造成的，不是对手进攻造成的。”真如海婴所说，何其明压反手，偷正手，越打越顺手，很快以11:6、11:7再胜两盘，3:0获胜。由于何其明人很文静，打球动作协调、流畅，很具观赏性，所以颇受“中间”观众喜爱，获得的掌声喝彩声也最多。

对方2号的特长是发球抢攻，小组赛未输一盘。596艇调整后的2号深弹水雷班班长龙长吟偏偏不吃他的发球，接发球又低，弄得对手施展不开，有点不知所措。龙长吟以11:8赢了首盘。海婴的指导意见是：“对方发球好，接发球不怎么好，要坚持发球抢攻。对方发球时，用力搓低球，同时准备好抢攻，作出抢攻姿势，就有威慑作用。”果然，龙长吟同样以3:0战胜对手。

3号内燃机班战士师则民的实力略强于对手，以3:1胜了对手。

接下来，何其明3:0胜了对方2号，龙长吟1:3负于对方3号，师则民则0:3负于对方1号。最后，在一片助威声中，何其明3:0胜对方3号，596艇以总分5:2获胜。

观众散去后，596艇领导和球队原地做了简单的总结。林咏说："你们超水平发挥，超额完成任务了，下午决赛要轻装上阵，尽量发挥就是了。"江海说："艇长的话你们要听仔细喽：'轻装上阵，尽量发挥'。球可以输，但思想、意志、作风不能输。你们上午赢得了比赛，赢得了掌声，标志是分数，实质是不畏强手，勇于拼搏，机智灵活。人有人格，国有国格，我们艇也有艇格。一句话——下午的比赛，只许输分数，不许输别的。"林咏说："鼓掌！"大家鼓完掌后，他又大声说："解散！"大家"哈哈"一笑，有的去看象棋半决赛了，有的回艇上去了。

下午的乒乓球团体决赛，尽管何其明他们以3:5输了，但一直拼到了最后，艇上的同志们始终为他们加油助威。林咏对江海说："没有你上午的那番话，肯定没有这种感人的场面。"江海说："我的话是顺着你的话说的，是'借水行舟'。"这时，苗苗走进来报告："明天上午，大队召开接待地方春节慰问团座谈会，要求每艇一名主官参加。"江海问林咏："我有比赛活动，你参加？"林咏说："好。"江海对何其明他们说："你们都看到了，尽管你们比分落后那么多，全艇的同志一个都没走，和你们一样坚持到底。在大家心目中，无论上午还是下午，你们都是赢家。全艇展现出来的精神和凝聚力，比分数要有意义得多。"何其明说："谢谢教导员的鼓励。"大家走后，江海听说象棋团体决赛还没结束，就上楼去看了。海婴也跟着去了。

吃晚饭的时候，苗苗向江海报告，象棋个人赛小组赛七点半在俱乐部二楼进行，江海分在C组，首个对手是司副参谋长。林咏说："比赛不许悔棋，他老人家难受了。"一阵笑声。何其明对江海说："乒乓球单打也同时开始，让海校长指导我们一下吧！"江海说："她讲得也不一定都对。"林咏说："教导员这话言不由衷。如果海校长讲得不对，你就不会老当'翻译'了。"江海笑了笑，说："她会去看的。"何其明说："不对，海校长肯定去看你下棋。"江海说："好，我告诉她一下。"过了一会儿，何其明又发给江海一条信息："请海校长重点观察一下强道业务长和东阳副艇长。"江海即复："好的。"

江海对司言贵副参谋长的比赛吸引的观众最多。江海已向裁判员悄悄说过，如司副参谋长悔棋，不要判犯规。裁判让猜先时，江海笑着说："不用猜了，请副参谋长先行。"谦让后，司副参谋长先行。司副参谋长开局有点保守，江海很快就中兵过河，还吃了司副参谋长一个炮。司副参谋长悔了两次棋，但局势越来越难撑，很久才走一步，一些观众笑着移步他处了。看着认真、顽强又艰难的司副参谋长，江海心里有点说不出的味道，甚至有点后悔出手重了。赢了首盘后，江海心情复杂起来，第二盘尽管先行占优，但下成了和局，第三盘，江海也是在占优的形势下，多次走出缓着，下成了和局。赛后握手时，江海对司副参谋长说："你有好几个很好的机会，如果再细一点，我就够呛了。"司副参谋长下意识地擦了一下额头上的汗，说："今天脑子有点混沌。你的棋下得不错。"

散场后，江海看到海婴在旁边，拉她一起下楼梯。江海问海婴："你没看乒乓球？"海婴说："看了，早结束了。"江海问："怎么样？"海婴说："何胜，龙输。"走出大门后，江海说："你先回去吧，我还要参加晚点名。"海婴"嗯"了一声，走了。

晚点名后，干部们又陆续来到了会议室，一边看苗苗发的《今日战况》，一边谈论比赛的感受和观点。江海说："荣誉的影响力是巨大的。乒乓球队为我艇拿到第一枚奖牌，大家的喜悦之情溢于言表。"柳风说："这样的运动会，大队早就该搞了。"林咏说；"大队用了我们运动会的名字，这是我们的特殊贡献。"江海说："明天乒乓球和象棋都是小组赛，咱们的重头戏是下午对904艇的篮球赛。"胡子君说："明天这一场问题也不大，还可以打'双阵容'。"钟伟诚说："对，叫他们继续研究去吧。"林咏看了看江海，说："我看可以。"江海说："打'双阵容'，我们是依仗人多体能强欺负人，如果在进入快、转换快、进攻快、撤守快上再提高一点的话，对强队也不是不能用的。"林咏说："对！"大家也都表示赞同。

运动会第四天。上午的象棋小组赛和乒乓球小组赛，江海和何其明都比较顺利地以头名出线。下午对904艇的篮球赛，也赢了下来。晚上，林咏、江海带领篮球队全体成员观看了兄弟单位的一场篮球赛。

晚点名，江海讲话："迎春运动会已经是第四天了，我们集体上阵，可以说是天天在收获中享受，天天在享受中收获。但是，大家不要忘记，赢比赛，拿牌子，不是我们的根本目的，我们的根本目的是提高全面素质。有的队、有的队员比赛输了，却赢得了响亮的掌声，这说明什么？说明比牌子更重要更宝贵的是精神。我们艇几十号人，不管是参赛还是观赛，都是迎春运动会这个舞台上的演员，都要演出596艇的水平、形象和风格。兄弟单位个别同志顶撞裁判和出口伤人的现象影响很不好，我们一定要吸取教训。那样做，拿了冠军，也不能给单位争光，只能是抹黑。赢球重要，赢德更重要，更能为单位争光。这都被无数事实证明过。我们大家来比一比，在同样一个运动会上，看谁学到的东西多，看谁取得的进步大，看谁能为596艇争光添彩。"江海一口气讲了七八分钟。林咏大声说；"我补充一句话：今天上午大队军民座谈会上，水警区首长、大队首长和县委书记，就援建小西沟自来水工程一事，使劲表扬了我们全体官兵一通，我听了很受教育，很受鼓舞。详细情况，另抽时间向大家报告。完毕！"江海带头，大家热烈鼓掌。

解散后，江海把何其明叫到艇首处，对他说："我家属说东副艇长的球比较凶狠，但熟练程度不够，失误较多，战术也比较单调，依你的水平和状态，耐心一点就可以了，问题不会太大。强业务长打球多，手感好，连续进攻能力强，但个子矮些，站位比较死，习惯于其左侧近台处。可以多练练长球，比赛时逼他后退，离开球台，他的动作就容易变形了。"何其明点点头，说："明白。"江海说："双方都是'遭遇战'，要主动，不要被动，要牵着，不要跟着。"何其明连连点头。

江海回到家里，看到桌上自己的玻璃杯里泡好了茶，端起来尝了一下，不凉不烫正可口，"咕咚咕咚"喝了下去，转过身来问躺在床上看书的海婴："你怎么知道我要回来呀？"海婴眼不离书，不紧不慢地回答："第'九'感觉。"江海笑了笑，洗澡去了，刚进卫生间，又伸出头来问海婴："你知道我回来干什么？"海婴仍旧看书，不假思索地答道："动员我回家呗！"江海"啊"了一声，跑到床边，抱着海婴亲了一口，说："我这一辈子省钱了，不用照X光了，不用做B超、CT了。”说完，跑回卫生间去了。海婴只动员了一点点神经，完成了一个只由自己享受的微笑。

洗漱完毕，江海走到床边，双手用毛巾不停地擦着头发。海婴坐起来，把捧书的双手往被子上一放，说：“南业有事，肯定不来了；山东坚持年要在家过，也不来了；我不想在过年的时候离开你，况且，在这里看运动会比在南业有意思多了。”江海说：“老人没人陪，不合适。”海婴说：“爸妈都说要我陪你过年呢！”江海说：“我也想了，对于咱们来说，在南石湾过这么个年，恐怕此生就此一回了，够我们回忆一辈子的。”海婴噘了一下嘴，问江海：“怎么这样说呢？明年就不能这样过年了吗？”江海笑了笑，说：“完全像今年这样，肯定不可能嘛！”海婴问：“为什么？”江海说：“别的不说，起码咱们是要变的嘛！”海婴说：“变大一岁，还能变什么？”江海说：“变三个人呀！”海婴把书往枕头旁一扔，说了声“不变”，很快地缩进了被窝里。江海哈哈大笑起来。一会儿，海婴又伸出头来，问江海：“军民座谈会的情况你知道了吗？”江海说：“午饭时，艇长跟干部们说了。”海婴说：“午饭前，地方领导参观了我们学校。大队提出安排一个正式教师问题，县委书记说回去就研究，春节前回音。”江海说：“这个书记讲政治，有水平。”海婴说：“书记说了，这实际上是部队帮助了地方，还说我们小学给全县教育界争了光，树立了榜样。”江海说：“利国利民的事，终究是会被理解被支持的。”海婴说：“镇里给了大队一万元钱，县里给了大队两万元钱，都说是为南石湾小学建设尽绵薄之力。”江海说：“礼不轻，意更重。”

第四十九章　乒赛其明奋勇夺冠
全会主调为战而练

运动会第五天。上午，江海象棋小组交叉赛挺顺利，但半决赛负于对手。何其明则稳扎稳打，进入了乒乓球男子单打决赛。下午，江海很快以2:0战胜对手，获象棋个人赛第三名。和对手及裁判员握手后，他急忙下楼，看还在进行中的乒乓球单打决赛。

果然是何其明对强业务长。双方啦啦队助威声不断，气氛非常热烈。何其明在先胜两局后，第三局4:6落后。海婴不停地在江海耳边嘀嘀咕咕。何其明7:11输掉了第三局后，主动走到了江海跟前。江海说："贯彻战术一定要坚决。前面两局赢了，说明战术是对的，这一局输了，是他有点变化，主要是加快了反手推挡速度，死打'追身球'。你前三板稍微加快点，坚持打长球，以反手压反手时要耐心，变线动作要隐蔽。"何其明点点头，走回球台前。

第四局，何其明一开始就提高发球和接发球质量，加快前三板，强业务长一下子有点不适应，很快以6:8落后。强业务长捡到球后，不停地在地板上拍着，低着头想着。定了定神，强业务长加大力度，发了个很低的侧旋球，何其明一推，下网了。强业务长如法炮制，又发了个同样的球，只是落点更靠何其明的正手，何其明又一推，高了，被强业务长抢攻一板，8:8平。

江海为何其明叫了暂停。江海对何其明说："你可以考虑发两个斜线长球，前冲力大点，叫他一开始就离开球台，然后两面攻。他下次再发那种球时，你用力往他正手方向推，要么低点，要么远点；他回高了，你就抢攻，回低了，你再搓过去，耐心点。"何其明连连点头。

双方回到球台前，何其明很坚决地发了一个前冲力很强的正手斜线长球，动作既隐蔽，又突然，强业务长竟然没有反应，立即引来一阵掌声和叫好声。何其明变了变站位和姿势，却又发了一个和上次一模一样的球，强业务长慌忙中把球接到了球台下面。掌声、叫声、笑声响成一片。强业务长拿到球后，笑了笑，低着头踱起步来。手握两个赛点，何其明左手轻轻地握了一下拳，稳稳地站在球台前，两眼死死地盯着强业务长。强业务长忽然站到中间位置，用力发了个中路下旋球，但球在网上滚了一下，回到自己的一边了。强业务长笑了笑，很大方地走过来，主动与何其明握手，表示祝贺；又和裁判员握了手，并说了声“谢谢”；最后走到江海跟前，拍了一下江海的肩膀，说：“‘共军’太狡猾了！”江海笑了笑，说：“侥幸，侥幸！”突然，大门出口处一阵喧哗，江海转头一看，何其明被本艇的同志们向空中抛着玩儿呢！

晚上的羽毛球团体小组循环赛，苗苗独得3分，率队艰难地以5:4战胜对手。围棋团体赛小组循环赛，柳风他们5:0轻取对手。回艇路上，林咏夸奖苗苗打得好，苗苗说：“我知道，艇领导是按照可以输不可以缺项的原则组队参加团体赛的，但我们建队后，包括预备队员，都练得很刻苦、很认真，我们还经常看强队训练，学习先进经验呢！”林咏说：“你更重要的收获是提高了组织领导能力，达到了队长水平。”苗苗笑着说：“感谢艇长鼓励。虽然人家优秀教练可以当处厅级干部，而我是队长兼教练，还兼运动员，但我也不赞成给我套太高的级别。”一阵笑声后，林咏说：“放心吧，比赛一结束就撤你的职！”又是一阵笑声。

晚点名，江海说：“讲三点。第一，运动会期间，值班执勤人员不得降低标准，要严肃认真，尽职尽责。有个成语叫乐极生悲，还有个成语叫乐不可极，这两个成语都是源于实践、反映规律的。我们在高兴的时候，不要忘记管理，不要忘记安全。第二，离艇人员，都要向部门领导请假，不得擅自行动。第三，围棋比赛开始了，这是我们艇的强项，但我发现去看的人不够多，据说是因为看不懂。所谓不懂，就是不知道规则嘛，看看不就知道了！围棋可以称得上是国粹，19横，19竖，361个交叉点，黑白世界，奥妙无穷，战国时期就有了，南北朝时才传到朝鲜半岛和日本，19世纪才传入欧美。不是说要在运动会中学习吗？学习围棋规则就是学习，边看规则，边看比赛，好机会嘛！体育比赛项目很多，各有各的奥妙。我们要通过学习围棋之规则，探究围棋之精华，领悟围棋之启导。请航通长今晚就交代一个人，把围棋规则复印一下，方便大家看。”柳风在队列里大声答道：“是！”

点名结束后，领导们又聚在会议室看《今日战况》，议明天比赛，中心是对597艇的篮球赛。江海问苗苗：“你有什么高见？”苗苗说：“我说个意见，有点邪，但绝对管用！”胡子君说：“又来了！”苗苗说：“还打‘双阵容’，故意输给597艇，而且我或者副航通长假装崴脚了，很重，很痛苦的样子。司令部肯定是小组第一，他们对在半决赛中遇到我们，肯定准备不足，我们把半决赛变成决赛。”苗苗说完，很自信地看着林咏和江海。大家也都看着林咏和江海。江海笑眯眯地看着林咏。林咏慢条斯理地说：“这点子有股味道——馊了！”大家有些不解。林咏又说：“鼠肚鸡肠，小家子气。”苗苗急了，问：“为什么？”江海笑着对苗苗说：“你积极思考赢球策略是好的，但是，赛场上的情况是复杂的，按你说的办，我们拿冠军和拿第四名的可能性都存在。况且，你的设想与我们艇的超越精神也不大一致。”林咏说：“还打‘双阵容’，隐练主力阵容，拿下597艇，确保以小组第一身份出线。”大家都表示同意，苗苗也说同意。林咏问他：“真同意还是假同意？”苗苗嘟噜着脸说：“和你一样，你是真的，我就是真的，你是假的，我也是——真的！”一阵“596味道”十足的笑声从门窗飞了出去。

运动会第六天。上午，围棋队轻轻松松获得小组头名，羽毛球队经过苦战，获小组第二。回艇路上，大家不停地评论着。对围棋队，林咏只说了一句话：“要弄清每个对手的真实情况，不可大意。”江海也只说了一句话：“要把每个对手都当成强队来做准备。”对羽毛球队，林咏意外地露出了眉飞色舞的表情，说：“你们打胜了一个必败之仗，已经超额完成任务，我的评价一个字——很好，两个字——非常好，三个字——比好还好。总而言之一句话——好！”林咏“幽”这一“默”，把大家都逗笑了。

下午，对597艇的篮球赛，真是意想不到的激烈。597艇队员们默契流畅的配合和充沛的体能，一开始就把596艇队员打蒙了，没有了节奏，没有了章法。江海急忙换上主力阵容，高快结合，才稳住了局势。江海还是不想让主力阵容太显眼，不时地做了些微调。最终，596艇以3分险胜。

曲终人散，596艇篮球队队员照例就地坐了一个圈，现场总结。聊了一会儿后，林咏说："我看你们也没有什么新东西了，教导员说说算了。"江海说："今晚要认真看司令部和901艇的比赛，不仅眼睛瞪得要大，脑子转得也要快，仔细看他们的技战术特点和规律，看他们核心队员的特长和习惯。要带着自己的位置感去看，看人家的，想自己的。"林咏大声问大家："听清没有？""听清了！"大家齐声回答。林咏一轱辘站了起来，手一挥："撤！"

晚点名，江海点评了几天来导护艇专业学习情况，指出了一些同志存在的心浮气躁、精力不集中等问题，对航通部门要求严格提出了表扬。

运动会第七天。上午，教练室，林咏、江海参加大队党委全会。会议由乔政委主持，他说："这次会议，扩大到不是党委委员的营级单位主官。为了不影响运动会，咱们的会仍在这个教室进行。还有个事告诉大家一下，万副大队长带902艇西沙值班结束，并安排好在广州修船事宜后休假了。"接着，常大队长传达了水警区党委全会精神，乔政委代表大队党委常委会做年度工作报告，杨副大队长宣读了大队党委关于表彰年度基层建设先进单位和先进个人的决定。596艇被表彰为水警区年度基层建设先进单位，901艇等四个单位被表彰为大队年度基层建设先进单位，包括林咏江海在内的三十三名基层官兵被表彰为大队年度基层建设先进个人，强道等五人被表彰为大队年度先进机关干部。上午的议程进行完毕，常大队长对春节长假战备工作做了部署，并提了要求。最后，常大队长说："上午剩下的时间，请同志们阅读文件，做好下午审议常委会报告和纪委书面报告发言准备。为便于掌握整体情况，讨论就不分组了。每人发言时间最好不要超过十分钟，要言由衷发，言之有物，把实打实的东西掏出来，把空话套话留着自己玩儿。"一阵掌声和笑声。

下午讨论会由乔政委主持，打头炮的是上官明副参谋长。他说："听了水警区党委年度工作总结和首长讲话，提高了对形势和任务的认识，增强了做好工作的责任感和自信心。大队党委常委会的工作报告篇幅不长，但大处落墨，注重基层，很实，易懂，好执行，我完全同意。我觉得，大队党委全年工作最宝贵的地方是创新，比如训练内容的调整、方法的改进和方式的优化，办小学，办运动会，等等。面对新形势、新任务，新年度的工作要继续在‘新’字上做文章，以新的认识和新的精神风貌，求新、革新、创新，争取新的成绩和新的进步。”

901艇教导员郎学仁说：“上官明同志的意见很好，我很赞成，顺着这个思路，我再谈点意见。要达到‘新’，典型突破是最好的办法。我们两艇结成帮学对子，596艇的同志老说感谢我们，向我们学习，其实，真正受益的是我们。他们主动提出学习导弹艇军事专业，本身就是对我们的一个莫大的启发和促进。596艇快退役了，但一年来取得了有目共睹的成绩和进步。有形的就不说了，他们全艇上下那种和顺的氛围、巨大的凝聚力和向上不止的精神，决不是一般的工作就能达成的。如果基层单位都能像596艇那样的话，我们大队面貌会大大改观，战斗力会大大提高。一句话——我建议大队党委好好总结和推广596艇党支部建设和工作的经验。”

乔政委说：“是啊！一条旧艇，不仅完成了任务，而且创造出了经验；不仅创造出了经验，而且形成了一种精神。值得深思，值得学习。”一阵掌声。乔政委说：“好！下面发言，就像郎学仁同志一样，简明扼要，尽量不讲重复的话。”

江海发言：“非常感谢领导和同志们的鼓励，我们还有很多缺点和不足，这里不多说了。我同意常委会的工作报告。‘召之即来’是最起码的要求，‘战之能胜’才是我们必达的目标。打胜仗靠思想，靠技艺，还靠作风。一位参加过‘八六’海战的老首长说：‘什么部队是好部队？作风过硬的部队是好部队。’他还说：‘打过仗，才能真正懂得作风的意义。’培养战斗作风，既是我们的当务之急，也是我们长久的任务。优良的作风靠严格的教育和严格的训练相结合。有的同志嘴上讲‘首战用我’，心里想我们艇小，艇旧，现代战争用不上，这就是培养优良作风的思想障碍。我认为加强作风建设，一要加大教育力度。教育要紧密联系思想实际和训练实际，要实在、灵活，要增加知识量。二要多设置未来战争用得上的训练科目和内容，到远海训练，到陌生海区训练，在近似实战的环境条件下训练，需要练什么就练什么，不能想练什么练什么，习惯什么练什么；需要怎么练就怎么练，不能想怎么练就怎么练，习惯怎么练就怎么练。提个具体建议。听说大队曾断断续续搞过歌咏比赛，建议恢复起来，规范起来，坚持下去，让官兵咏美好，抒情怀，激斗志。”常大队长说：“还促进团结。让小学也参加，可以不计名次。每次比赛一首规定歌曲，一首自选歌曲，就是一台晚会。”乔政委说：“歌咏比赛搞好了，会大大提高猎护大队的品位。”

听了十多位同志的发言，乔政委说：“小河有水大河满，众人拾柴火焰高啊！吸纳了大家的意见和建议，我们的工作报告会更丰满，更切合实际。”接着，乔政委强调了依纲要，严奖惩，强主官，扬个性的抓基层思路。经举手表决，全数通过常委会工作报告。乔政委请常大队长讲话。

常大队长举起手中的稿子，说：“本来是准备了个讲话稿的，但听了同志们的发言，觉得再读它没多少意思了。”他把稿子往桌上一放，说：“两只耳朵听了大半天，有感而发讲两点。”

“一是想打仗，练精兵。建一个猎护混编大队放在南石湾，是准备打仗用的。眼前的形势告诉我们，必须随时准备打仗，而我们的现状呢？少数同志喜欢和地方比收入，比舒服，上班像赶集一样，训练像演戏一样。这是什么？这是拿使命任务当儿戏，拿自个儿生命当儿戏！为什么会这样呢？”常大队长用手指点点自己的头，“没有想打仗！”常大队长停了停，说：“不想打仗，思想怎么动员？科目怎么设置？本事怎么练出来？这样的部队拉到战场上，不是给人家当‘陪练’、当活靶吗？今年的训练、教育和管理，都要‘打’字当先，比比谁更真，谁更实，谁更精……

“二是抓典型，求突破。事物发展总是不平衡的，同样的训练，同样的教育，同样的管理，认识会有不同，标准会有不同，方法会有不同，作风会有不同，素质能力也会有不同。发现典型，培养典型，宣传典型，学习典型，才能实现从局部突破到整体突破，从一花独放到春色满园。对典型认识要客观，态度要正确，不能虚夸，假夸，把好夸到假。单位也好，个人也好，既不能一好遮百丑，也不能求全责备。要瞄着提高大队战斗力的目标，谁好学谁，哪好学哪，形成比学赶帮超的生动局面……”

吃晚饭时，大家以汤代酒，祝贺柳风率队取得了围棋团体冠军。林咏对站在旁边的苗苗说：“羽毛球团体第四名，在没获奖的队中是‘冠军’，也应该祝贺呀！你们三个人进步都很快，如果晚几个月比赛的话，你们完全有可能进前三名。”苗苗为林咏竖起一个大拇指，说：“艇长就是艇长，看问题总有独见之明。”一阵笑声之后，林咏说：“谢谢夸奖。”苗苗说：“艇长先别挖苦我，更值得挖苦的还在后面呢！”林咏放下筷子，问：“还有什么？”苗苗笑了笑，说：“台球。”林咏问：“能拿第几名？”苗苗说：“第几名不敢说，敢说的是肯定不如羽毛球。”林咏说：“那你还凑什么热闹，随便换个人锻炼锻炼行了，你集中精力打篮球吧。”江海问苗苗：“你还有什么项目？”苗苗回答：“跳高、跳远和三级跳远。”胡子君插话：“苗苗是参赛项目最多的选手，凡是咱们艇没人报名的，他都报了。他还想参加百米跑、俯卧撑和仰卧起坐，都因实力不济而退出了。”苗苗说：“不是实力不济，是精力顾不过来。”林咏说：“你拿一块牌，算完成任务，拿两块牌，算表现良好，拿三块牌，叫非常优秀。”苗苗马上问：“非常优秀怎么办？”林咏说：“我和教导员、副长一起敬你一杯酒。”苗苗大声说：“大家作证！”然后笑着跑出去了。

江海说：“苗苗是我们艇不可或缺的人物啊！”大家纷纷点头。胡子君说：“他要不是忙着参加晚上羽毛球个人赛的话，还能再说两汽车的俏皮话呢！”林咏笑了笑，转过头来问江海：“你怎么看精神文明奖？”江海说：“咱们有可能的是围棋队和篮球队。”林咏说：“篮球一定要搞好，物质的精神的都要。”柳风说：“我也得走了，去晚了心静不下来。”辛乐说：“别自己吓唬自己了，你闭一只眼也能赢。”笑声又响了起来。

运动会第八天出现了一个小高潮，除羽毛球和围棋个人赛外，台球团体赛开始，田径和体能项目的预赛也拉开了帷幕，全大队的人都活跃起来了，大队首长们也都抽空转着看。柳风没有悬念地取得了围棋个人赛冠军，萧雨青获得第三名。苗苗在决赛中负于老对手教练室士官纪中原，获得羽毛球单打亚军。

晚点名林咏讲话：“宣布一件事：艇务长明天起休假。这期间，艇务部门的组织领导工作由周学正同志负责。”停了停，林咏大声说：“有个问题讲了多次了，再强调一遍：我们全艇上下都要盯住迎春运动会的精神文明奖。我们冠亚季军都有了，缺的是精神文明奖。获得精神文明奖，才能反映出596艇的素质和丰采。如果精神文明奖没拿到，奖牌再多也是个傻大个儿。每个同志都要想想运动会开幕以来自己的表现，都要努力争取精神层面的进步和提高！”站在前排右边的江海转过身来大声问：“大家能不能做到？”“能！”全体人员大声应答。

运动会第九天，重头戏是篮球的两场半决赛。下午，596艇以79:71胜904艇，这个结果虽在大家的预料之中，过程却并不简单。开场后，596艇曾一度落后过5分，但队员不急不躁，稳扎稳打，凭实力扭转了局面。比赛结束，596艇队员主动跑过去与904艇队员握手，林咏、江海与江迅、韩江春握了手。

晚上，司令部与597艇的比赛让人大跌眼镜——前者以13分之差输给了后者。

看完比赛，林咏、江海把自己球队成员叫到相邻的球场中间，坐了一圈。林咏问苗苗：“有什么心得呀？”苗苗说：“俺不是年轻嘛，对事物的复杂性缺乏认识。”林咏、江海都笑了。苗苗缓过劲来，逼起了胡子君：“副长，你们用的是《辞海》，我们用的是《新华字典》，假如用两个字描述现在的心情，怎么说？”胡子君说：“不告诉你！”苗苗说：“非‘惊喜’莫属！你有更好的吗？”江海问苗苗：“怎么解释？”苗苗得意地说：“先是吃惊，后是欢喜，这不是明摆着的嘛！”胡子君说：“我的两个字是‘不出’。”苗苗说：“‘不出’门还是‘不出’牌呀？什么语法！”胡子君说：“后面还跟着两个字——‘所料’。”苗苗大声说：“吹牛！艇长教导员都不敢说不出所料。”胡子君说：“597艇在广州修船期间，一有空就打两个东西：天气好了打篮球，天气不好打扑克。他们经常‘走出去’‘请进来’，什么样的球队都打，不仅练出了体力、技术和战术，而且练出了打遭遇战能力。”江海说：“不对呀，我们在广州时，他们没邀请过我们打球啊！”林咏拍了一下大腿，说：“这就对了，我们遇上‘狐狸’了。”江海说：“大家先想一想，抽空再议一下：一是他们进攻、防守的特点规律是什么；二是他们的缺点弱点是什么；

三是我们怎么打。”停了一下，江海“哦”了一声，补充道：“设想一下他们会怎样看我们、猜我们、对付我们。”林咏说：“好，都要动动脑子。”

晚点名后，几个干部没有睡意，在会议室议篮球决赛的事。水中天等几个骨干分子也陆陆续续凑了进来。分析的、猜测的、争论的，热议了个把小时。林咏对江海说：“大家比开会还认真，你汇总一下吧。”

江海说：“听了大家的讨论，我觉得形成的共识是：对手平均身高不如我们，但体能好，进攻意识强，攻强于守，战术简单实用，核心队员是金言教导员、林中河枪水长和身材细高的罗班长。他们抢球意识强，经常扎堆，人员跑位集中，教导员正面远投，枪水长强攻篮下和罗班长两侧中投，命中率都比较高，三个人得分占他们得分总数的三分之二以上。我们坚持三条原则：一是控制节奏，快慢结合，掌握主动；二是充分利用场地的长度、宽度，大范围配合；三是控制其主力，切断教导员与枪水长的联系，诱使罗班长犯规。”林咏说：“谁突谁上篮，有机会就不要犹豫。”江海说：“对。我们的前锋轮换可能会多点，就是要比他们更快，逼他们的主力多回撤，多跑动，多失误，多犯规。”柳风说：“苗苗在田径项目中一定要注意保护，防止受伤。”处于兴奋状态的苗苗说：“教导员早就交代过了，我一定注意。”江海说：“明天全天都练球，到中心球场练，有几个人练几个人，晚上都要去，适应一下灯光，因为决赛也是晚上。”

运动会第十天，田径、体能项目全面展开，台球单打进入关键阶段，准备争一和争三的四支篮球队，都在进行认真的演练，掌声、呐喊声此起彼伏，大队首长和机关领导也饶有兴味地到各赛点观战了。林咏、江海、胡子君或分或合，或练球，或看比赛，个个满身大汗。海婴像个尾巴似的跟着江海，距离或近或远。一天下来，596艇获得丰收：关士愔八百米跑、苗苗三级跳远都以明显优势夺冠，欧阳山举炮弹获得亚军，关士愔四百米跑、舒扬的单杠引体向上、章韵的仰卧起坐都获得了第三名。

晚点名，胡子君讲了生活秩序和运动安全问题后，林咏抑制不住兴奋的心情，接着说：“今天，我们获得了两金一银三铜，我非常高兴。大家高兴吗？”“高兴！”大家愉快地回答。林咏说：“明天上午的田径场上，我们还会有好消息。明天晚上的篮球决赛全大队瞩目，我们的球队要展示威武文明形象，助威的同志要展示有激情有涵养的形象。”说完，高声问大家：“能不能做到？”“能！”声震南石湾。

第五十章　篮球赛如期夺双标
闭幕式宣示春天到

运动会最后一天，南石湾人的激情达到了一个从未有过的高峰。上午的田径比赛，跳高预赛第九名的苗苗，决赛竟然夺得第三名，接着又取得跳远第二名，被乔政委称赞为“猎护大队一号全能选手”。百米跑，电工班长史明获第三名。4×100 米跑，596 艇四名队员拼着命跑，但只拿到了第四名。常大队长对林咏说：“你们遍地开花呀！”林咏说：“4×100 米是含金量最高的项目之一，没有进前三，是我们最大的遗憾。”常大队长故作认真地说：“四个人跑，获第四名，正好一人一名嘛！”在场的同志都大笑起来。胡子君问常大队长：“下一届运动会增加什么项目呀？”常大队长说：“至少有足球、拔河、铁饼和标枪。”林咏说：“那样就更热闹了，一届比一届影响大。”常大队长说：“运动会也要超越啊！”林咏笑着说：“对。”

1500 米跑作为田径赛的大轴项目和整个运动会的压轴项目，吸引着全场人员的目光。596 艇的啦啦队分成三堆儿，在不同位置上给关士愔加油助威。400 米过后，关士愔便确立了优势，他给人的感觉不是在比赛，而是在训练，跨步摆臂幅度大而均匀，每跑一圈都扩大了优势。596 艇的官兵没有了压力，加油的声音越来越丰富多彩：“关士愔，潇潇洒洒拿冠军！”“关士愔，五九六艇大功臣！”“关士愔，……！”几乎所有的观众都在给关士愔加油。到了最后一圈，关士愔速度不但不减，还加快了，观众中出现了这样的声音：“别太累了，休息会再跑吧！”“够了，你的纪录没人能破了！”跑到终点后，大队首长们纷纷上前跟关士愔握手，或拍拍他的肩膀，以示褒扬和称赞。比赛还没结束，关士愔已被 596 艇的观众抬起来，连续地抛向空中，在医生的劝阻下，他们才停了下来。

关士愔躺在地上问大家：“长勇怎么样？”大家这才想起了孙长勇。

由于预赛成绩不太好，所以他没被大家注意。听了关士憘的问话后，大家扭头寻找，哦！还可以，在场上现有选手的第五位。大家立即跑过去给他加油。受到鼓舞后，孙长勇加快了步伐，超越了一个。苗苗带头呼喊：“孙长勇，超一个！孙长勇，超一个……”孙长勇有如神助，奋力冲刺，差一点点，没拿到亚军，获得第三名。林咏大声叫喊：“太好了，捡了一个！”孙长勇也受到了冠军般的祝贺。

古主任和国干事、扬干事走了过来。古主任对596艇的同志们说：“你们见荣誉就争，风格低去了！”林咏、江海等赶忙上前笑着与古主任握手。古主任一本正经地说：“机关普遍反映你们有一个规矩、三个‘毛病’——出门不许吵架；‘括号’‘话又说回来了’‘去了’。”林咏说：“江教导员赠送字典后，大家说话开始自觉不自觉地比认真、比正确、比准确、比全面、比精彩，两个‘毛病’就产生了。‘去了’，是跟着机关讲的。”古主任说：“机关讲‘去了’只讲了几天，你们很执着。”林咏说：“对于我们这些表达水平不高的人来说，‘去了’这个词很好使，很实惠，就丢不掉了。”国干事说：“你们的‘象牙’也可以算一个‘毛病’了。”“对！”古主任笑了笑，说，“上军校时，一个教授有个习惯性用语——‘我个人认为’，结果，同学们都模仿起来，越说越滑稽了——‘我个人认为馒头是白的’‘我个人认为火车比牛车跑得快’……”林咏指了指自己的手表，说：“我个人认为午饭还是要吃的。”大家一看手表，都大笑起来。

按照林咏和江海的要求，篮球队队员午休都睡到下午四点才起来。他们没看篮球赛的季军之战，而是轻轻松松地活动身体，练自己的技战术。已经在旁边球场上训练了一会儿的597艇篮球队队员都停了下来，远远地看596艇篮球队练球。水中天说：“他们练的主要是一对一攻防和投篮。”林咏说：“我们专心练球，不要往别处看。”江海问苗苗身体怎么样，苗苗说：“放心吧教导员，没问题，你要下口令的话，我能飞到俱乐部楼顶上。”江海没有笑，认真地说：“你这几天运动量很大，不要再做剧烈的活动，舒展开身体就行了。比赛中也要注意自我保护。”苗苗说：“是！”大家活动开后，林咏说：“我们也练一对一攻防和投篮。”大家立即按着自己习惯的方式练了起来。

五点半左右，消息传来，篮球季军之战结束，司令部输了。一阵惊讶后，林咏说：“半决赛，他们被597艇打败了；季军战，他们被自己打败了。两仗都被‘洋和尚’打败了。”大家都瞪着大眼看看林咏，又看看江海。江海说：“艇长的话中肯、尖锐、精辟——半决赛，司令部输在知己不知彼，麻痹大意；季军战，司令部很可能输在对上一场的教训意见不一，影响了情绪和配合。他们请了个地方教练，据说水平过分高了，讲的话大家先是听不懂，后是不想听。”大家茅塞顿开。林咏说：“情况不明决心大，水平不高办法多——他们的智囊团犯忌了。今天晚上，我们如果输球的话，肯定也是自己打败自己。”大家无语。江海说：“既然我们有自信，就要放松心情打，把对手当作高水平的陪练来打，真正打出自己的战术、技术和风格来。我们要用平稳的心情和多变的节奏赢得主动，力争把他们打乱，抢占先机，开个好头。我们还可以依靠人多和坚强的毅力，以快制快，把速度打到最后一秒钟，取得一个好的结尾。”林咏说：“特别是开头，双方都容易乱。谁乱谁吃亏，谁乱谁被动。我们一开场就要稳住，动作做到位，他乱他的阵，我得我的分。”

回艇路上，江海接到古主任电话：“关于南石湾小学一名教师编制问题，县里研究后，决定下学期结束后再议，他们确实有困难。”江海说：“明白。”接着，江海把这个消息告诉了海婴。

晚饭后，中心球场早早就围了一大圈人，大部分单位都提前到了。596艇的官兵由周学正带队，整整齐齐地坐在球场外侧。江海坐在本艇队伍靠中线的一头，看着自己的队员练球。海婴和花岛、林青等站在球场东侧路边比较高的地方。忽然，大家鼓起掌来，大队领导们来了，他们也拍着手，在台阶前排坐了下来。

主裁判员是常思民副主任，副裁判员是斯奋干事。介绍完双方队员并练球十分钟后，比赛正式开始。首发阵容：596艇是林咏、柳风、钟伟诚、何其明和苗苗；597艇是金言教导员、林中河枪水长和三个班长。

中圈跳球，常副主任将球抛起后，柳风眼睛盯着球，一个侧身起跳，用力将球打向自己的前场，苗苗脱兔般冲了过去，起跳接球，三步上篮——球进了。掌声中，苗苗以双手将球放到篮下端线上，在迅速回防途中，还是习惯性地看了看林咏和江海，江海非常慷慨地给他竖了一下大拇指。

597 艇底线发球，金教导员组织进攻，被钟伟诚紧紧地盯着，勉强把球传给了林枪水长，柳风利用身高，紧盯着林枪水长，篮下的罗班长被何其明和苗苗前后夹着，结果被吹三秒违例。大家还没有反应过来，何其明已冲到了自己的前场，钟伟诚迅速长甩一个弹地球，何其明球到人到，又是一个漂亮的三步上篮成功。

597 艇再发底线球，攻到前场后，林枪水长摆脱不掉柳风的防守，勉强投篮不进，被 596 艇队员如法炮制，由苗苗抢投了一个几乎与何其明一样的球。掌声和“嗡嗡”声中，597 艇场内外好像就要不要暂停问题出现了分歧。他们发底线球后，金教导员和林枪水长都有些犹豫，被苗苗断球后迅速上篮成功——8:0！ 597 艇叫了暂停。

江海很肯定地对自己的队员们说：“他们可能会加快回防的速度，加强对我们前锋的盯防。我们要准备打阵地战，要耐心，要找到忽快忽慢的节奏，带着他们走！”

果然，暂停后，597 艇明显加强了防守，并利用 596 艇传球失误连续两次反击成功，尤其是林枪水长，妙传、突破、远距离投篮，显得格外活跃，赢得不少掌声。你来我往，战况渐趋胶着状态。江海将胡子君、水中天换上场，分别替换柳风和何其明。水中天和苗苗不停地两边扯动，为胡子君创造正面远投机会，双方比分差距一直在八到十分的样子。离上半场结束还有五六分钟时，江海和柳风、何其明、萧雨青上场，换下了林咏、钟伟诚、水中天和苗苗，胡子君改打前锋，萧雨青打后卫。他们一阵高速，冲垮了对手的节奏。597 艇用“换人战术”应对，但仍稍显混乱。上半场结束时，596 艇领先优势扩大到 15 分。

中场休息时，苗苗说：“他们的主力怎么引诱也不上钩，不肯犯规，林枪水长才两次，罗班长才一次。”江海说：“他们关键时候不敢做动作，对我们已经很有利了。林枪水长的作用至关重要，只要再犯一次规，他心理负担就会更重。”苗苗说：“对，对！”江海对林咏说：“一会儿我们还上始发阵容，用节奏控制他们反扑，前锋线上三个人以大范围穿插扯动，打乱他们的防守。最后，咱们再视情变阵，用体能和速度冲击。”林咏说：“好，就这么干。”

下半场，596 艇牢牢控制着场上的主动权，对手渐渐体力不支，越打越乱。江海和柳风带着三个替补队员上场，做最后的冲击。离比赛结束还有五分多钟时，突然听到“啪”的一声，596 艇前场左侧上方的一个灯泡熄灭了。要换灯泡，还得向地方借大吊车，正在组委会领导着急的时候，江海走过去对古主任说：“没关系，就这样打吧。”古主任愣了一下，接着向江海伸出了大拇指，说：“谢谢喽！”

江海要了个暂停，调整了进攻策略，由处于光线较暗处的左前锋苗苗强攻篮下，没机会上篮就突破分球给柳风和何其明，然后全力抢篮板。江海还特别强调场上场下都要注意形象，即使输球也不能发牢骚。

597 艇趁机组织反扑，但 596 艇利用体能优势大范围配合，多传多跑，死盯死卡，仍牢牢掌握场上主动权，并最终以 17 分的优势获胜。金言一手捂着腹部，一手搭着江海的肩，气喘吁吁地说：“老弟真行，服了，服了！”江海说：“过谦了，过谦了！”林中河枪水长也走过来和江海握手，江海说：“‘林中’之‘河’，意境无限啊！”林枪水长笑着摇了摇头。

司副参谋长高喊：“部队带到露天场，参加运动会闭幕式！”各单位马上集合，带了过去。596 艇比赛保障组的同志已经准备好用桶和盆装的温水，球队的同志们擦了擦汗，穿上军装，赶到了露天场。

十多分钟后，闭幕式开始，丁参谋长主持，古主任宣布了比赛结果，在宣布精神文明奖项时，古主任卖了个关子：“获得猎护大队首届迎春运动会‘精神文明运动队’称号的是——”吊足了大家的胃口后，才一字一顿地说：“596 艇篮球队！”会场响起了热烈的掌声。在宣读了包括柳风、关士愔在内的十名“精神文明运动员”名单后，古主任说：“有个情况说明一下：关于‘精神文明运动队’奖项，篮球决赛之前，组委会已经排出两个候选队，596 艇篮球队排在前面。篮球决赛后研究这个奖项时，主持人还没开口，全体评委都异口同声地选中了 596 艇篮球队。”

在欢快的乐曲声和阵阵掌声中，大队首长们为获奖运动队和运动员颁了奖。颁篮球冠军奖项和精神文明奖项时，林咏和江海都谦让了一阵，最后各上台领了一项。

杨副大队长致闭幕词。他回顾了运动会的筹备情况，总结了运动会的组织和竞赛情况，还展望了下届迎春运动会。他脱稿表扬了 596 艇党支部认识起点高，体育活动经常。他说：“596 艇的干部几乎全部参加了运动会的比赛，获得的金牌总数和奖牌总数都高居榜首，文书苗苗一人参加了七项比赛，获得五枚奖牌，是没有获得精神文明奖的精神文明运动员。596艇能够取得如此成绩，原因是多方面的，我觉得听听他们艇长、教导员的两段话就知道了。林艇长说：‘体育运动是一种教育方式、训练方式和管理方式，出体能，出智慧，出作风，出凝聚力。’江教导员说：‘体育比赛过程是极好的思想方法和思维方式的激发过程、交流过程和升华过程。’一句话——他们都认为体育活动长素质，长能力，出活力，出战斗力！”常大队长、乔政委带头鼓起掌来。

林咏对着江海的耳朵说：“挨表扬真受罪！”江海笑了笑，拍了一下林咏的肩膀。

杨副大队长继续讲话：“我们的运动会叫作‘迎春运动会’。这次运动会的成功，说明大队党委关于每年举办一届迎春运动会的决定是正确的，也表明我们猎护大队体育运动的春天到来了！”一阵热烈的掌声后，杨副大队长说：“大队长政委都说了，明年的迎春运动会要更上一层楼，场地要修整，项目要增加，组织要更规范。这一次，我们是争冠军、创纪录，今后，就要夺冠军、破纪录了。希望各单位以这次运动会为契机，更好地认识体育运动，更好地重视体育运动，更好地开展体育运动，努力提高官兵综合素质，打造一个新的强有力的战斗力增长点！”

长时间的掌声后，乔政委宣布：“猎护大队第一届迎春运动会闭幕！”

回到艇上，干部们和几位班长兴奋地来到了会议室，边看奖状，边议论关于运动会的见闻和感想，一个比一个声音高。热闹了一阵子，江海看了看还在兴奋状态的林咏，说：“刚才，闭幕式给运动会画了个句号，也可以说是叹号；现在，我们为过春节点个冒号。”说完，问林咏：“到底是你回还是嫂子来，犹豫完了吗？”林咏说：“她来，不算年度假期，我回，要算年度假期。她来，后天就到。”江海伸出拇指，说：“英明去了！”说完，又问钟伟诚。钟伟诚说：“向艇长学习，和艇长家属一样——后天到。”江海说了声“好”，又问柳风。柳风说：“上次她结婚假没休完，和年假一起休，也是后天到。”辛乐说：“我老婆也一样，大家都商量过的，不用说了。”

江海发现胡子君不在，问到：“子君呢？”胡子君答声“到”，和苗苗及炊事班的同志端着几碟小菜，拿着两瓶红酒走了进来。胡子君放下菜后，对林咏和江海说：“我擅自做主了，助助兴吧！”斜靠在沙发凳上的林咏“噌”的一声坐起来，说：“太好了，这就叫默契。都满上！”江海笑着说：“满上，满上。”林咏端起杯子，说：“首先，为我们艇去年的巨大进步和今年的良好开局，为弟兄们真诚亲密和富有成效的合作干一杯！”“干！”大家叫了一声，一齐干了杯。林咏还没来得及吃菜，又端起杯子，说：“我们这些成绩都是江教导员来了以后取得的，我们一起敬教导员一杯。”江海马上按住林咏的手，说：“不能让我感到孤独啊！”胡子君说：“我斗胆带领大家敬两位好首长、好师长、好兄长一杯，大家同意不同意呀？”“同意！”大家不由分说，围上来与林咏、江海碰杯，然后一起喝了下去。林咏看了看江海，说：“你看，渔翁得利了！”江海笑了笑，和林咏碰了一下杯，喝了下去，林咏也喝了下去。刚刚吃了一口菜，林咏又端起杯子站了起来，对江海说：“咱哥儿们今天什么也不说，干一杯。”江海站起来，说：“无声胜有声。干！”两人杯子一碰，都喝了下去。

江海放下酒杯，问胡子君：“家里情况进展如何？”胡子君说：“本来我想休假的，听说嫂子弟妹们都要来，我就不回去了，留下来给大家当后勤。”林咏大声说：“胡闹！”胡子君哈哈大笑，大家才明白他是开了个玩笑。胡子君说：“来不了了。她母亲的病没见好转，爷爷身体老拉警报，外婆也挺紧张，成了护士长了。”“你那头呢？”江海问。胡子君说：“我从小一直由奶奶带大，感情很深。父亲多次对我说过：‘我死了，你回不回来无所谓，你奶奶到了那一天，你一定得回来。’我奶奶现在很危险了，电话都不能听了。等等再说吧。”江海点了点头，说：“我父亲磨铡刀时，一块磨石不够，就两块并起来磨，叫双石磨大刀。怪不得子君思想品质、意志品质这么好呢，你是多石磨大刀啊！我们党是多石磨大刀的高手，子君是好党员啊！”林咏对胡子君说：“教导员往你的磨石上洒水了，继续磨吧！”胡子君答声“是”，说：“明天，八个同志休假离队。”林咏问：“都交代注意事项了吗？”胡子君说：“各部门都交代了，我也逐个交代了。”林咏大声说：“趁着还没喝多，我说两句工作上的话：明天跟艇学习，我们要严肃认真，不要闲扯运动会呀什么的。后天出海一天，机会宝贵，要尽可能多去人，但家属来队的就不要去了——括号：我除外，老夫老妻了，跟你们不一样。”钟伟诚说：“我肯定要出海的，她五六点钟才到，那时我们也靠码头了。”

林咏的注意力又回到酒上，问江海：“该喝什么酒了？”江海说：“有个酒必须喝，事关你的信誉。”林咏愣了半天，想不起来，问江海：“提示一下？”江海向苗苗站的方向斜了斜眼，努了努嘴。林咏“哦”了一声，说：“这年龄大一岁是一岁，不服不行啊，脑子不好使，我早忘了。”说完，他让苗苗端起一杯酒，说：“我们说话算话，三个艇领导敬你一杯酒。”苗苗连连摇头，说：“不行不行，那是开玩笑的。”林咏问：“跟你开什么破玩笑啊？你是不是觉得艇领导对战士不讲信用？”苗苗急忙说：“不不，我不是那个意思。”林咏看了看江海和胡子君，对苗苗说：“你大大超额完成了任务，喝这个酒，谁都高兴。我们三个艇领导代表全艇同志祝贺你在迎春运动会上取得的卓越成绩，感谢你为596艇争了大光！”说完，三个艇领导和苗苗碰了杯，先喝了下去。苗苗赶紧喝了下去，又给自己倒了个满杯，给三个艇领导各倒了少半杯，说：“我整天在艇领导身边，受到了比大家更多的教育、培养、关心和照顾，借今天这个机会，我敬三位首长一杯，表示感谢。”说完，一口喝了下去。林咏说：“杯子不碰，喝了没用！”苗苗马上又自倒一杯，和三位首长碰了杯，说：“感谢三位首长！”又喝了下去。林咏说：“给我们也满上，不要让我们犯错误。”苗苗说：“不用了，行了。”林咏说：“别啰唆！”说完，要过瓶子，先给自己倒满，又给江海和胡子君倒满，三个人一齐喝了下去。大家献上了掌声。

江海看了看手表，问大家：“运动会热闹完了，这年怎么过呀？”林咏说：“副长、其明、学正以打电话为主，教导员以陪夫人打乒乓球为主，我以给孩子补课为主，枪水长以向夫人学厨艺为主，机电长以骂老婆为主，航通长无论以什么为主，我相信大家都能理解。”一阵笑声后，江海说：“艇长真有战略眼光啊，对三岁的孩子幼儿园的课都那么认真，肯定是一鞭先着，一马当先啊！”林咏说：“是怕输在起跑线上。我这个当爸爸的，能做的很有限。”辛乐说：“我得说明一下：我们虽然说话声音高点，但主要是切磋家务，不能说是骂老婆啊！”柳风笑着说：“老辛还认真了！”胡子君说：“我有个建议：把我们开展‘四不’活动的事情告诉家属们，让她们高兴高兴，监督监督。”好几个人笑着附和：“对！”

江海忽然大声说：“搞个扑克赛怎么样？不留死角，人人参加。”林咏说：“这个主意好，我也正想这个事呢。教导员说‘不留死角’，我建议包括家属。”苗苗说：“打扑克没意思，冠军不是报务班就是信号班，其他人休想。”大家都笑了。江海问：“为什么？”钟伟诚说：“要老柳回答。”柳风笑了笑，说：“报务兵发的电报号码与信号兵发的灯光通信号码虽然有听觉和视觉之分，但都是‘点’和‘画’组成的，他们用眼睛模仿信号灯，忽闭忽睁，互通信息，再严的规则也很难管得住。”江海说：“那就做一个规定，报务信号两个班的参赛选手都戴上墨镜。”大家都笑着拍起手来。柳风笑了笑，说：“别那么紧张，他们两个班打牌好的都休假了。”

胡子君说：“咱们艇比较普及的扑克项目是升级和拱猪。我建议：初一参加大队团拜会，然后自由活动，初二开始，一项一项地比赛，谁都得报名，至少参加一项。”林咏说：“各部门预赛，各选出两对，加上艇部两对，家属两对，直接参加正式比赛。”胡子君问：“艇领导和家属哪两对呀？”林咏看了一下江海，似问非问地说：“我和副长，教导员和译电员，家属那儿请副长协调，组织预赛。”江海和胡子君都笑着表示同意。苗苗急了：“我呢？”林咏说：“哦，还多出一个呀！”胡子君说：“家属共九个，是单数。”辛乐说：“那样刚好，我老婆打麻将不含糊，打扑克真不会。”林咏对苗苗说：“你抓紧时间帮助机电长教会他家属，然后你和她打对家。”苗苗看了看辛乐，挠了挠头，问：“能行吗？”林咏说：“什么叫‘能行吗’，机电长是谦虚呢，你以为你是谁呀？人家比你打得好多了。”苗苗说：“是！”辛乐对林咏说：“你还不知道吗，她真不会。”林咏说：“少啰唆！打升级，到时候学不会，你关起门来骂她，我们保证不拉架。”众大笑。

第五十一章　家属来队热情看望
通讯录中浓郁芬芳

出海回来，已是下午六点多了。吃晚饭时，江海收到海婴一条信息：“NN：她们都到了。我先看了崔姐，又和崔姐去看了柳夫人、钟夫人和辛夫人。艇上给他们分别送了饭菜汤，副长交代的。”江海即复：“好的YY！”江海对胡子君说：“你想得很周到，新来的三家不用太紧张了。”胡子君笑着说：“跟你和艇长在一起，再笨也能学一点啊！”江海说：“晚饭后我们去艇长家坐坐，然后和他一起到各家转转。”胡子君说：“好。”何其明说：“教导员，就剩我和译电员了，带上我们算了。”江海说：“得留个人看艇啊。”胡子君对江海说：“这样吧，你和艇长先转，我和其明、学正再抽空一起转转。”江海说：“也好。”江海问胡子君：“我们在904艇吃午餐，账怎么算？”胡子君说：“和901、904都说好了，一个月结一次账。”江海说：“一定要认真办好。”胡子君说：“放心吧，开始他们都说不用给了，我代表你和艇长强烈坚持的。”江海说：“好。单位之间，要越合作越亲，但是，‘亲归亲，柴棒真’。”胡子君说：“对。”

江海和海婴来到林咏家，三口人刚好吃完饭。江海摸着娇娇的头说：“娇娇长这么高了！”娇娇说：“叔叔阿姨好，我又长了一公分！”江海笑了笑，说：“好啊，很快就长成大姑娘啦！”江海又对崔文惠说：“嫂子，这回艇长怠慢你，可不怨我，我不让他出海，他非出不可。”崔文惠说：“军属光荣啊！”江海两口子笑了，林咏也笑了。娇娇问妈妈：“什么叫‘军属光荣’呀？”崔文惠说：“问你江叔叔。”江海蹲下来问娇娇：“你爸爸是军人，对不对呀？”娇娇说：“对。”江海问：“你和妈妈都是爸爸的亲人、家属，对不对呀？”娇娇说：“对。”江海问：“你和妈妈为了支持爸爸工作，很少和爸爸见面，很多事情爸爸帮不上忙，你和妈妈很辛苦，对不对呀？”娇娇说：“对。”江海问：“爸爸保卫祖国海防很光荣，对不对呀？”娇娇说：“对。”江海又问：“你和妈妈理解爸爸，支持爸爸，也是保卫国防，也很光荣，对不对呀？”娇娇说：“对，爸爸光荣，我和妈妈也光荣。”崔文惠笑着对林咏说：“你看人家校长家属，学着点哟！”林咏说：“天天都在学呀，不过，你得耐心一点啊！”四个大人都笑了起来。林咏对江海说：“她们两个转过了，咱们两个也转一下吧。”江海说：“好。”崔文惠说：“航通长夫人清新水灵，像一簇水仙花似的。”林咏、江海笑了笑，出去了。

林咏、江海首先来到柳风家，小两口刚好洗涮完毕，柳风急忙让座，妻子甘草急忙泡茶。甘草身高和崔文惠、海婴差不多，皮肤较白，长发，穿着虽然不怎么艳丽，但得体大方，引人注目的是一双大眼睛，一张娃娃脸，笑的时候有两个小酒窝。柳风先向妻子介绍了林咏和江海，再向林咏和江海介绍了妻子。林咏第一句话就开玩笑：“小甘是不是早婚早恋啊？”甘草笑着说：“都到晚婚年龄了！”大家都笑了。林咏说：“怪不得航通长那么沉得住气呢，原来如此啊！”大家又笑了。上好茶后，甘草坐在柳风旁边。问了家庭情况、路上情况后，江海问甘草：“父母是医生吗？”甘草说：“我父亲是中医。”江海又问：“名字有讲究吗？”甘草笑了笑，说：“我爸妈平时喜欢争论，给我起名字的时候，两个人又是争论不休。后来，我爸说叫甘草吧，甘草味甘，性平，能调和诸药，和中缓急，我们家很需要啊！妈妈勉强同意了。”江海说：“怪不得毛泽东喜欢询问姓名、解析姓名呢，姓名文化博大精深啊！”说完，又问甘草：“你如何看中西医的关系？”甘草说：“我爸说西医医病，中医医人；西医医‘一时’，中医医‘一世’。”江海说：“有道理。中西结合，前景广阔。”接下来，林咏、江海说的都是称赞柳风和对新婚夫妻祝福的话。林咏看了看手表，站了起来，说：“你们时间宝贵，我们不多打扰了。”江海说：“艇长开头是幽默，结尾还是幽默。”柳风笑着说：“‘幽’得我们都接不上话茬了。”林咏、江海笑了。

二人来到钟伟诚家，两口子正在看电视。进门后，林咏反客为主，向江海介绍说：“这是枪水长夫人唐新莲。”接着向唐新莲介绍说：“这是我们江教导员。”唐新莲说：“教导员好！”唐新莲皮肤白皙，鼻梁稍高，戴一副长方形红框眼镜，给人以文静稳重的感觉。江海与唐新莲握手致意后，大家坐了下来。聊了钟伟诚夫妻两家老人的情况后，江海对唐新莲说：“我们枪水长经常夸奖你做菜有一套好手艺，抽空教我们两手吧！”林咏跟着说：“教一手留一手也行啊。”唐新莲说：“哪里呀，他是怕我不给他做饭，哄孩子呢！”江海说：“不，我说的是真的。”唐新莲说：“我介绍一下我做菜使用辣椒的习惯就是了。”江海说：“辣椒文化，值得光大，现在爱吃辣椒的人越来越多了，特别是部队。”四个人说笑着，忽然，窗外传来一阵小孩子的哭声。钟伟诚说：“是老辛的儿子。”林咏示意了一下江海，说：“咱们去看看。”江海“嗯”了一声，站了起来。握手告别时，林咏问钟伟诚：“枪水长工作只争朝夕，在接班人问题上怎么不紧不忙的？”钟伟诚笑着看了看妻子，唐新莲笑着说：“还早着呢！”

二人来到辛乐家，林咏大声问：“谁又欺负我们乐乐了？”乐乐哭着说：“爸爸看新闻，不让我看动画片。”林咏说：“真不像话，大人怎么能和小孩子争频道呢？”说着，拿起遥控器，将电视上的新闻换成了动画片，大人都笑了，乐乐还在唏嘘不已。辛乐说：“改动画片了，还哭什么？”江海说：“乐乐在巩固胜利成果呢，胜利来之不易啊！”大家又笑了起来。辛乐的夫人穿着黑色裤子、白色上衣和左胸上方织有两朵红花的蓝色毛背心，圆圆的脸盘，一头短发非常整齐而有光泽。林咏指着辛乐夫人问辛乐：“这位是——？”辛乐短暂一愣，笑道：“我也不认识。”林咏说：“你背着组织换老婆，还敢抵赖！”辛乐笑着对江海说：“教导员请坐。这是我夫人梅妍岭，剪了短发，艇长开玩笑呢！”江海笑了。梅妍岭给林咏、江海上好茶，说：“老辛啊，就是不会安慰人。那次和他闹情绪，人家气得吃不下饭，睡不着觉，他就是不安慰，说句假话也行啊，可他就不。”辛乐说：“对不起，我不知道你还有这个爱好，结婚前忘了跟你说了——我真的不会说假话。”林咏笑了笑，说：“什么不会说假话，你这句话就是假话，开展‘四不’活动了，要好好改一改。”江海指着辛乐腰上系的围裙，说：“不错嘛，亲自下厨了。”辛乐说：“那当然，这可不是一天两天了。”梅妍岭马上接过来，说：“对，将近二十四分之一天了！”辛乐自己先笑了起来。江海说：“人无完人啊，机电长在我们艇上可是顶梁柱，人品一流，技艺超群，没有不夸奖的。”梅妍岭说：“就是看在这一点上，我才不跟他计较的。”林咏说：“可以啊，像个通情达理的人似的。”江海、辛乐都笑了。梅妍岭说：“艇长总是向着老辛。”林咏站起来，说：“怪不得大家都喜欢听你们俩‘切磋’家务呢，幽默穿串儿啊！下次‘切磋’家务的时候告诉一下，我们还来享受。”梅妍岭笑着说：“只要首长想听，我们随时都可以‘切磋’。”一阵笑声后，江海对乐乐说：“爸爸给你起名乐乐，是要你比他的快乐多一倍，实现爸爸的愿望，任重道远啊！”又是一阵笑声。

年三十上午，艇领导带头，进行了全面的安全检查和彻底的卫生清洁。午饭前，全艇集合，林咏高声问大家：“知道下面要做一件什么事吗？”大家你看我，我看你，都摇起了头。林咏说：“发通讯录！”队列里立刻响起了掌声。林咏示意江海讲话，江海说：“经过反复征求意见，反复修改，我们的通讯录正式印刷装订好了。下面，请副长分发。”胡子君搬着一个纸箱，笑嘻嘻地从会议室出来，说：“已经按部门和班分好了，退伍和上学同志的通讯录，今天就寄出去。”大家一下子围了上来，瞬间就发完了，个个都很兴奋，看了自己的，又看别人的。林咏高声喊道：“开饭啦！”

吃午饭时，周学正兴奋地说：“通讯录真是搞对了，太带劲了。办这件事时，我才发现我们这几十号人不得了，好像一下子都不认识了，又好像刚认识似的。”钟伟诚说：“说点具体的！”周学正说：“很多人的话我都能背下来了——‘学习每位战友，感谢每位战友’——军事主官的。”林咏说：“大白话。”周学正说：“一听就知道是大官的话，有修养者的话。”林咏说：“译电员马屁术见长了！”周学正笑了笑，说：“‘流动国土，战斗堡垒，海上课堂，和谐家庭’——政工主官的。”江海问周学正：“苗苗那句话是什么意思？”周学正说：“苗苗的话是字数最少的，就四个字——‘爱即修养’。他说他在596艇学到很多东西，但印象最深的是这一点。他认为爱祖国、爱人民、爱战友、爱亲人，都是个修养过程。”林咏说：“剽窃！这是教导员的话。”江海说：“我讲过这个意思，但这四个字是他的。”柳风说：“我印象最深的是叶崇林的话：‘596艇主机的声音，是世界上最美妙的乐曲。’”林咏对江海说：“在你的教导下，粗人都变文雅了。”江海说：“真情实感，怎么说都是美的。”

胡子君说："我的话太长了，得改一改。"林咏说："不行，这是史册，历史不走回头路。"大家都笑了。

下午，党支部大会，吸收了一名党员。之后，又召开了支委会，分析了官兵思想形势，研究了下一步的安全管理工作。江海在发言中表扬了本期黑板报关于春节的介绍。他说："一讲过年，我们马上会想到贴春联，放鞭炮，吃饺子，穿新衣，这些传统习惯文化含量都是很高的。有人说春联反映的是民心、家风、人愿和史训，有鲜明的时代特色、地域特色和行业特色，这无疑是对的。过年时，我们老家人在面板旁和油灯旁分别贴上'小心刀口'和'小心火烛'的春联，明显有警示作用。过年时人心沸沸，用刀又多，所以要'小心刀口'；冬春季风干物燥，过年点灯数量多，时间长，所以要'小心火烛'。我们艇的安全工作，也必须着眼官兵节日生活的方方面面，落实到细枝末节。"

晚饭时，艇领导按惯例给官兵敬酒。江海抢先走到靠码头的一侧，大声说："同志们！除夕夜，吃年饭，欢迎艇长致祝酒词！"掌声中，林咏小声对几个干部说："我还以为书记要抢先致祝酒词呢，原来是要派我。"几个干部都笑了。林咏端着满满一杯红酒，走到右舷中间，往艇首艇尾望了望，大声说："同志们！我和江教导员、胡副长，怀着十分高兴的心情，祝贺大家在将要过去的一年里取得的成绩和进步，并祝愿大家在新的一年里天天开心，个个进步，家家幸福——干杯！""嗷……"一片吼声中，大家喝下了年饭的第一杯酒。

大家坐下后，林咏、江海和胡子君分别与机电部门、枪水部门和航通部门官兵共餐。战士们吃饭快，习惯了，尽管饭前部门领导都交代大家陪艇领导慢点吃，但还是很快就结束了。江海对林咏说："咱们和子君到会议室敬一个吧。"林咏说："好。"

给艇务部门敬完酒，几个干部走到了码头边上。林咏问胡子君："又给各家送菜了？"胡子君说："过年了，总是要吃顿饭的，仅仅是四个简单的菜和一个汤。"林咏说："下不为例！"胡子君说："还得'为'一次'例'，志海他们给各家准备了些饺子，速冻起来了，主要是考虑家属们刚到部队，明天八点半大队要团拜，今晚还要'熬寿夜'——哦，航通长除外！”大家笑了起来。柳风说：“怎么一边说正事，又把我捎带了。我也睡不早，不信你十二点打电话看我接不接！”胡子君说：“那是你睡醒了。”大家又笑了。胡子君说：“干部战士家属来队都是一样的，明天早上七点半以后‘下不为例’。”江海看了看林咏，对胡子君说：“谢谢你，谢谢同志们！”

离开艇后，江海给海婴发了一条信息：“家里还有饭吗？”马上收到海婴的回复：“有！”走到篮球场旁，江海又收到海婴一条信息：“精明和老实是不能在一个脑袋里和平共处的——江海是个例外！”江海看了两遍，回复了一个“？”，随即收到海婴的信息是：“哈哈……”

走到家门口，江海仔细看了海婴贴的对联：“学习学习学习，奋斗奋斗奋斗。横批：同心共胆。”海婴打开门，对江海说：“你选的内容很好，我写得不好。”江海说：“不，写得很好。起步了就好，明年肯定会更好。”说完，拉着海婴的手进到屋里。“饭菜已经热好了，”海婴说，“这么快回来，要说吃好了的话，我也不信。”江海说：“他们吃得太快了，我这里过年话还没说完呢，他们已经吃饱了。”海婴说：“艇上送得太多了，慢点吃，汤正在热。”江海说：“我还以为你在食堂吃呢。”海婴说：“基本程序走完，我就回来了，那种场面太累人。”江海笑了笑，以很快的速度吃完了饭。海婴已经给他打好了汤，坐在旁边看着他。

江海喝了一口汤，有点烫，转过头来问海婴：“信息是转发谁的？”海婴说：“姨妈的。”江海说：“观点是荒谬的。”海婴瞪大眼睛问：“为什么？”江海说：“她说的‘精明’应该加上引号，不老实，是不可能真正精明的。”海婴眨了眨眼，想了一会儿，说：“嗯，你说得是对的，但是不要和姨妈说了，明白她的意思就行了。”江海掏出手机，边按号码边说：“这是个严肃的问题，必须跟她说清楚。”海婴急着抢手机时已经通了。江海问：“吃完饭了吗，姨妈？”“快了。”刘唱回答。海婴侧着耳朵听着。江海说：“我和海婴给你和姨夫，还有王玉全家拜年，祝你们在新的一年里身体健康，快乐幸福！”刘唱说：“我们都很想念你们，经常念叨你们。我也代表全家祝你们在新的一年里工作顺利，健康快乐！”江海又邀请姨妈全家来南石湾，刘唱说：“只要有机会，我们都会去的。”和刘唱通完电话，江海放下手机，哈哈大笑。海婴说：“笑什么？我知道你不会讲的。”江海想了想，拿起手机，拨通了岳父母家的电话，岳父接的。江海问候并拜年后，突然另一只手遮住送话孔，对海婴说：“妈妈抢电话呢！”岳母说：“别的不说了，你们都要给我健健康康、快快乐乐的！”江海说：“我们真的很健康，很快乐，妈妈不信的话就来检查一下。”岳母说：“‘五一’你们不回来的话，我们都过去。”江海说：“好的！我和海婴都不在你们身边，你们一定要多多保重！”岳母说：“我们这边条件好，朋友多，你们放心吧！”

江海电话刚刚打完，海婴迫不及待地用自己的手机拨通了山东婆家的电话，接电话的是公公，她代表江海问候了一番，并给爷爷奶奶爸爸妈妈伯父伯母拜年后，又和婆婆聊了起来。婆婆说：“江燕他们上午来了，吃的穿的戴的，弄了一大堆。在家千日好，在外一日难啊，你们要相互关心，爱护好自己。天冷了，多穿点衣服。”海婴说：“这里不冷，将近二十摄氏度呢！”和老人讲完话，海婴笑了笑，拨通了江燕的手机，两个人问问答答，热闹了一番。放下手机后，海婴对江海说：“我最喜欢和江燕通话了，她第一句准是‘哎哟，嫂子啊，想死我啦’，听了真舒服。”江海说：“其实她话不多，心比较细，业务熟练，做事利落，是个年轻的老先进。”说完，又拨通了海山家的电话，给二位老人及全村人拜了年。江海要去刷锅洗碗，被海婴拦住了。海婴说：“泡那儿行了，洗澡前再洗。”说着，把江海拉到沙发上，抱着江海的肩，说：“现在什么也不干，就看新年文艺晚会。”两个人一会儿精神专注地欣赏，一会儿比比画画地评说，一会儿海阔天空地联想，偶尔还开开只有他们自己才能心领神会的玩笑。

也是一种“好景不长”吧，江海看了看手表，11 点 10 分，又看了看海婴。海婴说：“去艇上看看吧，你坚持了这么久，已经到极限了，我很满足了。”江海捧着海婴的脸，看了很久，亲了一下，又看了很久，说：“电视想看就再看会儿，不想看就先休息。明天早上七点炊事班还来送饺子呢！”说完，起身出去了。海婴送到门口，看着江海转弯下楼梯后才关上门，移步窗前，站在凳子上寻找江海，直到二号码头远端灯柱下出现了江海的身影，直至他上了艇。

江海从艇首到艇尾，从舱面到舱内，认认真真察看。因为今天是 12

点熄灯，所以，还有些同志在看电视。江海走到驾驶台上，发现电工班班长史明一个人在那儿坐着，便小声问道：“家里有什么情况？”史明急忙站起来，说：“没有没有。”江海问：“小两口吵架了？”史明还是说“没有没有”。江海又问：“遇到烦恼事了？”史明说：“也没有，真的！”江海说：“那你深更半夜的一个人抹什么泪？”史明下意识地用手擦了一下脸，说：“教导员眼睛真好使。刚才和家属发了个把小时信息，发着发着就这样了，不好意思……”江海问：“真的？”史明点点头，笑着说：“真的。”江海提高嗓门说：“过大年，想老婆，好人好事啊！你慢慢抹吧，不陪喽！”

江海走下驾驶台，苗苗陪着胡子君正好走过来。胡子君对江海说：“回去吧，你这样，我心里很不安的。”江海说：“习惯了，看一看睡得踏实，睡的数量少点，质量高点，一样的。”苗苗嘿嘿一笑，对胡子君说：“你说不过教导员的。”胡子君说：“说不过，那就推吧。”他边推江海边说：“赶快回去……”

第五十二章　团拜会上和乐景象　茶话会上各擅胜场

大年初一早上七点整，狂风暴雨般的鞭炮声，把南石湾所有的人迎进了新的一年。各基层单位、各家都放了鞭炮，许多人还放了不少散炮。林咏、江海两家是合放的，很大程度上是为了“锻炼”娇娇。

上午八点半，新俱乐部前挤满了官兵和家属。常大队长对着麦克风大声宣布：“猎护大队2004年春节团拜会现在开始！”话音刚落，挂在二楼窗外和树上的长长的鞭炮被同时点燃，霎时间，响声大作，炮皮飞溅，火舌闪闪，雾涌云蒸，欢呼声、惊叫声、笑声……南石湾顷刻间被浓浓的年味所弥漫。

鞭炮声过后，常大队长说：“欢迎乔政委致新年贺词！”在阵阵掌声中，乔政委做了简洁而富有诗意的讲话。他回顾了大队一年来的新成绩、新进步，分析了面临的形势和任务，发出了把战斗力提高到新水平的号召，并代表大队领导和机关为全体干部、战士、家属和小朋友献上了新春的美好祝福。乔政委致辞完毕，大家无论认识不认识、熟悉不熟悉，都拱手致意，互贺新年。林咏、江海、胡子君和兄弟艇领导一样，一起逐个给大队领导拜了年。林咏夫妻还陪着江海夫妻逐一与大队领导家属认识并拜年。游艺活动开始后，年三十值了班的常大队长、初二将值班的杨副大队长和大家握手告别，回县城家里去了。

游艺场地分两块，一块在新俱乐部一楼，一块在新俱乐部门前空地上，项目有对春联、猜谜语、“盲人”击鼓、钓鱼、钓酒瓶、套圈、小篮球投篮、穿针、吹水中乒乓球等二十来个，奖品主要是糖果之类的小食品及玩具、笔记本、铅笔等。海婴和崔文惠成了娇娇的贴身保镖和得力助手。林咏和江海先是猜谜语、对春联，后是套圈、钓酒瓶，给娇娇挣了不少奖品。乔政委笑眯眯地看着儿子“钓鱼”。乔政委夫人云凤侠对崔文惠和海婴说：

“我儿子就是冲着这个游艺活动来的，不然他不会来的。”崔文惠说：“大人也一样，你看参谋长、主任玩得多投入啊！”几个人都笑了。丁参谋长一家三口在几个“啦啦队员”的簇拥下，投起了套圈。古主任不停地逗各家的小朋友玩，他妻子专心致志地指导孩子钓酒瓶。撒处长、鲁教导员碰到谁就问候，询问有什么需要帮忙的事没有，他们的家属则结伴一起玩。周学正指了指柳风夫妻，对钟伟诚说：“你看，人家都悄悄回去了，你们还不回去？”钟伟诚说：“我们情况不一样！”周学正笑笑，走开了。闹腾了近两个小时，人们才带着奖品，带着笑容，渐渐离去。

晚上七点整，596艇春节茶话会在紧靠二号码头的篮球场召开，官兵和临时来队家属自带小凳子，围坐了一个圆圈，每个人面前都摆着花生、瓜子、水果、糖果等。江海说了个开场白：“艇领导充分了解民意，充分尊重民意，决定春节茶话会由周学正同志主持。说实话，周学正同志这方面的特长，我本人并没有发现，不过，我有言在先：今天他弄好了，是他的；弄砸了，算我的。现在，我们就欢迎周学正同志闪亮登场！”江海说完，带领大家鼓掌。

周学正周周正正地走到会场中间，恭恭敬敬地向前后左右行了鞠躬礼，开口道：“女士们、先生们、小朋友们，晚上好！”一阵掌声。周学正说：“主持这样的茶话会，我觉得自己根本不是这块料，既然群众拥护，领导决定了，我只好本着相信群众相信组织的原则，通过认真努力，用行动和效果证明自己对自己的看法是错误的。”掌声中还有笑声。周学正说：“好几个同志提醒我：‘有权不用，过期作废’。我接受前四个字，后四个字改为‘有过无功’。”又有掌声。周学正说：“闲话少叙，抓紧用权——首先，我给首长和同志们拜年，感谢大家对我的关心帮助，祝大家新年快乐，阖家幸福！”掌声中有人说：“这不算谋私。”周学正说：“给全艇同志拜年，谁都很想，但我能首先拜年，不掌握主持大权，轮得到我吗？”一阵“嗡嗡”声中，周学正说：“我承认‘谋私’了，但保证后面全部‘谋公’！”有笑声没掌声。周学正说：“下面，愿意给全艇同志拜年的请拜年，每家一个代表，单身的是当然代表，从艇长家开始，顺时针方向，准备六点六秒后开始。”虽有掌声，但不清楚是给主持人的，还是欢迎拜年者的。

林咏在娇娇耳旁嘀咕了一会儿，娇娇站起来，向前跨了一步，大声说："我是娇娇。我代表全家给叔叔、阿姨和小朋友们拜年，祝大家在新的一年里健康幸福！"掌声中，娇娇回到自己的座位上，爸爸妈妈各赏了一个吻。周学正想夸奖娇娇几句，但找不到合适的语言。江海说："我们娇娇雏凤清声，令主持人相形见绌。"周学正赶忙说："对，的确太好了。"江海问周学正："怎么个好法？"周学正语塞，想了想，又摇了摇头。江海说："想夸不知道怎么夸，这是'一塌'；干脆不夸了，这叫'糊涂'。合起来叫'一塌糊涂'。"周学正说："请教导员教我两招儿好吗？"江海说："'招儿'是很贵的，不能随便送人的。教你'两招儿'不行，'一招儿'可以；高招儿不行，低招可以。"周学正说："行啊，有招儿就行，先应应急。"江海说："那就来个'借词卸责'嘛！"周学正问："借词卸责？"江海说："想夸人，自己没词儿，你马上问大家：'娇娇讲得好不好？'大家肯定说'好'。你再问：'让我们再次把热烈的掌声送给娇娇好不好？'大家肯定又说'好'，并且热烈鼓掌，你不就可以借众言而脱己责了嘛！"周学正说："好嘞，谢教导员教导！"一阵笑声后，江海刚要拜年，忽然转过头来，对周学正说："对我就不要用这一招儿了！"周学正笑了，大家也笑了。周学正说："人多，时间宝贵，我就不再插话了。"江海这才认真地说："我代表全家对大家在刚刚过去的一年里的关心支持帮助表示衷心感谢！祝大家在新的一年里健康，进步，快乐，幸福！"掌声后，胡子君说："给大家拜年啦！祝大家新年展大志，创大业，走大运，进大步，发大财！"大家刚要鼓掌，他又解释说："'财'，主要是精神财富，也包括物质财富，括号：合法收入。"掌声笑声一起飞扬。

逐一拜年后，周学正说："大家注意，我又要用权了！"会场上立刻安静下来。周学正说："咱们是新年茶话会，那就要说年话。什么叫作'说年话'呢？主持人规定：说刚刚过去的一年里，与596艇有关的话。"林咏、江海带头，掌声十分热烈。周学正说："三条规则：一是每个人至少讲一段，到场的夫妻不能相互代表，小朋友随意。二是每人每次发言一般不超过五分钟。三是大家都已经熟悉的不算，比如叶班长看爱人和孩子的照片。”全场大笑，叶崇林夫妻也笑了。周学正说：“本主持再用一次权：晚会结束前，根据大家发言的政治意义、经济意义和军事意义大小及趣味性情况，评比出前三名。评比方法：主持人提出建议方案，大家鼓掌通过。奖品：第三名，三秒钟掌声；第二名，六秒钟掌声；第一名，九秒钟掌声。”大家笑着鼓起掌来。周学正说：“不能重复的，发言越晚，难度越大。开始！”

钟伟诚喝了一口茶，站起来，说：“有件事，如果我不说，一会儿肯定有人说，所以我先说。”有笑声，也有掌声。钟伟诚说：“年初港岸集训的时候，我们水班长对部属要求特别严。有一天，他对一个同志发火：‘你如果再这样，我就打电话请 ×× 教导员回来跟你谈心——括号：×× 教导员已转业到地方工作，那时候江教导员还没来。我问水班长那有什么可怕的，水班长说：‘×× 教导员每次谈话除了要讲一遍自己从出生到今天的成长过程外，还要讲 N 段名人名言，N 个英模人物事迹，并讲述 N 个观点，提出 N 点希望，还要你谈出 N 点心得体会。’水班长伸出五个手指，说，‘五 N 战术’。”一阵笑声后，钟伟诚说：“我当时就对几位班长说：你们如果不好好工作，我也这么干，而且加一条，每次谈话 N 小时——括号：N>5。‘六 N 战术’！”一阵高分贝的笑声。

这时，大家纷纷叫叶班长来一个。叶崇林摆摆手，说：“你们先讲，我不怕重复，我要说的谁也重复不了。”大家还是不依，继续叫，还有鼓掌的。叶崇林站了起来，说：“我本来准备在后面掀高潮呢！”说完，看了看妻子房竹，又看了看大家，说：“我要说的是家务事，得先亲一亲夫人，以免回家后那个。”说完，弯下腰，亲了夫人一口。笑声和掌声中，还有“噢……”的叫声。叶崇林说：“大家只知道我夫人漂亮、贤惠、聪明，我今天要告诉大家还有一个最能反映她综合素质的特点——幽默！我们两口子到了一起，嘴就不会停。”大家又笑了。苗苗高声问道：“不停干什么？”叶崇林说：“大家不要笑，我说的嘴不停，不是吃饭，不是喝水，也不是那个，而是交流思想观点，训练语言艺术。我要她多吃点鱼肉，她就说：‘想破坏我的身材呀！’我说吃清淡些，她就问：‘叶崇林，你养不起老婆呀？’我回家如果没抱儿子，她就说我对儿子没有感情；如果抱儿子呢，她准说我是假装抱儿子而疏远她。我不亲她时，她说我从来没有主动亲过她。有一次，我下班回到家，她正在炒菜，我从背后抱她，她转过头来，说：‘流——’我马上打断她的话，说：‘不忙，不忙。’她不仅没再说那个‘氓’字，还飞了个眉，亲切极了。”房竹仍是微笑而不发声。

叶崇林继续说：“在原来的单位，没钱送礼，首批就被‘精减’了，几天不出门，要说话也就一句：‘叶崇林——笨蛋！’我妈扭伤了腿，我说回去给她看，因出海训练没回成。她抱着儿子，搀着我妈，在医院排队、转圈，人都转晕了，还找不到医生，回家路上就一句话：‘叶崇林——混蛋！’这次来队，本来说回去接她的，因为忙，没接成。她抱着孩子，背着袋子，提着箱子，半天上不去车，气得呼呼的，对着儿子说：‘叶崇林——坏蛋！’到了营区，我去接他们，她不让我抱孩子，也不让我提箱子，说——”叶崇林做了个鬼脸，问大家：“说什么？”“滚蛋！”很多人一齐答。叶崇林伸出一个拇指，赞赏大家猜对了，接着说：“打开一袋特意给我带的福建米线，我激动地说；‘谢谢你的一片心意。’她不动声色地说：‘看清楚，只有米线，没有心意。’回到家里，情绪稳定后，我对她说：‘你不会造手榴弹，但能把造原子弹的人气死！’她笑了笑，说：‘我是老天爷派来专门气你的！’我亲了她一口，说：‘你要是老天爷派来的就好了——你是阎王爷派来的！”掌声和笑声中，叶崇林以再次亲吻夫人的动作结束了发言。林咏说：“凭一颗爱心——叶先生极妍尽态，靠一张利嘴——房女士积非成是。”房竹笑着指了指叶崇林，说：“叶崇林坏透了，不过心还好，我允许他将功赎罪了。”掌声、笑声比房竹说话的时间还长。江海说：“我用四句话称赞和祝福叶班长和夫人：不求相敬如宾，但求相得益彰。爱情根深叶茂，幸福地久天长。”掌声中，叶崇林高声喊：“谢谢教导员！”

林咏站起来，说：“前些时候，媒体纷纷评选年度十件大事，世界的、国家的，综合的、单项的，都有。联想到我们艇，我也试想了十件事，今天在这里说一说，希望主持人能同意过关。”周学正说：“大家已经很期待了，当然可以。”林咏说：“一是开展了围绕以学习实践三个代表重要思想，为全面建设小康社会做贡献为主题的人民海军忠于党教育活动；二是圆满完成了年度训练任务，包括副长独操、扫海警戒和七昼夜无补给连续航行训练；三是提出了‘热爱猎潜艇、建功猎潜艇、超越猎潜艇’口号；四是支援小西沟，建好了自来水工程；五是在水警区比武活动中取得了突出成绩；六是顺利完成了和597艇互换部分装备任务；七是在大队首届迎春运动会上取得金牌和奖牌数量双双第一的成绩；八是组织进行了导弹艇军事专业学习；九是党支部委员会制定了自身建设措施和议事细则；十是——我喝口水再说。”一阵笑声后，林咏喝了一口茶，让大家猜十是什么，大家则以掌声催他快说。林咏又喝了一口茶，大家又笑了，又鼓了一次掌。林咏说：“十是——江教导员来596艇工作！”长时间的热烈掌声中，江海两次站起来向大家敬礼致意。林咏说：“把教导员来艇上工作放在第十，有‘总而言之’的意思，因为这与前九件事都有着非常大的直接关系。”周学正问大家：“艇长讲得好不好？”“好！”大家齐声回答。“我们再次把热烈的掌声送给艇长好不好？”“好！”又是一阵热烈的掌声。周学正朝江海敬了个礼，说：“教导员教这一招儿果然好用！”一场大笑让所有的人都开了心。

周学正说：“今天的茶话会调起高了，精彩的都先登场了，恐怕要虎头蛇尾了。”欧阳山说：“译电员小看人喽！今天大家情绪的沸点太低了，我随便可以说三段，保证叫大家捂着肚子笑。”周学正说：“你这么一说，我就有底气了。你最后说，不管情节怎么样，只要‘川味’足就行。”欧阳山大声说：“要得！”

周学正说：“下面来些次点的，为新的高潮铺垫一下。”仍有好几个人边笑边举手示意。周学正仔细看了看，点了雷达兵向际开。向际开站起来，说：“看来我在译电员心目中的形象差去了。”周学正忙说：“看来我们两个还不够默契啊，我是想让你给大家一个惊喜啊！”

笑声后，向际开说：“有一阵子我很想打台球，但因为人多，总排不上。苗苗对我说：‘跟我去，保证打得上。’一天晚饭后，我们两个早早就去了。快到俱乐部的时候，我先跑了进去，还好，有一张球台没人打，我赶忙拿起一根球杆，等苗苗来。忽然，一个不认识的同志拿起了另外一根球杆，他们也是两个人。我对他说我先来的，他不依，说是他们先来的，结果争了起来。苗苗来后，问明情况，对我说：‘算了算了，都是战友，有什么好争的。’苗苗要过我的球杆，对对方持杆者说：‘来，兄弟单位一起切磋一下，机会难得呀。’对方迟疑着，开始和苗苗打球。苗苗要么是慢：走过来，走过去，看过来，看过去，瞄过来，瞄过去；要么是‘指导’对方：要这样握杆，这样瞄准，这样击球……终于，对方瞪了苗苗一眼，放下球杆走了。苗苗还像真的似的跟人家打招呼：‘谢谢啦，有空再来切磋啊！’我问苗苗为什么这样，他说：‘艇上有规矩——出门不许吵架。’”大家都朝着苗苗笑啊叫的。苗苗问向际开：“服不服？”向际开说：“打开门说，你是以退为进，以迂为直；关起门说，你是以毒攻毒，以赖制赖。”

笑声过后，周学正说：“男士这半边天不管多晴朗，毕竟还是半边天呀，请另外半边天也晴朗起来好不好？”“好！”男士们异口同声。崔文惠说：“海校长是我们的代表！”全场都鼓起掌来。海婴看了看江海，江海微笑着示意她站起来。

海婴站起来，开门见山地说：“有一天……”刚说了三个字，场上便鸦雀无声了。海婴说：“一个海军同志和一个三岁左右的小朋友聊天。小朋友忽然问道：‘叔叔会算命吗？’叔叔说：‘会呀！’小朋友说：‘那你给我算算吧！’叔叔想了想，说：‘好，给你算三个情况，有一个不准，就算叔叔是骗人的。’小朋友一边说‘好’，一边催叔叔快点算。叔叔闭上双眼，故作神秘地说：‘送子观音的本职工作是专门送儿子的，因为她特别喜欢你，破例把你这个女孩子送到了人间。告别时，你问她：“我没名字怎么报到啊？”观音菩萨说：名字将来由父母起，你报“我”字就行了。’说到这里，叔叔问小朋友：‘明白吗？’小朋友点点头。叔叔说：‘到联合国报到时，你看他们鼻子那么长，吓得“哎哎”直哭。工作人员说：很好，发音很规范。’”停了停，海婴说：“英语‘我’的读音是‘哎’。”场上这才醒过点味来，有了笑声。海婴接着讲：“小朋友问：‘第二个呢？’叔叔说：‘你向中国报到时，看到排队的人那么多，急得“哇哇”地哭了起来。一个阿姨抱起你，一边登记一边说，你很乖，但发音还不太准确，是“我”，不是“哇”！’”笑声加掌声。海婴继续讲：“小朋友问：‘第三个呢？’叔叔说：‘向家里报到时，爸爸妈妈争着亲你，你害怕了，爸爸妈妈怎么见面就咬人啊！于是，又是“哎”又是“哇”地哭了起来。爸爸说：“宝贝真棒，英语汉语都会讲。”妈妈说：“对，英语比汉语说得还好呢！”’”一阵笑声后，海婴说声“讲完了”，便坐了下来。周学正问海婴："这个故事很精彩，但是和596艇有什么关系呢？"海婴说："那位海军同志叫江海，小朋友是娇娇。"大家使劲鼓起掌来。周学正"哎呀"了一声，说："我要重新认识我自己。本来，我生怕主持不好这个茶话会呢，没想到连外语节目都会主持了，我真棒！"有笑声，也有嘘声。

接下来，要求发言的更加踊跃了，掌声、笑声一阵接一阵。看看时间不早了，林咏向主持人建议再讲两个——欧阳山发言，教导员结尾。周学正说："正合寡意！"说完觉得不合适，改口说："正合我意！"还是觉得不合适，再改口说："正中下怀！"胡子君说："别充斯文了，一个'是'字就得了！""是！"周学正应声出口。周学正接着说："欧阳山同志，请尽情发挥吧！"

欧阳山站起来，说："我这个人最大的缺点是爱说实话。"江海提醒道："不是缺点，是优点！"欧阳山说："教导员水平高，观点肯定是正确的，请大家以教导员的指示为准。"笑声四起。欧阳山问大家："知道我现在最想什么吗？"无人回答。欧阳山说："老婆嘛，这还用猜！"苗苗大声问他："你还没结婚，哪来的老婆呀？"欧阳山说："括号——因工作忙，尚未领取结婚证。"笑声。

欧阳山说："为了说起来方便，请首长同志们允许我把对象叫作'老婆'，平时电话上都是这么叫她的，她开始假装责怪我，后来就接受了，要是高兴了，答应得可甜了。"林咏说："别臭美了，你那个'老婆'是带引号的，想过嘴瘾就说吧，但不能说脏字。"欧阳山说："艇长，你太难为人了，我老婆姓章，不说'章'（脏）字怎么说得清呀？"林咏笑了笑，说："越搅和越黏糊了，你爱怎么说怎么说吧！"欧阳山说："谢谢艇长！"欧阳山扫视了一下全场，说："遵照艇长指示，我想说什么说什么，想怎么说就怎么说。我说说和'老婆'的情况，请结了婚的、有对象的参谋参谋，让没对象的羡慕羡慕。"周学正对欧阳山说："假如觉得有危机的话，本人可以和你密谋密谋。"欧阳山说："去你的，我们只有机密，没有危机。"

欧阳山又看了看艇领导们，说："前不久，我'老婆'电话中对我说：'问问你们艇的情况可以吗？主要是想知道你工作生活的环境，如果涉及军事秘密，你千万别讲。’我说，军属觉悟就是不一样，谢谢你的理解，尽管‘吻’吧。——括号：我和‘老婆’打电话，发信息，‘问’字一般用‘吻’字代替。‘错别字’只要用的是地方，是时候，那就身价百倍。我‘老婆’开始叫我‘白字先生’，后来叫我‘狐狸’了。”大人、小孩都笑了。欧阳山说：“‘老婆’问我：‘你们艇大不大？’我说，这是军事秘密，反正有比我们大的，也有比我们小的。老婆问：‘在你们艇上，你的工作是不是很重要的？’我说，我们平时聊天，都说自己的工作重要，但是一有任务，就都分头钻到舱里去了，而我和艇长一起在指挥台工作。‘老婆’问：‘你和艇长工作关系很密切？’我说，当然喽，肩并肩，嘴对嘴！我‘老婆’吓了一跳，大声问我：‘你们边工作边搞同性恋啊？’我说，不是的，是传话——艇长说‘左五度’，我跟着说‘左五度’，落实好了再说‘五度左’，两张嘴搞接力。”一片笑声和掌声。

欧阳山越说兴头越浓：“我说，我们艇是全团全师的先进单位。括号：说大队水警区她不懂，老和生产队相比。我‘老婆’顺着原来的话题追问：‘你和艇长的作用差不多喽？’我说，你可以这么理解，但我不能说。”一阵笑声后，苗苗问欧阳山：“你说了半天，‘老婆’叫什么名字呀？”欧阳山说：“单名一个‘妙’字，左边一个女，右边一个‘少’，少有的美少女的意思。”“谁起的名字呀？”苗苗又问。“我‘岳父岳母’。意思是让她的一生成为一篇美妙的乐章。”欧阳山答。苗苗又问：“‘岳父岳母’不带引号啊？”欧阳山说：“他们老人家听不见，不用带了。”又是笑声。欧阳山说：“最恼火的事情发生了——‘老婆’问我：‘这么说，你们艇上除了艇长、教导员，就数你喽？’我说，不，还有副艇长呢。她接着问：‘除了副艇长就数你喽？’我说：不能讲了，再讲就是军事秘密了。”满场大笑。周学正笑着说：“我们送上热烈掌声，祝愿欧阳山同志早点把‘老婆’从引号中解放出来，并祝他们幸福！”大家以热烈的掌声送走欧阳山，又迎来江海。

江海说：“我们在快乐中交流，在享受中学习，既有幸福感，又有收获感。能够共同创造快乐和幸福，这显示了我们良好的整体素质，值得我们珍视和自豪。”掌声。江海说：“按照主持人‘谈本艇的事，谈一年来的事’的要求，我也有很多话想讲，但最想讲的是我偶然听到的我们艇长的两次电话。到艇上不久的一个星期天下午，我到艇长房间去谈事情，进门前听到他正在和一个人通电话，请教导弹专业的一个问题，问得那么认真，那么细致，我才知道艇长在自学导弹和电子对抗专业，而且已经达到了相当的水平。”

江海说：“还有一次，也是到艇长住舱谈问题，听到艇长在和夫人通电话，我退到了门外，但还是听到一些。崔嫂崴了脚，动弹不得。艇长休假期满，尽管大队首长同意他续假，但他还是按时回队了。他们通话，是艇长交代崔嫂上厕所动作要领和注意事项的：‘先坐在床边，做好准备。不要用拐杖，你用不上力，容易滑，摔了可不得了。要坐在我准备的那个圆凳子上，好脚着地，手脚配合，慢点挪到卫生间门口，休息一会儿，双手扶门框，再单腿站起来，单脚跳两下，扶住洗脸池，再单脚跳两下，慢慢扶住马桶……’”说着，江海哽咽了，场上非常肃静。

江海擦了一下眼，说：“如果没有理想，如果没有信念，如果不是奋斗者，艇长有一百个理由不学新专业，不受那种感情上的折磨。”江海停了停，说：“‘热爱猎潜艇，建功猎潜艇，超越猎潜艇’，艇长是我们的楷模，我们为有这样的艇长感到高兴。我提议，我们把热烈的掌声献给艇长、崔嫂和娇娇！”大家立即使劲鼓起掌来，掌声扎实、响亮、持久。林咏一家三口站起来，一起向大家鞠躬致意……

596艇扑克比赛年初二开始在俱乐部棋牌室进行，同时开了四桌，除值班的外，都到赛场看去了。首先是“升级”比赛，参赛队抽签分成了两组，进行循环赛，采用五局三胜制。观众越聚越多，不少外单位的同志也来了。看女牌手的观众明显地多些。由于有俱乐部同志们的协助，秩序总的还可以，但争论、埋怨和笑的声音肯定是少不了的。报务班、信号班两对戴墨镜的选手，早早就被淘汰了，还被几个同志起哄了一阵儿。裁判执法非常严格，任何提示性的形声都要被罚。大队丁参谋长和古主任还专门来看了一会儿，笑眯眯地走了。大家的瘾头还真大，上午比，下午比，晚饭后还比。

初三上午，两个组的前两名就出笼了：A组柳风、章韵，苗苗、梅妍岭，B组林咏、胡子君，肖志海、关士愔。下午半决赛，苗苗、梅妍岭对林咏、胡子君这一对吸引了大部分观众，包括海婴、崔文惠、花岛等。起牌前，梅妍岭对林咏说："听说你们循环赛时有互打暗号和边比赛边'立法'现象，我是不相信的，堂堂596艇三分之二的领导，肯定不会那样的。"林咏说："辛夫人好眼力，我完全同意你的判断。"梅妍岭撇了一下嘴，观众都笑了。第一盘，苗苗、梅妍岭赢了，林咏和胡子君争着做自我批评。第二盘，苗苗梅妍岭又赢了，林咏和胡子君都没说话。梅妍岭说："艇长阁下，我得说两句了。"林咏问她："说什么？"梅妍岭说："第一盘输了，你们假装争着承担责任，第二盘输了，就没话了，这第三盘再输的话，你们动嘴可以，可不能动手啊！"观众哄堂大笑，苗苗憋不住也笑了起来。林咏说："少废话！让你们两盘你还来劲了。"第三盘，林咏、胡子君勉强获胜。林咏长出一口气，说："险胜！"梅妍岭说："可惜后面跟着的是惨败。"林咏说："后面跟着的是连胜。"第四盘，林咏、胡子君苦苦挣扎，还是输了。两个人开始互相帮助对方'总结教训'了。梅妍岭笑了笑，对两位艇领导说："输牌了，不能再输人了，其实谁也不怨，都怨对手太强了。"大家一笑，林咏和胡子君也笑了起来。

在接下来的比赛中，苗苗和梅妍岭竟然又战胜了肖志海和关士愔，一举夺冠。林咏和胡子君战胜了柳风和章韵，获得第三名。林咏向梅妍岭表示祝贺后，又对辛乐说："你夫人既不给艇长面子，也不给老乡面子，回去好好管一管！"辛乐大声说："是！"梅妍岭使劲瞪了辛乐一眼，辛乐马上赔个笑脸，说："你别急嘛，艇长只说回去好好管一管，但没说谁管谁呀！"一阵笑声后，林咏说："辛副家长，我服你了！"笑声中，海婴、崔文惠、花岛她们还拍起手来。

拱猪比赛结束，肖志海、关士愔夺冠，柳风、章韵和钟伟诚、邢行分获亚军和季军。

两场扑克赛把时间带动起来，飞快地跑过了新年长假。林咏和江海连续两个晚点名，讲了收回心来，潜心学习的要求。江海还表扬了年假里每天坚持学习军事课的舒扬、马跃和向际开等同志。

元宵节，大家只是轻轻松松地看了中央电视台直播的文艺晚会，艇上没搞别的文体活动。

第五十三章　专题教育氛围骤浓
班子深研民主集中

星期一上午，新俱乐部一楼，大队召开全体军人大会，进行了“增强战备观念，培养战斗精神”专题教育动员。会后，江海主持召开支委会，认真研究了开展专题教育的方案。下午，又召开全艇人员会议，就搞好专题教育进行了再动员，并宣布专题教育结束时，组织一次“增强战备观念，培养战斗精神”“大家谈”，要求大家早做准备。

星期二晚饭后，白因微笑着来到江海住舱，江海早就意识到他想和自己谈心了，于是说：“咱们出去走走吧。”白因说：“好的，谢谢教导员。”二人下艇后离开码头，向郭林园方向散步。出来营区后，白因说：“我早就感觉到您一直在关心着我。”江海说：“关心是应该的，但我做得很不够。”接着问道：“目前，你父母关系怎么样？”白因看着江海，说：“教导员可能不会相信，其实，他们之间的矛盾究竟是什么，怨谁，我一直弄不清楚。我父亲太急，我母亲很要强。”江海问：“你父亲急到什么程度？”白因说：“动过手。”江海问：“次数多吗？”白因说：“好多次。”江海问：“最近一次是什么时候？”白因说：“柳部门长和我谈话前半个来月。”江海问：“你怎么反应的？”白因说：“我打电话对他说，你曾经是共青团员，还当过村委会委员，这么大年龄了还坚持以暴力解决家庭矛盾，这是全家人的耻辱。你和我妈的矛盾我管不了，我要管的就一条：决不允许你再打我妈一次。希望你记住我这句话。”江海问：“他有什么反应？”白因说：“使劲做检讨，还让亲戚们给我做解释。”江海说：“你这个态度是重要的，也是必要的。这也说明他很在乎你。”白因点了点头。

江海停下脚步，问白因：“他们还住一个院子吗，你父亲吃饭怎么办？”白因说：“住一个院子，我爷爷奶奶住正房，父亲住东屋，母亲住西屋。

我父亲经常在我爷爷奶奶那里蹭饭，我伯父他们烦死了。”江海说：“姬班长家的情况比你们家的情况还要复杂，但他处理得不错。”白因说：“他给我介绍经验了，我很佩服，也很受启发，亮堂了很多，也轻松了很多。”

两个人继续往前走。江海说：“他的经验中，‘自强’一条特别重要。你越有出息，在家庭中的地位就越重要，认识水平高了，处理问题能力强了，才能对家庭和谐发挥更大的作用。”白因说：“是的，我也有这方面的体会，我参军后，他们的关系曾经缓和了一段时间。我这次成为士官后，他们都很高兴，说话的口气也不一样了，还讲道理要我珍惜机会好好干呢！”江海说：“家庭是社会的细胞，处理好家庭关系，就是对社会的贡献。20世纪中叶有个说法，叫作‘出身不由己，道路可选择’。每个人一生都会遇到许许多多的不如意，懊丧、赌气、回避都不是办法，你干脆就把这个问题当成磨刀石，在解决好这个问题的过程中不断磨炼和提高自己。家庭的和谐和幸福，主要取决于家庭成员的素质，特别是思想水平和道德修养。你努力提高自己的素质，同时帮助父母亲提高素质，情况才会越来越好。退一万步讲，最终他们关系不行了，那又怎么的？古人说：‘君子绝交，不出恶声。’还是要讲修养讲风格嘛！至少是你不能把自己也搭上去，因为那就不是两个人有问题，而是三个人有问题了。”白因连连点头，说：“谢谢教导员，我有方向感了。”这时，白因手机响了，他爸爸的电话。他知道白因正在和教导员谈话后，要求和江海讲几句话。江海拿起白因的手机，说：“白大哥你好，我是江海。”白大哥说：“我们的家务事让你操心了，不好意思。”江海说：“你们处理得越来越好了，我和我们艇长都很高兴。”白大哥说：“我没做好，教导员多批评。”江海说：“建设家庭和享受家庭，是大责大福，也是人生大课题。咱们一起探讨吧。有句土话叫做‘争无理，让无理’。家庭都这样的，大家都争，就不讲理了；大家都让，就不用讲理了。”白大哥说：“教导员说得对，看来还是我这个家长没当好……”

一周之内，大队组织了三次集体大课，每次课后，都由各基层单位组织讨论消化。一时间，谈形势，论打仗，成了营区话题的主旋律，墙报、黑板报、广播，都是这方面的内容。

大队周交班后，林咏、江海被叫到了大队长办公室，常大队长、乔政委、丁参谋长都在。常大队长对林咏江海说："请你们两个来，是要告诉你们两个情况。一是后天水警区新上任的梁参谋长考察南石湾港和沙湾锚地，大队丁参谋长陪同，你们艇担任交通，洞八洞洞离码头，幺拐洞洞靠码头。"乔政委接着问："有问题吗？""没有！"两个人同声回答。常大队长说："二是你们艇退役的命令已经到水警区了，不再专门开会宣布了，交船时间初定在三月中旬。希望你们加强管理教育，抓紧军事专业学习，将良好形象保持到底！""是！"二人同声回答。乔政委说："这可能是596艇最后一次执行海上任务了，你们一定要认真动员，认真组织。执行任务回来后，你们可以把艇将要退役的事告诉大家，结合这次战备专题教育，帮助大家提高认识，端正态度。相信你们能把这个特殊任务完成好，把这个特殊阶段走好。"林咏说："请首长放心，我们坚决完成好任务！"江海说："我们一定积极引导，把艇退役的过程变成人员素质提高的过程，以健康向上的心态和状态，迎接未来，走向未来。"常大队长说："我们讲的话，你们都听清楚了，你们讲的话，我们也听清楚了，咱们一起努力。"林咏、江海齐声说："是！"

星期二上午，丁参谋长带了几个业务长和参谋，来到596艇，进行出海准备工作检查。林咏做了简要汇报，说："昨天上午大队首长下达任务后，我和教导员做了商量，召开了干部会议，传达了首长指示，分析了各方面的情况，部署了准备工作，并对干部自身提出了要求。各部门也都进行了动员。目前，油料和淡水补毕，机械检试、资料准备、清洁卫生等，都已完成。晚点名时，我们将对礼节礼貌和军容风纪进一步提出要求。"丁参谋长请江海补充，江海说："没有补充意见了。首长和机关同志午餐午休，我们按惯例做了准备。"丁参谋长让机关的同志按程序分头检查，胡子君和部门领导陪检。

会议室剩下丁参谋长和林咏、江海三个人。丁参谋长问林咏："夫人回去了？"林咏答："回去了。除航通长家属外，我们艇来队干部家属都回去了。"丁参谋长笑眯眯地看着林咏。林咏问："首长什么意思？"丁参谋长说："你的好消息快到了，还假装不知道？"林咏愣了一下，说："参谋长又逗我了！"丁参谋长又问江海："你们真的没听说？"江海看着丁参谋长，摇了摇头。丁参谋长看着林咏，说：“杨副大队长转业被批准了，我接他的班，你接我的班。”江海说：“太好了，祝贺艇长晋级提升，也祝贺参谋长平级提升！”丁参谋长笑了笑，说：“水警区王副司令员退休，陈参谋长接任。新任的梁参谋长是从兄弟单位调来的，他有大机关工作经历，学历也高，听说是重点培养对象。”江海说：“我们艇长光是正气、大气、实践经验丰富和刻苦学习这几条，就足以挑更重的担子。”林咏问丁参谋长：“我们教导员呢？”丁参谋长说：“没有具体消息，大队和水警区看法都是很好的，好消息早晚会传来的。”江海说：“让‘好消息’慢慢传吧，我们的当务之急是执行好任务。”林咏对丁参谋长说：“你是好首长，也是好大哥，跟你说句过心的话：如果不是碰上江教导员这个好老弟，我真不知道在哪儿苦熬呢！”江海说：“和林艇长共事，除了痛快，还是痛快。”丁参谋长说：“既然你们说到这儿了，我就再透露一句话：大队一个主官说：‘林咏这次提升使用，江海的作用比我的作用还大。’”江海立即说：“不对，不对，离谱了！”丁参谋长说：“离谱不离谱我不知道，但话我是亲耳听到的。”林咏说：“我只想说一句话：谁碰上我们教导员，都是有福之人。”丁参谋长说：“我这都是消息，不算数，将来以文件为准。”这时，强业务长进来报告，说已经检查完了，没大的问题，具体情况都和胡副长及部门长们说了。丁参谋长站起来，说：“好，撤！”

晚上八点整，会议室，支委集体理论学习，江海讲民主集中制课。关于民主集中制的产生，江海说：“民主集中制是在坚持主观和客观、理论和实践的统一基础上，在无产阶级政党的创建和发展过程中逐步形成和确立起来的。我理解，民主反映的是人民的历史主体地位和人民利益的正义性，集中反映的是人民实现自己利益的智慧结晶和方法的科学性。所以，无论是对于民主还是集中，我们都要积极、主动，而不能消极、被动。马克思、恩格斯在建立共产主义者同盟和第一国际时，就把民主和集中相结合的原则作为组织活动方式的基本准则。列宁在建立俄国布尔什维克党的过程中，第一次提出了民主集中制这一科学概念，并把这一原则运用于党的建设。中国共产党建党伊始就严格按照民主集中制原则组织起来并进行活动，积累了非常丰富的实践经验。民主集中制的产生是马克思主义哲学在党建领域的革命性创造，民主集中制的成功是马克思主义哲学走群众路线的决定性胜利，民主集中制的发展是马克思主义哲学能与时俱进的必然要求。”关于民主集中制的优越性，江海认为主要是有利于正确决策；有利于决策的落实；有利于形成坚强稳定的领导核心；有利于修正错误，强健自身；有利于提高领导干部的素质。关于民主集中制对党组织领导成员的要求，江海强调了学习意识、集体意识、形象意识、法纪意识和群众意识，而书记副书记要发挥好谋划作用、协调作用、凝合作用、表率作用和中坚作用。

江海讲完后，大家兴致勃勃地讨论起来。柳风说：“坚持马列主义、毛泽东思想、邓小平理论也好，坚持共产党领导也好，坚持中国特色社会主义道路也好，坚持人民民主专政也好，都与民主集中制紧密相联。民主集中制事关党的兴衰，国家的兴衰、军队的兴衰。”林咏说：“听了书记的课，我觉得基层执行民主集中制最容易出现两个问题：一是党政不分，二是走极端。支部领导是思想领导、原则领导。支部对重大问题做出决议后，军事方面的军事主官负责实施，政治方面的政工主官负责实施，副职对正职负责。”江海插话：“军政要互相支持，积极配合。”林咏说：“对，我们都是一人双职，都要有‘双职’意识，尽双重职责。”江海点点头，说：“支部建设和工作，这是全局，支委分工领域，这是局部，加上支委个人，三者关系有机组成，密不可分，必须正确认识和处理。”林咏说：“要么大包大揽，一杆子捅到底，要么当群众尾巴，无所作为，都是软弱涣散的表现。”大家都不住地点头。”

钟伟诚说：“听了教导员的课，头脑中拉直了一些问号，又产生了一些问号。纵观当今世界，实行民主集中制的只是个别国家、个别政党，即使在这些国家内、党内，民主集中制也不能说都已经非常成熟，甚至连民主集中制知识的普及都远远不够，这是个很大的问题。”胡子君说：“看事物不能只看大小多少，关键是看性质和生命力。”林咏说：“从理论层面看，我还说不清；从实践层面看，子君的话肯定对。”江海说：“民主集中制是科学理论指导无产阶级政党和社会主义实践的产物，最能坚持共产主义方向，最能实现社会主义制度的优越性，最能凝聚党心民心和党智民智，最能谋求人民根本利益，也最容易得到优良作风的保障，因而生机无限。民主集中制也有个成长的过程，虽然基本原则不能变，但具体形式内容都要与时俱进，才能永葆生机和活力。民主集中制的完善和提高靠全党，靠每个党员，咱们都责任在肩啊！”钟伟诚说：“提高执行民主集中制水平太重要了。”江海说：“民主集中制是人类社会迄今最科学、最先进、最优越的组织制度和领导制度。就基层来说，提高贯彻民主集中制水平，关键是加强学习，提高党员队伍的素质。”

辛乐问江海:“行政会议和党内会议有什么不同？”江海边想边说:“至少有两点。一是性质不同。行政会议是行政行为，会议开不开，用什么方式开，什么时候开，在哪儿开，安排什么内容，解决什么问题，谁参加，都由行政领导者说了算；而党内会议是组织行为，一切按组织制度办。二是决策方式不同。行政会议是领导做结论和决定，党的会议是少数服从多数，按组织程序和原则办。党外也有许多实行‘票决制’的地方，但与党内民主还是不一样的。”林咏“嗯”了一声，说：“民主集中制万岁。”钟伟诚说：“我想共产主义社会也要民主，也要集中，也可以说民主集中制万万岁。”林咏说：“你再加几个‘万’字我也不反对。”大家都笑了。江海说：“咱们对民主集中制都要做到充分认知、真心认可、自觉贯彻。”大家都表示赞成。

第五十四章　考察港湾也考察人
全艇讨论首长亲临

上午七点五十分，水警区梁参谋长一行在大队丁参谋长、上官明副参谋长等陪同下登上了596艇，梁参谋长和丁参谋长在驾驶台就座。五分钟后，林咏向梁参谋长报告：“参谋长同志，596艇离码头准备完毕，请指示！——艇长林咏。”“按计划进行！”梁参谋长指示。“是！”林咏答令后回到指挥位置，高声下达了“离码头部署”口令。艇上的气氛是正规加严肃。

艇离开码头后，丁参谋长开始介绍港湾情况，从码头的长度、宽度、水深、建造时间到保障能力，从港区的平均深度、最大深度到出海口情况，从助航标志的布设到水鼓的数量、拉力，都讲得清楚明了。艇出西口时，梁参谋长问了航道长宽深及高潮低潮等很多数据。艇向左转向后，梁参谋长问丁参谋长：“现在这浪有多高？”丁参谋长向远处望了望，说：“一到两米。”梁参谋长说：“南石湾风平浪静的，是防台风的天然良港啊！”丁参谋长说：“是的。”梁参谋长不时地用望远镜向海上和陆上望望。丁参谋长问：“首长以前到过这里没有？”梁参谋长说：“经过好多次了，都比较靠外，南石湾和沙湾都没进过。”

江海走下驾驶台，来到前甲板，和作战科周科长、侦察科吴科长、训练科黄科长、航保科卢科长等聊了起来，他们互相都认识。江海说：“都是熟地方了，没啥看的，到会议室坐会儿吧！”大家一起来到了会议室，喝起茶来。快到沙湾的时候，科长们又出去了。江海到炊事班看了看，胡子君正在帮厨，向他交代了几句，又上到了驾驶台。

丁参谋长介绍完沙湾的情况，艇已到了沙湾的中间。梁参谋长仔细向四周察看后，问：“这里明显是沙底，有没有发生过脱锚现象？”丁参谋长说：“以前有，现在没了。风大的时候，刮风时间长的时候，风向改变的时候，我们都及时增加水下锚链的长度，或者抛双锚。”梁参谋长点点头，又看了一会儿，说：“南海好地方太多了，这里的沙滩多干净啊，迟早是个旅游热点。”丁参谋长说：“听说地方已经有开发计划了，准备先修路，改善交通条件。”

抛锚后，丁参谋长、上官副参谋长及林咏、江海陪梁参谋长和科长们在会议室吃饭，胡子君陪大队机关的同志在前甲板吃饭。梁参谋长吃了几口菜，说：“三级厨师就是不一样，色美味佳啊！”丁参谋长说：“军人来自五湖四海，军队对饮食文化的融合提高有很大促进作用。”梁参谋长说：“何止饮食文化啊，观念、风俗、语言，等等，多啦！”丁参谋长说：“对对对。”梁参谋长又问：“菜都一样吗，烙饼都有吗？”丁参谋长说：“六菜一汤，都一样的，饼子也都有的。”梁参谋长说：“好。”吃完饭，梁参谋长放下筷子，说：“有点仙人仙境的感觉啊！”丁参谋长说：“那就请首长在这‘神仙湾’睡个觉，好好休息休息。”梁参谋长说：“哎，这么好的时光，睡觉岂不可惜？”说完站了起来。大家笑了笑，跟着他走出了会议室，到前甲板看了一会儿，又到后甲板看了一会儿。梁参谋长说：“大家都休息一会儿吧，我和艇长聊会儿天，返航时再和教导员聊聊。”

梁参谋长和林咏去艇长室聊天后，丁参谋长到江海房间休息去了，其他人员决定打扑克。说干就干，会议室一摆就是两摊，都是打升级，上官副参谋长和凌参谋对水警区周科长、卢科长这一摊观众较多，江海、胡子君和苗苗则热情地做服务工作。

打牌闲聊，时间偷跑。两摊扑克都还没有打完“一圈”，苗苗报告说梁参谋长、丁参谋长和林艇长已经上驾驶台了。大家立即收摊，各就各位。

起锚后，梁参谋长依然看得非常认真。出沙湾走了一会儿，梁参谋长说：“我和教导员聊聊。”说完，下了驾驶台，江海跟着梁参谋长到了会议室，苗苗把两个人的茶杯放好后出去了。

梁参谋长没有寒暄，开口问道：“听说你极力推荐林咏提升使用？”江海说：“是的首长。”梁参谋长问：“主要理由呢？”江海说：“外面黑板上的三句话十五个字，说的就是我们艇长。他的超越精神越来越强烈地感动着我，激励着我们艇每个同志。”梁参谋长说：“和他聊得很痛快，仅从语素的选择使用，就能感觉到他的大气、通脱、成熟、敢担当、有冲劲。”江海说：“首长的感觉是准确的。”梁参谋长问：“你对‘超越’是怎么理解的呀？”江海稍微想了想，说：“对于‘超越’，我们艇官兵的基本认识是一致的，尽管具体表述不尽相同，但都认为其核心是志气+勇气+才气。所以，一说‘超越’，我就会想到四个字——‘学习、奋斗’。我觉得‘超越’就是革新自我，强健自我，勇于突破，跨越向前。猎潜艇要超越，导护艇、护卫舰、驱逐舰也要超越，将来我们有了航空母舰，也还是要超越，不超越就落后，落后就挨打。我们这一代人，也是沐浴着毛泽东思想、邓小平理论光辉成长起来的，没有‘超越’精神，就是不肖子孙。”梁参谋长说：“是啊，有毛泽东思想邓小平理论的指导和中国共产党的领导，当代中国得天独厚啊！”江海说：“其实各艇都在超越，全大队都在超越，我们只不过是把口号叫了出来，如果不努力，照样会落后。”梁参谋长说：“和你一聊，我也有紧迫感了，我也得不断超越啊，不然，对不起共产党员称号，对不起工资，也对不起克服着种种困难时时刻刻支持着我们的家人。”江海点了点头。

梁参谋长又问：“你怎么看政治工作的作用？”江海说：“人是战斗力生长最重要最根本最活跃的因素，而人是由思想支配的，是由知识和技能武装的。思想工作做好了，人就有了前进的方向、目标和动力，精神状态就会好，关系就会和谐，风气就会正，人在战斗力建设中的作用才能得以最大程度的发挥。战士是这样，干部也是这样。”梁参谋长说：“历史证明，强有力的思想政治工作，可以化金戈铁马，让风起云飞。”说完，示意江海继续讲。江海说：“对一个战斗员和指挥员来说，军事知识、军事技能和指挥才能无疑是重要的，但更重要的是理想、目标及思想方法和思维方式，这都需要卓有成效的政治工作。”梁参谋长说：“不瞒你说，以前我对政治工作和先进单位，都曾有过一些说不清的感觉和想法。你们的军政工作是融在一起的，但有的单位自觉不自觉地弄成了‘两张皮’，以至于军政干部互不理解、互不支持，合不起来，把我们的制度优势弄成了劣势。我原来在过的一个单位，哪是‘抓’典型啊，要老命呀：报喜不报忧叫‘抓’，移花接木叫‘抓’，揠苗助长叫‘抓’，甚至公然弄虚作假、欺上瞒下，把好端端的一个‘抓’字弄得血淋淋、脏乎乎的。”江海说：“首长看得真真切切，讲得入木三分。”

梁参谋长停了停，笑着说：“江海同志啊，相见恨晚呀！你记一下我的电话号码吧，希望能经常和你交流、探讨。”江海一边说“谢谢”，一边记下了梁参谋长的手机和办公室、宿舍的电话号码。梁参谋长说：“我今天忍不住要犯一点点自由主义了！”江海用不解的眼光看着梁参谋长。梁参谋长说：“水警区党委、首长和机关，对你的看法都很好，很一致，我来的时间不长，但也听到一些。有的首长觉得几艘护卫舰的政治工作都是老套式，比较平，缺乏新鲜感和冲击力，想让你去舰上干，以期有所突破，产生点示范作用。也有的首长觉得水警区部队的组织建设处于一种‘无感’状态，跟不上时代的节拍，想让你到组织科工作，做些探讨，理一理，推一推。海军机关一位领导同志到水警区调研时，对张司令员和李政委说，目前，高级机关的干事队伍很需要一些你这样的同志，你这样的同志也很需要到高级机关拓展一下自己。总之，是有‘论’无定。”江海说：“听了首长的话，我是诚惶诚恐啊！”梁参谋长笑着问：“你倾向哪个方面呀？”江海说：“我和我妻子谈恋爱的时候，两个人就有个共识：把学习知识、提高素质、增强能力放在第一位，以此解决人生中的一切问题。工作单位，我没有太在意。关于这个问题，还请首长指教。”梁参谋长说：“既然你官瘾不大，那就选后者。我有体验：高级机关接触的人员、信息、环境层次高，宽度大，工作方式方法也大不相同。在高级机关工作一段时间，不仅视野会更开阔，思维层次也会更高。”江海说：“如果真有这样的机会，我会十分珍惜的。”

这时，丁参谋长走了进来，说快到南石湾了。梁参谋长看了看手表，与江海握了握手，说：“有机会再聊。”江海说：“感谢首长指教！”梁参谋长说：“‘指教’不敢当啊！你指导员、教导员都当过，指而导之，教而导之，都是你的专长啊！”江海笑着说：“我又受到指教了。谢谢首长！”

来到驾驶台，已望见南石湾东口了。梁参谋长问林咏：“你们副长独操过了吗？”林咏说：“过了，考得很好。”梁参谋长看了看丁参谋长，说：“让副长操操看。”丁参谋长点点头，说：“好。”江海马上走下驾驶台，到前甲板叫胡子君上驾驶台，并交代他要沉着。江海陪着机关的同志在前甲板察看。胡子君稍显紧张，但很沉着，从进港到靠码头，都平稳顺利。

解除靠码头部署后，梁参谋长等走下驾驶台，来到码头上，与前来迎接的常大队长、乔政委等握手。乔政委问梁参谋长："这一趟怎么样？"梁参谋长说："虚往实归。"他指了指596艇右舷的黑板，接着说："此行最大的收获就是这三句话十五个字。'赏心不可忘，美善冀能同'啊！"常大队长和乔政委都笑了。梁参谋长说："我是个不受部队欢迎的人，原因是水平不高，爱挑毛病，而且不太顾及人家的感受。人家一说欢迎再来或多来指导，我总觉得不是心里话。"大家都笑了。梁参谋长说："从今天的情况看，组织指挥、精神状态、艇容秩序、礼节礼貌，以至伙食保障，都很不错。"梁参谋长伸出一个拇指，说："这个先进单位货真价实，鄙人服！"江海说："感谢首长鼓励和鞭策！"梁参谋长说："你们远远地走在前面了，我想'鞭策'也鞭长莫及啊！"笑声中，梁参谋长用力地与艇领导挨个握手告别。

晚点名，江海讲话。他在讲评了执行交通任务情况后，说："我们艇退役的命令很快就到了，如无特殊情况，将于三月中旬离开南石湾，送到广州修船厂，正式移交。今天晚饭后的支委会研究决定，把这一消息尽早告诉大家，相信大家都能正确认识，正确对待。支委会还决定，我们原定的'增强战备观念、培养战斗精神''大家谈'活动，和周五的党团日结合进行，题目是：'增强战备观念、培养战斗精神，我们怎么办？'希望大家认真思考，认真准备。"

星期五下午，水兵凉亭，专题教育"大家谈"如期进行，大队乔政委古主任参加，岸勤处撒处长和鲁教导知道后也来了。江海主持，首先对到场的首长和机关领导表示欢迎和感谢，然后，简要讲述了前段时间专题学习的情况，最后，鼓励大家积极发言。他说："在座的都是咱们自己的首长和领导，也都是咱们的老师，大家不要紧张，也不要有顾虑，一如既往，紧扣主题，直抒己见。我们人多，不要面面俱到，拣体会最深的说。"

打头炮的是姬水云。他说："我们常说当兵要当合格兵，这话说说很轻松，做到非常难。入伍手续完备了，在法律上是个兵；穿上军装了，形象上是个兵；军事训练合格了，我们就自觉不自觉地说自己是合格兵了。通过这次专题学习，我认识到：合格兵不仅要有政治觉悟和军事技能，还必须认清形势，提高警惕，枕戈以待，时刻准备冲锋陷阵，随时随地都能很好地完成任务。”

章韵接着发言：“我们班在专题学习讨论中，对战备观念做了个假设和反证：假如强化战备观念不重要的话，时势教育就可以不搞了，对国内外反动势力西化、分化、遏制我们的图谋和活动，就可以充耳不闻、视而不见了；对突发性、残酷性越来越强的现代化战争，就可以不加研究、漠然置之了。试问：在这个世界上，谁最希望我们这样子呢？祖国和人民要我们还有什么用呢？如果是这样的认识和态度，说不定哪一天，稀里糊涂地就成了祖国的罪人。”

会场很肃静，江海也没什么串词联语了，只是指指发言人，报出其姓名、单位和职务。

叶崇林发言：“说实在的，在这次专题教育之前，谁要是说我的战备观念不强，说到天黑我也不承认。听了听辅导课，看了看辅导教材，想了想形势任务，查了查自己的思想和工作，比了比做得好的同志，真是又惭愧，又后怕。原来总认为上有中央和中央军委，中有各级领导，下有艇领导和部门领导，我们只要听话，叫干什么干什么就行了，一句话——强化战备观念不是我们这些人的事，嘴上喊着准备打仗，头脑中全是和平兵思想。打起仗来，我们的主机副机容易出现什么问题，需要什么备件，我们的技能行不行，作风行不行，都没有非常认真地思考，工作中粗、拖、慢等现象随处可见，想问题做事情不和打仗挂钩，满足于过得去，不追求过得硬。长此以往，不堪设想。”

柳风发言：“作风是综合素质的表现，在工作和生活中形成，又影响着工作和生活。打铁有打铁的作风，绣花有绣花的作风，我们军人就是要有战斗作风。我认为，战斗作风的要点是勇猛、机智、坚韧，敢打必胜，拼搏向前。随着新装备的快速发展，快、严、细也越来越重要了。战斗作风，不光是战斗中要有，平时也要有。我们常说，平时怕流汗，战时怕流血；平时怕苦，战时怕死。这就是说，战斗作风突显于战时，养成于平时。”

主机班战士时声说：“战备观念也好，战斗精神也好，很难定义，也很难理论概括，用个懒省事的办法说，再简单不过了——像我们艇长、教导员那样，就叫战备观念强，战斗精神强。我们的岗位是一艘将要退役的猎潜艇，大家回想一下，他们从思想到行动，哪有走神儿的时候？哪有打盹儿的时候？他们就像一团火，烘烤着我们的身，照亮着我们的心。我相信，不管什么时候，只要上级一声令下，艇长、教导员就一定能够带领我们很好地完成任何任务。”首长们和大家一齐鼓起掌来。

胡子君发言说：“老艇退役，人员转隶，本身就是战备措施。在转隶中增强战备观念，培养战斗精神，对我们来说是现实的，很有意义的。将来，无论到哪个单位工作，都要有准备打仗的思想观念和精神状态。我们要十分珍惜转隶前这段时间，争分夺秒，向兄弟单位学习军事技术，自觉培养过硬的战斗作风，做新单位需要和欢迎的新成员。”

二十来个同志的发言，沉着，大方，自然，流畅。

江海和林咏交换了个眼神，站起来做小结性发言。江海说：“从大家的发言中可以看出，对于什么叫战备观念，为什么要增强战备观念，以及什么叫战斗精神，为什么要培养战斗精神，都基本上形成了共识。我认为，这些共识不仅是正确的，而且有一定的深度。相比较而言，在怎样增强战备观念和怎样培养战斗作风方面，谈得少了一些，粗了一些。这也不要紧，一是等一会儿首长还要给我们做指示；二是对这些问题的认识和态度，都是个不断进步的过程。我们要以这次专题教育为契机，进一步认识和解决好这些方面的问题。”乔政委插话说：“对，专题教育只是集中抓一下，促一促。”江海说：“牢固的战备观念也好，良好的战斗作风也好，都是多方面努力的结果，是个综合性很强的成果，要学习，要思考，要修养，要在实践中点滴养成，也需要比，需要带。”乔政委又插话说：“对，经验之谈！”江海说：“我们艇的同志将要到新单位新岗位工作，这个转折期，对包括我本人在内的全体同志，都是个检验和考验。坚决听从命令，是战斗作风的首要环节。我们要使转变隶属关系的过程，成为增强战备观念、培养战斗作风的过程。增强战备观念也好，培养战斗精神也好，贵在持久，也难在持久。我们就是要坚持不懈地增强战备观念，坚持不懈地培养战斗作风。大家有没有信心？”“有！”回答的声音整齐有力。

江海转过身来，请首长们做指示。撒士新处长站了起来，说：“首长指示前，我简单说两句。596 艇练兵群众性，学习群众性，管理群众性，文体活动也是群众性，群众做主人，自己教育自己，自己提高自己，真不简单，这才像人民的军队，个个都是主人翁。我本人要好好向 596 艇学习，我们处里全体同志都要好好向 596 艇学习。”

古主任请鲁教导员讲话。鲁教导员站起来，说：“撒处长的话代表我了。对于 596 艇的‘大家谈’，我很庆幸听到了，也很遗憾听晚了。我们回去要好好研究，认真改进我们的训练、教育和管理工作，让 596 艇的经验在我们处开花结果。”

鲁教导员坐下后，古主任站了起来，说：“在政委做指示前，我占用一分钟时间，汇报一下自己的一点体会——20 个字：官兵大交流，交流出共识；共识生和谐，和谐则无敌！”

热烈的掌声中，古主任坐下，乔政委站了起来。乔政委说：“大家的发言，个个都很好，江教导员的小结也很好。听了古主任、撒处长和鲁教导员的发言，我很有同感。百闻不如一见，一见感到震撼！”古主任带头鼓掌。乔政委说：“我也没有‘指示’，谈三点在听发言时找到的自己的差距。一是思想上有差距。对于一年一次的主题教育和大量的经常性教育，我的基本思维定式是领导讲，下级听，干部讲，战士听，对‘师’与‘生’、教与学，乃至知与行的关系的认识，停留在一个层次浅、不客观的状态上。596 艇把全体官兵放在主人位置上，进行认识大交流、思想大交流，在大交流中互相学习，互受启发，共同提高，想法做法都是先进的。二是作风上有差距。对 596 艇的经验做法，我早就知道，大队领导同志还经常议到，并有过认真总结推广的打算，但一拖再拖，至今没有落实。这对我们大队的教育工作是个损失。三是着力点上有差距。对于教育工作，596 艇的着力点是学，人人有字典，在尽可能增加知识的基础上求得认识的提高。”古主任插话：“俱乐部统计显示，596 艇到阅览室看书的人最多。”乔政委点点头，说：“而我呢，往往是着力于‘讲’，总在修改讲稿上下功夫。不认识阿拉伯数字，怎么能学会加减乘除？没有科学知识，如何听懂科学道理？596 艇的经验告诉我们：教育工作必须积极、主动、务实、鲜活，不能凭想当然，墨守成规。今天到场的有三名大队党委常委，我们要认真向大队党委汇报，大队党委将认真研究你们艇教育经验的总结和推广……”

晚点名后，江海回到住舱，刚洗了一把脸，林咏进来了。林咏一坐下来就说：“晚饭后，我和航通长、枪水长散步，碰到了大队长和政委。首长问我对艇上的政治教育有什么感受，我说：过去觉得政治教育是任务，有时像过关似的，感受不到实实在在的作用；现在则相反，觉得如果不搞教育，不仅思想上会出问题，训练和管理也不顺畅。”江海说：“我们这样的国家，我们这样的军队，我们这样的使命，政治教育绝对是重要的、必要的。如果大家不喜欢，不见效，那一定是教育者有问题。”林咏笑了笑，问江海：“今晚点名，你让我讲‘四不’活动，是不是怕我戒烟顶不住，让我自己给自己加压啊？”江海说：“哪里哪里，这么大的事，艇长不抓，怎么能成功？”

林咏笑了笑，大跨度转移话题，问：“水警区梁参谋长跟你谈个人问题没有？”江海说：“给了很多教诲和鼓励。”林咏问：“工作呢？”江海说：“有议论，无定论。”林咏说：“命令下来后，我可能去学习，不久就免职，将来有可能到护卫舰上干。”江海想了想，说：“这说明组织上了解你，信任你，爱护你。”林咏问：“怎么说？”江海说：“你在这里当参谋长，压力会很大，毕竟没有干过导护艇。你也知道，有资格想这个位置的人，不止一两个，而且你下一步发展仍然是个问题。如果舰长班毕业后到护卫舰上，考完独操和全训，那就海阔天空了。”林咏说：“我想着和你聊聊肯定有收获，没想到你一下子就把我拉到了一个新境界。好老弟啊，真舍不得离开你！”江海说：“和你相处一年，我对‘战友’这两个字有了更深的体验，宝贵啊！”林咏说：“将来不论在哪里，我的电话都不会少，可别烦我哟！”江海说：“露馅了吧，对我根本不信任！”林咏笑着说：“烦，我也得打。”说完起身要走。江海说：“有件事早几天就想说，一直没说呢——建议你跟 904 艇学习两天。一个艇长一种风格，我从韩教导员那儿感受到了许多与郎教导员不一样的东西。”林咏说：“好，好，我一定去。”说完，出去了。江海正犹豫要不要回家时，海婴发来一条信息：“城南小学领导和每班一位老师、一位学生代表，下周三来我们这里观摩教学，还有县教育局的领导呢！”江海即复：“一会儿到家。”

星期日上午，林咏、江海到办公室看望休假回来的万以勤副大队长。万副大队长曾任水警区司令部训练科参谋，和江海认识。应林咏、江海要求，万副大队长简要谈了带902艇在西沙战备值班期间的情况。万副大队长说：“一个部门也好，一个单位也好，主要领导由不同经历、不同特长和不同风格的同志担任，轮番带一带，对部门、单位建设和人员素质提高完善，都是很有好处的。你们的经验又证明了这一点。”江海对万副大队长的肯定表示感谢后说：“很想听902艇领导介绍一下西沙值班的经验体会，但很难见到他们。”万副大队长说：“他们有个总结报告，我这里有一份，你们可以看看。”江海喜出望外，连声说：“谢谢！谢谢！”接过材料，林咏、江海当场看了起来。

下午，康晓义休假回来了，干部们在会议室边吃他带的炒花生和葵花籽，边聊天，不时地也有班长们进出。钟伟诚问康晓义：“你们老家怎么样，变化大吗？”康晓义笑了笑，学着用广东方言说：“埋歹喽——雷休喽——”说完，自己又笑了起来。钟伟诚说：“哎，你自己笑那么热闹，我们没听懂耶！”康晓义勉强止住笑，说：“我到一个同学那儿去，几个人聊天，其中一个是老板，广东人。以前，请他在我们那里投资，他不干，现在，他自己找来了。他知道我在广东当兵后很高兴，称我是‘半个老乡’。我问他为什么愿意来投资了，他说我们那里变化很大。我问他变化怎么个大法，他说：‘埋歹喽——雷休喽——’就是‘米大喽’‘里小喽’的意思。我们听不懂，他解释说：‘这次来后，我在城里问路时，人家用手一指，说，前面六十米就是，结果呢，一百六十米还多。在公路上问到某地多远，人家告诉三十多公里，结果呢，车刚一跑就到了。公路、街道变化大，又宽又直——视觉差！’”大家这才醒过味儿，笑了起来。胡子君说：“‘米大里小’的感觉，我也有过。”

康晓义喝了一口茶，说：“我们那儿发生了一件事，真不知道是喜还是悲。”江海说：“说说看。”康晓义说：“一家小水泥厂的老板，仗着有后台，半年多不给工人发工资。工人们写信向县里市里告状，都石沉大海。有一天，老板酒后被两个小伙子控制了，控制者用老板的手机给老板娘发了一条信息：‘老婆，马上给全体工人发齐所欠工资，一分都不能少，不然我永远不回家。千万别报案，那样很丢人。你要报案的话，我就不回家了！’发完就关机了。老板娘马上如数给工人们发了工资。老板被放的时候，不仅没怪两个小伙子，还各给了五百元‘误工费’。”大家哈哈大笑。江海没有笑，说：“这就是国情啊！法制建设和文明进步，是个艰巨的任务、漫长的过程。只有国家不断发展，这类问题才能解决得越来越好。”

林咏说：“晓义净讲些公家的事，自己家呢？讲点甜蜜的给大家改善改善心情。”康晓义说：“唉！讲自己家就不甜蜜喽！”苗苗瞪大眼睛，小声问康晓义：“嫂子欺负人了？”康晓义对苗苗说：“会不会吐个‘象牙’呀！”苗苗看看林咏和江海，伸了一下舌头，躲到门口了。康晓义长出一口气，说：“分家了！腊月十九，舅舅主持，正式和我哥分家了。”大家都没讲话。康晓义说：“其实，分家的事，去年老人就说过，我也有思想准备，但是，等到真的分开了，心情还是很沉重的，我和我哥都哭了，而且不止一次。”辛乐说：“小家庭自主性大，办事效率高，也不影响兄弟间发展感情。”康晓义说：“我父亲和我舅舅也是这个意思。”林咏说：“是啊！感情这个东西折磨起人来，比什么都厉害。”江海笑了笑，说：“讲得好！应该把艇长的话跟崔嫂说一下。”室内气氛一下子活过来了，有了笑声。林咏对康晓义说：“行了，去整理一下，准备吃饭了。”康晓义说：“好。”

第五十五章　干部调整公布任命
自播检讨文刚深省

大队周交班后，常大队长宣读了一批干部任免命令，其中有杨副大队长转业，丁参谋长改任副大队长，林咏任参谋长，康晓义任水警区后勤部卫生科助理员。此外，林咏到军校舰长班学习一年，柳风到军校舰艇政工班学习半年，都是三月一日开学。宣读命令时，江海使劲握了林咏的手。乔政委对新任干部交接班和到军校学习的同志，分别提出了要求。

散会后，丁副大队长走过来，第一个和林咏握手祝贺，很多人也都过来向他表示祝贺。凌参谋送给林咏一个通知单，说："苗苗到军校学习船机电专业，时间一年，三月一日开课。"林咏看了一下，交给了江海。

古主任把林咏和江海请到了乔政委办公室，常大队长、乔政委都在，他们向林咏表示了祝贺。常大队长问乔政委："我先说？"乔政委说："好。"常大队长对林咏说："你就不搞接班程序了，也不搬到大队部住了，集中精力学习，完了再说工作。你学习期间，丁副大队长兼管司令部工作。"林咏说："是！"常大队长问林咏："有什么事没有？"林咏回答："没有。"常大队长说："有事电话联系。"说完，示意乔政委讲话。乔政委说："你们艇喜事多，向你们表示祝贺！"林咏和江海异口同声："感谢首长！"乔政委对江海说："一下走三个干部，你的担子更重了。"江海说："我们有信心在大队党委和首长领导下，把工作做好。"乔政委问江海："你有什么要说的没有？"江海说："我提两个建议，供首长参考。"乔政委说："讲吧。"江海说："一是工作分工，由胡子君同志暂时代理艇长工作，何其明同志暂时负责航通部门工作，周学正同志暂时负责艇务部门工作。二是林参谋长他们三个到院校报到时限都很紧，艇快交了，他们都有些个人物品要添减，建议让他们尽早离队，路过家中处理一下。"乔政委看了看常大队长，说："都同意。"常大队长点了点头。乔政委说："交艇时间快到了，党团支部领导成员都不做调整了，要认真抓好党支部自身的管理和学习，加强集体领导，发挥好干部的示范作用。”江海说：“是！”

回艇路上，江海对林咏说：“明天就走吧。”林咏说：“下午跟艇学习照常，我到904艇听课，明天上午咱们照照相，聊一聊，下午照常跟艇学习，后天四个人一起离队。”江海觉得林咏已经下决心了，笑了笑，说：“好吧。”林咏说：“没想到会这样，老弟更要辛苦了！”江海说：“这样很好嘛！”停了一下，江海说：“上午开个支委会，传达一下首长指示，议一下这两天的工作安排。”林咏说：“好。”

会议室。支委到齐后，江海首先把林咏、康晓义任职和林咏、柳风、苗苗到院校学习的事讲了一下，大家祝贺了一阵，热闹了一阵，又沉默了一阵。江海又传达了大队首长的指示，讲了他和林咏关于近两天工作安排的意见。林咏说：“非常感谢同志们对我的关心、支持和帮助。昨天，晓义一说他们分家的事，我心里就有一种说不出来的味道。”林咏控制了一下自己的情绪，说：“我的话至少有一火车，但不想多说了，我只想说：希望子君同志、伟诚同志、辛乐同志，以及全体同志，更好地支持配合教导员工作，让596艇走好最后一程，在我们实现超越的同时，每个同志都各得其所。我要说的最后一句话是：大家都要好好向教导员学习，机会宝贵啊！”大家纷纷点头。

柳风和康晓义也说了许多感谢大家的话。江海说：“请柳风同志认真向团支部委员们交代好工作，给其明多点拨点拨。请晓义同志给周学正同志好好搞搞传帮带，讲讲注意事项。”二人都点了点头。最后，江海说：“请三位放心，我们一定继续以积极进取的精神和姿态，做好最后二十天的工作。”江海看了看大家，把双手伸了出来，说：“共事一场，情谊一生，596艇最后一次全员支委会了，握个手吧！”大家立刻聚拢到一起，十四只手握成了一个大拳头。林咏对江海说：“教导员说句话呀！”江海大声说：“重新出发，奋勇向前！”大家一边使劲握手，一边齐声喊道：“重新出发，奋勇向前！”

午饭前，全体人员前甲板集合，江海传达了大队宣布的命令和通知，大家情绪骤然高涨，长时间鼓掌。江海又传达了大队首长指示精神和支委会精神后，说：“人生百年，生活、工作和学习，都会有许许多多、大大小小的拐点，这些拐点说明着过去，也预示着未来，是人生轨迹的关键性部位。看清这些拐点，把握住这些拐点，才能走好人生路。我们的老艇长后天就要离艇了，今天明天还要照常跟艇学习，给我们做出了很好的榜样。我提议，我们以热烈的掌声向老艇长表示敬意！”热烈的掌声立刻响起。林咏大声说：“谢谢大家！谢谢大家！”江海说：“我们艇离退役不到一个月了，我们的工作已经进入倒计时状态。我们要珍惜这段特殊时光，满怀着对我们596艇的热爱和责任感，读秒声中齐冲刺，绘就老艇夕阳红！”大家热烈鼓掌。

解散后，大家围在林咏身边，参谋长长参谋长短地表示祝贺。林咏非常认真地大声说：“我离开596之前，一直是艇长，谁称呼我别的，就不够意思，我统统不理！”大家边笑边鼓掌。

晚点名，胡子君讲话，声音比平时点名时高很多。他说：“今天晚上看电影，我们艇有五六个同志请假回艇上喝水，都没有再回电影场，这是错误的。这些同志都要反省一下，想想为什么会出现这种情况，如何改正错误。试想一下，如果各单位都这样，怎么得了……”

点名结束不久，江海的手机响了，打开一听，常大队长的声音：“看电影时，你们艇一会儿走两个，一会儿走两个，怎么回事？”江海说：“有六个同志请假回艇上喝水，没再回去，这是错误的，是我们工作没做好。晚点名时副长严肃地批评了当事人，提了要求。”常大队长说：“以往看电影都不渴，怎么今天渴了？”江海说：“说明部分同志思想深处有松懈苗头，根子在艇领导。”江海边接电话，边走到林咏住舱。常大队长说：“我是有点不高兴，到码头去了，听了胡子君的讲话，还算满意，就回来了。”江海说：“我们一定接受教训，进一步抓紧管理教育工作。”常大队长说：“好吧，看你们的行动了。”说完，挂了电话。江海收起手机，向林咏说了常大队长的指示。林咏说：“首长是担心我们松懈。”江海说：“首长用这种方式提醒我们，既是给面子，也是信任。”林咏点点头，“嗯”了一声。

星期二早上，喇叭里传出了文刚的声音：“首长、同志们，《超越之声》现在播出洞八二号稿件，题目是《检讨书》，撰稿人：文刚。”艇上无论在干什么的，都停下来听了。文刚说：“提前离开电影场的都是战士，只有我是班长，羞愧难当。我昨晚睡不着觉，想到很晚很晚，想来想去，还是思想基础不牢，作风不过硬。运动会结束了，年过了，人员开始变动了，艇要退役了，自己思想深处就松动了。”文刚说：“稀里糊涂犯这么个错误，使我进一步认识到自律之不易和批评之重要……”广播结束后，林咏把文刚叫到会议室，说：“596 艇官兵主动做这样的检讨，你是第一个，这也很不简单。不要再想它了，以免影响情绪，影响照相效果。”文刚说：“是。”文刚走后，江海把常大队长的电话指示向干部们做了传达，大家都表示要进一步抓紧管理教育工作。

海天一色，微风轻拂。596 艇全体官兵吃完早饭，统一着常一号军装，即全白春秋常服，由斯奋干事给照纪念相。望着甲板上神采奕奕的官兵，江海高声说：“大家不必担心，老天很给面子，照到十点光线都很合适。大家都要听从副长的指挥和安排！”胡子君高声说：“第一张，前甲板集体合影！”在这个位置合影，大家已经很熟悉了，很快就站好了队形。斯奋说：“这是集体标准相，为保险起见，我照两次，一次庄重的，一次轻松的。”照完后，斯奋仔细看了看，大声说：“非常 OK！”胡子君大声说：“第二张，右舷，围绕黑板报全体合影！”大家聚到右舷，成立正姿势拍了一次，又双手握拳，双臂上举，成欢呼状拍了一次。胡子君喊到：“第三张，全体干部前甲板合影！”照完后，胡子君喊道：“第四张，右舷黑板报处，党支部委员合影！”“第五张，三位艇领导合影！”“第六张，艇长、教导员合影！”在热烈的掌声中，林咏和江海并肩站在右舷黑板报旁，认真地留下了纪念照。在团支委会和军人委员会成员分别合影后，胡子君喊道：“现在，我和艇长、教导员分别合影，之后大家自由拍照！”一时间，将要离艇的几个同志，还有江海，成了大家争相合影的主要对象，整个甲板上像个话剧大舞台似的，拉拉扯扯，搂搂抱抱，两个人合影的，几个人合影的，部门合影的、班和战位合影的——浓浓的战友之情，在甲板上涌动着，流淌着……江海站到码头上，看着甲板上的热闹景象，目光慢慢地移向了远方的天空。

下午跟艇学习结束，江迅、韩江春、盛焱等送林咏、江海、胡子君到码头引桥上，被林咏拦住了。韩江春说：“你们的到来，给我们带来了宝贵的学习资源。你们学习军事专业的紧迫感和认真态度，你们的作风素养，你们领导同志以身作则，都给了我们以很大的影响、很深的启示，甚至很大的压力。”江迅补充道：“尤其是林参谋长，明天就出发了，今天还在艇上专心致志地学习，给我们全艇同志上了一课啊！”林咏说：“谢谢两位老弟的鼓励。只要有机会，我还要来请教的，不许烦我哟！”

欢送晚宴开始后，在江海主持下，全艇同志向林咏、柳风、康晓义和苗苗敬了祝贺酒，林咏四人也分别给大家敬了酒。胡子君安排孙长勇在会议室做服务工作，但苗苗坚持要“站好最后一班岗”，这里倒酒，那里添茶，忙个不停。尽管这场酒“程序”很多，但大家“套路”很熟，一会就进行完了。林咏对苗苗和孙长勇说：“你们都吃饭去，这里我们自己来。”苗苗看了看林咏，又看了看江海，说：“请首长允许我敬杯酒。”林咏说：“可以。”苗苗举起满满一杯红酒，说：“感谢各位首长对我的关心关爱和培养教育，我一定好好学习，决不给596艇丢脸！”苗苗刚要喝酒，又停了下来，补充道：“衷心祝愿各位首长身体健康，工作顺利，家庭幸福！”说完，头一仰，一口喝了下去。干部们也喝了下去。又倒上酒后，江海说：“我们大家敬苗苗一杯，感谢苗苗对我们的照顾和支持，并祝苗苗学习顺利，早日找到称心的对象。”干部们都很认真地和苗苗碰了杯，并喝了下去。林咏忽然问苗苗：“上午照相时你老发呆，是不是想聂文胜了？”苗苗说：“我叫他把脑袋寄过来参加合影，他不肯。”大家哈哈大笑。苗苗又说：“我告诉他艇长戒烟了，他说他相信这一次能成功。”林咏说：“春节时真有点犯瘾了，这一学习，肯定没问题了。”说完，一挥手，苗苗和孙长勇出去了。

江海不停地给林咏、柳风、康晓义夹菜。林咏说：“这个艇上，我最喜欢两个人，一个是教导员，一个是苗苗。”胡子君说：“我信。”江海说：“我这个人不喜欢拥抱，也不会拥抱，但见到咱们艇长，不到一小时就拥抱了两次，天作之合呀！”说完，把林咏和自己的杯子都倒满，说：“祝贺的酒，战友的酒都喝了，这一杯敬兄长！”林咏端起杯子，说：“什么都不说——喝！”两人一齐喝了下去。停了一会儿，林咏又给自己倒了一杯酒，对柳风、康晓义说：“离交艇还有二十天，教导员和大家都会很辛苦，咱们敬一杯！”大家又一起喝了一杯。林咏对康晓义说：“叫苗苗来，我单独敬他一杯。”康晓义出去一会儿就回来了，说苗苗喝多了，床上趴着呢。林咏说：“交代个人照顾他一下。”康晓义说：“孙长勇在那儿呢。”胡子君说：“过去，我们经常逗苗苗，说他嘴上没毛，办事不牢，现在，大家的感觉不一样了。”林咏说：“既有灵气，又很可靠。”江海怕林咏喝多了，说：“空腹喝酒不好，大家吃点东西。”说完，又给林咏夹菜。林咏略带酒意笑了笑，说：“教导员又掌舵了，怕我喝多了。”江海笑了笑，说：“主要是想多听你说说话。”林咏说：“别的没了，要说的就一句——一年后，咱们再搭档！”大家一边笑，一边称好。

晚点名，江海主持，林咏讲话。林咏说：“教导员叫我讲话，其实，这两天话都说得差不多了。我就重复地啰唆三句话：第一句，再次感谢大家。我们舰艇部队专业类型多，都是各专一职，各把一关，是整体行动、体系动作，一个环节配合不好，一个人员配合不好，我这个艇长就难以完成任务。对于大家一直以来的真心支持帮助，我再次表示衷心感谢！”一阵掌声后，林咏说：“第二句，就对不住大家的地方再次表示歉意。我这个人水平不高嗓门高，本事不大脾气大，三天不说句粗话就憋得慌。知错不改，就是党性不纯。我再次对伤着的同志说声对不起，并坚决改正。”又是热烈掌声。林咏说：“第三句，跟着教导员，走好596艇最后一程。我们艇最后一程对我们意味着什么，这一程怎么走，我都不说了。原来，我很害怕亲自把艇开到广州，现在好了，一拍屁股走人了，不能亲自去送艇，又感到遗憾了。虽然思来想去的，但我始终相信：有教导员在，有同志们在，596艇一切都会好的！”掌声之后，江海大声问道：“落实老艇长的要求和心愿，大家有没有信心？”“有！”大家坚定地回答。

点名结束，在江海陪同下，林咏从前兵舱开始，逐舱看望，进行了最后一次全艇夜间巡察。之后，两个人来到艇长室，关起门，坐了下来。沉默了一会儿，林咏动情地说：“有几句话，我现在说说。”江海看着林咏，轻轻地点了点头。林咏说：“惭愧啊！当初支援小西沟，我并不十分赞成，是出于对你的尊重和支持。现在看来，还是你站得高，叶崇林、苗苗都说梦到过小西沟，大家都是受益感，而不是付出感。你让夫人来这里教书，我当时根本无法理解，甚至觉得你们是热血冲昏了头脑，一对疯子。”江海微笑了一下，继续认真听讲。林咏“唉”了一声，说：“境界落差大呀！你既不图名，也不图利，完全是出于觉悟和责任感啊！这点上，我的认识连崔文惠都不如。”江海说：“我这个人，说复杂也复杂，说简单也简单，有时胆子特别大，觉得该干的，不用咬牙就干了。”林咏说：“你虽然不复杂，但绝对不简单。很多同志说你善打‘党日战术’，对党日的计划和使用很用心，很精心，很实在，很有效，这可不是个一般工作方法问题，是党性，是素质，是能力。”江海说：“事情都是咱们商量着办的，你对艇上的贡献更大。”林咏说：“以前，我经常自觉不自觉地将对搭档的意见迁怒于‘两长制’，看不到自己的差距，看不清努力的方向。其实，配合是双方的事，想配合就配合，不想配合就不配合，是党性不纯，也是素质缺陷。”江海说：“很深刻，我受益了。”林咏说：“以前总是感觉到分工，感觉不到合作，现在是感觉到合作，感觉不到分工了。”江海说：“军政一体，血肉贯通。机械分工，会导致分权、分家，民主集中制就剩下一顶帽子了。”林咏说：“我还得加把劲啊，不然，你明年就不想再和我搭档了。”江海说：“不进则退，谁都一样啊！我更要加把劲，不然，你在前面紧跑，我跟不上，就弄不清是哥丢了弟，还是弟找不到哥了。”两个人笑了起来。他们交谈到很晚很晚。

第五十六章　送战友林咏约明年
回顾中子君思绪翻

星期三早饭后，596 艇全体官兵在码头集合，欢送林咏、柳风、康晓义和苗苗。四个人逐个与欢送的战友握手告别，还有不少拥抱的。之后，林咏、江海、胡子君站在排头，钟伟诚带队，前往大队部楼前停车场。没有话语，没有口令，只有整齐一致的脚步声。

为了送到广州的同志，大队派了一部中巴车。柳风的妻子已在车上，队伍来到停车场后，柳风招手，让爱人下来和领导告别。江海对柳风夫妻说："本来昨晚想和海婴一起去看你们的，考虑到你们要收拾行李，就没去打扰了。我和海婴祝你们一路平安，生活幸福！"柳风说："你以后就是我的师父了。"江海说："师兄！"两个人都笑了。一会，丁副大队长带着副参谋长、教练、业务长及参谋们来为林咏等送行，逐一握了手。车要起动了，柳风、康晓义、苗苗再次和江海拥抱后，头也没回就上了车。林咏向丁副大队长和司令部的同志告别后，走到江海面前，两个人互相看了一会儿，扎扎实实地来了个亲密大拥抱。江海说："祝参谋长一路平安，学业圆满！"林咏说："谢谢好老弟。明年再相见，此生永相伴。"拥抱完毕，林咏又端详了江海一会儿，转身快步登上了车。江海朝着汽车方向挥着手，但视线模糊，什么也看不见了。

回到艇上，大家按计划整理学习笔记。干部们来到会议室，默默地坐着。胡子君笑了笑，开了腔："走的人虽然只有四个，但都是和大家交流接触多的，空落落的，像走了很多人似的。"江海说："是啊，艇长，部门长兼团支部书记，军医兼部门长和军人委员会副主任，文书、'机灵鬼'、'满场飞'、'活宝'，都不是一般人物啊！"辛乐说："这零刀碎刮怪难受的，会不会过两天又走一批啊！"江海说："应该不会了，听说都要上一艘新导弹艇。"钟伟诚说："他们四个的安排，于公于私，都是好事，我们应该高兴啊。你看晓义同志，人还没走，撒处长就带人来看他了。他们有出息，我们脸上有光、办事沾光啊！”江海说：“多和他们通通电话，发发信息，交流交流就好了。”辛乐说：“嗯，有道理。”胡子君问江海：“下午跟艇学习，明天出海。下周的学习安排怎么定？”江海很肯定地说：“只要他们方便，我们都安排学习。”胡子君说：“好的。”江海说：“本周党日按计划是小组会，我建议大家围绕‘超越’二字交流汇报思想。人家都知道我们叫出了这个口号，我们必须弄清它的含义，以及自己做得怎么样，这个转折阶段怎么办。”大家都表示赞成。

晚点名，江海讲话：“大队首长决定，从现在起，胡副艇长代行艇长职责，航通部门由何其明同志负责，艇务部门由周学正同志负责。我们艇的同志很可能在上交老艇的同时，集体上一艘新的导弹护卫艇，当然，还要配备几个干部，选调一些兄弟艇的技术骨干。我们现在学习专业，其实就是上岗前的培训。我们讲‘超越’，就是要加强学习，加强修养，以新‘我’上新艇，创新业，圆新梦。大家说对不对？”“对！”大家齐声回答。

江海回到家，海婴正躺在床上看书。江海说：“躺着看书对眼睛不好。”说完，端起桌上的茶杯刚要喝，海婴叫了起来：“凉了！等一等，我给你加点热水。”江海“咕咚咕咚”喝了两大口，说：“不凉，刚刚好。”说完，放下杯子，洗澡去了。海婴给江海的杯子添了水后，继续躺到床上看书。江海洗完澡，边用干毛巾擦头发，边问海婴：“观摩情况怎么样？”海婴坐了起来，说：“我先告诉你一件事：甘草走前，我发信息告诉她送不了她了，她说知道了，不客气了。晚饭后，她又来信息，说今天两口子住广州了，明天转一转。”江海点点头，“嗯”了一声。

海婴说：“观摩还挺顺利的。他们听了我们三个老师的课，看了学生的作业本，还看了学生的歌舞表演、队列动作和升国旗仪式，和每个学生都做了交流。他们还是很满意的，午饭时讲了很多表扬的话。县教育局的那位同志说：‘要是全县都达到这样的水平，该是多大的一个提高啊！’他还说：‘你们还捎带了两个地方生，实际上是帮了地方上的忙。’”江海问：“有没有什么问题？”海婴说：“教学方面没有，教学条件改善方面有些。大队将和城南小学一起研究房间的调整、改造和装修方案。”江海说：“这说明你们成功了，至少明后年还是要办学的。”海婴说：“我尽量让他们两个多想事，多管事，多讲课，这样过渡得更自然些。如果真能解决一个家属教师名额的话，会越办越好的。”江海说：“大家高兴的时候，你们当老师的要注意潜在的问题，尤其是要保住安全底线。”海婴点点头，“嗯”了一声。

海婴用手势勾了勾一直站着的江海，江海走到床前，坐在床边，用目光询问海婴有什么事。海婴用双手握住江海的双手，笑嘻嘻地看着江海的脸，问道：“你要到北京工作了？”江海稍微愣了一下，问：“你听谁说的？”海婴说：“吃午饭时，学校领导问到了你的情况，大队长政委说你有可能到北京工作。”江海笑了笑，说：“有可能去当干事，但没有定，我也是刚听说的。”海婴说：“如果真去的话，我也调过去，咱们就可以安营扎寨了。”江海说：“估计去也待不太久，长长见识就是了，我觉得自己适合在基层工作。”海婴说：“现在说不清的事，那就明年再说吧，那时的想法会更稳妥。”江海说：“多思无益不思之，不听媳妇儿的听谁的呀？就这么着！”海婴微笑着说：“休息吧。”江海说：“我在犹豫要不要回艇上呢！”海婴说：“这么晚了，明天一早过去是一样的，明天你还值班呢！”江海说：“好吧，听你的。”

大队周交班前，江海将看了好几遍的902艇西沙值班总结还给了万副大队长，并和从院校学习回来的曲自扬副政委见了面。交班后，江海被古主任带到了乔政委办公室。乔政委对江海说：“交你两个任务：一是本周五党日，你给大队全体党员讲个党课，关于班子尤其是正副书记团结方面的。二是下周党日，你们再搞一次‘大家谈’，谈什么，你们定，让机关部队观摩一下，推广一下你们的经验做法，促一促教育和管理工作的改进。”江海说：“既然首长已经定了，我们一定认真准备。”停了一下，江海又说：“我们‘超越’口号叫了快一年了，就谈谈‘超越’吧。”乔政委说：“很好，就谈‘超越’。”乔政委又说：“关于你自己的问题，我们已经反复向上面说了，估计很快会有消息的。”江海说：“谢谢首长。”乔政委说：“有困难时尽管说。”江海说：“是。”

回到艇上，江海把干部们叫到会议室，传达了乔政委的指示。接着，又研究了“大家谈”准备工作。最后，江海说：“这次‘大家谈’，对大队领导、部队、咱们艇及在座的各位来说，都很重要，希望大家带头准备，积极发言。各部门可以适时组织试讲一下，互帮互促，尽可能准备好一点。”大家纷纷点头。江海对胡子君说：“把军事专业学习计划说说吧。”胡子君说：“周一、二下午讲课，周三、四出海，下周也一样。”江海问：“大家还有什么要说的没有？”大家都表示没有了。这时，大队卫生队孟凡医生来了，说是水警区卫生科康助理员有交代，每周来596艇巡查一下。江海说：“晓义真晓得义气啊！”说完，让周学正陪着孟医生巡查去了。

晚饭后，江海向钟伟诚交代了几句，便和胡子君向海堤方向散步去了。胡子君说：“时间过得真快，你来艇上都一年了。”江海说：“我连续待了两个陆勤单位，很担心到这里干不好。”胡子君说：“凭你的能力素质，到哪个单位都会出色的。”江海说：“早些时候，我性子急，挨了不少批评。后来，有的首长批评我工作有理想化色彩，我听了都很受益的。到咱们艇后，你觉得我的毛病和薄弱点在哪儿啊？”胡子君说：“全艇上下看法是非常一致的，我还真没听到有什么意见的。个别同志说你工作标准太高，抓得太紧，这也不是什么问题。”江海说：“这两句话中的两个‘太’字还是值得注意的。一‘太’，就过度了，越界了。既然同志们有这样的感觉，我就应该在思想深处理一理。”胡子君说：“你真认真。”江海笑着说：“能互相提醒，那才是好战友、真兄弟。希望你多提醒。”胡子君说：“我这个人也是藏不住心思的，有什么，都会讲的，而且直来直去。”江海说：“咱们都是一路人啊！”

过了“三棵树”，江海问道：“下步有什么想法呀？”“时刻听从党召唤！”胡子君不假思索地答道。江海哈哈大笑，说：“好同志，好同志！”胡子君说：“早知道这样的话，去年的独操考不考都行。”江海说：“子君啊，我不这么看！是啊，到了导护艇上，猎潜艇的独操不算数了，得重新考独操。但是，你在几个月的考猎潜艇独操过程中，组织指挥能力，部门和专业协调能力，对艇的操纵能力，对环境的观察判断能力，等等，都还是算数的，这对将来考导护艇独操，也是非常有帮助的。”胡子君点了点头。江海说：“再说了，那也是你很重要的经历呀！”胡子君笑着说：“难怪大家都愿意和你聊天，不论什么事，经你一说，就会亮堂许多。”江海说：“交流嘛，收获是双方的。和你聊天，我也同样受益。”

胡子君忽然很认真地问江海：“说真心话，教导员觉得我的工作魄力怎么样？”胡子君话音刚落，江海就说：“很好，进步很大。”胡子君没讲话。江海说：“一条艇，一个重要的战斗单元掌握在手里，如果不清醒，没主意，不果断，那还了得！”江海看了看胡子君，又笑着说：“我觉得你这方面有巨大进步，这也是考猎潜艇独操的一大收获。”胡子君笑了笑，说：“碰上你和林艇长，我太幸运了。”江海说：“人人都需要别人支持帮助，但关键还是自己嘛！”停了停，江海又说：“人生路上，包袱就是个难缠的坏家伙，压在肩上就很累了，钻进脑子里就更不得了。包袱都是‘自造’的。咱们都要学会轻装前行，专心致志。”胡子君点点头，说：“明白。”

江海和胡子君走过“两棵树”，转过头来往回走。胡子君说：“有个情况大家经常议到，我也百思不得其解。”江海问：“什么情况？”胡子君说：“你来艇上的时候，其实官官之间、官兵之间、兵兵之间，甚至部门、班和战位之间，是有不少不和谐问题的，思想消沉的也不少。像老柳和老钟，过去因两个部门的班长吵架，是形成了思想隔阂的。你来以后，没有专门开什么会，没点谁的名，没搞什么整顿，不知不觉就顺过来了。”江海说：“不是我个人有什么魔法，是咱们一起营造了一个健康的气氛，形成了良好的‘势’——势成事成，势不可挡。‘火大没湿柴’，每个同志都是想进步的，环境好了，很多事情大家自己就会调整好的。柳部门长是个明白人，钟部门长是个直爽人，他们完全可以自己处理好关系的。他们的隔阂没再表现出来，就是有修养的表现。任何班子中，矛盾和问题都是不可避免的。矛盾和问题的表现形式不同，对矛盾和问题的认识态度及解决方式方法不同，结果也不相同。要创造条件，不要什么话都从领导口里讲出来，人家能消化，别人就不要硬灌药了。自然，是最高境界。”胡子君说：“善弈者谋势，不善弈者谋子。”江海说：“要有重‘势’之心、识‘势’之慧、谋‘势’之法和成‘势’之能。”胡子君点点头，说：“对。”

江海笑了笑，说：“我在水警区宣传科工作时，看到俱乐部一个班长画的三张漫画：第一张注字‘教导’，画面是一个首长高高地坐在台上，左手握着茶杯，右手使劲向上指着，嘴张得大大的，而听众不是瞪眼的就是闭眼的；第二张注字‘指导’，画面是烈日下，一位首长左手打着伞，右手使劲指向前方，而部下们不看前方，却转回头来看着首长的伞；第三张注字‘领导’，画面是首长冲在前面，部属们拼命地跟着冲。我当指导员的时候，想到了那三张漫画，当教导员的时候，又想到了那三张漫画。领导，最基本的要求是要站到部属前面，咱们班子基本上做到了。”

胡子君“嗯”了一声，说：“有些事说一说，决不是推卸责任，很多同志有同感——高教导员讲民主集中制，基本上只讲分工和责任，工作起来，每个支委地一片，人一圈，像分封的领地一样，互相不敢越雷池一步，表面上是集体领导，但具体到各项工作，就成了个人‘势力范围’，把脑袋想崩，也想不起来这种领导方式的优越性。枪水长很厌烦高教导员的师心自用，曾经在会上问过他：“咱们是小单位，小官，如果是大单位，大官，每个人对分管的工作都事实上个人说了算，都成了‘十人求’‘百人求’‘千人求’‘万人求’，那多危险啊！”江海说：“合作需要分工，分工是为了更好地合作。我们能做到分工合作，是因为我们都有党性。提高贯彻民主集中制质量靠科学的法规，也要靠组织教育和自身修养。”胡子君点点头，说：“还有，搞个工作计划或总结材料，都要他写政治工作，艇长写军事工作，我写管理工作，三块‘布’连起来就算一件衣裳，艇长烦死了。”

沉默了一会儿，江海说：“我有个搞中医的岳母，航通长有个搞中医的岳父。搞中医的人喜欢讲理论，但并非好为人师，而是职业精神的驱使，听得多了，我慢慢被中医药知识吸引了。中医认为，相对于单味而言，中药方剂的优势主要是增强药效、应对复杂病症和降低方剂内药物的毒副作用，这与集体领导优于个体领导的道理有些相似。好方剂必须药性对症，结构合理，好班子必须有健全科学的法规和高素质的成员。方剂中诸药有君臣佐使之分，支部班子有书记、副书记和委员之分。黄芪之所以被推为“补药之长”，是因为它不仅本身作用大，而且能助力他药。我们委员应该向黄芪‘学习’。”胡子君说：“这个比喻很形象。”江海说：“理中丸诞生一千八百年了，至今仍是热药。后来的附子理中丸是对理中丸认识的深化和革新。好的法规不会一下子从天上掉下来，而是得全党不断地探索，长期探索，包括我们的探索。历史上，我们向世界贡献了博大精深、魅力独具的中医中药学，如今，我们要向世界贡献最科学、最先进的思想成果和制度成果。”胡子君连连点头。

第五十七章　受启发伟诚决心定
讲党课政委予好评

星期二上午，江海在会议室整理自己的军事专业学习笔记，钟伟诚走了进来。江海指了指钟伟诚手里的笔记本，说：“给咱学习学习呗！”钟伟诚笑着把笔记本递给了江海。江海示意钟伟诚坐下，自己非常认真地翻阅起钟伟诚的笔记来。看了好大一会儿，江海说：“还是你的基础好啊，记得很全，对要点、重要名词和参数等，标注得很详细，很醒目，简洁流畅，复习起来肯定方便。”钟伟诚说：“能满足记忆和理解的需要就行了，是习惯性记法。”

江海认真地问钟伟诚：“如果现在当导护艇的导水长，怎么样？”钟伟诚说：“一般情况下应该是可以的，但毕竟没有系统学过，底气不足，遇到故障发生或复杂情况，还是不行的。”江海说：“导弹和水中兵器技术含量高，你这已经达到大队的要求了，很不错了。将来在工厂再跟着师傅学习几个月，就差不多了。”钟伟诚说：“要是干猎潜艇就轻松多了。”江海说：“我建议你别再犹豫，下决心走‘华山一条路’。全大队就剩三条猎潜艇了，人都满满的，你再挤进去，有什么意思？人生总是要有几次拼搏的，你这一搏成功了，路就宽敞多了。”钟伟诚说：“不是院校学的，不算科班出身，再能干，恐怕关键时候还是吃亏。”江海说：“你说的也有一定道理，但将来参加院校专业班培训机会还是有的。你要相信，讲文凭和讲水平的关系，组织上会把握得越来越好的，怕就怕既无文凭，又无水平。”钟伟诚说：“听教导员的肯定没错，我就下定决心上‘华山’了。”江海说：“什么装备都得有人干，这也是咱们‘老猎’的光荣啊！要像老艇长学习，把命运把握在自己手里。”钟伟诚点了点头。江海说：“我认为，你现在一是要看得远，二是要决心大。”钟伟诚说：“明白了，谢谢教导员！”

晚饭后，江海和胡子君来到曲副政委办公室，看望曲副政委。当得知江海来大队报到时在自己的房间住过后，曲副政委笑着说：“咱们有缘啊！”这时，杨副大队长走了进来。江海、胡子君站起来要走，杨副大队长叫他们坐下，说：“不上班后，在县城家里待了几天，没什么事，跑回来串串门儿，聊聊天儿。”曲副政委笑着问杨副大队长：“心情如何？”杨副大队长说：“痛感日月不居，斗转星移啊！说实在的，感情还满丰富的。我和水警区王副司令员聊了聊，他退休后很想得开，还送我一首古诗：‘未济终焉心飘渺，百事都从缺陷好！吟到夕阳山外山，古今谁免余情绕？’”曲副政委笑着说：“老首长心胸宽广啊！有道是，‘凡事不尽处意味偏长’，都是‘醒世恒言’啊！”杨副大队长说：“老首长心态真好，他说：‘人生七十古来稀’已经成为历史了，现在是七十及格，八十良好，九十优秀，百岁才算寿星呢。我这一辈子工作可以说是及格，寿命上要争取良好。”曲副政委说：“太低调了！”杨副大队长说：“我是小成即安，你老弟是不安小成啊，学成归来，正是踌躇满志时。”说完，没等曲副政委说话，便笑着出去了。

江海简要汇报了艇上情况后，曲副政委说：“我一直很看重三条：朝着目标走，按照计划办，把时间和精力用足用巧。这三条，你们都做得不错。”江海说：“谢谢首长鼓励，我们还有不少缺点。”曲副政委说：“缺点谁都有，什么时候都有，要看是什么缺点，如何看待缺点。你们有缺点，那也是工作中的缺点，前进中的缺点。”江海说声“谢谢首长”，然后笑着问曲副政委有没有从院校带回的学习资料，曲副政委说：“有。”说着，从文件柜里掏出一大堆资料，仔细分理了一下，对江海说：“这些给你，但装在纸袋里的，看后要还给我。”江海接过资料，十分高兴地敬了礼，对曲副政委表示感谢。曲副政委笑着问江海：“你是来看我的还是来要资料的呀？”江海笑着说：“两者兼有。”说完，三个人都笑了。

晚点名，江海讲话：“开展‘四不’活动以来，主要是各班和党团小组在抓，老艇长讲过两次，副长也讲过一次，我没怎么讲。大家说乱花钱的少了，给家里寄钱的多了；喝啤酒闲聊的少了，看书学习的多了；吵嘴赌气的少了，谈心交心的多了；等等。这说明各班和党团小组抓‘四不’是很有成效的。春节期间，有两个宣布过戒烟的同志又悄悄抽上了；春节后，原来没有宣布戒烟的译电员和文班长悄悄戒烟了。这其实都很正常，它说明了两点：一是大家都知道戒烟好，很想戒烟；二是戒烟的确很难，易反复。副长说过一句话：‘戒烟比不戒烟好，早戒烟比晚戒烟好。’这个话我赞成。被大家称为‘烟王’的公长鸣同志来电话说，他和全艇同志一样，同步‘四不’，同步戒烟了。他说，他之所以能做到这一点，‘五九六’三个字给了他巨大的推动力。”一阵掌声。江海最后说：“只要认识水平不断提高，‘四不’方面大家都会处理得越来越好的。”

星期五下午，新俱乐部一楼，大队全体党员听江海讲党课。大队党委常委都坐在听众席第一排，乔政委在台上讲完开场白，也到听众席第一排就座，台上就江海一个人。

江海说：“遵照大队党委领导的指示要求，我在这里向大家汇报一下自己关于班子团结问题的一些认识和体会，恳请领导和同志们指导帮助。我的汇报分三个部分，即团结含义、团结愿望和团结能力。”

关于团结含义，江海说：“无论党内还是党外，无论工作还是生活，‘团结’这个词出现的频率都是比较高的。我问过咱们南石湾小学的学生团结是什么，他们张口就说：‘团结就是团结呗！’同样的问题，我也问过我们艇上的同志们，答法可丰富了：‘团结就是不争吵’，‘团结就是互相帮助’，‘团结就是求同存异’，‘团结就是齐心协力干工作’等等。这说明，‘团结’这个词非常通俗，非常普及，本义非常直白，很难用更原本、更通俗的词去解释它了。本来嘛，从字面看，团结就是凝聚、结合。其实，沙子、面粉、蒸汽、动物，甚至植物，都会‘团结’的，团结只不过是个形象的说法。然而，我们说的团结，不光是凝聚、结合，还要同心协力，充分发挥主观能动性。所以，真正的团结是一种很难达到的状态，是一个很高的境界。平时，我们自觉不自觉地把一团和气、相安无事、‘非公默契’、忍气吞声、苟容曲从，甚至相互勾结、‘白色恐怖’，等等，当成团结的现象，都是存在的。团结是个动态的过程，是一种积极向上的氛围，要求心往一处想，劲往一处使。没有不同意见的交换甚至争论，何来民主集中，何来集体智慧，何来坚持原则，何来团结奋斗？从这个意义上讲，我们宁可把争论当成团结的表现。”台下响起了掌声。江海说：“检验团结的标准，应是单位的风气，应是完成任务的能力，而不应是有没有吵过架，红过脸。没有不同意见的交流、争论，就没有原则气氛；没有原则气氛，什么不良的东西都可能生出来。”江海停了停，说：“讲了这么多，我的意思是想强调弄清团结含义的重要性和必要性。”

关于团结愿望，江海说：“弄清团结的含义后，紧跟着的便是愿望问题。没有团结的愿望，就不会有真正的团结。愿望产生动力，有了团结愿望，团结问题就好办多了。无论从党性角度看，还是从使命角度看，团结都是天大的事，都有特殊重要意义。同舟共济对人家来讲是个比喻，对我们来讲则是现实。团结的愿望产生于哪里？产生于对团结起来力量大智慧广道理的认知，产生于对个人利益和公共利益关系的认知。有什么样的利益需求，就会产生什么样的愿望。我们生活在党领导的社会主义制度下，根本利益的一致性，奠定了我们把祖国建设成统一、富强国家的最大最根本的愿望。然而，人们对利益的认知表现在不同方面、不同层面和不同阶段，利益形式的多样性，使愿望表现出多样性和复杂性。具体到我们一个基层单位，几十号人，都想入党，都想立功受奖，都想当个什么负责人，都想提升进步，甚至都想睡的床铺位置好些，都想过春节时休假探亲。如果大家对这些问题的认识和态度都百分之百地正确，那也没问题，但哪可能呢？大家对自身利益的认识及获取方式的差异，就会产生人际间、党员间、领导干部间各种各样的不和谐、不协调、不顺畅，甚至矛盾。所以，在团结方面，我们做的工作很大程度上是对利益的认知和协调。通过大量的不间断的提高认识工作，使大家的愿望上升到健康层面，向正确方向聚焦。”台下十分安静，连大队领导同志都在专心做笔记。

关于团结能力，江海说：“知道了什么是团结和为什么要团结，如果还是搞不好团结，那就很有可能是团结能力问题了。做什么事情，都要有相应的能力，团结也不例外。我觉得，在我们这样的基层支部班子中，支委，尤其是书记副书记，最重要的团结能力是不断学习，提高认识水平的能力；严己宽人，克己奉公，加强自身修养的能力；坚持原则性和灵活性相统一的能力；人际间交流、沟通、协调的能力；抓制度建设的能力；等等。从现状看，制度建设是突出问题。制度不具体就不管用，不管用就是不科学。基层支部建设中存在的‘随大流’、‘顺杆爬’、想当然、猜心思、明哲保身、得过且过、无所用心、无所事事、无所适从、无所忌讳等现象，都与制度缺失或制度不具体有直接关系。制度建设在团结上有综合性、根本性、强制性、导向性和长效性等特点。制度建设不仅是为了团结，但团结必须有很好的制度建设工作。我们支部去年以来做了些尝试，但决心不够大，成效一般化，我本人应负主要责任。团结工作难就难在它的动态性和复杂性，总能联系到世界观、人生观和思想方法、思维方式，这对我们的党性和能力都是个不小的考验。”

关于两个主官的关系，江海归纳为：“一个目标最重要，两大任务共同挑，三种意识要很强，时时事事五互相。”“一个目标”就是提高单位战斗力；“两大任务”，就是单位的组织建设和行政工作；“三种意识”指集体意识、谋势意识和学习意识；“五互相”是互重、互帮、互学、互谅、互让。他特别强调了互重，要相互看重、尊重、倚重。

在约五十分钟的课中，江海举了大量基层的实例，使他的课很朴实，很生动，很可信，有浓厚的实践色彩。江海讲完课，在掌声中向听众敬礼后，走到了台下。

乔政委走上讲台，说：“民主集中制也好，团结也好，都是党员的公共课题，都是党的建设的基本课题，都是永久性课题，都是只能搞好不能搞坏的课题。干一行，爱一行，容易；干一行，干好一行，也可以做到；干一行，精一行，就不容易了。作为舰艇部队，我们的任务十分艰巨，无论是大队党委，还是基层支部，都需要坚强有力的领导，都需要卓有成效的党的建设工作。江海同志的态度和精神，值得提倡，值得包括我本人在内的全体同志学习。”全场热烈鼓掌。

第五十八章　密集谈心双方之愿
步到拐点共向前看

星期六上午，艇长室，江海与辛乐谈心。江海说：“会议室出入人多，这里安静些。”辛乐说：“副长可以搬上来住。”江海说：“跟他说了，怎么也不肯。”辛乐说：“副长这个人的优点是认真，缺点是太认真。”江海说：“你也很认真呀，大家公认的。”辛乐说：“我这个人吧，工作上还真可以说认真，有经验教训，不认真就受惩罚；但生活上，包括个人一些问题，都是粗线条的。”江海说：“是啊，你的高徒叶崇林他们也都越来越像你了。”辛乐说：“你讲讲道理，艇长下下任务，我带着他们干干活就是了，省心得很。”江海说：“你少说了一个很重要的因素——你的人格魅力。”辛乐笑着摇摇头，说：“哪里哪里，我们都是把你和艇长当榜样的，只是想学学不来。”江海说：“过谦了，你是老先进了。”辛乐说：“几个班长说我吃亏就吃亏在这‘老黄牛’名声上了。”江海问：“为什么？”辛乐说：“正面理解是踏实肯干，负面理解是层次低，‘活工具’。”江海说：“老辛啊，你正经八百的本科毕业，理论实践兼优，领导都知道的，你要正确理解他们的话呀！”辛乐笑了笑，说：“教导员放心，我才不听他们的呢！”江海说：“机电干部很难成长为艇军事领导干部，这是事实，是专业特点造成的。但是，你应该能感觉到装备工作越来越重要了，三总部都变四总部了嘛！装备工作不仅量会越来越大，要求也会越来越高。你这机电专业被称为海军部队装备工作的‘正宗’专业、核心专业，大有可为啊！”辛乐说：“教导员说得是对的，但机电长成堆，老了往哪儿去呀！”江海说：“我在水警区当干事时，陪首长在装备修理所蹲点，发现装备技术干部编制还是蛮大的，相反，倒是真正管用的人才不多。向前走，才有前途；坚持向前走，才有光明前途。”

停了一下，辛乐说：“教导员提出了‘超越’口号，给大家赠送了字典、《辞海》，提议并促成了导弹艇专业学习，全艇同志都受惠啊，开始还没太在意，现在越来越有感觉了。叶崇林说你是‘高人’。”江海笑了笑，说：“作为教导员、支部书记，我应该站得高一些，可惜很不够啊！”辛乐说：“过谦了。”江海说：“几十号人在一条艇上，是需要，也是缘分；是书写艇的历史，也是书写个人历史。大家都是同心同德，各尽所能，作用也好，功劳也好，人人有份啊！”辛乐说：“你真会讲道理，怎么说，听着都很顺。”

江海笑着问辛乐家里情况，辛乐说：“‘根据地’还是稳固的，两头老人身体都挺好，尚无近忧。”江海说：“拼事业的大好时机啊！”辛乐说：“怎么个拼法啊，请教导员点拨一下吧！”江海说：“你的本职工作非常出色，可以拓展一下知识面，不要怕别人说闲话，水警区范围内有的，什么型号的主副机都学，什么装备都学一点，力争成为装备工作多面手，多用途人才。”辛乐点点头，说：“这是能走的、应走的最好的路。”江海笑着说：“借欧阳山一句话——对头！”辛乐想了想，鼓起勇气说：“很想到水警区装备部门或护卫舰上锻炼锻炼，请教导员方便时推荐推荐。”江海说：“我和老艇长都推荐过了，我一定继续推荐。”辛乐说：“提个人要求，不好意思，教导员见笑了。”江海说：“你的个人要求对海军事业有好处，公私一致，是正当的呀！”辛乐笑了笑，说：“谢谢教导员！”

江海正在住舱和海婴通话，何其明笑嘻嘻地进来了。江海放下手机，问道：“这么高兴，有喜事呀？”何其明笑着说：“哪是喜事呀，喜和忧扭到一块了，忧大于喜。”江海说：“正想和你聊聊呢，你晚来一分钟，我就找你去了。”

何其明坐下来，说：“我个人的事从来不请人当参谋，这一次得请您指教了。”江海说：“哦，说说看。”何其明说：“前年，我姨给我介绍了个对象，她一个朋友的女儿，见过几次面，每次都憋一身汗，别扭得要死。”江海问：“怎么了？”何其明说：“话不多，思想怪，特自我，无论是当面还是电话，交流没有顺畅过。”江海问：“那你有没有和你姨讲过这些情况？”何其明说：“讲了很多次了。事情坏就坏在我姨那儿了。”江海问：“为什么呢？”何其明说：“我姨从小喜欢我，经常带我，我的什么事，她都喜欢管。我上初中的时候，她就对我妈说，我找对象的事她来管，要我妈不要操心了。她介绍这个姑娘长得漂亮，做财会工作，我姨一百个满意，而且断定我和我父母也都会满意。第二次见面后我说不同意，对她刺激很大，她在中间乱‘翻译’，给我和那位姑娘都传递了很多不真实不准确的信息，一个劲地撮合。”江海问：“你和那个姑娘目前的关系呢？”何其明说：“她死活不散，我坚决不干。”江海问：“你姨呢？”何其明说：“说我‘中邪’了，让我父母开导我。”

江海想了想，问道：“你另有意中人吗？”何其明笑了笑，说：“在县医院照顾我父亲的时候，认识了一个护士。嗨！吵架认识的，我嫌医院手续烦琐，发了一顿火，没想到，反被她批了一通。我父亲出院后，有一次我打电话问服药和护理上的注意事项，正好是她接电话，她回答了我的问题后，我做了检讨，她‘嗯’了一声就挂电话了。”“后来呢？”江海问。何其明说：“她给我发信息，为我父亲推荐了一种膏药……”“她怎么知道你的电话号码的？”没等何其明说完，江海就发了问。何其明说：“住院登记表上有。”江海“哦”了一声，示意何其明继续讲。何其明说：“其实，她第一次批评我的时候，我就喜欢上她了。”江海笑了笑，说：“我们其明好浪漫哟！”何其明说：“真的，教导员，直觉是她正直、认真、敬业、聪明，而且说话字咬得很真，声音很脆，好听极了。”“有你姨介绍的漂亮吗？”江海问。何其明说：“不好比，论面相，我姨介绍的要漂亮些，但后面这个大方，怎么看怎么顺。”“情人眼里出西施呀！”江海说，“无论从事什么职业，扮演什么角色，大方都是最高境界。大方，集德才气之大成，不吝、不拘、不俗、不饰、不做作，是完美人格之完美仪表。这个优点分量重啊！”何其明瞪着大眼听完后，连连点头。江海笑着问：“到什么程度了？”“我是铁定要她了。”何其明说。江海问：“人家的态度呢？”何其明说：“应该是也同意。”“什么叫‘应该是’呀，你不会是剃头挑子——一头热吧？”江海问。何其明说：“我在电话上向她检讨过三次，她说还不够，要检讨一辈子，这不就是那个意思了嘛！”江海哈哈大笑，问：“你知道人家喜欢你什么吗？”何其明稍加思索后，说：“她说他们单位的人都说我孝顺。”江海说：“至少还有你这股‘傻气’！”何其明“嘿嘿”笑了。

江海想了想，问何其明：“前面的情况她知道吗？”“知道，我都跟她说了。”何其明答道。江海说：“祝贺你！”何其明说：“有什么可贺的呀，您还没教我呢，我姨那儿怎么办呢？”江海想了想，说：“感谢你的信任，那我就提点建议供你参考。一是对你姨要耐心；二是对你姨介绍的姑娘态度要非常明朗，但不能刺激；三是打‘对象’牌。”“对象牌？”何其明瞪大眼睛问道。江海笑着点点头，说：“后面这位已经是你的对象了，要和她多沟通。你姨和她介绍的姑娘，以及你自己的父母，他们的思想工作能不能做通，与你对象的表现有很大关系。要创造机会让你对象与你父母和姨见面，我想会有好的效果的。之后，由你姨做前面那个姑娘的工作。”何其明点点头，说：“这样可能行，我父母肯定喜欢后面这个，好相处。”江海说：“路子不会错，但工作还要一点一点地做，还要有出现反复的思想准备。”何其明说：“是的，不过我有信心了，需要时，再麻烦您指教。”江海说：“你不是说你对象正直、认真、敬业、聪明吗？我觉得你也是。你们是‘一家人’进‘一家门’，都会很出色的。”何其明美滋滋的心情，一下溢到了脸上。

江海问：“其他还有什么事吗？”“没有了，”何其明说，“再说压力的话，就是下一步的工作了。”江海说：“对你们部门来说，上新艇后变化不是太大，跟了柳航通长这么长时间，会胜任的。”何其明说：“我明劲暗劲一齐使，向航通长学习，但总学不来，他太厉害了，太全面了，我看 901、904 的航通长都不如他。”江海说：“先比着葫芦画瓢，再想着葫芦画瓢，注意提高观察和分析能力，会不断进步的。”何其明说：“是。”

星期六下午，江海如约和周学正在艇长室谈心。江海问周学正近况如何，周学正笑眯眯地说：“我的工作是您直接领导的，您也知道，专业性强，程序相对独立，在艇上影响面小，老老实实跟着队伍‘齐步走’就是了。其他方面嘛，我是咱们艇干部队伍中最新的，还没资格考虑这考虑那的。”江海笑了笑，说：“两个破观点，你还优哉游哉起来了，且不说工作问题，即使个人利益问题，只要正当，那也是公共利益的一部分啊！”

周学正收起了笑容，说：“教导员每次谈话，我都记得很清，想忘也忘不掉。上次我表决心，一定要干好机要工作，你说我的认识将来还可能有反复，真叫您说中了，干着干着，血液就流不动了，没办法，我就拼命打乒乓球，打扑克，填充一下。唉！说是‘行行出状元’，但是……”江海见周学正说不出来了，就接了上去：“但是，应该加个括号：‘596艇机要工作除外。’对不对？”周学正说：“教导员啊，你看这两个小码头，八个译电员，一个当状元，七个干什么？当了状元又怎么样啊！”江海说：“看来，一个人干自己不喜欢的行业，是个不大不小的问题。”周学正说：“教导员放心，不管怎样，我会保住底线的。”江海问：“你的底线是什么？”周学正随口说道：“不出大的错漏。”江海说：“你这个底线太‘底’了——应该是工作不断进步，素质不断提高。不进则退嘛！”

周学正笑着说：“我的世界观还可以，人生观不行。”江海说：“你能把世界观和人生观对立起来，本事不小啊，真没发现耶！”周学正笑着说：“您就批评吧，反正我也不知道错在哪儿了。”江海说：“世界观指对世界总的根本看法。和自然观、历史观、道德观、科学观等一样，人生观只是世界观的具体表现之一，是世界观在人生问题上的表现。思考问题的方式方法不正确，你世界观当然有问题；对组织上分配的工作不喜欢便不思进取，你人生观‘还可以’个鬼呀！”周学正笑了笑，问江海：“如果调整个到地方也吃香的工作，努力干，世界观、人生观一下子就都正确喽？”江海说：“世界观、人生观问题不解决，什么工作也干不好的。”周学正无语。

停了停，江海说：“国防事业是个需要牺牲的事业，很多环境中、很多岗位上的同志，都是要付出超常艰辛的，有的是要付出健康甚至生命代价的。我们立志参军了，就要立志把自己的一切献给国防事业。照你说的，部队不就成了就业培训班了？枪炮兵怎么办？帆缆兵怎么办？警卫连怎么办？哪还有军队呢？哪还有国防呢？”周学正抓了一下头皮，笑着说：“又错了。”江海说：“我们这样的国度，我们这样的时代，不往远处看，不往宽处想，正确的志向怎么立起来？没有正确的志向，能走出什么样的人生道路？猎潜艇上的军医被一些人说成是‘摆设’呀，‘浪费青春’呀——你看人家晓义：分配什么干什么，需要什么学什么，整天像一团火，完成任务的能力不断增强，各方面的素质也不断提高，群众认可，组织认可。”周学正没说话。江海说：“要把精力放在工作上和学习上，不能干一点算计一点，甚至光算计不行动，那样下去，一辈子早早就被自己算计完了。”

周学正问：“怎么干呢？”江海说：“听说你刚上艇时翻译电报连续出错别字，闹了几次笑话，好在还没造成很严重的后果。为什么呢？知识面窄。为什么现在好多了？知识面宽了。我们的大脑，既是储存知识的原料库，也是运用知识的加工厂。没有加工能力固然不行，但首先是要有原料。电报是上情下达、下情上达的机密信息，内容涉及面很广，什么工作都要懂一点。要多看东西，多学知识，提高对电文理解能力，提高与他人沟通共事能力，进而提高管理教育能力。思想方法对路了，知识面宽了，实践积累多了，将来干什么都可以，不然，有机会也等于没机会。”周学正说：“嗯，是这样的。就专业搞专业，自己把自己关起来了，我觉得大家怪怪的，大家觉得我怪怪的。”江海说：“学习多了，交流多了，谁看谁也不怪了。”

周学正用手捂着嘴笑了笑，江海说：“你这一笑诡谲加诡秘耶！”周学正又笑了笑。江海问道：“勾联到个人隐私了？”周学正说：“报告教导员：我已经吹掉两个对象了。”江海惊奇地“啊”了一声，问道：“为什么呢？”周学正笑着说：“其实也算不上对象。家里给介绍了一个姑娘，我觉得咱们这里偏僻、艰苦，就给她打了个‘预防针’，结果，她说我怪怪的，吹了。”“第二个呢？”江海问。“差不多，”周学正说，“也是打了个‘预防针’，打跑了。”江海问：“你打的什么预防针啊？”周学正又笑了起来。江海催道：“说呀！”周学正说：“部队环境如何如何苦了，工作如何如何忙了，休假如何如何难了，本人工作如何如何没前途了，等等。”江海说：“这些方面，适当交流交流还是可以的呀！”周学正又笑了。江海说：“又来了！”周学正说：“我还说我们这里离婚率很高。”说完，又笑了。江海说：“你让我好丧自信哟——身边躺着个这么重的精神病号，竟然没有觉察到。”周学正说：“今天听了您的教导，病好了。”江海问：“好了吗？怎么个‘好了’法？”周学正说：“思想方法、思维方式之类的词语，我以前很少听说，你来后，慢慢听得多了，想得也多了，还常查查《辞海》，渐渐觉察到了自己的毛病。说实话，我现在虽然还有毛病，但好多了。”

江海说：“一些人自己盖个庙，自己造个像，又自己拜了起来，祈求保佑。这思想方法和思维方式，也是每个人自觉不自觉造出来的，但它可不是摆设，是真的要管我们的，我们摆脱不了它，但可以而且必须不断优化它。优化它，它才‘保佑’你。”周学正说：“教导员说得太好了，这是制高点啊，一通百通。”江海说：“凭着辩证唯物主义和历史唯物主义，任何困难和问题都不是我们的对手。”周学正笑着说：“教导员又要往高处拖我了。”江海说：“不往高处走，能找到对象吗？”两个人都笑了。

谈话将要结束的时候，江海问周学正：“你为什么春节后才戒烟？”周学正说：“我知道过春节时戒不掉，氛围不行。”江海又问：“你戒烟为什么不愿公开？”周学正随口说：“怕坚持不到底被人嘲笑呗！”江海问：“有信心坚持到底吗？”周学正说：“目前有。”江海问：“勇气哪来的？”周学正说：“一说戒烟，我就想起了那两个吹掉的对象。”江海问：“为什么？”周学正说：“她们两个都问过我抽烟不抽烟，看来她们很在意抽烟的事。”江海说：“废话！如果谈成了，你抽，人家就得跟着‘抽’，躲得了吗？”周学正笑着说：“知道戒烟有百利而无一害，可就是做不到，看来，自己是最不听话的。”江海说：“为了找个好对象，好好学学管自己吧！”周学正又嘿嘿笑了。

星期天，江海又分别和水中天、叶崇林、肖志海、左中见、萧雨青谈了心。

晚点名，江海说：“讲三点。一是军事专业学习。根据大队通知精神，与对口艇商定：下周一全天个人复习；周二上午集体听对口艇解答问题，下午个人复习；周三上午大队组织军事理论考试，下午个人复习；周四上午出海，大队进行跟班考察和实做考核。也就是说，周四是我们军事专业学习的最后一天。各部门、班和个人，都要精心计划。二是‘超越’话题‘大家谈’。准备工作要注重质量，力避浮浅。这几天，我和一些同志谈了心，谈心养心，非常受益。建议大家更好地开展谈心活动，在谈心活动中做好发言准备。三是导弹艇军事专业学习总结与建议。大队要求我们对学习军事专业情况做出认真的总结，并对继续开展这样的学习活动提出意见和建议。我们艇每个部门每个同志都要搞好自己的总结，并于周三晚饭前，将意见和建议报到副长那里，以便艇上汇总上报。”讲完后，江海问大家清楚不清楚，大家齐声回答：“清楚！”

大队交班会后，常大队长宣布了上级关于组建导弹护卫艇905艇的决定、命令和大队党委的通知。905艇由东阳任代理艇长，斯奋任教导员，何其明任航通部门见习部门长，辛乐任机电部门代理部门长，周学正任译电员，副艇长、副航通长和军医，均由外单位调入，还有从兄弟艇选调的十几名士兵技术骨干。斯奋和东阳分别任905艇党支部书记和副书记。胡子君任901艇见习副艇长，钟伟诚任904艇导水部门见习部门长。

会后，乔政委把江海叫到办公室，说：“其他大队领导开会，我们简单聊聊。”江海点了点头。乔政委说：“胡子君到901艇，是让他有机会尽快考导护艇独操；钟伟诚到904艇，也是为了让他尽早考全训，成为全训部门长。他们先送艇到工厂，再到新单位报到。辛乐任代理部门长，是水警区的意思。”江海说：“我代表他们感谢组织的关怀和培养。”乔政委问：“你个人的事知道了吗？”江海摇摇头。乔政委笑了笑，说：“到海军政治机关当干事。”江海说：“谢谢组织，谢谢首长！”乔政委说：“上级要求你本周五报到，考虑到观摩你们‘大家谈’的问题，还有往工厂送艇的问题，我们提出了让你推迟报到时间的要求。”江海说：“林咏同志学习去了，他想请假回来送艇，学校不同意，我非常想和同志们一起把艇平安顺利地送到工厂。”乔政委说：“商定的时间是下周三报到，也就是说，你把艇送到广州后，直接去机场乘飞机赴北京。你报到后要参加一项什么集训，去晚了就跟不上点儿了。”江海说：“水警区政治部的同志给我透漏过一点信息，但没想到会这么紧。请首长放心，我按时报到。”乔政委握住江海的手，说：“祝贺你！”江海说：“谢谢政委！”乔政委说：“你还有什么事，尽管讲。”江海说：“没有了。”乔政委说：“你爱人的工作和生活，你都可以放心，大队会关心的。”江海说“谢谢首长！”乔政委说：“我们再去北京的时候就方便了，可要找你哟！”江海说：“欢迎首长去北京。不过，我也很想有机会再跟着首长干。”乔政委说：“老跟着我们能有什么出息，展翅高飞吧！”两个人笑了笑，再次握手。

从大队部出来，江海想到今天是国际妇女节，急忙给海婴发了一条信息：“YY 节日快乐！”走到码头引桥上时，收到了海婴回复的信息：“NN 同乐！”

回到艇上，江海立即召开支委会，扩大何其明、周学正参加，传达了上级关于组建 905 艇的决定和通知，及大队首长的指示精神，并组织研究了加强相应思想和管理工作事宜。接着，全体人员前甲板集合，江海又向全体官兵做了传达和说明。出乎江海预料，大家反应非常坦然。

午饭后，江海犹豫再三，还是回到了家里。已经在休息的海婴赶忙起来，问：“有事吗？”江海摇摇头，说：“没有。想抱抱你。”海婴一下扑上去，抱住江海的脖子，眼圈已经红了。江海抱住海婴，抱得越来越紧。过了很久，江海平静地说：“下周三送船到广州后，当天到北京报到。”海婴没说话，只是紧紧地抱着江海。江海说：“我怕影响你午休，想晚点再告诉你，但想来想去，还是决定早点告诉你。”海婴仍没说话。江海说：“大队首长对你的工作和生活，都会关心的。”海婴强力控制着自己的情绪，说：“我这一辈子什么都不怕，只怕离开你。”说完，抽泣起来。江海说：“我这一辈子什么都不怕，只怕你受委屈。”说完，两个人的情绪渐渐地失控了，呜呜地哭了起来。

导弹艇军事专业理论笔试和海上跟班考核都很顺利。出海回来，江海带着几个干部到 901 艇和 904 艇再次表示了感谢。

星期四晚上，部队看完电影，回到艇上，接着进行晚点名。江海说：“同志们，我们的军事专业学习结束，笔试和实作考核也很顺利，我已经电话向老艇长做了汇报，他很高兴，让我代表他向大家表示祝贺。还有，柳航通长和康军医每次打电话都问候大家。我提议，我们以热烈的掌声，向老艇长他们表示衷心的感谢和良好的祝愿！”掌声非常热烈。江海说：“明天的‘超越’话题‘大家谈’，是我们 596 艇党团支部的最后一次集体活动，也是大队全体党团员对我们的党性和思想的一次考察，希望大家做好准备，积极发言。”

第五十九章　讲超越观摩大家谈 别山村军民情无限

星期五下午，新俱乐部一楼大厅被全大队的党团员和青年塞得满满的、紧紧的，大队常委在小舞台上坐了一排，他们周围也是人挨人。596艇的人员在大厅中间，分三层坐了个圆圈。古主任宣布：“猎护大队党员团员青年观摩596艇党员团员青年‘大家谈’活动开始！”坐在圆心处的江海下达口令：“596艇全体同志——起立！”596艇的全体人员“唰”的一声站了起来。江海接着下口令：“向后转——敬礼——礼毕——向后转——坐下！”掌声中，江海宣布：“今天‘大家谈’的话题是‘超越’，由党员、团支部副书记、后主炮班班长舒扬同志主持。”

舒扬站在圆心处，给大家敬礼后说：“各位领导，各位同志！我们艇党支部去年五月提出的‘热爱猎潜艇、建功猎潜艇、超越猎潜艇’口号，被称为我们596艇的精神和魂。在将近一年的学习和实践中，大家的认识在不断深化，境界在不断升华，都有各自的认识和体会。在我们艇即将光荣退役，我们即将走上新的岗位的时候，我们以‘超越’为话题，交流一下思想和认识，以作为‘超越’活动的总结，作为向组织的汇报，也作为我们再次出发的互勉和宣誓！”

副炮班班长马跃首先发言：“坦率地说，一年前的一段时间里，我们艇的凝聚力是很有问题的，我本人的思想就很散乱，和熟人说起新型舰艇上的装备，就感到自卑，提不起劲。‘超越’活动的开展，使我不仅懂得了猎潜艇的历史、地位、作用和特点，而且懂得了局部与全局、眼前与长远，以及人与武器装备的关系。任何武器装备的性能都是有限的，只有人的主观能动性的发挥是无限的。我真正地爱上了猎潜艇，爱上了手中的装备，底气十足地做着自己的本职工作。我们艇上的凝聚力也是那时候开始形成的。”

声纳班班长简之发言：“说实话，‘超越’口号提出的时候，我连‘超越’的意思都不怎么明白。教导员和我的一番谈心，我才慢慢地认识到：‘超越’，就是无论干什么工作，都目光远大，胸怀宽广，思想解放，刻苦学习，努力实践，让精神境界不断升华，使工作能力不断增强。现在，我和战友谈心，和同学及亲戚朋友打电话聊天，都经常谈到‘超越’。”

钟伟诚发言：“虽然担任党支部宣传委员，但我是个粗人，思想粗，说话粗，做事也粗，听到讲理论头就大。开始，我把‘超越’看得很空，很玄，慢慢地才感到不是那么回事。凭着‘超越’精神，我们的主炮副炮前炮后炮都取得了明显好于往年的成绩。如果没有‘超越’精神，会怎么样呢？一定是旧装备、旧观念、旧状态，和熬日子、等死差不多。在‘超越’活动中，我面临着自身‘超越’和带领部门‘超越’的双重压力，经受了锻炼，对率先垂范和奋发进取有了全新的认识和体验。”

舒扬站起来，说：“举手要求发言的很多，说实在的，我也不知道挑谁好，不过，我可以公开我的指导思想：一是平衡干部、班长、士兵比例；二是兼顾部门和班人员分布。下面，请炊事班班长肖志海同志发言。”

肖志海说：“业务技能的提高不是‘超越’的全部，甚至不是最重要的。就我这破手艺，广东这边和我们老家，都有大酒店要我早点退伍，去他们那里工作的。这就超越了吗？当然不是。超越应该是思想技能和作风的全面超越。我成为目前全大队唯一的三级厨师，是组织关怀和培养的结果，如果价值追求出了毛病，那就不仅不是超越，而是落伍，甚至是逃兵了。”

十多个同志发言后，舒扬挑胡子君发言，大家都笑了，因为他已经举了好几次手了。

胡子君说：“过去，我老是躲发言，生怕躲不过去，现在，我是争发言，生怕争不来。”大家鼓起掌来，大队领导们都笑了。胡子君说：“以前，大家对我的评价多为两个字——谨慎。其实呢，我是该吃吃，该睡睡，该干活干活，该开会开会——按部就班，四平八稳。支委会研究‘超越’口号时，我并没有特别在意，觉得是新领导新口号，有用没用说不清，举手赞成，也不过是让它‘无害通过’。慢慢地，我发现不那么简单，越来越觉得这口号是为我而提的。以前，对各方面都自信不错，现在发现自己落伍了；原来，自以为对人生、事业、工作都很明白了，现在发现自己并未上路。我们教导员说得好：父母生我们，养我们，党和人民关怀我们，培养我们，不就是想让我们长大成人、有所作为吗？我越来越觉得‘超越’就要有一股强大的心气，不断地战胜自我，不断地更新自我，冲锋不止。”

又有几个同志发言后，舒扬看了看一大片举着的手，又看了看手表，刚要讲话，古主任说道："再谈三个！"舒扬又先后点了主机班战士师则民、报务班班长姬水云和操舵兵欧阳山。欧阳山恰到好处的川味普通话，真可谓泉涌河奔，行云流水，是获得掌声最多的发言者。欧阳山关于学习的话语，更是打动了在场的每一个人。他说："教导员学习了，提出了‘超越’；我们学习了，懂得了‘超越’。这说明：学习，才懂‘超越’，学习，才能‘超越’。"他举起一本《新华字典》，说："一年来，我最大的精神收获是懂得了超越，最大的物资收获是教导员送给我的这本《新华字典》，它将陪伴我终身。我需要的不仅是它的查字功能，更重要的是它的召示、提示、启示和‘监视’作用。我知道我现在懂得学习已经晚了，但我还懂得，如果现在不努力学习，就更晚了，一直不学习，就完了。"

舒扬请江海做总结，做指示。江海说："‘大家谈’没有总结，更没有指示，我和大家一样，都是发言。"江海说："‘超越’的提出，源于我们老艇长林咏同志学习和实践的启示。林咏同志是老猎潜艇了，老全训艇长了，他无怨无悔，事业心责任心非常强，在努力搞好各项工作的同时，坚持自学舰艇导弹专业和电子对抗知识，看了那么多资料，打了那么多电话，做了那么多笔记——他是照亮我们全艇的一盏灯。"江海说："军队是个特殊群体，军人从事的是特殊职业，每个官兵都应有强烈的超越意识、强劲的超越冲力和强大的超越能力。天天学习，天天奋斗，让自己的生命天天闪光，就是对父母最大的孝敬，就是对党和人民最大的忠诚，就是对自己最大的珍爱。"江海说："‘超越猎潜艇’，其实是超越我们自己；超越自己，意味着我们素质的提高和战斗力的提升。我们过去超越，现在超越，将来还要超越！"全场响起长时间的热烈掌声。

最后，古主任请乔政委做指示。乔政委说："我是第二次参加596艇‘大家谈’活动了，可以说是感受更深，启示良多。追赶已属不易，超越当然更难。596 艇的同志们想通了超越之理，走通了超越之路，做出了超越示范，是全大队实现超越的尖兵和先锋。时间关系，这里不具体讲了，大队党委扩大会上再讲吧！”古主任请常大队长讲话，常大队长说：“596 艇官兵导护艇军事专业考核没有一个不及格的，且优秀率超过了三分之一。这个成绩反映的不仅是军事，更是思想和作风。一个人，一个单位，使自己的状态成为超越状态，这是多大的本事啊，包含何等意义啊！感谢 596 艇的同志们！向 596 艇的同志们学习！”古主任说：“下周党团日，各支部组织交流观摩 596 艇‘超越’话题‘大家谈’的体会，研究改进思想工作问题，讨论和研究的情况及时报政治处，大队党委将研究改进思想政治工作问题。”

星期六上午，江海、海婴和方远、岳锦川张海山爬上了北山。此行是江海提议、五人约定的。江海和方远岳锦川都穿着军装，海婴穿的是粉红色上衣、黑色裤子和黑色运动鞋。海山穿着长袖校服和江海、海婴给他买的鞋子。他们带着干面条、水果和鱼、虾、肉等，显然是要在海山家吃午饭的。这五个人爬起山来还真的没有‘短板’，方远和岳锦川虽然是首次，也并不显得特别困难，海山则始终前出二三十米，还断断续续地唱着歌。

大家坐在山顶几块大石头上休息，欣赏蓝天碧海和连绵的山峦。方远说：“登山看景，风光不同。你看这南石湾，多美呀！”江海笑着说：“实践出真知嘛，你一登山，就知道登高看景了，登多高山，看多高景。所以，怕登高可怜，不登高可惜，登不高可憾啊！”岳锦川“嗯”了一声，说：“这样看，南石湾小了，但是更真切了。”江海说：“观世界，看事物，要角度，也要高度，高度也是角度。高度角度变了，许多‘原以为’就变成‘原来是’了。跳出圈子看圈子，才能看清圈子，因为不仅有了整体感、方位感，而且容易看到联系，看到特点。”岳锦川“嗯”了一声，点点头。江海说：“你们现在的工作也是一样的，如果跳出南石湾小学看南石湾小学，也会看得更真，认识更深的。”方远说：“我父母亲都说我们的工作对国家对个人都很有意义，叮嘱我一定要努力工作，争取成功。”江海说：“你们已经迈出了成功的第一步，走上了成功之路。”方远说：“跟江教导员在一起，既有方向感，也有动力源。”海婴问海山：“你有什么感想呀？”海山说：“欲穷千里目，更上一层楼！”江海说：“走吧，欲到海山家，更下一道沟！”笑声中，海山又跑到了前面。

在离海山家老远的地方，就看到张伯和阿婆在村口往山上望。海山大声喊着：“阿公！阿婆！阿公！阿婆……”江海说：“倚闾之望，令人动情啊！”

到了村口，乡亲们都出来了，争着打招呼，握手。江海把方远和岳锦川介绍给了大家。之后，江海一行下到沟底，很认真地看了水井、电机和扬水池，并向阿龙和猛仔询问了供水情况。阿龙说：“机器运转一直正常，开始有些水管接口有点滴漏现象，现在都好了。”江海点了点头。

阿龙和猛仔跟着江海一行到了张伯家，大家又一起看了水塔。江海这才腾出空来，问候两位老人。两位老人你一句我一句地说身体好，生活好，一切都好。阿婆说：“饭好了，边吃边说吧。”江海说：“好。”

院中间摆的大饭桌，是两张小桌拼起来的，十来张凳子，都很破旧，基本上没有重样的。饭菜都已准备好了，八个菜，还有半锅西红柿蛋花汤。海婴对阿婆说：“菜太多了，太破费了！”阿婆说：“以前你们来，翻山越岭的，不是吃干粮，就是下干面，我心里实在难受啊！”阿龙说：“我家里有冰箱，你们带的海鲜和肉可以放进去，二老明天吃后天吃都行。”江海说：“好。”说着，江海和海婴把张伯和阿婆拉到了正席。江海、阿龙和猛仔依次挨着阿公一边坐下，海婴、海山、方远、岳锦川依次挨着阿婆一边坐下。张伯指着桌子上的菜说：“肉和豆腐，都是阿龙拿来的。”阿婆补充道：“还有半篮子鸡蛋呢！”阿龙说：“不分你我了，都是一家人。”猛仔说：“我这里有一瓶白酒，喝多了没有，喝不完不行！”江海笑着说：“谢谢！”

大家乐呵呵地开饭了。江海给张伯夹菜，海婴给阿婆夹菜，阿龙给江海夹菜，海山给海婴夹菜，一个比一个客气。江海说：“先由海老师汇报一下海山的情况吧。”海婴说：“海山进步很快，一天一个海山。”大家哈哈大笑。海婴摸着海山的头，说：“他的语文和数学都是中上等，并且很稳定，还是班委呢，很称职。他吃饭、睡觉、起床、叠被子，都像个小兵似的，可利索了，整天看部队的文体活动，对什么都有兴趣，乒乓球、台球、象棋、扑克，都会了。”海山说：“校长老师对我可好了。”张伯阿婆笑得合不拢嘴。阿龙说：“这里有两个家长也动心了，想让孩子明年和海山一起上学。”江海说：“南石湾小学还处在试验阶段。不过，咱们是近邻，我可以向上级报告一下。”阿龙说：“谢谢！”江海说：“我们先敬阿伯阿婆一杯，祝他们身体健康，生活幸福！”大家一齐和两位老人碰杯，喝酒，张伯按江海要求沾了沾嘴，阿婆和海山、海婴喝茶水。之后，大家一边夸菜的味道好，一边互相敬酒。阿龙说：“自来水接通后，村民们的生活质量提高了很多。”江海说：“和外面比，还是很艰苦啊！”阿龙说：“艰苦就得奋斗。”江海说：“艰苦就得互助。”阿龙说：“说是互助，我们还是单方受惠啊！”江海说：“不能这么讲，张东和同志就以生命助了很多人嘛！县领导说了，整个西沟都有了新的发展规划，日子会一天比一天好的。”江海端起杯子，说：“为小西沟群众美好的未来干杯！”大家碰杯，除张伯外，无论酒水，都是一饮而尽。

江海又对阿龙和猛仔说：“你们对两位老人很关心，很照顾，我们都很高兴。”阿龙说：“看教导员说的，你们素不相识，都翻山越岭来照顾了，何况我们当晚辈的。”江海说：“我要去北京工作了，来这里的机会少了，有你们照顾老人，我就放心了。”阿龙眼睛一亮，问：“教导员调北京了，提升了吧？我们村的人早就说你能干大事。”江海笑着说：“还是个兵，在机关工作。”张伯说：“大好事啊，共产党的眼睛亮着呢，对什么人都看得清清楚楚的。我们大家敬教导员一杯，表示欢送，表示祝福！”大家欣然响应。喝完酒，放下酒杯，江海对两位老人说：“我们都是你们的孩子，海山的事请你们放宽心，我们会管到底的。将来海老师走了，方老师、岳老师也会继续管的。家里有什么事，尽管给我们打电话。”张伯和阿婆连声说“谢谢”。

终于要告别了。大家一起失去了语言表达能力，只能代之以肢体语言、表情语言，思若涌泉，情若涌泉，泪若涌泉……

第六十章　学军事留建议五点 再启航正光灿天蓝

星期日上午，江海主持支委会，研究了两项议程：出航准备工作和学习导弹艇军事专业的总结及建议。大家都知道这两项工作的重要性，所以议得十分认真，十分细致。军事学习建议部分费时较多，最后定了五条：一是编写统一的适用教材。二是建立包括大队首长和机关人员、导护艇相关人员在内的教员队伍，加强教学研究。三是配备必要的教具，理论课尽可能安排在教练室进行。四是跟艇观摩和实习时间比例再大一些。五是考试和考核要更严格，更规范，合格者，以水警区或大队名义发给结业证或合格证，以示鼓励和重视。

午饭后，江海在前甲板遇到了白因，问他父母关系近况。白因说："没有进一步恶化。"江海说："说不说话都是在做人，说什么话都是在做人，怎么说话也都是在做人；做不做事都是在做人，做什么事都是在做人，怎么做事也都是在做人。这说明你说话做事水平都提高了，进步了。"白因笑了笑，说："大前天，我爷爷奶奶走亲戚去了，中午不在家，我爸爸自己做汤面做成浆糊了。我母亲端了一盘饺子，放到了我爸爸房子门口水缸盖儿上，转身回自己房间了。我爸爸听到声音，出来一看，愣了一下，犹豫再三，还是端到屋里吃了。然后，把盘子洗干净，放回了水缸盖上。"江海笑了，问："你从这件事里看出了什么？"白因说："我琢磨了很久——一般情况下，我妈中午不会吃饺子的，会不会是知道我爷爷奶奶不在家，专门给我爸爸包的；依我父亲的性格，他吃了饭从来不洗碗，这次应该是过心了。"江海笑了笑，说："有句俗话叫做'打人不打脸，骂人不揭短'，你被爸爸多次打过脸，还能很理智地处理和他的关系，这是很多人做不到的，他们有你这么个好儿子太重要了。我相信你，祝福你。请转达我对你父母亲的问候。”白因说：“谢谢教导员，我一定转达。”

午休起床后，江海正在会议室与胡子君研究航行准备工作，597 艇艇长马玉华、教导员金言及副艇长洪钟响来了。马玉华说：“你们现在很忙，我们有点事想麻烦一下，就直说了。”江海说：“说吧，老马还学会客气了。”马玉华说：“两件事。一是请老辛和舱段班长给我们讲讲主副机和管道的常见故障及你们的处置方法，并现场看一看。二是工具、零配件之类的东西，无论是上面配发的，还是你们自制的，只要是方便给的，我们都要，当然了，要到你们艇进厂以后。”江海说：“咱们两条艇已经分不开你我了，肩并肩靠了这么多年，况且我们退役后，你们就是最老的了——不仅可以，而且应该啊！”金言说：“谢谢！”胡子君问马玉华：“‘讲一讲’‘看一看’的事，明天下午你们方便吗？”马玉华说：“方便。”胡子君对江海说：“往前赶主动些。”江海说：“好，明天下午三点十分开始。”马玉华说：“好。”

马玉华、金言、洪钟响走后，江海问胡子君：“还有事吗？”胡子君说：“没了。”江海说：“我到俱乐部陪海婴打一会儿乒乓球。”胡子君笑着为江海竖起了大拇指，说：“快去吧！”

江海给海婴发了一条信息：“YY：我出发了。”不一会儿，收到了海婴的信息：“谢谢 NN。就到。”二人几乎同时到达俱乐部，正好还有一张空台，便打了起来。他们打的是“和平球”，往返球多，吸引了一些观看的同志。江海的球技不如海婴，所以捡球比较多，几个战士老是在笑他。海婴对江海说：“你长期不打，手生了。”江海说：“可不是嘛，照这样下去，别说是你，恐怕连瓦尔德内尔都打不过了。”海婴和观看的战士们都开心地笑了起来。打着打着，球滚到了一个战士脚旁，那位战士捡起球，一边送给江海，一边斗胆问道：“首长，你过去能赢海校长吗？”江海想了想，说：“她 10 岁以前，我估计能赢她，因为我比她大 6 岁呢，她 11 岁以后，我就不行了，因为她有专业老师指导、正规训练，而我还很少有机会摸乒乓球呢！”那位战士“哦”了一声，笑了笑。过了一会儿，又有一个战士问江海：“你们艇为什么那么重视体育啊？对当兵的来说，打球真的很重要吗？”江海边打球边说：“一个人的体能和智能如果很好地开发出来的话，都可以做很多很大的事的。体育活动，比如游泳、爬山、打篮球，等等，既可以很好地开发体能，又能很好地开发智能，还能很好地强健心理。”江海指着手中的乒乓球说：“就说打乒乓球吧，眼要看，耳要听，脑要想，腿脚胳膊一起动，姿势非常多，身体各个部位都能得到锻炼。这还是次要的，是有形的——双方都想发个让对方接不到接不好的球，都想接住接好对方发的球，都想打好前三板，这就要不停地评估自己，猜测对方，变换招数，创新技能，一招一势，都有心理交换过程，要追求快准灵的话，受锻炼的程度就更高了。”那位战士说：“是的，我也有体会。”江海说：“体育运动的产品是健康、智慧、机灵、协调、勇敢、坚韧、知识、文明，等等，你说他对人的一生有多重要！”那位战士说：“这个道理被江教导员说透了。”江海笑了笑，说：“认识到是一回事，做得到是另一回事，坚持好了，又是一回事，我是说说而已，做得并不好啊！”那位战士说：“教导员谦虚了！”一个老一点的战士说：“走吧，影响首长打球了！”观看打球的战士们都笑嘻嘻地走了。

江海和海婴笑了笑，重新开始打球，没有干扰，没有话语，只有乒乓球像一条白线，在他俩之间沟通着，串联着，传递着……

大队交班后，江海将596 艇学习导护艇军事专业的总结报告呈给了丁副大队长，并挨个到大队首长和机关领导办公室作告别性拜见。见曲副政委的时候，还了借阅的资料。见古主任的时候，讲了小西沟有群众想让孩子明年来南石湾小学上学的事。回到艇上时，胡子君已带领大家搞完了甲板冲洗和清洁卫生。

会议室里，江海向干部们传达了大队首长在交班会上的相关指示。江海说：“东阳艇长和斯奋教导员已经带着我们艇以外的人员在工厂了，905 艇已经下水，我们是去送艇，也是去报到，大家的工作一定要再认真一些，再细致一些。”大家纷纷点头。江海问辛乐：“用不用大队派人保驾？”辛乐说：“我们有信心自己完成任务。”胡子君说：“咱们自力更生，团结一致，圆满完成送艇任务。”江海说：“对机械装备一定要心里有数，对气象一定要心里有数，对人员思想一定要心里有数。

有了问题，一定要妥善处理，及时报告。”大家齐声答道：“是！”

下午，江海胡子君陪马玉华金言一行看了前后机舱和管线密集部位，听辛乐和左中见介绍了预防故障和抢修故障的体会。马玉华赞叹不已，说：“今天我们真的来对了，找到活榜样了。你们的昨天就是我们的明天。”江海说：“还有什么美言，尽管留下，后天想听也听不到了。”一阵笑声后，胡子君对马玉华说：“路上用不上的备品配件，弄了两大帆布袋，已经给洪副长了。其余的，我们到广州后就整理好，托人给你们捎过来。”江海也说：“只要是艇上职权内的，我们能给的都给。”马玉华马上说：“谢谢好战友、好兄弟、好邻居！不过，千万别让人捎，给个电话，我们立刻就派人去取。”大家又笑了起来。

晚点名，胡子君讲话：“这几天，大家都忙着整理公私物品，这当然必要。但是，大家不要忘了，我们将来到了新的单位，人家更关注的是我们的思想、品行、作风、处事方法和精神状态。所以，我们要好好整理一下自己的‘无形资产’。大家要把导弹艇专业学习的知识好好复习一下，虽然考试都合格了，但是马是骡，很快就要遛一遛了。”点名结束后，辛乐小声说：“副长全面‘超越’了。”

星期二上午，丁副大队长带检查组对596 艇进行出航准备检查。江海胡子君汇报了航行计划和各种预案，及人员思想情况。检查组按照规定，对各部位进行了严格细致的检查，结论是符合航行要求。不过，在会议室干部会上讲评时，丁副大队长还是对组织指挥、航行安全及管理教育等工作，提出了明确具体的要求。最后，丁副大队长又讲了一段题外话。他说：“从考核组汇拢的情况看，你们导弹艇军事专业考试和实做考核，成绩都比我们预想的要好，大队领导同志都非常高兴。你们在很好地完成了年度各方面任务的同时，还把自己培养成了能到导护艇上工作的新人，为筹组新艇做出了独特的贡献，在猎护大队的历史上书写了很有意义的一笔，谢谢你们！”江海说：“谢谢首长鼓励。”丁副大队长深呼吸了一下，说：“一个老首长说，‘有的先进单位经常会上有声，报上有名，但谁也弄不清他们的可学之处。’你们正好相反——单位不存在了，但事迹、经验、精神将在猎护大队继续被赞扬，被发扬。”江海站起来，动情地说："感谢首长的鼓励和鞭策，596 艇全体同志坚决执行首长指示，圆满完成送艇任务，顺利实现工作岗位转移！"

下午，水兵凉亭，596 艇全体人员会议，大家坐成了一个不太规则的圆圈。江海说："按照同志们的愿望和建议，现在召开'战友赠言会'，每人道一句此时此刻最想说的话，因为好多同志想记下来，所以请同志们讲清楚点，不要太快。"江海话音未落，已有很多同志举手示意要讲了。江海说："大家先别急，我把咱们的想法告诉了老艇长、柳航通长、康军医、苗苗和惠中，他们也要求讲一句话，由我转达给大家。"江海掏出手机，打开信息屏，说："老艇长的一句话是：'3 月 17 日，我的心和同志们同在！'"大家怀着激动的心情，鼓出了响亮的掌声。江海说："柳航通长的一句话是：'信任组织，听从组织。'康军医的一句话是：'增强体质，走向未来。'苗苗的一句话是：'不断进步，才对得起 596。'惠中的一句话是：'永久的情谊，永久的动力。'"场上掌声阵阵。"今天的发言，不用主持人，"江海指了指坐在自己左边的胡子君，"从副长开始，顺时针方向，挨个讲，没想好的同志主动提示下一个同志讲，一圈一圈地转，讲完为止。"

胡子君站了起来，说："通讯录上我的话太长了，一直很后悔。这次就三个字：再超越！"掌声很响亮。何其明说："好学上进，不断超越！"雷达班班长章韵说："看远些，再看远些。"司务长关士愔说："新岗位，新形象，新贡献，新进步！"钟伟诚说："抓住机遇，迎接挑战，奋勇向前！"水中天大声说："战友万岁！"辛乐说："《辞海》作伴，学习理论。"叶崇林说："漫漫人生路，悠悠战友情。"周学正说："亲爱的战友们，你们的战友我要发言了，很重要，请认真记录。"一阵笑声后，周学正说："浓浓战友情，真谛是真诚。"报务班班长姬水云说："发扬超越精神，勇攀新的高峰。"深弹水雷班班长龙长吟说："在新岗位为 596 艇增光。"帆缆班班长文刚说："发扬'碰垫精神'，融入新的集体。"发言速度和节奏都很快，进入尾声了。欧阳山说："做一个让战友思念的战友！"笑声、掌声、议论声搅成了一片。最后发言的是江海，大家听得格外认真。他说："心系海防，发愤图强！"掌声后，江海说："下午还有点时间，请大家抓紧处理个人事务。”

晚饭后，江海提着清理好的物品回家去了。晚点名前，他又回来了。胡子君拉着肖志海对江海说：“刚接到大队通知，志海调水警区招待所工作，交完艇就去报到。”江海说：“好事啊，那里调级容易些，志海的作用也可以得到更好的发挥，我们再到水警区出差办事，吃饭不成问题了。”肖志海说：“非常感谢组织的培养，我一定继续发扬‘超越精神’，决不辜负艇领导和同志们的期望。”江海使劲和他握了握手。

596 艇最后一次晚点名，气氛很特殊——说严肃，不够；说悲壮，过了。首先由胡子君全员呼点：“江海！”“到！”江海的声音坚定而响亮。“胡子君！”“到！”胡子君自点自答。胡子君点了一遍，点的声音、答的声音都与平时不同，那种味道，可姑且称之为“超越”。

江海接着讲话：“亲爱的同志们，在大队党委、首长的坚强领导下，在大队机关的有力指导下，在兄弟单位的热情支持和帮助下，我们团结一心，共同奋斗，完成了任务，健步走到了今天。我代表党支部，也代表老艇长林咏同志，向大家表示祝贺和感谢！”一阵热烈的掌声。江海说：“对于我们每个同志来说，明天都是个不平凡的日子——我们每个人都将在自己的历史上书写两个‘标点符号’：一个‘句号’，一个‘冒号’。我相信，我们每个同志都能写好这两个‘标点符号’！”又一阵掌声。江海说：“‘超越’是一种状态，是一种精神，是一个过程，也可以理解为目标和标准。热爱 596，怀念 596，最好的方法就是继续发扬‘超越’精神。”最后，江海说：“明天早上，大队首长和机关的同志要为我们送行，我们每个同志都要把自己最好的状态展现出来——展现给首长，展现给猎护大队，展现给南石湾！”江海停了停，大声问：“能不能做到？”“能！”全体官兵吼出了 596 艇“最后的”吼声。

点名结束，江海和胡子君打了个招呼，就匆匆回家了。晚上十二点多了，正在查铺查哨的胡子君发现江海提着个箱子又回来了。胡子君急了，对江海说：“你怎么又回来了？看来你是真的信不过我呀！”江海说：“子君别这么说，就是老艇长在，我今天也要住在艇上的，咱们心都是相通的，不用多说了。”胡子君说：“我最担心的情况还是发生了。”江海拍了拍胡子君的肩膀，说：“谢谢好老弟！你明天担子重，赶快休息吧。”

胡子君说：“好吧，你也要早点休息。”江海点点头，“嗯”了一声。

回到住舱，江海和海婴都没有打电话，也都没有发信息。江海躺也躺不住，坐也坐不安，快2点钟了，起身查铺查哨去了。

星期三早上，很多同志提前起床了，有做出航准备工作的，有整理物品的，有打扫卫生的，也有站在艇首欣赏南石湾晨光的。为了不影响欢送596艇的仪式，597艇一早就离码头系水鼓去了。喇叭里传出了舒扬的声音：“亲爱的首长、战友们，596艇《超越之声》最后一次播音现在开始。今天播出的是幺洞幺号稿件，题目是《驰骋在洒满阳光的航路上》，撰稿人：惠中。”江海放下筷子，专心听着。其他干部也都放下了筷子。江海又拿起筷子，示意大家抓紧时间吃饭，边吃边听。舒扬的声音先是低沉，后是激昂：“今天，我们集体来到了军旅生涯的一个新高度。回顾昨天，我们无悔，无愧；展望明天，我们坚毅，豪迈。离开596艇的时候，不要落下行李物品，更要带好超越精神。我们懂得了团结，懂得了珍惜，懂得了奋斗，懂得了学习；我们驰骋在洒满阳光的航路上，将与我军一起强大，将与人民一起胜利。”干部们不约而同地放下筷子鼓掌，但都没有说话。7点半，全体官兵准时吃完了早饭。

7点40分，全艇官兵在码头上集合完毕。大队首长、机关领导、小学师生，都来送行了。学生们打着的红色横幅上写着：“祝596艇一路平安！”海婴身着粉红色上衣、蓝色裤子和黑色皮鞋，头发整齐利落，站在学生中间，格外醒目。望着整齐的队伍，常大队长说：“个个龙虎气概，这是演员演不来的啊！来，照个相，沾沾虎气。”大队领导们都笑着坐到了安排好的位置上。学生们左手拿红旗，右手拿花束，一列横队蹲在最前面，老师们蹲在两端。乔政委对照相的国大忱干事说：“看看背景效果，把黑板报照上！”合影完毕，师生们马上列成了欢送队形。大队首长挨个和596艇前排官兵握了手，丁副大队长和古主任还拥抱了江海。乔政委紧紧握住江海的手，说：“平安！顺利！”江海说：“谢谢首长！”常大队长握着江海的手，说：“政委送了你四个字，我再送你三句话：心系基层部队，防止官僚作风，力戒形式主义。”江海大声说：“是！”江海环视了一下欢送的人群，高声说：“江海和596艇全体同志，一定牢记首长们的关怀和教导，牢记同志们的关心和支持！”胡子君下口令指挥官兵登艇，各就各位。

7点50分，胡子君果断地下达了“离码头部署”口令。江海下到甲板右舷，指导帆缆班执行口令。艇离开码头后，首长们开始招手，师生们则挥动着红旗和花束，有节奏地喊着：“五九六艇，一路平安！”

解除离码头部署后，江海登上驾驶台，向送行的人们挥手告别。他一直回避看海婴，但到敢看的时候，已看不清脸了。他一边使劲地挥手，一边紧紧地盯着海婴的身影，直到盯成了一个点，盯到了点的消失。

艇稳稳地出了东口，开始左转航行。艇上一片安静，只能听到节奏均匀的主机声和艇与浪的碰撞声。缓过神来，江海望了望天空，掏出手机给林咏打电话，但林咏关机了。江海想了想，给他盲发了一条信息：“全家平安，一切顺利，已经出门，尽管放心。很想你，祝好！江海。”

望着艇后浪花组成的玉带般的航迹，江海开始后悔不该和海婴约定分别时不互动。他正在想怎么给海婴发信息时，却先收到了海婴的信息：“NN：一路平安！”江海看了好几遍，心剧烈地抖动着，过了很久，才回复到：“YY你看，今天的阳光多灿烂啊，天空多蓝啊！”